Das Perlenmädchen

BARBARA WOOD

Das Perlenmädchen

ROMAN

Aus dem Amerikanischen
von Veronika Cordes

Weltbild

Die amerikanische Originalausgabe erschien 2008 unter dem Titel *Woman of a Thousand Secrets* im Verlag St. Martin's Press, New York.

Besuchen Sie uns im Internet:
www.weltbild.de

Genehmigte Lizenzausgabe für Verlagsgruppe Weltbild GmbH,
Steinerne Furt, 86167 Augsburg

Übersetzung: Veronika Cordes
Umschlaggestaltung: Alexandra Dohse, www.grafikkiosk.de, München
Umschlagmotiv: Bildcollage unter Verwendung eines Bildes
von Getty Images, München
Gesamtherstellung: GGP Media GmbH, Pößneck
Printed in the EU
ISBN 978-3-8289-9513-0

2012 2011 2010 2009
Die letzte Jahreszahl gibt die aktuelle Lizenzausgabe an.

Für meinen Mann George in Liebe

PROLOG

1

Es waren Rachegedanken, die Macus Herz erfüllten. Er musste das Mädchen ausfindig machen, das seinen Bruder gedemütigt hatte.

Unter dem Vorwand, sie könnte durchaus als Braut für ihn in Frage kommen, erkundigte er sich im Dorf nach Tonina und erfuhr, dass sie am Strand der westlichen Lagune anzutreffen sei, dort, wo die Perlentaucherinnen ihren täglichen Austernfang einholten.

Sein Bruder, der sich jetzt mit dem gemeinsamen Kanu auf der anderen Seite der Insel verbarg, hatte versucht, ihn von seinem Vorhaben abzubringen. Es sei schlimm genug, dass ein einfaches Mädchen ihn bei einem Schwimmwettbewerb besiegt hätte; Macus Racheplan würde alles nur noch schlimmer machen. »Sie schwimmt eindeutig besser als wir«, hatte er gesagt. »Du kannst sie nicht schlagen, Bruder.« Aber der zweiundzwanzigjährige Macu von der nahe gelegenen Halbmondinsel war stolz und voller Dünkel und verachtete Mädchen, die sich anmaßten, den Männern überlegen zu sein.

Die Perleninsel war ein kleiner grüner Punkt im türkisfarbenen Meer jenseits der Westspitze einer Landmasse, die später einmal Kuba genannt werden sollte. Sie verfügte über lediglich zwei zugängliche Häfen: die westliche Lagune und eine Bucht an der nördlichen Spitze, wohin Macu und seine Freunde, felsigen Untiefen ausweichend, mit ihrem Kanu gepaddelt und schließlich an einem schmalen Strand gelandet waren. Von dort aus führte ein Pfad durch dichte Bäume und Sträucher in ein betriebsames Dorf, in dem Kinder herumtobten, Frauen mit Kochtöpfen hantierten und Männer in den zahlreichen Schuppen, in denen Tabak getrocknet wurde, ihrem Tagewerk nachgingen.

Eine kleine Gruppe Neugieriger folgte Macu durch die Siedlung und hinunter zum Strand. Er achtete nicht auf das Geplapper um ihn herum, war, die Hände zu Fäusten geballt, erfüllt von dem Gedanken an Rache. Derart zielstrebig schritt er über den heißen weißen Sand, dass Reiher und Pelikane vor ihm die Flucht ergriffen und Männer verdutzt von ihren Ausbesserungsarbeiten an Kanus und Fischernetzen aufblickten. Nackte Kinder, die in dem ruhigen, warmen Wasser der friedlichen Lagune nach Muscheln gruben, sahen gespannt dem Fremden nach.

Macu war dunkelbraun, untersetzt und muskulös, sein fast nackter, von Narben übersäter Körper mit unzähligen Symbolen und Verzierungen bemalt. Sein langes schwarzes Haar, das ihm offen auf die Schulter fiel, wies ihn als unverheiratet aus, und außer einem aus Palmfasern gewebten Lendenschurz trug er zahlreiche Halsketten und Schutz verheißende Amulette. Dass er ein Fremder war, verdeutlichte die seinem Clan eigene Tätowierung auf der Stirn. Die Gruppe, die unter der warmen Tropensonne über den breiten Sandstreifen zwischen der limonengrünen Lagune und dem üppigen Dschungel landeinwärts hinter ihm her trottete, bestand aus den jungen Männern, die ihn von der Halbmondinsel begleitet hatten, sowie aus ein paar Dorfbewohnern, die ihre Arbeit unterbrochen hatten, weil sie ahnten, dass dieser Nachmittag mit einer willkommenen Zerstreuung aufwarten würde.

Kein Mann hatte sich je für die arme, unscheinbare Tonina interessiert.

Die Perlentaucherinnen hatten sich am Ende der Bucht, wo eine Felsklippe aus dem Meer ragte, versammelt. Die noch vom Meerwasser nassen dunkelbraunen Körper der zwölf- bis dreiundzwanzig Jahre alten Mädchen glänzten, und während sie die mit Austern gefüllten Netze aus ihren Kanus luden und die Muscheln auf den kühlen Sand unter schattigen Kokospalmen häuften, wurde gelacht und gescherzt. Obwohl Macu das Mädchen, das herauszufordern er gekommen war, noch nie gesehen hatte, erkannte er sie sofort. »Schön ist sie nicht«, hatte sein Bruder gesagt, so als wäre eine Niederlage, die ihm ein hübsches Mädchen beigebracht hätte, weniger beschämend. »Sie hat, ehrlich gesagt, nichts Anziehendes an sich.« Er hatte sie so genau beschrieben, dass Macus Blick sofort auf das Mädchen im Grasrock fiel, das Tonina hieß.

Sein Bruder hatte recht. Obwohl Tonina ihr langes Haar, das mit vielen Muscheln und einigen Perlen durchwoben war, die bei jeder Bewegung leise klimperten, offen trug und ihr Gesicht und die Arme mit unzähligen weißen Symbolen und Zeichen bemalt waren, sah sie nach Macus Geschmack keineswegs reizvoll aus.

Kein Wunder, dass sie noch nicht verheiratet war. Alles an Tonina ließ zu wünschen übrig. Außer ihrer viel zu hellen Hautfarbe waren ihre Hüften sowie ihre Taille zu schmal, und bei allen Göttern!, Awak hatte nicht übertrieben: Das Mädchen war ungewöhnlich groß. Hätte Macu nicht ihre vom Tauchen noch mit Wasser benetzten goldfarbenen Brüste gesehen, hätte er sie für einen Mann gehalten.

Er verbarg seinen Zorn, damit sie nicht merkte, was er vorhatte, ging auf die Mädchen zu, hob die Hand wie zu einem freundlichen Gruß und rief: »Hallo!«

Die Mädchen fuhren herum. Als sie den gut aussehenden jungen Mann erblickten, setzten sie sich unwillkürlich sofort in Positur.

Tonina beachtete ihn zunächst nicht – noch nie hatte sich ein junger Mann für *sie* interessiert –, bis sie zu ihrem Erstaunen feststellte, dass das charmante Lächeln und die aufreizenden Blicke ihr galten. Sie hatte keine Ahnung, dass er der Bruder des Jünglings war, dem sie Tage zuvor davongeschwommen war – ebenso wenig wie sie wusste, dass sie ihn dadurch gedemütigt hatte.

Macu musterte das hochgewachsene, aber ansonsten nichtssagende Mädchen. Es war sein Plan, sie mit ihren eigenen Waffen zu schlagen und ihr dann, wenn er sie besiegt hatte, stolzgeschwellt zu verkünden, dass er es für Awak getan habe.

Der Plan bedeutete jedoch auch, den Geist eines uralten Meeresungeheuers herauszufordern.
Auf allen umliegenden Inseln kannte man die Legende von der Bestie, die an einer verbotenen Stelle in der Lagune der Perleninsel, unweit der Öffnung im Riff, wo das ruhige Gewässer auf das raue Meer traf, schlief. Man erzählte sich, dass dort das Skelett eines riesigen Seeungeheuers auf dem Meeresboden lag und dass der Geist des Monsters das Gewässer unsicher machte. Wenn die Männer von der Perleninsel mit ihren Kanus durch das Riff und über die Knochen des Untiers paddelten, gossen sie Kassavewein ins Wasser und baten das Monster, sie unbehelligt passieren zu lassen.
Dort zu schwimmen hatte noch niemand gewagt.
Weil Macu nicht hier aufgewachsen war, fühlte er sich gegen die Angst vor dem Geist des Meeresungeheuers gefeit. Tonina dagegen kannte bestimmt allerlei Geschichten, die sich um diesen Geist rankten, und würde sich deshalb hüten, schwimmend in dessen Revier einzudringen. In der warmen Nachmittagssonne, während Passatwinde durch die sich wiegenden Palmen strichen und Möwen am Himmel kreisten, begann Macu mit seinem Täuschungsmanöver.
»Bist du die, die man Tonina nennt?«, fragte er.
Nicht gewohnt, dass ihr ein Mann Aufmerksamkeit schenkte, lächelte Tonina verschämt. Junge Burschen hatten nichts für Mädchen übrig, die größer waren als sie selbst, aber da Macu genauso groß war wie sie, nahm sie an, dass ihn das nicht störte.
Mit wachsender Neugier scharten sich die Perlentaucherinnen um die beiden. Macu nannte Tonina seinen Namen, um sich dann großspurig über seine Geschicklichkeit und seine Erfolge beim Speerfischen auszulassen, ein Verhalten, das als Auftakt einer Brautwerbung üblich war. Bei allem, was er vorbrachte, übertrieb er maßlos – und legte damit wohlbedacht seine Falle aus, wusste er doch, dass das Ritual der Brautsuche auf der Insel vorsah, dass alle Bewerber ihre Fähigkeiten letztendlich unter Beweis stellen mussten.

Er bedachte Tonina mit einem Lächeln und fragte sie dann: »Bringst du den Mut auf, mit mir zu der Stelle zu schwimmen, an der es spukt, und nach einem Knochen des Monsters zu tauchen?«

»Guama! Da ist ein junger Mann von der Halbmondinsel. Er interessiert sich für Tonina!«
Toninas Großmutter, die in einem der Schuppen, in denen der Tabak trocknete, Blätter zu Zigarren rollte, hob erschrocken den Kopf. »Was? Ein junger Mann? Bist du sicher?«
»Sie sind in der Bucht. Und er fordert sie zu einem Wettkampf heraus!«
Guama blinzelte. Ein Jüngling, der sich für ihre Enkelin interessierte? Tonina war einundzwanzig und noch immer nicht verheiratet. Jedes Frühjahr kamen junge und auch ältere Männer von anderen Inseln auf der Suche nach einer Braut auf die Perleninsel, aber Tonina hatte bislang keiner von ihnen beachtet. War das Unerwartete schließlich doch noch eingetreten? Dass ein junger Mann Tonina *begehrte*?
Möge dem so sein, hoffte Guama inbrünstig. Das Mädchen musste unbedingt heiraten, was sonst hatte sie denn vom Leben zu erwarten? Wozu war eine Frau nütze, wenn nicht dazu, Kinder zu bekommen, sie großzuziehen und für einen Mann das Essen zuzubereiten? Gewiss, Tonina war eine geschickte Perlentaucherin, eine der besten, aber die Zeitspanne des Perlentauchens währte nicht lange. Die meisten Mädchen tauchten, bis sie ihr erstes Kind erwarteten, und dann war es damit vorbei.
Als sie dem Knaben zum Strand hinunter folgte, musste Guama an das Wettschwimmen vor ein paar Tagen denken, bei dem Tonina alle abgehängt hatte, auch wenn die Großmutter sie immer wieder beschwor, sie sollte die jungen Männer gewinnen lassen. Unseligerweise jedoch war Tonina durch und durch ehrlich und brachte es nicht über sich, sich selbst und andere zu belügen.
»Was für ein Wettkampf soll das sein?«, fragte Guama jetzt, mit einem Mal misstrauisch geworden.
»Raus zu den Knochen des Seeungeheuers zu schwimmen.«

»*Guay!*«, entfuhr es der Alten derart entsetzt, dass sie den Ausdruck benutzte, der in der Sprache der Inselbewohner Schmerz, Überraschung oder höchste Besorgnis verriet. Im Laufschritt hetzte sie zum Strand, so schnell ihre altersschwachen Beine es gestatteten.

Zu Macus Bestürzung ging Tonina auf die Herausforderung ein. Die Zuschauer hielten den Atem an. Ein Wetteifern um Tauchtiefe und Ausdauer war durchaus üblich – weit hinunterzutauchen, hoher Wellengang und gefährliche Strömungen, dies alles machte den Inselbewohnern nichts aus –, etwas ganz anderes dagegen war, zu einer Stelle im Meer zu schwimmen, an der ein Geist herumspukte. Macu hatte darauf vertraut, dass Tonina den Wettkampf entweder sofort ablehnen oder aber bald derart in Panik geraten würde, dass sie umkehrte und ihm den Sieg überließ.

Was Macu nicht wusste, war, dass Tonina keine Angst vor Meeresungeheuern oder deren Geistern empfand. Nichts im Ozean vermochte sie zu erschrecken. Und jetzt befand sich Macu in einer Zwickmühle. Aller Augen waren auf ihn gerichtet. Einen Rückzieher zu machen, war unmöglich.

Wieder übermannte ihn der Zorn, aber er beherrschte sich. »Also dann abgemacht!«, meinte er lächelnd.

Tonina streifte sich den Grasrock ab, den alle Inselfrauen ab dem Einsetzen ihrer Menstruation trugen, ließ ihn in den Sand gleiten. Nur noch mit einem einfachen Baumwollschurz bekleidet, der von einer Schnur um ihre Taille gehalten wurde und ihr Hinterteil und ihre Scham bedeckte, folgte sie Macu in die Brandung. In ihrem fast nackten Zustand kam ihre Körpergröße vollends zur Geltung; es zeigte sich, dass sie Macu fast überragte.

Gebannt verfolgten die am Strand Zurückgebliebenen das Geschehen. Keiner hatte je die Knochen des Ungeheuers in Augenschein genommen. Würden Macu und Tonina unversehrt zurückkehren?

Guama kam zu spät. Sie konnte nur noch hilflos vom Strand aus

zusehen, wie die beiden ins Wasser tauchten und auf das Riff zuschwammen.
Guamas schlohweißes Haar war nach hinten gekämmt und zu einem kunstvollen, mit Palmfasern befestigten Knoten verschlungen. Dennoch hatten sich ein paar lange Strähnen selbständig gemacht und umflatterten, von der Tropenbrise bewegt, ihr Gesicht. Sie wischte sie weg, den Blick starr auf die Schwimmer geheftet. War dies das endgültige Zeichen? Das Zeichen, das sie seit sechs Tagen – seit dem Auftauchen der Delphine – befürchtete? Nicht zum ersten Mal fragte sie sich, ob Toninas Status einer Unverheirateten als Botschaft von den Göttern zu verstehen sei. Dass es ihr nicht bestimmt war, auf der Perleninsel zu bleiben.
Verhielten sich deshalb die Götter gegenüber Tonina so grausam? Hatten sie sie deshalb so erschaffen, dass die Blicke der Männer sich von ihr abwandten? Gewiss, das Mädchen lachte gern und war warmherzig und zutraulich, aber sie war nun mal mit dieser unseligen goldenen Hautfarbe geschlagen, mit langen Gliedmaßen und schmalen Hüften. Jahrelang hatte Guama alles getan, um ihre adoptierte Enkelin dem Schönheitsideal der Insel anzupassen. Sie hatte ihr Tabaksaft in die Haut gerieben, um sie dunkler zu machen; sie hatte ihr Kassavewurzeln zu essen gegeben, damit sie Fett ansetzte. Aber die Farbe wusch sich ab, und das Fett schmolz von ihrem geschmeidigen Körper. Beim *barbicu,* der jährlichen Brautschau, wurde Tonina von den Männern der anderen Inseln einfach übersehen, weshalb sie noch immer den Gürtel aus den Gehäusen der Kaurischnecke trug, das Zeichen der Jungfräulichkeit. Für die Jüngeren war es eine Auszeichnung, ein Hinweis darauf, dass sie noch unberührt waren, da ein solcher Gürtel erst in der Hochzeitsnacht abgelegt werden durfte. Für Tonina allerdings war der Keuschheitsgürtel inzwischen zu einem Schandmal geworden, weil er aller Welt verkündete, dass sie mit ihren einundzwanzig Jahren noch Jungfrau war, von keinem Mann begehrt.
Guama hob den Blick zu der Klippe, die über der Bucht aufragte, und sah ihren Ehemann auf seinem Posten stehen, wo er den Wind und den Himmel und das Meer nach Hinweisen auf einen

huracán absuchte. Der mit einem Lendenschurz aus Palmfasern bekleidete rundliche Alte, dessen faltiger nussbrauner Körper mit den Symbolen seiner heiligen Berufung bemalt war, war der wichtigste Mann auf der Insel, wichtiger sogar als der Stammeshäuptling.

Da man nie wusste, wann ein *huracán* drohte, ließ sich keine entsprechende Vorsorge treffen, um alle in Sicherheit zu bringen. Derartige Stürme konnten ganze Volksstämme vernichten. Die Perleninsel jedoch war mit einem Mann gesegnet, der einer Ahnenreihe von Sturmlesern entstammte, die die Fähigkeit besaßen, einen *huracán* über weite Entfernungen hinweg zu erahnen, auch wie stark er sein würde und wann er sich über der Insel austoben würde.

Guama stellte allerdings fest, dass ihr Ehemann sein Augenmerk nicht auf den Horizont gerichtet hatte, sondern auf die jungen Leute unter ihm. Und als sie sah, wie gebannt er auf Tonina starrte, wusste sie, dass dies an den Delphinen lag.

Seit sie und Huracan das Delphinpärchen vor sechs Tagen jenseits des Riffs hatten herumtollen sehen, hatten sie immer wieder nach Zeichen und Omen Ausschau gehalten, um den Wunsch der Götter zu deuten. Forderten sie etwa Tonina zurück? Sollte sie nur auf Zeit unter ihnen geweilt haben? Und schickten sie sich jetzt an, fragte sich Guama beklommen, ihnen Tonina, die zu der mit einem Tabu belegten Stelle schwamm, wegzunehmen?

Das Wasser in der Bucht war tief und warm und von einer sanften Strömung bewegt. Man konnte bis auf den sandigen Boden sehen, auf dem stachlige Seeigel und Seesterne lebten. Wortlos schwammen Tonina und Macu nebeneinander her, immer weiter weg vom Strand, zusehends näher an das große Korallenriff heran. Der Wellengang wurde stärker, Teppiche von Seetang bedeckten das Wasser. Macu zog, von seinem Zorn vorwärtsgepeitscht, davon, dachte nur daran, diese junge Frau zu demütigen, die sich einbildete, besser als ein Mann zu sein. Er tauchte unter dem Tang hindurch und kurz darauf auf der anderen Seite wieder auf.

Anstatt weiterzuschwimmen, blieb Tonina wassertretend zurück und beobachtete ihn. Sie dachte daran, wie oft Guama ihr geraten hatte, bei einem Wettkampf einen Jungen gewinnen zu lassen. Diesmal werde ich mich daran halten, sagte sie sich. Macus Lächeln gefiel ihr, und die unverhoffte Aufmerksamkeit, die ihr ein gut aussehender Fremdling schenkte, ließ ihr Herz höher schlagen. Wenn sie ihn gewinnen ließ, würde er vielleicht abermals auf die Perleninsel kommen und sie nach einer Zeit des Werbens heiraten.

Und dann könnte sie wie alle anderen sein und endlich anerkannt werden.

Sie tauchte unter. Aber statt unterhalb des Tangs auf das verfemte Gewässer zuzuhalten, schwamm sie zu einer von der Sonne beschienenen Stelle des Korallenriffs, wo es von Fischen nur so wimmelte.

Hier, inmitten farbenprächtiger Fischschwärme, die hin und her flitzten, fühlte sie sich wohl. Sie ließ sich über verästelte Korallen und Nester von Schwämmen treiben, lächelte einem vorbeigleitenden goldglänzenden Fisch zu. Ein Glücksgefühl überkam sie. Macu hatte sie angeschaut, sie auserwählt! Zum ersten Mal spürte Tonina, die bislang immer nur mit ihrem Aussehen gehadert hatte, wie schön es war, die Aufmerksamkeit eines jungen Mannes auf sich gelenkt zu haben.

Sie drehte sich auf den Rücken, blickte über die Wasseroberfläche, auf der das Sonnenlicht tanzte und glitzerte. Nur noch ein Weilchen so verharren, dann würde sie zur anderen Seite des Tangteppichs zurückschwimmen, vor Macu auftauchen und ihm den Sieg in diesem Wettkampf zugestehen.

Macu hatte die Lungen mit Luft vollgesogen, ehe er senkrecht nach unten getaucht war. Jetzt sah er sich in einer wundersamen Welt, in der lebende Korallen im gesprenkelten Sonnenlicht tanzten und bunte Fische ihn umschwänzelten. Als er urplötzlich das massige, vom Sonnenlicht nur schwach beleuchtete Skelett unter sich ausmachte, zog sich alles in ihm zusammen. Es gab es also doch, dieses Ungeheuer. Und wie riesig es war! Zögernd schwamm er näher. Das Rückgrat des Monsters lag auf dem sandigen Boden, und seine Rippen waren auf eigenartige Weise nach oben gekrümmt. Merkwürdig war auch die braune Färbung der Knochen.

Seine Furcht wandelte sich zu Neugier. Macu tauchte nach unten und fasste nach einer Rippe. Sie war aus Holz!

Er riss die Augen auf. Das hier war kein Meeresungeheuer, sondern ein unglaublich großes Kanu. Allerdings kein Einbaum wie die der Inselbewohner, nein, dieses hier war aus einzelnen Holzsparren zusammengefügt, wie er das von Kriegskanus her kannte. Ein Bootsbauer auf der Insel konnte es unmöglich gefertigt haben. Wer aber dann? Wann war es an diesem Riff zerschellt?

Etwas glitzerte im Sand. Es sah aus wie eine Qualle, war aber eigenartig geformt und mit leuchtend grünen und blauen Kerben verziert. Macu griff danach, stellte fest, dass das Gebilde hart wie Stein, aber durchsichtig war.

Seine Lungen verkrampften sich. Höchste Zeit, wieder aufzutauchen. Aber in diesem Moment wurde er von einer Strömung erfasst, die seinen Körper in einem Bogen seitlich an das Boot trieb. Als er am Ende eines langen, geschwungenen Halses den furchterregenden Kopf mit dem geöffneten Rachen und den gezackten Zähnen über sich erblickte, musste sich der zu Tode erschrockene Macu eingestehen, dass er es wohl doch mit einem Meeresungeheuer zu tun hatte.

Von Panik erfasst, aber ohne den Gegenstand loszulassen, den er aus dem sandigen Grund geklaubt hatte, suchte er blindlings aufzutauchen. Dabei geriet er in den wuchernden Tang. Mit Armen und Beinen dagegen ankämpfend, während seine Lungen um Luft rangen und in seiner Brust höllische Schmerzen tobten, verhedderte er sich immer mehr in dem dichten Tanggestrüpp.

Vom Strand aus beobachtete Guama angespannt und voller Sorge das Geschehen. Wie leichtsinnig von diesem Jungen, Tonina herauszufordern, in verbotenes Gewässer zu schwimmen! Und wie

naiv von Tonina, darauf einzugehen! Guama wusste zwar, dass nichts im Meer ihrer Enkelin Furcht einzuflößen vermochte. Aber auch wenn Tonina unter dem besonderen Schutz von Delphingeistern stand, gab es doch Grenzen.
Als sie Tonina seitlich des Seetangteppichs wieder auftauchen sah, seufzte sie erleichtert auf. Macu indes ließ auf sich warten. Unsäglich lange. Und dann tauchte Tonina unvermittelt unter den Tang.

Sie fand Macu verstrickt in den grünen Fängen und bewusstlos, mit leeren, starren Augen dahintreibend, das offene Haar sanft von der Strömung bewegt. Sie musste ihm helfen! In fliegender Eile entriss Tonina ihn den Tangarmen und zerrte ihn mit kraftvollen Beinschlägen an die Wasseroberfläche. Dann umschlag sie mit festem Griff seine Brust und schwamm so schnell sie konnte zurück an Land.
Guama, die mit Ertrunkenen umzugehen verstand, nahm die beiden in Empfang. Kaum hatte man Macu auf den Sand gezogen, kniete sie nieder und legte die Hand auf seinen Brustkasten. Er atmete nicht, aber sein Herz schlug noch. Sie rollte ihn auf die Seite und bearbeitete mit der Faust seinen Rücken. Dann öffnete sie seinen Mund, drückte die Kinnlade nach unten und schlug ihm erneut auf den Rücken. Während die Umstehenden in erwartungsvollem Schweigen verharrten, rief sie verschiedene Götter an, erflehte ihr Erbarmen und ihre Kraft.
Beim dritten Knuff musste Macu husten. Beim vierten schoss Wasser aus seinem Mund, er gurgelte, stieß auf und rang nach Luft.
Als seine Freunde ihm auf die Beine halfen, wichen die anderen zurück, um ihnen den Weg freizumachen. Wortlos sahen sie zu, wie Macu taumelnd den Strand verließ. Und dann starrten die Inselbewohner Tonina an, die tropfnass und völlig ausgepumpt im Sand kauerte.
Langsam traten sie den Rückzug an. Sie war in ein mit einem Tabu belegtes Gewässer geschwommen. Das Meeresungeheuer

hatte versucht, sich Macus zu bemächtigen, aber Tonina hatte dem Monster die Stirn geboten.
Bekümmert sah Guama, wie die Inselbewohner Tonina den Rücken kehrten und zu ihrem eigenen Schutz Zeichen in die Luft malten. Für die alte Frau stand jetzt fest, dass dies das Omen war, auf das sie gewartet hatte, der Hinweis darauf, dass für Tonina, dieses innig geliebte Mädchen, das einem kinderlosen Ehepaar so viel Freude gebracht hatte, die Zeit gekommen war, die Perleninsel zu verlassen.
Von schmerzlichen Gedanken erfüllt, machte sich Guama auf den Heimweg. Unvermittelt stieß sie mit dem Fuß auf etwas Hartes im Sand. Sie schaute zu Boden. Als sie eine zu einer Kugel zusammengerollte tote Qualle erblickte, runzelte sie die Stirn. Nein, eine Qualle war das nicht. Sie hob das, was da lag, auf und streifte den Sand ab.
Da der Gegenstand noch feucht war, musste Macu ihn mit an Land gebracht haben. Wozu diente er? Er war hart, aber weder aus Stein noch aus Ton. Dafür durchsichtig und mit satten Farben durchsetzt, sodass er aussah wie zu Kugelform versteinertes Wasser mit darin eingeschlossenen Pflanzen. Die Form war ihr immerhin vertraut, schmiegte sich das Objekt doch in ihre Hand wie die Schale einer Kokosnuss.
Guama wusste weder, dass das erstaunlich durchsichtige Material Glas genannt wurde, noch dass es auf der anderen Seite der Welt, in einem klimatisch weitaus kälteren Land namens Deutschland mundgeblasen worden war. Sie konnte nicht ahnen, dass der kostbare Becher von einem Besitzer zum nächsten weitergereicht worden und schließlich bei einem rotbärtigen Forscher gelandet war, der das Trinkgefäß auf seinem mit einem Drachen am Bug verzierten Schiff in seine neue Heimat – Vinland – mitgenommen hatte.
Guama wusste nur, dass Macus Hand das merkwürdige Gefäß umklammert hatte, als Tonina dem jungen Mann an den Strand geholfen hatte. Und da Guama fest davon überzeugt war, dass es für alles, was sich ereignete, einen Grund gab, meinte sie, dass

dieser ausgefallene Gegenstand irgendwie mit Tonina zusammenhing. Deshalb wollte sie den Becher behalten und ihn ihrer Enkelin schenken.
Als sie sich auf dem Weg zurück ins Dorf zum hundertsten Male sagte, dass das Mädchen eigentlich gar nicht ihre Enkelin war, seufzte sie wehmütig auf. Tonina war niemandes Enkelkind.
Sie war nicht einmal ein menschliches Wesen.

2

Ist Macu böse auf mich? Toninas stumme Frage richtete sich an das Meer. Habe ich etwas falsch gemacht? Warum dürfen die anderen Liebe und Nähe erleben, ich aber nicht?
Die Antwort des Meeres war das gedämpfte Rauschen der Brandung, das leise S*chscht* der Wellen weit draußen.
Dies war Toninas Lieblingsplatz, ein schmaler Felseinschnitt zwischen Mangroven und Seegras. Da kaum jemand dieses entlegene Fleckchen aufsuchte, war es mit der Zeit Toninas ureigener Zufluchtsort geworden.
Hier war es auch, wo vor einundzwanzig Jahren ihr Leben auf der Perleninsel begonnen hatte.
Guama war nicht müde geworden, ihr die Geschichte immer wieder zu erzählen. Huracan hatte von seinem Beobachtungsposten oben auf der Klippe ein Delphinpärchen ausgemacht, das mit irgendetwas zu spielen schien. Ein kleines braunes Etwas schaukelte zwischen ihnen auf den Wellen, während sie sich aus dem Wasser schnellten und wieder eintauchten und dabei herumschnatterten, so als versuchten sie, die Aufmerksamkeit des alten Mannes auf sich zu lenken.
Huracan war hinuntergeklettert, an den im Dunkel liegenden Strand, und hatte beobachtet, wie die Delphine dieses Etwas in Richtung Land schubsten, und dann, offenbar darauf bauend, dass die Strömung den Rest erledigen würde, verblüffend harmonisch hoch aus dem Wasser sprangen, wieder eintauchten und Richtung Horizont entschwanden.
Als das Etwas auf Huracan zutrieb und sich dann in knorrigen

Mangrovewurzeln verfing, meinte er, das Wimmern eines Tieres zu vernehmen. Er watete ins Wasser und sah, dass das schaukelnde Etwas ein wasserdichter Korb mit Deckel war, aus dem Wehlaute drangen. Vorsichtig hob er den Deckel, schaute in den Korb und sah ein Baby, das in besticktes Tuch gehüllt war. Sein Gesichtchen war verzerrt und rot, und es schrie jetzt aus Leibeskräften. Huracan war mit seinem kostbaren Schatz ins Dorf geeilt, geradewegs zu Guama, die zweifellos wissen würde, was zu tun war. Sie hatte sechs Kinder in die Welt gesetzt und alle sechs überlebt. Als die letzte Tochter gestorben war, hatte Guama nur noch schlafen und nie wieder aufwachen wollen. Aber kaum dass ihr das quäkende kleine Wesen in die Arme gelegt wurde, waren ihre Lebensgeister zurückgekehrt.

Sie nannten das Baby Tonina, was in ihrer Sprache »Delphin« bedeutete, und weil es nicht dunkelbraun wie die Inselbewohner war, sondern eine Haut wie goldfarbener Sand hatte, glaubten Huracan und Guama, dass Tonina das Kind eines Meeresgottes war, der den götterfürchtigen Eheleuten das Baby als Trost im Alter geschickt hatte.

Als das Kind heranwuchs, hatte es jedoch mit seinem ungewöhnlichen Äußeren in der Dorfgemeinschaft Misstrauen erregt, und bald war Tonina als Außenseiterin abgestempelt worden. Die Kinder hatten sie grausam verhöhnt, indem sie ihr weismachten, sie sei im Meer ausgesetzt worden, weil ihre Eltern sie nicht gewollt hätten. Als sie das hässliche Baby gesehen hätten, spotteten die Mädchen und Jungen, hätten sie es dem Ozean überlassen.

Tatsächlich lag etwas Geheimnisvolles über ihrem Leben. Was zum Beispiel besagte das seltsame Amulett, das sie, als Huracan sie gefunden hatte, an einer Schnur um den Hals trug? Ihren Großeltern war das Material, aus dem es gefertigt war, unbekannt. Wer hatte es ihr umgehängt? Was bedeutete es, mit welchen Menschen verband es sie?

Vor langer Zeit hatte Guama aus Palmfasern eine kleine Hülle gewebt und darin das Amulett verborgen, sodass niemand außer

Huracan und ihr selbst es zu Gesicht bekommen hatte, nicht einmal Tonina, der die Großmutter nur erzählt hatte, dass es sich um einen wundersamen Stein von rosa schimmernder Farbe handle, in den magische Symbole eingeritzt seien, und der, in die Sonne gehalten, durchsichtig wirke.
Guama hatte Tonina freigestellt, den Stein aus der Umhüllung zu nehmen, wann immer sie den richtigen Zeitpunkt dafür gekommen halte. Oftmals war Tonina versucht gewesen, den kleinen Beutel zu öffnen, hatte es aber dann doch nicht getan. Der Talisman würde sie, so sagte sie sich, nur noch mehr zur Außenseiterin machen.
Und dann gab es da noch dieses ausgefallene Tuch, das damals ihren kleinen Körper umhüllt hatte – feinste Baumwolle, eine Seltenheit auf den Inseln.
Ihre Gedanken kehrten zurück zu Macu. Tonina hatte sich weniger in ihn verliebt als vielmehr in das, was er verkörperte: die *Zugehörigkeit*, von der sie seit jeher träumte. Durch die Heirat mit Macu würde sie sich in einem Stamm einen festen Platz sichern. Sie würde nicht mehr allein sein.
Tonina stand auf, strich über den Gurt um ihre Taille, von dem Gehäuse der Kaurischnecken herabhingen, das Zeichen ihrer Jungfräulichkeit. Im letzten Tageslicht fuhr sie zweifelnd über die Gehäuse der Kaurischnecke. Ob ihr dieser Gürtel jemals abgenommen werden würde?
Auf der anderen Seite der Insel hockte eine verdrossen schweigende Gruppe um ein Lagerfeuer. Die Flammen erhellten die flächigen, dunkelbraunen Gesichter von jungen Männern, die bemüht waren, die Ereignisse des Tages zu begreifen.
Etwas Unglaubliches war geschehen, etwas, das mit Meeresungeheuern zu tun hatte und mit Todesbedrohung. Macu war ertrunken. Tonina hatte ihn an Land gezogen. Und die alte Frau hatte ihn zurück ins Leben geschüttelt. Hatte der Geist des Meermonsters versucht, sich Macus Seele zu bemächtigen? Angesichts einer solchen Ungeheuerlichkeit verschlug es den jungen Männern die Sprache.

Macu selbst hing düsteren Gedanken nach. Den ganzen Abend über, während sie ihren Fisch gebraten und verzehrt hatten, mit jedem hinuntergewürgten Bissen gewann eine Idee in ihm Gestalt: Das Mädchen musste bestraft werden.

3

Guama holte den kleinen Korb vom Dachsparren herunter, den sie dort seit einundzwanzig Jahren aufbewahrte, und stellte ihn behutsam auf dem Boden der Hütte ab.

Es war an der Zeit, Abschied zu nehmen.

Die Delphine waren zurückgekommen, hatten sich in perfekt übereinstimmenden Bögen aus dem Wasser geschnellt, sodass jeder auf sie aufmerksam geworden war. Sie hatten den ihnen eigenen Delphinschrei ausgestoßen, wie um zu sagen: *Das Mädchen gehört uns.*

Nur: Wie sollte sie ihre Enkelin dazu bringen, die Perleninsel zu verlassen?

Natürlich könnte sie Tonina einen entsprechenden Befehl erteilen, aber dies würde der alten Frau furchtbaren Kummer bereiten. Und wie entsetzlich wäre es erst für Tonina, des Hauses verwiesen zu werden, in dem sie sich wohlgefühlt hatte, und allein in einem Kanu davonpaddeln zu müssen, ohne recht zu verstehen, warum. Nein, Guama musste einen Vorwand ersinnen, damit Tonina freudigen Herzens von der Insel aufbrach.

Als sie auf den kleinen Korb blickte, der auf den Meeren getrieben war, und auf das zusammengefaltete Tuch darin – kam ihr eine rettende Idee. Eine Notlüge …

Die alte Frau erschauerte. Sie wusste, dass die Perleninsel nicht das Ende der Welt war, nicht einmal ihr Mittelpunkt. Weiter nördlich, östlich und südlich erhoben sich Hunderte von Inseln aus dem Meer. Viele aus ihrem Volk waren schon zu diesen Inseln gesegelt. Die Menschen dort führten ein Leben, das sich von dem auf der

Perleninsel nicht sonderlich unterschied, abgesehen vielleicht von einigen Bräuchen oder der Sprache. Im Westen hingegen …
Erneut überkam sie Angst, worauf sie ein Stoßgebet an Lokono richtete, den Geist des Alls.
Im Westen lag das, was Festland genannt wurde, weil es hieß, es handle sich hierbei nicht um eine Insel, sondern um ein unendlich großes Land. Einige behaupteten, dass es dort eine völlig andere Welt gebe, mit eigentümlichen Inseln und fremdartigen Völkern – Menschen, die auf Bäumen lebten, die auf dem Kopf liefen, die durch den Mund gebaren.
Obwohl es eindeutig die Götter des Meeres gewesen waren, die ihr Tonina gebracht hatten, und Guama, abergläubisch und götterfürchtig, davon überzeugt war, das Mädchen stamme von den Göttern ab, war sie doch klug genug, um zu wissen, dass die Frau, die Tonina geboren hatte, ein Mensch gewesen sein musste. Das Amulett und das Einschlagtuch waren der Beweis dafür. Warum aber diese Mutter ihr Baby der Obhut der Meeresgötter anvertraut hatte, blieb für Guama ein unlösbares Rätsel.
War das Kind geopfert worden? Hatte Huracan, als er das Baby in Sicherheit brachte, einen Frevel begangen? Und was stand Tonina bevor, wenn sie aufs Meer zurückkehrte?
Würde man sie ein zweites Mal opfern?
Guama schloss die Augen. Großer Lokono, betete sie, leite mich.
»Guama«, erklang es leise, und das Herz der Alten machte einen Satz, weil sie glaubte, die Stimme eines Gottes vernommen zu haben. Aber als sie die Augen aufschlug, erblickte sie Tonina, die an der Tür stand.
»Da bist du ja! Du sollst doch nachts nicht draußen sein, Kind«, sagte sie. Wie die Gesichter aller Inselbewohner war auch das von Tonina zum Schutz vor Geistern mit Symbolen und phantasievollen Mustern sorgfältig bemalt. Und nun musste sie aufbrechen und ihre Bestimmung finden, dachte Guama traurig.
»Dein Großvater ist krank«, begann die Alte. »Ernsthaft krank, Tonina. Auch wenn er es sich nicht anmerken lässt.«

Tonina sah sich in der geräumigen Hütte um. Im Schein der Fackel gewahrte sie den Großvater, der in seiner *hamac* schlummerte.
»Muss er sterben?«, fragte sie mit vor Schreck weit aufgerissenen Augen.
»Nicht sofort, nicht heute«, erwiderte Guama mit gedämpfter Stimme. »Er wird sich seines Lebens erfreuen bis zu dem Tag, da er die Augen nicht mehr öffnet.«
»Kannst du ihn nicht heilen?« Guama war berühmt für ihr Wissen um Heilkräuter und Wundermittel.
»Die Medizin, die man dafür braucht, gibt es nicht auf unserer Insel. Aber ich habe von einer Pflanze gehört … einer roten Blume mit solchen Blütenblättern« – mit den Händen bildete sie eine Blüte, indem sie die Handgelenke aneinanderlegte und mit den gespreizten Fingern einen nach unten gerichteten Kelch formte.
»Die Blüte reckt sich nicht der Sonne entgegen«, sagte sie, »sondern neigt sich nach unten, wie die rote Heliconia, die bei uns wächst.«
Tonina sah sie ernst und aufmerksam an. Im Dorf ging das Leben weiter wie sonst auch – Familien versammelten sich um Feuerstellen, Kinder tobten herum –, derweil ein voller Mond am Himmel aufzog. »Es heißt, dass die Blütenblätter mächtige Geister enthalten, die jedwede Krankheit heilen.«
»Und wo findet man diese Blume?«, fragte Tonina.
»Auf dem Festland.«
Tonina erschrak. Vom Festland kannte sie nur Sagen und furchterregende Geschichten. »Wie kommt man dort hin?«, fragte sie und malte sich bereits aus, wie der Stammeshäuptling Mannschaften von starken Ruderern zusammenstellte und auf die Reise schickte.
Guama umschloss Toninas Hände. »Hast du die Delphine im Wasser spielen sehen, jenseits des Riffs?«
Tonina lächelte. Sie war zu den beiden hinausgeschwommen, hatte zu ihnen gesprochen und mit ihnen im Wasser herumgetollt.

»Sie sind nicht zufällig hier, Tonina. Sie bringen eine Botschaft. Sie wollen, dass du dich auf das Festland begibst, die Blume mit den magischen Kräften aufspürst und sie uns bringst.«
Tonina starrte sie entgeistert an. »Ich, Großmutter? Bist du dir sicher?«
»Die Botschaft ist eindeutig.«
Ihre müden alten Augen hefteten sich auf die Enkelin. »Nach deiner Rückkehr wird man dich ehren für das, was du getan hast. Das Leben von Huracan zu retten bedeutet, das Inselvolk zu retten«, sagte sie leise. »Davon wird man noch jahrelang sprechen. An jeder Kochstelle wird man deinen Namen rühmen. Dieses Jahr wird eingehen als das Jahr, in dem Tonina die Perleninsel rettete.«
Dieses Jahr wird eingehen als das Jahr, in dem Tonina aufs Meer zurückkehrte.
Sie streichelte das Gesicht des Mädchens, das sie so sehr liebte. »Und dann«, sagte sie abschließend, »dann werden die jungen Männer dich anschauen und sagen, dass du schön bist.«
Tonina bemühte sich, ihre Angst zu unterdrücken. Das Festland! Allein der Gedanke, die Perleninsel zu verlassen! Über das weite Meer zu fahren und dieses unbekannte Land zu betreten! Aber Großvater brauchte ihre Hilfe.
»Ich fahre«, sagte sie.
Obwohl Guama gewusst hatte, dass Tonina sich der Aufgabe stellen würde, wurde ihr schwer ums Herz. »Wie du weißt, legen die heftigen Stürme zwischen der Winter- und der Sommersonnenwende eine Pause ein. In dieser Zeit musst du zurückkommen, Tonina. Wir werden also im Frühjahr, um das Fest der Tag- und Nachtgleiche, Ausschau nach dir halten.«
Da die Wintersonnenwende bereits in einem Monat bevorstand, durfte Tonina keine Zeit verlieren. Sie umfasste die Hände der Großmutter. »Ich werde zu den Geistern meiner Delphine beten und ihren Beistand erflehen«, sagte sie entschlossen. »Und ich verspreche dir, dass ich mit der heilkräftigen Blume zurückkomme.«

»Bruder!« Awak stürzte zum Lager in der kleinen Bucht und weckte die Freunde auf. »Es hat sich etwas ereignet!«
Sich die Augen reibend, lauschten sie seinem Bericht über Toninas Auftrag. »Sie versammeln sich bereits an der Lagune, das große Kanu legt bald ab.«
Macu begriff sofort, welch günstige Gelegenheit sich ihm da bot. Er würde allen zeigen, wer der Größte war. *Er* würde derjenige sein, der mit der Wunderblume zurückkam. Dann wäre die Demütigung in der Lagune vergessen.
Auch Tonina würde man vergessen, da sie niemals zurückkehren würde.

4

Bei Tagesanbruch versammelten sich alle Dorfbewohner, um ein Ereignis mitzuerleben, das noch Generationen später in aller Munde sein würde. Die zwanzig Mann, die als Besatzung für das große Kanu ausgewählt worden waren, fieberten dem Abenteuer entgegen, schon weil ihr Ziel nicht irgendeine Insel war, sondern das gefürchtete unbekannte Festland!

Als Huracan vor einundzwanzig Jahren Tonina aus dem Wasser gefischt hatte, war er zu dem Schluss gelangt, dass der kleine Korb an der südlichen Küste des Festlands, möglicherweise von einem Gebiet aus, das Quatemalán genannt wurde, zu Wasser gelassen worden war. Von dort, so seine Überlegung, musste Tonina stammen, und demnach würde sie dort auch das Volk wiederfinden, zu dem sie gehörte. Deshalb hatten er und Guama behauptet, dass dort die gesuchte Blume wachse.

Im Dämmerlicht des anbrechenden Tages, während Frauen das große, aus einem Baumstamm gehöhlte Kanu mit Vorräten beluden, schaute Guama auf das Mädchen. Ihr ganzes Leben, so sagte sich die Alte, hatte sich Tonina immer in der Nähe des Wassers aufgehalten. Das Meer war ihr Element. Wie sollte sie in einem Land überleben, das unendlich war?

Huracan schien es, als wirke seine Enkelin, die da inmitten der Inselbewohner stand, schon wie eine Fremde. Als hätte die Verwandlung bereits begonnen.

Der Grund dafür war ihre Kleidung.

Huracan waren die Geschichten eines Taino-Händlers eingefallen, der regelmäßig auf die Perleninsel kam und Baumwolle gegen

Perlen eintauschte. »Auf dem Festland«, hatte er gesagt, »tragen sie jede Menge Kleider, vor allem die Frauen. Nackte Brüste sind tabu.«

Diese Bemerkung hatte Huracan zu schaffen gemacht – Tonina musste unbedingt so gekleidet sein, wie es sich in der Fremde gehörte. Guama hatte also aus zwei *hamacs* einen weiten Kittel zugeschnitten und zusammengenäht, der zur Hälfte über einen Rock reichte.

Während das Kanu mit gesalzenem und getrocknetem Fisch beladen wurde, mit zerstampftem Schildkrötenfleisch und harten Maniokfladen, dachte Huracan voller Sorge an all die unbekannten Gefahren, vor denen er Tonina nicht schützen konnte. Wenigstens sollten sich die Bootsleute für den Fall vorbereiten, dass sie sich verteidigen mussten. Da die Männer auf der Perleninsel keine Krieger waren und sich deshalb ihre Waffen auf einfache Holzspeere und Steinmesser beschränkten, bestand Huracan darauf, dass sie zusätzlich Knüppel sowie Pfeile und Bogen mitnahmen.

Und dann wurde es Zeit, aufzubrechen. Guama betete singend zu Lokono, malte Tonina beschützende Symbole auf Gesicht und Arme und gab ihr den durchsichtigen, aus einem harten Material gefertigten Becher.

Als sie Toninas Finger um das kühle Trinkgefäß schloss, spürte sie die eigenartige Kraft, die von dem Becher ausging. Was sie nicht ahnen konnte, war, dass in dem Land, aus dem der Becher stammte, dieser heutige Tag, an dem Tonina die Perleninsel verließ, einer von vielen im Jahre des Herrn 1323 war. Ebenso wenig wusste sie, dass in jenem Land auf der anderen Seite des östlichen Meers bleichgesichtige Männer ihre Körper in Kettenhemd und Rüstung zwängten und die Frauen in enge Mieder und prächtige Kleider. Guama wusste auch nichts von Königen und Armeen, die mit Armbrust und Streitross in den Krieg zogen, und dass in zweihundert Jahren solche Bleichgesichter auf die Perleninsel kommen und im Namen ihres einzigen Gottes das Leben der Inselbewohner für immer verändern sollten.

Alles, was Guama an diesem Tag in der Lagune sagen konnte, war: »Dieses Gefäß stammt von dem Meeresungeheuer. Große Kraft wohnt ihm inne. Gib gut darauf acht, geliebte Enkeltochter, und es wird dafür sorgen, dass du heil zu uns zurückkehrst.« Dann versagte ihr die Stimme.
Auch Huracan überreichte Tonina ein Geschenk, einen kleinen Beutel mit Perlen. »Du wirst viele seltsame Dinge auf dem Festland sehen, Enkelin«, sagte er und blickte ihr in die Augen. »Wenn du zurück bist, kannst du uns von all den Herrlichkeiten berichten.«
»Das werde ich, Großvater«, erwiderte Tonina erregt und gleichzeitig bedrückt, nicht zuletzt weil Macu nicht erschienen war, um ihr Lebewohl zu sagen. Sie umarmte die geliebten Großeltern.
Ehe sie das Kanu bestieg, bückte sie sich noch einmal kurz und griff sich eine Handvoll Sand, den sie in ihrem kleinen Medizinbeutel verstaute, in dem sich bereits eine kleine blaue Strandschnecke sowie ein Delphinzahn befanden – Glücksbringer, die ihre Verbundenheit mit der Insel sicherstellen sollten.
»Ich verspreche dir, lieber Großvater, mit der gesuchten Blume zurückzukommen, damit du noch lange lebst und die Menschen auf dieser Insel vor Stürmen warnen kannst. Dies schwöre ich beim Geist meines Delphintotems.«
Sie bemerkte die bewundernden Blicke der Menge. Wenn sie mit der Heilpflanze zurückkehrte, würde sie endlich Anerkennung finden.
Während sie sich von den anderen verabschiedete, nahm Huracan Yúo, den Ersten Ruderer, beiseite und raunte ihm zu: »Hör gut zu, was ich dir jetzt sage, Neffe: Wenn ihr Festland erreicht habt, schlagt ihr in der ersten Nacht euer Lager am Strand auf. Und sobald Tonina eingeschlafen ist, lässt du mit deinen Männern das Boot wieder zu Wasser, und ihr begebt euch sofort auf den Heimweg.«
Yúo war zunächst verdutzt. Als er dann aber den Blick seines Onkels auffing, begriff er. »Meinst du, sie findet zu ihren Leuten?«, fragte er leise.

Huracan schüttelte den Kopf. »Das weiß ich nicht. Ich habe meine Pflicht erfüllt. Ihr Schicksal liegt jetzt in der Hand der Götter. Toninas Zeit bei uns geht zu Ende.«

Als das Kanu mit den zwanzig Ruderern sowie mit Tonina, die, das Gesicht dem Wind zugekehrt, im Bug kniete, durch die schmale Passage im Riff hinaus aufs offene Meer glitt, wandte sich Huracan gen Osten – und hielt unvermittelt den Atem an.

Toninas Aufbruch hatte ihn davon abgehalten, seiner täglichen Pflicht als Sturmbeobachter nachzukommen. Jetzt spürte er, dass sich ein Unwetter zusammenbraute. Ein gewaltiger Sturm. Ein schrecklicher Sturm.

Sein Blick wanderte wieder zu dem da draußen auf dem Meer so klein und ungeschützt wirkenden Kanu mit der zerbrechlichen Ladung, und entsetzt stellte er fest, dass es schon zu weit weg war, um es zurückzurufen. Er konnte Tonina und die Männer nicht mehr warnen.

Ein Hurrikan zog auf.

ERSTES BUCH

MAYAPÁN

5

Die Perleninsel entschwand zusehends den Blicken, und dann glitt das lange Einbaumkanu mit seinen zwanzig Ruderern, einem Bootsführer und einem Passagier unter dem weiten, wolkenlosen Himmel über das offene Meer. Die Möwen begleiteten sie nicht länger, die sich brechende Brandung war nicht mehr zu hören. Die endlose Stille des Ozeans umgab sie, wurde nur durchbrochen vom rhythmischen Eintauchen der Ruder und von Yúos gleichmäßigem Trommelschlag. Das Gesicht gen Westen gerichtet, kniete Tonina im Bug und blinzelte mit gemischten Gefühlen in das gleißende Sonnenlicht, das von der Oberfläche des kabbeligen Wassers reflektiert wurde.

Für Yúo und seine Männer, allesamt Ruderer von Kindesbeinen an, gab es nichts Schöneres, als mit dem Boot auf die offene See hinauszufahren. Heute jedoch war Yúo, der mit der Trommel den Takt für die Ruderer vorgab, bedrückt. Als Einziger wusste er, was Tonina bevorstand.

Das von Lokono, dem Geist des Alls, gesegnete große Kanu mit den eingeschnitzten und aufgemalten zauberkräftigen Symbolen hatte ein Gewässer erreicht, das noch keinen Namen hatte, später einmal aber die Bezeichnung Yucatán-Kanal tragen sollte. Hier kam der Wind von Norden, und weil die Strömung in Gegenrichtung verlief, wurde die See zusehends rauer. Aber Yúo und seine Männer waren geschickt und stark und lenkten ihren robusten Einbaum, der sich bereits auf langen Strecken bewährt hatte, gekonnt durch die Wellen. Dunkle Wolken, Windböen, die sich kurzfristig zu heftigen Stürmen auswuchsen, waren dagegen ein

ständiges Risiko und erforderten die ganze Aufmerksamkeit der Mannschaft. Yúo beobachtete unentwegt den Horizont.
Und plötzlich sah er …
Er riss die Augen auf. Da war noch ein Boot. »*Guay!*«, schrie er und deutete nach Süden.
Die zwanzig Ruderer starrten gebannt auf das, was sie ausmachten. War das ein feindliches Kanu vom Festland? Jeder dachte an das, was man sich – ob wahr oder unwahr – von den grausamen Maya-Kriegern erzählte, die in diesen Gewässern ihr Unwesen trieben, und legte sich, den Blick auf das sich nähernde Boot geheftet, ins Zeug.
Bis sie verblüfft feststellten, dass das Kanu aus der Richtung der Perleninsel kam.
Als Tonina den Bootsführer des kleineren Kanus winkend am Bug stehen sah, schlug ihr Herz höher. Macu!

Freundlich winkend steuerte Macu, Wind und Wellengang geschickt ausnutzend, mit hoher Geschwindigkeit auf das sehr viel größere Boot zu; was man von Toninas Boot aus nicht sah, war, dass sein Bruder Awak und weitere Kumpane sich flach auf den Boden des Kanus drückten, sodass nur vier Ruderer das Boot vorwärts zu bewegen schienen. Kurz vor der Kollision, so Macus Plan, würde er seinen Männern das Zeichen geben, aufzuspringen und mit Pfeilen und Speeren anzugreifen.

Als er den jungen Mann in dem rasch auf ihn zukommenden Kanu erkannte, winkte Yúo lächelnd zurück.
Toninas Herz klopfte. Warum war Macu hier? Wollte er sie auf das Festland begleiten?
Als das kleinere Kanu fast bei ihnen angelangt war, gab Yúo seinen Männern den Befehl, die Ruder aufzustellen.
Macu grinste und gab seinen Leuten, die sich versteckt hielten, ein Zeichen.
»Wir wollten euch Glück wünschen!«, rief er, als sein Boot beidrehte.

»Danke!«, rief Yúo zurück, und sein Lächeln entblößte die perlweiß schimmernden Zähne in seinem dunkelbraunen Gesicht. »Mögen die Götter uns alle auf dieser Reise segnen.«
Beide Rudermannschaften legten eine Pause ein, man hörte nur noch die Wellen seitlich an die langen, schmalen Boote klatschen. Als Macus Kanu nahe genug beigedreht hatte, dass ein Mann auf das andere hinüberspringen konnte, wandte er sich zu seinen Leuten um und wollte den Befehl zum Angriff geben, als etwas Scharfes seinen Schenkel traf.
Überrascht sah er nach unten. Ein brennender Pfeil hatte sich in sein Fleisch gebohrt.
Im nächsten Augenblick ging ein Hagel von Feuerpfeilen auf das kleinere Kanu nieder. Macus Männer sprangen auf und schleuderten ihre eigenen Pfeile und Speere.
Entgeistert verfolgte Tonina den Kampf.
Sie konnte nicht wissen, dass ihre Großmutter vor Beginn der Reise heimlich Yúo gewarnt hatte: »Ich traue diesem Macu nicht. Nachdem Tonina ihm das Leben gerettet hatte und seine Freunde ihn vom Strand wegführten, habe ich gesehen, wie er sich umschaute und ihr einen bösen Blick zuwarf. Nein, ich traue ihm nicht.«
»Wir werden auf alles vorbereitet sein«, hatte Yúo ihr versichert. Und er wusste auch, wie er das anstellte. Wenn Tonina im Bug saß und in Richtung Westen Ausschau nach Land hielt, würde ihr entgehen, dass im Heck ihres langen Kanus Yúos Männer hockten, bereit, sich mit sogenannten Feuerpfeilen zu verteidigen – mit Pfeilen, deren Spitze mit Harz ummantelt war und die man an der glimmenden Asche entzündete, die man für das Lagerfeuer auf dem Festland mitnahm. Beim Näherkommen des anderen Kanus hatte Yúo Macu nicht aus den Augen gelassen; er hatte die Nervosität auf den Gesichtern der lediglich vier Ruderer in dessen Boot gesehen. Und dann hatte er die geduckten Männer erspäht. So konnte Yúo als Erster zuschlagen.
Mittlerweile loderte auf Macus Kanu bereits hier und dort Feuer auf. Männer schöpften um die Wette Wasser, um die Flammen

zu löschen; mit Messern und Äxten bewaffnet, sprangen andere hinüber auf Toninas Kanu. Ein Kampf Mann gegen Mann entbrannte, man brüllte und stach und schlug aufeinander ein. Das Kanu schwankte bedrohlich. Tonina hielt sich mit beiden Händen an der Bordkante fest, sie schrie vor Entsetzen.
Rauchschwaden stiegen aus dem kleineren Kanu auf, das die Strömung samt der dort befindlichen Männer mit sich riss.
Wie durch einen dicken Nebel sah Tonina, wie sich Macu mit wutverzerrtem Gesicht auf Yúo stürzte, einen Knüppel schwang und mit einem heftigen Schlag Yúos Kopf traf. Huracans Neffe stürzte zu Boden. Macu stieg über ihn hinweg, holte erneut aus und ließ den Knüppel auf dem Schädel eines weiteren Mannes von der Perleninsel niedergehen.
Fassungslos verfolgte Tonina, wie der Kampf von Mann gegen Mann immer brutaler wurde. Schmerzensschreie erfüllten die Luft. Schon trieben Leichen auf den Wellen, purpurnes Blut ergoss sich in alle Richtungen. Toninas Kanu schwankte durch die Kämpfenden gefährlich. »*Guay!*«, schrie sie.
Und dann geschah das Unvorstellbare: Das Kanu schaukelte unkontrolliert von einer Seite zur anderen und kenterte plötzlich, schwemmte Kämpfer und Tonina ins Wasser.
Während es ihr gelang, sich an dem umgekippten Einbaum festzuklammern, trieben die anderen durch die starke Strömung zu dem anderen Kanu, auf dem die Feuer inzwischen gelöscht worden waren, kletterten längsseits hinauf, zogen verwundete Kameraden und Feinde aus dem Wasser. Der Kampf war vergessen; jetzt half einer dem anderen ins Boot.
Hilfeschreie gellten durch die Luft, Tonina blieb wassertretend bei ihrem Boot und hielt in all dem Durcheinander Ausschau nach Hilfesuchenden. Das Meer war ihr Element, aber nun saugte sich das Gewebe ihrer aus *hamacs* gefertigten Kleidung voll Wasser. Es wurde so schwer, dass sie kaum die Beine bewegen konnte. Kurz entschlossen löste sie den Knoten um ihre Taille, und der Rock sank in die Tiefe.
Als Erstes schwamm sie zu einem Mann von der Perleninsel und

schleppte ihn zurück zu dem gekenterten Kanu. Erst als sie seine Hand auf den Bootsrumpf legte, merkte sie, dass er tot war. Seine Hand glitt ab, und er trieb davon, das Gesicht unter Wasser.
Sie schwamm zu einem anderen Mann – zu einem von der Halbmondinsel, der zwar noch lebte, aber im Kampf einen Arm verloren hatte. Während sie sich abmühte, ihn zu dem kieloben treibenden Boot zurückzuschaffen, vernahm sie verzweifelte Rufe. Sie wandte sich um und sah, dass das kleinere Kanu zu sinken begann. Es war überlastet, außerdem hatte eines der Feuer an der Längsseite ein Loch gebrannt. Die Männer schrien und stürzten übereinander, als das Kanu in der kabbeligen See verschwand. Tonina winkte, rief. Ihr Kanu war größer und stabiler. Wenn sie es schafften, es wieder aufzurichten …
Da sah sie die Haifische.
Wieder schrien die Männer, die versuchten, gegen die Strömung von dem sinkenden Kanu weg zu dem von Tonina zu gelangen. Schreckensrufe und Schmerzensgebrüll gellten auf, als die Rückenflossen der Raubfische zwischen den verzweifelten Männern auftauchten. Ein entsetzliches Morden hob an, begleitet von hoch aufspritzenden Fontänen, Hilferufen, sich blutrot färbendem Wasser.
Als Tonina Macu im Wasser treiben sah, bewusstlos und das Gesicht himmelwärts gerichtet, griff sie nach ihm und zog ihn zu sich. Mit großer Mühe schaffte sie es, sich auf den Kiel zu hieven und Macu mit hochzuziehen. Zitternd und verzagt hockte sie nun auf dem schwankenden Bug, Macu neben sich fest umklammernd.
Abrupt wurde das Kanu von einer kräftigen Gegenströmung erfasst, Tonina und Macu trieben von den Haien fort. Ungläubig bemerkte sie, wie das Gemetzel, das eben noch um sie herum getobt hatte, allmählich ihrem Blickfeld entschwand, auch die Überlebenden, die es nicht geschafft hatten, sich auf das robuste, wenngleich umgekippte Kanu zu retten. Von insgesamt einunddreißig Menschen waren nur Tonina und Macu übrig geblieben.
Tonina schluchzte. Mit schmerzenden Armen hielt sie den be-

wusstlosen Macu fest. Sie begriff nicht, was geschehen war. Was hatte ihn bewogen, ihr Kanu anzugreifen? Sie drückte ihr Gesicht an sein kaltes, nasses Haar und weinte bitterlich. Lange würde sie ihn nicht mehr festhalten können. Ihre Kräfte schwanden. Ihre Muskeln verkrampften sich. Angstvoll hielt sie Ausschau nach Haifischen.

Und dann tauchte einer auf. Ein kleiner, junger Hai. Kam rasch näher. Mit einer einzigen, wie selbstverständlichen Bewegung riss er das Maul auf und verbiss sich in Macus Schienbein. Das Wasser färbte sich blutrot. Tonina schrie auf. Mit aller Kraft versuchte sie, Macu höher auf den Bootsrumpf zu ziehen und gleichzeitig sich selbst über Wasser zu halten.

Die Bestie wandte sich um, kam zurück. Tonina umklammerte Macu noch fester, aber anstatt vorbeizugleiten, rammte der Hai das Boot. Infolge des Anpralls lockerte sich Toninas Griff um Macus Brust, und der junge Mann glitt ins Wasser. Gelähmt vor Angst sah sie, wie sein Kopf untertauchte und der Hai nach dem Bewusstlosen schnappte. Rasch suchte der Hai das Weite, eine Blutspur hinter sich lassend.

Zu keiner Regung fähig, starrte sie ihm nach. Dem unendlichen Meer preisgegeben, ohne irgendwo Land zu erspähen, nicht einmal die Leichen der anderen Männer, fühlte sie ihre Kräfte vollends schwinden. Ihre Muskeln versagten den Dienst, und Dunkelheit schlug über ihr zusammen.

6

Tonina träumte, sie säße auf dem Rücken eines großen, grauen Tiers.
Sie erkannte in dem Tier das Meeresungeheuer aus der Lagune, das irgendwie wieder zum Leben erwacht war, mit Fleisch und Haut um das gewaltige Knochengerüst. Es war gekommen, um sie aufzunehmen, und jetzt hockte sie auf seinem Rücken, krallte sich an einer Rückenflosse fest, glitt mit ihm durch das Wasser.
Als sie aufwachte und feststellte, dass sie sich an einem einsamen Strand befand, fragte sie sich, ob das vielleicht gar kein Traum gewesen war, ob nicht vielmehr ihre Beschützer, die Delphine, sie einmal mehr in Sicherheit gebracht hätten.
Unbeweglich lag sie da, lauschte der Brandung und dem Wind, der in den Palmen rauschte, schaute empor zum tiefblauen Himmel. Der Sand unter ihr war warm und trocken. Sie stützte sich auf die Ellbogen, wischte sich Sand und Algen aus dem Gesicht und blickte an sich hinunter.
Ihre Beine waren nackt. Ihr fiel ein, dass sie im Meer den *hamac*-Rock abgestreift hatte. Entblößte Beine und dafür oben verhüllt zu sein fand sie merkwürdig, war sie es doch gewohnt, den Busen frei zu lassen und die Beine zu bedecken. Genau andersherum. War sie etwa in einer Welt gelandet, in der alles verkehrt herum war?
Ihre Blicke suchten den Strand ab. Keine weiteren Überlebenden des kurzen Kampfes auf hoher See, der so tragisch geendet hatte. Auch keine Spur von ihrem Einbaum oder dem dort verstauten Proviant. Dafür trug sie noch immer ihren wasserdichten

Reisesack auf dem Rücken. Grund genug, den Göttern dafür zu danken.
Unsicher stand sie auf, nahm die unbekannte Landschaft in Augenschein. Keine Lagune schirmte diesen Strand vom Meer ab, mächtige Wellen brachen sich in unmittelbarer Nähe. Hinter ihr erhob sich, gleichsam wie eine Wand, dichter grüner Wald. Bekümmert stellte sie fest, dass sie sich vermutlich nicht dort befand, wo sie hätte sein sollen. Großvater hatte die Gegend, in der die heilsame Blume wuchs, als von zerklüfteten, mächtigen Küstenklippen und gefährlichen Felsbuchten geprägt beschrieben. Dies hier war ein langgezogener Strand mit weißem Sand und Palmen. War sie überhaupt auf dem Festland? Oder ganz woanders?
Sie öffnete ihren Reisesack und schaute nach, was Guama liebevoll darin verstaut hatte – Salzfisch, getrocknete Kokosnuss und Beeren, Medizin. Alles trocken und unversehrt.
Beim Gedanken an zu Hause drängte sich ihr das schreckliche Ende ihres Onkels Yúo auf. Macus Hinterlist und ihr verzweifelter Versuch, ihn zu retten. Sie brach in Schluchzen aus, aber bald zwang sie sich zur Ruhe. Keine Zeit, sich in Traurigkeit oder Selbstmitleid zu ergehen. Der Stand der Sonne zeigte an, dass rechts von ihr Süden war. Wenn sie dem im Bogen verlaufenden Küstenstrich folgte, müsste sie eigentlich zur östlichen Küste kommen, dorthin, wo, wie sie hoffte, die rote Blume wuchs.
Unter ihren Vorräten war eine kleine, aus einer Kokosnuss gefertigte Schale mit der weißen Farbe, mit der Inselbewohner sich Schutz verheißende Symbole auf Gesicht und Arme malten. Diese Vorsichtsmaßnahme wollte sie sofort treffen, weil das Wasser alles an Bemalung abgewaschen hatte und sie dadurch anfällig für die Machenschaften böser Geister und Unglück geworden war. Sie verzierte also ihre Stirn, die Wangen, die Nase und das Kinn mit Strichen und Kreisen, Punkten und Zickzacklinien, bis ihr Gesicht wieder geschützt war.
Dann schulterte sie ihren Reisesack, sprach noch ein leises Gebet für die Männer, die auf dem Meer geblieben waren, richtete ein

weiteres, eines des Dankes, an Lokono und an ihre sie beschützenden Delphine und brach auf.
Sie war noch nicht weit gekommen, als ein Mangrovenwald ihr den Weg versperrte, riesige, himmelhohe Bäume mit ausladenden Stämmen, die zu passieren schier unmöglich schien. Aber Tonina gab nicht auf, kletterte über die verschlungenen Wurzeln, die aus dem Wasser ragten, watete durch Sumpf und Schlamm, bis ihr die Beine schwer wurden. Moskitoschwärme umsummten sie, und stets musste sie auf giftige Schlangen gefasst sein.
Schließlich lehnte sie sich an einen Baum, um Luft zu schnappen und sich in dem dichten, von Morast durchzogenen Wald, der kein Ende zu nehmen schien, umzusehen. So kam sie nicht weiter. Sie musste sich landeinwärts halten, um festen Boden unter die Füße zu bekommen, und erst dann eine südliche Richtung einschlagen. Landeinwärts zu gehen bedeutete, dem vertrauten Meer den Rücken zu kehren. Und davor hatte sie Angst.
Dennoch zog sie los. Bis zum späten Nachmittag hatte sie das Sumpfgebiet hinter sich gelassen und hörte nicht länger die Schreie der Wasservögel. Sie befand sich in einem dichten, trockenen Wald, fern von jeglicher Küste. Ihr Herz hämmerte. Die Perleninsel war so klein, dass man sie in weniger als einem Tag durchqueren konnte. Eine kurze Strecke über sanfte Hügel, über mehrere Flussläufe und mittendrin durch einen dichten Wald, und schon sah man wieder das Meer.
Hier nicht.
Dies hier *muss* das Festland sein, sagte sie sich. Sie blieb häufig stehen, um die Luft zu schnuppern und den Sonnenstand zu erspähen. Eigentlich unterschied sich das Festland kaum von der Perleninsel, sah man doch hier die gleichen Bäume, von deren Früchten sich ihr Volk seit Generationen ernährte. Auch die Blumen waren die gleichen, ebenso wie die kleinen Tiere, die ihr über den Weg huschten.
Gerade als sie sich nach Süden wenden und auf die Küste zuhalten wollte, stach ihr der Geruch von Rauch in die Nase. Ein Lagerfeuer? In der Hoffnung, jemand würde ihr den Weg zu der

gesuchten Blume weisen, pirschte sie sich näher in die Richtung, aus der der Rauch kam, und gelangte zu einer Lichtung, auf der Männer plaudernd und Pfeife rauchend um ein Lagerfeuer herumsaßen. Toninas Augen wurden kugelrund: Die Männer unterschieden sich in nichts von denen auf der Perleninsel. Abgesehen von den braunen und schwarzen Streifen auf ihren Körpern hätten sie durchaus Toninas Stamm angehören können.

Das müssen Inselbewohner sein, jubelte sie innerlich, und dann waren sie freundlich und halfen ihr weiter, brachten sie vielleicht sogar mit einem Kanu wieder nach Hause.

Dann sah sie die Käfige.

Aus Stöcken und Schnüren gefertigt, ähnelten sie Hummerfallen, nur dass diese hier sehr viel größer waren und sich darin – welch ein Frevel! – gefangene Adler befanden.

Tonina schluckte. Auf der Perleninsel galt die Jagd auf Adler als Verstoß gegen die Weisungen der Götter, auch wenn es immer wieder Männer gab, die sich nicht darum scherten, weil sie sich den Geistern der Natur überlegen fühlten. Zu dieser Sorte schienen die hier Versammelten zu gehören, weshalb es wohl besser war, wenn Tonina den Rückzug antrat und allein weiterging.

Etwas hinderte sie daran. In dem am weitesten von ihr entfernten Käfig machte sie einen lediglich mit einem weißen Lendenschurz bekleideten jungen Mann aus, dessen Handgelenke und Fußknöchel gefesselt waren. Auf seinem Gesicht zeichnete sich Todesangst ab.

Tonina kroch durch das dichte Gebüsch näher an ihn heran. Als sie bei seinem Käfig anlangte, wandte sich der junge Mann instinktiv zu ihr um und schaute sie zu ihrer Überraschung aus goldgelben Augen an. Mit angehaltenem Atem malte sie ein Schutzzeichen in die Luft. Goldene Augen hatte sie noch nie gesehen.

Ihr Herz pochte zum Zerspringen. Am liebsten wäre sie weggelaufen, aber der flehende Blick des Gefangenen ließ sie wie angewurzelt verharren. Und dann bemerkte sie die Wunde auf seiner Stirn und das Blut, das ihm über eine Seite seines Gesichts rann.

Ohne die Männer am Lagerfeuer aus den Augen zu lassen, robbte Tonina lautlos an den Käfig heran und besah sich den Verschluss. Kein Problem, man brauchte nur die Schnur durchzuschneiden. Sie holte das Messer aus ihrem Reisesack und ging zu Werke. Dann schlüpfte sie in den Käfig und schnitt die Fesseln des Jungen durch.
Wortlos kroch er ins Freie, hetzte dann auf die Bäume zu. Wie ein wildes Tier wirkte er, als er unvermittelt stehen blieb und sich kurz umschaute, den Körper angespannt, gesammelt zum nächsten Sprung. Tonina legte den Zeigefinger auf die Lippen und deutete zu den Jägern hinüber. »Ganz leise sein«, flüsterte sie.
Gelbe Augen sahen sie verständnislos an.
Tonina wies auf die auf dem Boden verstreuten Zweige, die beim Bau der Käfige übrig geblieben waren. »Pass auf, wo du hintrittst. Wir dürfen nicht das kleinste Geräusch machen.«
Mit gerunzelter Stirn sah er zu Boden, dann blieb sein Blick an ihren nackten Beinen haften.
Auch Tonina schaute an sich hinunter. Hatte Großvater nicht gesagt, die Leute auf dem Festland hätten etwas dagegen, wenn Frauen ihre Haut zur Schau stellten? Vielleicht waren ja auch nackte Frauenbeine als unschicklich verpönt, und wenn dem so war, würde sich wohl niemand bereit erklären, ihr bei der Suche nach der roten Blume zu helfen.
Sie spähte zum Lager. Verpflegung und Wassersäcke aus Tierhäuten sowie Waffen stapelten sich dort, und auf der anderen Seite der Lichtung, wie zum Trocknen über große Farnwedel ausgebreitet, entdeckte sie mehrere weiße Baumwollumhänge. Wieder legte Tonina den Finger an die Lippen und bedeutete dem Jungen, ihr zu folgen. Lautlos krochen sie gemeinsam um das Lager herum, und als sie bei den ausladenden Farnen anlangten, streckte Tonina die Hand nach dem Umhang aus, der ihr am nächsten war. Als Gegenwert wollte sie drei makellose runde Perlen zurücklassen, die in ihrem Dorf übliche Währung beim Erwerb von Baumwollnem.

Als sie jedoch das Tuch von dem Farnbüschel riss, brach ohrenbetäubender Lärm aus.
Zu spät bemerkte Tonina die Schnur, die am Umhang befestigt und mit einem weiteren oben in den Ästen eines Baums verknüpft war. Ein Ruck, und schon prasselten jede Menge Steine, Muscheln und Kokosnüsse zu Boden.
Sofort sprangen die Jäger auf und griffen zu ihren Waffen.
»*Guay!*«, zischte Tonina und floh in den Wald, dicht gefolgt von dem Jungen mit den gelben Augen.
Sie kämpften sich an Bäumen vorbei und durch dorniges Gebüsch, hetzten durch Unterholz, setzten über umgestürzte Stämme hinweg, flogen förmlich über den trockenen, mit Zweigen bedeckten Boden. »Da hinauf!«, rief Tonina, als ihnen ihre Verfolger bedrohlich nahe gekommen waren, und sie kletterten einen dicht belaubten mächtigen Baum hinauf, hoch genug, um sich in den Ästen zu verbergen, ihre Verfolger aber beobachten zu können. Mucksmäuschenstill sahen Tonina und der Junge mit an, wie die braun- und schwarzgestreiften Männer an dem Baum, auf dem sie hockten, vorbeieilten und im Wald verschwanden. Erst als wieder Ruhe eingekehrt und bis auf das Zwitschern der Vögel und dem Rascheln kleinerer Tiere im Unterholz nichts zu hören war, verließen sie ihr Versteck.
Tonina rieb sich ihre schmerzenden Gliedmaßen und überlegte. Die Jäger waren nach Süden geeilt, ihr Lager befand sich in östlicher Richtung, und sich nach Norden zu orientieren, würde Tonina weiter von ihrem Ziel abbringen. Blieb noch der Westen. Sie hatte keine Wahl. Im Moment war es wichtiger, am Leben zu bleiben, als die Blume zu finden.
Sie sah, dass das Blut auf der Stirn des Jungen eingetrocknet war. Als sie die Wunde berühren wollte, zuckte er zusammen. »Alles in Ordnung mit dir?«, flüsterte sie.
Er starrte auf ihre Lippen, und als sie die Frage wiederholte, nickte er.
»Wir brauchen Wasser, um die Wunde zu reinigen. Kennst du dich hier aus?«

Er richtete die goldfarbenen Augen auf die dicht an dicht stehenden Bäume. Viele trugen kein Laub mehr, die Vegetation wurde gelblich und verdorrte. Der Herbst war angebrochen, in der Tiefebene zog sich der Wald zum Winterschlaf zurück. Der Junge schüttelte den Kopf.
Tonina faltete den gestohlenen Umhang auseinander und wickelte ihn sich um die Taille, sodass er sie bis auf halbe Wadenhöhe umhüllte. »Hier lang«, sagte sie, und sie setzten ihren Weg durch den mit vorangeschrittener Tageszeit immer dunkler werdenden Wald fort.
Als sie so dahinmarschierten, stets auf der Hut, nicht von den Jägern entdeckt zu werden, machte sich bei Tonina zusehends Neugier breit. Was, so fragte sie sich, hatte es mit ihrem seltsamen Gefährten auf sich?
Sein Gesicht war oval statt wie von ihrem Stamm gewohnt rund, und er war fast größer als sie – so etwas hatte sie noch nie erlebt. Sein langes schwarzes Haar war unterschiedlich lang und zerzaust, hatte wohl noch nie einen Kamm zu spüren bekommen. Sie schätzte ihn als etwa gleichaltrig ein, aber nichts deutete auf den Stamm oder Clan hin, dem er entstammte. Außer seinem Lendentuch trug er nichts am Körper, und seine Haut war unbemalt. Noch nie war Tonina jemandem begegnet, der nicht tätowiert gewesen wäre oder dem man nicht die Haut mit einem Schmuckstück durchstochen hätte. Eigenartig nackt und verletzlich sah er aus, wie ein neugeborenes Baby.
Sie sah zum Himmel empor. Bald würde die Nacht hereinbrechen. Beim letzten Tageslicht gelangten sie zu einer kleinen Lichtung, auf der etwas stand, das sie vor Erstaunen erstarren ließ.
Aus einem Felsbrocken gefertigt und von Kletterpflanzen und Rankengewächsen umwuchert, erhob sich vor ihnen ein riesiger Affe. Er thronte auf einem steinernen Podest, über das sich Moos und Flechten zogen und das Baumwurzeln teilweise hatten bersten lassen. Steinerne Pranken, in denen ganz unterschiedliche Vögel nisteten, umspannten seinen behäbigen Bauch.
»*Guay!*«, entfuhr es Tonina erschrocken, und unwillkürlich malte

sie ein beschützendes Zeichen in die Luft. »Was ist das denn?« Ihr stummer, in Ehrfurcht erstarrter Begleiter schüttelte den Kopf.
Das Maul des Affen war wie zu einem lautlosen Schrei aufgerissen und schien groß genug zu sein, um zwei Menschen als Versteck zu dienen. Die Erbauer dieses Schreins mussten Riesen gewesen sein, hatten ihn aber, wie es aussah, seit Jahren nicht mehr aufgesucht. Folglich hatten die beiden Herumirrenden wohl nichts zu befürchten. Sich gegenseitig Hilfestellung leistend, erklommen sie die gewaltige Statue, aus deren aufgerissenem Maul sie das umliegende Gelände überblicken und die eventuell herumstreifenden Adlerjäger beizeiten ausmachen konnten.
Tonina nahm auf dem steinernen Boden der von Menschenhand gefertigten Höhlung Platz, überkreuzte die Beine und streifte sich den Reisesack von den schmerzenden Schultern. Der junge Mann verfolgte jede ihrer Bewegungen, so als sähe er so etwas zum ersten Mal. Tonina zog einen kleinen Beutel mit einer von Guamas Wundsalben heraus. »Leider haben wir kein Wasser, um vorher deine Wunde zu säubern«, meinte sie, als sie behutsam die grüne Paste auf die Verletzung auftrug. »Warum haben dich diese Männer eingesperrt?«
Als er keine Antwort gab, fragte sie: »Verstehst du, was ich sage?« Großvater hatte sie darauf hingewiesen, dass die Menschen auf Festland sich in verschiedenen Sprachen verständigten. »Ob du mich wohl hören kannst?«, überlegte sie laut und wischte sich die Finger an dem Umhang ab, der ihr als Rock diente, ehe sie den kleinen Beutel wieder in den Reisesack stopfte.
Der Junge hob die schmalen schwarzen Brauen, dann hellten sich seine Züge auf. Als er zustimmend nickte, sagte Tonina: »Wenn du meine Frage verstanden hast, dann sprich auch mit mir. Bin gespannt, wie sich das anhört. Du siehst nicht aus wie einer von den Inseln. Wie heißt du eigentlich?«
Er starrte auf ihre Lippen.
»Wie heißt du?«, wiederholte sie, um dann, indem sie sich auf die Brust klopfte, zu sagen: »Ich bin Tonina. Und wer bist du?«

Seine Lippen mühten sich ab, ein Wort zu bilden. Aber kein Ton kam aus seinem Mund.

Tonina lehnte sich zurück. Möglicherweise hatte die Verletzung an der Stirn bewirkt, dass er nicht mehr sprechen konnte. Und noch etwas fiel ihr ein. »*Weißt* du überhaupt, wie du heißt?«

Die goldenen Augen auf sie geheftet, schien er nachzudenken. Als er den Kopf schüttelte, stand für Tonina fest, dass die Kopfwunde tatsächlich sein Erinnerungsvermögen beeinträchtigt hatte.

»Kannst du dich an *irgendetwas* erinnern?«

Wieder schüttelte er den Kopf. Da er zu seinem Schutz weder Tätowierungen noch Nadeln am Körper aufwies und auch keine Federn, Halsketten oder Amulette trug, meinte sie: »Wenn du deinen Namen nicht kennst, bist du nicht vor bösen Geistern geschützt. Du musst einen Namen haben.«

Sie versank ins Grübeln. Sich für einen Namen zu entscheiden war nicht einfach. Ihre eigenen Leute verwandten Tage darauf, sich auf den Namen für ein Kind festzulegen, gewährte der Name doch nicht nur Schutz vor dem Bösen, sondern war gleichzeitig schicksalweisend. Tonina dachte an den Käfig, in dem der Junge eingesperrt gewesen war, und an die großen Raubvögel in den anderen Käfigen und beschloss, ihn, bis ihm sein richtiger Name wieder einfiel, Tapferer Adler zu nennen.

Als sie ihre Idee aussprach, erntete sie zu ihrer Verblüffung ein strahlendes Lächeln. Es drängte sie, noch mehr für ihn zu tun. Die Kette aus den Gehäusen der Strandschnecke fiel ihr ein, die Guama ihr als Glücksbringer eingepackt hatte. Sie zog sie heraus und streifte sie ihm über den Kopf, richtete die Glücksbringer an seinem bleichen Hals zurecht. »Sie sind Lokono geweiht, dem Geist des Alls«, sagte sie und fügte hinzu: »Jetzt bist du doppelt geschützt.« Wieder strahlte der Junge sie an.

»Ich bin auf der Suche nach einer Blume«, sagte Tonina und bot Tapferem Adler Nüsse und getrocknete Beeren aus ihrem Sack an. Nur an Wasser mangelte es bedauerlicherweise. »Kennst du sie vielleicht?« Wie Großmutter formte sie mit ihren Fingern einen Kranz aus nach unten geneigten Blütenblättern und fügte

hinzu: »Sie ist rot, so rot wie Blut, und sie verfügt über wundersame Heilkräfte. Hast du sie schon einmal gesehen?«
Beeren kauend starrte Tapferer Adler auf ihre Hände, dachte angestrengt nach, schüttelte dann den Kopf.
Schweigend verzehrten sie ihre bescheidenen Vorräte, beobachteten, wie der Wald in Dunkelheit versank und die Nacht mit den ihr eigenen Geräuschen anbrach. »Wir sollten schlafen«, meinte Tonina schließlich zu Tapferem Adler, gebannt von dessen strahlendem Blick. Etwas Geheimnisvolles umgab diesen stummen hübschen Knaben. Auch etwas Verletzliches. Die Wunde auf seiner Stirn und die Spuren der Fesseln an seinen Handgelenken schnitten ihr ins Herz. Am liebsten hätte sie ihn in die Arme genommen.
Auch Tapferer Adler blickte Tonina an. Seine goldenen Augen wanderten von ihrem Kopf hinunter bis zu den Zehen und wieder nach oben, keineswegs so ungeniert wie Männer gelegentlich eine Frau begutachteten, sondern eher in argloser Neugier. Als sein Blick an den vielen Ketten auf ihrer Brust haften blieb, griff er nach dem von Palmfasern umhüllten Amulett.
»Ich weiß nicht, was sich darin verbirgt«, sagte Tonina. »Großmutter meinte, ich würde es erfahren, wenn ich den Zeitpunkt, es zu öffnen, für gekommen halte. Bislang schien es mir noch nicht so weit zu sein.«
Er ließ den Talisman behutsam wieder an ihre Brust sinken und schaute ihr in der sich ausbreitenden Dunkelheit in die Augen. Die steinerne Kammer war klein, und es wurde zusehends kühler. Als Tapferer Adler sich niederlegte, entledigte sich Tonina ihres »Rocks«, streckte sich neben Tapferem Adler aus und breitete den Umhang über sich und ihn. »Warum kannst du nicht sprechen?«, flüsterte sie und berührte mit der Fingerspitze seine Lippen. »Du kannst hören, und du kannst mich verstehen. Aber sprechen kannst du nicht.« Sie gähnte und schlummerte gleich darauf ein, während Tapferer Adler wach blieb und sie nicht aus den Augen ließ.
Als es immer kälter wurde, schob er einen Arm unter Tonina

und zog behutsam ihren schlafenden Körper an sich, hielt sie umschlungen, bis auch er vom Schlaf übermannt wurde. Und so verbrachten sie gemeinsam die Nacht im Maul des Affengottes, im Inneren des ihm geweihten Schreins, der von Schlingpflanzen und Klettergewächsen derart überwuchert war, dass man sie unmöglich entdecken konnte.

7

Wildes Gebrüll erschütterte die Stille des anbrechenden Tages. Tonina fuhr hoch und spähte verschreckt zur Öffnung des Schreins. Der Lärm war unerträglich. Es hörte sich an, als würde jemand abgeschlachtet.

Eine dunkle Gestalt huschte vorüber, und dann, wie von einem heftigen Schlag getroffen, erbebte der Schrein. »Ein Überfall!«, schrie Tonina und klammerte sich an Tapferen Adler, derweil draußen das Wüten weiterging.

Als dann das erste Tageslicht in ihr Versteck drang, sah Tonina, dass die Störenfriede keineswegs menschliche Wesen waren, sondern übergroße rote Affen, die sich keineswegs in böser Absicht am Schrein eingefunden hatten. Vielmehr begrüßten sie lediglich in der ihnen eigenen Weise lauthals den neuen Tag. Allmählich verebbte das Lärmen, die Krakeeler verstummten und begaben sich auf die tägliche Nahrungssuche.

Tonina lachte irritiert auf. Es bedrückte sie, dass sie bereits einen ganzen Tag auf dem Festland verbracht hatte, ohne der Blume, die sie suchte, auf die Spur gekommen zu sein. »Wir müssen weiter«, drängte sie. Nicht ohne vorher den Affengott mit einem Dankesgebet für den gewährten Schutz zu bedenken, schulterte sie ihren Reisesack.

Ihr Körper schmerzte. Nie zuvor hatte sie auf hartem Boden geschlafen. Dabei, so fiel ihr ein, war es doch so gewesen, dass sie irgendwann nachts aufgewacht war und festgestellt hatte, dass sie warm und geborgen in den Armen von Tapferer Adler lag. Bei der Erinnerung daran stieg ihr das Blut in die Wangen. Da in ihrem

Volk jeder für sich in einer *hamac* schlief, hatte sie noch nie den Körper eines anderen an ihrem gespürt. Hatte sie etwa ein voreheliches Tabu verletzt?
Tapferer Adler deutete auf seinen Mund und gab abgehackte, schmatzende Laute von sich.
Tonina nickte. Auch sie war durstig. »Irgendwo in der Nähe muss doch Wasser sein. Ein Fluss oder ein Tümpel.«
Als sie sich an den dicken Ranken hinunterhangelten, hörten sie Stimmen. Die Adlerjäger! Sie näherten sich von Südosten her.
Die beiden jungen Menschen bemühten sich, die Jäger abzuschütteln. Sie liefen im Zickzack, kehrten auf demselben Weg wieder um, schlugen dann eine andere Richtung ein, bis sie ihre Verfolger nicht mehr hörten. Erst am späten Nachmittag erreichten sie eine kleine Lichtung, auf der Frauen damit beschäftigt waren, Kalebassen in eine Höhlung im Kalksandstein hinabzulassen.
Tonina bedeutete Tapferem Adler, unsichtbar zu bleiben, und ging freundlich lächelnd auf die Frauen zu. Sie erwiderten ihr Lächeln, und als sie dann Toninas merkwürdigen Aufzug sahen, fingen sie an zu kichern. Zum ersten Mal sah Tonina, was man als Frau hier trug – einen knöchellangen Rock und eine kurzärmelige lange Tunika. Sie nahm sich vor, sich so schnell wie möglich diesen Gepflogenheiten anzupassen.
Jetzt holte sie erst einmal das hübsche Gehäuse einer Seeohrschnecke aus ihrem Reisesack und bot es zum Tausch gegen eine Kalebasse frischen Wassers an. »Wo bin ich?«, fragte sie. »Wie heißt dieses Land?«
»Yucatán«, erwiderte eine der Frauen.
»Yucatán?«
Die Frau nickte.
»Liegt das in der Nähe von Quatemalán?«
Die Frau kniff ihren zahnlosen Mund zusammen, schüttelte den Kopf und wiederholte mit ausgestreckten Armen: »Yucatán.«
Tonina dankte ihr und ging zurück zu Tapferer Adler. »Zumindest wissen wir, wo wir sind«, sagte sie. »Jetzt müssen wir herausfinden, wo wir hin wollen.«

8

Tonina, die sich unter Einsatz ihres Messers durch einen Dschungel von Bäumen und dichtem Gestrüpp kämpfte, blieb so unvermittelt stehen, dass Tapferer Adler in sie hineinrumpelte.

Der mit Laub bedeckte Waldboden veränderte sich plötzlich. »Was ist das?«, flüsterte sie und nahm die merkwürdige Oberfläche näher in Augenschein.

Tapferer Adler ging in die Hocke, betastete mit den Fingerspitzen den Boden und schüttelte dann den Kopf.

Bei dem Belag auf dem Boden schien es sich um Stein zu handeln. Um sehr weißen Stein, der obendrein unnatürlich glatt und eben war. So breit wie zehn nebeneinander stehende Männer, so lang wie …

Das Ende des schnurgerade verlaufenden weißen Wegs war nicht zu erkennen. Auf beiden Seiten war er umstanden von Bäumen und Sträuchern, was den Eindruck erweckte, die Pflanzen hätten diesem eigenartigen Stein Platz gemacht. Tonina wollte den Fuß auf die weiße Oberfläche setzen, wagte es dann aber doch nicht.

Was, wenn dies eine Falle war, die ein bösartiger Gott gestellt hatte? So etwas wie zu Hause eine unversehens auftretende Verwirbelung der Gezeitenströme, ausgelöst von missgünstigen Göttern, um unachtsame Schwimmer in Bedrängnis zu bringen? Wenn dieser »gefrorene Fluss« plötzlich flüssig wurde und ahnungslose Wanderer mit sich riss? »Wir gehen drum herum«, sagte sie zu Tapferem Adler, und wieder tauchten sie in den Wald ein, schlugen einen Bogen um die gesamte Länge des Weges, was, wie sich herausstellte, fast einen Tagesmarsch beanspruchte.

Mit jedem Schritt in westlicher Richtung wuchs Toninas Besorgnis. Zweimal hatten sie versucht umzukehren oder sich nach Süden zu orientieren, aber jeweils gleich darauf die Jäger gehört, die weiträumig, gleichsam wie ein Fischernetz, noch immer hinter ihnen her waren. Tonina fragte sich besorgt, warum sie so darauf brannten, den Jungen wieder einzufangen.

Als sie erneut Stimmen vernahmen, diesmal ihnen entgegenkommende, griff Tapferer Adler nach Toninas Handgelenk und zog das Mädchen in den Schutz eines hohlen, durch Blitzeinschlag ausgebrannten Baumstamms. Mit angehaltenem Atem und eng aneinandergeschmiegt beobachteten sie, wie eine seltsame Prozession vorbeizog: in farbenfrohe Gewänder gekleidete Männer und Frauen, die Flöte spielten oder die Trommel schlugen oder in die Hände klatschten. Sie zogen über den weißen Stein – ohne dass er sie mit sich riss. Tonina mutmaßte, dass die fröhliche Schar auf dem Weg zu einem religiösen Fest war.

Erst jetzt nahm sie wahr, dass Tapferer Adler sie umschlungen hielt. Sein warmer Atem, der ihren Nacken streifte, sein Gesicht dicht an ihrem … Verlegenheit und ein nie gekanntes Gefühl der Verwirrung überflutete sie.

Als die Flöten und Trommeln nicht mehr zu hören waren, zogen die beiden weiter, verzehrten zwischendurch Guamas gesalzenen Fisch und teilten miteinander das kostbare Wasser aus der Kalebasse. Als sie schließlich auf ein ganz aus Stein bestehendes Gebäude stießen, überraschte sie dies wie vorher die steinerne Straße. Dann wagte sich Tonina um das Gebäude herum und befand, dass es eine Art Wohnung sein mochte oder ein hiesigen Göttern gewidmeter Schrein. Sie riskierte einen Blick ins Innere. Alles war leer.

Kurz darauf trafen sie auf weitere steinerne Bauten, einige davon gut erhalten, andere verfallen und von Rankengewächsen überwuchert. Aber alle standen leer. Verrußte Feuerstellen verrieten, dass hier Menschen gelebt hatten.

Der Gedanke, dass in der näheren Umgebung vielleicht immer noch Menschen siedelten, gab Tonina Auftrieb. Obwohl der

Herbst angebrochen war und kaum noch etwas blühte, hatte sie sich die wenigen Blumen, die sie unterwegs entdeckt hatten, genau angesehen. Keine rote darunter. Vielleicht konnten ihr ja die Menschen, die möglicherweise noch hier lebten, sagen, wo die Pflanze zu finden war.

Wenn ihre Suche aber, so schwor sie sich, bis zum Ende dieses Tages erfolglos bleiben sollte, wollte sie morgen in Richtung Norden aufbrechen, so lange, bis sie sicher sein konnte, sich außerhalb der Reichweite der Jäger zu befinden, sich dann nach Osten wenden, zur Küste hin, und von dort aus den Strand entlang nach Quatemalán ziehen.

Der Wald lichtete sich allmählich, und die glatte weiße Steinader, die sich hindurchzog, endete auf einmal. Unversehens standen Tonina und Tapferer Adler vor einem Areal, für das sie keine Erklärung fanden – einem eindeutig von Menschenhand angelegten großflächigen Feld zwischen zwei steilen, schrägen Mauern. Sie schritten die Längsseite des geheimnisvollen Feldes – wer es wohl angelegt hatte? – ab und gelangten zu einem Podest, das aus Menschenschädeln aufgetürmt worden war.

Tonina schrie entsetzt auf und flehte Lokono um Beistand an, ehe sie feststellte, dass es sich bei den Reihe um Reihe aufeinandergeschichteten Schädeln um solche aus behauenem Stein handelte.

Und dann erblickte Tapferer Adler die Pyramide.

Er rannte los, eilte über das offene Feld, auf dem kein Baum wuchs, nur Unkraut und Gras, und als er unten an den Steinstufen anlangte, die sich himmelwärts zogen, blieb er einen Moment stehen. Er verbeugte sich tief, dann kletterte er bis ganz nach oben auf die Pyramide. Dort angekommen, breitete er die Arme aus, warf den Kopf zurück und stieß einen markerschütternden Schrei aus.

Ihr anfängliches Zögern überwindend, erklomm auch Tonina die hohen Stufen. Was sie, auf der Plattform angelangt, von oben sah, verschlug ihr die Sprache – nichts als Wald, der sich zum Horizont dehnte. Vom Meer dagegen keine Spur. Jetzt gab es für sie keinen Zweifel mehr, dass sie sich auf dem Festland befand. Allein die Weite, die sich vor ihr auftat! Panik ergriff sie. Sie kauerte sich auf den Boden, war drauf und dran, die Stufen wieder hinunterzuklettern, aber Tapferer Adler zog sie hoch und legte beschwichtigend die Arme um sie. Sie schmiegte sich an ihn, langsam schwand ihre Angst, und sie spürte, dass dieser Augenblick etwas Magisches hatte: nur sie beide und über ihnen der Himmel.

Waren es Riesen gewesen, die dieses phantastische Bauwerk erstellt hatten, das sich Stein um Stein zur Sonne empor erhob? Auf den schrägen Mauern wuchs Unkraut, büschelweise zwängte sich Gras durch das Gestein, und ganz oben, wo ein merkwürdiges Gebilde aus Stein stand, wurzelten verkrüppelte Bäume. Ebenso überwuchert wie der Schrein des Affengottes, war dieses Bauwerk, von wem immer es errichtet worden war, nicht instand gehalten, sondern der Natur preisgegeben worden.

Tonina merkte, dass Tapferer Adler, der neben ihr stand, sich versteifte und er gebannt auf den Wald unter sich starrte. »Was ist denn?«, fragte sie.

Er deutete abwechselnd in mehrere Richtungen, und obwohl sie nicht sehen konnte, was seine Aufmerksamkeit fesselte, wusste sie, dass es die Jäger waren. Sie hatten sich verteilt und näherten sich von Norden, Osten und Süden her.

»Wir müssen uns verstecken!«, rief sie. Rasch machten sie sich an den Abstieg von der Pyramide, was weitaus schwieriger war als der Aufstieg, weil es steil nach unten ging und der Abstand zwischen den einzelnen Stufen beträchtlich war. Mehr oder weniger auf Händen und Knien krochen sie hinunter, schauten immer wieder übers Land, um festzustellen, ob die Jäger bereits die Bäume hinter sich gelassen hatten.

Unten angelangt, sahen sie sich hastig nach einem Versteck um. »Dorthin!«, raunte Tonina und deutete zu einem niedrigen Steinbau, der halb ins Erdreich versunken zu sein schien und dessen brüchige Wände mit Unkraut und Moos bedeckt waren. Sie zwängten sich durch die teilweise zersplitterte Tür, und schmal, wie sie waren, gelang es ihnen, sich von dort aus in einen engen dunklen Gang zu schlängeln. Vorsichtig tasteten sie sich weiter, versuchten, in der Dunkelheit ihre Umgebung auszumachen, spürten, dass der Gang schräg nach unten verlief, bis sie vor sich einen schwachen Lichtkegel, einem Leuchtsignal ähnlich, wahrnahmen.

Sie landeten in einer Felsenkammer, die keinen weiteren Eingang oder Ausgang hatte, dafür aber eine Öffnung in der Decke, durch die sie, vorbei an Schichten von Gestein, den Himmel sahen. Der schmale Trichter, nicht größer als eine Männerfaust, ließ Luft und Licht herein.

Und Geräusche. Die Jäger waren bereits ganz in der Nähe, ihre mürrischen Kommentare drangen durch die Öffnung in die verschüttete Kammer.

Wortlos tauschten Tonina und Tapferer Adler in dem unheimlichen und unangenehm feuchten Raum einen Blick, hofften, dass die Männer die zersplitterte Tür nicht entdeckten. Als die Stimmen sich immer weiter entfernten, atmeten die beiden erleichtert auf.

Da sie noch nicht gleich wieder aufbrechen konnten, sahen sie sich in ihrem neuen Unterschlupf um. Tonina, der Wandmalereien fremd waren, riss verwundert die Augen auf. Es dauerte eine Weile, bis sie begriff, was sie da sah. »Menschen«, sagte sie leise und glitt mit der Hand über die auf die Wand gemalten Figuren. »Das sind Menschen.«

Die Wandmalereien waren alt, die Farben verblasst und teilweise abgeblättert, Schimmel hatte sich angesetzt. Lange würden sie wohl nicht mehr Bestand haben, und was hier dargestellt war, würde in Vergessenheit geraten.

Die drei Wände schienen die Geschichte eines hochgewachsenen, bleichgesichtigen Mannes zu erzählen, aus dessen Kinn Haare wuchsen. An der ersten Wand schien er ein König zu sein, der von seinem Thron aus einen Kampf beobachtete. An der zweiten Wand sah man, wie der König sich ins Feuer stürzte und dann in die Unterwelt hinabstieg, wo er von den Seelen der Toten empfangen wurde. An der dritten Wand war er dann allerdings wieder lebendig, und sein Volk verbeugte sich vor ihm. Zum Schluss segelte er auf einem aus Seeschlangen zusammengefügten Floß über das Meer, der aufgehenden Sonne entgegen.

Auf diesem letzten Gemälde entdeckte Tonina einen ihr vertrauten Gegenstand. Langsam griff sie in ihren Reisesack und holte den durchsichtigen Becher heraus. Er sah aus wie der, den der König auf dem Wandgemälde in der Hand hielt. Tonina kam der Gedanke, ob nicht vielleicht eine dieser riesigen Schlangen das Meeresungeheuer war, dessen Knochen auf dem Grunde der Lagune vor der Perleninsel ruhte.

»Wir werden hier übernachten«, sagte sie im Vertrauen darauf, dass diese Kammer einstmals ein Heiligtum gewesen war und dass sie und Tapferer Adler wie im Schrein des Affengottes beschützt werden würden.

Sie reichte Tapferem Adler die Kalebasse mit dem Wasser. Als er daraus trank, ohne seine faszinierenden goldenen Augen von Tonina abzuwenden, wurde das junge Mädchen abermals von diesem nicht zu deutenden Gefühl übermannt. Macu hatte sie zu Hirngespinsten verleitet, Wunschvorstellungen in ihr geweckt. Er hatte sie interessiert, weil er Interesse *an ihr* bekundet hatte. Die Illusion, von ihm begehrt zu werden, hatte ihn begehrenswert gemacht; sie hatte sich zu ihm hingezogen gefühlt. Zurückblickend musste sich Tonina eingestehen, dass eigentlich gar nichts gewesen war und sie sich alles nur eingebildet hatte. Wie Tapferer Adler sie jetzt anschaute, war dagegen keine Einbildung.

Obwohl sie müde war und hungrig und traurig, so weit weg von zu Hause zu sein, wünschte sie sich auf einmal nichts sehnlicher, als die Arme von Tapferer Adler um sich zu spüren.

Die Erinnerung daran, wie Onkel Yúo gestorben war, überfiel sie, außerdem fehlten ihr Guama und Huracan. Und wie gerne wäre sie wieder in ihrem Dorf gewesen! Tränen rannen ihr übers Gesicht, als sie sich an Tapferen Adler klammerte. Beide waren sie Fremde in einem fremden Land, sie kannten nur einander und waren aufeinander angewiesen. Tapferer Adler war der erste junge Mann, dem Tonina so spürbar nahe gekommen war.

Als ihre Tränen versiegten und bevor sie wieder in den Armen von Tapferer Adler einschlief, war Toninas letzter Gedanke: Ich werde ihn zur Perleninsel mitnehmen …

9

Tapferer Adler träumte von nebelverhüllten Gipfeln und mit Schnee bedeckten Kiefernwäldern. Er träumte von Schnelligkeit und Wind und Freiheit. In seinem Traum sah er den von Menschenhand errichteten Berg, dessen steinerne Stufen hinauf zum Himmel führten, und wieder überkam ihn, oben auf der Pyramide angelangt, das Gefühl, *zu Hause* zu sein. Dies hier muss die Tiefebene sein, durchzuckte es ihn im Traum. Hier gehöre ich nicht hin. Die Adlerjäger haben mich verschleppt, weit weg von meinem Volk.

Ich gehöre zum Stamm der Adler. Wir sind die Hüter der …

Jählings erwachte er. In der Dunkelheit blinzelte er hinauf zu der steinernen Decke, und während er sich noch fragte, wo er sich befand, begann der Traum, so sehr er sich bemühte, ihn festzuhalten, zu schwinden. Und mit ihm die Antwort, wer er war und woher er kam.

Als er sich aufrichtete und auf das neben ihm schlafende Mädchen blickte, überflutete ihn eine Welle der Zärtlichkeit. Tonina war freundlich zu ihm gewesen. Sie hatte seine Fesseln gelöst und ihn befreit, hatte ihr Essen und Wasser mit ihm geteilt, seine Wunde versorgt, darauf geachtet, dass er warm und in Sicherheit war – ohne Rücksicht darauf, welch großes Risiko sie dadurch für sich selbst einging. Auch wenn er noch nicht wusste, wer er war, wusste er, wer *sie* war. Seine Retterin. Und dafür würde er ihr ewig dankbar sein. In diesem Augenblick gab es für Tapferen Adler nichts, was er nicht für Tonina getan hätte.

Allmählich dämmerte es. Als die beiden jungen Menschen aus

ihrem Versteck krochen, mussten sie feststellen, dass die Jäger an allen vier Ecken am Rande des Waldes kleine Lager errichtet und somit die Pyramide eingekreist hatten. Warum nur, wunderte Tonina sich abermals, war ihr stummer Begleiter für diese Männer so wertvoll?
Vorsichtig schlichen sich die beiden um die Pyramide herum und konnten beobachten, dass sich in dem westlichen Lager im Augenblick niemand aufhielt. »Eigentlich muss ich ja nach Osten«, sagte Tonina leise, »aber dann entdeckt man uns vom dortigen Lager aus. Es bleibt uns nichts übrig, als den Durchbruch am unbewachten Lager zu wagen.«

10

Als sie wieder bewaldetes Gebiet durchstreiften, kreuzte unversehens ein Monster ihren Weg.
Tonina erschrak. Außer Seekühen hatte sie noch nie ein derart großes Tier zu Gesicht bekommen. Mannshoch war dieses hier, stolzierte auf vier Beinen daher, und aus seinem Kopf wuchsen Äste. Das Tier blieb wie angewurzelt stehen, um nach einer Weile, die endlos zu währen schien, zum Sprung anzusetzen und zwischen den Bäumen zu verschwinden.
Tonina und Tapferer Adler zogen weiter gen Westen, tranken zwischendurch das noch in der Kalebasse verbliebene Wasser, verspeisten die letzten getrockneten Beeren, das letzte Stück Kokosnuss. Um die Jäger zu täuschen, kehrten sie dreimal auf ihren eigenen Spuren um. Als es Nacht wurde, versteckten sie sich in einem alten Feigenbaum, der leider keine Früchte mehr trug, dessen mächtige Äste aber ein V bildeten, das breit genug war, um den beiden als Platz zum Schlafen hoch über dem Waldboden zu dienen.
Auch noch tags darauf und inzwischen zusehends von Hunger und Durst geplagt, behielten sie die westliche Richtung bei. Als sie an mehreren Avocadobäumen vorbeikamen, kletterten sie auf der Suche nach Essbarem die dicken Stämme hinauf, mussten jedoch feststellen, dass die Avocados klein und bitter waren, noch Monate entfernt, reif und genießbar zu sein.
Die Sonne strebte dem westlichen Horizont zu, als Tonina und Tapferer Adler, sich hungrig, durstig und müde durch das dichte Unterholz vorwärts kämpfend, mit einem Mal Rufe und Schreie

vor sich hörten. Nein, die Jäger konnten das unmöglich sein; seit fast einem Tag war von denen nichts mehr wahrzunehmen gewesen. Dies hier waren andere Stimmen, andere Menschen.

Durch die Bäume hindurch versuchten die beiden, etwas zu erkennen, als ein eigentümliches Knarzen zu vernehmen war, gefolgt von einem heftigen Aufprall.

Vorsichtig wagten sie sich Schritt um Schritt vorwärts, bis sie den Waldrand erreichten. Eine ausgedehnte Lichtung erstreckte sich vor ihnen. Keine Bäume mehr, nur Felder, durchzogen von Baumstümpfen und strohgedeckten Hütten, und drum herum Männer, die dabei waren, weitere Bäume zu fällen. Sie schwangen Steinäxte und Messer; einige erklommen die mächtigen Bäume und schlangen Seile um die Wipfel, während andere mit Hilfe der nach unten hängenden Enden der Seile die Bäume zu Fall brachten.

Tonina riss die Augen auf. Hunderte von Männern und Knaben waren da beschäftigt, mehr Menschen als sie je auf einmal gesehen hatte. Und alle gingen fleißig ihrer Arbeit nach, schrien und brüllten, während Bäume wankten und zu Boden stürzten, oder zogen, über ihre Stöcke gebeugt, Furchen in den Boden oder verstreuten Samen über das Erdreich. Da waren Felder, die bereits abgeerntet werden konnten; dementsprechend emsig war man auch dort tätig.

Wie viele Menschen davon satt werden konnten! Tief beeindruckt folgte Tonina Tapferem Adler über einen ausgetretenen Pfad. Ein Ernteertrag, von dem sich ihr eigener Stamm jahrelang ernähren konnte. Wozu benötigten diese Leute derart viel Kürbis und Mais?

Die Antwort ergab sich schon bald, als sie und Tapferer Adler in eine Gegend gelangten, in der sich Hütten dicht an dicht drängten, Kinder zwischen zahmen Hunden und Truthähnen spielten, Frauen sich über Kochstellen beugten, in Töpfen herumrührten oder Fleischstücke auf Bratspieße steckten oder aber an Webstühlen hockten oder mit dem Spinnen von Baumwolle beschäftigt waren und gleichzeitig ihre Babys stillten.

Lächelnd winkten alle den Neuankömmlingen zu. Zusehends kleiner wurden die Felder, zusehends zahlreicher die Hütten. Und so viele Menschen! Tonina hätte niemals gedacht, dass es überhaupt so viele gab.

Bald traten die Äcker vollends in den Hintergrund. Die Hütten dominierten, voneinander getrennt durch kleine Gärten, in denen sich ein paar Maispflanzen behaupteten und Truthähne im Sand scharrten. Die Luft war erfüllt vom Rauch vieler offener Feuerstellen, durch die die späte Nachmittagssonne kaum noch durchdringen konnte.

Und dann bot sich den beiden Wanderern ein Anblick, bei dem es Tonina die Sprache verschlug.

»Ich glaube«, sagte sie nach einer Weile, als Tapferer Adler sie fragend anschaute und sie sich Großvaters Worte über das Festland in Erinnerung gerufen hatte, »ich glaube«, wiederholte sie und deutete auf die hohe Steinmauer, auf die Gebäude auf der anderen Seite, auf die Türme und Befestigungen und auf die Fähnchen, die im Wind flatterten, »ich glaube, so etwas nennt man … *eine Stadt.*«

11

Einauge, der Inselhändler, hielt Ausschau nach weiblicher Gesellschaft für die bevorstehende Nacht, als er am anderen Ende des Marktplatzes das fremde Pärchen erspähte.
Diese beiden sind zum ersten Mal in Mayapán, befand er, dem ungläubigen Staunen auf ihren jungen Gesichtern nach zu schließen. Und keine von der üblichen Sorte. Für gewöhnlich waren Durchreisende schwer bepackt oder hatten Familien im Schlepptau. Diese beiden da waren einen Kopf größer als alle anderen, der Knabe war bleichhäutig und schlaksig, und das Mädchen – was hatte die denn bloß Unförmiges an? Einauges Neugier war geweckt, als er merkte, dass die Hand des Mädchens immer wieder über den kleinen Beutel an ihrem Gürtel strich. Verbarg sich darin gar etwas Wertvolles? Schwer genug schien er ja zu sein. Vielleicht Kakaobohnen. Oder Jadesteine?
Grinsend griff Einauge nach seinem Messer. In letzter Zeit war ihm das Glück nicht hold gewesen, aber urplötzlich schienen bessere Zeiten anzubrechen.

Tonina staunte.
Gelegentlich kamen zwar Bewohner anderer Inseln zum Handeln auf die Perleninsel, aber einen Marktplatz hatte sie noch nie gesehen. Das unüberschaubare lärmende Treiben spielte sich außerhalb der Stadt ab, auf einem von Wald und hohen Steinwällen begrenzten Gelände. Unwahrscheinlich viele Menschen waren das, die da auf Decken oder unter Strohschirmen hockten oder aber vor rasch gezimmerten Verschlägen mit lediglich einer Wand standen und

ihre aufgeschichteten oder an Schnüren zwischen Stützpfeilern baumelnden Waren oder Nahrungsmittel den Vorübergehenden anpriesen. Tonina und Tapferer Adler kamen an Marktständen vorbei, an denen Rohbaumwolle verkauft wurde, seltene Tropenhölzer, Kakaobohnen, Leder, mit Federn besetzte Umhänge, Chili und Käfige mit Aras darin, und jeder Händler bemühte sich lautstark und in einer für die beiden Neuankömmlinge unverständlichen Sprache, seine Ware an den Mann zu bringen.

Die Nacht war hereingebrochen. Fackeln wurden entzündet und erfüllten die Luft mit Rauch und tanzenden Schatten. Tonina beobachtete, wie Kakaobohnen gegen Decken, Kalebassen, Federn, Zwiebeln und Avocados getauscht wurden, wie man feilschte und sich herumstritt oder zustimmend nickte, während Bohnen penibel in Augenschein genommen und abgezählt wurden. Ein derartiges Verhalten war für sie befremdend. Und erst die Menschen! Sie reichten von armen Bettlern in nichts weiter als einem schmutzigen Lendenschurz bis hin zu gepflegten, hochgewachsenen Männern und Frauen in farbenprächtigen Umhängen und Kleidern, das Haar mit Federn und Perlen geschmückt, die Füße in erlesenen Sandalen. Auf der Perleninsel kleidete man sich mit Ausnahme des Stammeshäuptlings einheitlich. Keinem wäre es eingefallen, von dieser Art abzuweichen.

Ganz benommen war Tonina vom Lärmen der Menge. Und der Duft der vielen verlockenden Angebote bewirkte, dass ihr Magen zu knurren begann. »Ich komme um vor Hunger«, sagte sie zu Tapferer Adler, der zustimmend nickte.

Dann aber erspähte Tonina die Stände der Blumenverkäufer. Blitzschnell eilte sie, sich einen Weg durch die Menschenmenge bahnend, darauf zu, musterte die bunte, duftende Blumenpracht. Da, eine Sorte mit roten Blüten! Und noch eine. Und noch eine. Nach jeder griff sie, begutachtete sie im Schein der Fackeln, legte sie wieder beiseite, bis einer der Händler ihr unmissverständlich bedeutete, sie solle entweder ihre Wahl treffen oder sich trollen. Als Tapferer Adler sich zu ihr gesellte und sie verwundert ansah, sagte Tonina enttäuscht: »Sie ist nicht dabei.«

Unauffällig folgte Einauge den beiden, als sie die Blumenstände hinter sich ließen. Als sich ihm die Gelegenheit bot, rempelte er das Mädchen an, murmelte eine Entschuldigung in der Maya-Sprache und verschwand.

Von niemandem beobachtet, öffnete er den Beutel, den er Tonina vom Gürtel geschnitten hatte. Sein einziges Auge wurde kugelrund. Perlen! Rund und makellos. Wie kamen diese beiden zu derartigem Reichtum? Unwichtig. Einauge war entzückt. Jetzt konnte er dieses elendige Land verlassen und sich auf eine Insel zurückziehen, wo er sich ein hübsches Haus zu kaufen und eine dicke Frau zu heiraten gedachte, die ihm zehn Kinder schenken würde. Er würde jeden Tag Fleisch und Hummer essen. Er würde Baumwolle tragen und sich mit Federn schmücken und sich wie ein König vorkommen. Er würde …

»*Guay!*«

Einauge fuhr herum. Das Mädchen hatte den Diebstahl bemerkt und entsetzt aufgeschrien. »*Guay!*«, rief sie abermals, ohne dass die Menschenmenge um sie herum sie beachtete.

Einauge hingegen war wie versteinert. Das Mädchen redete aufgeregt auf ihren männlichen Begleiter ein, und zwar eindeutig auf Taíno, eine der vielen Inselsprachen. Einauges Unterkiefer klappte hinunter. Stammte sie etwa von einer *Insel*?

Sein Pech und die Götter verwünschend – so skrupellos er auch sein mochte, aber eine Anverwandte würde Einauge doch niemals bestehlen! –, überlegte er rasch und eilte dann dem Pärchen nach.

»Gehört das dir?«, fragte er statt in der Sprache der Maya auf Taíno, worauf das Mädchen freudig überrascht reagierte.

»Ich habe gesehen, wie der Dieb den Beutel an sich nahm, und bin ihm nachgelaufen«, sagte Einauge und händigte Tonina zögernd den kleinen Beutel wieder aus.

Als sie ihm überschwänglich dankte, konnte Einauge erleichtert feststellen, dass sie tatsächlich zu seinem eigenen Volk gehörte, plapperte sie doch in seiner ureigenen Sprache und wie eine gebürtige Insulanerin drauf los, wenngleich mit dem Akzent und der Ausdrucksweise eines mehr im Westen lebenden Stammes.

Auch das Haar trug sie nach Inselart, lang und durchwoben mit Hunderten winziger Muscheln und wenigen Perlen, und ihr Gesicht war bemalt mit vertrauten weißen Symbolen.
»Möge der Segen der Götter mit dir und den Deinen sein«, sagte Einauge. Und unversehens fiel ihm eine andere Möglichkeit ein, das Mädchen um die Perlen zu erleichtern, ohne in einen Gewissenskonflikt zu geraten. »Hättest du Lust, dich mit deinem Freund zu mir an mein Feuer zu setzen?«
Zu dritt schlängelten sie sich durch die Menge. Tonina fiel auf, dass Einauge der Händler mit seinem schlichten Lendenschurz und dem darüber am Hals zusammengeknoteten Umhang nicht nur auffallend klein war, sondern außerdem eigenartig humpelte.
»Bist du ein Zwerg?«, fragte sie. Von solchen Menschen hatte sie gehört, wenngleich noch nie einen gesehen.
»Ich bin ein Zwerg«, erwiderte er. »Das ist etwas Besonderes.«
Als sie sein Lager unweit des Haupttors der Stadt erreichten – eine kleine, mit ausgebreiteten Decken markierte Fläche zwischen zwei lärmenden Familien –, sagte er: »Setzt euch, wo immer ihr Platz findet«, und ließ sich mit verschränkten Beinen nieder. Da der Platz zwischen den beiden Familien, die gerade beim Essen waren, sehr begrenzt war, mussten Tonina und Tapferer Adler auf Tuchfühlung zusammenrücken. Während der Händler die Glut in seiner Feuerstelle neu entfachte, musterte er verstohlen den so weich wirkenden Jungen und das eher knabenhafte Mädchen. Ein Liebespaar? Nein. Unschuldige Kinder, jede Wette. Wie und warum hatte sie es nach Mayapán verschlagen?
»Seid ihr wegen der Spiele hier?«, fragte er.
»Spiele?«
Sein kurzer Arm beschrieb einen Bogen. »All diese Leute. Sind wegen der Spiele hier. Mayapán ist nicht immer so überlaufen.«
Als das Mädchen ihn verständnislos ansah, fragte er, entgeistert, dass jemand nicht über die Dreizehn Spiele Bescheid wusste: »Wo kommt ihr denn her?«
»Von der Perleninsel«, antwortete Tonina, ohne den Blick von den Maiskolben zu wenden, die in der Glut rösteten.

»Nie davon gehört. Ich bin aus Borinquen, auch Land großer Gebieter genannt.«
Erwartungsvoll sah er Tonina an, die aber nur den Kopf schüttelte.
Einauge zuckte mit den Schultern. Unwichtig. Jede Insel hatte mehrere Namen: den, den die Bewohner ihr gaben, den, den die Bewohner anderer Inseln verwendeten, den, auf den sich die Vorfahren berufen hatten, den, unter dem sie später einmal bekannt werden würde – in seinem, Einauges Fall würden seine Nachfahren dereinst anführen, sie lebten auf der Insel Puerto Rico.
Das gute Auge zu einem Schlitz verengt, musterte er das Mädchen. Es war bekannt, dass man die Abstammung eines Menschen an der Hautfarbe erkennen konnte. Die der Maya, die aus dem Süden kamen, war rot. Die der Menschen, die im Westen und Norden lebten und hauptsächlich Nahautl sprachen, kupferfarben. Und die derer im Norden, auf den Inseln, ein schönes, sattes Braun. Toninas Hautfarbe, die golden wie wilder Honig war, passte so gar nicht in dieses Schema. Von wem also stammte sie ab? »Du siehst nicht aus wie ein Mädchen von den Inseln«, sagte er. »Wo ich herkomme, sind die Frauen klein und stämmig und dunkelhäutig.«
Als Tonina daraufhin mit ihrer Geschichte herausrückte, lauschte er mit gespannter Aufmerksamkeit. Es war nicht unüblich, dass ein Stamm den Meeresgöttern ein Kind opferte; es in einem wasserdichten Behälter auszusetzen, dazu versehen mit einer Decke und dem Schutz von Geistern, widersprach allen Bräuchen.
Einauge prägte sich die Geschichte ein – möglich, dass er später einmal Verwendung dafür hatte – und ließ einen Wassersack herumgehen. Die beiden tranken so gierig, dass er erwog, als Gegenleistung eine Perle zu verlangen. Als er sie anschließend einlud, seinen Mais mit ihm zu teilen, schauten sie die Kolben an, als wären sie aus Jade.
»Du solltest deinen Beutel lieber verstecken«, meinte er und wendete den in der Glut röstenden Mais.
Tonina pflichtete ihm bei. Sie öffnete den Reisesack aus Haifisch-

haut und stopfte den kleinen Beutel hinein. Als dabei durch das Licht der Fackel etwas aufblitzte, beugte sich Einauge vor. »Was ist denn das?«, fragte er.

Tonina zeigte ihm den transparenten Becher, und einmal mehr riss der Händler sein Auge auf. Dergleichen hatte er noch nie gesehen – dieses Trinkgefäß, zusammen mit den Perlen, musste er unbedingt an sich bringen.

Gierig machten sich die beiden über die heißen Tortillas her. Der Junge hatte zwar bislang noch keinen Ton von sich gegeben, dafür meinte das Mädchen zwischen zwei Bissen: »So viele Menschen ... Woher bekommen sie Wasser?«

»Dieses Land ist trocken. Keine Flüsse, keine Bäche, keine Tümpel. Sie schöpfen ihr Wasser aus einem natürlichen Brunnen tief unten im Kalksandstein, einem so genannten *cenote*.«

Tonina erinnerte sich an die Frauen, denen sie unterwegs begegnet waren. Sie hatten ebenfalls Wasser aus solch einem Brunnen geschöpft.

»Der hier in Mayapán befindet sich tief unter der Erde. Eine Leiter mit hundert Sprossen führt zu ihm hinunter. Tag um Tag sind Männer damit beschäftigt, körbeweise Wasser von dort heraufzuholen.«

»Wie viel Seltsames es in diesem fremden Land doch gibt«, überlegte Tonina.

Einauge betrachtete sie mit skeptischem Blick. Was diesem Mädchen seltsam erschien, war für jeden anderen selbstverständlich.

»Auch dieser weiße Stein«, fuhr Tonina fort, »der so glatt ist und sich ebenmäßig als breite Spur über den Waldboden zieht.«

Der Zwerg zwinkerte amüsiert. »Du meinst die Straßen?«

»Straßen?«

»Die Weißen Straßen, so genannt wegen der Farbe. Die Maya legen sie an. Religiöse Pfade, auf denen entlang man von Schrein zu Schrein wandert.«

Toninas Stirn kräuselte sich. »Aber wo findet man derart glattes und ebenmäßiges Gestein?«

»Sie finden es nicht, sie *machen* es. Sie verbrennen Steine, bis sie zu Staub zerfallen, den sie dann mit Wasser verrühren. Diesen Brei verstreichen sie dann. Das Ergebnis nennt man Zement. Damit halten sie auch ihre Bauten zusammen. Aufgehäufte Steine und dazwischen Zementmörtel. Wie sollte deiner Meinung nach diese Pyramide da sonst stehen bleiben?« Sein fettiger Daumen deutete in Richtung der hohen Mauer, die die innere Stadt umgab.

Tonina blinzelte. Im Schein der Fackel sah sie durch den Rauch hindurch ein eindrucksvolles Bauwerk, das sich jenseits der Mauer erhob. »Solch einen Berg haben wir unterwegs auch gesehen«, sagte sie. »Wir sind bis nach oben hinauf geklettert und konnten Wald sehen, der sich bis ans Ende der Welt erstreckte. Unweit davon war ein Podest, das aus Schädeln errichtet war. Und zwischen zwei schrägen Wänden ein weites Feld.«

Einauge nickte. »Das ist die Stadt der Wasserzauberer, von den Maya Chichén Itzá genannt. War früher mal eine blühende Stadt, ist aber jetzt verwaist. Das heißt, sie nutzen sie nur noch als einen Ort der Zusammenkunft für religiöse Zeremonien. An Feiertagen veranstalten sie dort Feste. Richten sich genau nach ihrem Kalender, die Maya. An jedem Tag muss etwas Bestimmtes gefeiert werden. Aber ein Berg ist das nicht. Man sagt dazu Pyramide. Oben steht ein Tempel, der Kukulcan geweiht ist, einem ihrer Götter.«

Er reichte jedem einen Maiskolben, der freudig entgegengenommen wurde. Vor dem ersten Bissen kratzte Tonina noch rasch ein paar heiße Kerne heraus und warf sie als Opfergabe für die Götter ins Feuer.

»Was ist mit deinem Auge passiert?«, fragte sie.

»Mit welchem?«

Sie errötete vor Verlegenheit.

»Hab's beim Kampf mit einem Jaguar verloren«, sagte er und tappte an die lederne Klappe über seinem linken Auge. »War schlimm, erwies sich dann aber als Segen. Zwerge gelten als Glücksbringer. Sind überall willkommen. Von Zwergen mit nur einem Auge

heißt es außerdem, dass sie sich der Gunst der Götter erfreuen.«
Als weiteren Beweis göttlicher Gunst hätte er sein schütteres, allmählich grau werdendes Haar anführen können. Vierzig Jahre Erdendasein, nicht schlecht für einen Zwerg.

Während des Essens ließ Tonina den Blick über den belebten Marktplatz schweifen, auf dem noch mehr Lager aufgeschlagen wurden und weiterhin Betriebsamkeit herrschte. Als sie im Licht der Fackeln einen Mann mit etwas hantieren sah, das wie die weiße, milchige Flüssigkeit einer Kokosnuss aussah, fragte sie, was der Mann da mache. »Das ist Gummi. Er formt einen Ball«, gab Einauge Auskunft.

»Gummi?«

»Der Saft von einem Baum aus der Gegend hier. Die Maya nutzen ihn für alles Mögliche. Sie verehren ihre Gummigötter.«

»Er stinkt.«

»Dafür springt er gut«, entgegnete Einauge mit Blick auf den Ball. »Das heißt, wenn er erst einmal richtig hart geworden ist. Wenn man solch einen Ball an den Kopf bekommt, kann man tot sein. So, und jetzt erzähl doch mal, was euch hierher führt.« Ständig mit dem Gedanken beschäftigt, wie er das Mädchen auf möglichst unverfängliche Weise um die Perlen und das durchsichtige Trinkgefäß erleichtern konnte, spielte Einauge den einfühlsamen Gastgeber.

»Wir sind versehentlich hier. Ich sollte eigentlich in Quatemalán sein, nicht in Yucatán.«

Er ließ ab, in der Glut herumzustochern. »Hä? Was hast du gesagt? Yucatán?«

»Liegt diese Stadt hier nicht in Yucatán? Haben wir etwa Yucatán bereits hinter uns gelassen?«

Er hob die Brauen. »Wieso meint ihr, in *Yucatán* zu sein?«

»Eine Frau, der wir an einem Brunnen begegneten, hat auf meine Frage, wie diese Gegend heißt, geantwortet: Yucatán.«

Der Zwerg lachte laut auf. »Yucatán! In ihrem Dialekt heißt das ›Ich verstehe dich nicht‹!«

Tonina war verblüfft. Und dann sagte sie sich, dass sie, wenn sie in diesem Land zurechtkommen und ihren Auftrag erfüllen wollte, die Sprache der Einheimischen lernen musste. Sie fragte Einauge, ob er bereit wäre, sie zu unterrichten.

Er strahlte. Er würde sich den Unterricht in Perlen bezahlen lassen. »Ist allerdings eine vertrackte Sprache«, meinte er. »Zum Beispiel haben die Maya kein Wort für *ja,* kein Wort für *bitte,* und ihr *danke* bedeutet so viel wie ›mögen es dir die Götter entgelten‹.«

Tonina rümpfte die Nase. »Und wenn die Antwort auf eine Frage ja lautet? Was sagt man dann?«

»Wenn jemand etwas fragt, und die Antwort ist ein ›Ja‹, dann formuliert man die Frage ins Positive um. Verstehst du, was ich meine?«

Sie dachte einen Augenblick nach und sagte dann: »Ja, ich verstehe, was du meinst.«

Er zwinkerte. Begriffsstutzig war das Mädchen nicht.

»Die Maya sind ein herrliches Volk«, meinte Einauge und biss herzhaft in einen Maiskolben. »Du wirst nirgendwo ein Volk finden, das entgegenkommender und gastfreundlicher ist«, sprach er mit vollem Mund weiter. »Und wie höflich sie sind! Wenn Mann und Frau sich zur Ruhe begeben, dann so, dass der Kopf des einen an den Füßen des anderen zu liegen kommt, damit keiner gestört wird, falls einer von ihnen rauchen möchte. Die da drin hingegen« – er deutete mit dem Daumen in Richtung der Mauern – »die Adligen. Von denen kann man das nicht zu behaupten. Selbstsüchtig sind die. Schauen den ganzen Tag in den Spiegel.«

»Spiegel?«

»Etwas, in das du hineinblickst und dich dann selbst siehst.«

»*Guay!*« Tonina riss die Hand hoch. »Wie kann jemand sein eigenes Gesicht sehen?«

»Man nennt das Spiegelung. Hast du noch nie ins Wasser geschaut?«

Sie dachte daran, wie sie als Kind mit den anderen Mädchen im Gras am Ufer der Lagune gekniet und auf die unbewegte Wasseroberfläche der Lagune gestarrt hatte. Sie hatten die Gesichter, die

zu ihnen aufschauten, für Wassergeister gehalten. Konnte es sein, überlegte Tonina jetzt, dass sie damals ihr eigenes Gesicht gesehen hatte?
Einauge musterte Tapferer Adler von Kopf bis Fuß. Seine eigenartige, direkt kränklich wirkende blasse Hautfarbe, den feingliedrigen Körperbau. Durchaus feminin, wie Einauge befand. Keinerlei Tätowierungen, keine Körperbemalung, nur eine Halskette aus Gehäusen der Strandschnecke, wahrscheinlich ein Geschenk des Mädchens. »Was stimmt mit deinem Freund nicht? Kann er nicht sprechen?«
»Er hat sich am Kopf verletzt. Sein Gedächtnis scheint verloren gegangen zu sein.«
Während Einauge seine würzige Tortilla aß, schweiften seine Gedanken zu den unzähligen Wundern und Neuigkeiten, die er diesem Inselmädchen im Lande der Maya erklären könnte. »Es gibt hier viele feine Speisen«, sagte er mit vollem Mund, »eine Delikatesse ist etwa die Milch der Hirschkuh. Man fängt eine Hirschkuh, die geworfen hat, und entzieht ihr die Milch. Für einen Becher Milch lassen die Adligen hier in der Gegend jede Menge Kakaobohnen springen.«
Tonina hatte noch nie gehört, dass jemand noch Milch trank, wenn er älter als drei Jahre war, wenn man Kinder der Mutterbrust entwöhnte. Welch absonderliche Menschen doch jenseits dieser Mauer lebten!
Als sie dies anmerkte, dachte Einauge nur: Was für ein einfältiges Pärchen. Haben keine Ahnung, wie es in einer Stadt zugeht. Vor allem das Mädchen. Sobald sie nichts mehr besaß, würde sie ihren Körper verkaufen müssen. Und der Junge auch. Typisch für junges Gemüse frisch vom Land. Ihre Naivität trugen sie wie einen scharlachroten Mantel zur Schau.
»Wie weit ist es bis zum Meer?«, wollte Tonina jetzt wissen.
Einauge deutete mit dem Daumen über die Schulter. »Da lang in nördlicher Richtung kommt man in drei Tagen zur großen Bucht von Campeche. Wir befinden uns hier auf einer sogenannten Halbinsel, einem ausgedehnten Stück Land, das aus dem Festland

herausragt. In dieser Richtung« – er deutete nach Westen – »liegt ein weiterer Ozean.«
Das Mädchen hob die Augenbrauen. »Ein weiterer Ozean? Wie kann das sein?«
»Da entlang« – sein kurzer Arm deutete jetzt nach Nordwesten – »erstreckt sich ein Land, das dem Vernehmen nach unendlich groß ist.«
Tonina schluckte. Noch nie hatte sie so viel Neues auf einmal erfahren. Sie sah sich um. Auch wenn es in den einzelnen Lagern ausgelassen zuging, während man dem Essen zusprach oder seine Späße trieb, mit der Flöte aufspielte oder die Trommel schlug, entging Tonina nicht, dass auch viele darunter waren, die nichts hatten, um ihren Hunger zu stillen.
Auf ihre entsprechende Frage antwortete der Zwerg: »Es gibt nicht genug zu essen, weil nicht genug Land da ist, um mehr anzubauen. Dabei kommen mit jedem Tag noch mehr Leute in die Stadt.«
»Die armen Kinder«, murmelte Tonina mit Blick auf die Familie, die neben ihnen hockte. »Wie dünn sie sind!«
»Sie sind ganz zufrieden.« Der Zwerg zuckte mit den Schultern. »Die Eltern reiben ihnen das Zahnfleisch mit einer Paste aus Tabakblättern ein. Das vertreibt den Hunger.«
Tonina nickte. Auf ihrer Insel litt zwar nur selten jemand Hunger, aber sie wusste, dass der Geist, der in Tabakblättern wohnte, den Appetit unterdrückte.
Auf dem Marktplatz brach unvermittelt Tumult aus. Trompeten schmetterten, mit Speeren bewaffnete Wachposten bahnten einen Weg für eine kleine Prozession. Als bekannt wurde, wer da zu erwarten war, sprang alles auf und eilte näher.
Einauge und seine Begleiter konnten von ihrem Lagerplatz aus gut beobachten, wie die Prozession auf das Haupttor zuhielt. Und jetzt sahen sie auch einen stämmigen Mann in prächtigen Kleidern einherstolzieren. Was von seiner Haut zu sehen war, war leuchtend rot bemalt, und der Kopfputz, den er trug, so hoch, dass er schier vornüber zu kippen drohte. So etwas hatte Tonina

noch nie zu Gesicht bekommen. Blütenblätter wurden auf seinen Weg gestreut, Mütter streckten ihm ihre Babys entgegen, damit er sie segnete, man drängte und schubste sich gegenseitig, um seinen Schatten zu berühren, ungeachtet der Wachposten, die den Ansturm mit Peitschenhieben zurückzuhalten versuchten. Der prächtig gekleidete Mann wirkte arrogant; statt die Menschenmenge zu würdigen, die ihn voller Verehrung umringte, sah er über sie hinweg.

»Das ist Balám«, erklärte Einauge.

»Ist er hier der König?«

Einauge prustete. »Er ist noch weitaus bedeutender.«

»Ein heiliger Mann?«

»Noch bedeutender.«

Sie blickte ihn verdutzt an. »Wem kommt denn mehr Bedeutung zu als einem König oder einem heiligen Mann?«

Einauge lutschte an einem Zahn herum. »Einem Ballspieler.«

Ihr Gesicht drückte Unverständnis aus. »Was ist das, ein Ballspieler?«

Dieses Mädchen kam wirklich von einer rückständigen Insel! Selbst das schäbigste Dorf verfügte über einen Ballspielplatz und eine Mannschaft. »Er nimmt an einem Spiel teil, bei dem ein Gummiball verwendet wird, er heißt Prinz Balám und ist der Anführer seiner Mannschaft. Er ist von königlichem Geblüt. Sein Onkel ist der König von Uxmal. Um den Frieden zu erhalten, tauschen die Herrscher dieser Städte untereinander Familienmitglieder aus, weshalb der Sohn des Königs von Mayapán in Uxmal lebt.«

Aber Tonina hörte gar nicht mehr zu. Ihre Aufmerksamkeit richtete sich auf den zweiten Mann, der aus der Menschenmenge herausragte und zu seinem nicht minder königlichen Gewand einen sagenhaften, mit prächtigen Federn geschmückten Kopfputz trug.

»Ist das auch ein Prinz?«, fragte sie ehrfürchtig.

»Chac? Nein. Er ist bürgerlicher Abstammung.«

»Aber ein Ballspieler?«

»Sogar ein besserer als Prinz Balám. Deshalb ist er gewissermaßen angesehener, trotz seines schlechten Bluts.«

»Schlechten Bluts?«

»Er gehört einem minderwertigen Volk an, den Chichimeken, was so viel wie ›die Wilden‹ bedeutet. Ein verstreutes Völkchen von widerspenstigen, unzivilisierten Herumtreibern. Normalerweise würde er als Sklave oder Diener arbeiten und wegen seiner niederen Herkunft verachtet werden, aber wegen der Geschicklichkeit, die er beim Ballspielen unter Beweis stellt, wird er vom Volk als Held verehrt. Wenn ein Mann Punkte sammelt, vergessen die Leute, wes Bluts er ist.«

»Ein Chichimeke«, wiederholte Tonina leise, ohne den Blick von ihm wenden zu können. Größer als Prinz Balám, zog Chac der Bürgerliche in aufrechter Haltung mit ausholenden stolzen Schritten vorbei.

»In dieser Gegend trifft man nicht viele seiner Abstammung«, sagte Einauge. »Sie streifen durch die weit entfernten Hochtäler im Nordwesten. Unwissende, ungeschickte Krieger. Bezeichnen sich je nachdem als Mexica, Mixteken, Zapoteken, so als bedeuteten diese Namen irgendwas. Barbaren sind sie allesamt, mehr nicht. Wie manch andere dieses minderwertigen Volks kamen Chacs Eltern nach Mayapán, weil sie sich bei den Maya ein besseres Leben erhofften. Seine Mutter arbeitet noch immer in den Palastküchen. Sein Vater ist beim Baumfällen ums Leben gekommen. Chac hat immerhin eine Maya zur Frau, ihm gehört eine Villa in der Stadt, und wie du siehst, kleidet und benimmt er sich wie ein Maya. Dass er seine Abstammung verleugnet, ist nur verständlich.«

Wie erstaunlich, seine Abstammung zu verleugnen, befand Tonina. Wo sie sich doch selbst nichts sehnlicher wünschte, als die kennenzulernen, die sie in einem Korb auf dem Meer ausgesetzt hatten.

»Leider«, fuhr Einauge fort, »kann er sein Äußeres nicht verändern. Da mag sich einer noch so erlesen kleiden, in der Sprache der Maya reden, sogar eine Maya zur Frau haben – sein Gesicht wird immer sein Gesicht bleiben.«

»Was stimmt denn mit seinem Gesicht nicht?« Für Tonina war Chac ein gut aussehender Mann, und das sagte sie auch.

Einauge zeigte sich verdutzt. Chac und gut aussehend! Chac, der Chichimeke mit der Hakennase war alles andere als das. Wenn einer gut aussah, dann er, Einauge, der pfiffige Taíno-Händler. Er hatte sich doch selbst im Spiegel betrachtet, musste es also wissen. Mit seinen kurzen Armen und Beinen, mit dem dicken Rumpf, und trotzdem ihm ein Auge fehlte, wusste der Zwerg, dass er auf Frauen ungeheuer anziehend wirkte. Waren seine vielen Eroberungen nicht der beste Beweis dafür?
»Sieh doch mal genau hin. Dann wirst du merken, wie sehr sich Chac von Prinz Balám und den anderen Adeligen in der Gruppe unterscheidet«, sagte er. »Die Maya haben hohe Wangenknochen, schräg stehende Augen und von Natur aus eine rötlich gefärbte Haut. Sie pressen den weichen Schädel ihrer Babys zwischen zwei Bretter, bis er abgeflacht bleibt. Auch die schrägen Augen werden den Babys künstlich beigebracht. Und hier« – er fuhr sich über den Nasenrücken – »schneiden sie die Haut auf und pflanzen etwas ein, damit sie diesen Zinken bekommen, der dir bestimmt schon aufgefallen ist. Der Inbegriff von Schönheit für die Maya ist ein fliehendes Kinn und vorstehende Schneidezähne. Wie du das bei Prinz Balám sehen kannst. Chac hat nichts von alldem aufzuweisen. Hat wie ich einen runden Kopf und diese dicke Nase. Jeder sieht sofort, dass er kein Maya ist.
Dafür aber ist er unser absoluter Held beim Ballspiel. Sein Name sagt alles, denn ›Chac Kaan‹, wie sein voller Name lautet, bedeutet in der Sprache der Maya ›große Schlange‹. Diesen Namen hat er für seine Wendigkeit und Schnelligkeit auf dem Spielfeld erhalten und weil er, so wie eine Schlange niemals stirbt, niemals verliert.«
Tonina beobachtete, wie die erregte Menge weiterhin fieberhaft versuchte, an die beiden Männer heranzukommen. Als sie Einauge fragte, warum sich die Leute derart gebärdeten, erwiderte der: »Einen Helden zu verehren ist doch normal. Ist das auf deiner Insel nicht so?«
Sie musste überlegen. Gewiss, es gab Männer, die verehrt und geachtet wurden, zum Beispiel Huracan und der Häuptling. Oder

aber ein hervorragender Schwimmer. Oder ein Knabe, der sich gegen einen Barrakuda zur Wehr gesetzt und ihn besiegt hatte. Aber eine solch stürmische Begeisterung, wie sie diesen beiden Männern entgegenschlug? Nein.

Als sich die Prozession näherte, bemerkte sie, wie unterschiedlich jeder der beiden Helden auf die jubelnde Menge reagierte. Chac, der junge Mann aus einfachen Verhältnissen, bedachte sie mit einem strahlenden Lächeln und strich den sich wie außer Rand und Band gebärdenden Kindern nachsichtig und amüsiert über den Kopf. Prinz Balám dagegen blieb, die künstlich verdickte Nase hoch in die Luft gereckt, unnahbar. »Sie sind wie Brüder«, merkte Einauge an. »Keine Blutsbrüder, aber so gute Freunde, dass sie sich den Mutterleib hätten teilen können.«

Tonina musterte den freundlich lächelnden Chac und den distanzierten Prinz Balám, dessen Aufmerksamkeit jetzt ein Kind mit einem Hündchen zu gewinnen suchte. Als das Hündchen entwischte, auf den Prinzen zulief und ausgelassen um seine Füße herumtollte, jagte Balám das Tier mit einem knappen Tritt fort.

»Wie verschieden sie sind«, raunte Tonina.

Mehr als du ahnst, stimmte Einauge ihr im Stillen zu. Der lüsterne Prinz Balám hatte sich mit einer aufreizend dicken Frau vermählt. Chacs Ehefrau hingegen, die Ehrenwerte Paluma, war, soweit Einauge wusste, in sich gekehrt, schüchtern und reichlich mager. Keine Frau, die sich Einauge ins Bett geholt hätte.

In diesem Moment blieb Chac stehen und lächelte seine Bewunderer an. Als seine dunklen Augen Tonina streiften, die alle anderen um einen Kopf überragte, schien er wie gebannt zu sein.

Tonina fing seinen Blick auf und schrak zusammen, ohne zu begreifen, warum. Die Zeitspanne, in der sie einander in die Augen sahen, dehnte sich schier endlos. Keiner von beiden machte die kleinste Bewegung. Einauge spähte verunsichert von einem zum anderen und fragte sich, ob das der Auftakt zu einem göttlichen Zauber war oder zu etwas Schicksalhaftem, zu etwas, das mehr besagte als ein argloser Beobachter mitbekam, vielleicht noch nicht einmal das Mädchen selbst oder Chac.

Die atemlose Stille des Augenblicks zerbrach. Chac schien sich wieder gefangen zu haben. Zusammen mit der Prozession durchschritt er die Mauer. Als sich die Tore hinter dem Zug schlossen, kehrte die weiterhin erregt schnatternde Menge zu ihren Lagerplätzen zurück.

Tonina rührte sich nicht von der Stelle. Ohne auf das lärmende Treiben auf dem Marktplatz zu achten, spähte sie durch die von Rauchschwaden durchzogene Nacht auf die verschlossenen Holztore und dachte nur an Chac, den umjubelten Ballspieler.

Erst nach einer Weile ließ sie sich wieder neben Einauge nieder, dessen Gedanken noch immer um das kurze merkwürdige Intermezzo zwischen Chac und Tonina kreisten. Ergab sich da möglicherweise etwas, wovon er profitieren konnte? »Wie ist dein Freund zu seiner Kopfverletzung gekommen?«, fragte er, während er sich mit einem Zweig in den Zähnen herumstocherte.

Als Tonina berichtete, wie sie Tapferer Adler befreit hatte und wie sie dann von den Adlerjägern verfolgt worden waren, musterte Einauge den jungen Mann genauer. Irgendetwas Befremdliches war an ihm. Diese eindringlichen und so strahlenden gelben Augen. Und diese Verzauberung, die den Jungen wie der Hauch eines frischen Morgens umgab. Die Gedanken des Händlers drifteten ab auf ein anderes, weitaus vertrauteres Gebiet – auf das des Geschäfts. Wenn die Adlerjäger, wie das Mädchen erzählt hatte, Tapferen Adler über eine so weite Strecke verfolgt hatten, dann musste er ihnen etwas wert sein. Vielleicht war er weder Mann noch Frau. Gewisse Abarten menschlicher Wesen standen hoch im Kurs.

»Wie sehen diese Jäger eigentlich aus?«, fragte er. »Ich finde, wir sollten auf der Hut sein, damit wir euch vor ihnen verstecken können.«

Tonina beschrieb die braun und schwarz gestreiften Männer, von denen sie den mit dem verwachsenen Arm für den Anführer hielt. Einauge hörte aufmerksam zu.

»Wie lange gedenkt ihr in Mayapán zu bleiben?«

»Wir bleiben nicht hier«, erwiderte Tonina, die in Gedanken weiterhin bei Chac dem Helden weilte und dessen Gesicht sie unverständlicherweise nicht vergessen konnte. »Wir besorgen uns Proviant, und dann gehen wir nach Quatemalán. Ich bin auf der Suche nach einer seltenen Blume, die dort wachsen soll.«

»Was für eine Blume?«

Sie beschrieb sie ihm. »Quatemalán bedeutet in der Sprache dieser Region ›Land vieler Bäume‹«, meinte Einauge. »Gut möglich, dass die Blume, die du suchst, die Blüte von einem Baum ist, also von einem Ast herabhängt.«

Seine Gedanken überstürzten sich. Er musste es schaffen, die beiden in der Stadt festzuhalten, bis die Jäger auftauchten. Seit Tagen versuchte er bereits, ins Innere der Mauern zu gelangen, aber die Stadt war derart überfüllt, dass nicht jedem Einlass gewährt wurde.

»Was diese Blume betrifft, die für dich so wichtig ist«, sagte er, »so wisse, dass zum königlichen Palast ein Garten gehört, in dem angeblich alle Pflanzen der Welt wachsen. Bestimmt findest du dort, was du suchst.« Nun, eigentlich war er sich nicht sicher, ob die besagte rote Blume im Palastgarten wuchs, aber für seinen Plan war es hilfreich.

Tonina war auf der Stelle ganz Ohr. War es möglich, dass sie morgen in den Besitz der Blume kam, bald darauf ein Kanu auftrieb und den Rückweg zur Perleninsel antrat? »Aber wie kommen wir in den Palast hinein?«

Einauge überlegte. Wenn er die Wachposten erst einmal bestochen hatte, wäre für ihn der Weg frei – die königliche Familie sowie die Angehörigen des Adels schätzten es stets, einen Zwerg um sich zu haben. Aber das Mädchen? »Wir müssen dich schicklich einkleiden«, sagte er und rümpfte die Nase angesichts ihres lächerlichen Aufzugs. »Außerdem brauchst du …«

»Und Tapferer Adler ebenfalls«, fiel sie ihm ins Wort. »Ohne ihn gehe ich nirgendwo hin.«

Einauge hatte nicht die Absicht, einen solchen Fang aus den Augen zu lassen. Mit Blick auf den Jungen befand er, dass Tapferer Adler allein schon durch sein Äußeres Zutritt zum Palast erhalten würde. Das Mädchen hingegen war ein Problem. Konnte sie tanzen? Singen? Flöte spielen? Tonina verneinte jede dieser Fragen. Bis ihm die rettende Idee kam: »Du wirst dich als Wahrsagerin ausgeben.«

»Aber ich kann gar nicht wahrsagen!«

»Das macht nichts. Du erzählst den Leuten einfach, was sie hören wollen. Schau dich doch mal um. Was möchten denn alle Menschen erfahren, vom Bauern bis zum König? Ihre Zukunft!«

»Wird man mir glauben?«

»Das werden sie, wenn du das da benutzt.« Er deutete auf den durchsichtigen Becher, der aus ihrem Reisesack lugte. »Jeder wird annehmen, dass einem derart ungewöhnlichen Gefäß besondere Kräfte innewohnen.«

Tonina nickte zweifelnd.

»Ich überlasse euch meinen Platz.« Einauge suchte bereits seine Habseligkeiten zusammen. »Ihr könnt beide hier schlafen.«

Dankbar und so selbstverständlich, als hätten sie seit jeher die Nächte auf diese Weise verbracht, kuschelten sich Tonina und Tapferer Adler aneinander. Während sie rasch ein stilles Gebet an ihre Delphingeister und einen stummen Dank an den freundlichen Zwerg für seine Hilfe richtete, kam Tonina ein flüchtiger Gedanke. Festhalten konnte sie ihn nicht; aber er schien etwas damit zu tun zu haben, dass Einauge sich zwar als Händler ausgab, aber keinerlei Waren mit sich führte und erst recht keine Träger. Das Letzte, was sie überlegte, ehe sie in einen unruhigen Schlaf glitt, war, dass er unter Umständen sogar gefährlich sein konnte und dass sie und Tapferer Adler, sobald es hell wurde, dem Zwerg möglichst aus dem Weg gehen sollten.

12

Es war so lange her, dass irgendetwas Einauge schockiert hatte, dass er sich wirklich für abgebrüht hielt – bis Tonina sich auf dem Marktplatz nackt auszog.

Bevor sie die Stadt betreten konnten, hatte der Händler gesagt, müsse sie sich schicklich kleiden: mit einem knöchellangen Rock und einem Oberteil, das ihr über die Hüften reiche und Ärmel aufweise. »Maya-Frauen sind sittsam«, hatte er gesagt. »Vor allem die Oberschicht. Denk immer daran, dass du nicht auf den Inseln bist.«

Und dann hatte sie zu seiner Verblüffung die Kleider entgegengenommen, die er mit einer ihrer Perlen erworben hatte, hatte sie auf dem Boden abgelegt und im hellen Sonnenschein des jungen Morgens ihren »Rock« und den *hamac*-Kittel abgestreift. Völlig nackt war sie nicht, weil sie unter dem sogenannten Rock einen Schurz trug, der ihre Scham bedeckte, aber für die um sie herum war der Anblick, der sich ihnen bot, schockierend genug. Einauge warf, einen Aufschrei unterdrückend, hastig seinen zweiten Umhang über sie.

Tonina lachte. Um gleich darauf einzusehen, dass sie, die es gewohnt war, fast nackt zu schwimmen und ihren Austernfang unter den Blicken anderer Frauen und Männer an Land zu bringen und erst dann ihren Grasrock wieder anzulegen, sich schleunigst auf hiesige Verhaltensweisen einstellen musste.

Während Einauge sich seine beiden Reisesäcke auflud, gingen ihm beunruhigende Gedanken durch den Kopf. Der Anblick von Toninas Körper hatte ihn erregt, was nicht weiter ungewöhnlich war, dachte er doch fast unentwegt an Frauen und Fleischeslust. Nein, bei Tonina kam hinzu, dass ihr jegliche Schamhaftigkeit abzugehen schien, was ihn daran erinnerte, wie man auf den Inseln lebte und vor allem seit wie vielen Jahren er nicht mehr zu Hause gewesen war.

Ich lebe schon viel zu lange unter den Maya, dachte er wehmütig. Wenn sein geheimer Plan jedoch zum Erfolg führte, konnte er auf die Inseln zurückkehren, in ein Leben, das er vergessen hatte, nach dem er sich aber plötzlich sehnte.

Sein Plan war gut. Aber er musste rasch die Adlerjäger ausfindig machen. Und er musste sich etwas einfallen lassen, um dem Mädchen den Abschied von dem Jungen zu erleichtern. Wenn sie ebenso verzweifelt reagierte wie beim Verlust ihres kleinen Beutels, würde dies schwer auf Einauges Gewissen lasten. Irgendwie musste er Toninas Gefühle in eine andere Richtung lenken. Sie dazu bringen, sich für einen anderen zu interessieren, um ihr Tapferen Adler zu entführen.

An diesem Morgen wollte sich Einauge mit seinen jungen Schützlingen Zutritt zur Stadt verschaffen. Er freute sich auf die Abwechslung. Kaum dass Tonina aufgewacht war, die Stadtwächter die Fackeln gelöscht und auf den Mauern die Trompeten geschmettert hatten, hatte sie sich in ihrer Wissbegier für die Sprache der Maya unersättlich gezeigt. »Wie heißt dies?«, hatte sie gefragt, kaum dass Einauge sein eines gutes Auge geöffnet hatte. »Wie sagt man dazu?« Als sie gehört hatte, wie sich die in der Nähe lagernden Familien zankten, hatte sie Einauge gebeten, ihr den Wortwechsel zu übersetzen.

Was auf die Dauer lästig war. Immerhin aber hatte sie ein gutes Gedächtnis. Nichts musste er zweimal wiederholen. Auch als ungemein hartnäckig erwies sie sich. Kaum dass die Blumenstände öffneten, war Tonina hingelaufen, um sich abermals nach dieser roten Blume umzusehen. Enttäuscht war sie zurückgekommen. »Wann können wir endlich in die Stadt?«, hatte sie gedrängt. Und jetzt, da sie bereit waren, nahm das Mädchen, sittsam gekleidet und über ein paar Worte und Sätze in der Sprache der Maya ver-

fügend, Tapferen Adler bei der Hand und ging Einauge voraus – so als wäre *sie* es, die *ihm* den Weg zeigte!
Als sie durch die Menge hasteten, fiel Einauge wieder die glatte, makellose Haut von Tapferem Adler auf. Schon merkwürdig. Nicht die kleinste Tätowierung. Unversehens fiel Einauge etwas ein, das ihn so erschreckte, dass ihm ein leises »*Guay!*« entfuhr.
Der Knabe ... Tapferer Adler ... *war es möglich?*
Tonina, die nicht ahnen konnte, was ihren kleinwüchsigen Gastgeber beschäftigte, dafür aber sehr wohl merkte, wie ihr Gefährte begafft wurde, ließ die Hand von Tapferem Adler nicht los. Ihn selbst schien es nicht zu stören, als er sich, die goldenen Augen vor Verwunderung weit aufgerissen, die Brauen gelegentlich runzelnd, so als jage er einer flüchtigen Erinnerung nach, durch die Menge schob. Die Wunde auf seiner Stirn heilte bereits ab, aber ansonsten? Noch immer konnte er nicht sprechen, sich an nichts erinnern.
Auch Tonina hing einem Gedanken nach. Gestern, als sie eingeschlafen war, hatte ihr irgendetwas zu schaffen gemacht, das mit dem Zwerg zusammenhing. Aber das war nicht wichtig, sagte sie sich. Sie musste sich ganz auf ihr Ziel konzentrieren. Ob sie die rote Blume bald finden würde?
Die mürrischen Wachposten am steinernen Torbogen inspizierten jeden Besucher, grapschten in Reisesäcken herum, spuckten auf den Boden und wiesen ohne triftigen Grund Zutrittsuchende ab. Einauge jedoch verstand sich aufs Feilschen – zwei von Toninas Perlen und aus seinem eigenen Sack drei kostbare Kakaobohnen wechselten die Besitzer – und sagte dann zu seinen Begleitern: »Rasch! Wir müssen zum Hauptplatz, zur Plaza!«
Wie sich herausstellte, war die Stadt ebenso überfüllt wie der Marktplatz, wenngleich ein Anflug von Ordnung herrschte. Einauge, der mit seinem eigentümlich schlingernden Gang die Führung übernahm, erklärte, dass die Mehrheit der Stadtbevölkerung in dicht besiedelten, jeweils von einem Handwerkszweig geprägten Vierteln lebten – da gäbe es das Viertel der Holzschnitzer, das Viertel der Steinmetze und so weiter –, und dass deren aus Stein

und Holz gefertigten bescheidenen Häuser sich entlang gewundener Wege und Gassen drängten, mit Gärten dazwischen und niederen steinernen Mauern als Grundstücksabgrenzung. Die Maya seien erpicht auf Landbesitz, meinte Einauge.

Der Rauch von Tausenden Kochstellen erfüllte die Morgenluft. Die nächtliche Ruhe war dem Lärmen schreiender und lachender Kinder gewichen; Hunde bellten, Frauen unterhielten sich mit Nachbarn, das typische Geräusch von klatschenden Händen bei der Verarbeitung von Maismehl zu Tortillas war zu hören. Niemand achtete auf die drei Fremden.

»So verschönern sie ihre Kinder«, sagte Einauge, als Tonina vor einem weißen Steinhaus stehen blieb, in dessen Garten zwei Frauen das Frühstück zubereiteten. Auf einer Decke zwischen ihnen lag, das Köpfchen zwischen zwei Bretter gepresst, ein kleines Baby. Die Bretter bildeten ein V, das schmale Ende zeigte nach oben. »Wenn diese Vorrichtung entfernt wird, wird das Kind wie alle anderen aussehen – mit einem spitz zulaufenden Kopf und schräg stehenden Augen.«

Endlich gelangten sie zum Ende des von zwei steinernen Mauern gesäumten Weges, und als das Trio auf den gepflasterten Hauptplatz hinaustrat, der sich vor ihnen erstreckte, stockte Tonina einmal mehr der Atem.

Auf der gegenüberliegenden Seite ragte in majestätischer Pracht eine Pyramide in den von keinem Wölkchen getrübten Himmel. Eine kleinere Version von der an dem Ort, den Einauge Chichén Itzá genannt hatte. Anders als jenes dem Verfall preisgegebene, von Unkraut überwucherte Bauwerk war Mayapáns Pyramide mit einem glatten, roten Putz versehen, sodass die Wände in der Sonne wie Blut leuchteten. Schwindelerregend erhob sich der Bau in Terrassen und Stufen empor, und ganz oben stand ein Tempel. Aus Weihrauchfässern stieg Rauch, Fähnchen mit langen Federn wehten im Wind.

An zwei Seiten der Plaza standen kleinere Tempel, ebenfalls in Pyramidenform und ebenfalls mit leuchtend roten Wänden, verziert mit bunten Darstellungen und Friesen. Auch auf ihren Spitzen wehten Fähnchen. An der vierten Seite erhob sich der Palast, ein grellroter Bau mit Stufen, Terrassen und Säulengängen. Tonina kam es vor, als hätten die Maya eine besondere Vorliebe für Stufen und Treppen: Abgesehen von gedrungenen Häuschen war das Betreten eines Gebäudes vom Erdgeschoss aus offenbar nicht möglich.

Wie auf dem Marktplatz drängte sich auch auf der Plaza eine Menschenmenge. Diese hier war jedoch um einiges aufwändiger gekleidet als die jenseits der Mauern – hier gingen der Adel, die Wohlhabenden und Erfolgreichen ihren täglichen Geschäften nach. Tonina hätte nie gedacht, solch prächtig herausstaffierte Männer und Frauen zu Gesicht zu bekommen, die sich da in Baumwollgewändern und farbenfrohen Umhängen zeigten, in mit Jade und Gold durchzogenen Lendenschurzen, in aus Korb geflochtenen und mit Federn und Perlen besetzten Kopfbedeckungen, die Gesichter bemalt mit bunten, verschlungenen Mustern, die Handgelenke, Knöchel, Ohren und Lippen reich mit Schmuck bestückt.

Noch etwas fiel ihr auf. Fast jeder, ob Edelmann oder einer von der Stadtwache oder ein Obstverkäufer, hatte einen grünen oder blauen Streifen Stoff um den Oberarm geschlungen. Als sie Einauge fragte, was dies zu bedeuten habe, meinte er nur: »Das hat mit den Spielen zu tun. Die Leute zeigen, welche Mannschaft sie unterstützen. Grün steht für die Mannschaft aus Mayapán, blau für die aus Tulum. Hängt davon ab, wem man den Sieg wünscht.«

»*Du* trägst aber kein Band.«

»Ich unterstütze beide Mannschaften«, grinste er.

Tapferer Adler, der sich beim Überqueren der gepflasterten Plaza dicht an Toninas Fersen heftete, starrte unwillkürlich zum höchsten Punkt der Pyramide – dem Tempel. »Sieht er dort etwas?«, fragte Einauge, dem der Blick des jungen Mannes auffiel.

»Ich glaube, er sucht nach seiner Erinnerung«, meinte Tonina und drückte dem Gefährten beschwichtigend die Hand.

Da die Haupttreppe des Palastes überfüllt war mit Amtspersonen, die sich mit den königlichen Beamten besprechen wollten, führte Einauge seine beiden neuen Freunde in eine seitlich gelegene gepflasterte Gasse, von der aus sie zu einer weiteren Treppe in der hoch aufragenden Mauer gelangten. Hier begegneten ihnen Menschen, die sich nicht sonderlich von ihnen selbst unterschieden. Alle hatten sie einen Reisesack über der Schulter, alle erhofften sie sich eine großmütige Geste des Königs.

»Wir haben Glück«, stellte Einauge fest, als sie sich unter eine Gruppe von Musikanten mit Rasseln, Muschelhörnern und aus dem Panzer von Schildkröten gefertigten Trommeln mischten. »Die jährlich stattfindenden Spiele ziehen viele Besucher an, was bedeutet, dass der König heute Abend mehr Gäste als sonst geladen hat. Sie werden nach einem abwechslungsreichen Programm verlangen.«

Er wandte sich an Tapferen Adler. »Ich werde Flöte spielen. Du brauchst nichts weiter zu tun als dich zur Melodie zu bewegen. Meinst du, dass du das kannst?«

Tapferer Adler nickte. Einauge vertraute darauf, dass die außergewöhnliche Erscheinung des Jungen zusammen mit seinem Flötenspiel ausreichend Gesprächsstoff bieten würde. Dagegen das Mädchen und ihre Wahrsagerei ... da sie von Grund auf so verdammt ehrlich war, gab sie wahrscheinlich eine miserable Lügnerin ab. »Denk daran«, beschwor er Tonina erneut, »wenn du meinst, du müsstest die Wahrheit sagen, dann drehe sie so hin, dass sie *angenehm* klingt. Ungünstige Vorhersagen hört man nicht gern.«

Als er ihren verunsicherten Blick bemerkte, fügte er hinzu: »*Du* bist es doch nicht, von der die Prophezeiung kommt. Sondern vom Wasser. Verstehst du? Wie du vielleicht inzwischen gemerkt hast, ist Wasser in diesem Land, in dem es keine Bäche, Flüsse oder Seen gibt, etwas Kostbares. Die Maya glauben, dass dem Wasser nicht anders als dem Blut gewaltige Kräfte innewohnen. Füll deinen Becher mit Wasser, gib es einem Gast zu trinken, und dann ›liest‹ du daraus seine oder ihre Zukunft.«

Am großen Torbogen kontrollierten Wachposten abermals die Besucher. Einauge zahlte zwei Kakaobohnen und brachte vor, dass er Seine Großherzige Güte mit ausgefallener und erregender Unterhaltung erfreuen wolle. Als die Wachen Tonina, die sie für eine Dirne hielten, mit schlüpfrigen Bemerkungen bedachten, fuhr Einauge dazwischen und stellte sie als hoch angesehene Wahrsagerin vor. Amüsiert dachte er im Stillen, dass er sich damit zum allerersten Mal *schützend* vor die Tugendhaftigkeit einer Frau stellte.

Da der Palast aus einem Wirrwarr von Treppen, Höfen, Zimmern, Galerien und Korridoren bestand, begleitete man sie durch die Gänge. Nach einiger Zeit vernahmen sie, wiewohl noch gedämpft, bereits Musik und Stimmen. Bald darauf gelangten sie in einen großen Raum, in dem Artisten auf ihren Auftritt warteten und bis dahin ihre Nummer noch einmal probten, ihre Gliedmaßen dehnten oder vor sich hin summten.

Wie es seine Gewohnheit war, warf Einauge einen raschen Blick über die hier versammelten Gaukler, Jongleure, Zauberer, Tänzer und Possenreißer. Als er zwei Schlangenmenschen bei Lockerungsübungen erspähte, zwinkerte er dem weiblichen Teil des Duos, die ein kurzes Röckchen aus Rehleder trug und ihre Brüste mit einem Streifen aus dem gleichen weichen Material bedeckt hatte, aufreizend zu. Worauf sie errötete und ihn mit einem Lächeln bedachte – und Einauge sich die dicken kleinen Hände rieb. Er hatte Jahre darauf verwendet, dieses Zwinkern, das seine gesamte Mimik mit einbezog, so zu perfektionieren, dass Erfolg garantiert war. Jetzt fragte er sich, ob der männliche Partner der Frau ihr Ehemann oder Bruder war. Noch nie hatte er das Bett mit einer derart gelenkigen Frau geteilt; höchste Wonnen schienen ihm bevorzustehen.

»Wie geht es jetzt weiter?«, raunte in diesem Augenblick Tonina.

»Da hindurch«, sagte er leise und deutete auf einen farbenfrohen Wandteppich an einem Türsturz, »gelangt man in den Großen Saal. Dort haben sich der König und seine Höflinge zu einem Festmahl eingefunden, und diese Leute hier sind die Unterhaltung. Wir müssen warten, bis die Reihe an uns ist.«

»Und wie kommen wir von hier aus in den Garten?«
»In den Garten? Ach so, der Garten! Nun ja«, er kratzte sich am Ohr, »erst müssen wir die Gäste unterhalten und unsere Belohnung abwarten.«
»Weißt du, wo sich der Garten befindet?«
»Auf einer Terrasse«, sagte er und deutete in unbestimmter Richtung nach oben. Wenn es einen Garten gab, war der bestimmt eher himmelwärts angesiedelt.
Der Türsteher im Warteraum, ein Wichtigtuer mit Jadesteckern in Ohren, Nase und Lippen, schaute die Neuankömmlinge hochmütig von oben an und meinte: »Ich kann nicht versprechen, dass euer Gepäck noch da ist, bis ihr wieder rauskommt.«
Einauge, der die versteckte Botschaft des Mannes verstand, beeilte sich zu sagen: »Eine Kakaobohne für's Aufpassen halte ich für angemessen. Wenn sich allerdings herausstellt, dass unsere Säcke durchwühlt worden sind, werde ich meinen bösen Blick auf dich richten.«
Je mehr Artisten in den Großen Saal geschickt wurden, desto näher rückte das Trio an den Durchgang heran, konnte bereits um den Vorhang herum spähen. Tonina, die hinter Einauge stand, sah Angehörige des Adels auf Kissen aus Jaguarfell sitzen, derweil eine Schar Zwerge, Bucklige, Diener und Fächerträger, aber auch Schriftgelehrte und Spaßmacher um ihr leibliches und geistiges Wohl bemüht waren. Allen waren die fliehende Stirn und die schrägen Augen gemein, alle trugen einen schweren Kopfputz aus Weidengeflecht, bestückt mit Federn, Muscheln, Baumwolle oder Jade, einer ausgefallener als der andere.
Der riesige Saal war ausstaffiert mit Weihrauchfässern aus Keramik, Gipsbüsten, Jademasken, Figuren aus Terrakotta sowie gewaltigen Bodenquadern aus Kalksandstein. Über die Wände zogen sich farbenfrohe Wandmalereien, Pfeifen- und Zigarrenqualm waberte durch den Raum. Der Herrscher von Mayapán, den Einauge Seine Großherzige Güte genannt hatte, trug nichts weiter als einen Lendenschurz, sein großer, stämmiger Körper war leuchtend rot bemalt. Statt eines Kopfputzes hatte er das Haar

zu einem Knoten geschlungen und mit langen Quetzalfedern geschmückt. Er thronte auf einem Podium am Kopfende des Saals, saß somit höher als seine Gäste. Einauge verpasste Tonina mit dem Ellbogen einen Knuff in Höhe ihres Schenkels. »Schau ihn nicht an!«, zischelte er. »Niemand darf den König anschauen oder direkt das Wort an ihn richten.«

»Was macht er da?«, gab sie flüsternd zurück. Der König starrte einen großen runden Gegenstand an, den ein Diener ihm vorhielt.

»Das ist ein Spiegel. Seine Großherzige Güte betrachtet sich unentwegt.«

Tonina blinzelte. Der König saß auf einem Schemel, der auf dem Rücken von zwei auf allen vieren kauernden Männern aufgebockt war. »Gefangene. Aus einer unlängst stattgefundenen kriegerischen Auseinandersetzung«, raunte Einauge, der Toninas Verblüffung bemerkte. »Die Maya bringen ihre Feinde nicht um. Sie ziehen es vor, sie zur Strafe zu demütigen.«

Ständig waren Diener bemüht, aus fein bemalten Krügen die Becher aufzufüllen. Was sie tranken, nannte sich, wie Einauge erklärte, *pulque,* eine berauschende Mischung aus dem Saft der Agave und der Wurzel eines »böses Holz« genannten Busches. Und da die Gäste jedes Mal, wenn sie tranken, auch den Göttern etwas zukommen ließen, indem sie einen Schluck auf den Boden gossen, mussten Sklaven unentwegt die Pfützen beseitigen.

Verführerische Düfte entströmten einer nicht endenden Parade von Platten, auf denen sich gebratene Vögel und Kaninchen türmten, dampfende süße Kartoffeln und Mais, schimmernde Papayas und Guaven, Kürbisse und Honigwaben. Einige der Köstlichkeiten waren Tonina unbekannt, so zum Beispiel rote runde Früchte, die Einauge Tomaten nannte.

Und dann wurde sein Blick von etwas gefesselt, was ihm eine seiner Meinung nach brillante Idee eingab: Chac der Ballspieler befand sich ebenfalls unter den Gästen. War *er* imstande, Tonina von Tapferem Adler abzulenken?

Eine Gruppe Akrobaten beendete ihre Vorstellung und entfernte sich, und als jetzt ein einzelner Sänger schrecklich falsch eine Melodie anstimmte, stieß Einauge ein unterdrücktes »*Guay!*« aus, weil abzusehen war, was jetzt folgen würde.

Lauter Protest seitens des Königs ließ den Sänger jäh verstummen. Wachen mit großen irdenen Gefäßen eilten herbei. Der unglückselige Sänger sank zu Boden und hielt sich die Hände über den Kopf, als sich die mit Urin gefüllten Töpfe über ihn ergossen.

Dann packten die Wachen den armen Kerl und zerrten ihn aus dem Saal.

»Wenn ein Artist den Zuschauern missfällt, wird er bestraft«, sagte Einauge und fuhr sich mit der ausgetrockneten Zunge über die Lippen. Die Strafe konnte auch aus Auspeitschen bestehen. Hauptsächlich aber waren es Demütigungen. »Sei bemüht, ihre Gunst zu erringen, Tonina.«

Er war auf mehr bedacht als nur darauf, Demütigungen zu vermeiden. Damit seine Rechnung aufging – nämlich den Jungen an die Adlerjäger zu verkaufen –, benötigte Einauge für ein paar Tage eine Unterkunft, am besten hier im Palast. Wenn es ihnen also gelang, den König und seine Höflinge aufs angenehmste zu unterhalten, würde man sie für weitere Auftritte hier beherbergen.

Deswegen suchte Einauge von seinem Standort hinter dem Wandteppich aus nach jemandem in der Großen Halle, mit dem er Kontakt aufnehmen konnte. Als er einen Mann entdeckte, der seinem gepflegten Äußeren nach der Oberste Verwalter zu sein schien, verantwortlich für den reibungslosen Ablauf des königlichen Haushalts, grinste er.

Das Glücksspiel war die größte Leidenschaft aller Männer, von den Hochebenen der Gebirge im entlegenen Westen bis zur Tiefebene an der östlichen Spitze der Halbinsel. Noch nie hatte Einauge es mit jemandem zu tun gehabt, der nicht um dieses oder jenes gewettet hätte, selbst wenn es nur um das Wetter ging. Und Männer, die wie der Oberste Verwalter zweifellos über ausreichende Mittel verfügten, hatten eine Schwäche dafür, auf dem Marktplatz ihr

Glück auszureizen, das heißt alles daranzusetzen, in großem Stil Wetten auf Waren oder Nahrungsmittel abzuschließen.

Ehe er, der Straße von Uxmal aus folgend, nach Mayapán gekommen war, war Einauge am Lager einer Karawane vorbeigekommen. Der Anführer der Karawane hatte ihn zum Essen und Trinken eingeladen. Da Einauge trotz seiner Kleinwüchsigkeit die doppelte Menge Alkohol vertrug wie ein normaler Mann, hatte er schon bald die Zunge des Karawanenanführers gelöst. Was er transportiere, hatte der geprahlt, sei Bernstein aus Chiapán, wo es so viel davon gebe, dass sein Wert gesunken sei. Deshalb erhofften sich die Hintermänner des Bernsteinhandels in den Städten der Tiefebene bessere Preise.

Da ein allein auf sich gestellter Zwerg schneller vorankam als hundert schwer bepackte Männer, war er Tage vor der Karawane in Mayapán angekommen. Und nun hatte er wertvolle Informationen zu verkaufen. Einauge war überzeugt, der Oberste Verwalter würde ein hübsches Sümmchen springen lassen, wenn er erfuhr, dass auf dem Marktplatz mit einer Bernsteinschwemme aus Chiapán zu rechnen war. Wenn also der Oberste Verwalter Bernstein verkaufen wollte, sollte er dies jetzt tun, wo er noch einen hohen Preis dafür verlangen konnte.

Als Gegenleistung für diese Information unter der Hand wollte Einauge nichts weiter als eine Unterkunft für sich und seine zwei Gefährten im Palast.

Dies waren die Handelsgüter, die Einauge verkaufte – Informationen brauchten weder Säcke noch Träger, nur sein Gehirn. Der Taíno-Zwerg war ein mit allen Wassern gewaschener Spion und Nachrichtenhändler.

Der nächste Artist war ein Mann, der sich neben dem Türvorhang aufgehalten hatte, mit einer langen Schlange, die er über seinem Kopf herumgewirbelt hatte. Seit das Reptil infolge dieser Behandlung steif geworden war, hielt er es wie einen hölzernen Stab an seiner Seite. Einauge nickte anerkennend. »Wenn Seine Großherzige Güte den Trick noch nicht kennt«, raunte er, »wird dieser Mann heute Abend königlich speisen.«

»Welchen Trick?«, fragte Tonina.
»Pass genau auf.«
Der Schlangenbändiger schritt auf den König zu, verbeugte sich vor ihm und verkündete dann, dass er vorhabe, seinen hölzernen Stab in eine Schlange zu verwandeln. Als daraufhin der König durch einen Edelmann ausrichten ließ, dass er gespannt sei, ob dies gelänge, warf der Mann den »Stab« zu Boden, vollführte allerlei verschlungene Gesten über dem Reptil, murmelte Unverständliches, und schon kam Leben in die Schlange, und sie glitt davon. Die Zuschauer jubelten, überwältigt von dem Wunder. Der Künstler wurde in einen angrenzenden Raum geführt, wo ihn Speisen und *pulque* in Überfluss erwarteten.
Endlich zog der Aufseher im Warteraum den Vorhang für Einauge, Tonina und Tapferen Adler zur Seite.
Alle im Großen Saal sahen dem Trio erwartungsvoll entgegen. Weniger des Mädchens wegen, vielmehr wegen des Zwergs, der stets willkommen war, weil er, da er nur über ein Auge verfügte, zweifellos die besondere Gunst der Götter genoss. Die größte Aufmerksamkeit aber zog der Jüngling auf sich, weil dessen hellhäutiger Körper weder bemalt noch tätowiert war.
Nervös und mit gesenktem Blick hörte Tonina zu, wie Einauge mit erstaunlich lauter Stimme seine »Truppe« vorstellte und seinen Monolog mit Übertreibungen, Wortspielen und Komplimenten würzte. Was ihr entging, war, dass der Zwerg mit seinem scharfen Auge jeden einzelnen der versammelten Gäste musterte, taxierte, einordnete und entsprechende Schlüsse zog.
Während er weiterhin beredt den Hof umgarnte, warf Tonina schließlich doch mit gesenktem Kopf einen verstohlenen Blick durch den Saal. Die gesamte königliche Familie sowie der Adel hatten sich eingefunden! Welch eine Pracht sich vor ihr ausbreitete, welch eine Fülle von Schmuck und Kleidern! Und dann sah sie die beiden Ballspieler, die am Abend zuvor über den Marktplatz gezogen waren.
Prinz Balám interessierte sie nicht. Mit seiner rot bemalten Haut, dem spitz zulaufenden Kopf und der künstlich betonten Nase un-

terschied er sich nicht von den anderen. Aber neben ihm, offenbar auf einem Ehrenplatz, saß, das Haupt mit Federn geschmückt und bekleidet mit einem scharlachroten Lendenschurz und darüber einem hellblauen Umhang, der Bürgerliche namens Chac. Ihm zur Seite machte Tonina eine Frau aus, wahrscheinlich seine Ehefrau, eine Maya, die Einauge unter dem Namen Paluma bekannt war. Wie die anderen Damen im Großen Saal war ihre zierliche Figur in mehr Kleider gehüllt, als Tonina für nötig hielt: Über einem grell gemusterten Kleid trug sie einen mit Perlen und Muscheln gesäumten Schal, um die Hüften einen ebenso gesäumten Gürtel und zahllose Halsketten und Armbänder. Ihr glattes schwarzes Haar wurde von einem bunten Tuch zusammengehalten, sodass die langen Zöpfe wie die Zweige einer Trauerweide herabhingen und ein Gesicht einrahmten, das, wie Tonina inzwischen wusste, dem Schönheitsideal der Maya entsprach: eine breite Nase, ein leicht fliehendes Kinn, vollfleischige Lippen, die nicht ganz die vorstehenden Schneidezähne abdeckten. Die spitz zulaufende Stirn der Ehrenwerten Paluma ging in einen in die Länge gezogenen Schädel über, weshalb ihre leicht schielenden Augen schräg standen.

Toninas Blick wanderte zurück zu Chac. Sein Schädel war nicht deformiert, die Nase ebenso wenig verbildet, und sein durchtrainierter Körper hob sich vorteilhaft von dem seiner beleibteren Kumpane ab.

Urplötzlich durchfuhr sie ein Gedanke. Obwohl sie geglaubt hatte, Demütigungen hinnehmen zu können, schon weil sie wegen ihres Aussehens, ihres Andersseins ihr Leben lang verhöhnt und verspottet worden war, wusste sie auf einmal, dass sie, wenn sie gleich ihren Auftritt hatte, nicht länger bereit war, Kränkungen hinzunehmen.

Nicht in *seiner* Gegenwart.

Wie kaum ein anderer verstand sich Einauge darauf, etwas zu tun und an etwas ganz anderes zu denken. Während er den König und seinen Hofstaat mit Schmeicheleien und blumigen Komplimenten bedachte, nahm er gleichzeitig wahr, dass Tonina wie abends zuvor auf dem Marktplatz Chac unentwegt anstarrte, der Ballspielerheld hingegen nichts davon bemerkte, sondern unbeschwert mit seinen Gefährten zechte und lachte. Was an Chac schlug das Mädchen derart in Bann?

Toninas Augen glitten von Chac zu der Frau neben ihm, Paluma, mit der er seit drei Jahren verheiratet war, die ihm aber laut Einauge noch kein Kind geboren hatte. Jetzt konnte Tonina immerhin beobachten, dass Paluma von Zeit zu Zeit die Hand auf ihren Leib legte und ein inniges Lächeln ihre Züge verklärte. Sobald jedoch Chac das Wort an sie richtete, zog sie die Hand rasch zurück, und ihr Lächeln erlosch. Ein Verhalten, das Tonina kannte und dessen Grund sie erahnte.

Einauge trat beiseite und griff zur Flöte, für den Auftritt von Tapferem Adler. Da die Höflinge bereits mit tänzerischen Darbietungen unterhalten worden waren, nahmen sie wieder die Unterhaltung auf, plauderten und lachten und sprachen weiterhin gebratenem Fasan und *pulque* zu. Einauges Flöte war bei dem Lärm kaum noch zu hören. Der Zwerg spielte unbeeindruckt weiter – eine aus acht Noten bestehende schlichte Melodie, der sich Tapferer Adler mit ausgestreckten Armen und anmutigen Bewegungen rasch anpasste.

Als der gertenschlanke Jüngling schweigend über den polierten Boden glitt, sich auf die Zehenspitzen stellte, Pirouetten drehte und dabei mit seinen Armen einen geschmeidigen Kreis beschrieb, wurde es im Großen Saal langsam still; bald war nur noch die Flöte zu hören. Alle Augen waren auf Tapferen Adler gerichtet, wie hypnotisiert folgte man seinen langsamen, ausholenden Bewegungen, bis er nicht länger ein Junge zu sein schien, sondern ein bezauberndes Geschöpf aus einem Märchen.

Anmutig sank Tapferer Adler zu guter Letzt zu Boden, wand die Arme um den Kopf. Die Melodie endete, der Große Saal verharrte in Schweigen. Kein Flüstern, kein Hüsteln war zu vernehmen. Einauge setzte die Flöte ab und schaute um sich. Wie zu keiner Regung fähig saßen die Gäste da. Und dann hob ein Raunen an, beifälliges Nicken, Verwunderung, und ihm wurde bewusst, dass

er, noch ehe jemand Tapferen Adler für sich reklamierte, gut daran tat, die Atmosphäre aufzulockern.
»Himmelsgleiche Damen und Herren!«, rief er aus, »Erhabenste Durchlaucht und verehrte hohe Gebieterin, darf ich Euch nunmehr die beste Seherin des Landes vorstellen.« Ungeduldig bedeutete er Tapferem Adler, sich zurückzuziehen, und winkte Tonina nach vorn, vor das Podium des Königs.
Wahrsager gab es, nicht anders als Tänzer, überall in Mayapán, weshalb die Aufmerksamkeit der Zuschauer abermals abzudriften begann und Tonina Gefahr lief, überhaupt nicht beachtet zu werden. Erst als sie den gläsernen Becher emporhob, die Facetten das Licht reflektierten und Einauge ihn als Werkzeug der Götter höchstpersönlich deklarierte, gewann sie nach und nach das Interesse der Höflinge.
Der König warf einen neugierigen Blick auf das Objekt und gab dann einem Diener ein Zeichen, worauf der Diener Tonina den Becher abnahm und ihn einem besser gekleideten Ranghöheren übergab, der ihn wiederum einem – seinem Äußeren nach zu schließen – noch über ihm Stehenden aushändigte, von dem aus er über einen Edelmann letztendlich in den Händen des Königs landete.
Gespannt sahen alle zu, wie Seine Großherzige Güte den seltsamen Gegenstand genau betrachtete, ihn hochhob, drehte, daran klopfte und schließlich sogar mit seiner mit Jadesteckern durchbohrten Zunge daran leckte. Dann gab er den Becher an den Edelmann zurück, der ihn weiterreichte, bis er wieder bei Tonina anlangte.
Über Einauge, der als Übersetzer fungierte, ließ Tonina den Becher von einem Diener mit Wasser füllen. Sie schwenkte den Becher, schaute hinein und sagte dann laut: »Das Wasser erwählt sich …« Sie drehte sich langsam um die eigene Achse, und Einauge stellte zufrieden fest, wie aufgeregt sich die Höflinge gebärdeten, jeder darauf hoffend, das Mädchen würde ihn oder sie aufrufen.
Prinz Balám merkte, wie sich neben ihm seine Frau verkrampfte.

Er wusste, dass Yaxche mit ihrer Schwäche für Wahrsager sich nichts sehnlicher wünschte, als erwählt zu werden.
Als das hoch gewachsene Mädchen jedoch auf Chacs Frau deutete und Yaxche daraufhin einen unterdrückten Fluch ausstieß, stand für Balám fest, dass heute Abend die Stimmung in seinem Haus auf Sturm stehen würde. Yaxche war nicht gut auf Paluma zu sprechen, und jetzt wurde ihr Hass zusätzlich geschürt, nachdem die Wahrsagerin die Frau eines Bürgerlichen der eines Prinzen den Vorzug gegeben hatte. Balám schüttelte den Kopf. Das nach Art der Inseln tätowierte Mädchen hatte unwissentlich einen schrecklichen Fehler begangen.
Tonina ging auf Paluma zu, was ihr erlaubte, Chacs Frau aus der Nähe in Augenschein zu nehmen: die dicke Schminke, die Gesicht und Arme bedeckte, den Jadeknopf, der sich durch ihre Nasenscheidewand bohrte, den goldenen Stecker in ihrer Unterlippe, die schweren Ohrringe. Was Tonina ebenfalls sah, war, dass sich unter dem Puder, der Farbe und den Tätowierungen im Gesicht eine scheue junge Frau verbarg, die nicht viel älter war als sie selbst.
»Mich?« Paluma zeigte sich überrascht. Alle lachten und drängten sie zur Teilnahme.
»Trinkt aus dem Becher, Herrin«, sagte Einauge in der Mayasprache.
Während Chacs dunkle Augen auf der Wahrsagerin ruhten, beobachtete man im Großen Saal mit angehaltenem Atem, wie Paluma einen Schluck zu sich nahm. Nachdem Tonina den Becher zurückerhalten hatte, schwenkte sie erneut das Wasser und tat, als entziffere sie eine darin enthaltene Botschaft. Dann aber entschloss sie sich klopfenden Herzens, das Risiko einzugehen, mit dem herauszurücken, was sie vorher beobachtet hatte – Palumas verklärten Ausdruck. Welche Strafe erwartete sie, wenn sie sich getäuscht hatte?
Um sich Mut zu machen, holte sie tief Luft und sagte, was Einauge sogleich übersetzte: »Ihr werdet einen Sohn bekommen.«
Paluma warf ihr einen misstrauischen Blick zu. Wahrsager si-

cherten stets Söhne zu. »In welchem Jahr soll er denn geboren werden?«, fragte sie schelmisch und herausfordernd zugleich.
Tonina sah ihr in die Augen. »Sein Leben hat bereits begonnen.«
»*Aii*«, kam es leise von Paluma. »Es stimmt! Sie spricht die Wahrheit!«
Im Saal brach Jubel aus, und während sich Paluma mit einem innigen Lächeln an ihren Gatten wandte und ihm gestand, dass sie schwanger sei und vorgehabt habe, ihm das heute Abend zu eröffnen, wisperte Einauge Tonina zu: »Gut gemacht, Mädchen. Man wird uns reich dafür belohnen.«
Tonina strahlte. Sie würde darum bitten, in den königlichen Garten geführt zu werden, um dort nach einer ganz bestimmten roten Blume zu suchen. Diese Gunst würde ihr der König bestimmt gewähren …
»Wird mein Sohn gesund sein?«, fragte Paluma. »Wird er zum Manne heranwachsen?«
Angesichts dieser und eventuell weiterer Fragen musste Einauge sich rasch etwas einfallen lassen. »Vergebt uns, verehrte Herrin«, sagte er. »Aber dieser Becher beschränkt sich auf eine Prophezeiung pro Tag. Jetzt hat sich seine Macht erschöpft. Die Götter müssen sie erst wieder auffüllen.«
»Welche Belohnung begehrt die Wahrsagerin?«, kam es von Chac.
Einauge übersetzte, und Tonina erwiderte: »Die, im Palast zu bleiben, Herr, und den königlichen Garten betreten zu dürfen.«
Weil der Zwerg nicht wollte, dass sie vielleicht schon bald diese Blume fand, war er drauf und dran, etwas ganz anderes als Toninas Antwort auszugeben. Falls aber auch nur einer im Saal Taíno verstand, war er geliefert; in Gegenwart Seiner Großherzigen Güte einer Lüge überführt zu werden, war fatal. Deshalb übersetzte er wortgetreu, worauf Paluma mit einer entschiedenen Handbewegung meinte: »Das Mädchen wird bei *uns* bleiben. Als unsere persönliche Wahrsagerin.«
»Deiner Bitte wird stattgegeben«, sagte Einauge schmunzelnd zu

Tonina. Weder er noch jemand von den anderen bemerkte den giftigen Blick von Yaxche. Sie flüsterte ihrem Mann etwas zu, worauf Balám nickte.
»Darf ich jetzt in den Garten gehen?«, drängte Tonina.
Einauge räusperte sich. »Äh, die Herrin möchte, dass du dir zuerst ihr Haus anschaust. Du wirst dort wohnen, und während deines Aufenthalts wird es dir freistehen, die Gärten aufzusuchen.« Er bewegte sein eines Auge von einer Seite zur anderen, um festzustellen, ob jemand seine Schwindelei mitbekommen hatte. Aber niemand erhob Einspruch.
»Bitte sage der Herrin, dass ich sehr gern bei ihr wohnen werde, aber nur, wenn du und Tapferer Adler mich begleiten dürfen.«
Mit Vergnügen übersetzte Einauge diese Bitte. Im Haus eines so berühmten Mannes wie Chac zu logieren, würde sich als höchst gewinnbringend erweisen.
Als sie in den angrenzenden Raum geleitet wurden, in dem Tänzer und Gaukler und der Schlangenbeschwörer sich die Bäuche vollschlugen, gingen Einauges Gedanken schon wieder in eine ganz neue Richtung. Er war beeindruckt, wie schlau Tonina sich beim »Wahrsagen« für Paluma angestellt hatte, dass sie die Körpersprache der Frau beobachtet und die richtigen Schlüsse gezogen hatte. Dieses Inselmädchen ist fast so gut wie ich, befand er, als er sich von einer Platte ein gebratenes Kaninchen angelte und hineinbiss. Sie und ich wären ein hervorragendes Gespann.
Und während Tapferer Adler und Tonina dem großzügigen Angebot an Speisen zusprachen, überlegte er, wie er es am besten anstellte, Tonina an sich zu binden, wenn er erst einmal den Jungen an die Adlerjäger verkauft hatte. Er musste dafür sorgen, dass sie niemals den königlichen Garten betrat und niemals die rote Blume fand. Denn dann würde sie umgehend auf ihre Insel zurückkehren. Hatte sie nicht gesagt, sie wolle nach Quatemalán? Na wunderbar. Vor allem, da sie keine Ahnung hatte, wo Quatemalán lag.

13

Chac kniete vor seiner Frau nieder. »Du machst mich zum glücklichsten Mann der Welt«, sagte er. »Ich weiß nicht, womit ich diese Segnungen der Götter verdient habe.«
Paluma, die in der Morgensonne auf einem Schemel hockte, strich ihm lächelnd über das Haar. »Ich wollte dich überraschen.«
»Das ist dir gelungen!«, lachte er, um gleich darauf den Kopf an ihren Leib zu schmiegen, die Augen zu schließen und sich das im Inneren, in diesem warmen, salzigen Meer schlummernde Baby vorzustellen. Sein Sohn … sein *Maya*-Sohn.
Chac der Bürgerliche, von den Leuten der Große genannt, Ausnahme-Ballspieler und hingebungsvoller Ehemann, verfolgte nur ein einziges Ziel: seinen Sohn als aktiven Teilnehmer auf dem geheiligten Spielfeld zu erleben.
»Wir werden das Inselmädchen bei uns aufnehmen.« Palumas Entschluss stand fest. »Sie soll uns jeden Tag weissagen. Wir werden unser Leben nach den Prophezeiungen aus dem durchsichtigen Becher ausrichten. Und wenn unser Sohn geboren ist und zum Mann heranwächst, wird das Mädchen auch ihm täglich weissagen und ihn lenken.«
»Sie soll bei uns bleiben …«, flüsterte Chac in den weichen Stoff ihres Kleides. »Dieses Inselmädchen …«
Er runzelte die Stirn. Zweimal bereits und unbegreiflicherweise hatte er den Blick nicht von ihr wenden können. Wahrscheinlich weil sie sich abhob von all den Inselfrauen, die er bislang allesamt als klein, gedrungen und dunkelhäutig erlebt hatte, während das Mädchen namens Tonina hochgewachsen war und ihre Haut

honigfarben. Dennoch war ihr Gesicht nach Inselart mit weißen Symbolen bemalt, und sie sprach nur Taíno.
Warum zerbrach er sich eigentlich den Kopf über dieses Mädchen? Chac erhob sich verwirrt und sah zärtlich auf seine Frau hinunter.
Er begehrte Paluma und wollte sich mit ihr vereinen. Aber er durfte nicht. Morgen fand das Zwölfte Spiel statt. Er musste enthaltsam bleiben und die kommenden Stunden mit Beten und Fasten verbringen. Der kleinste Verstoß konnte seine Mannschaft um den Sieg bringen. Und wenn Mayapán verlor, verloren auch die Götter von Mayapán, und dies würde die Stadt ins Verderben stürzen.
Außerdem musste er Rücksicht auf Palumas Befinden nehmen. Die Fehlgeburt hatte sie sehr mitgenommen.
Er warf einen Blick auf die im Schlafzimmer seiner Frau verstreuten Utensilien, bei denen sie nach ihrer fehlgeschlagenen ersten Schwangerschaft Zuflucht gesucht hatte: ein Sammelsurium von Federn in allen Farben des Regenbogens – lange und steife von Vogelschwingen und -schwänzen, kleinere und weichere Flaumfedern, flockige Brustfedern lagen überall herum. Außerdem Leder- und Baumwollstreifen, Ahlen, um Löcher zu bohren, sowie Dornen von Agaven, an denen noch Fasern hafteten.
Aus solchen Federn fertigte Paluma zauberhafte Armbänder, die sie an Freunde verschenkte. Eine Beschäftigung, die ihr, wie Chac wusste, das Baby ersetzen sollte. Nach der Fehlgeburt hatte er Bedenken gehabt, bei ihr zu liegen. Aber sie wünschte sich so sehr ein Kind. Und ihm ging es genauso.
Jetzt stand ihnen die Wahrsagerin zur Verfügung, die seine Frau in Sicherheit wiegen würde, indem sie ihr täglich die Zukunft voraussagte. Dadurch wäre er rechtzeitig gewarnt, wenn es galt, Paluma und das Kind zu beschützen.
»Wo bleibt denn das Mädchen?«, fragte Paluma ungeduldig. »Sie sollte längst hier sein.«
»Ich sehe mal nach.« Er küsste sie auf die Wange und entfernte sich.

Auf seinem Weg durch die geräumige Villa, in der eine Schar Diener damit beschäftigt war, Fußböden zu fegen und Räume zu säubern, warf Chac durch das Fenster einen Blick in den Garten und erschrak, als er zwischen den Büschen und Blumen eine alte Frau gewahrte.

Er eilte ins Freie. »Was hast du hier zu suchen?«, herrschte er sie an.

»Vergib mir«, sagte sie. »Ich habe gehört, dass deine Frau schwanger sein soll. Stimmt das?«

Chac war vom Auftauchen der Alten – die Letzte, deren Besuch er hier bei sich erwartete – wie auch von ihrer Frage derart verblüfft, dass er keine Antwort fand.

Tonina und ihre Begleiter hatten die Nacht im Palast, im Quartier der Dienstboten verbracht und wurden jetzt zur Villa von Paluma begleitet, die, wie Einauge erklärte, das Anwesen von ihren begüterten Eltern geerbt hatte. Bei ihrer Hochzeit mit Chac hatte man geraunt, dass sie, die Aristokratin, Wohlstand, Ansehen und Blutlinie mit in die Ehe bringe, Chac hingegen nichts weiter als eine Serie von Siegen.

An der Stirnseite einer gepflasterten Plaza reihten sich prächtige Villen, deren hohe Mauern, durchbrochen von schmalen, licht- und luftdurchlässigen Fenstern, mit glattem, weißem Gips überzogen waren. Vor jedem Toreingang standen Wachposten, die grimmig oder gelangweilt vor sich hin stierten. In diesem Viertel, in dem der Adel und wohlhabende Kaufleute sich mit ihren Familien abschirmten und ein Luxusleben führten, gelangte das Trio unter Begleitschutz zu einem hohen, Glück verheißend leuchtend rot gestrichenen Holztor, vor dem zwei mit Speeren bewaffnete Männer Wache hielten. Sogleich wurde das zweiflüglige Tor, das zu Palumas Villa führte, geöffnet, um die Besucher einzulassen.

Vor ihnen erstreckte sich ein großer Garten, in dem zu Toninas Erstaunen ein Springbrunnen Wassertröpfchen in die Morgenluft versprühte. Wie bewirkte man, dass Wasser nach oben schoss? Einauge erwähnte zwar etwas von unterirdischen Röhren und

ausgeklügelten Vorrichtungen, aber das Mädchen hörte gar nicht mehr hin – denn dort, wo der Pfad, vorbei an üppig blühenden Pflanzen und Blumen, endete, stand Chac.
Er trug einen mit Jade bestückten bunten Lendenschurz sowie einen am Hals zusammengefassten Umhang in Orange und Gelb. Sein langes Haar war streng nach hinten gestrichen und hoch auf dem Kopf zu einem sogenannten »Jaguarschweif« zusammengefasst, sodass die schwarzen Zöpfe ihm wie Katzenschwänze über den Rücken rieselten. Auf der Perleninsel trugen nur die Frauen langes Haar; das der Männer wurde, sobald sie verheiratet waren, kurz geschnitten.
Chac sprach ungehalten auf eine alte Frau ein, die sich daraufhin demütig verneigte und davoneilte. Sie kam Tonina bekannt vor. Wo hatte sie sie schon gesehen? Ach ja: auf dem Marktplatz zwei Tage zuvor, als die beiden gefeierten Ballspieler durch die Menge schritten, war die Alte ihnen in gebührendem Abstand gefolgt.
Als Tonina diese Beobachtung Einauge zuraunte, gab er ebenso leise zurück: »Sie ist Chacs Mutter.«
»Seine Mutter! Sie ist wie eine Dienerin gekleidet. Und sieh nur, wie er sie wegscheucht.«
»Er schämt sich für sie. Sie arbeitet in den Palastküchen. Als Chac Berühmtheit erlangte und noch dazu eine adlige Maya heiratete, brach er die Verbindung zu ihr ab.«
Tonina war entgeistert. »Warum das denn?«
»Um nicht an seine niedere Herkunft erinnert zu werden. Und seine Bewunderer sollen das auch vergessen. Er tut alles, um als Maya angesehen zu werden.«
Wie traurig, befand Tonina. Für beide. »Er tut mir leid. Wie kann man sich nur von seiner Mutter, von seiner eigenen Familie abwenden?«
»Wenn dir deine Haut lieb ist, dann lass Chac so etwas niemals zu Ohren kommen«, warnte Einauge.
In diesem Augenblick wandte sich Chac um und blickte den Fremden entgegen. Seine dunklen, rätselhaften Augen musterten Tapferen Adler und Einauge, blieben dann aber an Tonina haften.

Da war er wieder, dieser gebannte Blick. Was steckte dahinter?, fragte sich Einauge. Im Grunde sahen sich die beiden jetzt zum ersten Mal richtig. Während sie vorher im flackernden Schein der Fackeln auf einem überfüllten Marktplatz und im rauchgeschwängerten Großen Saal Blicke getauscht hatten, geschah dies jetzt im hellen Licht des Morgens. Dass das Mädchen von Chac fasziniert war, ohne recht zu wissen, warum, daran gab es für Einauge keinen Zweifel.

Tonina konnte ja nicht sehen, was für andere offenkundig war: dass sie die gleichen Züge wie Chac aufwies. Wie sollte sie auch, wo sie noch nie in einen Spiegel geschaut hatte, sich also selbst hätte gar nicht beschreiben können? Deshalb kam ihr nicht der leiseste Verdacht, dass sie und Chac möglicherweise demselben Volksstamm angehörten.

Für Einauge aber war dies eine weitere interessante Beobachtung, die er für sich behielt, um irgendwann einmal und dann gewinnbringend darauf zurückzukommen.

Sie wurden durch ein Haus geführt, das durch seine offenen Wandelgänge und hoch in die dicken Mauern gesetzten Fenster viel frische Luft einließ. Tonina konnte sich gar nicht vorstellen, dass zwei Menschen derart viele Räume nur für sich beanspruchten.

»Wartet hier«, sagte der sie begleitende Diener.

Mit seinem scharfen Verstand nahm Einauge alles auf, was sich ihm darbot – die eingetopften Pflanzen, die Statuen, Teppiche und Wandvorhänge –, um seinen Aufenthalt hier so gut wie möglich zu nutzen. So viele Dienstboten, so viele Informationen, die es über den großen Helden Chac in Erfahrung zu bringen galt. Der Zwerg konnte sein Glück nicht fassen. Es war, als wäre er in einem Zimmer voller Jade und Gold gelandet.

Schritte erklangen auf dem Korridor, der Türvorhang teilte sich, und der große Ballspieler persönlich trat ein.

Aus dieser Nähe sah Tonina die Narben und verheilten Wunden, die seinen Körper überzogen. Adlige setzten sich solchen Verletzungen nicht aus. Wie hatte Chac sie sich zugezogen? Bei einem Ballspieler eigentlich unverständlich.

»Meine Frau ist feinfühlig«, ließ Chac über Einauge Tonina ausrichten. »Sag ihr also nichts, was sie beunruhigen könnte.«
Beinahe hätte sie mit »ja« geantwortet, aber eingedenk der Lektion, die sie am Abend zuvor gelernt hatte, erwiderte sie: »Ich werde ihr nichts sagen, was sie beunruhigen könnte.«
Mit einem Seufzer hob und senkte sich Chacs Brust, so als berge sie Gefühle, die gewaltsam zurückgedrängt würden. Als ob er bemüht wäre, Haltung zu bewahren. Was er sagte, klang entschieden und gleichzeitig gezwungen. Er war keiner, der herumbrüllte. Das war auch nicht nötig. Seine volle Stimme, selbst wenn er sie dämpfte, war eindeutig genug. »Du sagst, mein Kind ist ein Sohn.«
»Das ist er.« Jetzt verkrampfte sich ihre Brust. Sie hatte ja keine Ahnung, ob das Kind ein Junge oder ein Mädchen war, aber sie ahnte, dass Chac sich mehr als alles andere einen Sohn wünschte.
Die Anspannung schien ein wenig von ihm abzufallen. Solange seine dunklen Augen auf Tonina ruhten, ehe er abrupt kehrtmachte und sich entfernte, meinte sie zu erkennen, dass hinter diesem durchdringenden Blick etwas Rätselhaftes vor sich ging, als ob dem großen Chac etwas zu schaffen machte.
Endlich wurden sie in die Privatgemächer von Paluma geführt, die gerade damit beschäftigt war, einen Leinenstreifen mit kleinen roten Federn zu besetzen. Tonina kam aus dem Staunen nicht heraus – bunte Wandteppiche an weißen Gipswänden, grüne Pflanzen in großen Töpfen, Schilfgrasmatten auf dem polierten Boden. Keine Kochstelle, kein irdenes Geschirr, keine Dachsparren, von denen alles herabhing, was man sein Eigen nannte, in den Ecken kein Berg Fischernetze, keine *hamacs* für drei Personen. Ein Zimmer ganz allein für eine Frau, die hier Armbänder aus Federn fertigte!
»Sag dem Mädchen, dass sie mir jeweils morgens, vormittags, mittags, nachmittags, bei Sonnenuntergang und abends weissagen soll«, sagte Paluma zu Einauge.
Als dieser übersetzte, erschrak Tonina. Wann sollte sie dann die

rote Blume suchen? Sie war bereits seit fünf Tagen unterwegs, und ihre Besorgnis nahm zu. »Erinnere sie an das, was du gestern Abend gesagt hast«, wandte sie sich an Einauge. »Dass der Becher nur Kraft für eine Prophezeiung am Tag besitzt und Zeit benötigt, um aufs Neue seine Wirksamkeit zu entfalten.«
Nachdem Paluma dies vernommen hatte, tauchte sie einen Pinsel in rote Tinte und malte etwas auf ein kleines Stück Papier. »Was macht sie da?«, fragte Tonina.
»Sie schreibt den Namen einer Göttin nieder, um dann das Papier zu verbrennen. Der dabei entstehende Rauch soll die Botschaft in die Welt der Geister tragen und die Göttin wissen lassen, dass um ihre Aufmerksamkeit nachgesucht wird.«
Tonina, die weder Papier kannte noch des Schreibens kundig war, sah gespannt zu, wie Paluma den Zettel über eine mit Glut gefüllte Schale hielt und, als er Feuer fing und verbrannte, flüsternd ein Gebet sprach. Zu guter Letzt hob sie die Hand und deutete die Umrisse eines Kreuzes an. »Ich möchte wissen, wann mein Sohn geboren wird. Den genauen Tag«, sagte sie zu Einauge.
Nach erfolgter Übersetzung antwortete Tonina: »Das lässt sich leicht berechnen.«
Einauge jedoch gab Tonina zu verstehen, dass sie unmöglich wissen könne, wie besessen die Maya auf die genaue Bestimmung von Zeit und Datum aus waren und wie ihr kompliziertes Kalendersystem funktionierte. Während die Inselbewohner lediglich zwei Kalendarien kannten – den Sonnen- und den Mondkalender, von Pflanzzeit zu Pflanzzeit, von einem Vollmond zum nächsten –, verfügten die Maya über weitere: über den Kalender des Venus-Zyklus, den Sonnen- und Monatskalender, dazu über einen heiligen Kalender von zweihundertachtzig Tagen und zwei *Jahres*-Kalender. Unzählige Astronomen und Mathematiker seien vonnöten, den Überblick über all die Tage, Monate und Jahre zu behalten, um zu wissen, welcher Gott an welchem Tag das Sagen habe, welche Jahre Glück verhießen, welche Monate ungünstig seien. Dass es eines jahrzehntelangen Studiums bedürfe, um die komplizierte Karte des Kalenders innerhalb der Kalender zu lesen

und zu deuten, und dass sich deshalb die Gelehrten in den Dienst der Öffentlichkeit stellten – wie sonst sollte eine Frau wissen, welcher Name der richtige für ihr Kind sei; wie sonst sollte ein Mann wissen, wann ein Geschäftsabschluss unter einem günstigen Zeichen stehe; wie sonst sollten Verliebte den Zeitpunkt für ihre Hochzeit bestimmen, Ärzte den Kranken eine Diagnose stellen können – wie sonst sollte in einer Maya-Stadt überhaupt etwas vonstatten gehen, wenn man nicht die Bedeutung des jeweiligen Tages kenne?

»Maya-Frauen«, raunte Einauge Tonina zu, »trinken einen Sud, der Wehen auslöst, damit der Säugling an einem Glückstag zur Welt kommt.«

»Was flüstert ihr beiden die ganze Zeit?«

»Ich erkläre dem Mädchen, wie die Maya die Zeit berechnen, Herrin. Die Wahrsagerin ist nicht mit Euren Kalendern vertraut.«

In Erwartung darauf, dass Tonina aus dem herumwirbelnden Wasser las, nahm Paluma einen Schluck von dem *kawkaw* genannten Getränk zu sich, das die Maya aus Kakaobohnen, vermischt mit Vanille aus der Schote der schwarzen Orchidee und einem Klümpchen Honig, zubereiteten und über den ganzen Tag verteilt zu trinken pflegten.

»Unsere Kalender«, flüsterte Chacs junge Frau. Wie die meisten aus ihrem Volk ängstigte sie die Welt um sie herum. Schon deshalb waren sie derart versessen auf Kalender, Astronomie und Mathematik. Ihr Trachten zielte darauf ab, den Kosmos zu verstehen, um ihre Ängste zu beschwichtigen. Und weil es ihnen wichtig war, in einer *geordneten* Welt zu leben, legten sie eine Himmelskarte an, mit der sie die Wanderung der Sterne und Planeten verblüffend genau vorhersagen konnten. Wenn eine Sonnen- oder Mondfinsternis stattfand, jubelten sie, weil sie sie vorausgesehen hatten und deshalb sicher sein konnten, dass in der Tat alles seine Ordnung hatte. Aus dem gleichen Grunde hingen sie Prophezeiungen und der Wahrsagerei an. Wenn sie wussten, was ihnen bevorstand, schliefen sie nachts besser.

Während Tonina das Wasser schwenkte, verständigte sie sich mit

Einauge auf Taíno, aber so, dass Paluma nicht merkte, dass sie sich unterhielten. »Was kannst du mir über das Kinderproblem dieser Frau sagen?«, singsangte sie im Tonfall eines Gebets. »Warum hat sie noch keins geboren?«

»Sie soll, so erzählt man sich, letztes Jahr eine Fehlgeburt im zweiten Monat ihrer Schwangerschaft gehabt haben.«

Verständlich, dass Paluma ihre erneute Schwangerschaft für sich behalten hatte, bis der Zeitpunkt, zu dem es zu einer Fehlgeburt kommen konnte, überschritten war. Durch ihre Wimpern musterte Tonina die zierliche Gestalt. An diesem Morgen war Paluma weit weniger herausgeputzt als gestern im Großen Saal. Sie trug ein schlichtes Baumwollgewand, was Tonina einen besseren Blick auf ihren körperlichen Zustand bot. Ein Bäuchlein war noch nicht zu erkennen, dafür drängten sich bereits schwellende Brüste an den Stoff ihres Kleides. Anzunehmen, dass sie sich im dritten Monat befand.

Sie gab ihre Beobachtung an Einauge weiter, der daraufhin versuchte, anhand der verschiedenen Maya-Kalender sowie unter Berücksichtigung der Götter, die innerhalb der achtzehn Maya-Monate jeweils zwanzig Tage lang – von denen jeder eine eigene Zahl hatte – ihre Herrschaft ausübten, den Zeitpunkt der Niederkunft zu berechnen. Mit dem Ergebnis, dass das Kind im Laufe des Monats Lamat das Licht der Welt erblicken würde. Nur welches waren die Glückstage? Er kaute auf seiner Lippe herum. Der neunte oder der dreizehnte. Diese beiden Zahlen schätzten die Menschen hier besonders. Insgeheim die Maya wegen ihrer Sterne und Tage und Monate und Jahre verwünschend, zischelte er Tonina zu: »Sag irgendwas, und ich tu dann so, als würde ich das übersetzen.«

»Such bitte einen guten Tag aus«, bat Tonina auf Taíno, worauf Einauge zu Paluma sagte: »Dem Mädchen zufolge wird Euer Sohn am 13. Lamat geboren werden.«

»*Aii!*«, rief Paluma überglücklich, und Einauge stieß einen Seufzer der Erleichterung aus, um dann zu sagen: »Das ist im Moment alles, Herrin. Der Becher der Prophezeiung muss einen Tag und

eine Nacht lang in Ruhe gelassen werden.« Er selbst war darauf erpicht, die Dienerschaft, vornehmlich die weibliche, näher kennenzulernen und sich anschließend auf dem Marktplatz jenseits der Stadtmauern nach den Adlerjägern umzuschauen.
Paluma hielt sie zurück. »Wartet«, sagte sie und erhob sich. Sie ging auf Tapferen Adler zu und schaute ihm tief in die Augen. »Was für ein wunderschöner und begnadeter Tänzer du bist«, sagte sie leise.
Er lächelte.
»Was ist dir zugestoßen?«, fragte sie, als sie die Wunde an seiner Stirn bemerkte.
»Er kann nicht sprechen, Herrin«, gab Einauge Auskunft.
»Kann er hören?«
Einauge wollte schon antworten, als Tapferer Adler unerwartet nickte.
Tonina sah ihn verblüfft an. »Du verstehst die Sprache der Maya *und* Taíno?«
Das erneute Nicken von Tapferer Adler quittierte Einauge mit einem flüsternd ausgestoßenen *»Guay!«* und verdreifachte in Gedanken den Preis, den er von den Jägern zu verlangen gedachte.
»Armer Junge«, murmelte Paluma und strich leicht über die verschorfte Stirnwunde. Dann warf sie einen Blick auf die im ganzen Zimmer verstreuten Federn, klopfte sich nachdenklich auf das Kinn, griff nach einem Korb, ging seinen Inhalt durch und zog schließlich eine bläulich schimmernde Feder heraus.
»Nimm sie«, sagte sie lächelnd. »Drück sie dir an den Kopf und sprich ein Gebet zu deinen Göttern. Dann wird deine Wunde bald abgeheilt sein und auch deine Stimme zurückkehren.«
»Großer Lokono!«, entfuhr es Einauge halblaut. Für eine derart seltene Feder würde man auf dem Marktplatz einen hohen Preis bezahlen. Was war er doch für ein Glückspilz!
Mit einem dankbaren Lächeln nahm Tapferer Adler das Geschenk entgegen und steckte es sich in den Gurt seines Lendenschurzes.
»Und nun geht bitte. Ich bin müde«, sagte Paluma, und augen-

blicklich eilten Diener herbei, so als hätten sie an der Tür gelauscht.
»Dann könnten wir uns doch jetzt auf die Suche nach dem königlichen Garten machen«, drängte Tonina und sah verunsichert den Korridor in beiden Richtungen entlang.
»Nicht heute«, erwiderte Einauge, der bereits überlegte, wie er Tapferen Adler dazu bringen sollte, sich von seiner neuen Feder zu trennen. »Wir sind doch gerade erst angekommen. Sollte die Herrin unsere Gesellschaft wünschen … Den Garten nehmen wir uns für morgen vor.«
»Nein«, widersprach Tonina. »Ich möchte jetzt gleich in den Palast.«
»Da kommst du nicht rein, mein Kind. Wir brauchen dafür eine ausdrückliche Genehmigung, und so etwas dauert und kostet.«
»Dann schaue ich mich eben bei den Blumenverkäufern um, die es bestimmt auch innerhalb der Stadt gibt.«
»Du kannst nicht allein dorthin gehen!«
»Tapferer Adler wird mich begleiten.« Damit steuerte sie bereits auf die Eingangshalle zu. Schimpfend eilte Einauge den beiden nach.
Obwohl die Blumenverkäufer innerhalb der Stadtmauern eine größere und frischere Auswahl als die auf dem Marktplatz zu bieten hatten, konnte keiner mit einer Blüte aufwarten, die Toninas Beschreibung entsprach. Auch wusste keiner, wo dergleichen zu finden war. Aber Tonina gab nicht auf. Vom Fuße der Kukulcan-Pyramide aus spähte sie über die in der Sonne liegende Plaza zu dem leuchtend roten Gebäude, das sich in vielen Stockwerken, Ebenen und Treppenaufgängen erhob. Einen Garten konnte sie allerdings nicht entdecken. Aber dann gab Tapferer Adler unvermittelt ein seltsames Geräusch von sich und deutete nach oben. Einauge zwickte sein Auge zusammen. »Ich kann nichts erkennen«, meinte er.
Tonina dagegen hatte sehr wohl etwas bemerkt. »Auf der vierten Ebene«, sagte sie aufgeregt. »Oberhalb dieser Säulenreihe dort. Da ist etwas Grünes. Das muss der Garten sein!«

Sie wandte sich dem Palast zu, so als wollte sie schnurstracks dort hinein und die vielen Treppen hinauf. Aber Einauge hielt sie zurück. »Du kannst da nicht rein! Wenn du darauf bestehst, werden dich die Wachen in einen Käfig sperren und nie mehr rauslassen. Warte bis morgen. Ich werde den großen Chac bitten, uns zu helfen«, fügte er noch hinzu, obwohl er wusste, dass morgen der Tag des Zwölften Spiels war und der Palast hermetisch abgeriegelt sein würde, weil sich niemand das Spiel entgehen lassen wollte.

Bis sie in die Villa zurückkehrten, ging allmählich die Sonne unter, wurden in den vielen tausend Wohnungen von Mayapán mit Kokosnuss- und Fischöl gespeiste Lampen entzündet. Durch mit Bretterläden oder Stoffvorhängen oder Ölpapier abgedichtete Fenster schimmerten golden leuchtende Rechtecke.

Nach einem Abendessen, das aus scharf gewürzten Bohnen und Kürbis bestand und das sie mit den Dienstboten im Küchenhof einnahmen, wurden Tonina, Tapferer Adler und Einauge in den Schlafsaal für das Hauspersonal geführt. Tonina war seit mehreren Tagen nicht mehr im Wasser gewesen und fühlte sich entsprechend unwohl. Ob hier irgendwo die Möglichkeit zum Schwimmen und Baden bestand? Von den Dienern war zu erfahren, dass Wasser ungemein kostbar war; es musste aus dem Schacht im Kalksandstein geschöpft und nach Hause geschleppt werden. Es blieb ihr nichts übrig, als sich mit einem Schwitzbad zu begnügen, sich also die Feuchtigkeit von der Haut zu kratzen und danach mit duftenden Blättern wie Minze oder Lorbeer abzureiben.

Anschließend teilte sie sich mit Tapferem Adler in der überfüllten Unterkunft der Dienstboten eine Schlafmatte. Als sie spürte, dass er zitterte, legte sie die Arme um ihn und strich ihm übers Haar.

»Was hast du denn?«, flüsterte sie.

Er suchte nach Worten, blieb aber stumm. Seltsame Bilder standen ihm vor Augen, ein beunruhigendes Verlangen breitete sich in ihm aus und immer stärker hatte er das Gefühl, an einem anderen Ort dringend gebraucht zu werden.

»Mach dir keine Sorgen«, tröstete sie ihn leise. »Morgen werden wir den Palastgarten finden. Und sobald wir dort die gesuchte Blume in den Händen halten, treten wir den Rückweg zum Meer an.«

Einauge wartete ab, bis Schnarchgeräusche zu hören waren und Laute, wie sie mit einem hastigen Beischlaf einhergehen. Als er seinen Umhang schloss, streifte sein Blick die eng umschlungen schlafenden Freunde. Da Tonina noch immer den Gürtel aus den Gehäusen der Kaurischnecke trug, wusste er, dass die beiden noch nicht intim geworden waren. Er schüttelte den Kopf. Wie konnten ein Mann und eine Frau sich aneinanderschmiegen, ohne sich zu vereinen?

Bald darauf huschte er wie ein Schatten durch die Stadt, drückte den Wachen am Haupttor etwas in die Hand und schlüpfte hinaus auf den Marktplatz, wo Leute auf Matten schlummerten und Hunderte von Lagerfeuern in beißendem Rauch erstarben.

Hier und dort saß man noch in kleinen Gruppen zusammen, teilte Tabak und *pulque*, erzählte sich Geschichten. Erst ganz am Rande dieser Ansammlung von Menschen entdeckte er die Fremden: Sechs Männer, die Körper mit braunen und schwarzen Streifen bemalt. Ihr Anführer wies ein besonderes Merkmal auf: Sein rechter Arm war gekrümmt. So als wäre er gebrochen und nicht ordnungsgemäß gerichtet worden – wie Tonina ihn beschrieben hatte.

»Warum soll Paluma das Mädchen bekommen? *Ich* will die Wahrsagerin.«

Prinz Balám hockte auf einem Webteppich und spielte mit seiner Tochter Ziyal. Obwohl es für ihn Zeit wurde, die vorbereitenden Rituale für das morgige Spiel zu beginnen, konnte er sich nicht von dem kleinen Mädchen trennen. Sie war alles für ihn – Sonne, Mond, Sterne und Leben. »Vergiss nicht, meine Liebe«, sagte er zu seiner Frau, die ihren vierten Becher *kawkaw* trank, »dass es nicht das Mädchen war, sondern der *Becher*, der Paluma auserwählt hat.«

Yaxche, die ungeduldig einem Diener ein Zeichen gab, mehr von der geschäumten Schokolade zu bringen, hatte stets ein offenes Ohr für den Klatsch und Tratsch auf dem Marktplatz, schon um zu erfahren, welcher Held gerade höheres Ansehen genoss – ihr Ehemann oder Chac. Meist lagen sie in der Gunst der Bewohner gleichauf. Dass gelegentlich Chac als Liebling der Öffentlichkeit angesehen wurde, empfand Yaxche als Dornenstich in den Hals. »Es ist spät, Gatte. Das Kind muss ins Bett.«

Balám seufzte. Er konnte einfach nicht verstehen, warum seine Frau ihr hübsches Töchterchen nicht ebenso abgöttisch liebte wie er. Möglich, dass es sich zwischen Müttern und Töchtern anders verhielt. Möglich, dass es zutraf, was man sich über das Wetteifern um die Liebe des Ehemanns oder Vaters erzählte. Möglich, dass Yaxche, wenn ihr gemeinsamer Sohn überlebt hätte, die gleiche innige Zuneigung für den Jungen empfunden hätte wie Balám für die kleine Ziyal.

Er hob das Kind, ein pausbäckiges kleines Mädchen, dem kein Wunsch abgeschlagen wurde, hoch und schloss es in die Arme. Auf dem Weg ins Kinderzimmer drückte er die Kleine so fest an sich wie an dem Tag, da sie das Licht der Welt erblickt hatte und ihm blutverschmiert und schreiend in die Arme gelegt worden war. Stürmische wie zärtliche Gefühle hatten ihn überschwemmt, und von diesem Moment an hatte ihm seine Tochter mehr bedeutet als sein eigener Herzschlag.

Sie jauchzte auf, als er mit ihr in den Armen durchs Zimmer tanzte. »Schneller, Taati!«, spornte sie ihn an.

Immer wenn sie ihn so nannte – Taati –, hätte er vor Glück weinen können. Sein Vater war ein unbeugsamer, unnahbarer Mann gewesen, der von seinem Sohn mit »Mein Herr« angesprochen zu werden wünschte. Nicht einmal mit *taat*, dem Maya-Wort für »Vater«. Ziyal dagegen gebrauchte das verkleinernde *taati* – es gab nichts, was in Baláms Ohren süßer klang.

Nachdem er seine Tochter zu Bett gebracht, sie immer wieder geküsst und mit ihr die Nachtgebete gesprochen hatte, kehrte er in das eheliche Schlafzimmer zurück, wo Yaxche, als hätte es keine

Unterbrechung gegeben, den Gesprächsfaden wieder aufnahm. »Ich möchte, dass die Wahrsagerin zu uns kommt.« Sie war noch immer wütend über das, was das junge Mädchen im Großen Saal verkündet hatte: Dass Paluma nicht nur schwanger war, sondern sogar einen Sohn erwartete.

Balám war einverstanden. Warum sollte das Inselmädchen nicht bei ihnen wohnen? Immerhin war *er* ein Prinz. Und da seine Ehefrau wohlhabender war und mehr zu sagen hatte als Paluma, stand ihr zu, was immer sie begehrte. Balám verehrte Yaxche vor allem deshalb, weil sie so überaus stark war, körperlich wie auch als Persönlichkeit. Sie erinnerte ihn an seine Mutter, die große Choimha, diese unglaubliche Naturgewalt, die Uxmal regierte (auch wenn niemand wagte, dies dem *König* von Uxmal gegenüber zu äußern). Yaxche war massig, gierig, unersättlich. Und Balám liebte sie.

Er wusste, dass sie keine Ruhe geben würde, bis sie das Geforderte bekam. Wenn Yaxche sich etwas in den Kopf setzte, war sie versessen darauf wie ein Hund auf einen Knochen. In ganz Mayapán wusste man um Yaxches Wetteifern, Paluma, die ihr verhasst war, auszustechen, während Paluma sich nicht darum zu scheren schien, geschweige denn versuchte, Yaxche zu übertrumpfen.

Yaxche, die selbst adligen Geblüts war, kam nicht darüber hinweg, dass Chacs Frau einem noch höheren Adel angehörte. Yaxches Vater fungierte als Erster Träger der königlichen Sänfte, eine Ehre, die nur hochrangigen Adeligen zukam. Palumas Vater aber hatte den *Spiegel* des Königs gehalten, und das war das Privileg derer, die einen Rang höher standen als die Sänftenträger.

Und jetzt war die elende Kreatur auch noch schwanger! Nein, Yaxche würde nicht klein beigeben. Auch sie würde einen Sohn bekommen, und *der* würde dann ein Prinz sein. »Liebster«, sagte sie jetzt, um dann die Hand nach ihrem Gemahl auszustrecken.

»Ich darf nicht«, kam es zögernd von Balám. »Nicht in der Nacht vor einem wichtigen Spiel.«

Yaxche jedoch wusste, dass ihr Gatte gerade zu diesem Zeitpunkt

über höchste Manneskraft verfügte. Heute Nacht würde er ihr einen Sohn schenken.
Balám versuchte zwar, sie von ihrem Vorhaben abzubringen, konnte aber den Verlockungen ihrer großen braunen Brustwarzen nicht widerstehen.
Als Yaxche die Schenkel spreizte und ihren Ehemann an sich zog, geschah dies in dem siegesgewissen Gefühl, in dieser Nacht einen Sohn zu empfangen und obendrein die Wahrsagerin zugestanden zu bekommen.

14

Alle Pläne, die Tonina gemacht hatte, wurden am nächsten Morgen durchkreuzt, als der Oberste Verwalter die Unterkünfte der Diener betrat und ausrichtete, Paluma wünsche eine Weissagung aus dem Becher der Prophezeiungen; anschließend sollten sie sie zum Ballspiel begleiten.

Während Tonina und Tapferer Adler bestürzt auf diese Mitteilung reagierten, zeigte sich Einauge begeistert. Einem königlichen Ballspiel beizuwohnen! Bislang hatte er solche Spiele nur in kleinen Städten und Dörfern erlebt; unbedeutende Mannschaften hatten dort um lächerliche Preise gekämpft. Dies hier aber war *das* Turnier des Jahres – mit den besten Mannschaften, die sich in dreizehn Partien messen würden. Heute stand Mayapán gegen Tulum auf dem Programm, und wie es hieß, ging es dabei um viel.

Nach einem Frühstück aus Bohnen und Tortillas in der Küche nahm Tonina abermals ein Dampfbad, putzte sich die Zähne mit einer Mischung aus Asche, Honig und Minze und wechselte die Kleidung, ehe sie zusammen mit Einauge und Tapferem Adler zur Hausherrin gebracht wurde.

Tief gläubig, wie sie war, las Paluma jeweils zum Auftakt des Tages ihren Sklaven und Dienern aus dem Buch der Schöpfung vor, dem *Popol Vuh*, dem heiligen Text der Maya. »Am Anfang«, hob sie ehrfürchtig an, »herrschte eine große Leere, alles war still und starr und der Himmel ohne Ende. Es gab nur das bewegungslose Wasser und das ruhige Meer. Dann kam das Wort. Tepeu und Gucumatz tauchten in der Dunkelheit auf und sprachen mitein-

ander. Das heißt, ihre Gedanken flossen ineinander, und Worte entstanden daraus.«
Danach wurden die Hausangestellten fortgeschickt – entgegen ihrem sonstigen Verhalten erfolgte dies unter lebhaftem Geschnatter, hatte doch selbst das niedrigste Küchenmädchen für das heutige Spiel eine Wette abgeschlossen –, und Tonina fand sich abermals in dem Privatbereich der Hausherrin. Nach einem Schluck aus dem transparenten Becher sah Paluma erwartungsvoll das Mädchen von der Insel an. »Wird die Mannschaft meines Mannes heute gewinnen?«, fragte sie. Einauge übersetzte.
Tonina spürte, wie gefährlich ihre Lage in diesem Moment war. Sie wagte nicht, eine Prognose für den Ausgang eines Spiels abzugeben. Da sie aber auch nicht lügen wollte, sagte sie: »Es ist nicht möglich, eine Vorhersage für diejenigen zu treffen, die nicht von dem Wasser getrunken haben. Der Geist in dem Becher kann nur für *Euch* sprechen.«
Paluma dachte kurz nach. »Also gut, dann frage ich eben: Werde ich heute die Frau eines Siegers sein?«
Ungemein schlau, befand Einauge und sah, dass Paluma die Hände rang. Sie war eindeutig besorgt. »Ich werde die Frage bejahen«, sagte er zu Tonina. »Wenn wir uns täuschen und Chac heute nicht gewinnt, werde ich sagen, ich hätte sie falsch verstanden, die Maya-Sprache wäre mir nicht so geläufig. Hoffentlich retten wir damit unsere Haut. Sag jetzt irgendetwas und tu dabei so, als würdest du aus dem Wasser lesen.«
»Ich möchte in den Palastgarten«, sagte Tonina.
Einauge warf ihr einen vielsagenden Blick zu – was war dieses Mädchen doch für ein Dickschädel! –, um sich dann mit einem Lächeln an Paluma zu wenden. »Herrin, der Becher der Prophezeiung sagt, dass Ihr ohne jeden Zweifel die Frau eines Siegers sein werdet.«
»*Heute*«, betonte Paluma und gab ihm dadurch zu verstehen, dass sie um den Ruf von Wahrsagern, absichtlich zweideutig zu sein, sehr wohl wusste.
»Heute«, stimmte Einauge widerwillig zu. Nur der Gedanke,

dem wichtigen Spiel beizuwohnen und sich im Anschluss daran heimlich mit den Adlerjägern zu treffen, konnte seine Besorgnis besänftigen.
Einauge hatte Großes vor. Er wollte die Belohnung kassieren, aber dann weiterhin seinem Beruf als Händler in Maya-Städten nachgehen – mit Tonina als Partnerin.
Ihr bemerkenswerter und überzeugender Auftritt als Wahrsagerin hatte ihn beeindruckt. Was für ein Gespann würden sie abgeben, was an Schätzen zusammenraffen! Er war überzeugt, sie überreden zu können, sich mit ihm zusammenzutun. Keine Frau konnte seinem Charme widerstehen. Und obwohl Tonina nicht so rundlich oder erfahren war, wie er das gern gehabt hätte, und außerdem ein wenig zu groß – vor allem für einen Zwerg –, besaß sie eine rasche Auffassungsgabe. Er könnte ihr viele Tricks beibringen. Und vielleicht würden sie sich später einmal auf eine verlassene Insel zurückziehen …
Es wurde für Paluma Zeit, zum Spielfeld aufzubrechen. Sie wurde begleitet von sechs Bediensteten, darunter zwei erfahrenen Geburtshelferinnen, die auf das kleinste Anzeichen von Schwangerschaftsbeschwerden achteten. Der Gruppe folgten prächtig herausgeputzte Wachposten aus der Villa und schließlich Tonina und ihre beiden Freunde. Als die kleine Prozession vorbei an der gewaltigen Pyramide des Kukulcan über die zentrale Plaza und weiter über eine belebte Straße zog, jubelte man ihnen zu – hier kommt die Frau des großen Chac! – und streute ihnen Blumen auf den Weg. Paluma schenkte der Menschenmenge keine Beachtung, in Vorfreude auf das Spiel schritt sie dahin. Das jährliche Turnier der Dreizehn Spiele ging auf generationenalte Wurzeln zurück, und obwohl es seine rituelle Bedeutung größtenteils eingebüßt hatte und das Volk sich in erster Linie für das Schauspiel begeisterte, wurde von den Familien der Spieler erwartet, dass sie die religiös geprägten Riten des Turniers einhielten.
Am Spielfeld angelangt, wo es vor Zuschauern wimmelte, wurde Tonina klar, dass auch der von Menschenhand angelegte Platz in Chichén Itzá einst ein Austragungsort für diese Ballspiele

gewesen sein musste. Nur dass sich hier, auf dem von Mayapán unglaublich viele Leute drängten – Imbissverkäufer, Akrobaten, Jongleure, Männer, die erregt Wetten abschlossen oder Einsätze entgegennahmen –, während das Spielfeld in Chichén Itzá offenbar seit Urzeiten nicht mehr benutzt worden war.

Als sie gewahr wurde, wie haufenweise Männer erregt seltsame Gegenstände hin und her reichten, fragte sie Einauge, wer diese Leute seien.

»Man nennt sie *koxol*«, erklärte er, »das ist die Maya-Bezeichnung für ›Moskito‹. Sie sind professionelle Wettanbieter, können lesen und schreiben und mit Zahlen umgehen. Sie notieren den Namen des Wettenden und die Höhe seines Einsatzes auf Baumrindenstreifen, und der, der die Wette abschließt, sticht sich dann mit einem Dorn in den Daumen und setzt den blutigen Abdruck auf dieses Papier.«

»Warum nennt man sie Moskitos?« Tonina war beeindruckt, wie flott diese Männer schrieben, das Notierte dem Wettenden zurückreichten, damit der seinen Daumenabdruck abgab, und gleich darauf den nächsten Streifen bekritzelten, um ihn abermals in Windeseile über die Köpfe der Umstehenden hinweg dem neuen Kunden zu reichen.

»Ein uralter Spitzname. Muss wohl damit zu tun haben, dass sie sehr flink und schwer zu fangen sind und man ihnen kaum entkommt. Ausgemachte Blutsauger sind das!« Einauge lachte, zuckte dann mit den Schultern. »Kann aber auch wegen der für sie typischen hohen, spitzen Hüte sein, die sie wie Moskitos aussehen lassen.«

»Warum drängt man sich so um sie?«

»Wie soll man sonst um mehr als nur zwei Kakaobohnen wetten?« Unglaublich, die Ahnungslosigkeit dieses Mädchens, wenn es um Geschäfte ging.

»Was ist das, was sie da verteilen?«, fragte sie und deutete auf die kleinen Papierstreifen, die die *koxol* ihren Kunden aushändigten.

»Pfandscheine. Nehmen wir mal an, du möchtest fünf Perlen auf das morgige Spiel setzen. Dann zeigst du dem *koxol* deine Perlen, er notiert auf einem Stück Papier, wer deiner Meinung nach gewinnt oder verliert, was und wie viel du einsetzt sowie deinen Namen, und du stempelst das mit deinem blutigen Daumen ab. Im Gegenzug gibt er dir einen Beleg, auf dem vermerkt ist, was du bekommst, wenn sich deine Vorhersage als richtig erweist, du also gewinnst. Du kannst zum Beispiel Perlen gegen Kakaobohnen wetten. Wenn deine Mannschaft dann verliert, präsentiert dir der *koxol* den Beleg, auf dem dein Daumenabdruck drauf ist, und du musst ihm die Perlen aushändigen. Wenn aber deine Mannschaft gewinnt, weist du den Beleg vor, den er dir gegeben hat, und er zahlt dir die zugesagten Kakaobohnen aus.«

Tonina nickte still. Nicht im Traum dachte sie daran, ihre Perlen als Wetteinsatz zu verwenden.

Trompeten erschallten, die Zuschauer drängten sich um das Spielfeld herum. Um aus der Höhe das Spiel zu verfolgen, nahmen Adlige und Mitglieder des Königshauses auf der Plattform ganz oben auf den schrägen Wänden, die an zwei Seiten das Spielfeld einrahmten, auf Matten, Decken oder Schemeln Platz, während hinter ihnen der niedrigere Adel und die Wohlhabenden Aufstellung nahmen und noch weiter hinten die restliche Bevölkerung, die drängelnd und schubsend einen Blick auf den Ort des Geschehens zu erhaschen suchte. Front- und Stirnseite des riesigen Spielfeldes waren offen. An der einen saßen Seine Großherzige Güte, seine Familie und Höflinge, die andere war den Familien der beliebtesten Spieler vorbehalten. Behäbige Ehefrauen mit zahlreichen Kindern, alle festlich herausgeputzt, hockten auf Schemeln und Matten. Paluma hatte einen Ehrenplatz inne, neben einer ungemein korpulenten Frau, die, wie Tonina erfuhr, Yaxche hieß und die Gemahlin von Prinz Balám war. Was sie mit Paluma gemein hatte, war die etwas spitz zulaufende Kopfform, die schräg stehenden Augen und die vorstehenden Schneidezähne. Das war aber auch schon alles. Yaxche war so dick, dass ihr ausladendes Hinterteil zwei Schemel beanspruchte.

Tonina und Tapferer Adler nahmen Platz hinter Paluma, die Einauge, dem dritten im Bunde, fürsorglich einen Schemel zuwies, auf den er sich stellen und dadurch über die Köpfe der vor ihm Sitzenden hinwegschauen konnte. Erwartungsvoll blickten die drei auf das noch leere Spielfeld. Tonina hatte keine Hemmung, aus dieser Entfernung den König anzustarren, der selbst hier noch in einen Spiegel schaute, den ihm ein Adliger, der vor ihm kniete, hinhielt.

Warum war Chac nirgends zu entdecken? Tonina war nachts wach geworden und hatte mitbekommen, wie er von einer Prozession vor sich hin raunender vermummter Gestalten aus der Villa geführt worden war.

Erneute Trompetenstöße. Die Menge jubelte. Aus einem verborgenen Durchgang tauchten phantasievoll gekleidete Musikanten auf, die Muschelhörner erklingen ließen, mit Flöten und Pfeifen aufspielten, Trommeln schlugen und Kalebassenrasseln schüttelten. Hinter ihnen schritten, Weihrauchbehälter schwenkend, stattlich anzusehende Priester, die jetzt mit ihren Gebeten das Spielfeld segneten, das Umfeld und selbst den Gummiball. Zu guter Letzt erschienen die beiden Mannschaften. Der Jubel der Menge steigerte sich zu ohrenbetäubendem Geschrei beim Anblick dieser in zwei Gegenkreisen aufmarschierenden muskulösen Männer mit den von Narben übersäten Körpern. Stolz drückte sich auf ihren Gesichtern und in ihrer Haltung aus, als sie die Hand hoben und das Johlen der außer Rand und Band geratenden Zuschauer über sich ergehen ließen. Jede Mannschaft bestand aus sechs Spielern; die eine trug grüne Federn auf dem Kopf, die andere blaue. Alle zwölf waren für Toninas Begriffe höchst bizarr gekleidet.

»Was sie da um die Mitte tragen«, raunte Einauge ihr ins Ohr, weil er sich durch den Schemel, auf dem er stand, fast auf gleicher Höhe mit ihr befand, »nennt man das Joch. Ein Holzgestell, das mit Baumwolle ausgepolstert ist. Außerdem tragen die Männer Knie- und Ellbogenschützer. Trotzdem kommt es zu Verletzungen, manchmal sogar zu tödlichen.«

Die Spieler schritten das Feld der Länge nach ab. Wo immer Chac sich zeigte, kannte die Begeisterung der Menge kaum noch eine

Steigerung. Die Verehrung für ihren Ballspielhelden erschien Tonina geradezu unheimlich. Wie sie von Einauge wusste, sah man wegen seiner niederen Abstammung keineswegs geringschätzig auf ihn hinunter. Im Gegenteil, man schien ihn zu verehren, weil er sich über sein minderes Volk erhoben und Berühmtheit erlangt hatte. Balám hingegen war ein Prinz und edlen Geblüts, und wie Tonina feststellen konnte, liebte man ihn *deswegen*!

Die beiden Mannschaften blieben vor den Priestern stehen und vereinten sich zu einem gemeinsamen eigenartigen Murmeln.

»Was machen sie da?«, fragte Tonina. Sie hatte Chac entdeckt, dessen nackter Oberkörper wie eingeölt in der Sonne glänzte. Da er keinen Umhang trug, sah sie die ausgeprägte Muskulatur an seinem Rücken und den Armen.

»Sie legen ein Schuldbekenntnis ab«, flüsterte Einauge. »Für den Fall, dass sie im Verlauf des Spiels getötet werden. Die Maya leben ständig in der Angst zu sterben, ohne ihr Gewissen erleichtert zu haben. Sie glauben, dass, wenn jemand getötet oder geopfert wird, seine Seele nicht stirbt, sondern in einem Dämmerzustand verharrt, bis sie wiedergeboren wird. Wieder aufersteht, wie sie es nennen. Und dass ohne Schuldbekenntnis die Seele zu den neun Graden der Hölle verdammt ist, um niemals wieder aufzuerstehen.«

Nach einer sich hinziehenden Segnung durch die Priester, einem komplizierten Ritual, das für Tonina unverständlich blieb, nahmen die Spieler ihre Positionen auf dem Feld ein, sodass sich die Mannschaften gegenüberstanden.

»Die Mannschaft, die als erste neun Punkte erzielt, hat gewonnen«, erklärte Einauge. »Einen Punkt erzielt man, wenn dem gegnerischen Spieler ein Wurf durch einen der vertikal angebrachten steinernen Reifen – siehst du sie? Dort, in der Mitte der seitlichen Begrenzung? – misslingt. Einen Punkt gibt es auch dafür, wenn der Gegner den Ball vor dem zweiten Aufprallen nicht zurückspielen kann oder der Ball außerhalb der Spielfeldbegrenzung den Boden berührt. Punkte werden aber nicht nur angehäuft, sie können auch abgezogen werden, und dann dauert so ein Spiel oft sehr lange. Deshalb vermerken diese Schreiber da drüben die einzelnen Spielzüge, und zum Schluss werden ihre Strichlisten verglichen.«

Tonina begriff nur wenig, aber das war ihr egal. Mitgerissen vom Überschwang und der Begeisterung von mehreren Tausend Zuschauern, überkam sie eine bislang unbekannte Erregung. Und als der Ball aufs Spielfeld geworfen wurde und der Wettstreit begann, entrang sich unwillkürlich auch ihr ein Schrei und mischte sich in das Gebrüll der anderen.

Was auf dem Spielfeld vor sich ging, erfolgte so schnell, dass sie oft gar nicht mitbekam, wo sich der Ball gerade befand. Dementsprechend verwirrt war sie, wenn die Zuschauer aufjubelten. Bis sie herausfand, dass die schrägen Wände an den Längsseiten des Spielfelds dazu dienten, den Ball dagegenprallen zu lassen und ihn dadurch im Spiel zu halten. Auch indem die Männer ihn mit ihren Oberarmen, Körpern und Schenkeln abfingen und weiterlenkten, blieb er im Spiel. Sie liefen das Feld hinauf und hinunter, warfen sich die Gummikugel ungemein schnell und geschickt zu. Hin und wieder ging ein Spieler zu Boden, rappelte sich auf und rannte mit halsbrecherischer Geschwindigkeit, die selbst den Zuschauern den Atem raubte, weiter.

»Trotz der Schutzpolster kommt es oft zu bösen Verletzungen«, sagte Einauge. »Aber das ist nichts im Vergleich zu dem Ruhm, den sich die besten Spieler erwerben. Die höchste Anerkennung ist dem sicher, der den Ball durch einen dieser steinernen Reifen wirft. Chac hat das geschafft. Deshalb ist er ein Held. Und wohlhabend. Sieger erhalten ansehnliche Preise. Wenn sie dazu noch eine Wette auf den Sieg ihrer eigenen Mannschaft abschließen, werden sie noch reicher.«

Einauge prustete los, als ein Spieler aus Tulum sich vergeblich einem Gegner in den Weg stellte und von der Menge ausgebuht wurde. »Nicht immer bringen sie es zu Wohlstand. Manche verspielen ihre Häuser, ihre Felder, ihre Maisspeicher. Um ihrer Wettleidenschaft zu frönen, verkaufen sie sogar ihre Kinder oder verdingen sich, wenn die Familie für die Schulden nicht aufkommen kann, als Sklaven. Ich gehe jede Wette ein, dass dieser Bursche da, der eben den Ball verfehlte, einen Obstgarten oder zwei verloren hat.«

Die Sonne näherte sich ihrem Zenit. Es wurde warm. Ein Ende des Spiels war nicht abzusehen. Wenn ein Teilnehmer stürzte, wurde er ersetzt. Verkäufer zogen durch die Reihen und priesen ihre Waren an. Mengen von *kawkaw* wurden getrunken, die Becher auf den Boden geworfen. Man verschlang mit Bohnen, Mais und Chili gefüllte Tortillas, ohne den Blick vom Spielfeld abzuwenden. Unauffällig schoben Diener ihren hochwohlgeborenen Herrschaften Keramiktöpfe unter, in die sie sich erleichtern konnten.

Längst waren die Spieler verschwitzt und verdreckt, bluteten sogar, aber der Kampf ging unvermindert engagiert weiter. Vor und zurück flog der Ball, bis Prinz Balám ausrutschte und der Ball, durch eine überraschende Bewegung abgefälscht, im Gesicht eines anstürmenden Gegners landete. Der Getroffene verlor das Gleichgewicht und prallte auf den Rücken. Die Menge schrie auf, verstummte dann, als Trompeten schmetterten und Ärzte aufs Spielfeld rannten. Mit angehaltenem Atem beobachtete man, wie die Männer den zu Fall gekommenen Spieler untersuchten, sich mit besorgten Mienen an ihm zu schaffen machten, seine Arme und Beine befühlten, seine Arme hoben, um dann auszurufen: »Die Götter seien gesegnet! Yaxik aus Tulum ist tot!«

Ein wildes Durcheinander war die Folge. Tonina befürchtete schon einen Aufruhr, aber dann merkte sie, dass es überschäumende Freude war, die da zum Ausdruck gebracht wurde, und dass selbst Zuschauer, die das blaue Band von Tulum trugen, den Tod ihres geliebten Spielers bejubelten.

Als Einauge sah, wie verständnislos Tonina dreinschaute, sagte er: »Sie freuen sich für ihn. Sogar seine Witwe ist glücklich, dass er geradewegs in den Dreizehnten Himmel eingegangen ist und auf ewig bei den Göttern sein wird.«

Tonina wagte einen kurzen Blick auf Paluma, deren Gesicht trotz der gelben Schicht Puder erkennbar blass geworden war. Außer-

dem zitterte sie. Hatte sie etwa Angst um ihren Ehemann? Würde sie jubeln, wenn Chac in diesem Spiel sterben sollte?
Und dann erschrak Tonina, weil sie sich eingestehen musste, dass auch sie um Chacs Leben bangte. Warum nur? Warum sollte sie mit einem Mal um seine Sicherheit besorgt sein?
Das Spiel wurde wieder aufgenommen, mit unvermindertem Einsatz und der gleichen Entschlossenheit. Nach und nach entdeckte Tonina ein kunstvolles System in diesem Hin und Her. Gebannt verfolgte sie jetzt, wie jede Mannschaft aufeinander eingespielt war, wie von unsichtbaren Fäden gelenkt, so als erahnte jeder Spieler, was der andere vorhatte. Sie beobachtete, wie Chac mit einem Satz nach dem Ball hechtete, derweil der stämmige Balám um ihn herumtänzelte, einen Tulum-Spieler abblockte, und die beiden Freunde dann gemeinsam den Ball nach vorn trieben und einen Treffer verbuchen konnten. Ohne sich irgendwie abgesprochen zu haben.
Eben zischte der Ball durch die Luft und wäre Chac um ein Haar an den Kopf geprallt, wenn Balám nicht im richtigen Augenblick hochgesprungen wäre und ihn mit dem Schenkel in eine andere Richtung gelenkt hätte. Tonina schluckte. Eine Unachtsamkeit von Balám, und Chac wäre jetzt tot. Wie es wohl war, überlegte sie, wenn man wie diese Spieler sein Leben in die Hand eines anderen legte? Beim Perlentauchen war man auf sich allein gestellt, Tonina hatte sich immer nur auf sich selbst verlassen.
Schließlich war das Spiel beendet. Als alle auf das Feld stürmten, um die Favoriten auf den Schultern davonzutragen, schritt Chac auf Paluma zu und legte ihr, dreckig, verschwitzt und blutverkrustet, wie er war, feierlich und voller Verehrung den Ball zu Füßen. Als Tonina sah, wie er dabei seine Frau anschaute, verspürte sie unwillkürlich stechende Eifersucht.
Wegen des Ansturms der Menschenmenge bildete die Stadtwache jetzt einen schützenden Ring um Chac, seine Frau und seine Freunde. Tonina wandte sich mit einem Ruck ab und sagte entschieden: »Jetzt können wir in den Palastgarten gehen.«
Der Zwerg ließ sich seinen Unmut nicht anmerken. Warum woll-

te sie unbedingt jetzt dorthin? Morgen war doch auch noch Zeit dafür. Welcher vernünftige Mensch schlug dafür ein opulentes Essen mit Unterhaltung und obendrein vielleicht ein paar großzügigen Geschenken aus?
Missmutig folgte er dem Mädchen, ohne zu ahnen, dass auch Tonina nicht hätte sagen können, warum sie es so eilig hatte, den königlichen Garten aufzusuchen und anschließend Mayapán zu verlassen. Dahinter steckte mehr als die Sorge um ihren Großvater und ihr Volk. Der eigentliche Grund, weshalb Tonina um jeden Preis der Villa von Paluma fernbleiben wollte, lag in den bislang ungekannten Empfindungen, die Tonina heimsuchten. Sie hatte keine Worte für diese Gefühle, aber sie erschreckten sie und bereiteten ihr Unbehagen.
All dies hing mit Chac zusammen. Er war es, dem sie ab sofort aus dem Weg gehen musste.
Die Sonne ging unter, auf der Plaza vor dem Palast herrschte heilloses Gedränge. Tonina stellte fest, dass sie nicht näher an die königliche Residenz herankamen. »Was ist denn bloß los?«, fragte sie.
»Guay!«
Einauge wurde mit Tritten und achtlosen Fäusten drangsaliert. »Aufhören!«, befahl sie denen, die sie umringten. »Passt doch auf! Ihr verletzt ...« Irgendjemand schien die Menge aufzuheizen, immer mehr verschwitzte Körper strömten auf die Plaza, verängstigte Schreie wurden laut. Tonina kam es vor, als würde sie verschluckt werden.
Und dann stürzte Einauge. Ein Fuß trat auf seine Hand. Der Zwerg schrie auf.
Tonina versuchte, die Drängler wegzuschubsen. Aber von hinten wurde nachgeschoben, und plötzlich fürchtete sie, selbst gleich hinzufallen und totgetrampelt zu werden ...
... aber da hob Tapferer Adler bereits den Zwerg vom Boden auf und setzte ihn sich auf seine Schultern. Während er ihn mit einer Hand abstützte, griff er mit der anderen nach Toninas Handgelenk und bahnte sich einen Weg durch die Menge.

Als er sich in eine ruhige Seitenstraße durchgekämpft hatte, setzte er Einauge ab und sah Tonina fragend an. »Alles in Ordnung mit dir?«, wandte sie sich an den Zwerg, der sich seine geschundene Hand rieb, dennoch aber ein griesgrämiges »Ja« von sich gab.

»Was ist denn auf der Plaza los?«

»Man bringt den Göttern ein Opfer dar.« Einauges Stolz war weit mehr verletzt als seine Hand. Einem Zwerg tat man nur selten etwas zuleide. Selbst im Gedränge nahm man Rücksicht auf den kleinen Glücksbringer. Der Vorfall eben war beschämend.

Er blickte zu Tapferem Adler auf. Wie stark dieser Junge war! Viel kräftiger als er aussah. Und im Geiste verdreifachte Einauge den Preis, den er von den Adlerjägern zu fordern gedachte.

»Ein Opfer?«, fragte Tonina.

»In einem der heiligsten Rituale des Jahres wird ein Mann den Kopf verlieren.«

»Warum?«

Einauge zuckte mit den Schultern und wandte sich zum Gehen, zum anderen Ende der Seitenstraße und damit zurück zu Palumas Villa. »In weit zurückliegenden Zeiten pflegte man den Spielführer der siegreichen Mannschaft auf dem Spielfeld zu enthaupten. Irgendwann befand dann ein kluger Kopf, dass ein toter Spieler ein wertloser Spieler sei. Heutzutage bestimmt man jemanden als Opfer und stellt damit die Götter zufrieden.«

»Der arme Mann«, murmelte Tonina und warf einen Blick zurück auf die Plaza, wo sie jetzt das Opfer sah, das, auf einem Thron sitzend, aus der Menge herausragte.

»Von wegen armer Mann! Zwanzig Tage lang ist er mit bestem Essen und Trinken gemästet und von den schönsten Frauen in Mayapán verwöhnt worden. Und wenn er stirbt, steigt seine Seele schnurstracks zum Dreizehnten Himmel empor. Männer reißen sich darum, als Opfer erwählt zu werden.«

Auf der Plaza war es still geworden. Das auserkorene Opfer hob die Arme und rief: »Die Götter seien gesegnet!« Und lächelte dabei.

Dann wurde sein Kopf mit einem einzigen Axthieb von seinem Körper getrennt.

In der Villa wurde gefeiert. Als Ehefrau eines siegreichen Spielers verteilte Paluma Geschenke – eigenhändig aus Federn gefertigte Armbänder. Für diese Gunst dankten die Damen, als sie die hübschen und phantasievollen Muster bewunderten, überschwänglich. Als Paluma Tonina aufforderte, allen Anwesenden die Zukunft zu deuten, entgegnete Tonina, dass die Prophezeiungen des Bechers allein der Gastgeberin vorbehalten seien.
Wie grässlich, abermals zu lügen. Nie wieder, schwor sie sich. Dennoch kam sie nicht umhin, eine Weissagung für Paluma zu machen. Während sie das Wasser im Becher schwenkte und hineinschaute, überlegte sie, was sie ohne zu lügen nach Art einer Prophezeiung sagen könnte. Und tatsächlich fiel ihr etwas ein. »Ein Fremder wird schon bald in diesem Haus vorsprechen. Er wird nach Euch fragen, Herrin.«
Einauge warf ihr einen verdutzten Blick zu, übersetzte dann.
»Ein Fremder?«, wiederholte Paluma.
»Ein Buckliger.«
Die Damen schrien verzückt auf. Bucklige waren die größten Glücksbringer überhaupt. Und da es so wenige gab, galt jeder, der es ins Erwachsenenalter geschafft hatte, als von den Göttern in einem Maße gesegnet, dass er nur eitel Glück verbreitete.
Wieso habe ich das gesagt?, fragte sich Tonina. Es war nicht gelogen. Aber woher weiß ich das mit dem Buckligen?
»Noch etwas?«, kam es von Paluma.
Tonina beugte sich über das wirbelnde Wasser im Becher. »Dunkelheit ...«
Paluma klatschte in die Hände. »Demnach wird er nachts kommen!«
Nein, sagte sich Tonina, damit ist eine andere Dunkelheit gemeint.
»Was wünschst du zur Belohnung, ehrwürdige Wahrsagerin?«
»Ich möchte den Palastgarten aufsuchen.«

Paluma tauschte einen belustigten Blick mit den Freundinnen. »Eine wahrlich ausgefallene Bitte.«
»Ich bin auf der Suche nach einer seltenen Blume. Für meinen kranken Großvater. Und ich möchte meinem Freund dabei helfen, dass sein Erinnerungsvermögen zurückkehrt.«
Voller Mitgefühl sah Paluma Tapferen Adler an. »Der Palastgarten birgt viele Schätze«, sagte sie zu Tonina. »Alle möglichen Heilkräuter wachsen dort. Bestimmt wirst du dort das Gesuchte finden. Frag nach dem Verwalter, den wir *h'meen* nennen.« Paluma ging in ihrer Großzügigkeit sogar so weit, Tonina einen Passierschein auszustellen und ihr einen hauseigenen Diener als Begleitung abzustellen.
Tonina war erleichtert. Schon morgen könnte sie Palumas Villa auf immer verlassen. Auf dem Weg zu den Unterkünften der Bediensteten raunte sie Tapferem Adler zu: »Sobald wir die rote Blume gefunden haben, kehren wir all dem hier den Rücken.«

15

»Warte doch!«, rief Einauge hinter Tonina her, die es so eilig hatte, dass der Zwerg ihr nur im Laufschritt durch den Korridor des Palastes folgen konnte.

Jetzt, da sie endlich Zutritt zur königlichen Residenz erhalten hatte, wollte Tonina möglichst schnell hinauf zur vierten Ebene, wo dem Diener zufolge, der sie begleitete, »jedwede Sorte Blume, jeder Baum und Strauch« wuchs. Nur keine Zeit verlieren!

Einauge beobachtete das Mädchen. Sein Wunsch, Tonina möge auf andere Gedanken gebracht werden und nicht die Nerven verlieren, wenn Tapferer Adler unversehens verschwand, war in Erfüllung gegangen, als gestern, nach dem Spiel, Chac in anrührender Unterwürfigkeit vor Paluma gekniet hatte. Der Taíno-Zwerg verfügte zwar nur über ein Auge, aber man musste schon blind sein, um nicht den kurzen, aber vielsagenden Blick mitzubekommen, den Chac und Tonina getauscht hatten.

Dass Frauen durchwegs wankelmütig waren – zu dieser Erkenntnis war Einauge in den vielen Jahren gelangt, da er der Länge und Breite nach in diesem Land herumgezogen war. Tonina bildete da keine Ausnahme. Was immer sie für Tapferer Adler empfinden mochte, ihre Loyalität neigte sich bereits dem mächtigeren Chac zu. Regten sich in Chacs narbenübersäter Brust etwa ähnliche Empfindungen? Was hatte die beiden mehr als einmal dazu gebracht, wie gebannt wirkende Blicke zu tauschen? Hatten sie bemerkt, dass sie sich ähnlich sahen? Sich auf gleiche Weise von den Menschen in diesem Land abhoben, die kleiner und gedrungener waren, schräg gestellte Augen besaßen und eine spitz zulaufende

Stirn? Vielleicht wussten sie es nicht, überlegte Einauge, möglicherweise spürten sie es nur. Blut erkennt Blut.
Wenn sich der Keim gegenseitiger Anziehung entwickelte, würde es ein Leichtes sein, Tonina dazu zu bringen, von Tapferem Adler abzulassen und sich Chac zuzuwenden. Man brauchte ihr nur zu verstehen zu geben, dass der heldenhafte Ballspieler Interesse für sie bekundete. Keine Frau konnte einem Mann widerstehen, der sich für sie interessierte. Ein bewährtes Aphrodisiakum. Zur körperlichen Vereinigung brauchte es gar nicht zu kommen. Zumal Einauge bezweifelte, dass der für seine lautere Moral bekannte Chac zum Ehebrecher werden würde. Tonina einen Floh ins Ohr setzen – mehr war nicht nötig. Wenn sie sich in dem Hirngespinst einer Liebesbeziehung verhedderte, würde sie sich nicht einmal mehr an den Namen Tapferer Adler erinnern. Und Einauge konnte guten Gewissens den Jungen an die Adlerjäger verkaufen.
Mit einem neuen Gefühl von Optimismus eilte Tapferer Adler neben Tonina über den Korridor des Palastes. Im Schlaf hatten ihn weitere Träume heimgesucht, die er aber nicht festzuhalten vermocht hatte. Nur das Gefühl, dass sein Volk dringend seiner bedurfte, verstärkte sich zusehends. Ob es in dem königlichen Garten ein Kraut oder eine Wurzel gab, um sein Erinnerungsvermögen zurückkehren zu lassen? Dann würde auch er sich auf den Heimweg machen. Als Einauge zu keuchen begann, beugte sich Tapferer Adler zu dem kleinen Mann hinunter und lud ihn sich abermals auf die Schultern.
Noch mehr Treppen, weitere Korridore – wenn sie einen Türsturz oder einen Balken passierten, zog der Zwerg den Kopf ein –, bis sie endlich durch einen Bogengang ins Freie traten.
Der weiträumige königliche Garten erstreckte sich von der inneren Mauer bis zum Ende der Terrasse. Wie in einem schwebenden Wald kamen sich die drei vor; lediglich eine niedrige Hecke trennte sie von dem Gewimmel auf der Plaza unter ihnen. Schwindelerregend, wie Tonina befand.
Tapferer Adler hingegen genoss es, dicht an der Brüstung zu stehen, den Kopf zurückgeworfen, die Arme ausgebreitet. Als ob er

darauf wartete, von einer Luftströmung hochgehoben und davongetragen zu werden.
Einauge verzog verdrießlich das Gesicht. Bereits drei Tage waren seit dem Auftauchen der Adlerjäger vergangen. Hielten sie sich weiterhin vor den Toren der Stadt auf? Im Stillen mit seinem Schicksal hadernd, wartete er mit den anderen auf den *h'meen*, der die Aufsicht über den Garten innehatte.
Auf ihrem Streifzug durch Reihen von Sträuchern, Blumen, Büschen und rankenden Pflanzen sinnierte Tonina über die Namen dieser Gewächse nach, schon um nicht ständig auf Einauges Übersetzung angewiesen zu sein. Gestern Abend, vor dem Einschlafen, hatte sie sich die neu hinzugekommenen Maya-Begriffe wiederholt – *Mannschaft, Ball, Tor, Sieg, Buckliger* sowie weitere –, um sie sich ein für alle Mal einzuprägen.
Unter einem mit einem Gitter umgebenen Baum, an dem reife Früchte hingen, blieb sie stehen und schaute über die Stadt mit ihren Tausenden von Dächern, über die vielen Gärten und schmalen Wege, die Tempelpyramiden, dachte an den Wald und die Weiße Straße, die zum Meer führte. Ihre Brust krampfte sich zusammen. Noch nie hatte sie Heimweh gehabt, noch nie eine derart brennende Sehnsucht verspürt, dass es ihr schier den Atem verschlug. Der Ozean rief nach ihr.
Nachdem sie eingesehen hatte, dass ihr Bemühen, einen Blick auf das blaue Meer zu erhaschen, vergeblich war, spähte Tonina durch den milchigen Dunst hinüber zu der hohen Mauer, hinter der sich Palumas Villa verbarg. In Gedanken sah sie Chac hoch aufgerichtet vor sich, jede Einzelheit seines muskulösen, von Narben gezeichneten Körpers deutlich erkennbar.
Bevor sie zum Palast aufgebrochen war, hatte sie gesehen, wie Chac das Dampfbad hinten am Haus betrat. Dort hielt er sich bestimmt auch jetzt noch auf, betete und meditierte als Vorbereitung auf das morgige Endspiel.
Noch nie hatte jemand Toninas Neugier derart geweckt. Ohne es zu wollen, kreisten ihre Gedanken ständig um diesen Chac. Wie stark er war, wie mächtig, wie selbstbewusst. Auch stolz war er

und, wie es hieß, außerdem ein Ehrenmann. Wie aber konnte sich ein Mann auf dem Spielfeld ehrenvoll verhalten und respektlos seiner Mutter gegenüber sein?
Sie wandte sich wieder dem Garten zu. Eine Antwort auf ihre Fragen würde sich erübrigen, weil sie Mayapán verließ. Deshalb hatte sie bereits ihren Reisesack mit all ihrer Habe mitgenommen. Wenn sie heute hier die rote Blume fand, würde sie zur Küste und nach Hause aufbrechen. Sollte sie die Blume nicht hier entdecken, musste sie den Weg nach Quatemalán einschlagen und dort suchen. Jedenfalls würde sie nie wieder in die Villa von Paluma zurückkehren, wo der gut aussehende starke Chac gerade Zwiesprache mit seinen Göttern hielt …

Ein weiterer Sieg, stellte Chac lapidar fest, während er die feuchte heiße Luft im Dampfbad inhalierte. Warum war ihm nicht nach Triumph zumute? Aufgrund der Niederlage, die seine Mannschaft der aus Tulum beigebracht hatte, hatte man ihn mit noch mehr Ehren und Lobeshymnen überschüttet. Dennoch war er verdrossen.
Zum ersten Mal machte er sich Gedanken um die Zukunft, um all das Unbekannte, das vor ihm lag. Wie lange würde er noch spielen können? Er war jetzt siebenundzwanzig. Die meisten Spieler hörten nach dem Erreichen des dreißigsten Lebensjahres auf. Ihre Körper waren den Anforderungen nicht mehr gewachsen; ihre Reflexe ließen zu wünschen übrig. Umso mehr freuten sich dann die Zuschauer, wenn sie einem noch unbekannten neuen Spieler zujubeln konnten.
Der Nachwuchs, seufzte er im Stillen auf. Jung, wild, arrogant gebärdeten sich die jungen Spieler. Nicht anders als Chac seinerzeit. Sobald sie auf dem Platz standen, nahmen sie die bereits zu Ehren gekommenen Spieler aufs Korn und setzten ihnen zu. Wichtiger als das Spiel zu gewinnen war für sie, die Helden zu Fall zu bringen. Das Volk ergötzte sich daran. Und so einen Spieler gab es in der Mannschaft aus Chacmultún, dem nächsten Gegner …
Würde er sich morgen so schwere Verletzungen zuziehen, dass er

nicht mehr spielen konnte? Würde er sterben? Gestern hatte es Yaxik aus Tulum erwischt ... der Ball, der ihn am Kopf getroffen hatte, hatte seine Augen, die Nase, die Wangen in einen blutigen Brei verwandelt. *Bin morgen ich an der Reihe?*

Chacs Hals war wie zugeschnürt. Er fuhr sich über das verschwitzte Gesicht, unterdrückte seine Angst. Aber es war nicht die Angst vor dem Tod, die ihn jetzt überkam, hier, in der Abgeschiedenheit des Schwitzbads, in dem er saß, nackt und allein und nur den wachsamen Augen der Götter ausgeliefert.

Er hatte gestern gut gespielt, jedenfalls nach Meinung der Zuschauer. Chac dagegen fand, dass sein Reaktionsvermögen ein wenig zu langsam, seine Aufmerksamkeit nicht voll und ganz auf den Ball gerichtet gewesen war. Warum?

Er war abgelenkt gewesen. Erst war seine Mutter im Garten aufgetaucht, und dann hatte sie sich unter die Zuschauer gemischt. Das hatte ihn kurz aus der Fassung gebracht. Warum war sie gekommen? Es war doch abgemacht, dass sie ihm aus dem Weg gehen sollte. Und dann war da noch dieses Inselmädchen, das bei Paluma gesessen hatte. Irgendwann im Verlauf des Spiels war sich Chac bewusst geworden, dass er sie durch seinen Einsatz ebenso beeindrucken wollte wie seine Frau. Warum? Noch nie waren ihm so viele ungereimte Fragen durch den Kopf gegangen. Lag es daran, dass er Vaterfreuden entgegensah? Oder waren andere Kräfte am Werk?

Wie um unliebsame Gedanken zu verscheuchen, drückte er die Daumen auf die Augen. Er durfte sich nicht ablenken lassen, musste sich konzentrieren, um nicht Gefahr zu laufen ...

Er goss noch mehr Wasser auf die heißen Steine, atmete tief den belebenden Dampf ein. Wenn nur diese ständige Angst nicht wäre!

Trotz der feuchten Luft war sein Mund wie ausgetrocknet. Kein Tag verging, an dem er nicht befürchtete, jemand könnte sein dunkles Geheimnis aufdecken. Chac wusste, dass alle Welt in ihm einen selbstbewussten Mann sah, der uneingeschränkt an sich selbst glaubte. Was niemand wusste – auch nicht seine Frau, auch nicht Balám, nicht einmal seine Mutter, war, dass der große Chac, der berühmteste Ballspieler des Landes, Angst davor hatte, ein Versager zu sein.

»Erweise dich niemals als Versager«, hatte ihn seine Mutter gewarnt, als er noch ein Kind war, und diese Warnung war ihm zum Leitspruch geworden. Verlieren bedeutete, als Schwächling angesehen zu werden oder noch schlimmer – es würde beweisen, dass ungeachtet all seiner Bemühungen, als Maya angesehen zu werden, der große Chac im Grunde doch nur ein erbärmlicher Chichimeke war.

Tag um Tag war er darum bemüht, seine Herkunft vergessen zu machen, besser zu sein als die, von denen er abstammte, zu bestätigen, dass er seinen Mannschaftskameraden, die alle Maya waren, in nichts nachstand. Allein schon deshalb hatte er die ehrenhafte Position des Mannschaftsführers abgelehnt. Was wäre, wenn er eine solche Auszeichnung annahm und dann versagte? Aus solcher Höhe abzustürzen! Die Anhängerschaft war wankelmütig. Wer heute als Held gefeiert wurde, konnte schon morgen mit Schmähungen überhäuft werden.

Jedes Mal wenn er das Spielfeld betrat, fragte er sich, ob dies der Tag seines Niedergangs sein würde, an dem man ihn mit Hohn und Spott bedachte. Deshalb musste er konzentriert bleiben, durfte sich nicht ablenken lassen. Schon gar nicht von der Wahrsagerin, die Palumas Schwangerschaft verkündet hatte.

Warum hatten die Götter das Inselmädchen ausgerechnet jetzt, wo das Ballspiel das Wichtigste überhaupt war, hergeschickt? Tonina ging ihm nicht aus dem Kopf, setzte ihm zu wie eine lästige Motte, störte ihn, schwächte ihn, setzte ihn der Gefahr aus, zu versagen und zu sterben.

Er goss noch mehr Wasser auf die heißen Steine. Während er anhob, zur Göttin des Mondes zu beten, der Schutzherrin der Ballspieler, überlegte er, wie er das Inselmädchen loswerden konnte.

Der Diener verkündete die Ankunft des *h'meen,* und gleich darauf trat ein bemerkenswertes Persönchen aus dem Inneren des

Palastes auf die sonnenüberflutete Gartenterrasse: eine weißhaarige, zierliche Frau, die, ihren Gesichtszügen nach zu schließen, uralt war. »Der Segen der Götter sei mit euch und euren Familien«, rief sie ihnen mit sanfter Stimme entgegen.

Kaum größer als Einauge, kam die betagte Schamanin in einem langen weißen Gewand, bestickt mit Symbolen, die sie als Heilerin und weise Frau auswiesen – denn genau dies verstand man bei den Maya unter *h'meen* – auf sie zu. »Ich grüße die Freunde von Paluma«, sagte sie gemessen. »Wie kann ich euch zu Diensten sein?«

Über Einauge brachte Tonina ihr Anliegen vor und beschrieb mit den Händen die Form der rote Blume.

»Ja, so etwas blüht hier«, bekräftigte die *h'meen* und führte Tonina, die sogleich Hoffnung schöpfte, zu einem mit roten Blütendolden besetzten Busch. Wie sich herausstellte, handelte es sich dabei allerdings um die Hummerscheren ähnliche Helikonia, die auch auf der Perleninsel wuchs.

»Die Blume, die ich suche, sieht eher aus wie …« Tonina sah sich im Garten um, entdeckte blühende rote Zinnien. »Wie diese dort drüben, nur nach unten hängend.«

Die in unendliche Falten eingebetteten strahlenden Augen wirkten jetzt nachdenklich. »Einen Augenblick«, sagte die *h'meen*, verschwand kurz im Torbogen, um gleich darauf mit etwas Eingewickeltem unter dem Arm sowie in Begleitung eines dicken Hündchens zurückzukommen, das ausgelassen um ihre Füße sprang.

Sie lachte. »Das ist Poki. Mein Begleiter. Mein Liebling.« Sie beugte sich zu dem haarlosen pummeligen Tierchen hinunter, das ihr zum Dank die Hand leckte.

Dann schlug sie das Tuch auseinander, und zum Vorschein kam etwas, was Tonina, wie Einauge sich denken konnte, noch nie gesehen hatte. Man nenne es Buch, sagte er, und erklärte dem Mädchen, wozu es diente.

Die *h'meen*, die darum gebeten hatte, sie H'meen zu nennen – dieser Name sei ihr zu eigen geworden –, wartete geduldig, bis

Tonina über Papier, Aufzeichnungen und Eintragungen aufgeklärt worden war, über geheftete Manuskripte wie zum Beispiel religiöse Bücher, Geschichtensammlungen und Genealogien, über Bücher, die Auskunft gaben über geeignete Ehepartner oder die Bedeutung von Träumen, über Bücher, die für Weissagungen benutzt wurden und für die Anwendung von Gesetzen. Und auch darüber, dass es noch eine Unzahl von amtlichen Dokumenten gab, einschließlich Listen von Abgabezahlungen, Steuererhebungen und politische Akten. Tonina schwirrte der Kopf, als H'meen dann die wie eine Ziehharmonika gefalteten Seiten ausbreitete.

Seite um Seite war gefüllt mit Zeichnungen, mit Skizzen von Bäumen, Gräsern, Büschen, Wurzeln, Blättern und Blumen, alle versehen mit einem schriftlichen Kommentar über Zugehörigkeit, heilsame Wirkung und Standort. Tonina studierte aufmerksam alle Abbildungen, in der Hoffnung, »ihre« Blume zu entdecken. Aber die Skizzen entsprachen, wie H'meen erklärte, keineswegs dem genauen Abbild von Blumen oder Bäumen, umrissen sie lediglich. Eine gefältelte Seite nach der anderen wurde umgeschlagen, ohne dass die von Tonina beschriebene Blume auftauchte.

»Tut mir leid«, sagte H'meen traurig. »Alles, was in diesem Garten wächst, ist hier vermerkt. Wenn deine Blume nicht aufgeführt ist, kann ich nur beten, dass dich die Götter zu ihr führen mögen.«

Tonina seufzte enttäuscht und meinte dann: »Könnt Ihr wenigstens meinem Freund helfen? Er hat einen Schlag auf den Kopf bekommen und kann seitdem nicht sprechen und sich auch an nichts erinnern.«

Nachdenklich musterte die winzige Frau mit der hohen Stirn und dem spitzen Kinn den gut aussehenden großen Jüngling, um dann den Kopf zu schütteln. »Erinnerungen kommen von den Göttern. Sie müssen sie ihm weggenommen haben. Die Fähigkeit zu sprechen dagegen kommt aus der Seele, eine Medizin hilft da nicht. Tut mir leid, auch hier nicht helfen zu können.«

Toninas Schultern sackten zusammen. Jetzt stand ihnen eine lange Wanderung zur Küste von Quatemalán bevor. »Habt trotzdem

Dank, gute Mutter«, sagte sie, auf den Ehrentitel der Inseln zurückgreifend.
H'meen sah sie an. »Oh, Verzeihung! Ich vergaß …« Sie lachte. »Dass ich das aber auch immer vergesse! Ich bin keine Mutter, für eine Mutter bin ich noch nicht alt genug.«

Chac goss erneut Wasser auf die heißen Steine und inhalierte den Dampf, ohne die wirren Gedanken, die ihn verfolgten, abschütteln zu können.
Die Wette, die Balám vermutlich zum Spaß gestern vor dem Spiel vorgeschlagen hatte, fiel ihm ein: »Wenn ich den Siegestreffer erziele, zieht die Wahrsagerin zu uns.«
»Den Siegestreffer erziele ich, Bruder«, hatte Chac gelacht und keineswegs die Absicht gehegt, Balám den Wetteinsatz zuzugestehen, sollte er der Erfolgreichere sein. Nein, Chac wollte aus dem gleichen Grund wie Balám an der Wahrsagerin festhalten: um seiner Frau eine Freude zu machen.
Paluma …
Es hatte eine Zeit gegeben, in der das Spiel Chac alles bedeutet, er keine weiteren Interessen gekannt hatte, es sein Leben und seine Zukunft gewesen war. Dann hatte er Paluma kennengelernt und sie geheiratet. Er hatte darauf gebaut, mit Ablauf des ersten Ehejahrs eine Familie zu gründen, die ihm Verantwortung über das Ballspiel hinaus gab und eine Zukunft außerhalb des Spielfelds eröffnete. Aber erst war Paluma nicht schwanger geworden, und als es endlich so weit war, hatte sie eine Fehlgeburt erlitten. Die Geburtshelferinnen hatten zu bedenken gegeben, dass es fraglich sei, ob Paluma mit ihrer zarten Gesundheit überhaupt noch einmal empfangen könne. Und Chac hatte sich gefragt, wie sich sein Leben gestalten würde, wenn er zu alt für das Ballspiel wäre.
Aber nun war Paluma schwanger – sie erwartete einen Sohn!
Er griff sich eine Handvoll Lorbeerblätter aus einem Korb und verrieb sie über die nackten Arme und den Oberkörper. Das intensive Aroma mischte sich mit dem Dampf. Eigentlich sollte Chac beten. Aber seine Gedanken hingen irdischen Dingen nach.

Letzte Nacht, da er Paluma in den Armen hielt und sie ihm ihre Hoffnungen und Träume zuraunte, hatte sich Chac so intensiv wie nie als Beschützer gefühlt. Plötzlich hatte er in die Zukunft geblickt und gewusst, wozu er da war: um für die Sicherheit von Paluma und ihrem gemeinsamen Sohn zu sorgen.
Bei der Feier gestern Abend war Paluma sehr erregt gewesen, vor allem nach der Prophezeiung der Wahrsagerin, dass ein Buckliger in der Villa vorsprechen werde. Wo sie sich doch ruhig verhalten, nicht aufregen sollte. Wenn man ihre zarte Verfassung bedachte, ereignete sich viel zu viel Aufregendes. Außerdem misstraute Chac Baláms Ehefrau. Er hatte beobachtet, was für einen giftigen Blick Yaxche im Großen Saal Paluma zugeworfen hatte, als die Wahrsagerin ihre Prophezeiung machte. Und jetzt auch noch Baláms Versuch, eine Wette auf das Spiel abzuschließen. Chac wusste, dass Yaxche nichts unversucht lassen würde, um sich die Wahrsagerin für ihre eigenen Zwecke zu sichern.
Schon vor einiger Zeit hatte Chac eine Villa erworben, die unweit der Küste zum Verkauf stand, mit eigenen Gemüse- und Obstgärten, in einer ruhigen Gegend mit viel frischer Luft. Nachbarn gab es in der näheren Umgebung nicht, dementsprechend könnte Paluma dort eine geruhsame Schwangerschaft verleben. Wo diese Villa lag, würde er niemandem verraten, nicht einmal Balám. Und dort würden sie auch nach der Geburt seines Sohnes bleiben.
Auf diese Weise bestünde auch keine Gefahr, dass Balám ihnen Tonina die Wahrsagerin ausspannte. Gleichzeitig wäre das Dilemma gelöst, wie er Tonina aus seinem eigenen Leben und seinen Gedanken verbannte, denn Chac würde sich nur von Zeit zu Zeit in der Villa auf dem Land sehen lassen.
Allmählich ebbte der Dampf ab. In der kleinen Steinhütte wurde es kühler. Den Duft der Lorbeerblätter einatmend, schloss Chac die Augen. Dass das Inselmädchen bei ihnen lebte, gefiel ihm nicht, auch wenn er nicht hätte sagen können, warum. So zurückhaltend und in sich gekehrt sie auch sein mochte, war ihm die Vorstellung, ihr zufällig in einem Korridor zu begegnen, höchst

unangenehm. Und wie sie ihn gestern nach dem Spiel, als er Paluma den Ball zu Füßen legte, angeschaut hatte! Als er den Blick hob, hatte er gesehen, dass das Mädchen ihn mit halbgeöffneten Lippen und wie verzaubert anstarrte. Sie hatte ihn kurz aus der Fassung gebracht.
War sie nicht nur eine Wahrsagerin, sondern auch eine Magierin? Vermochte sie ebenso einen Bann zu verhängen wie die Zukunft vorauszusagen? Wie auch immer. Entscheidend war, dass Paluma das Mädchen um sich haben wollte. Deshalb würde er morgen, gleich nach dem Spiel, seinen gesamten Haushalt einschließlich der Wahrsagerin an die Küste verlegen.

»Ich bin vierzehn Jahre alt«, wiederholte H'meen. »Und ich werde bald sterben.«
Während Poki, der fette kleine Hund, mit der Schnauze die unzähligen Blumentöpfe und Pflanzkästen beschnupperte, erzählte H'meen ihre Geschichte. Sie war als Lehrling beim vorigen *h'meen* aufgenommen worden, und um ihren Verstand zu schärfen und ihren Geist zu beflügeln – es war abzusehen, dass der Pflanzenkundler bald sterben würde –, hatte man das junge Ding mit einer Pflanze ernährt, die in der Tat ihren Geist beflügelte und ihr die Lernfähigkeit und Aufnahmebereitschaft eines Erwachsenen verlieh. Als verhängnisvolle Nebenwirkung war jedoch auch ihr Körper in Windeseile gealtert.
Angesichts eines solchen Schicksals war Tonina zunächst sprachlos. Dann aber sagte sie: »Die Blume, die ich suche, besitzt große Zauberkraft. Sie soll, wie man mir erzählt hat, alle Gebrechen heilen. Vielleicht hilft sie auch Euch.«
»Wo wächst sie?«
»In Quatemalán.«
H'meen seufzte. »Das ist sehr weit weg. Ich bin noch nie aus den Stadtmauern herausgekommen.« Sie lächelte und entblößte dabei junge weiße Zähne, die in scharfem Kontrast zu ihrem alten Gesicht standen. Als sie mit ihrem Bericht fortfuhr und ein wenig von ihrem behüteten Leben im Palast erzählte, merkte Tonina,

dass sie so manches verstand, noch ehe Einauge die Übersetzung lieferte.
Als sie sich zum Gehen wandte, sagte die Mädchen-Frau: »*Ka x 'ik teech utsil.*« Was »Viel Glück euch« hieß.
Ohne zu überlegen, antwortete Tonina: »*Béey xan teech.*« – »Euch ebenfalls« in der Sprache der Maya.
Einauge war begeistert. Das Mädchen lernte wirklich schnell. Was für ein Paar sie abgeben würden! Er würde ihr all seine Tricks beibringen, seine Art zu schummeln, und zusammen würden sie reich und fett werden.
»Wir gehen nicht in die Villa zurück«, sagte Tonina, als sie wieder auf der Plaza waren. »Wir verlassen jetzt die Stadt. Danke für alles, was du für uns getan hast.« Sie holte zwei Perlen aus ihrem Reisesack und reichte sie ihm.
Einauge erschrak. Das durfte nicht sein! »Bleibt wenigstens noch zum Dreizehnten Spiel«, bat er.
»Ich möchte nicht mehr wahrsagen. Nicht mehr lügen. Danke für deine Hilfe. Aber wir müssen uns zur südlichen Küste durchschlagen.«
Zu ihrer Überraschung schüttelte Tapferer Adler den Kopf und fuchtelte mit den Händen in der Luft herum. »Was hast du denn?«, fragte sie.
»Ich glaube, er will wieder in die Villa«, meinte Einauge.
»Warum?«
Vergebens mühte sich Tapferer Adler ab, Worte zu formulieren, sich irgendwie verständlich zu machen.
»Glaubst du, da draußen sind die Jäger?« Tonina wies in Richtung der Mauern und des jenseits gelegenen Marktplatzes.
Er nickte.
»Der Junge mag recht haben«, mischte sich Einauge ein. »Wir sind erst seit drei Tagen in der Stadt. Wenn sie euch bis hierher verfolgt haben, geben sie nicht so schnell auf. Bis sie es tun, sollten wir in der Villa bleiben – dort sind wir in Sicherheit.«
»Ich will aber nicht zurück in die Villa«, kam es aufmüpfig von Tonina. Bis sie die südliche Küste erreichten, würden viele Tage

vergehen. Und dann musste sie die Blume erst einmal finden. Als sie Tapferem Adler in die Augen schaute, entdeckte sie noch etwas in seinem Blick. »Was ist denn?«, fragte sie leise. »Warum willst du zurück?«

Er konnte es nicht erklären. Nicht weil er nicht sprechen konnte, sondern weil in seinem Inneren Aufruhr herrschte. Seit Tonina ihn aus dem Käfig befreit hatte, wurde er von Träumen heimgesucht, die auf verstörende Weise mit der Wirklichkeit zu tun zu haben schienen und die ihm eingaben, dass er etwas Wichtiges zu erledigen hatte. Das Haus von Paluma schien dabei eine Rolle zu spielen, aber in wieweit konnte er nicht ergründen.

»Tapferer Adler, ich weiß nicht, ob man dich ohne mich dort bleiben lässt. Und Einauge muss als Händler, der er ist, ebenfalls weiterziehen. Ich für meinen Teil muss unbedingt aufbrechen.«

Um zu verdeutlichen, wie verzweifelt er ihre Hilfe brauchte, beschwor er sie mit Blicken aus seinen goldenen Augen, griff nach ihren Armen und drückte sie.

»Also gut«, sagte Tonina schließlich. »Wenn du dich dort sicher fühlst, gehen wir eben zurück. Aber nur für ein paar Tage. Dann muss ich weiter.«

Einauge verbarg seine Erleichterung. »Ich habe auf dem Marktplatz etwas zu erledigen«, sagte er. »Ich komme erst abends nach.«

Tonina berührte ihn am Arm. »Sei vorsichtig. Du wirst zwar als Zwerg geachtet, aber da draußen treiben sich auch Leute herum, die dir gefährlich werden können.« Dann wandte sie sich widerstrebend der Villa von Paluma zu, in der Chac soeben seiner Frau eröffnete, dass sie und der gesamte Haushalt, einschließlich der Wahrsagerin, in eine Villa an der Küste umziehen und in dieser Abgeschiedenheit bleiben würden, bis ihr Sohn laufen könne.

16

In allerbester Laune sang Prinz Balám seine Tochter in den Schlaf.
Einen Tag und eine Nacht lang hatte er sich den Kopf zerbrochen, wie er es am besten anstellen sollte, Paluma die Wahrsagerin abspenstig zu machen. Dann war ihm die rettende Idee gekommen. Er würde das Mädchen bestechen. Ihr bieten, was immer sie verlangte, wenn sie Paluma verließ und in Zukunft unter seinem Dach lebte. Allein die Möglichkeit, dem Haushalt eines Prinzen anzugehören, sollte Anreiz genug sein, aber wahrscheinlich forderte das Mädchen etwas anderes – Jade, Kakaobohnen, Baumwollkleider. Und Chacs Frau würde nichts dagegen tun können, weil sie nicht in der Lage war, auf Baláms Angebot noch eins draufzusetzen. Morgen, nach dem gewonnenen Endspiel, würde er der reichste Mann in Mayapán, wenn nicht in der ganzen Welt sein. Und dann gäbe es nichts, was er seiner geliebten Yaxche nicht kaufen könnte – schon gar nicht ein einfaches Mädchen von den Inseln.
Die kleine Ziyal war kurz vor dem Einschlafen. Als ihr Vater noch ein Liedchen anstimmen wollte, erschien ein Diener im Schlafzimmer und informierte Seine Gnaden, dass ein Besucher auf ihn warte.
»Er soll morgen wiederkommen«, fuhr Balám den Diener an. Wenn er mit seiner Tochter zusammen war, wünschte er unter keinen Umständen gestört zu werden.
Als der Bedienstete dann den Namen des Besuchers nannte, erstarrte Balám.
Seine gute Laune war mit einem Mal wie weggeblasen.

Beim Verlassen der Stadt malte sich Einauge aus, wie es jetzt weitergehen würde: Er wollte den Jägern sagen, dass er den Aufenthaltsort des Jungen kannte, und dann seinen Preis für diese Information nennen. Wenn die Jäger ihn daraufhin aufforderten, sie zu dem Jungen zu bringen, würde er auf Bezahlung im Voraus bestehen, sie dagegen auf »die Hälfte jetzt, die andere Hälfte bei Lieferung«, womit er sich einverstanden erklären würde. Daraufhin würde er sie zu Palumas Villa führen, ihnen zeigen, wo der Junge schlief, die zweite Hälfte des geforderten Preises einstreichen und sich verdrücken. Allerdings nicht ohne vorher Tonina wegzulocken. Noch ehe irgendwer den Vorfall bemerkte, würde er mit ihr bereits auf dem Weg nach Norden sein.
»Meine Freunde!«, rief er, als er sich dem Lager der Jäger näherte. Wegen des morgen stattfindenden Spiels war der Marktplatz außerhalb der Stadtmauer noch belebter, es wurde krakeelt und lautstark diskutiert, Kinder vergnügten sich beim Ballspiel. Es herrschte Festtagsstimmung. Und mittendrin sechs mürrische Gestalten, die braun und schwarz gestreiften Körper zusammengesackt. Die Einzigen, die nicht an das morgige Spiel dachten. »Habt ihr einen Bissen für einen hungrigen Wanderer?« Als Glücksbringer angesehen, hießen sie den Zwerg willkommen, boten ihm einen Platz an ihrem Feuer an und versorgten ihn mit Tortillas und Mais.
Er warf ein paar Krümel für die Götter ins Feuer, um es sich dann schmecken zu lassen, nicht ohne die Jäger mit seinem guten Auge zu taxieren. Nervöse Burschen, befand er, keineswegs erfreut, so weit weg von zu Hause zu sein. Nicht entspannt, wie man es zu sein pflegte, wenn man schmausend um ein Feuer herum saß, sondern ständig auf der Hut und stets den Blick über die Menge auf dem Marktplatz schweifen zu lassen. »Was führt euch denn nach Mayapán?«, fragte er wie beiläufig.
Besonders gesprächig waren sie nicht.
»Wenn ihr zum Einkaufen oder Tauschen hier seid«, sagte Einauge und leckte sich die kurzen, dicken Finger, »kann ich euch vielleicht helfen. Ich kenne viele der hiesigen Händler und kann dafür sorgen, dass sie euch nicht übers Ohr hauen. Erwähnt ein-

fach meinen Namen – Einauge –, und ihr werdet zu hören bekommen, dass ich der ehrenhafteste Mann im Land bin.«
Der Anführer, in dessen Haar drei kostbare Adlerfedern steckten, grunzte und sagte dann, dass sie einen entlaufenen Sklaven suchten. »Wir vermuten ihn irgendwo hier, zusammen mit einem Mädchen.«
Einauge zuckte mit den Schultern. »Gibt viele Jungen und Mädchen in Mayapán. Schon möglich, dass ich sie gesehen habe. Wie sollen sie denn aussehen?«
»Ein hochgewachsenes Inselmädchen in Begleitung eines blasshäutigen Jungen ohne jegliche Tätowierung?«, wiederholte er die von den Jägern erhaltene Beschreibung. »Die habe ich tatsächlich hier auf dem Marktplatz gesehen, drüben beim Haupttor.«
Als zwei der Jäger nach ihren Speeren griffen und aufspringen wollten, fügte er rasch hinzu: »Nicht doch, dort sind sie nicht mehr.«
»Dann sag uns, wo sie sich jetzt aufhalten.«
»Mal überlegen.« Er schaute von einem der vom Feuerschein erhellten Gesichter zum anderen. Keine freundlichen Gesellen, ziemlich mordlüstern, befand er und fragte sich, inwieweit sein Feilschen erfolgreich sein würde.
»Wie viel verlangst du für die Auskunft?«, fragte da bereits der Anführer, nicht ohne aufzuseufzen. Einauge grinste. Er tat, als überlegte er, und sagte dann: »Zehn Kakaobohnen.«
Sie wurden ihm ausgehändigt.
Die kostbaren Bohnen in der vollfleischigen Handfläche, dachte Einauge an die restliche Bezahlung, die er zu fordern gedachte und die ihm ein geruhsames Leben mit vielen Frauen und Annehmlichkeiten ermöglichen würde. Er sah die Jäger an, deutete über die Schulter und sagte: »Sie sind gestern in östlicher Richtung nach Tulum aufgebrochen.«

Niemand wusste, worauf sich das geheimnisvolle Ritual begründete oder was es einmal bedeutet hatte. Für einige symbolisierten die vermummten Priester, die mitten in der Nacht auftauchten, um die Teilnehmer auf das Spielfeld zu begleiten, Soldaten aus früherer Zeit, die Gefangene zu ihrem Anführer brachten. Andere sahen darin nichts weiter als eine Sicherheitsmaßnahme, um beliebten Spielern zu ersparen, auf dem Weg zum Schauplatz von Bewunderern belästigt zu werden. Was auch immer der Grund für dieses Ritual war – Chac hielt es bei seinen Vorbereitungen genau ein, wickelte sich Lederstreifen um Handgelenke und Fußknöchel, betete zur Göttin des Mondes. Als sein Oberster Verwalter eintrat, sich tief verbeugte und sagte: »Herr, ein Besucher bittet vorgelassen zu werden«, fragte Chac überrascht: »So früh?« Der Priester erschien für gewöhnlich später.

»Es ist Prinz Balám, Herr.«

Balám! »Führe ihn herein.«

Chac war erschüttert, wie schlecht der Freund aussah. Baláms Gesicht spiegelte Kummer und Sorge wider. »Was ist los, Bruder?«, fragte Chac tief betroffen. Balám sollte zu Hause sein, bereit für die Ankunft der Priester.

Trotz der kühlen Nacht war Balám schweißgebadet, seine Haut aschfarben. »Hast du etwas zu trinken?«

Chac bestellte *kawkaw,* aber Balám bat um Stärkeres. *Pulque* wurde gebracht, den er zu Chacs Entsetzen in einem Zug hinunterkippte. In der Nacht vor dem wichtigsten Spiel des Jahres!

Balám wischte sich mit dem Handrücken den Mund ab, sah dem langjährigen Freund in die Augen. »Bruder, ich stecke bis zum Hals in Schwierigkeiten.«

Mürrisch watschelte Einauge die von Fackeln erhellte Straße entlang. Da sich nachts kaum jemand aus dem Haus wagte, war er als Einziger zu dieser späten Stunde unterwegs. Sein gedrungener Schatten warf bizarre Formen an die Mauern, als er sich beeilte, so schnell wie möglich Palumas Villa zu erreichen. »Einauge, du Narr! Du Trottel! Hast du den Verstand verloren? Warst kurz davor, ein reicher Mann zu sein – hättest nur zu sagen brauchen: ›Kommt mit, ich zeige euch, wo der Junge ist‹, und *was hast du tatsächlich gesagt?* Tulum!«

Warum er die Adlerjäger belogen hatte, konnte er sich nicht erklären. Es hatte ihn selbst überrascht. Als er sich auf dem Rückweg zu den Stadttoren nochmals umgeschaut hatte, erkannte er, dass die Jäger bereits ihr Lager abbrachen. Noch vor Mitternacht würden sie auf dem Weg nach Osten sein, zu Tagesanbruch bereits weit weg von Mayapán. Was hatte ihn bloß dazu gebracht, die größte Dummheit seines Lebens zu begehen?
Tonina. Auf den Stufen des Palastes. Sie hatte ihm die Hand auf die Schulter gelegt und ihm gesagt, er solle vorsichtig sein. Noch nie hatte jemand an *sein* Wohlergehen gedacht. Diese Freundlichkeit hatte ihn insgeheim erschüttert. Denn als er drauf und dran gewesen war, den wahren Aufenthaltsort von Tapferem Adler preiszugeben, war es ihm plötzlich wichtiger gewesen, nichts zu unternehmen, was Toninas Interesse für Chac Vorschub leisten könnte.
Er eilte den schmalen Weg zwischen dunklen und stillen Häusern entlang, sagte sich, nicht ohne zwischendurch aufzuseufzen, dass er langsam alt und nachgiebig wurde. Noch war nicht alles verloren. Ehe er das Lager der Adlerjäger aufgesucht hatte, war er zu einem der vielen *koxol* gegangen, die sich um Umkreis des Tores aufhielten und Wetten für das morgige Spiel entgegennahmen. Obwohl er über nicht mehr als ein paar Kakaobohnen verfügte, war es ihm gelungen, eine hohe Wette abzuschließen. Nicht zuletzt wegen seines bestickten Lendenschurzes und weil sein Umhang als Zeichen seines Wohlstands aus fein gesponnener Baumwolle gefertigt war und er immerhin ein Zwerg, hatte sein Daumenabdruck auf dem vom *koxol* ausgefertigten Stück Papier genügt.
Wie beruhigend zu wissen, dass die Mannschaft aus Mayapán gewinnen und er morgen Abend ein wohlhabender Mann sein würde! Einauge hastete weiter, als er in einiger Entfernung vor sich eine dunkle Gestalt gewahrte, die an das hölzerne Tor von Palumas Villa pochte.
Einauge wusste um das Ritual, das einem Spiel vorausging – dass Priester die Spieler abholten. Aber dazu war es noch zu früh, und er sah nur einen Mann. Als sich dieser Mann als Prinz Balám ent-

puppte, zog sich Einauge zurück in die Dunkelheit, beobachtete von dort aus, wie Balám eingelassen wurde. Kurz darauf pochte auch Einauge ans Tor und erhielt Zutritt. Im Spionieren jahrelang geübt, schlich er lautlos durch den Garten, um dann nicht etwa die Unterkünfte der Bediensteten aufzusuchen, sondern sich auf Zehenspitzen durch das schlafende Haus zu bewegen, durch Korridore, die er sich eingeprägt hatte, bis er Stimmen hörte und vor sich Licht sah. Prinz Balám war in Chacs Schlafzimmer; die beiden unterhielten sich.

Nachdem er sich überzeugt hatte, dass kein Diener in der Nähe war, schlich sich der Zwerg noch näher und verbarg sich in den Falten des Vorhangs vor der Türöffnung. Jetzt konnte er nicht nur alles sehen, sondern auch hören.

Balám hatte seinen Umhang abgeworfen, und Einauge sah, dass er auf seinem Gürtel das Jadeemblem von Uxmal trug, das ihn als Prinz der königlichen Linie jener Stadt und als direkten Nachkommen von Hun Uitzil Chac Tutul Xiu auswies, dem Begründer der großen Stadt Uxmal. Es war bekannt, dass Balám im Rahmen eines traditionellen Austauschs von Prinzen zur Sicherung des Friedens zwischen beiden Königreichen an den königlichen Hof von Mayapán entsandt worden war. Ebenfalls im Palast von Mayapán lebten Söhne und Töchter anderer Königshäuser aus kleineren Städten, nicht anders als Prinzen und Prinzessinnen aus Mayapán, die in den Häusern anderer Herrscher heranwuchsen. Dieser altehrwürdige Brauch diente der politischen Stabilität. Warum aber trug der Prinz in dieser Nacht sein offizielles Emblem, das eigentlich feierlichen Anlässen vorbehalten war?

Das Auge des Zwergs wurde rund, und er spitzte die Ohren, als er Balám wimmern hörte: »Eine Katastrophe bricht über mich herein, Bruder! Ich bin erledigt.« Einauge, geschäftstüchtig, wie er war, nahm jedes Wort, jede Geste in sich auf.

»Beruhige dich erst einmal«, sagte Chac. »Geht es um Yaxche? Um deine Tochter …?«

»Um uns alle!« Balám rang die Hände. »Ich habe mich tief in Schulden gestürzt, Bruder.«

Chac war nicht überrascht. Alle Männer spielten, darin standen sich Chichimeken und Maya und selbst Inselbewohner in nichts nach. Bei Balám allerdings war diese Wettleidenschaft derart ausgeprägt, dass sie ihn zeitweise völlig in Anspruch nahm. In welches Dilemma sich der Prinz damit gebracht hatte, erfuhr Chac jetzt.
Meist mussten die Männer, die die Dienste eines *koxol* in Anspruch nahmen, vorweisen, was sie als Einsatz boten – Jadeschmuck oder den Nachweis des Besitzes, den sie riskierten. Da Balám ein Prinz war, genügte sein Wort. Unseligerweise verwettete er deshalb weit mehr, als seine Mittel erlaubten. Eine Katastrophe.
»Chac, erinnerst du dich daran, dass Yaxche und ich im vergangenen Jahr mit Ziyal meine Eltern in Uxmal besuchten? Und dass wir bei unserer Rückkehr entdeckten, dass bei uns eingebrochen und überaus wertvolle Gegenstände entwendet worden waren?«
Chac wartete ab, bis Balám einen Schluck getrunken und sich mit dem Handrücken über den Mund gewischt hatte.
»Diese Objekte waren schon vor unserer Abreise nicht mehr vorhanden«, sagte er kläglich. »Ich musste damit Spielschulden begleichen. Yaxche weiß nicht, dass ich die Jadeohrringe, an denen sie so hängt, bei einem Hundekampf verloren habe. Dass ich viel von ihrem Schmuck verspielt habe. Deshalb habe ich sie mit nach Uxmal genommen. Damit sie nicht merkte, dass das alles weg war.«
Chac hatte geglaubt, dass Balám seinen Spieltrieb unter Kontrolle hielt. Er hatte seine Schwäche zu verbergen verstanden, vor seiner Frau, seinen Mannschaftskameraden, seinem besten Freund. »Ich habe dich belogen, Bruder. Alle habe ich belogen. Yaxche. Meine eigene Mutter. Sie schenkte mir einen mit feinster Jade überzogenen goldenen Becher. Ich habe ihn verspielt.
Dabei habe ich nicht nur Pech gehabt«, versuchte er sich zu rechtfertigen. »Ich habe auch gewonnen. Gerade das ist ja das Vertrackte dabei! Ich habe sagenhafte Preziosen eingeheimst, mit denen ich Yaxche überraschen wollte, die ich aber bereits

einen Tag später wieder verspielt habe. Bruder, ich scheine einfach nicht genug Glück zu haben, um da rauszukommen. Je tiefer ich mich verschulde, umso leidenschaftlicher spiele ich, um die Schulden zu begleichen. Eine Weile ging das auch ganz gut, aber jetzt ...«

»Wie schlimm ist es?«, fragte Chac.

Balám schluckte mühsam. »Ich schulde alles ... meine Ländereien, meinen Besitz ... und mehr.«

»Bei allen Göttern!«, entrang es sich Chac.

Baláms Augen füllten sich mit Tränen. »Yaxche ist unersättlich. Und ich liebe sie so sehr, dass ich ihr nichts abschlagen kann.«

Wie verschieden ihre Ehefrauen doch waren, sinnierte Chac, Paluma ein kleiner Sperling, Yaxche eher eine fette Gans.

»Sie wünschte sich einen Garten mit Avocadobäumen. Also setzte ich gegen einen Mann aus Yaxchilan, beim Knöchelspiel. Ich verlor. Wir spielten weiter. Ich verlor jedes Mal. Er ließ ein Papier ausfertigen, und ich setzte meinen Daumenabdruck darauf. Dann spielte ich mit einem anderen, um die Schulden aufzufangen. Die Sache lief mir aus dem Ruder ... Wenn die, die gegen mich gewonnen hatten, ihren Gewinn einforderten, konnte ich nur dafür aufkommen, indem ich mir Geld lieh oder mit anderen Männern Wetten abschloss.«

Nimm alles, was ich habe, hätte Chac noch vor wenigen Tagen gesagt. Aber jetzt war Paluma schwanger, und Chac musste an seinen Sohn denken. »Was ist mit deiner Familie in Uxmal?«, fragte er stattdessen. Bei den Maya war es üblich, dass die Angehörigen einsprangen, wenn ein Mann in Schwierigkeiten war.

»Sie würden bettelarm werden«, sagte Balám zerknirscht.

»Derart gewaltig sind deine Schulden?«, sagte Chac erstaunt. Balám ließ den Kopf hängen.

Chac wartete ab. Er ahnte, dass dies nicht der einzige Grund war, weshalb Balám um diese heilige Stunde, in der sich beide auf das morgige Spiel vorbereiten sollten, zu ihm gekommen war. Die Schulden hätten warten können. Irgendetwas anderes duldete jedoch keinen Aufschub.

Nach einer Weile hob Balám den Kopf. »Vorhin sprach ein Besucher bei mir vor. Er vertritt eine Vereinigung von reichen Männern, deren Ziel es ist, noch reicher zu werden. Chac, er besaß all meine Schuldscheine, jedes Stück Papier, das ich in der Stadt unterzeichnet hatte, abgeschlossen bei Wetten mit allen möglichen Leuten!«

»Wie …?«

»Diese Vereinigung ist sehr reich. Angeblich sogar reicher als alle Fürsten des Landes zusammen. Sie haben meine sämtlichen Schuldscheine aufgekauft – und meine Schulden beglichen.«

Chac runzelte die Stirn. »Wieso haben sie das getan?«

»Kannst du dir das nicht denken?« Wie ein in die Enge Getriebener sah Balám ihn an.

Chac schüttelte den Kopf.

»Sie …« Balám fuhr sich mit der Zunge über die Lippen, sah sich im Zimmer um. Dann nahm er seinen ganzen Mut zusammen und stieß mit erstickter Stimme aus: »Sie wollen mich zwingen, dafür zu sorgen, dass wir morgen unser Spiel verlieren.«

Stille breitete sich aus. Durch das offene Fenster hörte man, wie sich ein paar Häuser weiter ein Mann und eine Frau stritten, von einem Dach war der Lockruf einer Eule zu vernehmen, auf der Straße die schleppenden Schritte eines Betrunkenen. Einauge, der noch immer lauschte, dröhnte sein eigener Herzschlag in den Ohren.

»Das verstehe ich nicht«, sagte Chac schließlich, obwohl er es sehr wohl verstand.

»Wenn ich dafür sorge, dass wir morgen verlieren, erlassen sie mir meine Schulden.«

»Sie haben gewettet, dass wir *verlieren*?«

»Genauso ist es. Sie haben hohe Einsätze auf einen Sieg der Mannschaft aus Chacmultún platziert.«

»Warum setzen sie nicht einfach auf Sieg für *uns*?«

»Einen Sieg kann man niemals mit Sicherheit voraussagen, Bruder, eine Niederlage schon.«

Chac wehrte entsetzt ab. »Balám, das kannst du nicht von mir verlangen. Über Sieg oder Niederlage entscheiden die Götter. Das ist im Göttlichen Plan bereits festgelegt.«

»Du weißt ebenso gut wie ich, dass wir das ändern können. Nichts steht so fest, dass man es nicht verändern kann.«

»Aber ein Spielergebnis zu verändern wäre ein Frevel!«

»Meinst du, das wüsste ich nicht? Aber wenn ich es nicht tue, wird diese Vereinigung von mir die Einlösung meiner Schuldscheine verlangen. Und da ich sie nicht einlösen kann, werden sie meine Frau und meine Tochter als Sklavinnen verkaufen. Ich werde meine Ländereien, mein Hab und Gut verlieren, werde aus der Mannschaft ausgeschlossen und nie wieder spielen dürfen. Meine Freunde werden sich von mir abwenden. Meine Familie in Uxmal – meine Eltern, mein Onkel, der König –, alle werden sie mich verachten und von mir erwarten, dass ich noch genug Anstand habe, um mich zu erhängen. Bruder, ich will nicht, dass es dazu kommt!«

Chacs Kehle war wie ausgetrocknet. »Balám, wir haben mit unserem Blut besiegelt, unser Leben nach einem Ehrenkodex auszurichten. Wir haben der Göttin des Mondes geschworen, niemals zu lügen, zu stehlen oder zu betrügen. Ohne Ehre sind wir nichts.«

»Wenn wir das Spiel nicht verlieren, werde *ich* ein Nichts sein!«

Chac ging auf und ab, strich sich über den Nacken, blieb stehen, wandte sich um. »Ich kann meine Obstgärten verkaufen. Und seit Kurzem besitze ich eine Villa unweit der Küste.«

Aber Balám schüttelte den Kopf. »Selbst wenn Seine Großherzige Güte und mein Onkel, der König von Uxmal, ihre Besitztümer zusammenlegten, würde es nicht reichen. Der einzige Ausweg, der mir bleibt ...«, Balám streckte beide Hände aus, »... ist, das Spiel zu verlieren.«

Als er Chacs entgeisterten Blick sah, fügte er rasch hinzu: »Die Götter werden dir ins Herz schauen und verstehen, dass du deinem Bruder helfen möchtest. Sie werden das, was du tust, als Opfer bewerten. Sie werden dich nicht bestrafen, sondern vielmehr segnen.« Der Prinz schluchzte auf. »Vergib mir, dass ich dich in diese Katastrophe mit hineinziehe. Aber du bist mein Bruder! Ich brauche dringend deine Hilfe. Habe ich dir nicht auch schon mal in einer schwierigen Situation beigestanden, ohne dass du mich eigens darum gebeten hättest?«

Bei der Erinnerung daran stiegen Chac die Tränen in die Augen. Damals hatte er mit seiner Mutter in der Palastküche gelebt und als Chichimeke in einer Maya-Stadt keine Freunde gehabt. Eine Horde Jugendlicher hatte ihn in einer Seitenstraße bedrängt. Ein junger Prinz hatte ihn gerettet, sich mit ihm angefreundet und schließlich dafür gesorgt, dass der junge Chac in die berühmte Ballspielakademie aufgenommen wurde.

»Wenn du morgen an einem Strang mit mir ziehst, Bruder«, flehte Balám, »werden all meine Schulden getilgt und ich kann ein neuer Mensch sein. Ich werde nie wieder dem Glücksspiel frönen. Das schwöre ich beim Leben meiner Tochter.«

»Das hast du schon so oft versprochen«, kam es gepresst von Chac.

»Weil ich noch nie kurz davorstand, meine Familie zu verlieren! Dies hier war der Schock, den ich brauchte, Bruder. Ziyal zuliebe muss ich mich ändern. Ich werde dem Glücksspiel ein für alle Mal entsagen.«

Balám holte aus dem Beutel um seinen Hals Ziyals ersten Zahn heraus und zeigte ihn Chac. »Auf diesen Talisman schwöre ich. Ich hielt die Kleine in den Armen, als sie weinte, weil ihr allererstes Zähnchen ihr zu schaffen machte. Und als sie zu mir kam und mir stolz ihren ersten Milchzahn zeigte, den sie sich, weil er wackelte, selbst gezogen hatte, habe ich ihr zu Ehren ein Fest veranstaltet. Dieser Zahn erinnert mich an ihr Lächeln und daran, dass ich ihr auf ewig ergeben sein werde. Obendrein verfügt er über große Macht, es ist der wirkungsvollste Talisman, den ich besitze. Bruder, ich weiß, dass ich von einem bösen Geist besessen bin. Wenn ich aber morgen tue, was die Vereinigung von mir verlangt, wird der böse Geist ausfahren. Dessen bin ich mir sicher. Bitte!«

Chacs Schulter umklammernd, schluchzte Balám jetzt hemmungslos. Von seinem Versteck hinter dem Vorhang an der Türöffnung konnte Einauge Chacs Gesicht erkennen – verschlossene Züge, blass, die Lippen zu einer schmalen Linie zusammengepresst. Und dann sagte Chac: »Ich kann nicht zulassen, dass solches Unheil über meinen Bruder hereinbricht.« Mit angespannter, aber fester Stimme fügte er hinzu: »Mögen die Götter uns beiden gnädig sein.«

Einauge trat benommen den Rückzug an. Er würde es tun. Chac würde tatsächlich den Sieg verschenken.

Blindlings tappte er zu den Unterkünften der Dienerschaft. Panik überfiel ihn. In der festen Überzeugung, dass Mayapán gewinnen würde, hatte Einauge ansehnliche Wetten für das morgige Spiel abgeschlossen, ein Vermögen eingesetzt, das er gar nicht besaß! Wenn er verlor, würde er seine Schulden nicht begleichen können, und dann würde man ihn, Zwerg hin oder her, als Sklaven verkaufen.

Über schnarchende Mägde, Köche, Verwalter und Gärtner steigend, landete er schließlich bei Tonina und Tapferem Adler. Er schüttelte das Mädchen sanft, raunte ihr ein »Pscht« zu und bedeutete ihr, ihm zu folgen.

Draußen im Garten, unter einem runden Mond, berichtete er ihr von dem, was er erlauscht hatte. Tonina gähnte und rieb sich die Augen, weit davon entfernt zu erfassen, wovon Einauge da sprach. Auf der Perleninsel wurde auch ständig gewettet. Was war daran so schlimm?

»Auf den Inseln ist es was anderes!«, zischte Einauge und zwickte sie in den Arm. »Wach auf! Wir sind in Gefahr.«

Er wiederholte das Gespräch zwischen Balám und Chac, und diesmal begriff Tonina, worum es ging.

»Ich muss raus aus der Stadt«, schloss Einauge. »Etwas anderes bleibt mir nicht übrig. Beim ersten Tageslicht werde ich mich durchs Haupttor verkrümeln und auf dem Weg nach Süden sein, noch ehe man meine Abwesenheit bemerkt.«

Als sie sein Zögern bemerkte, fragte sie: »Um dich in Sicherheit zu bringen?«

Traurig schüttelte er den Kopf. »Ein Entrinnen gibt es nicht. Die Leute, die hohe Wetteinsätze annehmen, haben in allen Städten und Dörfern Augen und Ohren. Und da nun mal nicht zu leugnen ist, dass ich mit meinem Äußeren Aufsehen errege, kann mich keine Verkleidung der Welt retten.«
»Was also könnten wir sonst tun?«
Er sah Betroffenheit in Toninas Augen. Da war sie wieder, die Sorge um sein Wohlergehen. »Wir« hatte sie gesagt. Ein weiteres erstes Mal in seinem Leben. Unvermittelt kam ihm eine Idee. »Es gäbe wohl einen Weg, die Dinge zurechtzurücken.«
»Und der wäre?«
»Du musst Chac einen Schluck aus deinem Becher trinken lassen und ihm dann sagen, dass morgen Mayapán gewinnt.«
»Wie soll das helfen?«
»Verstehst du nicht?« Seine Rettung vor Augen, sprach er hastig weiter. »Du sagst Chac, dass seine Mannschaft gewinnt, das heißt, dass die Götter es bereits so bestimmt haben. Sich den Wünschen der Götter zu widersetzen, wird er nicht wagen.«
Tonina kaute auf ihrer Unterlippe herum. Sie hatte sich geschworen, nicht mehr zu lügen. Wenn sie sich nicht daran hielt, würde sie dann zur Strafe die Blume nicht finden?
Andererseits wollte sie Einauge helfen und auch Chac davor bewahren, sich den Hass der Götter zuzuziehen, indem er absichtlich das Spiel verlor. Außerdem hatte Paluma Tapferen Adler mit so viel Freundlichkeit bedacht. »Ich werde Chac die Zukunft deuten«, sagte sie schließlich. »Ich werde ihm sagen, dass er das Spiel morgen gewinnen wird, damit er seine Mannschaft nicht zwingt, es zu verlieren.«
Als sie am Morgen gerufen wurden, um eine Vorhersage zu treffen, erwartete Paluma sie allein. Chac war nicht da.

17

Von weit her waren die Menschen herbeigeströmt, um dem Dreizehnten Spiel beizuwohnen. Die *koxol* hatten alle Hände voll zu tun, Wetten entgegenzunehmen und Schuldscheine auszustellen. Oben auf den schrägen Wänden des Spielfelds standen Späher, die die erregte Menge über den Spielverlauf und die einzelnen Aktionen unterrichteten. Händler boten Waren feil, von Locken aus dem Haar der Ballhelden bis zu in Honig getauchte Tortillas.
Tonina, die hinter Paluma am offenen Ende des Feldes stand, fragte sich beklommen, ob Chac seine Ehre aufs Spiel setzen würde, um seinen Freund zu retten, während für Einauge bereits feststand, dass er, sollte Mayapán verlieren, so schnell wie möglich die Stadt verlassen, die nächstgelegene Küste anpeilen, ein Kanu erwerben und auf Nimmerwiedersehen verschwinden würde.
Als die Adligen und bevorzugten Zuschauer ihre Plätze an beiden Enden des Spielfelds einnahmen, ließ Yaxche in dem Trubel heimlich einen Becher zwischen die mit *kawkaw* gefüllten Gefäße in Palumas Korb gleiten. Der Sud, den sie der Rivalin zugedacht hatte, war versetzt mit einem Extrakt aus Frauenminze, einem Kraut, das Menstruation auslöste. Gegen Sonnenuntergang würde Paluma eine Fehlgeburt erleiden.
Auch H'meen, die königliche Botanikerin, war zugegen. Klein und zerbrechlich wie sie war, hatte sie einen Ehrenplatz zugewiesen bekommen; ihr kleiner dicker Hund lag zusammengerollt auf ihrem Schoß.
Als die beiden Mannschaften vor den Priestern Aufstellung nahmen und ihr leises Murmeln ertönte, starrte Tonina Chac an.

Sie hatte nur Augen für ihn, derweil Einauge sie im Flüsterton darüber informierte, ob ihm ein Spielzug ge- oder misslungen war. Im Verlauf des sich hinziehenden Vormittags schienen die Mannschaften gleichwertig zu sein, und zur Mittagspause, als es an der Zeit war, sich kurz die Beine zu vertreten, war der Punktestand von Mayapán und Chacmultún ausgeglichen.

Yaxche schielte immer wieder hinüber zu Paluma, die einen Becher *kawkaw* nach dem anderen leerte, und grinste hämisch, als Chacs Frau jetzt nach dem griff, den Yaxche ihr untergeschoben hatte. Wenn die Frauenminze Wirkung zeigte und es zum Abgang des Fötus kam, würde selbst die nachsichtige Paluma eine Wahrsagerin verwünschen, die eine Fehlgeburt nicht voraussagen konnte. Sie würde ihr den Laufpass geben, und dann konnte Yaxche das Mädchen zu sich nehmen.

Balám verpasste ein Zuspiel, und sofort buhte die Menge. Als Chac nach dem Ball hechtete und ihn ebenfalls verfehlte, erntete er dafür ein vielstimmiges verächtliches Johlen.

Überrascht von dem plötzlich so ungenauen Zuspiel, vergaß Yaxche Paluma und konzentrierte sich auf das Geschehen auf dem Spielfeld. Nicht zu glauben, die Mannschaft aus Mayapán war drauf und dran zu verlieren! Die Zuschauer machten ihrer Enttäuschung Luft, mit finsterer Miene besprach sich der König mit seinen Höflingen.

Yaxche beugte sich vor, sodass die zwei Schemel unter ihrem Gewicht ächzten, legte eine vollfleischige Hand auf ihren überbordenden Busen, riss den Mund auf. Für Tonina, die sie beobachtete, stand fest, dass Baláms Frau nichts von dem geheimen Abkommen zwischen ihrem Mann und Chac wusste.

Alle Zuschauer blickten jetzt gespannt auf das Spielfeld. Von beiden Mannschaften wurde der Ball abwechselnd vor- und zurückgetrieben. Es kam zu Ballabgaben, die ihr Ziel erreichten. Andere wurden vom Gegner abgefangen. Paluma wurde unruhig. Die Stirn von Yaxche krauste sich bedenklich. Ganz offensichtlich bahnte sich Dramatisches an. Drei Fehlpässe von Chac. Toninas Herz klopfte zum Zerspringen, das Spiel ging dem Ende zu, und die Anhänger von Chacmultún gaben sich bereits siegesgewiss.

»Großer Lokono«, flüsterte Tonina, »erleuchte das Herz des Mannes, den sie Chac nennen.«

Jetzt waren zwei Chacmultún-Spieler in Ballbesitz, spielten ihn sich auf dem Weg zu ihrem Reifen zu, während andere aus ihrer Mannschaft die aus Mayapán abblockten. Chac rannte neben Balám her, lauerte darauf, dazwischenzugehen. Den Blick nach vorn gerichtet, zur Torauslinie der Mannschaft aus Chacmultún, hinter der die Ehefrauen und Familien der Spieler saßen, nahm er ganz kurz Paluma wahr und hinter ihr das Inselmädchen, das seiner Frau einen Sohn prophezeit hatte.

Balám rückte dicht an die beiden aus Chacmultún heran, um ihnen den Ball abzujagen, als plötzlich, vor Tausenden gebannter Augenpaare, Chac seitlich vor Balám sprang, den Ball mit dem Ellbogen abfing, ihn hoch in die Luft und durch den Reifen beförderte und gleich darauf mit einem Satz, von dem man zweifelsohne noch jahrelang sprechen würde, abermals hochsprang, sich wie ein Wirbelwind drehte, den Ball ein zweites Mal, diesmal mit dem anderen Ellbogen, traf und ihn an die steinerne Mauer schoss, von wo er im spitzen Winkel abprallte und abermals durch den Reifen flog.

Die Menge explodierte. Ein Wunder! Noch nie hatte jemand den Ball *zweimal hintereinander* durch das steinerne Rund befördert.

Unbeschreiblicher Jubel brandete auf. Das Spielfeld wurde von begeisterten Zuschauern gestürmt. Wie eine Flutwelle strömten sie auf das aufgewühlte Spielfeld, rissen Spieler und Priester mit sich, hoben Chac und Balám unter Hochrufen auf die Schultern.

Die beiden Helden lächelten nicht. Aber niemand nahm Notiz davon. Chac war traurig, Balám zutiefst entsetzt. Beide wussten, was jetzt kommen würde. Sie hatten es bei anderen erlebt. Baláms Welt drohte einzustürzen. Er war drauf und dran, alles zu verlieren, und wenn es erst einmal mit seinem Heldenstatus vorbei war, drohte ihm unauslöschliche Schande.

Eigens dafür abgestellte Wachposten umringten die Familien der Siegermannschaft, um sie von fanatischen Anhängern abzuschirmen. Der Zwerg, unversehens ein reicher Mann, konnte nur noch ein fassungsloses »Großer Lokono!« ausstoßen.
Yaxche erhob sich von ihren Schemeln und bedachte Paluma, die den Extrabecher *kawkaw* noch nicht geleert hatte, mit einem maliziösen Lächeln. Es würde sich schon noch eine Gelegenheit ergeben, beschwichtigte sie sich, entschlossen, die Wahrsagerin in ihr Haus zu holen. Dann wandte sie sich ihrem heldenhaften Ehemann zu, der auf den Schultern seiner Anhänger eine Ehrenrunde absolvierte. Wenn sie während des Spiels über seinen laschen Einsatz besorgt gewesen war, erkannte sie jetzt, dass er das nur zum Schein getan hatte. Er und Chac mussten dieses umwerfende Finale Zug um Zug abgesprochen haben. Eine kluge Idee war das gewesen, die Begeisterung der Zuschauer kannte keine Grenzen. Sie waren bestens unterhalten worden, Prinz Balám würde mehr denn je vergöttert werden, war auch reicher geworden, denn soweit Yaxche wusste, hatte er eine hohe Summe auf den Sieg seiner Mannschaft gesetzt. Ab sofort gab es nichts, was er Yaxche abschlagen würde.
Nicht zuletzt würde das Mädchen mit dem Becher der Prophezeiung morgen ihr gehören.
Auch wenn die Anhänger anderer Spieler aus Mayapán ihre Idole ebenfalls auf die Schultern hoben, folgten die meisten doch Chac und Balám, als sie unter ohrenbetäubendem Beifall im Triumphzug durch die Straßen getragen wurden – von Männern, die das Glück gehabt hatten, ausgelost worden zu sein. Bei Chac handelte es sich um Mitglieder eines exklusiven Vereins, der sich die Neun Brüder nannte und sich für Ballspiele und Spitzenspieler begeisterte. Sie trugen die Farben von Mayapán und sangen ein eigens auf das Spiel, das Feld, den Ball und den Gewinner ausgerichtetes Lied.
Chacs Triumphzug nahm den Weg zu Palumas Villa, Baláms Gruppe schlug die Richtung zu dessen Villa ein, wo eine Feier stattfinden sollte. Als jedoch die lärmende Prozession in die schmale

Straße einbog, versperrten Wachen den Weg. Das Tor in Baláms hoher Mauer stand offen, Männer, bepackt mit Keramiken, Arbeiten von Bildhauern, Wandteppichen, kamen heraus.
Protestgeschrei erhob sich, aber Balám hieß die Menge schweigen. Man setzte ihn ab und sah sprachlos zu, wie er auf einen augenscheinlich wichtigen Mann, der sich mit einem Kassenbuch beschäftigte, zuging. »Was soll das?«, bellte er ihn an, obwohl er es sehr wohl wusste und damit gerechnet hatte, dies aber vor Hunderten von Bewunderern zu überspielen suchte.
Der blaugewandete Amtsdiener würdigte ihn kaum eines Blicks. »Wir treiben die Schulden ein«, sagte er lediglich.
Jetzt sah Balám den Mann mit den schweren Augenlidern, den Obersten der Vereinigung, unweit der Mauer stehen. »Gebt mir Zeit«, sagte er leise zu dem Mann mit dem unbeweglichen Gesicht. »Ich kann alles begleichen!«
Er erhielt keine Antwort. Stattdessen wurden weiterhin wertvolle Gegenstände aus dem Anwesen herausgeschafft.
»Was geht hier vor?«, ließ sich eine allseits bekannte Stimme vernehmen. Die Menge teilte sich, um Yaxche durchzulassen. Sie zwängte sich an den Gaffern vorbei und schritt auf das Tor zu, durch das gerade eine Holztruhe mit Kleidung, Sandalen und Kopfputz geschleppt wurde. Wütend versetzte Yaxche dem erstbesten Mann, der an ihr vorbeikam, einen derartigen Stoß, dass er das Gleichgewicht verlor und hinfiel.
Sofort umzingelten Wachposten die empörte Frau, packten sie an den fleischigen Armen. »Wie könnt ihr es wagen!«, schrie sie aufgebracht. Und zu Balám gewandt: »Gatte, ich verlange eine Erklärung!«
Noch ehe Balám antworten konnte, tauchte ein Soldat aus der Menge auf, mit der weinenden Ziyal auf dem Arm. »Ist dies das Mädchen?«, fragte er den Mann mit dem Kassenbuch.
»Die Tochter, ja«, murmelte der Kassenwart und hakte mit einem Stück Holzkohle einen Posten in seinem Buch ab.
»Was ...«, hob Balám an, während Yaxche nach ihrer Tochter griff. Der Soldat gab das Kind bereitwillig frei, denn gleich darauf

wurden Yaxche selbst, ungeachtet ihrer heftigen Gegenwehr, die Handgelenke gefesselt und ein Strick um den Nacken gelegt.
»Nehmt mich an ihrer Stelle«, flehte Balám mit erstickter Stimme den Vertreter der Vereinigung an. Er wusste, was nun drohte. »Lasst ab von meiner Familie. Verkauft stattdessen mich.«
Ausdruckslose Augen musterten ihn. »Sie sind mehr wert.«
»Ich bin nicht dafür verantwortlich, dass wir nicht verloren haben.« Balám bemühte sich, leise zu sprechen. »Ich habe es versucht! Und ich *habe* Chac überredet, mir zu helfen, das Spiel zu verlieren. Aber ... er hat mich im Stich gelassen. Alles ist *seine* Schuld. Ihr habt doch gesehen, dass ich Punkte für meine Mannschaft verschenkt habe. Ich habe mich an die Abmachung mit Euch gehalten. Chacs Ländereien und seine Besitztümer und seine Frau – die solltet Ihr Euch nehmen!«
»Chac ist ein Ehrenmann«, wurde ihm beschieden. »Wir respektieren, was er getan oder nicht getan hat. Die Verantwortung tragt allein Ihr, Balám.« Absichtlich unterließ er es, »Herr« hinzuzufügen, um Balám zu verdeutlichen, dass er nicht nur seinen Besitz und seine Familie verlor.
Als man sich anschickte, Yaxche und Ziyal wegzubringen, versuchte Balám die beiden zu umarmen. Aber seine Ehefrau spuckte ihm ins Gesicht und wandte sich ab, sodass er nicht einmal mehr an seine geliebte Tochter herankam. Zu guter Letzt warf Yaxche ihm noch einen hasserfüllten Blick zu, in dem keine Vergebung lag, und sagte: »Wenn unsere Tochter alt genug ist, werde ich ihr von dem schändlichen Verhalten ihres Vaters erzählen, auf dass sie, tagtäglich und so lange sie lebt, deinen Namen verflucht.«
Vier Bewaffnete führten Yaxche, die den Kopf stolz hoch hielt, durch die Menge. Der letzte Blick auf seine Familie, der Balám vergönnt war, war der auf Ziyal, die vom Arm ihrer Mutter aus die Hände nach ihm ausstreckte und »*Taati!*« rief.

Als Sklaven am vorderen Eingang ihren Herrn in Empfang nahmen, eilte ihm auch Paluma zur Begrüßung entgegen. Es war mitten in der Nacht, und Chac wirkte niedergeschlagen.

»Ich habe ihn nicht gefunden«, sagte er und nahm dankbar einen Becher Wasser entgegen. »Überall habe ich gesucht. Balám ist verschwunden.« Chac war übersät mit Kratzern, Schürfwunden und Blutergüssen. Eine Siegesfeier hatte nicht stattgefunden; wie ein Lauffeuer hatte sich verbreitet, was sich im Haus von Balám abspielte.

»Durch meine Schuld«, sagte Chac. »Wenn ich Baláms Bitte nachgekommen wäre, hätte er noch sein Haus und seine Familie.«

»Nein, Liebster. Du hast das Richtige getan. Die Spiele sind heilig. Und du bist ein Ehrenmann. Für seine Bereitschaft, einen derartigen Frevel zu begehen, hat Balám seine Seele den Neun Ebenen der Hölle preisgegeben.«

Chac war sich dessen nicht so sicher.

»Du musst morgen seine Frau und seine Tochter kaufen«, sagte sie.

Das hatte auch Chac bereits beschlossen. Egal, wie viel die beiden kosten würden – wenn nötig all ihre Besitztümer und Ländereien –, er würde dafür sorgen, dass Yaxche und Ziyal nicht in der Sklaverei landeten.

18

Die Versteigerung von Sklaven fand normalerweise alle zwanzig Tage statt, am ersten Tag des Monats. Weil das heutige Angebot jedoch aus dem Rahmen des Üblichen fiel, durfte eine Sonderversteigerung abgehalten werden. Nicht nur Yaxche und Ziyal standen zum Verkauf, sondern auch Baláms gesamtes Hauspersonal sowie persönliche Einrichtungsgegenstände. Dementsprechend eifrig wurde um Vasen, Wandteppiche, Statuen und Schmuck gefeilscht, um Dinge eben, die man seit langem begehrte.

Und diese Gegenstände kamen als Erstes an die Reihe, schon weil sich der Auktionator auf Dramatik verstand. Und weil sein Vorgehen sowohl Spannung wie satten Umsatz versprach, hob er sich die Ehefrau und die Tochter bis zum Schluss auf. Chac hatte sich nicht unter die Menge gemischt; er hielt sich unweit der dem Adel vorbehaltenen Stirnseite der Tribüne auf, auf der die Versteigerung stattfand. Man drängelte sich, um in seiner Nähe zu sein. Von ihm, der den Ball zweimal hintereinander durch den steinernen Reifen geschlenzt hatte, strahlte bestimmt Glück ab.

Tonina, Tapferer Adler und Einauge hatten Plätze fast in der vordersten Reihe der Menge ergattert. Einauge brummte der Schädel. Unmittelbar nach dem Sieg hatte er seinen Gewinn eingestrichen und dann zwei Damen aufgetrieben, in deren Gesellschaft er gefeiert und mächtig viel *pulque* in sich hineingekippt hatte.

Endlich wurde Yaxche vorgeführt. Mit schriller Stimme pries der Auktionator ihre Eigenschaften an, ihre edle Abstammung, die Namen ihrer Vorfahren und aller illustren Verwandten, die ihm geläufig waren. Sie trug ein scharlachrotes Baumwollgewand, das

ihren massigen Körper noch zu betonen schien. Mit hoch erhobenem Kopf suchte sie um jeden Preis ihre Würde zu bewahren und die johlende Menge zu ignorieren.
Dann wurde die kleine Ziyal gebracht, um deren Hals das Jade-emblem von Uxmal hing, das ihr Vater an seinem Gürtel getragen hatte und das ihn als einen Prinzen der königlichen Linie auswies; jetzt diente es als Beweis für das königliche Blut des Mädchens. Ziyals Gesichtchen war vom vielen Weinen rot und aufgedunsen, und aus ihrem Blick sprach Angst, als man sie nötigte, sich neben ihre Mutter auf die Plattform zu stellen, die vor den Zuschauern aufragte.
Chac fühlte sich elend. Er machte sich Vorwürfe. Kurz vor Spielende hatte er zur Stirnseite des Feldes geschaut und dort nicht nur seine Frau sitzen gesehen, sondern auch die Wahrsagerin, die Paluma einen Sohn vorausgesagt hatte. In diesem Augenblick war Chac klar geworden, dass er den Sieg nicht verschenken konnte.
Aber *etwas* konnte er für seinen Freund tun: dessen Ehefrau und die Tochter kaufen und ihnen die Freiheit schenken. Er machte sich bereit, seinen Kaufpreis auszurufen, in der Absicht, ihn so weit zu steigern, bis der letzte Mitbieter aufgab – als der Auktionator bekannt gab, dass die beiden soeben von einem anonymen Käufer in einer speziellen Transaktion erworben worden seien, einer sogenannten *tu'ux-a-kah* – »Wohlgefallen der Götter«.
Die Menge murrte, hätte die Versteigerung doch weiterhin recht anregend sein können. Als Mutter und Tochter abgeführt werden sollten, befreite sich Yaxche aus dem Griff der Wachposten und stürzte sich, »Ziyal!« schreiend, auf die Tochter, um dann unter Einsatz ihres gesamten Gewichts die Soldaten beiseite zu drängen, einen von ihnen sogar von der Tribüne zu stoßen, was die Menge mit dröhnendem Gelächter quittierte. Yaxche schloss ihr Kind in die Arme, wandte sich auf der Suche nach einem Fluchtweg nach allen Seiten um.
Noch mehr Wachen bauten sich auf der Plattform auf, der Auktionator rief zur Ordnung. Ziyal wurde der Mutter entrissen. Beide

kreischten, die Zuschauer jubelten oder buhten, Wetten wurden abgeschlossen. Chac versuchte, auf die Tribüne zu klettern, auf der Wachen bemüht waren, Yaxche zu bändigen. Trotz ihrer Leibesfülle erwies sie sich jedoch als bemerkenswert wendig, setzte ihr Gewicht als Waffe ein. Mit ihren Fäusten streckte sie zwei Wachposten nieder, einem weiteren rammte sie das Knie in die Leistenbeuge.
»Ziyal!«, schrie sie, als weitere Wachen sie umringten und das weinende Mädchen fortgeschafft wurde. Während Chac auf die Plattform kletterte, planlos, nur aus dem Gefühl heraus, die Frau seines besten Freundes unbedingt retten zu müssen, hatte sich der Wachposten, der Yaxches Knie zu spüren bekommen hatte, so weit erholt, dass er auf sie zu ging. Mit einem Schrei schwang er seinen Knüppel und ließ ihn, begleitet von einem schauerlichen *kra-ak*, auf Yaxches Schädel niedergehen.
Die Menge verstummte und beobachtete mit angehaltenem Atem, wie ihr Körper langsam und fast anmutig auf die Plattform sank und sich Gehirnmasse und Blut über die verwitterten Holzplanken ergossen.

19

Hinter der nördlichen Stadtmauer von Mayapán erhob sich ein gigantischer und übel riechender Wall, aufgetürmt aus dem Abfall der Bewohner – zerbrochenes Tongeschirr, vermodertes Obst, verdorbenes Essen, Innereien, Menstruationstücher, von unzähligen Wegen aufgekehrter Hundekot. Alles Dinge, die man nicht zu Hause aufbewahren durfte. Der Wall galt als so unheilvoll, dass er alle zwanzig Tage von städtischen Beamten abgefackelt wurde, damit der Rauch das spirituelle Gift von der Stadt fernhielt.

Dorthin schleppte sich, einen Strick in der Hand, Prinz Balám, einstmals von Tausenden als heldenhafter Ballspieler verehrt, ein liebevoller Ehemann und Vater, um sich zu erhängen.

Unter den Bewohnern war bekannt geworden, dass Balám *gegen* seine eigene Mannschaft gewettet hatte, was nur bedeuten konnte, dass er eine Niederlage beabsichtigt hatte. Damit erklärte sich auch sein mäßiges Spiel an jenem Tag. Schon erwähnte man seinen Namen nicht mehr; im ganzen Land galt er als derjenige, dem die Verachtung aller gewiss war.

Er konnte nicht vergessen, wie er vor seinem Haus gestanden hatte, als man seine Frau und seine Tochter abführte, wie Hunderte von Augenpaaren ihn angestarrt hatten und Zeugen seiner Schande und Erniedrigung geworden waren.

Dann die Nachricht von Yaxches Tod auf dem Gerüst der Sklavenauktion.

Von allen Formen, Selbstmord zu begehen, war Erhängen die einzig ehrenhafte. Stand ihm das zu? Oder forderten die Götter, dass er seinem Leben mit Gift oder einem Dolch ein Ende bereitete, auf dass seine Seele zur Neunten Ebene der Hölle fahre?

Er sank auf die Knie, schluchzte bitterlich. Wie die kleine Ziyal die Arme nach ihm ausgestreckt und »Taati!« gerufen hatte. Dieser Schrei würde ihm auf ewig in den Ohren hallen. Für den Rest seines Lebens würde er für alles andere taub sein, nur den Hilferuf seiner geliebten Tochter vernehmen.

Nicht imstande, Yaxche vor dem Knüppel eines Soldaten zu bewahren …

Er brach zusammen. Während er so inmitten von Dung und Dreck lag, spürte er, wie ein verhängnisvolles Gift durch seine Adern strömte. Er schloss die Augen, durchlebte noch einmal die Endphase des Spiels, als Chac den Ball abgefangen und, nur für Balám zu verstehen, gesagt hatte: »Ich kann den Sieg nicht verschenken, ich muss an meinen Sohn denken.« Und dann hatte er mit einer eleganten Drehung den Ball durch den Reifen geschlenzt.

Und jetzt war Balám der erbärmlichste Mann weit und breit.

Er wollte sterben. Aber das Gift begann in seinen Adern zu pulsieren, und er spürte, wie in seinem Hals das Leben pochte. Inmitten des Gestanks von Kot und Urin durchfuhr ihn ein neuer, machtvoller Gedanke: ehe er diese Welt verließ, sollten erst andere sterben.

Chac und Paluma, die ihm das eingebrockt hatten. Und die Wahrsagerin ebenfalls, weil sie Paluma einen Sohn prophezeit und deshalb Chac davon abgehalten hatte, ihm, dem Bruder, zu helfen. Es war *deren* Schuld, dass sie nicht verloren hatten.

Baláms Schluchzen erstarb. Er richtete sich auf und fuhr sich mit der schmutzigen Hand übers Gesicht. Erniedrigt und aller Hoffnung bar, bemächtigte sich seiner eiskalte Ruhe. Es gab kein Nachdenken mehr, nur Urinstinkte beherrschten ihn jetzt. Hass. Rachegelüste. Als die Männer von der Vereinigung sein Haus geplündert hatten, hatten sie auch ihn, Balám, ausgeraubt. Vor den Augen der Gaffer hatte man dem gefallenen Prinzen sein erlesenes Lendentuch, den Umhang sowie den Schmuck abgenommen – Armbänder, die Reifen um die Fesseln, Ohrringe, die Stecker in

Nase und Lippe –, nicht zu vergessen seine Sandalen. Barfüßig und nur mit einem einfachen Lendenschurz bekleidet hatten sie ihn stehen lassen, wie einen armseligen Bauern; lediglich an zwei Halsketten hatten sie nicht gewagt, Hand anzulegen, weil dies gegen ein Tabu verstoßen hätte: an der einen hing der kleine Beutel mit Ziyals Milchzahn, an der anderen das Jadeamulett, das Balám an dem Tag erhielt, da er mannbar geworden war und sich dem schmerzhaften und mit viel Blut verbundenen Ritual der Durchstechung seines Genitals unterzogen hatte.
Daran dachte Balám jetzt nicht. Nur daran, dass die Verantwortlichen für das, was sie angerichtet hatten, büßen sollten. Was danach kam, was aus ihm wurde, war unwichtig. Hauptsache, die drei wurden bestraft …

Paluma wünschte sich, Chac hätte sich nicht noch einmal aufgemacht, um seinen Freund zu suchen, nicht um diese späte Stunde, zu der man vernünftigerweise nicht das Haus verließ. Es ging ihr nicht gut, und sie hätte ihren Mann gern in ihrer Nähe gewusst. Aber Chac fühlte sich dem Freund verpflichtet und war in großer Sorge um ihn, und sie wusste, dass erst wenn er Balám fand und die beiden brüderlich vereint waren, im Haus wieder Frieden einkehren würde.
Sie ging in ihrem Schlafzimmer hin und her, entzündete Weihrauch, sang Gebete. Paluma hing dem Kult des Wiederkehrenden Gottes an. Vor etlichen Generationen weilte Kukulcan – dessen Pyramide die große Plaza in Mayapán beherrschte – als weiser König und Heiler auf Erden. Bevor er auf einem aus Schlangen zusammengefügten Floß in See stach, um über das östliche Meer zu fahren, hatte er versprochen, eines Tages zurückzukehren. Dann würde ein Zeitalter des Friedens und der Harmonie anbrechen. Zu ihm betete Paluma jetzt und hoffte, dass der Weihrauch ihr Flehen den erhabenen Ohren der gefiederten Schlange Kukulcan zutrug.
Auch andere Gottheiten bevölkerten Palumas Schlafzimmer. Auch zu ihnen betete sie, immer wieder innehaltend, um in die

Nacht zu lauschen, auf Chacs vertraute Schritte vor ihrer Tür. Aber alles, was sie hörte, war gedämpftes Murmeln draußen im Korridor. Eine Stimme, die auf jemanden einsprach. Paluma hatte die Wahrsagerin gebeten, dort zu schlafen. Das Mädchen war einverstanden gewesen, vorausgesetzt der stumme Jüngling dürfe ihr Gesellschaft leisten. Diese beiden befanden sich also vor der Schlafzimmertür – eine Prophetin und ein verzauberter Knabe – und würden bestimmt böse Geister fernhalten.
Böse Geister mochten zwar ferngehalten werden, dafür aber kletterte eine andere Art von Dämon in diesem Augenblick über die hintere Mauer und hangelte sich leise in den Garten hinunter.
Balám hielt inne, schaute sich um, lauschte. Dann schlich er wie ein Tier in geduckter Haltung auf das schlafende Haus zu. Er wollte kurzen Prozess machen, Kehlen und Brüste aufschlitzen, so viele umbringen, wie er mit dem Messer aus Obsidian, das er gegen sein Jadeamulett eingetauscht hatte, erwischen konnte.
Die dünne Frau wollte er sich als Erste vornehmen. Mit Chacs Sohn im Leib schlief sie bestimmt sanft auf ihrer Matte.
Zu seiner Überraschung sah er jedoch, als er durch eine Hintertür in den Korridor schlüpfte, dass in Palumas Schlafzimmer noch Licht brannte.
Als die Hausherrin, die gerade dabei war, den Hausgöttern ein Opfer darzubringen, ein Geräusch hörte und einen Schatten an der Wand bemerkte, wollte sie schon um Hilfe rufen, sah dann aber, dass die Umrisse, die sich im flackernden Licht der Öllampen bewegten und immer wieder veränderten, die eines Mannes mit gekrümmtem Rücken waren.
Ein Buckliger! Die Prophezeiung der Wahrsagerin erfüllte sich.
Paluma eilte zur Tür, um den Glück verheißenden Mann einzulassen. Warum er hier war, wusste sie nicht, aber sie war unsagbar glücklich, dass die Weissagungen aus dem Becher wahr wurden, bedeutete dies doch, dass sie tatsächlich einen Sohn erwartete.
Sie erschrak, als der gebückt gehende Besucher ins Licht trat. »Balám! Was führt dich denn hierher?« Sie musterte sein elendes Äußeres, den schmutzverkrusteten Körper, das zerzauste Haar.

»Chac sucht dich überall. Wo hast du gesteckt? Komm näher, du musst hungrig und durstig sein.«
Und dann sah sie den Dolch in seiner Hand.
Sie wich langsam zurück, hob die Hände. »Bitte«, hob sie an. Er stürzte sich auf sie. Die Klinge aus Obsidian blitzte auf. Paluma wollte schreien, aber Baláms Hand hielt ihr den Mund zu. Sie wand sich unter seinem Griff. Die Augen weit aufgerissen vor Angst, sah sie die Waffe auf sich zukommen. Es gelang ihr, den Angreifer in die Hand zu beißen. Balám knurrte auf, das Messer entglitt ihm. Sie entwand sich seinem Griff. Er griff wieder nach ihr, packte sie am Arm. Als sie versuchte, sich zu befreien, versetzte er ihr einen heftigen Stoß in den Magen. Sie knickte, ihren Leib umfassend, zusammen, taumelte, stolperte, während Balám das Messer suchte, über eine ausladende Urne, die mit lautem Getöse auf dem Boden zerschellte.
»Herrin?«, hörte man jemanden jenseits der Türöffnung rufen. »Ist alles in Ordnung mit Euch?«
Verdattert wandte sich Balám der Tür zu. Als die Stimme abermals rief, suchte er das Weite.
Tonina schob den Türvorhang zur Seite. Als sie Paluma zusammengekrümmt auf dem Boden liegen sah, gab sie Tapferem Adler zu verstehen, dass es einen Unfall gegeben habe und er Hilfe holen solle, und eilte dann zu Paluma, um ihr beizustehen.
Paluma konnte sich vor Schmerzen nicht bewegen.
Und dann sah Tonina, dass sie blutete.
»Hilf mir«, stöhnte Paluma. »Ich verliere mein Kind …«
Balám hatte das Haus nicht verlassen, sondern sich in der Nähe versteckt. Er bekam mit, wie Tonina um Hilfe schrie und sich dann hinkniete, um Palumas Kopf auf ihren Schoß zu betten.
Paluma bemühte sich krampfhaft, etwas zu sagen.
»Ich verstehe nicht«, klagte Tonina.
Wieder flüsterte Paluma etwas, mit gepresster, stockender Stimme.
Tonina verstand nur ein Wort: *k'iinaam*, was, wie sie wusste, der Maya-Ausdruck für »Todesangst« war.

Als Balám aus seinem Versteck Paluma mit dem Tode ringen sah, beschloss er, Chac am Leben zu lassen und all dies hier seinem Gewissen aufzubürden. Sollte ein Mann des Nachts, wenn Dämonen und Kobolde ihr Unwesen trieben, nicht bei seiner Frau sein? Es war Chacs Schuld, dass Paluma sterben musste. Jetzt würde er erfahren, wie schmerzhaft es war, die Ehefrau zu verlieren.

Balám schlüpfte hinaus in die Nacht, im selben Augenblick, da Chac durch den Haupteingang in die Villa stürmte, gefolgt von den Dienern, die ihm aufgeregt berichtet hatten, dass Paluma etwas zugestoßen war.

Tränenüberströmt schaute Tonina zu ihm auf. »Sie muss über den Teppich gestolpert und an die Urne geprallt sein ...«

Chac sank auf die Knie, konnte es nicht fassen.

Tapferer Adler und die Diener verharrten schweigend an der Türöffnung.

Chac sah Tonina mit schmerzerfülltem Blick an. »Hat sie ... etwas gesagt, bevor ...?«

Tonina verstand ihn nicht. Umso erleichterter war sie, als sie sah, wie Einauge sich an den Dienern vorbeidrängelte. Eine Alkoholfahne verströmend und mit Spuren von Schminke auf Hals und Gesicht, trat er neben sie.

Chac wiederholte seine Frage. Der Zwerg übersetzte und wartete auf Antwort.

Tonina wollte nicht lügen, brachte es aber auch nicht über sich, Chac die Wahrheit zu sagen. Auf der Perleninsel fürchtete man sich vor einem sich hinziehenden Sterben, weshalb es Brauch war, einem Menschen in diesem Zustand aus dem Leben zu helfen. Dadurch, so glaubte man, würde der Geist davor bewahrt, wirr zu werden, und der Zutritt zum Paradies wäre sichergestellt. Ein langsames Sterben rief Geister auf den Plan, die die Lebenden heimsuchten. Und Dämonen bemächtigten sich zuweilen der Seelen der Sterbenden.

Sie konnte ihm unmöglich sagen, dass das letzte Wort seiner Frau »Todesangst« gewesen war.

»Eure Gemahlin war sofort tot«, sagte sie leise. »Sie hat nichts mehr gesagt. Sie war sich nicht bewusst, dass sie sterben würde.«
Chacs Gesicht verzerrte sich schmerzhaft, ein erstickter Laut entrang sich seiner Kehle. »Ich hätte bei ihr sein müssen! Dann hätte ich sie vielleicht retten können! Ich bin schuld, dass sie gestorben ist!«
Blitzartig wurde ihm klar, dass er sich durch seine Zusage, das Spiel zu verlieren, den Zorn der Götter zugezogen hatte. Dass er sich dann anders besonnen und sein Wort nicht gehalten hatte, tat nichts zur Sache. Er war bereit gewesen, den Göttlichen Plan zu durchkreuzen! Und jetzt wurde er dafür bestraft. Außerdem war Paluma gestorben, ohne ein Schuldbekenntnis ablegen zu können, weshalb ihre Seele und die ihres ungeborenen Sohns für immer verloren waren. Um nie wieder aufzuerstehen.
Blind vor Schmerz und Zorn sprang er auf, rannte zu dem kleinen Hausaltar. Die Statuen von zwei Göttern, die Paluma hätten beschützen sollen, gingen zu Bruch. Als er nach der von Kukulcan griff, eilte Tonina auf ihn zu und entwand ihm die kleine Figur, noch ehe er sie zu Boden schleudern konnte.
Ein Nachbar kam angerannt, Hu Imix, ein wohlhabender Rechtsgelehrter und guter Freund von Chac und Paluma. Er und seine Frau waren von dem Lärm wach geworden, der durch die geöffneten Fenster und über die Gartenmauern hinweg drang. Entsetzt blickte er nun auf die Szene, die sich ihm bot: Paluma, die in einer Blutlache lag, neben ihr ein kniender Zwerg, überall Bruchstücke von zerschmetterten Götterstatuen, Chac und die Wahrsagerin, beide die Hand an dem Abbild von Kukulcan.
Was hatte sich hier ereignet?

Wie ein Lauffeuer verbreitete sich die Nachricht. Weitere Freunde und Nachbarn stellten sich ein, sahen Chac auf dem Boden knien, den leblosen Körper seiner Frau in den Armen wiegend. In den Korridoren wurde eifrig getuschelt. Hu Imix schickte den Obersten Verwalter der Villa mit einem dringenden amtlichen Auftrag los, und kurz darauf erschienen Stadtwachen in Begleitung eines

Priesters mit Sondervollmacht, dem es zukam, das Volk vor Frevel und Gotteslästerung zu beschützen. Die Dienerschaft wurde befragt; sie sagten aus, Chac und die Wahrsagerin hätten die Abbilder der Hausgötter zertrümmert. Sie hätten geweihte Heiligtümer entehrt und die Götter höchstpersönlich verflucht.

Vier Männer waren nötig, um Chac die Leiche von Paluma zu entwinden. Als sie seinen Griff schließlich gelockert hatten, sackte er in sich zusammen und erhob keinen Einspruch, während man ihm die Handgelenke fesselte. Tonina dagegen schrie auf, als man sie packte, und als sie abgeführt wurde, warf sie Einauge, der bleich und völlig verdattert zurückblieb, einen flehenden Blick zu.

Man steckte die beiden in einen Verschlag neben dem Palast. Chac sprach nicht, starrte mit glasigen Augen vor sich hin. Weil niemand für sie übersetzte, begriff Tonina nicht, was vor sich ging.

Obwohl es Nacht war, strömte die Menge zusammen, ausgestattet mit brennenden Fackeln, um Gespenster und böse Geister abzuwehren. Als Einauge zu Ohren kam, dass ein Tribunal abgehalten werden sollte, eilte er zurück zur Villa, in der helle Aufregung herrschte: Die Dienerschaft fürchtete sich vor Bestrafung, weil sie bei einem Gotteslästerer in Brot gestanden hatte.

Zusammen mit Tapferem Adler, der erstickte Laute von sich gab, schlüpfte Einauge unbeobachtet in die Unterkünfte der Dienstboten, zu ihrem Gepäck. Er durchwühlte Toninas Reisesack, zog den kleinen Beutel mit den Perlen heraus, zählte sie. Würden sie ausreichen, um die Wachen zu bestechen, damit sie ihn zu einer Audienz vorließen? »Möglich, dass der König mich anhört«, sagte er zu Tapferem Adler und schob den Beutel in den Bund seines Lendenschurzes. »Vielleicht kann ich mit ihm ein Abkommen treffen. Ich bin immerhin ein einäugiger Zwerg. Einen, der mehr Glück bringt als ich findest du nicht. Seine Großherzige Güte wäre ein Narr, mich nicht in seine Dienste zu nehmen und Tonina dafür die Freiheit zu schenken. Was Chac anbelangt, so … Was soll das denn?«

An der Türöffnung stand das Küchengesinde und diskutierte aufgeregt miteinander. Einauge spitzte die Ohren. Wölbte die Brauen. Und dann grinste er.
»Mach dir keine Sorgen, junger Freund.« Er tätschelte den Arm von Tapferem Adler. »Ganz plötzlich verfüge ich über die wertvollste Information überhaupt. Eine Information, die uns sehr nützlich sein wird.«
Und dann berichtete er Tapferem Adler etwas höchst Erstaunliches.

20

Nichts geschieht zufällig. Die Maya waren felsenfest davon überzeugt, dass der Kosmos sich nach einem Göttlichen Plan richtete, von den Bewegungen der Sterne bis hin zum Stuhlgang eines Bauern. Wenn etwas schiefging, war das ein Zeichen dafür, dass die Götter nicht einverstanden waren. Dann wurde das Problem analysiert, eine Lösung gesucht und die Befriedigung der Götter betrieben – entweder indem man süß duftenden Weihrauch zum Himmel schickte oder die Erde mit menschlichem Blut tränkte.
Nach vielen Beratungen unter Priestern und Astrologen, einer genauen Prüfung des Himmels und dem Studium alter Texte wurde der günstigste Tag für das Tribunal bestimmt, um über das Ausmaß von Chacs Vergehen gegen die Götter zu befinden und sich über die entsprechende Versöhnung einig zu werden, damit die Welt wieder ins Lot kam. In der Zwischenzeit wurde Paluma eingeäschert. Gebete wurden gesprochen und Weihrauch verbrannt, weil sie gestorben war, ohne Gelegenheit gehabt zu haben, vorher ein Schuldbekenntnis abzulegen.
Die Angst ging um, angefangen beim König bis hin zum niedrigsten Sklaven. Ein Frevel war begangen worden. Was um alles in der Welt hatte sich im Hause des großen Chac abgespielt? Wie konnte ein so verehrter Mann von einem derartigen Unglück heimgesucht werden? Da hatten seine Anhänger noch den Sieg im Dreizehnten Spiel gefeiert, als die Götter seine Frau und das ungeborene Kind niedergestreckt hatten. Erst Baláms unglückliche Gattin, dann die von Chac. Was hatte das für die Menschen

in Mayapán zu bedeuten? Es war eindeutig der Wille der Götter gewesen, dass Paluma eine Fehlgeburt hatte erleiden sollen und gestorben war. Chac jedoch hatte Unvorstellbares getan: Gegen die Götter von Mayapán zu wüten und sie zu verfluchen, bedeutete, den Göttlichen Plan anzuzweifeln. Würden die Götter in ihrem Zorn die ganze Stadt bestrafen?

Sühne musste geübt werden. Chac indes schwieg verbissen. Weder verteidigte er sich, noch nahm er seine frevelhaften Worte zurück. Stumm stand er vor dem öffentlichen Tribunal auf der Plaza, während jenseits des Rings aus Soldaten die Bevölkerung in atemlosem Schweigen verharrte und nur der exklusive Club der Neun Brüder sich wehklagend an die Brust schlug.

»Sprich endlich, Mann«, raunte Hu Imix energisch dem neben ihm stehenden Chac zu. Obwohl Mayapán eine Theokratie war, in der hauptsächlich das göttliche Gesetz regierte, bedurfte es zusätzlich weltlicher Gesetze. Hu Imix war für Fälle zuständig, die nicht die Einbeziehung der Götter erforderlich machten: Erbschaft, Scheidung, Eigentumsansprüche und private Auseinandersetzungen. Auch wenn es im vorliegenden Fall um Frevel ging, hatte er sich Chac als Verteidiger zur Verfügung gestellt. »Widerrufe, und wir opfern an deiner Stelle einen Gefangenen. Dann werden die Götter versöhnt sein.«

Aber Chac verharrte in Schweigen.

Erst als Hu Imix sagte: »Das Mädchen zu opfern reicht nicht«, blinzelte Chac und ging so weit aus sich heraus, dass er Tonina anschaute und dann murmelte: »Sie hat nichts damit zu tun. Sie ist unschuldig.«

Aber was aus dem Mädchen wurde, interessierte niemanden. Sie musste sterben, gewiss doch, aber welch schäbiges Opfer war sie angesichts ihrer niedrigen Herkunft. Nein, in diesem speziellen Fall war edles Blut gefordert.

Seine Großherzige Güte, der, angetan mit seinem schillerndsten Gewand, auf einem hohen Thron saß, brütete verdrossen vor sich hin. Chac war Mayapáns bester Ballspieler. Sie hatten bereits Prinz Balám verloren – niemand wusste, wo der arme Kerl abgeblieben war. Und jetzt auch noch Chac! Unglücklicherweise war das Reservoir an Ersatzopfern gegenwärtig erschöpft. Maya-Herrscher pflegten mit schöner Regelmäßigkeit Angehörige des Adels aus anderen Städten festzunehmen und einzusperren, denn nur sie konnten den Göttern geopfert werden. Aber nun gab es keinen geeigneten Mann. Somit würde Mayapán Chac verlieren und folglich alle künftigen Ballspiele.

»Sprich!«, zischte Hu Imix zum letzten Mal, weil er wusste, dass Seine Großherzige Güte jetzt zu einer Entscheidung gezwungen wurde, auf die niemand erpicht war.

Aber der heldenhafte Ballspieler hatte sich in sich selbst zurückgezogen, so als wäre er bereits tot.

Das Urteil erging und wurde in der ganzen Stadt verkündet: Die beiden Frevler sollten den Göttern geopfert werden.

21

Drei Tage lang bereiteten sich der Königshof von Mayapán, die verschiedenen Priestergruppen, Soldaten, städtische Beamte und hochrangige Persönlichkeiten auf das heilige Fest vor: Innerhalb der Stadtmauern stieg wohlriechender Rauch empor, das Schmettern von Trompeten und stetes Trommeln erfüllten die Atmosphäre. Als alle auf der Hauptplaza versammelt waren und man zu Kukulcan in seinem Tempel hoch droben gebetet und ihm Weihrauch dargebracht hatte, setzte sich die vielköpfige Prozession in Bewegung, angeführt von der königlichen Familie und gefolgt von Höflingen, dem Adel und Kaufleuten sowie allerlei Volks, um sich dem Zug anzuschließen, der die Stadttore passierte und gesetzten Schritts den Marktplatz überquerte. Von dort aus ging es vorbei an Feldern, die ehemals Wald gewesen waren, an Sandsteinbrüchen und Bauernhöfen, um schließlich über die breite und ebenmäßige Weiße Straße nach Chichén Itzá zu gelangen, wo die uralten Götter der Maya die Seelen der beiden Opfer in Empfang nehmen sollten.

Tonina und Chac, auf kleinen Thronen sitzend, wurden auf den Schultern eigens dafür ausgewählter Priester getragen. Während Chac unbeweglich und stumm wie eine Statue verharrte, lauerte Tonina ungeachtet der Priester und Wachposten um sie herum sowie der Menschenmenge, die ihnen folgte, auf eine Gelegenheit zur Flucht.

Man übernachtete auf einem freien Platz am Straßenrand, zog den ganzen nächsten Tag feierlich gestimmt weiter und erreichte gegen Abend die verlassene Stadt. Auf der einstmaligen Plaza wurde ein befestigtes Lager errichtet, das sich von der Pyramide des Kukulcan bis zu dem Spielfeld erstreckte, das Tonina und Tapferer Adler seinerzeit entdeckt hatten.

Obwohl Einauge alles versuchte, um Tapferen Adler zu beschwichtigen, war der Junge vor Besorgnis außer sich und derart erregt, dass er keinen Bissen hinunterbrachte und auch nicht schlafen wollte; ständig schaute er zu dem kleinen Zelt hinüber, in dem Tonina gefangen gehalten wurde. »Beruhige dich doch, mein stummer Freund. Im Augenblick hat Tonina nichts zu befürchten. Eins muss man den Maya lassen – sie gehen mit denen, die sie zu opfern gedenken, pfleglich um.«
Tonina kam es keineswegs vor, als ginge es ihr gut. Gewiss, da bearbeiteten Frauen ihr Haar, massierten ihren Körper mit süßlich duftendem Öl und hüllten sie in Baumwolle, die so weich war, dass man sie kaum auf der Haut spürte. Dennoch behielt sie ununterbrochen die Zeltöffnung im Auge, die nur mit einer Stoffklappe abgedichtet war, durch die jeden Moment Tapferer Adler und Einauge auftauchen mussten, um sie davor zu retten, enthauptet zu werden, ein für die Bewohner der Perleninsel unehrenhafter und unwürdiger Tod.
Vor dem Tod an sich hatte Tonina keine Angst. Die Inselbewohner glaubten, dass nach dem Tod die Seele den Körper verließ und sich für eine Weile auf Wanderschaft begab, um dann wundersamerweise in den Himmel getragen zu werden, zu den anderen Seelen. Der Tod war keineswegs etwas Bedrohliches, sondern ein Ereignis, dem man bewusst entgegensah. Wovor Tonina Angst hatte, war, nicht lange genug zu leben, um das Versprechen einzulösen, das sie dem Großvater gegeben hatte.
Ich habe ihn im Stich gelassen.
Tränen strömten ihr über die Wangen, verschmierten die heiligen Symbole, die ihr die Wachposten aufs Gesicht gemalt hatten. Jetzt, im Angesicht des Todes, kam dem Leben mit einem Mal größere Bedeutung zu, es wurde kostbarer. Was hätte sie darum gegeben, nur einen einzigen Tag länger bei ihrem Volk zu sein … noch

einmal zu tauchen, sich Guamas Eintopf schmecken zu lassen, zu Füßen Huracans sitzend einer Geschichte zu lauschen.
Auch an Chac dachte sie. Wie er weinend auf dem Boden gekniet und die Leiche von Paluma in den Armen gewiegt hatte. *Ihn habe ich ebenfalls im Stich gelassen,* durchzuckte es sie. Paluma hatte sie gebeten, nur für diese eine Nacht vor ihrem Zimmer Wache zu halten, und das Ende war eine Tragödie gewesen.

22

Der nächste Morgen begann mit Gebeten und Tänzen, Soldaten paradierten in wechselnden Formationen, Trompeten erschallten, und die riesige Menschenmenge sah erwartungsvoll dem Ritual entgegen.

Endlich war es so weit. Unter der Mittagssonne versammelten sich die Zuschauer auf der ehemaligen Plaza vor der Kukulcan-Pyramide, Trommeln schlugen in monotonem Takt, und die Prozession machte sich auf den Weg über den sogenannten heiligen Damm, zog, vorbei an verlassenen Behausungen und verfallenen Farmen, durch dichtes Waldgebiet. Musikanten spielten fröhliche Weisen, man klatschte in die Hände, um die Götter auf ein freudiges Ereignis einzustimmen. Auf schwachen Beinen schleppte sich Tonina dahin, sah sich immer wieder nach Rettung um, die sich nicht einzustellen schien. Vor ihr, inmitten einer Gruppe von Priestern, ging Chac, den Körper mit Gold und Jade geschmückt.

Schließlich gelangte die Prozession zu einem großen offenen Gelände, das rundum dicht mit Bäumen umstanden war. Was sich in der Mitte dieses Kreises befand, nahm Tonina mit weit aufgerissenen Augen erst wahr, als sie eine Treppe im Kalksandstein hinaufgeführt wurde.

Sie befanden sich am Rande eines riesigen Trichters im Kalksandsteinboden des Waldes, einem Schacht, der mit dunkelgrünem Wasser gefüllt und mit Schaum und Moskitos durchsetzt war. Auch etwas Herbstlaub schwamm auf der Oberfläche. Gespenstisch und abstoßend, dieser Trichter. Sollte etwa hier die Enthauptung stattfinden?

Unheilvolle Stille breitete sich aus. Chac und Tonina mussten nebeneinander auf einem schmalen, flachen Vorsprung Aufstellung nehmen. Tonina musterte die Gesichter derer, die am Rande des Wasserlochs standen, und erschrak, als sie Chacs Mutter entdeckte, diese bemitleidenswerte Alte, die in gebeugter, demütiger Haltung dastand, den Umhang über den Kopf gezogen, wie um sich zu verstecken. Tonina sah hinüber zu Chac. Auch er hatte seine Mutter erspäht, und zum ersten Mal seit dem Tod von Paluma verriet er Gefühle. Zorn? Verachtung? Wie schrecklich für die arme Frau, Zeugin der unehrenhaften Hinrichtung ihres Sohnes werden zu müssen.

Wo aber blieben Einauge und Tapferer Adler? Tonina hatte fest darauf vertraut, dass die beiden sie retten würden. Aber weit und breit war nichts von ihnen zu sehen.

Ein weiterer Augenzeuge – Prinz Balám – verbarg sich hinter den Bäumen. Wie aus einem inneren Zwang heraus war er in einigem Abstand der Prozession gefolgt, in blinder Verzweiflung die Weiße Straße entlanggestolpert. Chac sollte den Göttern geopfert werden, und das bedeutete, dass seine Seele geradewegs zum Dreizehnten Himmel emporsteigen würde.

Und das war ganz gegen Baláms Absicht. Wenn es nach ihm gegangen wäre, hätte Chac weiterleben sollen, verbittert und voller Schuldgefühle.

Eine Trompete erschallte. Priester traten vor, hüllten die Szene in Weihrauch. Feierlich wurden Tonina und Chac mit schwerem Jadeschmuck und steinernen Gewichten behängt. Hatte es nicht geheißen, sie würden enthauptet werden? Tonina schaute hinunter auf das Wasser. Sollten sie etwa in den Schacht gestoßen werden? Das führte doch zu nichts, denn man brauchte doch nur zum Rand zu schwimmen und hochzuklettern. Was war das für ein Opfer, wenn der, der geopfert werden sollte, überlebte?

Hielten sich vielleicht dort unten furchterregende Monster auf?

Erneut kroch Angst in ihr hoch. Sie atmete tief durch. Bekam sie es etwa mit dem Ungeheuer zu tun, dessen Knochen auf dem

Grunde der Lagune lagen? Das wäre schlimmer als eine Enthauptung. Wenn einem Glied um Glied ausgerissen wurde …
Sie spürte eine harte Hand auf dem Rücken, und gleich darauf wurden sie und Chac vom Rand gestoßen.
Ein Aufschrei ging durch die Menge.
Gemeinsam stürzten sie durch den leeren Raum, prallten auf dem Wasser auf und sanken nach unten. Im Nu hatte Tonina die schweren Gewichte abgestreift und schwamm hinauf zur Oberfläche, während Chac neben ihr wie ein Wahnsinniger strampelte und immer wieder Luftblasen ausstieß. Er hatte es zwar geschafft, sich von den Gewichten zu befreien, konnte aber, wie Tonina erschrocken feststellte, nicht schwimmen. Da er tiefer und tiefer sank, tauchte sie zu ihm hinunter. Auf dem Boden des Brunnenschachts erblickte sie bereits die herumliegenden Skelette zahlloser Opfer aus der Vergangenheit. Demnach stand zu befürchten, dass das gefräßige Ungeheuer jeden Moment auftauchen, sie im Ganzen verschlingen und ihre Knochen ausspucken würde.
Sie musste unbedingt Chac erreichen, ehe er versuchte, Luft zu holen. Sie griff nach ihm und zog ihn an sich, presste ihren Mund auf seinen, ließ ein wenig Luft aus ihren Lungen entweichen, bewegte die Beine hin und her, um mit Chac an die Oberfläche zu gelangen. Das war schwierig, weil er sie in blinder Panik abwehrte und sich von ihr freizumachen versuchte. Sie aber hielt ihre Lippen fest auf seinen Mund gepresst und schwamm mit kräftigen Beinstößen hinauf zum Licht.
Seine Gegenwehr ließ nach, schlaff hing er in ihren Armen. War er tot?
Toninas Mund lag noch immer auf dem von Chac, als sie an der Oberfläche auftauchten. Sie hielt ihn über Wasser, pumpte Luft in seine Lungen, ging dann, ohne ihn loszulassen, ein wenig auf Abstand und drückte mit der freien Hand auf seinen Brustkasten. Wasser rann aus seinem Mund. Leblos hing er in ihren Armen, die Augen geschlossen, leichenblass. Wieder beatmete sie ihn von Mund zu Mund, ungeachtet der Menge, die, sprachlos vor Staunen, von oben zusah.

Als Chac schließlich hustete und röchelte, hallten die Geräusche, die er von sich gab, von den Kalksandsteinwänden des Schachts wider, und gleich darauf vernahm man spontanen Jubel der Zuschauer, die begriffen hatten, dass die Opfer mit dem Leben davongekommen waren.

Tonina scherte sich nicht um das, was jetzt folgte. Schwer atmend, den Arm unter Chacs Kinn, schwamm sie zum Rande des Beckens und suchte im zerklüfteten Kalksandstein nach Vorsprüngen, an denen sie sich hinaufhangeln konnte. Aber schon wurden, von kräftigen Männern gehalten, Strickleitern heruntergelassen, und die begeisterte Menge feuerte sie an, nach oben zu klettern. Tonina stieg als Erste auf. Chac, den sie, seine Handgelenke umfassend, nachzog, griff instinktiv ebenfalls nach den aus Stricken geknüpften Sprossen und ließ sie nicht mehr los. Oben angekommen, wurde Tonina mit Freudenrufen empfangen, man drängte sich um sie, um sie zu betasten, bis Einauge und Tapferer Adler sich zu ihr durchkämpften und sie wegzogen. Im nächsten Moment war Tonina vergessen; jetzt war es Chac, dem man zujubelte. Seine Großherzige Güte legte dem durchnässten und um Atem ringenden Chac einen scharlachroten Umhang um die Schultern und hieß ihn einen von den Göttern Gesegneten.

Balám zog sich tief in den Wald zurück. Er konnte es nicht fassen, dass Chac überlebt hatte und jetzt ein größerer Held war als je zuvor.

23

»Es gibt kein Ungeheuer in dem Schacht«, sagte Einauge und fachte die Glut des Lagerfeuers an. Die Nacht war hereingebrochen, und eine unüberschaubare Menschenmenge feierte unter dem Sternenhimmel, der sich über der Kukulcan-Pyramide wölbte. Von diesem Glückstag würde man noch jahrelang sprechen.
»Somit ist das nicht der Grund, weshalb Opfer, die dort ins Wasser gestoßen werden, zu Tode kommen«, fuhr der Zwerg fort. »Sondern weil die Maya nicht schwimmen können. Zumindest nicht die, die im Landesinneren leben. Nur selten kommen Opfer ohne Schaden aus dem Schacht heraus. Zum einen weil die Maya vor tiefem Wasser Angst haben, zum anderen weil sie von den Gewichten, mit denen man sie beschwert, nach unten gezogen werden. Wenn sie auf dem Wasser aufprallen, geraten sie in Panik und ertrinken infolgedessen. Als ich erfuhr, dass die Opferung in Chichén Itzá stattfindet, dass man vorhatte, dich in den Wasserschacht zu werfen, wusste ich, dass du überleben würdest.« Er grinste. »Ich habe Wetten darauf abgeschlossen.« Leiser Stolz schwang in seinen Worten mit, als er wiederholte: »Weil du doch ein Inselmädchen bist, wusste ich, dass du es schaffen würdest, nach oben zu schwimmen. Aber niemand hat mir geglaubt und umso bereitwilliger meine Wette als die eines Narren angenommen.«
Tonina, in Einauges zweiten Umhang gehüllt, derweil ihr langes Hemd und der Rock über einem Pfahl zum Trocknen hingen, hörte kaum zu. Sie konnte den Ausdruck auf Chacs Gesicht nicht vergessen, nachdem man ihm aus dem Schacht herausgeholfen

hatte. Als Einauge und Tapferer Adler sie wegzogen, hatte sie sich nochmals nach Chac umgedreht. Voller Abscheu hatte er sie angesehen, und Tonina war zutiefst erschrocken.

Er ist zornig darüber, dass ich ihm das Leben gerettet habe.

»Morgen streiche ich meinen Gewinn ein, und dann verfügen wir über ein bescheidenes Vermögen«, sagte Einauge soeben.

»Wir?« Sie sah ihn an.

Er wich ihrem Blick aus. »Ich … äh … habe deine Perlen eingesetzt. Erst wollte ich damit die Wachen bestechen«, fügte er rasch hinzu. »Ich dachte, wenn es mir gelingt, beim König vorzusprechen, könnte ich mich mit ihm darauf verständigen, dass du freikommst. Als ich dann aber hörte, wie sich das Personal in der Küche über den großen Kalksandsteinschacht in Chichén Itzá unterhielt, habe ich deine Perlen eingesetzt und darauf gewettet, dass du überlebst. Und jetzt sind wir fein heraus.«

Tonina nickte abwesend. Sie dachte daran, dass in dem hell erleuchteten prachtvollen Zelt vor ihr Chac als Gast Seiner Großherzigen Güte ein Festmahl im Kreise von Freunden genoss. Dass sie nicht geladen war, machte ihr nichts aus. Was sie hingegen beunruhigte, war Chacs wütender Gesichtsausdruck. Zweimal schon hatte sie einem Mann das Leben gerettet, und beide hatten ihr das übelgenommen. Wie um ihre wirren Gedanken zu ordnen, fuhr sie sich mit den Fingern durch ihr noch feuchtes langes Haar.

»Steht es mir jetzt frei, nach Quatemalán zu gehen?«, fragte sie nach einer Weile.

»Ja, natürlich«, erwiderte Einauge, der schon wieder ganz neue Pläne verfolgte.

»Gut. Dann breche ich morgen früh auf. Du brauchst nicht mitzukommen.« Am liebsten wäre sie bereits unterwegs zur südlichen Küste, und irgendwie verspürte sie das Bedürfnis, allein zu sein. Ihre Gedanken drehten sich im Kreis. Sie war todmüde, erschöpft vom Tauchen nach so langer Pause; die Angst, geköpft zu werden, hatte ihr zugesetzt und nicht minder Chacs Reaktion darauf, dass sie ihn gerettet hatte … Sie wollte allein sein und wieder den ihr bestimmten Weg beschreiten.

Sie schaute zu Tapferem Adler, der in sich gekehrt und unbeweglich ins Feuer starrte. Einauge hatte ihr erzählt, wie außer sich der Junge gewesen war, als es hieß, sie müsse sterben. Als sie sein schön geschnittenes Gesicht sah und den Mund, der so gern lächelte, und daran dachte, wie beruhigend es war, sich nachts in seine Arme zu kuscheln, überlegte sie, dass es doch besser war, nicht ganz allein weiterzuziehen, sondern zusammen mit ihm. Nur sie beide …

Einauge indes wollte das Mädchen, das lebend aus dem Brunnenschacht in Chichén Itzá herausgekommen war – ein höchst seltenes Ereignis –, bei sich behalten. Die Leute würden hübsch etwas springen lassen, nur in ihrem glückverheißenden Schatten zu stehen. Und was Tapferen Adler betraf, so sagte sich der gerissene Händler inzwischen, dass es vielleicht mehr einbrachte, wenn er ihn nicht an Jäger oder Sammler menschlicher Absonderlichkeiten verkaufte, sondern versuchte, die Leute ausfindig zu machen, zu denen dieser Junge gehörte, und sich von *denen* die Information über seinen Aufenthalt teuer bezahlen zu lassen.

»Ich würde gern mitkommen«, sagte er zu Tonina. »Schon weil mich diese rote Blume, die du suchst, interessiert. Vorher müssen wir allerdings nach Mayapán zurück, weil ich deinen Reisesack und auch meine Gewinne aus dem Dreizehnten Spiel in Chacs Villa versteckt habe. Außerdem müssen wir uns mit ausreichend Proviant eindecken.«

Tonina nickte ergeben. Zwei Tage für den Rückweg nach Mayapán, eine Übernachtung in Chacs Villa, und am Morgen des dritten Tages ging es dann endlich auf der Weißen Straße in Richtung Süden.

»Die Götter blicken einmal mehr mit Wohlgefallen auf mein Volk«, schwelgte der König von Mayapán.

Der königliche Pavillon war mit Fackeln und Öllampen hell erleuchtet, Musikanten spielten fröhliche Weisen, nacheinander traten Tänzer auf, und in einer endlosen Abfolge wurden Speisen aufgetragen, an denen sich der Monarch, seine Gemahlin sowie die Höflinge gütlich taten. Im Mittelpunkt der Aufmerksamkeit stand Chac, jetzt in einen mit Jade besetzten Lendenschurz und einen zinnoberroten Umhang gehüllt, um den Hals Ketten und Blumengirlanden, das lange Haar oben zu einem Jaguarschweif gebunden. Seine Lebensretterin war vergessen.

Von Chac indes nicht.

Trotz der charmanten Ablenkungen im königlichen Zelt – als Witwer durfte er sich der Annäherungsversuche junger Frauen sicher sein – hing er dem Gedanken nach, dass er, des Lebens überdrüssig, gern den Opfertod auf sich genommen hätte. Durch Tonina war alles anders gekommen. Selbst in der Gunst der Götter stand er wieder!

Die Schuldgefühle, die ihn durch den Tod von Paluma niedergedrückt hatten, quälten ihn mit neuer Kraft. Mit welchem Recht durfte er sich derartiger Wohltaten erfreuen, während ihr armer Geist zwischen Himmel und Hölle umherirrte? Er hätte bei ihr sein, sie beschützen sollen. Weshalb war sie aufgewacht und über die Urne gestolpert? Wenn er zu Hause gewesen wäre, hätte er die Geburtshelferinnen gerufen, und vielleicht hätten sie seine Frau und das Baby retten können.

Aber er war nicht zu Hause gewesen. Paluma und ihr gemeinsamer Sohn waren gestorben. Eigentlich stand es Chac nicht zu, weiterzuleben.

Er war wütend auf Tonina, weil sie ihn ins Leben zurückgeholt und dadurch seine Pein kein Ende gefunden hatte.

Und dennoch …

Auch wenn er versuchte, auf die entzückenden und fast nackten Tänzerinnen einzugehen, die ihn mit verführerischen Bewegungen umgarnten, konnte Chac nicht vergessen, wie er, als er das Bewusstsein wiedererlangt hatte, Toninas Arm um sich gespürt, wie sie ihn an ihren Körper gedrückt, ihren Mund auf seinen gepresst, mit ihrem Atem Leben in ihn gepumpt hatte. Es war ein Augenblick ganz eigener Nähe gewesen, trotz der vielen Zuschauer oben, am Rand des Brunnenschachts.

Das Wasser hatte einen Teil ihrer Gesichtsbemalung abgewaschen, sodass ein wenig zu erkennen gewesen war, wie sie wirklich aussah. Schön – nach dem Maßstab der Maya – war sie nicht, aber sie sah irgendwie besonders aus.

Noch etwas anderes ging von dem Mädchen aus … etwas, was er, abgesehen von ihrem Äußeren und dem, was er empfand, bedenken sollte … Seine Großherzige Güte indes ließ ihm weder Zeit noch Raum, sich darüber den Kopf zu zerbrechen. »Wir werden einen Monat lang feiern!«, verkündete der Monarch. »Ein Fest jeden Tag, zwanzig Tage lang! Dies soll als das Jahr des Chac in die Geschichte eingehen und …«

Chac rieb sich die Schläfen. Er hörte Seiner Großherzigen Güte nur mit halbem Ohr zu, der Gedanke an Tonina wurde ein wenig ins Abseits gedrängt, obwohl es war, als versuchte sie von sich aus, ihm etwas zu sagen. Aber Chac war zu durcheinander, überwältigt von zu vielen Emotionen. Um ein Haar wäre er gestorben, und jetzt lebte er. So vieles gab es zu überlegen – und Seine Großherzige Güte redete ununterbrochen.

»Warum hast du dich während des Tribunals mit keinem Wort verteidigt?«, fragte der König. »Hättest du öffentlich widerrufen und dann den Göttern ein Blutopfer dargebracht, wäre dir erspart geblieben, in den Brunnenschacht geworfen zu werden.« Der König ließ eine dicke rote Beere in seinen Mund tropfen und zerkaute sie genüsslich. »Frau und Kind zu verlieren ist tragisch genug. Warum auch noch die Götter verfluchen? Das würde ich gern erfahren.«

»Paluma hatte keine Möglichkeit mehr, ein Schuldbekenntnis abzulegen«, ergriff Chac jetzt das Wort. »Nicht dass sie bei einem derart tugendhaften Leben besondere Schuld auf sich geladen haben dürfte. Da aber kein bekennendes Gebet gesprochen wurde, bleibt ihr der Himmel versagt. Deshalb zürnte ich den Göttern.«

Seine Großherzige Güte zuckte herablassend mit den Schultern. »Warum pilgerst du dann nicht nach Teotihuacán und bittest die heiligen Schwestern dort, für die Auferstehung ihrer Seele zu beten?«

Chac starrte den König an. »Die Stadt der Götter? Es gibt sie wirklich? Ich dachte, das sei nur ein Mythos!«
»Die Stadt gibt es wirklich, mein Freund. Teotihuacán ist zwar verfallen, weil die Götter sich schon vor vielen Generationen von dort zurückgezogen haben. Auch sind die weit weg im Nordwesten gelegenen Ruinen nur über zerklüftetes und unwirtliches Gelände zugänglich. Aber Teotihuacán gibt es, heilige Frauen leben dort, und es heißt, dass auch die Geister der Götter weiterhin dort wohnen.«
Chac blinzelte Seine Großherzige Güte an und richtete sich abrupt auf. »Ist das wahr?« Zum ersten Mal seit der unseligen Nacht schien das Leben in ihn zurückzukehren. »Ich kann Palumas Seele retten?«
»Natürlich. Ich weiß, dass Männer eine solche Pilgerreise unternommen haben. Leicht ist sie jedoch nicht. Zwischen Mayapán und der Stadt der Götter trifft man auf blutrünstige Stämme. Außerdem auf Gebirge, dichtesten Dschungel und wilde Tiere, Fabelwesen und viel seltsame Zauberei. Wenn du es jedoch nach Teotihuacán schaffst und das erforderliche Ritual erfüllst, wird die Seele von Paluma auferstehen.«
Alle Gedanken um Tonina und das Leben als solches verblassten. Pilgerreisen in die Stadt der Götter waren also doch keine Hirngespinste, wie Chac bislang angenommen hatte.
»Allerdings«, warnte der König, »darfst du keine Zeit verlieren. Wie du weißt, halten sich die Geister der Toten nur kurzfristig im unteren Bereich auf und verschwinden dann für immer.«
»Wie viel Zeit bleibt mir?«
»Du musst dich nach dem neunmonatigen *tzolkin*-Kalender richten.« Damit berief sich der König auf die heiligste Zeitrechnung der Maya. »Zähle zweihundertsechzig Tage ab dem Zeitpunkt des Todes deiner Frau nach vorn. Bis dahin musst du es geschafft haben.«
»Neun Monate, so lange wie eine Schwangerschaft dauert«, murmelte Chac und musste an die auf so brutale Weise beendete von Paluma denken.

»Genau! Weil deine Frau ohne Schuldbekenntnis gestorben ist, muss ihre Seele diese Periode durchlaufen, um frei von Sünden im Himmel neugeboren zu werden. In der Stadt der Götter musst du die Schwesternschaft der Seelen aufsuchen, eine Gemeinschaft von Priesterinnen, die sich der Wiederauferstehung von Sündern widmen, die ohne Schuldbekenntnis gestorben sind. Sie haben einen uralten heiligen Schrein im Mondtempel. Und sie sind die Einzigen, die sich für Tote, die sich nicht zu ihrer Schuld bekannt haben, verwenden können.«
»Ich werde es schaffen!« Chac war Feuer und Flamme. Auf einmal hatte er wieder ein Ziel vor Augen. »Ich breche sofort auf nach Teotihuacán und werde so in die Stadt einziehen, wie es den Göttern zur Ehre gereicht, mit Sklaven und Dienern …«
Der König hob die Hand. »Du musst allein gehen.«
»Allein?«
»Keine Diener, keine Wachen, keine Begleiter. Was würdest du damit den Göttern beweisen? Du musst Einsamkeit und Mühsal erleiden, um dich würdig zu erweisen.«
Chac runzelte die Stirn. Er war noch nie allein gewesen. Nicht einmal damals, als er noch kein wohlhabender Ballspieler war, sondern mit seiner Mutter in der Palastküche lebte. Und nachdem er in die Akademie der Ballspieler übergewechselt war, hatten ihn stets Trainer, Diener, Mitspieler umgeben. Höchstens im Schwitzbad war er ohne Gesellschaft gewesen. Die Vorstellung, jetzt für lange Zeit allein zu sein, behagte ihm nicht.

24

Auf dem belebten Marktplatz deckten sich die drei Freunde mit Proviant ein.
Kaum in Mayapán angekommen, hatte sich Tonina in die Villa begeben, um ihre Sachen aus dem Versteck zu holen. Sie hatte miterlebt, wie Chac im Triumphzug in der Stadt Einzug gehalten hatte und zum Palast getragen worden war, zu einer dort anberaumten Feier. Sie war froh, dass niemand an sie dachte. Es zog sie zur südlichen Küste – und sie wollte es vermeiden, Chac über den Weg zu laufen.
Während Tonina Umhänge für sich in Augenschein nahm, schlängelte sich Tapferer Adler heimlich durch die Menge davon. Er hatte aus Toninas Reisesack einen Gegenstand genommen: den gläsernen Becher der Prophezeiungen.
Nun schlich er sich in den Garten der Villa von Paluma und eilte ins Haus. Es war nicht sein Verstand, der ihn leitete, sondern vielmehr undefinierbare Gefühle, Bruchstücke von vagen Träumen und der immer stärker werdende Drang, sein Volk ausfindig zu machen. Was ihn getrieben hatte, herzukommen und diesem für ihn unbegreiflichen Auftrag nachzukommen, darüber dachte der Junge nicht nach. Er akzeptierte ihn als etwas, was unbedingt zu erledigen war.
Die Sonne sandte goldene Strahlen in die geräumigen Zimmer der Villa, in der die Dienerschaft damit beschäftigt war, aufzuräumen und sauberzumachen und alles für die Rückkehr ihres heldenhaften Herrn vorzubereiten.
Tapferer Adler fand Chacs Zimmer, das bereits hergerichtet und

mit Blumen geschmückt war. Hier, mitten auf Chacs Schlafmatte, platzierte er den Becher und kehrte dann zum Marktplatz zurück, ebenso unauffällig wie er sich entfernt hatte.

Nachdem die endlosen Gesänge und Rituale beendet, Mengen von Weihrauch verbrannt, die Trompeten verstummt und die Priester in die inneren Bezirke des Tempels entschwunden waren, durfte Chac nach Hause gehen. Schweren Herzens näherte er sich der Villa, in der ihn schmerzliche Erinnerungen erwarteten.
Kaum hatte er sie betreten, kamen Diener und Sklaven herbeigeeilt, warfen sich ihm zu Füßen und priesen den Tag der Heimkehr ihres Gebieters. Vom Eingang aus begleiteten sie ihn in sein Schlafzimmer, berührten den Saum seines farbenfrohen Umhangs, weil dies Glück verhieß. Chac ließ es geschehen und fragte sich, ob er je wieder inneren Frieden finden würde. Er litt an schrecklichen Kopfschmerzen und wollte nur schlafen, um sich dann bei Tagesanbruch nach Norden aufzumachen, nach Teotihuacán.
Aber erst einmal galt es, eine heilige Pflicht zu erfüllen.
Schleppenden Schritts ging er auf Palumas Schlafzimmer zu, holte gequält tief Luft, ehe er den schweren Vorhang vor der Türeinfassung teilte.
Er blickte sich in dem Zimmer um, das sorgfältig in Ordnung gebracht worden war. Sein Blick streifte die Körbe voller Federn, die halbfertigen Armbänder mit den aufgenähten kleinen Büscheln aus dem zarten Gefieder von Vögeln, die Garne und Nähdornen, die darauf warteten, dass ihre Meisterin zurückkam und sich ihrer bediente.
Auf dem steinernen Fußboden schaute er auf die Stelle, wo seine Ehefrau ihr Blut vergossen hatte. Jemand hatte fürsorglich einen kleinen Teppich darüber gebreitet. Der Tod von Paluma schien lange zurückzuliegen. Ihr Körper war eingeäschert worden, auf Chacs Geheiß. Hu Imix, sein Verteidiger, hatte sich darum gekümmert. Die Urne mit ihrer Asche war, wie es ihr zustand, in einer eigenen Kammer unterhalb der Pyramide des Kukulcan beigesetzt worden, und obwohl abzusehen war, dass Chac im

Kalksandsteinschacht den Opfertod sterben würde, hatte Hu Imix in weiser Voraussicht – man konnte ja nie wissen – Paluma vor der Einäscherung eine Haarlocke abgeschnitten und diese dann auf der gerade beendeten Feier Chac überreicht. Sie war alles, was Chac von seiner Frau geblieben war.

Er rang um Luft. Als würde er abermals ertrinken, verengte sich sein Brustkasten, alles um ihn herum schien zu schwimmen. Chac griff nach dem Türrahmen, hielt sich daran fest. Paluma war tot. Ihr Sohn war tot. Aufschluchzend schlug er die Hände vor das Gesicht.

Als er sich wieder gefangen hatte, ließ er den Türvorhang hinter sich zufallen, überzeugt, dass er diesen Raum nie wieder betreten und ihn zeit seines Lebens unverändert lassen würde.

Die Gedanken auf Teotihuacán gerichtet und darauf hoffend, die Seele von Paluma wiederzuerwecken, betrat Chac jetzt sein eigenes Schlafzimmer. Dort wählte er aus, was er auf seine einsame Wanderschaft mitzunehmen gedachte. Ein Gespräch mit Priestern hatte die Worte Seiner Großherzigen Güte bestätigt: dass er ganz allein die Stadt der Götter aufsuchen müsse – ohne Diener, ohne Freunde, ohne Begleitwachen –, und dass er, um Palumas Seele zu erlösen, vor dem fünfzigsten Tag nach der nächsten Sommersonnenwende Teotihuacán erreichen müsse.

Er blieb stehen, starrte auf seine Schlafmatte. Jemand hatte dort etwas hingelegt.

Den durchsichtigen Becher der Prophezeiungen.

Warum lag er hier? Chacs Stirn furchte sich.

Von jähem Zorn übermannt – machte sich das Inselmädchen über ihn lustig? –, eilte er zu den Unterkünften der Diener und entdeckte dort Tonina, die mit ihren beiden Freunden im Begriff war, ihre Reisesäcke mit Einkäufen vom Markt zu füllen.

»Wie kommt dies hier in mein Zimmer?«, verlangte er von Einauge zu wissen.

Der Zwerg wirbelte so rasch herum, dass er fast das Gleichgewicht verlor. Als er den Gegenstand in Chacs Hand sah, stammelte er: »Ich äh… Herr, ich …«

»Wie kommt das in mein Zimmer?«, wiederholte Chac und auch diesmal so leise wie schneidend. Wer immer diese Stimme vernahm, spürte die Energie und den Unmut, die darin mitschwangen.
Tonina sah Chac nachdenklich an. Da war sie wieder, diese Wut, die sich in seinem Tonfall verriet und sein schönes Gesicht überschattete. Und abermals sagte sie sich: Er hasst mich, weil ich ihm das Leben gerettet habe.
»Woher habt Ihr den?«, fragte sie und streckte die Hand nach ihrem Becher aus.
Er musste daran denken, wie diese Hand Palumas Kopf gestützt hatte, als sie auf dem Schoß dieses Mädchens ruhte. Diese Hände hatten ihn auch aus den Tiefen des Wasserschachts herausgezogen, ihr Mund auf seinen gepresst ...
Er gab den Becher zurück. »Wer hat den in mein Zimmer gebracht?«, wandte er sich an Einauge.
»Herr, auf die Gebeine meines Urgroßvaters schwöre ich, dass ich es nicht weiß.« Wie alle Mitglieder seines Stammes trug Einauge einen kleinen Lederbeutel mit Relikten eines Vorfahren um den Hals. Diese hier stammten von einem entfernten Großvater, besondere magische Kräfte wohnten ihnen inne.
Tonina schlug das Glas in ein Stück Stoff ein und stopfte alles in ihren bereits gepackten Reisesack.
Chac runzelte die Stirn. »Du gehst fort?«
Tonina hatte gehofft, ihm nicht mehr zu begegnen. Jetzt, da er so groß und beeindruckend in der Türöffnung stand, wurde sie von einem Wirrwarr von Gefühlen überflutet. »Ich verlasse Mayapán morgen früh«, sagte sie. Da sie seine Frage verstanden hatte, brauchte Einauge nicht zu übersetzen.
Der verstörende Gedanke tauchte wieder auf, der Chac im Festzelt des Königs zu schaffen gemacht hatte, bis Seine Großherzige Güte auf Teotihuacán zu sprechen gekommen war. Jetzt war er wieder da, wurde immer deutlicher.
Er schaute sie an, musterte die seltsamen weißen Symbole auf ihrem Gesicht. Ja, sie war es, die in jener Nacht Paluma in ihrer

letzten Stunde beigestanden war. *Sie war es, die ihn daran gehindert hatte, die Statue des Kukulcan zu zerschmettern, Palumas persönlichem Gott.*
Und auf einmal …
Chac führte die Hand zur Brust und trat einen Schritt zurück. Ein hörbares Luftholen, ein überraschter Blick, und ohne ein weiteres Wort machte er unversehens kehrt und ging.

Der greise Priester in der dunklen und rauchgeschwängerten Kammer im Tempel des Kukulcan nickte. »Du hast recht, mein Sohn. Es ist eines unserer ältesten Gesetze, verzeichnet in unserem heiligsten Buch. Überzeuge dich selbst.« Ein knorriger Finger mit einem langen schwarzen Nagel klopfte auf die vergilbten Seiten mit den nur noch schwach zu erkennenden Abbildungen.
Es bestätigte sich, was Chac nach seiner Errettung aus dem Wasserschacht im Kalksandstein in Zweifel gezogen hatte: das uralte spirituelle Gesetz, das galt, wenn ein Leben gerettet wurde.
»Aber Seine Großherzige Güte meinte, es seien die *Götter* gewesen, die mir das Leben gerettet haben«, gab er zu bedenken, nicht ohne Unbehagen zu verspüren, was mit dieser neuen Enthüllung einhergehen mochte. »Und dass ihnen das Mädchen lediglich als Werkzeug diente.«
»Stimmt«, krächzte der Alte. »Aber sie diente *ihnen* als Werkzeug! Deshalb bist du jetzt an dieses Mädchen gebunden. Durch ein heiliges Band, das erst gelöst werden kann, wenn die Gegenleistung erfolgt ist.«
Chac rieb sich die Stirn und dachte zum ersten Mal an das Volk, von dem er abstammte und über das er so wenig wusste. Ob es wohl ebenso wie die Maya darauf versessen war, den Kosmos im Gleichgewicht zu halten?
»Ein Leben für ein anderes Leben, mein Sohn«, sagte der Priester. »Das Mädchen hat deines gerettet, jetzt musst du das ihre retten. Tust du es nicht, gerät die Welt aus dem Gleichgewicht, und das kann nicht nur dir, sondern der Stadt zum Verhängnis werden.«

»Was kann ich tun, um dies zu verhindern?«, fragte Chac gepresst. Er hoffte, der betagte heilige Mann würde eine bequeme Lösung parat haben, etwa vorschlagen, dem Mädchen Geld zu geben oder ihr einen Wunsch zu erfüllen. Eine Ersatz-»Lebensrettung«, wie sie die Ersatz-Personen bei Blutopfern leisteten.
Aber der Priester sagte: »Du musst das Gleiche tun, was sie für dich getan hat. Wenn ihr Gefahr droht oder gar der Tod, musst du ihr beistehen. Nichts anderes zählt. Und so lange du ihr nicht das Leben rettest und das Gleichgewicht wieder herstellst, seid ihr beide fest aneinander gekettet.«
An das Inselmädchen gekettet! Eine grauenhafte Vorstellung! In einem letzten verzweifelten Versuch, von dieser Verpflichtung entbunden zu werden, brachte Chac vor, dass er gedenke, sich nach Teotihuacán zu begeben, und dass er dies gemäß Seiner Großherzigen Güte allein tun müsse.
Das greise, durch den schweren gefiederten Kopfputz zusätzlich gebeugte Haupt nickte. »In der Tat. Man kann eigentlich nicht von einem Opfergang sprechen, wenn ein Mann die Stadt der Götter in Begleitung bewaffneter Soldaten und umsorgt von Dienern und Sklaven aufsucht. Du musst allein gehen. Da das Mädchen aber ein Teil von dir ist, mein Sohn, ist es nicht nur gestattet, dass sie dich begleitet, sondern unbedingt erforderlich. Bis die Gegenleistung erfolgt ist.«
Chac erschrak. Tonina erinnerte ihn an die Nacht, in der Paluma gestorben war. Auch andere Gefühle rief sie in ihm wach, obwohl er keine Worte dafür hatte. Seit er das hochgewachsene Mädchen mit der honigfarbenen Haut und den Tätowierungen, wie sie auf den Inseln üblich waren, zum ersten Mal gesehen hatte, geisterte sie durch seine Gedanken wie keine Frau jemals zuvor.
Die Vorstellung, dass sie ihn begleiten sollte, war unerträglich.
Und doch musste es sein. Die Götter forderten es.
Die scharfen, von unzähligen Runzeln fast verborgenen Augen des Priesters glitzerten hellwach. Mit einer Stimme, die sich wie raschelndes trocknes Laub anhörte, sagte er: »Das hast du wohl nicht bedacht, Chac. Wärst du ohne das Mädchen nach Teotihua-

cán gegangen, hätte dir Unheil gedroht. Und Mayapán möglicherweise auch. Denke daran: diese heilige Pflicht ist das Unterpfand dafür, dass dir das Glück weiterhin hold ist.«
Wie eigenartig die Götter zu Werke gehen, überlegte Chac. Bestimmt waren übernatürliche Kräfte wirksam gewesen, als der Becher der Prophezeiung in seinem Schlafzimmer aufgetaucht war und ihn veranlasst hatte, Tonina aufzusuchen: damit er sich seiner heiligen Pflicht erinnerte, ihr das Leben zu retten.
Er seufzte. Also gut, dann würde er sie eben mitnehmen. Was aber nicht hieß, dass sie irgendwie miteinander kommunizieren mussten. Er würde Regeln aufstellen. Und zügig ausschreiten. Als er an die von Seiner Großherzigen Güte erwähnten möglichen Gefahren unterwegs dachte, war es ihm eine Beruhigung, sich einzureden, dass er, wenn ihm die Götter in der Tat beistanden, ihr bereits nach wenigen Tagen das Leben retten und dann allein nach Teotihuacán weiterziehen konnte.

25

Die Lagune war grün und warm und einladend.
Tonina sehnte sich danach, ins Wasser zu tauchen und bis zum Horizont zu schwimmen. In die lautlose Welt des Korallenriffs hinunterzugleiten und mit bunten Fischen und Meeresgetier herumzutollen. Aber ihre Füße steckten im Sand fest, sie konnte sich nicht bewegen. Sie warf einen Blick zurück und sah ihr Dorf, sah die Bewohner die Feuer schüren, lachen und plaudern, sah Guama am Webstuhl, mit einer neuen Hängematte für Großvater beschäftigt. Tonina winkte, aber keiner wurde auf sie aufmerksam. Sie rief, aber keiner hörte sie.
»Du kannst noch nicht zurück«, raunte ihr eine Stimme zu.
Sie wandte sich wieder der Lagune zu, nur um festzustellen, dass sie stattdessen am Fuße des Schreins des Affengottes stand, den Schlingpflanzen zum Waldboden hinunterzuziehen schienen. Es war Tapferer Adler, der da gesprochen hatte. »Du hast deine Stimme wieder!«, rief Tonina überglücklich.
»Auch mein Gedächtnis«, sagte er und lächelte. »Alles ist wieder da. Ich weiß, wer ich bin, Tonina, zu welchem Volk ich gehöre, wo ich zu Hause bin. Jetzt muss ich gehen. Ich kann dich nicht länger begleiten.«
»Warte. Wer bist du? Wo bist du zu Hause? Wer sind deine Leute?«
»Mein Zuhause ist weit weg, hoch in den Bergen. Du kannst nicht mitkommen. Ich muss allein gehen. Ich danke dir, dass du mich vor den Jägern gerettet hast. Das werde ich dir niemals vergessen.«

»Warte doch! Geh nicht. Ich brauche dich, Tapferer Adler.«
»Hab keine Angst. Wir sehen uns wieder. Wenn du in höchster Not bist, werde ich da sein.«
Damit verschwand er vor ihren Augen. Hektisch suchte Tonina den Wald ab, bis sie über sich einen Adler erblickte, der sich mit prächtigen, weit ausgebreiteten Schwingen himmelwärts schraubte und *skrie skrie* schrie, um dann endgültig mit dem blauen Firmament zu verschmelzen.
Betrübt sah Tonina ihm nach, bis etwas durch die Bäume trudelte und zu ihren Füßen landete – die leuchtendblaue Feder, die Paluma Tapferem Adler geschenkt hatte.
Tonina fuhr aus dem Schlaf hoch. Sie lag allein auf ihrer Matte, kein Arm, der sie umschlungen hielt. Sie setzte sich auf, spähte durch die Dunkelheit nach Tapferem Adler. Aber sie sah lediglich die Umrisse der Diener und Sklaven, vernahm deren Schnarchen und Seufzer.
Neben sich auf der Matte entdeckte sie die blaue Feder und die Kette aus den Gehäusen der Strandschnecke, die sie ihm im Affenschrein umgehängt hatte.

Sie legte letzte Hand an ihren Reisesack, als Einauge hinzutrat.
»Die werden wir brauchen«, sagte er und stellte die Wanderstäbe ab. »Übrigens spricht man in der Stadt von nichts anderem von als Chac. Auch er, so erzählt man sich, wird Mayapán verlassen und sich auf eine Pilgerreise in eine Stadt im hohen Norden begeben. Angeblich ganz allein. Keine Diener, keine Begleitwachen. Wenn wir schon mal dabei sind, Tonina: Wir könnten uns durchaus einen Wachposten oder zwei leisten. Es wäre besser für uns drei …«
»Tapferer Adler ist fort«, unterbrach sie ihn. »Er ist zu seinem Volk zurückgekehrt.« Eigentlich hätte sie sich für ihren Freund freuen sollen, und das tat sie ja auch, aber ihn nicht mehr um sich zu haben, schmerzte sie.
»Woher weißt du das? Konnte Tapferer Adler denn wieder sprechen?«
»Er ist mir im Traum erschienen.«

»Und hat dir die blaue Feder gegeben?«
»Das hat er! Woher weißt du ...«
»Auch zu mir ist er im Traum gekommen, um Lebewohl zu sagen, und ich habe gesehen, wie er dir die Feder gab.« Dass Tapferer Adler wohl ein Gestaltwandler war, behielt er für sich. Diese Vermutung war ihm zum ersten Mal an jenem Morgen gekommen, da sie die Stadttore passiert hatten, und er war darüber so verblüfft gewesen, dass ihm ein »*Guay!*« entschlüpft war. Später dann, bei ihrem ersten Zusammentreffen mit Paluma, als offenkundig geworden war, dass Tapferer Adler sowohl Taíno wie auch die Maya-Sprache verstand – war das nicht anders zu erklären, als dass er ein wandlungsfähiges Wesen war, das sich seiner jeweiligen Umgebung anpasste. Kein Wunder, dass die Jäger unbedingt des Jungen wieder habhaft werden wollten.
»Ich danke dir für alles«, sagte Tonina mit belegter Stimme. Sie wollte den Abschied nicht länger als nötig hinausziehen. »Du hast mir geholfen, als ich Beistand brauchte. Das werde ich dir nie vergessen. Aber von jetzt an muss ich allein weiter.«
Einauge rümpfte die Nase. »Was sagst du da?!«
»Ich muss allein nach Quatemalán gehen.«
»Du meinst, ohne mich?« Sein eines Auge wurde kugelrund. »Bist du wahnsinnig? Ein Mädchen allein unterwegs?«
Tonina fand keine Erklärung, keine Worte, um auszudrücken, wie nahe es ihr ging, dass Tapferer Adler plötzlich fort war – sie war traurig und enttäuscht, ja sogar erbost, kam sich irgendwie im Stich gelassen vor. Deshalb sagte sie: »Seit dem Tag, da ich in einem Schilfkorb im Meer ausgesetzt wurde, bin ich allein. Wohl haben Guama und Huracan mich geliebt, aber ich bin nicht von ihrem Blut. Ich gehöre niemandem außer mir selbst. Lieber Einauge, du warst gut zu mir, und dafür sei gesegnet.«
Einauge geriet in Panik. Er durfte Tonina nicht ziehen lassen. Er hatte doch *Pläne*. »Aber wer soll dann für dich übersetzen?«
»Ich kann mich bereits recht gut verständigen, und unterwegs werde ich weiter dazulernen.«
Er nickte betrübt. »Ja, das wirst du bestimmt. Dann lass mich dich

wenigstens ein Stück begleiten.« Aber als er den unnachgiebigen Ausdruck auf ihrem Gesicht sah, verwünschte er im Stillen alle willensstarken Frauen und begnügte sich mit einem »Dann eben nicht«. Jetzt musste er zwar seine Pläne abändern, aber er hielt sich zugute, flexibel zu sein.

Im nächsten Moment fuhr durch seinen gedrungenen und missgebildeten Körper ein so befremdendes und noch nie erlebtes Gefühl, dass es ihm sichtlich einen Ruck gab.

Er wollte nicht von Tonina getrennt werden.

Der Inselhändler hatte zwar nie geheiratet, sich aber der Gunst vieler Frauen erfreut. Er konnte behaupten, nie geliebt zu haben oder aber tausendmal. Dieses neue Gefühl jedoch erschütterte ihn selbst dann noch, als er sich aufraffte zu sagen, was er dann doch unterließ: *Ich* würde dich niemals verlassen.

»Tut mir leid, dass wir uns trennen müssen, aber ich habe Verständnis dafür«, begnügte er sich schweren Herzens zu erklären. »Tonina, liebes Mädchen, ich hoffe, du findest die wundersame Blume, und ich bete dafür, dass du es schaffst, auf die Perleninsel zurückzukehren. Ich bitte Lokono, dich zu segnen, und ich würde mich freuen, wenn wir uns eines Tages wiedersehen würden.«

Der Zwerg griff nach seinen beiden Reisesäcken und einem Wanderstab sowie nach den kleinen Beuteln mit seinen ansehnlichen Gewinnen, tat so, als wischte er sich eine Träne aus seinem einen Auge, schniefte auf, drehte sich um und entfernte sich so würdevoll, wie dies sein plumper Gang erlaubte.

Tonina war versucht, ihn zurückzurufen. Ihm Lebewohl zu sagen wäre sicherlich weniger schmerzhaft als festzustellen, dass er plötzlich nicht mehr da war. So war es bei Tapferem Adler gewesen, er hatte sie einmal mehr sich selbst überlassen. Sie dachte an Macus Vertrauensbruch – er hatte ihr Kanu angegriffen, während sie geglaubt hatte, er dächte ans Heiraten – und fragte sich, ob allein zu bleiben ihre Bestimmung sei, als sie Einauge zurückkommen hörte. Er trat ein, räusperte sich.

»Hast du etwas vergessen?«, fragte Tonina und war, als sie sich umdrehte, verblüfft, neben dem Zwerg auch Chac in der Türöffnung stehen zu sehen, angetan mit einem schlichten weißen Umhang. Sein langes Haar war glattgekämmt und hoch am Kopf zu einem Jaguarschweif gebunden, was ihn noch eindrucksvoller wirken ließ.

»Der große Chac möchte, dass ich dir etwas sage«, erklärte Einauge.

Erwartungsvoll blickte Tonina zu Chac auf. Seine Erscheinung verwirrte sie. Mit seinem Lendenschurz und dem Umhang unterschied er sich in der Kleidung nicht von einem Bauern, um Arme und Fußknöchel trug er keinerlei Schmuck mehr, auch die Ohrringe waren verschwunden. Abgesehen von den kunstvollen Tätowierungen, die ihn als Mann von hohem Rang auswiesen, hätte man ihn für einen ganz normalen Bürgerlichen halten können.

Chac wechselte mit Einauge ein paar Worte in der Maya-Sprache, worauf der Händler zu Tonina sagte: »Der große Chac bestimmt, dass du mit ihm gehst.«

Sie schaute erst den Zwerg an, dann den Helden von Mayapán. »Mit ihm gehen? Wohin?«

Ein kurzer Austausch zwischen Einauge und Chac, und dann: »Erst nach Westen und dann nach Norden. Er sagt, ihr müsst sofort aufbrechen.«

Chac wollte bereits gehen, als Tonina in Maya-Sprache rief: »Wartet! Ich verstehe das nicht.«

Chac wandte sich zu ihr um, überrascht, sie in seiner Sprache reden zu hören. Er besprach sich mit Einauge, der ihr gleich darauf ausrichtete: »Die Götter haben entschieden, dass du mit ihm gehst.«

»Die Götter! Warum denn?«

Der Zwerg seufzte auf. »Ich glaube, das hat mit ihrer Vorstellung zu tun, die Welt im Gleichgewicht zu halten. Wenn ein Maya einem anderen das Leben rettet, ist der andere seinem Retter verpflichtet, *ihm* das Leben zu retten. Ein Leben für ein anderes. Gleichgewicht. So steht es in ihren heiligen alten Büchern. Du

hast ihm das Leben gerettet, und jetzt musst du bei ihm bleiben, bis er deines rettet.«
Tonina kam es vor, als hätten die Maya mehr Gesetze als es Sterne am Himmel gab. »Bitte richte ihm aus, dass ich meinem eigenen Weg folgen muss.«
»Ich glaube nicht, dass der große Chac damit einverstanden ist.«
Sie blitzte Einauge an. »Du erwartest doch nicht von mir, dass ich mit ihm gehe!«
»Es könnte uns durchaus gelegen kommen«, meinte Einauge. Für ihn selbst würde es bedeuten, dass er mit Tonina zusammenbleiben konnte, und sich mit dem großen Chac zu verbünden, dürfte sich als vorteilhaft erweisen.
»Mir braucht niemand das Leben zu retten«, sagte Tonina bestimmt. »Es steht ihm frei zu gehen. Ich verpflichte ihn zu gar nichts.«
Einauge übersetzte, worauf Chac Tonina entgeistert ansah.
»Hast du ihm übersetzt, was ich gesagt habe?«, fragte Tonina.
»Das habe ich, aber er kann es nicht fassen, dass du ihn nicht begleitest. Er ist der große Chac und gewohnt, dass man seinen Wünschen Folge leistet. Auch dass du eigene Pläne hast, kann er sich nicht vorstellen. Für ihn bist du eine umherziehende Wahrsagerin, bereit zu allem, was sich ihr bietet. Außerdem bist du eine Frau, und offenbar hat er erwartet, dass du bereitwillig mit ihm mitgehst.«
Sie musterte Chac nachdenklich, dachte an die Nacht, in der Paluma gestorben war, und an die dramatischen Augenblicke im Wasserschacht. Augenblicke von solch enger Verbundenheit, wie kein Außenstehender dies nachvollziehen konnte. »Warum begibt er sich eigentlich auf diese Wanderung?«, fragte sie und verstand nicht, warum Chac, neuerdings ein noch größerer Held als je zuvor, Hals über Kopf einer Stadt den Rücken kehrte, die ihn wie einen Gott verehrte.
»Ich weiß nur, dass es sich um eine heilige Pilgerreise handelt, in die Stadt der Götter im Nordwesten.«

»Ich für meinen Teil muss nach Süden«, entgegnete sie.
Der Zwerg brauchte nicht zu übersetzen. Toninas Verhalten ließ eindeutig erkennen, dass sie sich weigerte, Chac zu begleiten. Er war verblüfft und bestürzt. Als er Einauge nach dem Grund für ihre Weigerung fragte und erfuhr, dass sie etwas Dringendes in Quatemalán zu erledigen hatte – nach einer bestimmten Blume suchen musste –, war seine Verblüffung noch größer. Sie war also nicht nur eine umherziehende Gauklerin, die auf eine kostenlose Mahlzeit aus war? Warum war sie dann mit Tänzern und Musikanten im Großen Saal aufgetreten?
Kurz überlegte er, ob er sie zwingen sollte, mit ihm zu kommen. Nur wie? Sie zu entführen würde mit Sicherheit die Götter verärgern. Und ohne jegliche Begleitung oder Wachen würde er sie unmöglich im Auge behalten können. Er wies Einauge an, ihr nochmals auszurichten, es sei unabänderlich, dass sie mit ihm gehe, die Götter hätten es so bestimmt. Und dass es ihr, sobald sie Teotihuacán erreicht hätten, freistehe, sich auf die Suche nach ihrer Blume zu machen.
Tonina, der die schwierige Konversation durch einen Übersetzer allmählich lästig wurde, wandte sich an Einauge: »Was heißt ›Ich muss meinen eigenen Weg gehen‹ in der Sprache der Maya?«
Einauge sagte es ihr, worauf sie die Worte für Chac wiederholte, der trotz ihres fehlerhaften Akzents beeindruckt war. Dennoch ließ er nicht davon ab, auf ihrer Begleitung zu bestehen.
Er drängte zum Aufbruch. »Sag ihr, dass sie, sobald wir Teotihuacán im Norden erreicht haben, nach Süden gehen kann.«
Inzwischen hatte sich Tonina die Worte eingeprägt, die Einauge benutzt hatte, und wandte sich in holpriger Maya-Sprache direkt an Chac. »Ich kann nicht mit Euch gehen. Ich muss nach Süden. Und zwar *unverzüglich*. Ich habe es versprochen. Und es sind *meine* Götter, denen *ich* gehorchen muss.«
»Herr«, mischte sich da Einauge ein. Er hatte das Gefühl, dass es zu keiner Einigung kommen würde, außerdem witterte er eine Gelegenheit, seine eigenen Pläne voranzutreiben. »Dürfte ich einen Vorschlag machen? Der Weg nach Quatemalán ist voller Ri-

siken und Gefahren. Wenn Ihr Euch also dem Mädchen anschließt und dafür sorgt, dass sie heil zur südlichen Küste gelangt, werden die Götter dies bestimmt als lebensrettend werten.«

»Nein«, widersprach Chac. »Sie soll mich begleiten.«

Einauges Gedanken überschlugen sich. Wenn er Chac dazu brachte, *sie* zu begleiten, dann bedurfte es eines Übersetzers. Er rief sich ins Gedächtnis, was er über den Helden des Ballspiels wusste, und als ihm einfiel, dass Chac zwar nicht tief religiös war, aber diejenigen, die es waren, hoch achtete und außerdem nach einem Ehrenkodex lebte, sagte er: »Ihr sollt wissen, Herr, dass sie die Küste sehr bald erreichen muss.« Dann erzählte er von dem kranken Huracan, sprach von der wundersamen roten Blume, die ihr Volk retten würde. »Sie hat einen heiligen Eid geschworen, den einzuhalten für sie Ehrensache ist«, schloss er.

Chac starrte den Zwerg an. Das Mädchen war in einer heiligen Mission unterwegs? Er hatte angenommen, sie sei wegen einer typisch weiblichen Angelegenheit in Eile, etwa weil da eine Mutter im Sterben lag oder eine schwangere Schwester in absehbarer Zeit ein Kind bekam – die üblichen Gründe eben, weshalb sich eine Frau von einem Ort zu einem anderen begab. Eine heilige Mission war dagegen etwas völlig anderes. Und Einauge hatte von Ehrensache gesprochen.

Chac verfiel ins Grübeln. Nie würde er Palumas Freudenschrei vergessen, als dieses Mädchen ihr gesagt hatte, dass sie einen Sohn erwartete. Tonina hatte seine in sich gekehrte Frau, die, wie er wusste, insgeheim die Hoffnung aufgegeben hatte, jemals Mutter zu werden, glücklich gemacht. Jetzt wusste er mehr über Tonina, und das gab ihm zu denken.

Sie war wie er in einer heiligen Mission unterwegs. Nur lag das Ziel für den einen im Norden, für den anderen im Süden.

Chac musste zugeben, dass Zwerge nicht umsonst als weise galten. Denn was der kleine Mann da über den Weg nach Quatemalán gesagt hatte, leuchtete ein – wenn er, Chac, das Mädchen heil der Obhut ihrer eigenen Götter übergab, wäre seine Verpflichtung ihr gegenüber abgegolten. Rasch rechnete er nach, dass ihm, wenn

er sie nach Quatemalán begleitete, immer noch Zeit blieb, das im Norden gelegene Teotihuacán vor der Sommersonnenwende zu erreichen.
»Also gut«, sagte er. »Ich bringe sie nach Quatemalán.«
Tonina schüttelte den Kopf und sagte, sie wolle allein dorthin.
Einauge war entsetzt. »Warum lehnst du ab?«
Das wusste Tonina selbst nicht, und es war ihr ganz unmöglich, es diesen beiden zu erklären. Es hatte mit Chac zu tun, mit ihrer Angst vor ihm oder vielmehr mit etwas, das in ihr schlummerte und vor dem sie sich fürchtete.
»Du willst wirklich allein gehen?«, fragte Chac Tonina. »Du hast keine Angst?« Er war noch nie einer Frau begegnet, die so viel Mut besaß, sich allein auf Wanderschaft zu begeben.
Mit einer Ruhe, die sie nicht empfand, erwiderte Tonina: »Ich habe etwas versprochen, und dieses Versprechen gedenke ich in Ehren zu halten.«
Wieder versank Chac ins Grübeln – Ehre war etwas, was er verstand. Er erkannte, dass Tonina nicht nur tapfer war, sondern ein gegebenes Versprechen einhielt.
Er war nicht auf ihre Begleitung erpicht. Aber er hatte keine Wahl.
Chac sagte: »Nun gut. Dann werde *ich* mit *dir* mitgehen.«
Bevor Tonina weiter ablehnen konnte, mischte sich Einauge ein. Um ihr Herz zu rühren, erzählte er ihr, was es mit Chacs Pilgerreise auf sich hatte: dass er in Teotihuacán für die Seele seiner Frau beten wollte.
Tonina glaubte zu verstehen: Paluma war ermordet worden, und zweifelsohne musste ein Maya-Ritual durchgeführt werden, um die Folgen einer so ruchlosen Tat abzuwenden.
Sie dachte an die blaue Feder und daran, wie freundlich Paluma zu Tapferem Adler gewesen war. »Einverstanden«, sagte sie schließlich, »er kann nach Quatemalán mitkommen.«
»Sie willigt ein, Herr«, übersetzte Einauge und rieb sich freudig die knubbeligen Hände. »Ich kenne ein paar gute Straßen, und entlang des Weges habe ich Freunde, denn ich bin weit und breit bekannt als …«

»Nein«, entgegnete Chac. »Das Mädchen und ich, wir müssen uns allein aufmachen.«
»Herr, aber …«, hob Einauge erschrocken an.
»Die Götter haben es so bestimmt«, sagte Chac und wandte sich, ohne ein weiteres Wort zu verlieren, zum Gehen.

26

In Reisekleidung, die Füße in festen Sandalen und die Säcke geschultert, verließen sie wortlos die Villa und bahnten sich einen Weg durch die Schar der Anhänger und Glückssucher, die sich draußen eingefunden hatte.

Nachdem sie die Seitenstraße passiert hatten, überquerten sie die überfüllte Plaza, ohne der Menge, die auf dem Weg zu den Stadttoren ihre Säume zu berühren und ihre Schatten zu erhaschen suchte, Beachtung zu schenken. Unterwegs auf der Straße, die aus Mayapán hinausführte, schlug Chac jedoch, ohne Tonina eine Erklärung dafür zu geben, die Richtung ein, die zu dem von der Mittagssonne in blendendes Rot getauchten Palast führte. Das Mädchen folgte ihm und fragte sich, was er wohl dort noch zu erledigen hatte.

Die Wachen am hinteren Eingang traten, als sie Chac erkannten, beiseite, verbeugten sich förmlich und ließen die beiden eintreten. Wahrscheinlich, so Toninas Vermutung, wollte er dem König Lebewohl sagen, aber anstatt dem Großen Saal und den königlichen Gemächern zuzustreben, bog Chac in einen schmalen Korridor ab, aus dem ihnen schon bald köstliche Düfte entgegenschlugen.

Kein Zweifel, hier befand sich die große Küche der königlichen Residenz. Und hier arbeitete Chacs Mutter, die Mutter, für die er sich schämte.

Weshalb er sich wohl schämt?, überlegte Tonina. Wegen ihres niedrigen Standes? Warum hatte er dann, als er zum Helden geworden war, ihre Position nicht angehoben? Oder lag es an ihrer

Blutlinie, an dem, was er niemals würde ändern können, wie reich er auch sein mochte und wie sehr man ihn auch verehrte?

Als Chac die Küche betrat, wurde es sofort still, jedwede Tätigkeit unterbrochen; Diener und Sklaven staunten, als der berühmteste Mann von Mayapán leibhaftig in ihrer Mitte aufkreuzte.

Aus einiger Entfernung verfolgte Tonina das Geschehen anhand der Körpersprache, der zum Ausdruck gebrachten Emotionen und der wenigen Maya-Worte, die sie mitbekam. Die alte Frau schien bestürzt zu sein, ihn in der Küche zu sehen, hob abwehrend die Hände, wandte sich ab. Als Chac wie ein Bittsteller die Hände nach ihr ausstreckte, begriff Tonina, dass er auf die Mutter zugehen wollte, dass aber *sie* es war, die ihm den Rücken zukehrte.

Da sich Chac laut Einauge seiner Blutlinie schämte, hatte Tonina angenommen, dass er sich auch seiner Mutter schämte. Danach sah es aber jetzt nicht aus. Er umarmte sie vor allen Leuten in der Küche, drückte sie an sich und fand zärtliche Worte für sie, bis sie nachgab, ihn »Sohn« nannte und an seiner Brust weinte.

War die Entfremdung etwa von der Mutter ausgegangen?, überlegte Tonina. Mit Absicht und ihrem Sohn zuliebe, damit seine Maya-Freunde und Bewunderer nicht an sein minderwertiges Blut erinnert wurden und er aufsteigen konnte? Die Mutter schien stolz auf ihren Sohn zu sein. Wie sie ihn jetzt anstrahlte, wie sie ihm über die Wange strich! Und als sie den anderen in der Küche sagte, dies sei *ihr* Junge, wurde auch sie zu einer stolzen Frau, hoch aufgerichtet und kerzengrade, den Kopf gereckt. Nichts mehr deutete auf das unscheinbare Wesen hin, das aus dem Garten der Villa gehuscht war.

Wie sehr, überlegte Tonina, hatte sie sich doch getäuscht! Als Chac jetzt unvermittelt auf die Knie sank, schlug sie, atemlos und erschüttert, den Blick nieder.

»Du hast mir befohlen, mich von dir fernzuhalten«, sagte Chac, als er vor seiner Mutter kniete. »Das musste ich dir gegen meinen Willen versprechen. Aber nun kann ich nicht länger tun, was du von mir verlangst. Ich bitte um deinen Segen. Und um deine Vergebung für den Tod meines Bruders, den ich verschuldet habe. Die ganze Stadt spricht davon, dass Balám sich umgebracht hat. Das ist mir anzulasten!«

Sie strich ihm über den Kopf. »Du hast dich nicht schuldig gemacht«, flüsterte sie. »Balám hat versucht, die Götter zu betrügen. Du selbst musst dir verzeihen.«

»Ich verlasse Mayapán und weiß nicht, wann oder ob ich je zurückkommen werde.« Er schlug die Hände vor das Gesicht. »Ich muss nach Teotihuacán. Aber ohne deinen Segen kann ich nicht gehen.«

Sanft legte sie ihm die rauen Hände aufs Haupt. Tränen standen ihr in den Augen. »Du bist deiner Frau und deinem Kind verpflichtet und musst dafür sorgen, dass sie in den Himmel aufgenommen werden. Ich habe meinen Frieden mit den Göttern geschlossen. Und wenn es ihr Wille ist, werden wir uns vielleicht eines Tages wiedersehen.«

Als Tonina diese Szene mit ansah, machte sich in ihrem Herzen ein seltsamer, ungekannter Schmerz breit – die Sehnsucht nach einer Frau, die für sie weder ein Gesicht noch einen Körper hatte – die Frau, die Tonina das Leben geschenkt hatte und die sie vielleicht auch in einem winzigen Korb im Meer ausgesetzt hatte.

Endlich kam Chac aus der Küche, mit versteinertem, nicht zu deutendem Gesichtsausdruck. Wortlos griff er nach seinem Reisesack. Tonina tat es ihm nach. Die Sonne stand hoch über ihnen, als sie unter dem Jubel der Bevölkerung durch das Haupttor schritten.

Ein Mann beobachtete sie, der, um nicht erkannt zu werden, seinen Kopf unter einem schmuddeligen Umhang verbarg – Prinz Balám, der erbärmlichste Mensch auf Erden. Ein Prinz ohne Königreich, der Frau und Tochter verloren hatte, kein Hab und Gut mehr besaß. Und vor allem ein Mann, der seine Ehre eingebüßt hatte.

Als er Chac und Tonina in der Menschenmenge auf dem Marktplatz sah, musste er daran denken, wie sein geliebtes Töchterchen bei der Sklavenauktion einem Fremden überantwortet worden war.

Balám taumelte und fiel auf die Knie, wie Blut rann ihm der Schweiß von der Stirn. »Die Götter sind meine Zeugen«, stieß er verbittert aus. »Chac soll dafür büßen. Das Inselmädchen soll dafür büßen. Zahlen sollen sie, zahlen und nochmals zahlen.«

ZWEITES BUCH

27

Zu spät merkte Chac, dass er einen Fehler gemacht hatte.
Noch nicht einmal einen vollen Tag unterwegs, und schon bereute er seinen Entschluss, Tonina nach Quatemalán zu begleiten.
Während er, auf Abstand zu ihr bedacht, seinen Weg durch den verdorrten Wald bahnte, versuchte er, das Inselmädchen hinter ihm zu ignorieren. Ihr langes Haar indes, das vom Ansatz bis zu den Spitzen mit winzigen Muscheln geschmückt war, die bei jeder ihrer Bewegungen klimperten, erinnerte ihn ständig an ihre Gegenwart. Was ihm missfiel. Maya-Frauen machten nicht durch klimperndes Haar auf sich aufmerksam.
Statt sich an Bäumen vorbeizuzwängen und mit seinem Messer den Weg freizuschlagen, wäre es ihm lieber gewesen, wenn sie über die Weiße Straße gezogen wären; dann wären sie schneller vorangekommen. Aber selbst in seinem schlichten Gewand hatte man Chac erkannt und als Glücksbringer umringt. Deshalb war er von der Zementstrecke auf die Route durch den Wald ausgewichen. Dort stieß man zunächst zwar auch immer wieder auf Bauernhöfe und Lager, wo man dem Helden zujubelte und zuwinkte, aber nach einer Weile wurde die Besiedlung zusehends dünner, und die beiden bekamen es mit unberührter Wildnis zu tun.
Die Sonne ging bereits unter, aber Chac setzte ungerührt seinen Weg fort, ohne zu ahnen, dass Tonina ebenfalls bedauerte, seiner Begleitung zugestimmt zu haben.
Er hatte von Anfang an die Führung übernommen und die Route festgelegt. Tonina hingegen wollte selbst entscheiden. Als sie ihm jetzt zurief, er solle stehen bleiben, stellte er sich taub. »Ich bin

müde!«, rief sie – einen der ersten Sätze, die sie von Einauge gelernt hatte –, und ohne auf Antwort zu warten, blieb sie abrupt stehen und warf ihren Reisesack zu Boden.
Chac schaute sich verdutzt um. Bis eine Ruhepause erforderlich wurde, konnten sie noch ein gutes Stück vorankommen, aber er sah, dass sie bereits einen Platz für ein Lagerfeuer freimachte. Verärgert legte auch er sein Gepäck und die Waffen ab. Da ihm nicht nach ihrer Gesellschaft zumute war, traf er in einiger Entfernung von ihr Vorbereitungen für die Nacht. Sie befanden sich weit abseits der Straße und hatten zu ihrem Schutz die ausladenden Äste der Bäume über sich.
Tonina fügte Steine zu einem Kreis auf dem Waldboden zusammen, und mit Hilfe eines Feueranzünders, den Guama ihr eingepackt hatte, flackerten schon bald Flammen zu den Sternen empor.
Chac hatte keine Ahnung, wie man ein Feuer in Gang brachte. Bei seinen Reisevorbereitungen hatte er nicht daran gedacht, auch dafür Sorge zu tragen. Feuer, auf denen gekocht wurde, waren ihm durchaus bekannt, aber noch nie hatte er selbst eins entfachen müssen. Missmutig schielte er zu Tonina hinüber. Nein, er würde sie nicht bitten, ihm zu helfen. Also bildete auch er aus Steinen einen kleinen Kreis, füllte ihn mit Holzstückchen und Laub und schlug zwei Gesteinsbrocken aneinander, auf dass sich Funken bildeten.
Die Dunkelheit brach herein, nächtliche Geräusche belebten den Wald, und lediglich ein steinernes Rund war erhellt. Tonina überlegte schon, ob sie Chac an ihr Lagerfeuer einladen sollte, aber dann entzündete sie nur einen Zweig und ging zu ihm hinüber, hielt wortlos den brennenden Ast an sein zusammengetragenes Kleinholz. Chac sah zu, wie sie durch Fächeln die Flammen zum Leben erweckte. Was ihn dabei schier aus der Fassung brachte, war das Klimpern der vielen Muscheln in ihrem langen Haar. Hatten die Götter ihm doch nicht vergeben? War *dies hier* die Strafe dafür, dass er sie geschmäht hatte?
Tonina ging zu ihrem Feuer zurück, und getrennt und schweigend

aßen beide von dem, was sie auf dem Marktplatz eingekauft hatten: Puteneier, Rehfleisch und gesalzene Sonnenblumenkerne. An Nahrung und Wasser fehlte es bislang nicht. Aber beide wussten, dass sich jenseits von Uxmal unbekanntes Gebiet erstreckte.
Der Schein von Chacs Lagerfeuer fiel auf sein Gesicht. Ein markantes Profil fürwahr – hohe Stirn, ausgeprägte Kieferpartie, lange Nase. Keine künstlich verbreiterte Maya-Nase, sondern pfeilgerade und kräftig war sie. Seine Backenknochen waren hoch angesetzt, die Wangen selbst auffallend hohl. Zu ihrer eigenen Überraschung ertappte sich Tonina bei dem Gedanken, dass sie ihn ungemein attraktiv fand. Wo Chac doch keineswegs gut aussah – wieso auch, wenn für sie von Kindesbeinen an die runden, weichen Gesichter der Inselbewohner als Schönheitsideal gegolten hatten? Und dennoch …
Chac spürte, dass sie ihn beobachtete. Wusste das Mädchen nicht, dass sich so etwas nicht gehörte?
Ohne sich weiter um sie zu kümmern, starrte er in die Flammen seines Lagerfeuers und dachte zurück an den Abend, an dem Palumas Schwangerschaft offenkundig geworden war. Welche Freude ihn erfüllt hatte! Sein größter Wunsch war immer gewesen, seinem Sohn beim Ballspiel zuzusehen und zu erleben, wie er der unangefochtene Held aller Mannschaften wurde. Schon als Kind hatte er davon geträumt. Und in diesem Traum war sein Sohn von Anfang an ein echter Maya, nicht ein Junge, der wegen seines minderwertigen Bluts gemieden wurde. Als das Inselmädchen im Großen Saal kraft ihres Bechers der Prophezeiung vorhersagte, dass das Kind, das Paluma trug, ein Junge wäre, hatte sich für Chac erfüllt, was sein Leben ausmachte.
Ein Klimpern riss ihn aus seinen Gedanken. Er runzelte die Stirn. Schon wieder diese aufreizenden Muscheln in Toninas Haar. Sie war aufgestanden, sah prüfend zu den Bäumen in der Nähe hoch, um dann die Rolle, die sie auf den Schultern getragen hatte, zu holen und sie auszuschütteln, ehe sie zu Chacs Verwunderung daranging, die beiden Enden jeweils an dicken Ästen zu befestigen. Hatte sie vor, auf einem Baum zu übernachten?

Als er feststellte, dass sie eine *hamac* aufhängte, überlegte er, ob es nicht ratsam gewesen wäre, sich ebenfalls eine zuzulegen. Bislang hatte er sich mit derlei Dingen nicht befasst; zu Hause hatte er abends einfach die Matte entrollt und die Baumwolldecke ausgebreitet.

Er beobachtete, wie sie auf den Baum kletterte und sich geschickt in das breite Band aus Palmfasern gleiten ließ, ihm den Rücken zukehrte und einen baumwollenen Umhang über sich zog. Nicht einmal zu einem »Gute Nacht« reichte es.

Müdigkeit überfiel ihn. Er sollte ebenfalls versuchen zu schlafen, damit sie in aller Frühe aufbrechen konnten. Er breitete seine Matte aus und legte sich nieder, aber die Steinchen auf dem unebenen Waldboden machten ihm zu schaffen. Zudem wurde es nach und nach kühler, und sein Feuer erlosch. Paluma hatte stets dafür gesorgt, dass er es bequem hatte. Mit so leichter Hand hatte sie den Haushalt geführt, dass er den Aufwand, der dahintersteckte, gar nicht bemerkt hatte. Als Athlet war Chac zwar an Härten auf dem Spielfeld gewöhnt, aber auf Annehmlichkeiten hatte er nie verzichten müssen.

Er spähte hinüber zu der Gestalt in der *hamac*, nahm im Licht des Lagerfeuers die Rundungen wahr und wie die *hamac* sich ihren Formen anpasste. Ihr Haar hing seitlich herunter. Als sie im Schlaf seufzte und die *hamac* sich daraufhin ganz leicht bewegte, überkam Chac unwillkürlich ein Verlangen nach diesem Mädchen. Er erschrak und war gleichzeitig beschämt. Wie konnte er das Andenken an Paluma entehren! Aber, so beschwichtigte er sich, die Reaktion seines Körpers beim Anblick eines Mädchens im heiratsfähigen Alter hatte natürlich nichts damit zu tun, was in seinem Inneren vorging. Er drehte sich zur Seite, kehrte dem seltsam verführerischen Wesen, das da zwischen den Bäumen schwebte, den Rücken zu und schloss die Augen.

Während er darauf wartete, endlich einzuschlafen, sagte er sich, dass er aller Wahrscheinlichkeit nach nicht lange mit Tonina zusammenbleiben würde. Das Gebiet zwischen Mayapán und Uxmal dürfte mühelos zu durchqueren sein, stand es doch unter dem

Schutz der beiden Könige. Sobald sie allerdings über die Halbinsel in südlicher Richtung, Quatemalán entgegen, zogen, betraten sie eine gesetzlose Region, in der sich zweifellos genügend Gelegenheit bot, das Leben des Mädchens zu retten. Und dann wäre er von Tonina erlöst.

In Vorfreude darauf, sie nur noch wenige Tage um sich zu haben, betete Chac zur Göttin des Mondes, der Beschützerin der Ballspieler, und schlief endlich ein.

Tonina hingegen fand keine Ruhe. Das Bild von Chac und seiner Mutter in der königlichen Küche tauchte immer wieder vor ihr auf. Es schürte die Sehnsucht nach ihren eigenen Eltern. Gleichzeitig erschreckte sie dieser Gedanke, und sie fragte sich bang, ob sie, sobald sie die rote Blume gefunden hatte, der Versuchung widerstehen würde, hierzubleiben und ihr Volk zu suchen, anstatt so schnell wie möglich auf die Perleninsel zurückzukehren. Wenn Aussicht bestand, ihre Mutter und ihren Vater aufzuspüren, würde sie dann stark genug sein, nach Hause zu fahren, zu Guama und Huracan?

Irgendwann schlief sie dann doch ein und träumte von Tapferem Adler. Er war zurückgekehrt, und sie rannte ihm mit ausgestreckten Armen entgegen. Sie schrak abrupt auf, als sie jemanden rufen hörte, meinte noch zu träumen, bis sie aus ihrer Hängematte schaute und ihr Blick auf Chac fiel, der, in seinen Umhang gehüllt, auf seiner Matte lag und im Schlaf verzweifelt nach Paluma verlangte. Zu Toninas Überraschung stieß er auch Baláms Namen aus.

Tonina wagte sich nicht zu rühren. Während Chac sich nach und nach beruhigte, lauschte Tonina den merkwürdigen Lauten in den Bäumen. Bei dem Gedanken an all die wilden Tiere, die im Wald lebten, und an die Gespenster und Dämonen, die nachts umhergeisterten, bekam sie eine Gänsehaut. Sie bat Lokono und ihre Delphingeister um Schutz und hoffte, dass der Rauch ihres schwelenden Lagerfeuers ausreichte, um Bösewichte fernzuhalten.

28

Es gab kein Wasser, um sich zu waschen; großblättrige Pflanzen, vom Tau der Nacht bedeckt, mussten herhalten, um Schmutz und Schweiß zu entfernen, und zum Zähneputzen eignete sich nach Minze schmeckendes *chicle,* der gummiartige Saft des Breiapfelbaums. Als anschließend Chac Morgengebete an die Mondgöttin und Kukulcán richtete, beobachtete er aus dem Augenwinkel, wie Tonina sich mit Kokosmilch das Gesicht bemalte und damit einmal mehr ihre Züge verbarg.

Nach einem wortlosen Frühstück brachen sie auf. Chac schlug eine Schneise durch das Dickicht. Tonina, die ihm folgte, hatte ständig seinen nackten Rücken vor Augen – die ausgeprägten Muskeln, die Sehnen und Narben erinnerten sie an seinen Einsatz auf dem Spielfeld, an die Wendigkeit, seinen Gegnern zuvorzukommen und den Ball zum Siegespunkt einzulochen.

Auch Chacs Gedanken kreisten um seine Begleiterin. Warum klimperte ihr Haar so aufreizend? Er wäre gern zügiger ausgeschritten, um sie weit hinter sich zu lassen, aber das gestatteten ihm die Götter nicht. Er sehnte sich nach seinen Mannschaftskameraden, nach Paluma. So allein zu sein behagte ihm nicht. Mittags, als er die Stille und Einsamkeit des Waldes nicht länger ertrug, schlug er unversehens die Richtung zur Weißen Straße ein.

Tonina folgte ihm.

Sie waren noch nicht weit gekommen, als sie auf eine kleine Handelskarawane stießen, deren Anführer Chac erkannte. »Held der Dreizehn Spiele!«, rief er aus, und als man sich um Chac drängte,

um sich in seiner Glücksaura zu sonnen, bereute dieser seine Unbesonnenheit.
Sie schlugen sich weiter durch den Wald, bis sie bei Sonnenuntergang ihr Lager aufschlugen. Während Tonina einen geeigneten Baum für ihre *hamac* suchte, mühte sich Chac vergebens ab, ein Feuer in Gang zu bringen.
Tonina trat mit ihrem Feueranzünder, zwei eigens ausgehöhlten Holzstücken – einem Drill und einem Klotz – zu ihm. Zunder lieferte ihr ein verlassener Termitenbau. Zum Auftakt spuckte sie in die Hände, zeigte Chac dann, wie er den Drill zu drehen hatte, nämlich schnell und mit Druck. Als die ersten Funken aufstoben und zu glimmen begannen, schüttete sie Zunderstücke von dem Termitenbau darüber, bis eine Flamme aufstieg und sich das Feuer entfaltete.
Dann hockte sie sich an das Feuer und holte sich aus ihrem Reisesack etwas zu essen.
Chac war verblüfft. Sie blieb bei ihm? Warum machte sie sich nicht irgendwo ein eigenes Feuer? Jetzt saß sie ihm gegenüber, löste die Schalen eines gekochten Puteneis ab und bestreute es mit Salz. Ohne eingeladen worden zu sein, bei ihm Platz zu nehmen.
Wieder aßen sie, ohne ein Wort zu wechseln, wie zwei Fremde, denen nicht daran gelegen war, einander näher kennenzulernen.
Es wurde immer dunkler, Schreie von Nachtvögeln klangen durch den Wald. Chac zog eine kleine Figur heraus, die Kukulcán darstellte, und dachte an Paluma. Vor seinem Aufbruch hatte er sich noch dem Kult des Wiederkehrenden Gottes angeschlossen, obwohl er, wenn er ehrlich war, nicht wirklich daran glaubte.
Auch Tonina dachte an jemanden, der ihr fehlte: Tapferer Adler. Und zu ihrer eigenen Verwunderung ging ihr Einauge ebenfalls ab.
Als Chac die Landkarte aus Borkenpapier herauszog, die er in Mayapán erworben hatte, setzte sich Tonina neben ihn, betrachtete die Linien und Symbole und sah fragend ihren Begleiter an.
Chac war es unangenehm, sie so dicht neben sich zu spüren. Die-

ser leichte Kokosnussgeruch, der von der Farbe auf ihrem Gesicht und den Armen herrührte! Das war etwas, was Maya-Frauen nicht an sich hatten.
Er deutete auf die Mitte des Blattes, sagte: »Mayapán.« Linien verliefen von dort aus, überall waren Zeichen und Symbole angebracht. Da Chac weder lesen noch schreiben konnte, hatte er sich merken müssen, was der Kartenzeichner unter Hindeutung auf Städte, Straßen und Gegenden erklärt hatte. Er wusste, welches Zeichen für Palenque stand, weil der Kartenzeichner gesagt hatte: »Hier ist Palenque.«
Jetzt deutete Chac auf weitere Punkte auf der Karte und nannte Namen von Städten, die Tonina fremd waren: »Uxmal. Tikal. Copán. Palenque.«
»Quatemalán?«, fragte sie.
Er wies auf den Rand der Karte, aber da sie keine Ahnung vom Zusammenspiel von Entfernung und Maßstab hatte, sagte ihr das nichts. »Wo«, fragte sie, durch seine Nähe unvermittelt atemlos, »wo ist Teotihuacán?«
Ein kummervoller Schatten verdunkelte seine Augen. Dann deutete er auf ein Zeichen am entgegengesetzten Rand von Quatemalán. Als Tonina sah, dass der Ort, den er erreichen musste, so weit von Quatemalán entfernt lag, regte sich ihr schlechtes Gewissen. Er sollte gen Norden gehen, um ein Begräbnisritual nach Maya-Art durchzuführen – sie dagegen musste nach Süden. Und die Götter hatten bestimmt, dass sie zusammenblieben.
»Gut, dann gehen wir eben nach Teotihuacán«, hätte sie gern gesagt. Aber sie hätte ihm gern auch klargemacht, dass sie unbedingt die rote Blume finden und zu ihrem Volk bringen musste. Wenn doch nur Einauge da wäre und übersetzen könnte!
Als Chac die Fragen und die Frustration in Toninas Augen sah, sprang er auf und stopfte die Karte wieder in seinen Reisesack. Die Situation war unerträglich! Dass sie ständig um ihn herum war, verursachte ihm zusehends Unbehagen. Ständig erinnerte sie ihn an die Nacht, in der Paluma gestorben war, an sein Versäumnis, an seine Schuld. Er wollte Paluma in ihren glücklichen Stunden

in Erinnerung behalten, daran denken, wie sie gelacht, wie sie den Nacken gebeugt hatte, wenn sie konzentriert über einem Federarmband gesessen hatte. Nicht wie er sie gefunden hatte, tot, in einer Blutlache.

Er war froh, dass er und das Mädchen nicht miteinander reden konnten, froh, dass der Zwerg nicht mitgekommen war. Etwas an Tonina schürte Chacs Befürchtung, dass, sollte sie sich verständlich machen können, sein Herz und seine Seele in Gefahr wären. Welchen Zauber sie auf ihn ausübte, vermochte er nicht zu sagen, aber seit er sie zum ersten Mal erblickt hatte, wusste er, dass Tonina kein Mädchen wie alle anderen war.

Er blieb stehen und schaute auf sie herab. Noch immer konnte er ihr Gesicht nicht genau erkennen, weil die in Weiß aufgemalten Symbole auf ihren Wangen, ihrer Stirn und dem Kinn dies nicht zuließen. Außerdem fiel ihr häufig ihr widerspenstiges langes Haar ins Gesicht. Das störte ihn. Maya-Frauen wanden ihr Haar zu dem beliebten Jaguarschwanz, der so fest mit einem Tuch umwickelt war, dass keine Strähne hervorsah. Das verlieh ihnen seiner Meinung nach ein gesittetes Äußeres.

»Wir müssen schlafen«, sagte er in der Maya-Sprache, und Tonina verstand.

Er versuchte, nicht hinzusehen, als sie die Enden ihrer *hamac* an jeweils einem Baum befestigte, aber der Anblick einer so schlanken jungen Frau mit so langen Gliedmaßen war für ihn etwas Ungewohntes, vor allem als sie sich, auf den Zehenspitzen stehend, reckte, um die Schnüre zu befestigen. Ihr Oberteil verschob sich nach oben, ließ darunter einen eigenartigen Gürtel erkennen. Einen Gürtel, der verziert war mit Gehäusen der Kaurischnecke. Da keine Maya so etwas trug, fragte sich Chac, was er wohl zu bedeuten habe.

Endlich hatte Tonina es sich in ihrer Bettschaukel bequem gemacht. Aber der Schlaf wollte sich nicht einstellen. Chac hielt sie wach. An die rote Blume hatte sie den ganzen Tag lang nicht gedacht. Chac lenkte sie ab, ohne dass sie wusste, warum. Nur eins stand fest: So ging es nicht weiter. Ich werde ihn bei der erstbesten Gelegenheit verlassen, beschloss sie. Ich werde im Wald verschwinden, und er wird mich nicht mehr finden …

Erneut drehte sich Chac auf seiner Schlafmatte um. Immer wieder musste er zu dem Mädchen da oben schauen. Wie sehr das Baumbett aus Palmfasern sie doch veränderte! Schmalhüftig und breitschultrig, wenn sie marschierte, aber sobald sie in der *hamac* lag, wurde ihr Körper kurvenreicher, weicher, weiblicher.

Morgen, so sagte er sich, morgen würde ihm gewiss eine Lösung einfallen. Er nickte ungeachtet des beißenden Rauchgeruchs ein, der durch die Bäume drang.

Jäh fuhren beide aus dem Schlaf hoch. Rauchschwaden überall! Das musste ein Waldbrand sein. Aber warum erglühte der Himmel nicht unter dem Flammenschein? Weshalb hetzte kein Wild an ihnen vorbei?

Chac ergriff seinen Speer und den Knüppel und gab Tonina zu verstehen, dass er der Sache auf den Grund gehen wollte. Ihr Messer in der Hand, folgte sie ihm schweigend durch den Rauch und den dichten Wald. Als sie zu einer Lichtung gelangten, blieben sie wie angewurzelt stehen. Auf das, was sie erblickten, waren sie nicht vorbereitet.

29

»Die Götter seien gesegnet!«, rief Einauge ihnen entgegen und winkte mit seinen kurzen Armen. Chac und Tonina starrten verblüfft auf das große Lager. Wie war es möglich, dass sich in ihrer Nähe unbemerkt so viele Menschen aufhielten?
»Ich habe sie beschworen, leise zu sein«, erklärte Einauge und kam in dem ihm eigenen schwankenden Gang, der Toninas Herz aufjauchzen ließ, auf sie zu. Er hatte ihr so gefehlt! »Ich habe ihnen eingeschärft, Euch auf Eurer heiligen Reise nicht zu belästigen.«
»Was hat das alles zu bedeuten?«, herrschte Chac ihn an. Er blickte fassungslos auf die vielen Menschen, die zwischen den Bäumen und dort, wo Lagerfeuer brannten, herumliefen. Auch Ältere und Kinder waren darunter, mit Hunden und Truthähnen, die im Sand scharrten.
»Herr«, hob Einauge jetzt an. »Ich hatte die Absicht, allein zu kommen, aber die königliche *h'meen* bat darum, mit mir zu reisen, was ich ihr nicht abschlagen konnte. Und dann verbreitete sich mein Vorhaben in Windeseile, Ihr wisst ja, wie es in einer Stadt zugeht, Herr, und ehe ich mich versah, folgte uns diese Menschenmenge.«
Chac legte die Stirn in Falten. Die *h'meen* des königlichen Gartens, dieses seltsame Wesen, das wie eine alte Frau aussah, war tatsächlich mitgekommen. In eine Decke gehüllt hockte sie an einem der Feuer, einen kleinen fetten Hund auf dem Schoß. Hinter ihr standen zwei Bedienstete, die die Symbole des Königs von Mayapán trugen.

Chac erkannte Mitglieder der Neun Brüder, fanatische Ballspielanhänger, die ihre Bauernhöfe und Familien im Stich ließen, wann immer Spiele ausgetragen wurden. Kaum hatten sie vernommen, dass ihr Held Chac Mayapán zu verlassen gedachte, hatten sie ihre Habe gepackt, um ihm mit ihren Frauen und Kindern zu folgen.

»Herr«, sagte Einauge hastig, als er Chacs zorniges Gesicht sah, »Ihr und Tonina seid die glücklichsten Menschen auf der Welt, denn Ihr habt beide die Opferung im Schacht überlebt. Einige der Leute hier möchten Euch nach Teotihuacán folgen, um von den Göttern Verzeihung für ihre Vergehen zu erflehen, andere möchten Tonina begleiten, in der Hoffnung, dass die wundersame Blume auch ihnen Heilung von ihren Gebrechen bringt. Selbst die königliche *h'meen* hofft«, fügte er ausdrücklich hinzu, »dass die Blume den unerklärlichen Alterungsprozess beendet, der ihren Körper bedroht.«

»Wir müssen allein gehen«, sagte Chac ruhig und bestimmt.

»Oh, wir gehen nicht *mit* Euch, Herr. Wir haben nur denselben Weg. Ihr geht voran, und wir folgen.«

»Und du glaubst, die Götter lassen sich zum Narren halten?«

»Zu dieser Annahme würde ich mich nie versteigen, Herr! Jedenfalls kann ich nichts dafür.«

Der Zwerg hoffte, dass Chac ihn nicht fragte, was er selbst bei dem Zug verloren hatte. Wie oft am Tag durfte er zu einer Lüge greifen? Selbst dem Glück eines einäugigen Zwergs waren Grenzen gesetzt.

In Wahrheit verhielt es sich einfach so, dass er, als Chacs Anhänger am Stadttor zusammengeströmt waren und gebeten hatten, sich der Karawane, die Chac, dem Helden, folgen würde, anschließen zu dürfen, eine bescheidene Bezahlung dafür verlangt hatte – für Essen und Dienstleistungen, hatte er gesagt – und obendrein, was nur recht und billig war, eine kleine Provision für sich. Dann, so kalkulierte er, würde er, bis sie Quatemalán erreichten, reich genug sein, um sich nicht nur ein Kanu, sondern eine ganze Insel zu kaufen und dort bis zu seinem Tode wie ein König zu leben.

Durch das friedliche Lager schallte ein Schrei. Die Frau eines der Neun Brüder bewarf ihren Mann mit Obst, einen Riesen, der sich duckte. »Keinen Schritt mehr gehe ich mit dir!«, kreischte sie und schleuderte ihm eine weitere Frucht entgegen, die ihm mit einem hohlen Geräusch an den Schädel prallte. »Du und dein Ballspiel! Verrückt ist das!«

Chac und Tonina beobachteten verblüfft, wie die Frau dann ihr Jüngstes hochnahm, den anderen Kindern mit Gesten etwas zu verstehen gab und sich auf den Rückweg nach Mayapán machte. Nach einer Weile rappelte sich der Mann, mit saftigem Fruchtfleisch und Kernen verschmiert, auf. Ungeachtet des schallenden Gelächters, das sich daraufhin erhob, stürzte er auf Chac zu, warf sich seinem Helden zu Füßen und schwor ihm niemals versiegende Treue.

Ein anderer trat hinzu, der Anführer der Neun Brüder, wegen seiner schier unglaublichen Behaarung von den Maya mit ihrem Hang zur Ironie »Haarlos« genannt. Haarlos war ein wohlhabender Imker, der seine Bienenstöcke und sein Haus einem Vetter überantwortet hatte, um seinem Helden zu folgen.

Weitere drängten herbei. Obwohl Einauge sein Bestes tat, die Menge zurückzuhalten, wurde die Situation für Chac allmählich grotesk. Da sollte er, allein auf sich gestellt, eine heilige Pilgerreise in die Stadt der Götter unternehmen, und auf einmal zog ihm dieser Schwarm Menschen hinterher! Er packte Einauge am Umhang und raunzte ihn an: »Ihr könnt nicht mitkommen! Ich muss allein sein, sonst ist alles umsonst.«

Einauge befreite sich, räusperte sich und sagte dann leise: »Herr, darf ich Euch daran erinnern, dass Ihr Euch noch nicht auf dem Weg nach Teotihuacán befindet. Ihr begleitet ein junges Mädchen nach Quatemalán, das ist alles. Erst wenn Ihr Tonina zur Küste gebracht habt, beginnt Eure heilige Wanderung, und dann, das verspreche ich Euch bei den Knochen meines Urgroßvaters, werdet Ihr allein sein.«

Während Chac noch über diese Worte nachdachte, fügte Einauge hinzu: »Mit unserer Hilfe, Herr, werdet Ihr die Götter zufriedenstellen.« Um zu verdeutlichen, was er meinte, deutete er mit dem Kopf zu Tonina.

Chac seufzte. Einauge hatte recht. Wenn er Tonina heil zur südlichen Küste brachte, hätte er ihr gleichsam das Leben gerettet. Und mit all diesen Leuten hier, die vorhatten, sie durch das gefahrvolle Land jenseits von Uxmal zu begleiten, war dieses Ziel so gut wie gesichert.

»Einverstanden«, sagte er und ging zu seinem eigenen Lager zurück.

Tonina blieb noch bei Einauge stehen. »Ich freue mich so, dich wiederzusehen«, sagte sie, beugte sich zu ihm hinunter und drückte ihm einen feuchten, zärtlichen Kuss auf die Wange. Als sie noch hinzufügte: »Ich brauche dich« und ihr langes Haar seine Schulter streifte, vollführte Einauges Herz einen Freudensprung bis hinauf zu den Sternen.

»Du musst mich in der Maya-Sprache unterrichten«, sagte sie. »Und zwar sofort. Ich kann nicht mit Chac zusammenbleiben. Ich muss allein weiter.«

Einauge nickte. Es schmerzte zwar, dass sie sich nicht allein darüber freute, ihn wiederzusehen, sondern noch einen weiteren Grund hatte, aber er ließ sich seine Enttäuschung nicht anmerken. »Ich werde dir alles beibringen, was du wissen willst«, sagte er, nicht nur weil sie ihn geküsst hatte, sondern weil Einauge der Taíno-Händler, der kleinste Mann weit und breit, sich soeben in die größte Frau verliebt hatte.

30

In seinem Versteck zwischen den Bäumen führte Balám das Blasrohr an die Lippen und visierte sein Ziel an.
Im Lager auf der Lichtung herrschte ein großes Durcheinander, es wurde gezankt, Kinder rannten kreuz und quer, Männer verstrickten sich in hitzige Glücksspiele, Frauen plauderten während sie kochten und Babys stillten. Balám konnte also sicher sein, Chac, der allein am äußersten Rande des Lagers hockte, mit einem einzigen Treffer zur Strecke zu bringen. Man würde es erst bemerken, wenn es bereits zu spät war.
Der vergiftete Pfeil führte nicht sofort den Tod herbei. Das Curare an der Spitze rief eine Lähmung hervor. Chac würde also zusammenbrechen und ganz langsam sterben. Erst würden seine Gliedmaßen den Dienst versagen. Er würde bei Bewusstsein bleiben, um Atem ringen bis zum Schluss, wenn das Curare seine Lungentätigkeit vollends blockierte. Hilflos würde Chac daliegen, spüren, wie sein Herz flatterte, und sich bewusst werden, dass er nie nach Teotihuacán kommen würde.
Dann werde ich mich über ihn beugen, so Baláms zynische Überlegung, und mich an der Angst in seinen Augen weiden und daran, wie das Leben aus seinem Körper flieht. Ich werde mich über ihn beugen und ihm zuflüstern: Das ist für Yaxche und Ziyal.
Balám war Chac von Mayapán aus gefolgt, war unbemerkt Zeuge geworden, wie der Zwerg und seine groteske Meute sich auf die Spuren von Chac und dem Inselmädchen begeben hatten. Er war ihnen nach Uxmal gefolgt, hatte gewartet, bis sie sich ausgeruht und mit Proviant versorgt und noch mehr Narren in ihren Zug

aufgenommen hatten, und anschließend beschattete er sie auf der Weißen Straße.
Niemand wusste von seiner Anwesenheit. Niemand wusste, dass er den Tod brachte. Wie die Menge auf den Mord reagieren würde, war ihm egal. Vielleicht würden sie ihn ergreifen und ihm die Gliedmaßen einzeln ausreißen. Es war ihm egal. Er hatte nichts mehr, wofür es sich zu leben lohnte.
In Uxmal hatte er im Schutze der Nacht den Stammsitz seiner Familie aufgesucht, eine Villa unweit der Pyramide der Wahrsager. Da seine Familie bereits von seiner Schande und seinem Absturz erfahren hatte, hatte sein Vater Anweisung gegeben, ihm die Tür zu weisen. Deshalb hatte sich Balám im dunklen Garten versteckt. Wie erwartet, war seine Mutter erschienen, hatte ihm etwas zu essen und Wasser gebracht und ihn in die Arme geschlossen. Ohne Wissen des Vaters war der Garten drei Nächte lang seine Zuflucht gewesen, und als er sich in die Stadt gewagt und auf dem Marktplatz mitbekommen hatte, wie Chac und das Mädchen Vorbereitungen für den Aufbruch trafen, hatte Balám seiner Mutter einen Abschiedskuss gegeben und war ebenfalls losgezogen. Nicht mit leeren Händen. Die Mutter hatte ihm Jade sowie Kakaobohnen, Waffen und frische Kleidung mitgegeben und vier Neffen befohlen, ihn zu begleiten, vier gelangweilte junge Männer, die freudig die Gelegenheit ergriffen, Abenteuer zu erleben, und sich nicht um Schande oder Unglück scherten. Balám hatte seiner Mutter versprochen, zurückzukommen, aber dieses Versprechen gedachte er nicht einzuhalten. Sobald er sich an Chac gerächt hatte, wollte er sich am nächstbesten Baum erhängen.
In Mayapán konnte er sich nicht mehr blicken lassen. Seine Schulden waren unabsehbar hoch, seine Gläubiger auf ihr Geld bedacht. Sogar eine Belohnung war auf seinen Kopf ausgesetzt.
Ebenso wenig konnte Balám sich auf die Suche nach seiner Tochter machen. Wenn er sich bei Reisenden und Händlern nach dem Aufenthaltsort von Ziyal erkundigte, würde sich schnell herumsprechen, dass er noch lebte, und dann würde man ihn unter Schmähungen als Sklaven veräußern.

Alles, was ihm geblieben war, war Rache.
Er hielt die Luft an, um den vergifteten Pfeil abzuschießen, hielt jedoch inne, als er sah, dass das Inselmädchen auf Chac zuging und etwas zu ihm sagte. Chac wies sie mit einer ungeduldigen Handbewegung ab. Anstatt zu gehorchen, beugte sich das Mädchen näher zu ihm und sprach etwas lauter. Worauf Chac, zu Baláms Überraschung, heftig reagierte. Die Folge war, dass Tonina sich aufrichtete, ihn missbilligend ansah und wegging.
Balám kniff die Augen zusammen. Seines Wissens hatte sich Chac einem anderen gegenüber noch nie derart ruppig verhalten. Regelrecht unglücklich wirkte er. Und da kam Balám eine Idee.
Er zog sich zurück unter die Bäume und in das grüne Laub. Nein, überlegte er, es hatte keinen Sinn, Chac jetzt zu töten. Einem Mann das Leben zu nehmen, an dem er gar nicht mehr hängt, ist unbefriedigend. Er soll weiterleben. Hoffnung schöpfen. Glauben, dass er die Stadt der Götter erreicht und dort Trost findet. Und erst wenn mein einstiger Bruder anfängt, das Leben wieder als lebenswert zu erachten, was irgendwann der Fall sein wird, werde ich ihm dieses lebenswerte Leben wegnehmen.
Was die Wahrsagerin anbelangte – wie anders wäre alles gekommen, wenn sie an jenem Abend im Großen Saal nicht Paluma ausersehen hätte, sondern Baláms Frau! Sie hätte Yaxche aus ihrem Wunderbecher geweissagt, hätte das schreckliche Schicksal vorausgesehen, das sie erwartete, und dann hätte er, Balám, noch eingreifen können!
Für die Wahrsagerin, beschloss Balám, als er sich noch weiter hinter die Bäume verzog, würde er sich eine ganz besondere Strafe einfallen lassen.

Beklommen blickte Tonina zu dem Lager, in dem es drunter und drüber ging.
Es waren nicht die abenteuerlustigen jungen Männer mit ihren Waffen, ihrer Kriegsbemalung und ihrem Siegesgeschrei, wenn ihnen ein Tier in die Falle ging, die sie beunruhigten. Auch nicht die älteren Krieger, die ausgedient hatten, sich jetzt nutzlos vorkamen

und Geschichten von blutrünstigen Eroberungen erzählten. Auch nicht die besessenen Anhänger des Ballspiels samt ihrer Frauen und Kinder. Wer Tonina Kopfzerbrechen bereitete, waren die Kranken, die Verkrüppelten und die Lahmen, die Tauben und die Blinden, die unfruchtbaren Frauen und impotenten Männer.
Sie, die weder von Gier noch Ehrgeiz noch Machthunger, sondern von Verzweiflung getrieben wurden, stellten ein Risiko dar.
Von ihrem Lagerfeuer aus, in dessen Glut ein kleiner Kürbis garte, beobachtete sie das riesige Lager, das sich über die Lichtung und bis unter die Bäume erstreckte, und in dem so viele Feuer brannten, so viele Menschen sich tummelten. Ein lärmendes, rauflustiges Pack, das die Nacht mit Geschrei und Rauch erfüllte.
Fünf Tage waren vergangen, seit sie Uxmal verlassen hatten, und geschlagene dreißig Tage, seit Tonina von der Perleninsel aufgebrochen war. Jetzt waren sie Richtung Süden unterwegs, strebten geradewegs auf Tikal am Rande des Regenwalds zu, dorthin, wo Tonina und Chac nach Osten abzubiegen gedachten, um auf die Küste von Quatemalán zuzuhalten.
Es dauerte einfach zu lange.
Aus der kleinen Schar begeisterter Anhänger sowie derer, die sich nach Glück sehnten und nach einem anderen Leben, war ein unbeherrschbarer Haufen geworden. Seit in Uxmal die Pilgerreise von Chac bekannt geworden war – von Chac, dem Helden der Dreizehn Spiele, dem Mann, der den Opfertod im Schacht überlebt hatte! –, ließ man ihn nicht in Ruhe. Und als es dann noch hieß, dass eine Wahrsagerin mit einem wundersamen Becher ihn begleiten würde, weil sie auf der Suche nach einer Blume sei, die sämtliche Krankheiten heile, waren weitere Hoffende dazugestoßen – ein bunt zusammengewürfelter Haufen ohne Anführer.
Tonina hatte Einauge die Aufsicht angetragen, aber dem Zwerg ging es nur darum, sich mit Frauen zu amüsieren und sich von den Leuten dafür, dass sie mitkommen durften, entlohnen zu lassen. Gegenwärtig saß der Taíno-Händler an einem Feuer am anderen Ende des Lagers, in Gesellschaft eines fülligen Maya-Mädchens, der Schwester eines der Neun Brüder. Schon erstaunlich, befand

Tonina, wie leicht der Zwerg immer wieder eine Frau fand, die für ihn kochte und ihn nachts wärmte.
Als sie ihn gefragt hatte, ob nicht Chac diesen gesetzlosen Haufen zur Ordnung rufen könnte, hatte Einauge erwidert: »Chac schert sich nicht um diese Leute. Er zieht sich immer mehr in seine eigene Welt zurück. Vergiss nicht, Mädchen, er hat nicht nur seine Frau und sein Kind verloren, sondern auch seinen besten Freund. Er und Balám waren wie Brüder. Chac verdankt Balám alles – seinen Wohlstand, seinen Ruhm, sogar Paluma. Man erzählt sich, dass Chac als kleiner Junge von einer Gruppe Gleichaltriger angepöbelt wurde – steinigen wollten sie ihn! –, als Balám hinzu kam, ihm das Leben rettete, sein Freund wurde und dann dafür sorgte, dass Chac in die angesehene Akademie der Ballspieler aufgenommen wurde. Jetzt trägt Chac schwer daran, für Baláms Ruin und möglicherweise seinen Tod verantwortlich zu sein.«
»Aber das hat Balám sich doch selbst eingebrockt«, hatte Tonina entgegnet.
»Das tut nichts zur Sache. Chac lebt nach einem strengen Ehrenkodex, er hat das Gefühl, einen Bruder verraten und damit gegen diesen Kodex verstoßen zu haben. Und jetzt ist der Bruder tot, hat sich mit an Sicherheit grenzender Wahrscheinlichkeit erhängt, das einzig Ehrenhafte, was ihm zu tun geblieben ist.«
Tonina schaute jetzt hinüber zu Chac, der am Rande des Lagers saß, vornübergebeugt und allein. Vorhin hatte sie ihn gebeten, diesen gesetzlosen Haufen zur Ordnung zu rufen. Er hatte abgelehnt. »Es steht mir nicht zu, ihnen zu sagen, wie sie sich zu verhalten haben.«
Tonina konnte sich nicht vorstellen, wie abgrundtief verzweifelt er war. Sie wünschte sich nur, dass er in Ruhe trauern konnte. Und deshalb musste dieses ungehobelte Pack zur Ordnung gerufen werden.
Am schlimmsten gebärdeten sie sich, wenn es ums Essen ging. Keiner gab etwas ab. Jeder hortete, was er ergreifen konnte.
Wenn sie sich derart ums Essen balgen, wie werden sie sich erst gebärden, wenn die rote Blume gefunden ist? *Sie werden über*

den Busch oder Baum herfallen und ihn verwüsten, wie sie alles auf ihrem Weg verwüsten; sie werden in ihrem Rausch die Blüten zerstören und nichts für die Menschen auf der Perleninsel übrig lassen.

Es wurde zusehends dunkler. Im Lager legte man sich schlafen, durch die raucherfüllte Luft zogen das Murmeln von Gebeten, Schnarchlaute und das Gestöhn sexueller Begierde. Tonina nahm ihr Gepäck mit hoch in ihre *hamac*; es war ihr nicht entgangen, wie man ihre Habe beäugt und sich nach dem durchsichtigen Becher der Prophezeiung erkundigt hatte. Nachdem sie zu Lokono, dem Geist des Alls, und ihren Delphingeistern gebetet hatte, überdachte sie nochmals die schwierige Entscheidung, die es zu treffen galt. Huracan und ihrem Volk zuliebe musste sie Chac und diese wilde Horde verlassen.

»Geh heute Nacht nicht aus dem Haus«, bat Paluma. »Lass mich nicht allein, denn ich habe schreckliche Vorahnungen.«

»Ich muss Balám suchen.«

»Liebster, du bist nicht verantwortlich für das, was er getan hat. Er selbst hatte sich durch das Glückspiel derart verschuldet, dass es keine Rettung mehr für ihn gab.«

»Wenn ich nicht diesen letzten Wurf durch den Reifen …«

»Du hast richtig gehandelt. So, wie die Götter es wollten. Du hast dich ehrenwert verhalten.«

Und dann war Chac in die Nacht hinausgegangen, durch dunkle Wege und Gassen, auf der Suche nach seinem Freund, den er Bruder nannte. Aber Balám war nirgendwo zu entdecken. Hatte er seine Drohung wahrgemacht und sich erhängt?

Zurück in der Villa … Paluma auf dem Boden, ihr Kopf im Schoß der Wahrsagerin … die Blutlache auf den Fliesen … »Sie war sofort tot«, hatte das Inselmädchen gesagt.

Mit einem erstickten Schrei wachte Chac auf. Er schwitzte, sein Umhang, mit dem er sich zugedeckt hatte, war feucht. Er setzte sich auf und schaute nach allen Seiten. Keiner hatte ihn gehört. Das Lager schlief weiter. In den Ästen über sich machte er mehrere *hamacs* aus, aber die von Tonina fehlte. Ebenso wie ihr Reisesack.

Der dunkle Wald wirkte schon an sich bedrohlich. Bestimmt lauerten hier auch noch alle möglichen Gefahren. Aber um Chac und der Horde von Menschen zu entfliehen, musste Tonina einfach losgehen. Frühmorgens, wenn alle erwachten und merkten, dass sie nicht da war, wäre sie dann so weit weg, dass man sie nicht mehr aufspüren konnte.

Auf dem Weg durch Uxmal hatte sie Einauge unaufhörlich ausgefragt. »Wie heißt dies in der Maya-Sprache? Und wie das?«, ohne sich abschrecken zu lassen, wenn Einauge im Verlauf des endlosen Unterrichts gelegentlich gereizt reagiert hatte. Der Schlüssel zur Unabhängigkeit war nun einmal die Beherrschung der Sprache, und Tonina war froh, sich durchgesetzt zu haben. Als sie jetzt durch den dichten Wald hastete, wusste sie, dass ihr frisch erworbenes Wissen ihr in jedem Fall zugute kommen würde.

Sie hatte das im Schlummer liegende Lager verlassen und war zunächst nach Norden gegangen, um dann abzubiegen und auf die Küste zuzuhalten. Als sie, ihr Messer einsatzbereit in der Hand, zügig ausschritt, vorbei an Bäumen und Büschen, dachte sie an Guama und Huracan, stellte sich vor, wie sie auf dem Felsvorsprung über der Lagune standen, den Blick nach Westen gerichtet, in der Hoffnung, ihr Kanu zu erspähen. Ob sie inzwischen von Macus Ränkespiel wussten? Hatte jemand den Kampf auf hoher See überlebt und von der Tragödie berichtet? Vielleicht nahmen sie an, dass Tonina tot war. Nein, Guama würde sie nicht aufgeben, und Tonina würde ihre Großmutter nicht enttäuschen. Die rote Blume war mit Sicherheit in Reichweite, wuchs auf den gezackten Felsen entlang der Küste von Quatemalán. Sie würde die Blüten abpflücken und die wenigen ihr verbliebenen Perlen dazu verwenden, ein Kanu zu erstehen und nach Hause zu rudern.

Unversehens hielt sie inne, lauschte mit angehaltenem Atem in die Nacht. Was hatte sie bewogen stehenzubleiben?

Sie blickte zurück, durch die Bäume. *Chac?*

Wie er wohl reagierte, wenn er ihre Abwesenheit bemerkte? Würde er sie suchen? Oder würde er die Gelegenheit nutzen und sofort nach Norden ziehen, nach Teotihuacán?
Tonina wollte ihren Weg fortsetzen. Aber es ging nicht. Sie war wie gelähmt.
Geh schon!, rief sie sich leise zu. Steh nicht hier rum. Beeil dich!
Aber ihre Füße gehorchten ihr nicht. Sie spähte in die Dunkelheit, vernahm die Rufe der Nachtvögel, dachte an Chac, der möglicherweise gerade aus dem Schlaf hochfuhr, feststellte, dass sie weg war, und sich auf die Suche nach ihr machte.
Tonina konnte sich nicht erklären, weshalb sie wie angewurzelt dastand, sie wusste nur, dass in ihrem Kopf Gedanken und Fragen und Überlegungen herumschwirrten, die ihr bislang fremd gewesen waren. Entschlüsse zu fassen war ihr immer leichtgefallen: Wenn die Austernbänke vom vorigen Jahr abgeerntet waren, dann schwamm sie eben weiter raus. Als sie erfahren hatte, dass Huracans Leben von einer seltenen Blume abhing, hatte sie nicht lange überlegen müssen, um zu sagen: »Ich mache mich auf die Suche danach.«
Aber jetzt fühlte sie sich hin- und hergerissen. Sie verstand nicht, was es mit Chac auf sich hatte und was sie davon abhielt, sich von ihm zu befreien. Sie waren sich fremd – und wiederum auch nicht. Auf dem Marktplatz, als sie ihn zum ersten Mal gesehen hatte und ihre Blicke sich kreuzten, war eine seltsame, unerklärliche Verbindung zwischen ihnen entstanden.
Überrascht stellte sie fest, dass sie zurück zum Lager wollte. Dabei sollte sie doch ihr Versprechen Guama und Huracan gegenüber einlösen!
Sie spürte ein Prickeln im Nacken. Sie wurde beobachtet.
Von den Augen eines Menschen.
Verärgert über ihr Zögern, wollte sie weglaufen. Da tauchte unversehens Chac zwischen den Bäumen auf, das Gesicht dunkel vor Zorn. Er packte sie bei den Schultern und fuhr sie an, was in sie gefahren sei.

Sie war kaum in der Lage zu sprechen, seine Nähe raubte ihr den Atem. »Woher wusstest du, wo …«

»Haarlos, der Anführer der Neun Brüder, die die Nachtwache übernommen haben, hat gesehen, wie du dich aus dem Lager geschlichen hast. Warum willst du weg? Die Götter haben verfügt, dass wir zusammenbleiben.«

»*Deine* Götter, nicht meine!«, entrang es sich ihr. *Lass mich gehen. Ich entbinde dich von deiner Verpflichtung mir gegenüber.* Aber die Worte blieben ihr im Halse stecken.

Chacs Finger gruben sich in ihre Arme. Plötzlich wusste er nicht, was er tun sollte. In den Kokosnussduft ihrer Gesichtsbemalung mischte sich der von Lorbeer und Minze. Weil es kein Gewässer gab, in dem sie hätte baden können, stand Tonina jeden Morgen ganz früh auf, wenn die Pflanzen noch von der Nacht feucht waren, und erfrischte sich mit Tau, um sich anschließend Arme und Gesicht zu bemalen. Chac kannte niemanden, der derart penibel auf Sauberkeit bedacht war. Wahrscheinlich rührte das daher, so seine Mutmaßung, dass sie ihr halbes Leben im Meer zugebracht hatte.

»Lass mich allein weiterziehen.« Tonina fügte langsam die neu erworbenen Maya-Wörter zusammen. »Damit ist deine Verpflichtung, mir das Leben zu retten, vorbei.«

Chac wusste weder ein noch aus. Er spürte ihre Haut, ihre Schultern, war verwirrt, weil er nicht genau sagen konnte, warum er ihren Spuren gefolgt war. Weil die Götter bestimmt haben, dass wir zusammenbleiben, redete er sich ein. Andererseits war nicht zu leugnen, dass er, als er aufgewacht war und gemerkt hatte, dass sie weg war, einen Stich in der Magengegend verspürt hatte, unerwartet und undefinierbar. Sie war ihm lästig, irritierte ihn, er wäre sie gern losgewesen. Aber dennoch empfand er ein heftiges Bedürfnis, sie um sich zu haben. Ein Bedürfnis, dem nachzukommen ihm mehr bedeutete als jedes göttliche oder menschliche Gesetz.

»Es liegt nicht in deiner Macht, mich freizugeben«, raunte er schließlich mit belegter Stimme. »Das steht allein den Göttern zu.« Als sie die Stirn krauste und er merkte, dass sie ihn nicht verstanden hatte, wiederholte er seine Worte langsamer, eindringlicher. Sie hatte sich seine Sprache rasch angeeignet, wenngleich es noch an Umsetzung mangelte.

»Du musst mit zurückkommen«, sagte er. »Wir sind durch ein uraltes Gesetz aneinandergekettet. Ich kann nicht nach Teotihuacán gehen, bevor ich nicht diesem Gesetz Genüge getan habe.«

Als Tonina zu seinem Gesicht aufschaute, durchzuckte sie der Gedanke, dass trotz der mannigfachen Unterschiede – ob im Hinblick auf die Götter, die Sprache oder Gebräuche – Chac und sie sich in einem Punkt glichen: Jeder hatte ein Versprechen zu erfüllen, ein Versprechen, das sie einhalten mussten, wie schwer ihnen das auch fallen mochte.

Deshalb sann sie über eine andere Möglichkeit nach, ihn abzuschütteln. »Diese Menschenmenge …«, sie suchte nach dem richtigen Wort, »… hält mich auf.«

Er zog eine Braue hoch. »Es ist bestimmt leichter, deine Blume zu finden, wenn viele mithelfen.«

»Sie helfen nicht mit. Sie machen mir Angst!«

»Angst? Dir?«

»Was meinst du, was sie tun werden, wenn wir die Blume finden? Diese Leute sind …« Sie verwünschte die Sprachbarriere zwischen ihnen. »Sie sind verzweifelt. Sie werden sich wegen der Blume gegenseitig zerfleischen!«

Seine dicken schwarzen Brauen schoben sich zusammen. »Jetzt übertreibst du aber.«

»Die Starken stehlen den Schwachen doch jetzt schon die Nahrung.«

Chac blinzelte. »Was sagst du da?«

»Manche bekommen überhaupt nichts zu essen.«

Auf seiner Stirn bildeten sich Falten. »Warum wird so etwas zugelassen?«

»Zugelassen! Wer soll sie denn daran hindern?«

Chac starrte sie an. Wie konnte es sein, dass manche nichts zu essen hatten? In Mayapán hatte jeder genug zu essen. Aber wenn er

es recht bedachte, wusste er gar nicht, wie die Unterschicht lebte. Er hatte einfach angenommen, dass Seine Großherzige Güte dafür sorgte, dass die Bäuche aller seiner Untertanen gefüllt wurden.
»Probleme mit dem Essen sind kein Grund, wegzulaufen«, sagte er. »Dagegen lässt sich doch einschreiten.«
Er hielt sie noch immer fest, stand so nahe bei ihr, dass sie seinen Atem an ihrer Wange spürte. Ganz plötzlich konnte Tonina nicht anders als ihn fragen: »Warum hasst du mich?«
Er wölbte die Brauen. »Dich hassen?«, sagte er leise.
»Wie du mich im Brunnenschacht angeschaut hast. Du bist wütend auf mich, weil ich dir das Leben gerettet habe.«
Er starrte sie lange an. Ja, er *war* auf sie wütend, aber nicht, weil sie ihm das Leben gerettet hatte. Zum ersten Mal seit der furchtbaren Nacht wurde ihm hier im Wald schlagartig etwas bewusst: *Ich nehme ihr übel, dass sie dabei war, als Paluma starb, und ich nicht. Das kann ich ihr nicht verzeihen.*
Nein, überlegte er, ich kann es *mir* nicht verzeihen.
Sie schaute zu ihm auf. »Bitte lass mich gehen«, flüsterte sie erneut.
Verwirrt blickte er sie an. Am liebsten hätte er das zu ihm erhobene Antlitz mit den Händen umfasst und sanft die weiße Farbe weggewischt, um das Gesicht zu sehen, das sich darunter verbarg.
»Ich kann nicht«, sagte er.
»Ich bin weit weg von zu Hause, von meinem Volk und meinen Göttern. Ich bin ganz allein.«
Ihre Tränen verblüfften ihn. Dieses Inselmädchen war so stark und unabhängig, so entschlossen, ihren Weg zu gehen, dass er gar nicht auf den Gedanken gekommen war, sie könnte auch weinen.
»Dies ist dein Land«, sagte sie gepresst, »nicht meins. Ich möchte gar nicht hier sein, sondern wieder am Meer. Bei meinen Delphingeistern.«
Toninas so lange unterdrückte Gefühle brachen jetzt aus ihr heraus wie das Süßwasser aus dem artesischen Brunnen auf der Perleninsel. »Ich sehne mich danach, wieder im Wasser zu sein, in den Wellen, in meine stille Welt unter Wasser hinunterzutauchen!«,

rief sie. »Ich sehne mich danach, unbeschwert mit den Fischen zu schwimmen. Ohne das Meer bin ich nichts.«
Die Leidenschaft, die aus ihr sprach, überraschte Chac. Er wusste nichts darauf zu antworten. Nur einmal war er kurz am Meer gewesen, als die Mannschaft von Mayapán zu einem Wettkampf in Campeche antreten musste. An den Strand war er nicht gegangen, hatte aber von einer Anhöhe aus auf die unglaublich große Wasserfläche geschaut, die sich bis zum Horizont erstreckte. In solchen Gewässern ertranken Menschen oder wurden von grässlichen Ungeheuern darin verschlungen. Wie konnte sie sich für derart Entsetzliches und Zerstörerisches begeistern?
Er meinte, eine andere Stimme zu hören, die von Paluma, bevor sie geheiratet hatten. »Warum hängst du einem Sport an, der so viele körperliche Schmerzen bringt und dich sogar das Leben kosten kann?«
Er hatte noch nie über seine Leidenschaft für das Ballspiel nachgedacht, nie darüber, warum er unbedingt spielen wollte oder mit welchem Hochgefühl er gegen einen starken und geschickten Gegner antrat. Auf dem Spielfeld war er weder Maya noch Chichimeke, sondern einzig und allein ein kraftvoller Körper aus Muskeln und Blut. Eben er selbst. Empfand Tonina ebenso, wenn sie ans Meer dachte?
Verwundert stellte er fest, dass sie sich zwar unterschieden – sie stammte von den Inseln, er war ein Maya-Held –, aber in einer Hinsicht ähnlich waren: in ihrer Liebe für etwas, das ihnen mehr bedeutete als alles andere.
Er trat zurück, ließ, bestürzt über diese Erkenntnis, die Arme sinken. *Unsinn. Wir sind uns nicht ähnlich. Ganz und gar nicht ähnlich.*
Um sie aber zu überreden, zum Lager zurückzukehren, würde er tun, was sie verlangte – unter den Leuten für Ordnung sorgen. Nicht für Tonina wollte er das tun, sagte er sich, sondern für Paluma. Wenn Tonina recht hatte und dieser Pöbel die rote Blume vernichtete, dann würde er nie allein gen Norden ziehen können, nach Teotihuacán.

31

Am folgenden Morgen rief Chac das Lager zusammen. Es wurde still, aller Augen waren auf ihn gerichtet.

Ich bin kein Anführer, dachte er, als er die erwartungsvollen Gesichter sah. Und dann kamen ihm die Worte seiner Mutter aus längst vergangenen Tagen in den Sinn: »Erweise dich niemals als Versager, mein Sohn.«

Er war sich seit jeher bewusst, dass er nicht versagen konnte, solange er sich nicht anmaßte, über seine Grenzen hinauszugehen. Deshalb hatte er stets abgelehnt, Kapitän seiner Mannschaft zu werden. Auch jetzt wollte er dies nicht tun, aber als er Tonina ansah und an ihre nächtliche Auseinandersetzung dachte, begriff er, dass er nun diese Grenzen neu ausloten musste.

Er war nervös. Chac war kein geübter Redner und nicht gewohnt, vor vielen Menschen zu sprechen. Ich bin ein Mann der Tat, nicht der Worte, sagte er sich, als er sich zu voller Größe aufrichtete. Und dann überlegte er, dass Worte in gewisser Weise Taten waren, und sagte gebieterisch: »Auch wenn ihr mir in gebührendem Abstand folgt, müsst ihr euch an meine Regeln halten. Verzögerungen werden ab sofort nicht mehr geduldet. Wir müssen zügig vorankommen. Wenn ihr nicht Schritt halten könnt, kehrt um und geht nach Hause.«

Er legte eine Pause ein und sah jedem ins Gesicht, nicht anders als sein Trainer es auf der Akademie getan hatte, um seine Spieler zu beschwören. »Alle müssen sich an der Jagd beteiligen oder beim Sammeln, jeder hat seinen Beitrag zu leisten«, sagte er in Anlehnung an den Ehrenkodex der Akademie, der sich auf Vertrauen,

Anstand, Ehrlichkeit und Respekt gründete. »Nahrungsmittel sind Gemeingut. Das Essen wird folgendermaßen verteilt: zuerst die Alten, dann die Kinder, dann die Mütter und schließlich die Männer. Vor jeder Mahlzeit werden wir den Göttern ein Trankopfer darbringen und etwas von dem Essen in jedes Lagerfeuer werfen. Hütet euch vor Gotteslästerung und Frevel. Und Diebstahl. Wer immer beim Stehlen erwischt wird, dem werden die Hände abgehackt. Ehebruch wird mit dem Tode bestraft. Wie in der Stadt gilt auch hier das Gesetz der Maya.«

H'meen schrieb jedes seiner Worte mit, in ein eigenes Buch. Vor Einberufung der Versammlung hatte Chac die königliche Kräuterkundige ersucht, die Regeln, die er zu verkünden gedachte, niederzuschreiben, um sich bei der Durchsetzung auf sie berufen zu können. Mit gekreuzten Beinen saß sie auf dem Boden, tauchte den Pinsel immer wieder in Tusche, malte Zeichen und Symbole auf Borkenpapier.

»Dies sind die Gesetze, an die sich alle zu halten haben«, schloss Chac und wartete, die einzelnen Gesichter musternd, ab, ob es zum Aufruhr kommen würde. Umso erstaunter war er, als niemand Missfallen äußerte oder sich beklagte oder ihn bedrohte; stattdessen nickte die Menge und murmelte beifällig. Er war über seine Grenzen hinausgegangen – mit Erfolg.

Eine letzte Regel fügte er noch hinzu: »Ich bin nicht euer Anführer. Zu dem werdet ihr einen von euch bestimmen, einen Mann, der unbescholten und gerecht ist und dem ihr alle Probleme anvertrauen könnt. Und jetzt macht euch bereit zum Aufbruch.«

Als Leben in die Menge kam und man diese neuen Vorkehrungen untereinander besprach, trat Tonina unauffällig an Chac heran. »Wenn ich es recht bedenke«, sagte sie, »sind diese Gesetze durchaus als Gegenleistung dafür anzusehen, dass ich dir das Leben gerettet habe.«

Er schaute zu ihr hinunter. Am Morgen hatte sie ihr Gesicht neu bemalt. Abermals fragte er sich, wie sie wohl ohne diese weißen Symbole aussah. »Wie das?«

»Du hast selbst gesagt, dass vor uns ein gefährliches Gebiet liegt.

Wenn ich allein weitergezogen wäre, hätte ich umgebracht werden können. Das hast du dadurch, dass du mich letzte Nacht zurückgeholt hast, verhindert. Ich würde sagen, die Schulden sind beglichen.«

Er überlegte kurz. »Die Götter lassen sich nicht so leicht zum Narren halten«, beschied er sie dann und ging.

»Ein guter Rat von einem Freund.« Damit kam Einauge auf sie zu. Das Räumen seines kleinen Lagers und das Einpacken seines Proviants und seiner sonstigen Habe hatte er dem drallen Maya-Mädchen überlassen. »Wenn du dir Chac rasch vom Halse schaffen willst, Tonina, erweise ihm keine Gefälligkeiten mehr. Wenn du ihn dir noch mehr verpflichtest, wirst du ihn nie los.«

32

H'meens fettes Hündchen Poki schnüffelte vergnügt im Unterholz herum, scheuchte Nagetiere und andere kleine Lebewesen auf, ohne zu ahnen, dass eine Speerspitze auf ihn gerichtet war.
Balám grinste. Der Hund würde eine saftige Mahlzeit abgeben.
Er hörte Stimmen. Sein Grinsen wurde noch breiter. Da waren das Inselmädchen und die königliche Kräuterfrau auf einem ihrer Streifzüge durch den Wald, derweil die Horde, die Chac begleitete, ein Lager für ein Mittagsessen und kurze Rast aufschlug.
Als sie über die Weiße Straße zogen, war Balám, vom Wald verborgen, ihnen gefolgt und hatte auf eine Gelegenheit gewartet, seinen Racheplan in die Tat umzusetzen. Jetzt war das Inselmädchen allein, nur in Begleitung dieser merkwürdig kindlichen Alten und einem Bediensteten. Balám sah zum wolkenlosen Himmel empor. Es war kühl. Nach der Wintersonnenwende hatte die trockene Jahreszeit eingesetzt, man stieß kaum noch auf Wasser. Und bis nach Tikal waren es noch immer mehrere Tagesmärsche.
Er blickte sich zu seiner eigenen kleinen Gefolgschaft um, die seit seinem Aufbruch von Uxmal ständig größer geworden war. Neben den vier Vettern, die sich ihm nur allzu gern angeschlossen hatten, waren weitere Abenteuerlustige dazugestoßen, alles junge Maya, denen der Sinn nicht nach Feldarbeit oder Holzschnitzen stand. Als sie erfahren hatten, dass Balám, der Held der Ballspiele und obendrein ein Prinz, etwas Besonderes vorhatte, vergaßen sie die vagen Gerüchte um seine Schande – wenn dem tatsächlich

so war, hatte sich das im entfernten Mayapán zugetragen – und schlossen sich ihm an.
Balám wandte sich wieder dem herumschnüffelnden kleinen Hund zu, der ihn noch nicht gewittert hatte, spähte durch die Bäume – da war sie ja, hoch gewachsen und schlank, das lockige lange Haar von Muscheln durchwoben, Arme und Gesicht weiß bemalt. Schön fand er sie nicht. Und er hasste sie.
Jetzt, jubelte er rachelüstern. Jetzt war der Augenblick gekommen …

»Warst du schon mal verliebt?«
Tonina war über diese Frage derart verblüfft, dass sie beinahe die Blume fallen ließ, die sie eben begutachtet hatte. Dann aber lächelte sie H'meen an, deren seltsames Äußeres sie vergessen ließ, dass dies keine Frau war, die im Laufe ihres Lebens Erfahrungen gesammelt und Beziehungen unterhalten hatte. Klein und dürr, wie sie war, besaß die königliche *h'meen* aus Mayapán ein schmales, schrumpeliges Vogelgesicht. Keine Augenbrauen, keine Wimpern. Mit ihrer runzligen Haut und dem wuscheligen weißen Haar wirkte sie wie eine Hundertjährige. Und war nicht einmal fünfzehn.
»Etwas anderes als den Palast und die Terrassengärten habe ich nie kennengelernt«, hatte die Kind-Frau gesagt, als Einauge und seine Gruppe im Wald zwischen Mayapán und Uxmal entdeckt worden waren. »Bevor ich sterbe, möchte ich Bäume und Blumen in ihrer natürlichen Umgebung erleben. Ich sehne mich nach der Landschaft, wie die Götter sie erschaffen haben. Wenn die Blume, von der du sprichst, tatsächlich existiert, kann sie vielleicht meinen schnellen Alterungsprozess rückgängig machen und mich noch ein Weilchen länger leben lassen. Da mir, wie es bis jetzt aussieht, nur noch wenige Jahre vergönnt sind, werden bereits drei *h'meen*-Lehrlinge ausgebildet, um meine Nachfolge anzutreten. Mich wird man dann bald vergessen haben.«
Im weiteren Verlauf der Reise hatte H'meen, wenn sie mit Tonina am Lagerfeuer saß und die beiden sich näher kennenlernten, er-

zählt, dass sie nicht wisse, welche Kräuter der vormalige *h'meen* ihr im Kindesalter verabreicht habe, um ihre geistige Entwicklung und ihre Auffassungsgabe zu beschleunigen. Leider war dadurch auch ihre körperliche Entwicklung rasant vor sich gegangen. »Nicht in die Höhe«, hatte sie gelacht, »sondern voran. Ich bin nicht groß geworden, sondern alt.«

Die Frage nach der Liebe, die sie jetzt gestellt hatte, machte Tonina traurig, wusste sie doch, dass dieses bemitleidenswerte Mädchen weder Liebe und romantische Träumerei noch eheliche Freuden und Mutterschaft erfahren würde. Deshalb wollte sie ihr eine Antwort geben, mit der sie etwas anfangen konnte. Sie schaute in den Kelch der roten Blüte in ihrer Hand – die leider nicht die gesuchte Blume war – und dachte zunächst an Macu, in den sie verliebt gewesen war und in dem sie sogar schon ihren künftigen Ehemann gesehen hatte, dann an Tapferen Adler, den sie geliebt hatte und noch immer liebte – »Wir sehen uns wieder«, hatte er ihr im Traum versprochen –, aber *verliebt*? Romantische Sehnsucht? »Nein, H'meen«, sagte sie schließlich, »verliebt war ich noch nie.«

Mit einem Seufzer ließ sich die Pflanzenkundige auf einen umgestürzten Holzklotz sinken. Hinsetzen musste sie sich häufig. Wenn sie mit der Gruppe unterwegs war, die Chac und Tonina folgte, wurde sie in einen speziellen Korb gesetzt, den sich einer ihrer Bediensteten auf den Rücken schnallte. Während ihre Beine aus Öffnungen in dem Weidengeflecht baumelten, konnte sie den Weg überblicken, den sie bereits zurückgelegt hatten. Dennoch ging sie gern ein Stück zu Fuß, wann immer es sich einrichten ließ.

»Einauge ist entzückend, findest du nicht auch?«, brachte sie schüchtern vor und dachte an ihren galanten Retter, der sie im Gegensatz zu den anderen nicht einfach H'meen nannte, sondern »meine Dame«. Niemals würde sie den Morgen vergessen, als er in den Garten auf der Terrasse gekommen war und sich erboten hatte, ihr etwas von der Welt zu zeigen. Vor Dankbarkeit war H'meen in Tränen ausgebrochen. Er hatte gesagt, dass man auch

ihm verwehrt habe, Tonina auf ihrer Suche nach der roten Blume zu begleiten, und da er das ungerecht fände, habe er beschlossen, den Spuren von Tonina und Chac zu folgen.
Sie hatte ihre Bediensteten gerufen, ihre Bücher und ihren Reisestuhl herbeischaffen lassen, und noch ehe die Sonne ihren Zenit erreichte, waren sie aufgebrochen, H'meen auf dem Rücken ihres stämmigen Leibwächters, hinter ihr, mit Büchern und Schreibutensilien bepackt, die Dienerschaft, allesamt in bester Laune dem Abenteuer entgegensehend. Einer Erlaubnis des Königs hatte es nicht bedurft: Die *h'meen* des Palastgartens war autonom wie ein Hohepriester und niemandem außer den Göttern Rechenschaft schuldig. Dennoch hatte sie Seiner Großherzigen Güte eine Dankesbotschaft übermittelt und ihm mitgeteilt, dass ihre Lehrlinge die Pflege der königlichen Flora übernehmen würden.

Tonina war überrascht. H'meen verliebt, ausgerechnet in Einauge? Sie sah das Lächeln auf dem runzligen Gesicht und nickte. Das Herz ging wohl immer ganz eigene Wege.
Unvermittelt musste sie an Chac denken. Erschrocken wandte sie sich ab, damit H'meen nicht merkte, wie ihr das Blut in die Wangen schoss.
Warum fiel er ihr ausgerechnet jetzt ein? Sie sah ihn so deutlich vor sich, als ob er neben ihnen stünde. Sogar seinen Geruch meinte sie wahrzunehmen – Schweiß, vermischt mit dem Duft von grünen Blättern und Gras –, und ihr war, als hörte sie seine gedämpfte und doch nachdrückliche Stimme. Sie spürte gleichsam seine Nähe, seine Hände auf ihren Schultern, seinen Atem an ihren Wangen.
Ein zufälliger Gedanke, mehr nicht, sagte sie sich und zwang sich, bei dem Thema zu bleiben, das die Pflanzenkundige angeschnitten hatte. Liebe und Sehnsucht hatten, wie Tonina sich einredete, nichts, aber auch gar nichts mit Chac zu tun.
Sie wusste, warum H'meen einmal mehr auf die Liebe zu sprechen gekommen war. Die gebrechliche kleine Kind-Frau, die unwahrscheinlich gut über Pflanzen Bescheid wusste, über Arzneien, die

Sterne und das Übernatürliche, hatte so abgeschieden gelebt, dass sie nichts von dem, was in der Welt geschah, mitbekommen hatte. Deshalb tauschten die beiden nun Informationen aus – da Tonina die rote Blume suchte, hatte H'meen sie in die Botanik und in das Wissen um Kräuter eingeführt, und im Gegenzug klärte Tonina sie über menschliche Verhaltensweisen und das Leben auf. »Ich lerne selbst noch«, hatte sie gewarnt, und H'meen hatte erwidert: »Auch ich lerne immer noch dazu, denn jetzt entdecke ich Bäume und Blumen, von denen ich bislang nichts wusste.«

Stets hatte H'meen ihr Botanikbuch zur Hand, in dem sie alles, was ihr an Neuem unter die Augen kam – und das war viel –, notierte. Inzwischen sah sie die Welt so, wie die Götter sie erschaffen hatten. Bäume, die aus dem Boden wuchsen und nicht aus Tontöpfen! Pflanzen in ihrer natürlichen Umgebung anstatt in eigens angefertigten Kästen oder am Spalier! Bei jeder kleinen Knospe, jedem Zweiglein jauchzte sie auf, und nicht minder begeistert war sie, als sie herausfand, wie viele verschiedene Arten von Vögeln und Schmetterlingen es gab. Ihre Schreibfedern und Tuschen waren ständig im Einsatz, Seite um Seite mit neuen Beobachtungen zu füllen.

H'meen hatte zugegeben, dass sie die rote Blume für ihre eigenen Zwecke zu finden hoffte, auf dass ihre Heilkraft sie davor bewahre, vor ihrem fünfzehnten Geburtstag an Altersschwäche zu sterben. Deshalb hatten die beiden immer wieder hin und her überlegt, wie die Blume zu verwenden sei. H'meen meinte, die heilsame Kraft könnte von den Blütenblättern ausgehen oder aber von den grünen Blättern oder dem Stängel, aber auch vom Stempel oder den Staubgefäßen, manchmal auch von den Wurzeln. Dies würde sie, wie sie sagte, beizeiten erfahren, da die Geister in den Pflanzen zu ihr sprächen.

Natürlich müsste alles heimlich vor sich gehen, noch ehe die anderen vom Auffinden der Blume erfuhren. H'meen und Tonina hatten vor, ihre Entdeckung erst dann mit den anderen zu teilen, wenn sie selbst genug Blüten gepflückt hatten und nicht befürchten mussten, dass die Horde gierig darüber herfiel und nichts mehr übrig ließ. Deshalb unternahmen sie ihre Streifzüge im Wald allein. Obwohl Chac Regeln aufgestellt hatte und die Gruppe zur Vernunft gekommen war, machte sich Tonina weiterhin Sorgen, wie die Verzweifelten reagieren würden. Was würde Chac tun, wenn die Blume entdeckt wurde und die Meute daraufhin durchdrehte?

Das kurze Haar gesträubt, Öhrchen gespitzt, fing Poki unvermittelt zu kläffen an.

»Was hat denn mein kleiner Schlingel wieder zu schimpfen?«, fragte H'meen zärtlich. Ihr Bediensteter hingegen, ein stämmiger Mann mit schräg stehenden Augen, sprang bereits alarmiert auf.

Tonina zog ihr Messer aus ihrem Gürtel und ging langsam auf das Dickicht zu, dem Pokis Aufmerksamkeit galt, tauschte einen Blick mit dem königlichen Bediensteten und bedeutete ihm, sich von rechts zu nähern. Sie selbst wollte sich von links anschleichen, derweil H'meen auf ihrem Holzklotz verharrte und auf Poki einredete, als wäre alles in schönster Ordnung.

Lautlos beschrieben die beiden Späher einen großen Bogen, als zwischen den Bäumen plötzlich ein Mann vor Tonina aufsprang. »Tu mir nichts!«, flehte er mit erhobenen Händen.

Tonina und der Bedienstete starrten den Eindringling an, einen Maya mit fliehender Stirn, breiter, fleischiger Nase und dem charakteristischen Überbiss. Er war nicht übermäßig groß und eher gedrungen denn sehnig, trug ein einfaches Lendentuch und darüber einen am Hals zusammengeknoteten Umhang. Er hatte zwei Speere und einen Knüppel bei sich. Sein langes Haar war zu einem Jaguarschwanz gebunden, der ihm bis zu den Schulterblättern herabhing.

Tonina runzelte die Stirn. Irgendwie kam ihr der Mann bekannt vor.

»Prinz Balám!«, rief H'meen aus, die ihnen gefolgt war. Poki spürte, dass sich die Gefahr verzogen hatte, und kläffte nicht länger.

Balám verneigte sich respektvoll. »Ich hielt Euch für Banditen.«

Bei den wenigen Gelegenheiten, da Tonina Balám erlebt hatte – auf dem Marktplatz, im Großen Saal, auf dem Spielfeld –, war er prächtig gekleidet und mit Schmuck behängt gewesen oder aber er hatte seine Spielermontur getragen und sein gesamter Körper war rot bemalt gewesen. Ohne den Aufsatz, der seine Nasenflügel verbreiterte, ohne die vielen Ringe und Stecker und ohne Körperbemalung hatte sie ihn nicht erkannt.
»Man hält Euch für tot, Prinz Balám«, sagte H'meen überrascht. »Seid Ihr ein Geist?«
»Zu meiner Schande, Ehrenwerte H'meen, muss ich gestehen, dass ich noch am Leben bin.«
Tonina verstand die Sprache der Maya bereits so gut, dass sie der Unterhaltung folgen konnte. »Bitte verratet keinem, dass ich hier bin«, bat Balám inständig. »Seit Tagen schon folge ich Euch heimlich. Ich hatte nicht damit gerechnet, entdeckt zu werden.«
»Warum folgt Ihr uns? Warum schließt Ihr Euch nicht unserer Gruppe an?«
»Wie Ihr sicherlich wisst, Ehrwürdige H'meen, bin ich in Ungnade gefallen. Die Götter haben mich verflucht. Ich möchte diesen ehrenwerten Menschen, die meinen Bruder Chac begleiten, kein Unglück bringen.«
»Ihr müsst Chac wissen lassen, dass Ihr am Leben seid!«, entfuhr es Tonina.
Er wandte sich ihr zu, und einen Moment schien es ihr, als ob sich sein Gesichtsausdruck verfinsterte. Dann hellten sich seine Züge wieder auf. »Gerade Chac darf nicht wissen, dass ich hier bin«, sagte er. »Er befindet sich auf einer heiligen Pilgerreise. Meine Gegenwart käme einer Entweihung gleich.«
»Warum folgt Ihr uns denn dann?«, hakte H'meen im Tonfall einer alten Frau leise nach.
»Ich bin erfüllt von ewiger Scham, Ehrenwürdige H'meen.« Er ließ den Kopf hängen. »Dennoch hoffe ich, mich in der Stadt der Götter davon befreien zu können. Ich bete darum, dass auch ich, wenn mein Bruder Teotihuacán erreicht, bei den heiligen Männern dort Gnade und Erlösung finde.«

»Chac glaubt, Ihr seid tot«, sagte Tonina in holpriger Maya-Sprache. »Er trauert um Euch. Er würde sich freuen zu erfahren, dass Ihr am Leben seid.

»Gewiss«, pflichtete H'meen ihr bei. »Bestimmt sehen die Götter Euch ins Herz und wissen, dass Ihr bereut.«

»Ehrenwerteste«, sagte Balám mit gesenktem Kopf, »Chac scheint zu wissen, dass ich für den Tod seiner Frau verantwortlich bin, und deshalb steht zu befürchten, dass er mich umbringen will. Um sich zu rächen.«

H'meen und Tonina starrten ihn entgeistert an. »Davon wissen wir nichts, Prinz Balám«, sagte H'meen. »Wir wissen nur, dass Chac sich Euer Unglück sehr zu Herzen nimmt. Er würde Euch niemals nach dem Leben trachten.«

Aus halbgeschlossenen Augen sah er sie an, ein verschlagener Blick, den Tonina und H'meen fälschlicherweise als demütig deuteten. »Meint Ihr wirklich?«, fragte er.

»Weshalb solltet Ihr für den Tod von Paluma verantwortlich sein?«, warf Tonina ein. »Das war doch ein Unfall.«

Wieder huschte ein Schatten über sein Gesicht, ganz kurz nur. Balám verachtete dieses Geschöpf, das ihn da so ungeniert ansprach. Diese Wahrsagerin, die ihm Frau und Tochter geraubt hatte, würde er sich vorknöpfen, wenn er es für gegeben hielt und sie am wenigsten damit rechnete. »Es gibt etwas, was ich Chac persönlich mitteilen muss.«

»Dann kommt mit uns mit«, forderte H'meen ihn auf.

»Nein, nein. Ich kann mich nicht anderen zeigen. Bitte bringt Chac zu mir. Und sagt ihm, er soll allein kommen.«

»Ich werde ihn holen«, erbot sich Tonina. Im selben Augenblick meinte sie wieder Einauges Stimme zu hören: »Wenn du dir Chac rasch vom Halse schaffen willst, Tonina, erweise ihm keine Gefälligkeiten mehr. Wenn du ihn dir noch mehr verpflichtest, wirst du ihn nie los.«

Sie dachte kurz nach. Wenn ich Chac sage, dass Balám lebt, und dadurch sein Gewissen erleichtere, wird er sich mir noch mehr verpflichtet fühlen. Wenn ich ihm aber verschweige, dass Balám

lebt, wird ihn weiterhin der Gedanke quälen, dass Balám seinetwegen den Tod gesucht hat.
Was also sollte sie tun? Chacs Kummer verscheuchen und ihn ihr gegenüber noch mehr verpflichten oder zulassen, dass er sich weiterhin quälte? »Ich werde ihn holen«, wiederholte sie.

Wie immer hockte Chac am Rande des Lagers und starrte ins Leere. Nicht einmal eine Feuerstelle hatte er sich errichtet und auch niemandem gestattet, dies für ihn zu tun. Er aß nicht mehr.
Tonina musste daran denken, was Guama zu sagen pflegte: »Zeit heilt alle Wunden.« Chacs Kummer indes schien immer größer zu werden. Er nahm nicht länger die Karte zur Hand, es schien ihm gleichgültig zu sein, welchen Weg sie einschlugen oder wie lange sie brauchten. Hatte er Teotihuacán vergessen?
Sie ging leise auf ihn zu. »Herr«, sprach sie ihn an.
Sein Kopf fuhr hoch. So hatte Tonina ihn noch nie genannt.
»Herr«, wiederholte sie leise, »ich bringe Neuigkeiten.«
Schweigend sah er sie aus verschleierten Augen an.
»Prinz Balám lebt.«
Chac blinzelte. Er runzelte die Stirn. »Was? Er lebt?«
»Er hält sich hinter diesen Bäumen dort auf und möchte mit dir reden …«
Chac sprang auf und rannte los, noch ehe Tonina ihm folgen konnte. Dort angelangt, wo der Prinz wartete, sah sie, wie Chac und Balám sich innig umarmten.
»Gesegnet sei die Göttin des Mondes!«, rief Chac. »Träume ich? Du lebst! Vergib mir, was ich getan habe! Vergib mir, dass ich das Spiel gewonnen habe!«
»Ich hege keinen Groll gegen dich, Bruder.« Balám wischte sich die Tränen aus den Augen. »Ich bin es, der Schuld auf sich geladen hat.«
Verblüfft verfolgten Tonina, H'meen sowie der Bedienstete, wie die beiden Männer gleichzeitig aufeinander einsprachen.
»Meinetwegen hast du deine Frau und deine Tochter verloren!«

»Nein, Bruder, das ist allein mir anzulasten. Bevor man sie abführte, haben sie mich geküsst. Meine geliebte Frau und meine entzückende Ziyal haben mich geküsst und mir vergeben und die Götter gebeten, mich zu segnen. Und jetzt habe ich dich gesucht, damit auch du mir verzeihst und ich bei den Göttern Gnade finde und Frieden für meine Seele.«

»Natürlich vergebe ich dir und segne die Götter, dass sie dich zu mir geführt haben!«

Balám wich zurück, sein Gesicht verdüsterte sich. »Leider muss ich dir auch etwas sagen, was dich erschüttern wird, Bruder. Es ist meine Schuld, dass Paluma ermordet wurde.«

»Ermordet?! Das war doch ein Unfall. Sie ist gestürzt.«

»Nein.«

Die Sonne über der Lichtung schien sich zu verdunkeln, das Geschnatter der Affen, das Zwitschern der Vögel zu verstummen. Es war, als wüsste die Natur, dass gleich eine folgenschwere Wende eintreten würde. Chac schluckte mühsam. »Erzähl mir alles«, sagte er.

Ganz deutlich stand Balám erneut jene unheilvolle Zusammenkunft mit Mitgliedern der Vereinigung vor Augen, und er hörte sich wieder sagen, dass der Sieg seiner Mannschaft nicht ihm anzulasten sei. Worauf der Sprecher der Vereinigung erwidert hatte: »Chac ist ein Ehrenmann. Wir respektieren, was er getan oder nicht getan hat.«

Balám verscheuchte diese schreckliche Erinnerung. »Mein Bruder«, sagte er, »ich habe den Mitgliedern der Vereinigung gesagt, dass ich dich gebeten hatte, das Spiel zu verlieren, dass du dich aber geweigert und ehrenhaft gehandelt hast. Was für sie jedoch, wie sie sagten, nicht von Belang war. Sie nannten dein Handeln unehrenhaft. Ihnen ging es einzig und allein ums Siegen oder Verlieren, und du hast das Spiel entgegen ihren Weisungen nicht verloren. Deshalb haben sie deine Frau und euren ungeborenen Sohn umbringen lassen.«

Die Sonne verschwand hinter einer Wolkenbank, Schatten senkte sich über die Lichtung. Schweigen breitete sich aus. Chac zuckte zusammen, als hätte er einen Schlag abbekommen. »Ich kann nicht …«, stieß er mit belegter Stimme hervor.

»Genauso war es, Bruder. Die Vereinigung heuerte einen Mörder an, auf ihre Veranlassung wurde Paluma umgebracht.« Balám dachte daran, wie Paluma sich gegen ihn zur Wehr gesetzt und wie er sie mit einem tödlichen Hieb in den Magen zu Fall gebracht hatte.

Chac rang um Atem. Seine Hände ballten sich zu Fäusten. »Nenne mir die Namen dieser Männer.«

»Wozu?« Balám war bemüht, nicht zu grinsen. Wie prompt Chac in die Falle getappt war!

»Ihre Namen«, wiederholte Chac mit zusammengebissenen Zähnen. »Ich will ihre Namen wissen!«

Und Balám verriet sie ihm.

»Hör zu, mein Bruder«, sagte er noch, »gib dich nicht den Gedanken hin, denen du wahrscheinlich jetzt nachhängst. Vergiss alles und mache dich auf nach Teotihuacán. Es kommt nichts Gutes dabei heraus, wenn du nach Mayapán zurückkehrst und Vergeltung übst, denn genau dies scheinst du vorzuhaben. Deine geliebte Frau und dein Kind wurden ermordet, weil *ich* meine Spielschulden nicht in den Griff bekommen habe! *Ich* bin derjenige, der mit der Vereinigung einen Pakt geschlossen hat, und auch derjenige, der dich in die unmögliche Situation gebracht hat, zwischen dem Spiel und unserer Freundschaft entscheiden zu müssen. Ich bin der Grund für dies alles!«

Aber Chacs Gedanken kreisten bereits darum, wie er so rasch wie möglich nach Mayapán zurückkehren konnte, auf dass der Gerechtigkeit Genüge getan werde.

»Mein Bruder«, sagte er jetzt, »der einzige Grund, aus dem ich am Leben geblieben bin, war der, die Seelen von Paluma und unserem Sohn zu retten. Alles andere war mir egal. Aber ganz plötzlich bedeutet es mir sehr viel, am Leben zu sein. Mein Bruder, dadurch, dass du hier leibhaftig vor mir stehst, während ich meinte, dich für immer verloren zu haben, hast du meinem Leben wieder einen Sinn gegeben und meinen Glauben an die Götter bestärkt.

Komm mit in unser Lager. Lass uns gemeinsam zur Göttin des Mondes beten.«
Balám jedoch sträubte sich. »Ich habe ein Bußgelöbnis abgelegt, Bruder. Bei unserer Freundschaft habe ich geschworen, dem Fleisch, dem Alkohol, dem Tabak und den Frauen zu entsagen, bis ich in der Stadt der Götter von meinen Vergehen freigesprochen worden bin. Auch vom Glücksspiel, und dies vor allem anderen, werde ich ablassen, doch dieses Opfer fällt mir am schwersten.«
Dass er nicht länger zur Schutzgöttin der Ballspieler betete, sondern inzwischen einen anderen Gott verehrte, den der Dunkelheit und des Blutes, Buluc Chabtan, den Kriegsgott der Maya, behielt er für sich.
»Niemand wird etwas dagegen haben, wenn du dich uns anschließt.«
»Auf meinen Kopf ist eine Belohnung ausgesetzt«, erwiderte Balám. »Die Vereinigung fordert von mir, mich als Sklaven verkaufen zu lassen. Ich muss mich so lange versteckt halten, bis ich als Ehrenmann nach Mayapán zurückkehren kann.«

Einauge kletterte aus seiner *hamac* und machte sich auf in den Wald, um sich zu erleichtern. Der Morgen nahte, und er hatte wenig geschlafen.
Der größte Teil der Gruppe kam aus der Stadt oder von Bauernhöfen und war gewohnt, nachts ein schützendes Dach über dem Kopf zu haben. Viele hatten sich inzwischen eine praktische *hamac* zugelegt. Einer der Neun Brüder war, als seine erste Nacht in einer solchen Hängematte anbrach, auf die Idee verfallen, es mit seiner Frau zu treiben. Dementsprechend hatte die *hamac* heftig zu schaukeln begonnen und war dann unversehens umgekippt. Weil das jeweils an einem Baum befestigte Gurtband festgezurrt war, hatte sich das Ehepaar in die *hamac* verwickelt, die wieder in ihre Ausgangsposition zurückgeschnellt und erneut umgekippt war und immer so weiter, bis einer der Stricke riss und die Liebenden unsanft auf dem Boden gelandet waren.
Einauge war davon wach geworden und hatte nicht wieder ein-

schlafen können. Anfänger!, grummelte er, während er Ausschau nach einem geeigneten Baum hielt. Es dauerte Jahre, bis man die Kunst beherrschte, einer Frau in einer *hamac* Lustgewinn zu verschaffen …

Unvermittelt blieb er stehen. *Stimmen in der Dunkelheit.* Er spähte durch die Bäume und sah Balám, der sich mit seinen Freunden amüsierte.

Ganz der aufmerksame Spion hatte er mitbekommen, als Chac auf ein Wort von Tonina hin aus dem Lager stürzte. Er folgte den beiden und war Zeuge des anrührenden Wiedersehens mit Prinz Balám geworden. Und obwohl Balám erklärt hatte, er habe ein Gelübde der Bußfertigkeit abgelegt, sah Einauge ihn jetzt Alkohol trinken. Um ihn herum lagen die abgenagten Knochen eines über dem Feuer gebratenen Tiers. Eine Tabakpfeife ging herum, und ein Glücksspiel mit farbigen Bohnen fesselte seine Aufmerksamkeit. Fehlten nur noch Frauen, durchzuckte es Einauge angewidert, aber die würden wahrscheinlich auch noch auftauchen. So viel zu Baláms überschwänglichen Beteuerungen, allen irdischen Freuden zu entsagen.

Laut knackend brach der dürre Zweig, auf den er trat, als er sich zum Gehen wandte. Balám sprang auf. »Wer ist da?«, fauchte er.

Einauge erstarrte. Wenn er Glück hatte, schrieben sie das Geräusch einem Tier zu, kümmerten sich nicht weiter darum und setzten ihr Spiel fort.

Im nächsten Augenblick jedoch spürte er eine kräftige Hand um seinen Hals, und gleich darauf baumelten seine Füße in der Luft.

»Spionierst du mir nach?«

»Nein, Herr«, krächzte Einauge. »Das schwöre ich bei den Knochen meines Urgroßvaters!«

Balám beugte sich zu ihm. »Lass dir eins gesagt sein, Affenkopf«, zischte er. »Hör auf, mir mit deinem kleinen bösen Auge nachzuspionieren. Wenn ich dich noch einmal dabei erwische, spieße ich deinen hässlichen Körper der Länge nach auf und brate dich wie einen Hund.«

33

Es war eine Geisterstadt.
Als die Gruppe an verlassenen Häusern und verwüsteten Tempeln, an dunklen Fenstern und offen stehenden Türen vorbeizog, sahen alle auf Chac, der unbeirrt über die von Unkraut überwucherten Fußwege voranging. Allein ihn vor sich zu sehen, war beruhigend, hochgewachsen wie er war und so zielstrebig wie er ausschritt, so beherzt, ohne Angst zu zeigen. Und neben ihm, fast ebenso groß, Tonina, die sie zu der wundersamen Blume führen würde, in die sie ihre Hoffnungen setzten.
Die späte Nachmittagssonne versank gerade hinter den hohen Zedern am Rande der ausgestorbenen Stadt, exotische Vögel kreisten am Himmel, auf der Suche nach einem Schlafplatz für die Nacht. Wie um die schweigende Prozession zum Sprechen zu ermuntern, erfüllten Affen und Baumfrösche die Luft mit den ihnen eigenen Lauten.
Aber keiner äußerte ein Wort.
Sie waren müde und sehnten sich nach einer Rast. Von Uxmal aus hatten sie nach zwanzig Tagen endlich die Region Quatemalán erreicht. Hinter ihnen lag die Weiße Straße, der dürre Wald war nach und nach in Regenwald übergegangen, in dem die Bäume von Schlingpflanzen schier erdrosselt wurden und Farne, Pflanzen, Pilze und Moose dicht an dicht wuchsen, alles in Grün getaucht war. Dann war die Landschaft hügelig geworden, mit Bächen und sumpfigen Abschnitten, und jetzt stand die Luft heiß und feucht. Es war eine andere Welt, eine beschwerliche Welt.
Da es viele Gürteltiere und Tapire gab, hatten sie immer genü-

gend zu essen gehabt. Sie waren Jaguaren und Pumas begegnet, Tukanen und Papageien; Ringelblumen und Dahlien reckten ebenso wie Bromelien und Orchideen ihre Blüten der Sonne entgegen. Der Trupp war auf steinerne, mit Moos und Flechten überwucherte Götterstatuen gestoßen. Über eine Hängebrücke, die Generationen zuvor angebracht worden war, hatten sie eine tiefe Schlucht überquert. Bald war der Dschungel so dicht geworden, dass einer hinter dem anderen laufen musste, vorneweg zwei der Neun Brüder, die aus freien Stücken die Sicherung übernommen hatten: einer hielt nach Raubkatzen in den Bäumen Ausschau, der andere suchte den Boden nach Giftschlangen ab.

Da sich in der Region, durch die sie in den vergangenen drei Tagen gezogen waren, angeblich Geister und Phantome herumtrieben, hatten sie sich nach den Annehmlichkeiten und der Geborgenheit einer Stadt gesehnt. Jetzt aber, auf der Hauptstraße nach Tikal, gab es niemanden, der ihnen ein Willkommen zurief, keine Wachposten, kein Licht in den Fenstern. Die langsam vorwärts kommende Menge war nervös und gereizt und lauschte verängstigt auf unheimliches Geheul und Erscheinungen, die aus dem Nichts auftauchen konnten.

Die drei, die die Spitze bildeten, verschwendeten keinen Gedanken an Dämonen und Geister. Chacs Überlegungen kreisten um die Vereinigung in Mayapán und seinem Durst nach Rache. Tonina sorgte sich um Chacs Gemütsverfassung. Und Einauge wollte sterben.

Obwohl der Taíno-Händler versucht hatte, Schritt zu halten, hatte er sich letzten Endes der Demütigung aussetzen müssen, ebenfalls getragen zu werden. Der Anstoß war von H'meen gekommen, als sich gezeigt hatte, dass der Zwerg nie und nimmer Chacs neuem Tempo zu folgen vermochte. Seit seinem Treffen mit Prinz Balám schritt Chac noch zügiger aus. Er hatte es eilig, und wohl oder übel hasteten die anderen hinter ihm her.

Mürrisch hatte sich Einauge H'meens Vorschlag gefügt und hockte beim Einzug in Tikal auf den kräftigen Schultern eines ihrer Bediensteten. Sie ritt neben ihm, in ihrem Korb, auf dem

Rücken eines weiteren Dieners. Das Lächeln, mit dem sie Einauge bedachte, verfing nicht. Er schmollte.

Er hatte niemandem erzählt, dass er Balám dabei beobachtet hatte, wie er sich all den Vergnügungen hingegeben hatte, denen er angeblich doch entsagen wollte. Die Lügen und die Doppelzüngigkeit des Prinzen tangierten Einauge ebenso wenig wie der Umstand, dass er vielleicht durchaus nicht in edler Absicht mit Chac Frieden geschlossen hatte. »*Wenn ich dich noch einmal dabei erwische, spieße ich deinen hässlichen Körper der Länge nach auf und brate dich wie einen Hund.*«

Es war nicht die Drohung, die ihm zusetzte. Bedroht worden war Einauge schon unzählige Male. Es war das Wort »hässlich«, das ihm jetzt wie eine Klette anhaftete.

Bislang hatte er geglaubt, er sähe gut aus, und viele Frauen hatten ihm dies auch bestätigt. Baláms Bemerkung jedoch hatte ihm die Nacht vergällt. Irgendwann hatte er seine neueste Beischläferin geweckt und sie gefragt, ob sie ihn schön fände. »Nein«, hatte sie gelacht.

»Unattraktiv?«, hatte er nachgehakt.

Sie hatte gezögert, auf eine Art, die ihm nicht behagte. »Bin ich etwa hässlich?«

»Ja, genau«, hatte sie verschlafen gelächelt. »Du bist ausnehmend hässlich.«

»Warum schläfst du dann mit mir?«

»Das bringt Glück.«

Jetzt wusste er, dass die Frauen nur zu ihm kamen, weil er ein Zwerg war und er ihnen Glück bringen sollte. Mit ihm selbst, mit seinem Aussehen und seinem Charme hatte das nichts zu tun. Sein Leben lang hatte er sich etwas vorgemacht. Und nun wollte er sterben.

»Eine erstaunliche Stadt!«, merkte H'meen an, als sie an einem Gebäude und einem Wohnhaus nach dem anderen vorbeizogen. Aus einigen tauchten nach einer Weile Menschen auf, starrten die Neuankömmlinge an. Sogar kleine Gemüsegärten gab es hier, Kinder, die in Hauseingängen spielten, und bellende Hunde.

Also doch keine völlig menschenleere Stadt. Aber eindeutig eine, die vom Aussterben bedroht war.
Endlich erreichten sie einen bescheidenen Marktplatz, auf dem es recht beschaulich zuging. Eingerahmt wurde der Platz von massiven Steintempeln, die sich, unterteilt in Ebenen und Terrassen, zum Himmel emporreckten. Drei der Tempel wirkten aufgelassen, die beiden anderen wurden noch benutzt; auch wenn ihr Zustand zu wünschen übrig ließ und Unkraut und Schlingpflanzen die grauen Steinmauern überzogen, sah man Menschen in Kolonnaden und Türöffnungen.
Chac gab ein Zeichen, das Lager aufzuschlagen; hier würden sie sicher sein, außerdem gab es ganz in der Nähe eine Wasserstelle. Also ließ man sich in einer Ecke der Plaza nieder und ging daran, sich auf den bemoosten feuchten Pflastersteinen einzelne kleine Areale abzustecken.
Während H'meens Bedienstete etwas abseits ein Lager für ihre Herrin herrichteten, raffte die Pflanzenkundige ihre Arzneivorräte zusammen und begab sich zu den anderen, um ihre Hilfe anzubieten.
Im Palast von Mayapán hatte sich ihr Wirkungskreis darauf beschränkt, den Garten zu pflegen und die Kräuterbücher zu führen. Im Verlauf der Reise hatte sie jedoch Heilpflanzen gesammelt, und jeweils nachts, wenn sie rasteten, hatten sie und ihre Bediensteten Blätter und Stängel und Blütenblätter zu Pulver verrieben, die für Elixiere und Tees Verwendung fanden. Jetzt, da sich der Abend über die gespenstisch anmutende Stadt senkte, griff H'meen nach ihrer medizinischen Ausrüstung und ging ihrem neuesten Beruf nach, dem der Heilerin, der ihr, wie sie festgestellt hatte, unerwartete Freude bereitete. Wegen ihrer Heilerfolge wuchs in der Gruppe nach und nach das Vertrauen zu ihr – Kindern, die von einer Kolik geplagt wurden, verabreichte sie Rizinussamen, auf schmerzhafte Furunkel trug sie einen Brei aus schwarzen Bohnen auf und auf Wunden, die nicht abheilen wollten, Löwenzahnwein. Alle, die sie behandelte, segneten sie und nannten sie »Mutter«. Dass H'meen gerade fünfzehn geworden war, ahnten sie nicht.

Ihr erster Patient an diesem Abend, als bereits Lagerfeuer aufflammten und Schlafmatten ausgerollt wurden, war ein Mann mit einem Schlangenbiss. Sein Bein eiterte. Gegen die Infektion bestrich H'meen die Wunde mit einer Paste aus Honig und Basilikum; anschließend gab sie dem Kranken, um das Fieber zu senken, einen Sud aus Ringelblumen zu trinken, nicht ohne im Verlauf der Behandlung zum Geist der Infektion zu beten, wusste sie doch, dass Medizin allein nur dann half, wenn auch die Götter mit einbezogen wurden. Als sie dem Mann den Kopf stützte, um ihm das Trinken zu erleichtern, durchströmte H'meen eine nie gekannte Befriedigung – sie wurde gebraucht. Diese Menschen hier waren die Kinder, die sie nie haben würde.

Selbst der edle Chac benötigte ihre Hilfe. Da er so schnell wie möglich die Küste erreichen und dann nach Mayapán zurückkehren wollte, um von dort aus nach Teotihuacán aufzubrechen, musste er den Überblick über die Tage bewahren, die verstrichen waren und die ihm noch blieben. H'meen hatte neben ihren botanischen Büchern auch eines bei sich, das sich mit Astronomie befasste. Es enthielt ein Diagramm des Himmels sowie eine Vorausschau auf Sonnen- und Mondfinsternisse. In einem anderen Buch war der Maya-Kalender verzeichnet, und das nahm sie zur Hand, wann immer Chac fragte: »Welchen Tag haben wir heute?«

Da die Maya versessen auf Aufzeichnungen waren, hatte H'meen außerdem eine Reisechronik begonnen, in der sie jeweils abends festhielt, was sich tagsüber ereignet hatte.

Sie hatte noch weitere Talente entdeckt, die in ihr schlummerten. Nachdem Einauge aus Gründen, die niemand kannte, verschlossen und depressiv geworden war und sich auch weigerte, Tonina weiterhin Sprachunterricht zu erteilen, hatte H'meen diese Aufgabe übernommen und gemerkt, dass sie zur Lehrerin geboren war. Wie schön es doch wäre, noch viele solch aktive Jahre zu erleben, eine Zukunft zu haben anstelle mit nicht einmal zwanzig Jahren an Altersschwäche zu sterben!

Noch nie war ihr das Leben so lebenswert und gleichzeitig so kurz erschienen.

Sie griff nach ihrer Arzneitasche und eilte zum nächsten Patienten.

Tonina entfachte, nachdem sie an den Stufen eines nicht mehr benutzten Tempels ein geeignetes Plätzchen für sich gefunden hatte, ein kleines Feuer. Im Lager ging es überraschend manierlich zu – wenn man bedachte, dass sich Chacs Gefolgschaft mittlerweile auf gut und gern hundert Menschen belief. Einige neue Gesichter waren darunter, aber viele kannte Tonina bereits aus Mayapán. Unterwegs waren drei aus der Gruppe begraben und zwei Babys geboren worden. Wenn sie durch Siedlungen und kleinere Städte kamen oder unweit von Bauernhöfen ihr Nachtlager aufgeschlugen, waren einige geblieben, während sich andere dem Trupp angeschlossen hatten.

Tonina spähte durch die raucherfüllte und jetzt, da der Tag sich neigte, zusehends dunkler werdende Atmosphäre. Sie entdeckte H'meen, die, ganz in Weiß gekleidet, ein Tuch um das bleiche Haar geschlungen, neben einer Schwangeren kniete und ihr etwas zu trinken einflößte. Wie ein Leuchtturm stach sie aus der Dunkelheit heraus.

Auch nach Einauge hielt Tonina Ausschau. Abgesehen davon, dass er seinen Sprachunterricht eingestellt hatte, lud er nicht länger Frauen ein, sein Feuer und sein Bett mit ihm zu teilen. Warum er in sich gekehrt und verstockt war, wusste sie nicht. Als Antwort auf ihre entsprechende Frage hatte er nur gegrunzt.

Zu guter Letzt und wie immer sah sie sich nach Chac um.

»Ich bin kein Anführer«, hatte er gesagt. Dennoch folgten ihm all diese Leute voller Vertrauen. Er hatte sie aufgefordert, jemanden aus ihrer Mitte zu wählen, um eventuelle Meinungsverschiedenheiten zu schlichten, aber das hatten sie nicht getan, sondern ihre Beschwerden ihm vorgetragen und um seine Beurteilung gebeten. Und obwohl er immer wieder eine Vorzugsbehandlung ablehnte, ließen es sich Haarlos, der behaarte Bienenzüchter, sowie die sechs Neun Brüder (die nie zu neunt gewesen waren, sondern diese Glückszahl ihrem Club aufgedrückt hatten, der ihren hel-

denhaften Spieler Chac unterstützte) samt ihren Ehefrauen nicht nehmen, Chacs Lager herzurichten, ihm Essen zu bringen und ihn mit allem Nötigen zu versorgen.
Chac stand gegenwärtig vor dem höchsten Tempel und blickte zur Spitze hinauf.
Tonina kannte sich mittlerweile mit Pyramidentempeln aus. Auf dem Weg von Uxmal nach Tikal hatten sie zahlreiche Bauwerke dieser Art gesehen. Alle waren vor Hunderten von Jahren errichtet worden, von Menschen, die längst vergessen waren. Viele dieser Tempel erfüllten keine Aufgabe mehr, manch einer war bereits völlig überwachsen und ähnelte einem natürlichen Hügel. Einige jedoch, vor allem in belebten religiösen Zentren, wurden noch genutzt und waren in gutem Zustand. Aber keines dieser Hunderte von Bauwerken konnte es mit den atemberaubenden Tempeln von Tikal aufnehmen.
Wie Wellenberge aus dem Meer erhoben sie sich anmutig aus dem Dschungel, mit unglaublich steilen Mauern und Treppen und so hoch, dass sie den Himmel zu berühren schienen. Gekrönt waren sie mit eigenartigen Quadern, die offenbar keinen besonderen Zweck erfüllten. Wer hatte solche Monumente errichtet und wozu? Und wie, überlegte Tonina und dachte an den dichten grünen Dschungel, durch den sie gezogen waren, wie hatte man es bewerkstelligt, solch mächtige Blöcke aus dem Kalksandstein herauszuschlagen, hierher zu schaffen und dann aufeinanderzutürmen?
Ihr Blick glitt wieder zu Chac, der allein am Fuße des von Menschenhand gefertigten Kolosses stand. Selbst aus dieser Entfernung und durch die vom Rauch der Lagerfeuer vernebelte Plaza wirkte er angespannt. Sie wusste, dass seine Gedanken ausschließlich darum kreisten, nach Mayapán zurückzukehren und an den Mitgliedern der Vereinigung Rache zu üben. Doch warum starrte er dieses heilige Bauwerk an, das einem unbekannten Gott geweiht war?
Und dann merkte sie, dass er betete.
Es war ihm zur Gewohnheit geworden, abends Gebete zu flüstern

und den Göttern seinen Respekt zu erweisen. Häufig ging er dazu allein in den Dschungel, gelegentlich aber murmelte er, die kleine Statue des Kukulcán in den Händen, die Litanei an seinem Lagerfeuer. Wenn er sich irgendwann einmal Tonina gegenüber als nicht religiös bezeichnet hatte, schien sein jetziges Verhalten im Widerspruch dazu zu stehen.
Nachdem Chac seine abendlichen Gebete beendet hatte, blickte er zum Himmel empor, so als huldige er im Stillen dem massiven Steinbau zu Ehren der Götter, und als sein Blick ganz oben angelangt war, legte er unvermittelt die Hand auf die Brust und trat einen Schritt zurück.
Tonina, die sich diese Geste nicht erklären konnte, folgte seinem Blick und entdeckte durch die dichten Bäume, die den obersten Teil des Tempels abschirmten, die aus den Baumwipfeln ragende steinerne Krone, golden erhellt von der sinkenden Sonne, die auf der bereits dunkel werdenden Plaza nicht länger wahrzunehmen war.
»*Guay!*«, stieß sie überwältigt aus und hielt den Atem an. Und wieder dachte sie an die Menschen, die sich ein derartiges auf die Sonne ausgerichtetes Bauwerk erdacht und es dann hier, inmitten dieser üppigen Vegetation, errichtet hatten.
Als sie sich wieder Chac zuwandte, sah sie ihn mit langen Schritten zwischen zwei dunklen Tempeln verschwinden.
Sie runzelte die Stirn. Wohin er wohl ging?

»Wir werden beobachtet, Vetter.«
»Ich weiß.« Seit dem Morgen, da sie sich Tikal genähert hatten, stand dies für Balám fest. Nicht zum ersten Mal. Wenn Chac mit seiner Gruppe an einem Bauernhof vorbeikam oder durch eine Siedlung zog, stürzten die Leute aus ihren Häusern, starrten und freuten sich, weil diese Fremden Abwechslung versprachen. Immer war es Chac, der die Aufmerksamkeit auf sich zog. Hin und wieder aber wurde sie auch Prinz Balám und seinem kleineren Trupp zuteil, die im Abstand von einem halben Tag folgten. Schließlich unterschied sich diese Nachhut doch gewaltig von der

vorausgehenden Gruppe mit ihren Frauen und Kindern, Alten und solchen, die getragen werden mussten. Die zweite Abteilung dagegen bestand aus bewaffneten jungen Männern, deren langes Haar zu Schwänzen gebunden und mit Federn geschmückt war und deren Körper mit den aufgemalten Streifen sie als Krieger auswiesen.

Balám bereiteten die heimlichen Beobachter keine Sorgen. Wichtigeres gab es zu bedenken, als er und seine Begleiter den Hügel zur Stadt hinaufstiegen. Seit seinem jüngsten Zusammentreffen mit Chac beschäftigte er sich hauptsächlich mit Rachepläne, die auf Chac und das Inselmädchen abzielten. Jeden Morgen, jeden Mittag und Abend fragte er sich: Was wäre für Chac das Schlimmste, das ihm zustoßen könnte? Balám hatte sich in Gedanken eine Liste zurechtgelegt und war die verschiedenen Möglichkeiten durchgegangen, die er immer wieder und gleichsam wie auf einem Markt zur Schau gestellte Waren überprüfte.

Vielleicht plötzlich gelähmt zu sein, überlegte er, oder lebenslang unter Schmerzen zu leiden? Nachhaltig entstellt zu sein, was dazu führen würde, dass sich Chacs unzählige Bewunderer von ihm abwandten? Ganz oben auf Baláms Liste war vermerkt, dass Chac es nicht nach Teotihuacán schaffen durfte, um die Wiederauferstehung von Palumas Seele sicherzustellen. Eine weitere Möglichkeit wäre, es so einzurichten, dass Chac dem Inselmädchen noch mehr Dank schuldete und deshalb auf ewig an Tonina gekettet sein würde.

Auf seinem Marsch durch den Dschungel hatte er verschiedene Optionen durchgespielt. Als wäre sein Verstand das Spielfeld und seine Überlegungen der Gummiball. Jede Aktion kostete er aus, wägte jede Strategie ab, stellte sich vor, wie er diesen oder jenen Plan in die Tat umsetzen und wie sich dies für Chac auswirken würde. Locke ich meinen geliebten Bruder im Dschungel, weitab von seinen Freunden, in eine Falle, zerschneide ich ihm die Sehnen an den Knien, auf dass er nie wieder gehen kann, und erschlage dann vor seinen Augen das Inselmädchen? Sorge ich dafür, dass er sich eine Krankheit zuzieht, für die es keine Heilung gibt und die ihn ganz langsam zerstört? Begrabe ich ihn und das Mädchen bei lebendigem Leibe, ohne Essen oder Wasser und ohne Hoffnung auf Befreiung?

Mit wachsendem Groll und zunehmendem Hass beobachtete Balám die vielen Menschen, die vertrauensvoll Chac folgten und ihm seine Gotteslästerungen nachsahen. Er hat seine Frau verloren, sagten sie. Er ist in den Wasserschacht geworfen worden, sagten sie. Armer Chac, sagten sie.

Und wer nimmt Anteil an *meinem* Schicksal?, hätte Balám am liebsten aufgeschrien.

Seine Verbitterung und sein Hass füllten nach und nach sein gesamtes Denken und Fühlen aus. Schaurige Visionen entstanden im Fieber, Ziyals Angstschreie gellten ihm im Ohr. Aber nur er allein wusste um die Qualen, die er ausstand, während er sich mit seiner Horde unternehmungslustiger junger Männer, die auf Abenteuer aus waren, durch den Dschungel kämpfte.

Er hatte weder seine Vettern noch sonst jemanden ins Vertrauen gezogen. Keiner wusste um seine Rachepläne. Sie nahmen an – und das war ihm ganz recht –, dass er mit Chac reinen Tisch gemacht hatte.

Hier in Tikal sollte er Genugtuung erfahren, beschloss er jetzt. Die Küste im Osten war nur wenige Tage entfernt. Das Inselmädchen fand bestimmt bald ihre blödsinnige Blume, und dann stünde es Chac frei, sich nach Teotihuacán aufzumachen. Balám würde ihnen einen Strich durch die Rechnung machen.

Ein junger Mann kam atemlos angerannt und verkündete, dass die Stadt unmittelbar vor ihnen lag.

Tikal war Balám ein Begriff. Da Yaxche auf den nach Minze schmeckenden *chicle* versessen gewesen war, der in dieser Gegend gewonnen wurde, erwartete er eine blühende und betriebsame Stadt, wenngleich eine kleinere als Mayapán und Uxmal. Als er jetzt mit seinen Leuten der Hauptstraße folgte, der entlang sich ein steinernes Gebäude ans andere reihte, musste er jedoch feststellen, dass die Metropole einstmals mächtiger gewesen war als Mayapán oder Chichén Itzá und auch in ihrer Ausdehnung um

vieles größer war als seine Heimatstadt. Inzwischen bestand sie jedoch zur Hälfte aus Ruinen, und nur noch wenige Menschen lebten hier.
Wie üblich entschied er sich für ein Lager im Regenwald, weitab von Chac. Während seine Gefolgsmänner das Essen zubereiteten und sich darauf einstellten, den Abend beim Glücksspiel zu verbringen und auf die Frauen zu warten, die sich immer einfanden – entweder aus Chacs Gruppe oder aus der Stadt oder von umliegenden Bauernhöfen, Frauen, die ihre Gunstbeweise gegen etwas zu essen oder Jade oder Kakao anboten –, hockte Balám am Feuer und rieb sich missmutig die Stelle auf seiner Wange, auf der die Spucke seiner Frau gelandet war. Wie heftig er auch daran herumrieb – der Speichel wollte nicht abgehen.
Dass ein Preis auf seinen Kopf ausgesetzt war, hatte Balám nicht davon abhalten können, die Information zu streuen, dass er gegen Belohnung an Auskünften über ein bestimmtes Maya-Kind interessiert sei, das vom Sklavenmarkt von Mayapán stammte. Wo immer sie ihr Lager aufschlugen, in jeder Behausung – selbst bei einem Einsiedlermönch, der sich um den Schrein eines vergessenen Gottes entlang des Weges kümmerte – forschte Balám nach Ziyal, beschrieb, wie sie aussah und wann sie verkauft worden war und wies auf die Belohnung hin. Auf diese Weise, hoffte er, würde sich das ausgeworfene Netz bald so weit und breit erstrecken, dass irgendwo einer, der über Informationen verfügte, ihm diese zukommen lassen würde.
Die Späher, die Balám und seine Mannen aus einem Versteck beobachtet hatten, traten jetzt schüchtern und scheu wie junge Tiere näher – gesunde junge Burschen mit gestählten Körpern und neugierigen Blicken. Wahrscheinlich waren es Bauern oder Holzarbeiter oder aber mit der Aufgabe betraut, Wasser aus Schächten zu schöpfen. Ihre Geschichten waren auf der gesamten Halbinsel immer gleich: Weil es keine Kriege mehr gab, nicht mehr gekämpft wurde und die Könige friedlich und fett geworden waren, blieb jungen Männern nichts anderes übrig, als in die Fußstapfen ihrer Väter zu treten.

Aber genau das wollten sie nicht.
»Die Götter mögen Euch segnen«, hoben sie stockend an.
»Euch ebenfalls«, murmelten Baláms Leute.
Die jungen Männer traten einen Schritt näher, leckten sich beim Anblick des Kaninchens am Bratspieß die Lippen. Als einer von ihnen Anstalten machte, sich ans Feuer zu setzen, schwirrte Baláms Speer so schnell durch die Luft, dass der Junge nicht mehr ausweichen konnte. Die scharfe Spitze schnitt sich in seinen Schenkel. Mit einem Schrei sprang er auf, drückte die Hand auf die blutende Wunde.
»Ich bin Prinz Balám aus dem Königshaus von Uxmal«, sagte Balám mit kehligem Grollen, »Held der Dreizehn Spiele. In meiner Gegenwart hast du nicht zu sitzen.«
Eingeschüchtert wichen sie zurück. Sie schienen weder zu wissen, wer er war, noch dass er Schande auf sich geladen hatte. Offenbar hatte im tiefen Süden niemand davon gehört. »Warum folgt ihr uns?«, fragte er.
»Wir wohnen ganz in der Nähe, edler Prinz«, antwortete der älteste der Fremden, ein Mann Mitte zwanzig und lediglich mit einem schmutzigen Lendenschurz bekleidet. »Wir sind *chicle*-Ernter. Wohin geht Ihr, edler Prinz? Dürfen wir uns Euch anschließen?«
Balám seufzte. Auf ein großes Gefolge war er nicht erpicht. Aber ruhelose junge Männer fühlten sich zu ihm hingezogen, auch wenn er betonte, dass er kein Ziel verfolgte, bei dem man seine Tapferkeit unter Beweis stellen musste. Vergebens. Sie wollten weg von Bauernhöfen und gestrengen Vätern, sie wollten Abenteuer erleben und Ruhm ernten.
»Wir werden immer mehr bedrängt«, brachte der junge Mann vor, so als stünde er vor einem Richter. »Aus dem fernen Norden dringen sie bei uns ein – diese Hunde von Chichimeken, Huasteken, Zapoteken. Sie besiedeln unser Land und stehlen unsere Frauen. Unser Häuptling ist schwach. Er unternimmt nichts gegen diese Eindringlinge, die sich wie Kröten hier ausbreiten. Lasst uns mit Euch ziehen, edler Prinz.«

Balám grunzte und wischte das Blut von seinem Speer. Er hatte diese sogenannten Eindringlinge gesehen – ein bunt gemischtes, erbärmliches Gesindel, das sich auf der Flucht vor den ständigen kriegerischen Auseinandersetzungen im Norden Richtung Süden durchschlug, in der schwachen Hoffnung, hier ein Auskommen zu finden.

»Ihr könnt mitkommen«, sagte er und gab einem seiner Vettern ein Zeichen, sich um die Neuankömmlinge zu kümmern. »Nur der nicht«, fügte er hinzu und deutete auf den Mann, dessen Schenkel verletzt worden war und der sich auf dem Boden wand. Baláms Speer hatte eine Arterie durchbohrt. »Für seine Respektlosigkeit soll er verbluten.«

»Ihr werdet Eure Entscheidung nicht bereuen, edler Prinz«, sagte der Wortführer der *chicle*-Erntearbeiter und sah besorgt auf seinen verwundeten Freund. Keiner kam dem Verletzten, der jetzt die Besinnung verlor, zu Hilfe. »Wir sind stark und furchtlos, wie Krieger. Unsere Arbeit ist sehr gefährlich und erfordert Mut.«

Balám blinzelte zu dem jungen Mann hoch. »Gefährlich sagst du? Inwiefern?«

»Wir müssen hohe Bäume hinaufklettern und Schnitte an der Borke anbringen. Wir benutzen dazu Seile, so ...« Mit Gesten verdeutlichte er, wie schwierig das Hochklettern war. »Man ist allein auf sich gestellt, jeder auf einem anderen Baum, manchmal sehr weit voneinander entfernt. Wer dabei ausrutscht, verfängt sich im Seil und hängt dort, bis jemand kommt und ihn befreit. Das kann schon mal Tage dauern.«

»Tage?« Balám sah die Szene plastisch vor sich.

»Meinem Bruder ist es so ergangen. Nachdem er nicht wieder im Lager erschien, haben wir ihn gesucht. Aber der Sapotillwald ist riesig, und als wir ihn fanden, hing er bereits seit drei Tagen am Baum. Ich stieg so rasch es ging zu ihm hoch, aber er starb, noch ehe ich ihn retten konnte.«

»Er starb, noch ehe du ihn retten konntest«, murmelte Balám. In seinem Kopf nahm ein Plan Formen an.

»Ein schrecklicher, ein qualvoller Tod ist das, edler Prinz.«

Balám nickte. Schreckliche, qualvolle Tode waren ihm vertraut. Er sah auf den blutenden Mann, der bewusstlos war, aber noch lebte, und grinste unvermittelt seine Vettern an. »Fünf Stück Jade, dass ihr ihn bis zum Sonnenuntergang nicht am Leben halten könnt!«

Augenblicklich beugten sie sich über den sterbenden Mann, besprachen sich leise, um sich dann, nachdem sie auf die Wette eingegangen waren, mit Bandagen und Staubinden über den armen Kerl herzumachen.

Balám beugte sich nach vorn, stützte die Ellbogen auf die Knie und sagte zu den *chicle*-Erntern: »So, und jetzt möchte ich von euch mehr über diese gefährlichen Bäume erfahren …«

Nicht zum ersten Mal hatte sich Chac unbemerkt von der Gruppe entfernt und war in einem Dorf oder im Wald verschwunden. Da sein Ziel jedes Mal das gleiche war, wusste Tonina auch diesmal, wo sie ihn finden konnte.

Seit Uxmal waren sie an Hunderten von Spielfeldern vorbeigekommen. Manche boten parallel verlaufende Mauern und eigens angelegte Querbereiche mit Sitzen für bevorzugte Zuschauer, andere waren nichts weiter als offene Felder mit entsprechenden Markierungen. Jedes Dorf verfügte über eine Mannschaft, und selbst der bescheidenste Bauernhof stellte für das Ballspiel eine Fläche zur Verfügung. Chac spielte nie, dagegen lieferten sich viele aus der Gruppe, die ihm folgte, heiße Wettkämpfe mit den Einheimischen. H'meen hatte alle Hände voll zu tun, Schnitte, Schrammen und gebrochene Knochen zu verarzten.

Diesmal fand Tonina Chac auf dem großen Spielfeld von Tikal. Tief in Gedanken versunken, stand er an einem Ende, den Blick auf die Längsseite des vom Mondlicht erhellten Rechtecks gerichtet, das noch Spuren eines kürzlich ausgetragenen Wettkampfs aufwies – verstreute lose Erdbrocken und Fetzen von Schutzkleidung, sogar eingetrocknete Blutlachen.

»Ich bin das Alleinsein nicht gewöhnt«, sagte er leise, als sie neben ihn trat. »Stets war ich umgeben von Menschen und Lärm,

ob als kleiner Junge in der Palastküche oder in der Akademie oder in der Villa meiner Frau. Es ist ein eigenartiges Gefühl, allein zu sein.«
»Ich bin gern allein«, sagte Tonina. »Wenn ich nach Austern tauche, dann am liebsten allein. Ich liebe die Stille des Meeres.«
Er nickte. Lange hatte er nicht das Bedürfnis gehabt, sich abzusondern, aber jetzt empfand er Einsamkeit als seltsam verlockend. Wie es wohl war, überlegte er, in der Stille des Meeres zu schwimmen? »Du wirst bald wieder am Meer sein«, sagte er und schaute sie an. Die weißen Symbole auf ihrem Gesicht schienen sich im Mondlicht noch heller abzuzeichnen und ihre Züge noch unkenntlicher zu machen. Welche Form hatten ihre Augen in Wirklichkeit? »Du wirst froh sein, wenn du uns alle los bist.«
Sie schüttelte den Kopf. Eigentlich erstaunte es sie selbst, dass sie zusehends die Gesellschaft anderer schätzte, das Gefühl hatte, dazuzugehören und akzeptiert zu werden, Teil eines größeren Ganzen zu sein.
Eine Windbö fuhr durch die hohen Bäume am Ende des Spielfelds und wehte den Duft von Gebratenem sowie Stimmen vom nahe gelegenen Lager zu ihnen herüber. »Ich muss ständig an meinen Sohn denken«, sagte Chac unvermittelt. »Schon als Junge träumte ich davon, einen Sohn zu haben. Ist das nicht merkwürdig? Meinen Vater habe ich niemals kennengelernt, als er starb, war ich noch ein Kind. Vielleicht wollte ich deshalb ein Vater sein. Um zu wissen, wie das ist. Ich freute mich schon darauf, meinem Sohn das Ballspiel beizubringen, ihn zu einem heldenhaften Spieler auszubilden, seinen Namen überall bekanntzumachen. Nur davon habe ich geträumt. Paluma war dabei, diesen Traum Wirklichkeit werden zu lassen. Aber das ist ja jetzt vorbei.«
Mit dunklen Augen sah er sie an. »Es *war* doch ein Sohn, nicht wahr?«
»Ich weiß es nicht«, sagte Tonina ehrlich.
Er nickte. Dass die Wahrsagerei ein Schwindel war, hatte er vermutet. Bestimmt hatte nicht sie sich das ausgedacht, sondern Einauge, dieser schlaue Fuchs.

Chac ließ erneut den Blick über die Längsseite des riesigen Spielfelds schweifen, so als sähe er alle hier stattgefundenen Turniere vor sich. Ein Grund mehr für Tonina, sich zu fragen, warum er sich nicht den andern angeschlossen und mitgespielt hatte. Sie wusste doch, dass ihm das Ballspiel ebenso viel bedeutete wie ihr das Schwimmen.
»Warum beteiligst du dich nicht am Spiel?«, fragte sie leise. »So wie die anderen?« Sobald die Neun Brüder ein Spielfeld entdeckten, waren sie nicht mehr zu halten, losten die Seiten aus, brüllten und stachelten sich gegenseitig an, rannten wie die Verrückten hin und her, derweil Zuschauer sich am Rand drängten und Wetten abschlossen.
Da Chac nicht antwortete, sagte Tonina: »Wenn ich hier eine große Wasserfläche vor mir sähe, würde ich ohne zu zögern hineinspringen.«
Der Blick, den er ihr zuwarf, war kummervoll und gequält. Tonina hätte ihn gern getröstet und ihm versichert, dass Paluma sofort tot gewesen war. Das entsprach zwar nicht der Wahrheit, aber um seine Schmerzen zu lindern, würde sie eine Lüge auf sich nehmen.
»Hast du schon einmal jemanden verloren?«, flüsterte er.
»Ja, das habe ich«, sagte sie nur. Sie sprach weder von ihren Großeltern auf der Perleninsel noch von Macu und Tapferem Adler, geschweige denn von der Familie, die sie als Säugling auf dem Meer ausgesetzt hatte. Sie hätte ihm gern erzählt, dass ihr Leben von Verlusten geprägt war, sie aber nicht die Hoffnung aufgeben wollte, eines Tages glücklich zu werden. »Selbst ein Verlust geht mit Hoffnung einher«, fügte sie hinzu. »Nichts dauert ewig.«
»Wie kannst du dir dessen so sicher sein?«
»Hast du jemals die Brandung im Ozean beobachtet? Die Wellen, die auf den Strand zurollen?«
»Einmal«, erwiderte er leise. »Oberhalb der Bucht von Campeche. Warum?«
»Ebbe und Flut sind nicht unwandelbar, sie vollziehen sich nie auf gleiche Weise. Wenn sich das Wasser bei Ebbe zurückzieht, be-

fürchten wir, dass es nicht wiederkommt. Aber das tut es immer, nur in anderer Form, als eine andere Welle. Das Leben ist wie das Meer.«

Ihre leise geäußerten Worte, die noch in der Abendluft hingen, fesselten ihn mehr als Stricke dies vermocht hätten. Als er den Kokosnussduft ihres Körpers einatmete und das zarte Klimpern der unzähligen Muscheln in ihrem Haar vernahm, als er sich vergegenwärtigte, wie sich ihre Schultern angefühlt hatten, als sie weggelaufen war und er sie eingefangen hatte, als er an ihren lebensspendenden Kuss im Wasserschacht dachte und als er jetzt sah, wie sich das Mondlicht in ihren dunkelbraunen Augen spiegelte, begriff er die Wahrheit und Weisheit ihrer Worte.

»Ich glaube«, flüsterte sie, »ich habe etwas, das helfen könnte.«

Er sah, wie sie unter ihr Hemd und den Bund ihres Rockes griff. Nackte Haut in der Farbe von dunklem Honig wurde sichtbar.

»Hier«, sagte sie und reichte ihm lächelnd eine kleine blaue Feder. Selbst in der Dunkelheit konnte er sehen, wie sie glänzte, wie das Blau leuchtete.

»Was ist das?«

»Deine Gemahlin schenkte sie meinem Freund Tapferer Adler. Er hatte sein Gedächtnis verloren, und sie sagte, dies würde helfen. Da Tapferer Adler zu seinem Volk zurückgekehrt ist, wird die wundersame Feder jetzt möglicherweise dir helfen.«

Chac streckte die Hand aus, und die Feder landete so weich in seiner schwieligen Handfläche, dass er sie gar nicht spürte. Rührung überkam ihn.

Als er jetzt Tonina ansah, ergriff ein anderes Gefühl von ihm Besitz. Am liebsten hätte er dieses Mädchen an sich gezogen und seinen Mund auf den ihren gepresst.

»Ich werde gut auf sie achtgeben«, sagte er und schob die kleine Feder in den Bund seines Lendenschurzes, um dann hinzuzufügen: »Morgen brechen wir zur Küste von Quatemalán auf.« Einauge, der sich auskannte, hatte bestätigt, dass die östliche Bucht in der Tat in acht Tagen zu erreichen war. Tonina würde also bald die rote Blume in Händen halten.

»Tonina.« Zum ersten Mal sprach Chac sie mit ihrem Namen an. »Du hast mich einmal gefragt, ob man sagen könnte, dass ich dir das Leben gerettet habe, wenn ich dich beschütze oder sicher zur Küste bringe. Ich habe diese Frage hin und her überlegt und bin zu dem Schluss gekommen, dass das in der Tat auf dasselbe hinausläuft. Wenn du allein aufgebrochen wärst, hättest du dich in große Gefahr begeben und möglicherweise dein Leben verloren. Weil du aber mit mir und diesen vielen Menschen unterwegs bist, wirst du heil die Küste erreichen. Bei der Gesegneten Göttin des Mondes schwöre ich, dass wir dann nicht länger aneinander gebunden sind. Die Götter werden gestatten, dass wir uns trennen. Und dann kann jeder von uns seines Weges ziehen.«

34

Haarlos verfolgte einen Leguan.
Um das schmackhafte Reptil zu erlegen, ahmte er dessen Schrei nach. Wenn das Tier dann das Maul aufriss, um zu antworten, galt es, ihm einen Stock in den Rachen zu rammen, damit es nicht beißen konnte, wenn es vom Baum heruntergezerrt wurde.
Aber dann sah er etwas, das ihn bis ins Herz traf.
Nach einem hastigen Gebet, mit dem er den Schutz der Götter erflehte, trat Haarlos eiligst den Rückzug an, um die anderen zu warnen.

Die beiden Lager wurden abgebrochen, Vorbereitungen für den Weg nach Osten, zur Küste, getroffen. Chacs Gefolgsleute warteten gespannt darauf, dass Tonina die rote Blume fand und H'meen mit ihr mannigfache Heilerfolge verzeichnen konnte. Bald, so versicherten sie sich gegenseitig, würden die Lahmen gehen, die Blinden sehen können und unfruchtbare Frauen schwanger werden.
Nur Balám wusste, dass der Tag anders enden sollte.

Auf dem Marktplatz kam Haarlos angerannt. »Herr!«, rief er, »wir sind am Ende der Welt angelangt! Da lang, nach Süden, ist *Wasser*! Nichts als Wasser!«
Man umringte den erregten Mann. Chac zog seine Karte heraus und beugte sich mit gerunzelter Stirn darüber. Wegen des hügeligen Geländes verlief der Weg zur Küste erst einmal in südlicher Richtung, um sich dann nach Osten zu wenden. Das Wasser

zwischendrin war auf der Karte nicht verzeichnet. Irgendetwas stimmte nicht.
Chac befragte H'meen, die jedoch über diese Gegend nicht Bescheid wusste. Als er sich an Einauge wandte, sagte der Insel-Händler unwirsch: »Ausgerechnet der hässlichste Mann der Welt soll Rat wissen?« Zu guter Letzt fanden sich auf dem Marktplatz aber doch welche, die das Gewässer als Petén-See identifizierten, und als man lachend hinzufügte, dass vom Ende der Welt nicht die Rede sein könne, errötete der haarige Riese vor Verlegenheit.
»Der Weg biegt allerdings weit vor dem See nach Osten ab«, versicherte einer, der mit Töpferware handelte. »Ihr bekommt ihn gar nicht zu sehen.«
Chac merkte Tonina ihre Enttäuschung an. Es wäre ja nur ein kleiner Umweg, überlegte er.

Sie folgten einem uralten Pfad durch den dichten Wald. Affen schnatterten in den dichtbelaubten Bäumen, bewarfen die Prozession mit Früchten und Zweigen, immer wieder stoben farbenprächtige Tukane und Papageien vor ihnen auf.
Als sie ein sandiges Ufer erreichten, verstummten an die hundert Stimmen, weideten sich an die hundert Augenpaare vor Staunen.
Der See, in dem sich der graue Winterhimmel spiegelte, war so groß, dass man das gegenüberliegende Ufer kaum ausmachen konnte. Um ihn herum zogen sich Hügel und Wälder. Tonina ließ ihre Reisesäcke fallen und wollte sich ihrer Kleidung entledigen. Auf Einauges lauthalses Räuspern und seinen warnenden Blick hin ließ sie jedoch, eingedenk der so züchtigen Maya, davon ab, lief vollständig angezogen auf das Wasser zu, stürzte sich hinein und tauchte unter der Oberfläche ab.
Mit angehaltenem Atem verfolgten die Zuschauer, wie das Wasser über Tonina zusammenschlug und die kleinen Wellen sich wieder glätteten. Nach einer Weile machte sich Unruhe breit. Selbst Einauge, der unter Schwimmbegeisterten aufgewachsen war, ver-

krampfte sich. Tonina war schon viel zu lange da unten. Vielleicht lag es an den lästigen Kleidungsstücken …

Und dann tauchte sie urplötzlich wieder aus dem Wasser auf. Alle murmelten erleichtert.

Jetzt ließen auch ein paar Mutige wie Neugierige ihr Gepäck fallen und streiften ihre Umhänge ab, wateten zögernd in das kalte Wasser. Chac ließ Tonina nicht aus den Augen, sah, wie sie schwamm, herumtollte, sich aus dem Wasser schnellen ließ und wieder hinabtauchte. Wie die Delphine, die er in der Bucht von Campeche beobachtet hatte. Toninas Bewegungen strahlten Lebenslust aus. Auf einmal musste er daran denken, mit welcher Freude er auf dem Spielfeld hin- und herrannte, antäuschte, zum Spurt ansetzte.

Jetzt beendete sie ihre Wasserspiele und erhob sich wie eine Statue aus dem Wasser. Das nasse Hemd und der Rock modellierten die Umrisse ihres Körpers, Wassertröpfchen glitzerten auf den vielen kleinen Muscheln in ihrem Haar. Einen Moment erschien sie wie eine Meeresgöttin. Zu seiner Verblüffung winkte sie ihn zu sich.

Wollte sie ihn herausfordern? Sie wusste um seine Angst vor Wasser und dass er im Schacht in Chichén Itzá beinahe ertrunken wäre. Wollte sie sich über ihn lustig machen? Er sah, dass ihre Gesichtsbemalung teilweise abgewaschen worden war, und stellte abermals verwundert fest, dass sie nicht wie ein Inselmädchen aussah. Was war sie dann? Etwa eine Außenseiterin wie er?

In seinem Rücken spürte er die Blicke der am Ufer wartenden Menge. Die Maya sind wasserscheu, ging es ihm durch den Kopf, aber was ist, wenn das Volk, von dem ich abstamme, es nicht ist?

Schon begann man Wetten abzuschließen. Er vernahm aufgeregte Stimmen. »Fünf Kakaobohnen, dass er nicht ins Wasser geht!« »Zehn Kakaobohnen!« »Doch, er geht rein.« »Nein, er geht nicht!«

Eigentlich wollte Chac das Wagnis nicht auf sich nehmen, aber dann sah er es als Mutprobe an. Außerdem wollte er unbedingt wissen, wie Tonina ohne Bemalung aussah. Er schlüpfte aus seinen Sandalen, knüpfte seinen Umhang auf, ließ ihn zusammen mit seinen Reisesäcken und Waffen zu Boden sinken.

Mit zugeschnürter Kehle und klopfendem Herzen wagte er die ersten Schritte. Auch wenn er so oft verwundet worden war, dass er aufgehört hatte, die Narben von seinen Einsätzen auf dem Spielfeld auf seinem Körper zu zählen, erschien ihm das als nichts im Vergleich zu dem Gefühl, als die ersten Wasserwirbel seine Knöchel umspülten.

Er blieb stehen. Nein, das war zu viel verlangt.

Und dann drehte der Wind, trug ferne Stimmen über den See, und er erkannte das verächtliche Gelächter seines Freundes Balám. Es überraschte ihn nicht. Chac hatte sich stets gefragt, ob Balám ihn jemals als gleichwertig angesehen hatte, ob er hinter all den beschwörenden Worten von Zuneigung und Bruderschaft in Chac nicht doch noch immer den Sohn einer einfachen Küchenmagd sah. Jetzt und dank Tonina bot sich ihm die Gelegenheit, Balám zu zeigen, wer er wirklich war und was in ihm steckte – und den Mut der Blutlinie zu beweisen, die die Maya als barbarisch werteten.

Vorsichtig ging er weiter, setzte auf dem schlammigen Grund einen Fuß vor den anderen. Das kalte Wasser reichte ihm schon bis zu den Waden, dann bis zu den Knien und Oberschenkeln. Immer näher kam er Tonina, legte schließlich seine Hände in ihre. Sie zog ihn hinaus, bis er um seine Mitte den sanften Sog einer Strömung spürte, so als hieße ihn der See willkommen. Vom Ufer her war verwundertes Raunen zu vernehmen, vermischt mit Siegesgeschrei und laut zum Ausdruck gebrachter Enttäuschung über die gewonnenen oder verlorenen Wetten.

Jetzt, da er so dicht bei Tonina war, nahm Chac, da das Wasser einen Großteil ihrer Bemalung abgewaschen hatte, ihre vollen Lippen wahr, die hohen Wangenknochen, ihre Augen, die nicht schräg standen, die nicht fliehende Stirn. Sie stammt weder von den Inseln noch ist sie eine Maya, stellte er fest, sie ist etwas ganz anderes …

Von einem entfernteren Uferstück aus beobachtete Balám scheinbar gleichgültig die Szene. Diese Kursänderung zum See kam zwar unerwartet, beeinträchtigte aber nicht seinen Racheplan, der während des Gesprächs mit den *chicle*-Erntern Gestalt angenommen hatte.
Während er das seiner Meinung nach unwürdige Spektakel draußen auf dem See verfolgte – Chac der Held, der sich von einem gewöhnlichen Inselmädchen verführen ließ –, wanderten seine Gedanken zurück nach Tikal, der Stadt, die er am Morgen ausgekundschaftet hatte. »Tikal soll über tausend Jahre alt sein«, raunte er jetzt dem Vetter zu, der neben ihm stand, ein junger Mann, der ungeduldig von einem Fuß auf den anderen trat. »Vor Hunderten von Jahren lebten dort mehr Menschen als sonst wo auf der Welt. Die Könige waren reich und mächtig. Die Götter segneten diesen Ort. Inzwischen sind sowohl die Götter als auch die Könige verschwunden.«
Der Vetter grunzte und kratzte sich in der Leistenbeuge. Für vergangene Größen und heruntergekommene Städte hatte er nichts übrig. Nachts hatte er es mit einer Frau aus der Gegend getrieben, und jetzt juckte es ihm fürchterlich im Schritt. »Wie lange müssen wir noch warten, Vetter?«
Um seine düsteren Gedanken zu vertreiben, schüttelte Balám den Kopf. Warum der Verfall der Stadt ihm zusetzte, konnte er nicht sagen. Aber eigentlich, so redete er sich ein, ging ihn das nichts an, und deshalb antwortete er: »Nicht mehr lange, dann wird es ernst.«

Tonina hatte Chac noch weiter hinausgelockt, das Wasser reichte ihm jetzt bis zur Brust. Noch immer hielt er ihre Hände fest. Wortlos schauten sie sich in die Augen. Einauge, der sie vom sandigen Ufer aus beobachtete, fragte sich, ob er als Einziger merkte, was in Wahrheit da draußen vor sich ging.
Schon in Mayapán hatte er sich in Tonina verliebt und seither die Hoffnung genährt, irgendwann mit ihr eine *hamac* zu teilen. Aber nun wusste er, dass sein Hoffen vergeblich war. Tonina würde nie

und nimmer ihre Gunst einem so hässlichen Mann wie Einauge, dem Zwerg, schenken.
In diesem Moment bedachte sie Chac mit einem Blick, den Einauge nur zu gut kannte, gegen den Chac jedoch – Einauge hätte seinen gesamten Besitz darauf verwettet – immun zu sein schien. Was für eine verfahrene Situation, dachte der Zwerg, während er sich traurig abwandte. Er liebte Tonina, und Tonina liebte einen Mann, der an einer toten Ehefrau festhielt.
Poki, der kleine fette Hund, flitzte an ihm vorbei, um übermütig die Frösche im Schilf anzukläffen. Da tauchte auch schon H'meen auf, ein Lächeln in den von Runzeln umrahmten großen Augen und mit wehendem Haar. Nettes Kind, dachte Einauge, ein wenig aufdringlich zwar, aber immer darum bemüht, ihn aufzuheitern.
Unaufgefordert setzte sie sich zu ihm. »Warum behauptest du eigentlich dauernd, der hässlichste Mann der Welt zu sein?«, fragte sie.
Er schaute sie an. Hatte sie denn keine Augen im Kopf? »Weil ich das bin.«
»Das stimmt doch gar nicht.«
»Lasst es gut sein. Ich weiß es doch genau.«
Sie riss einen Grashalm aus und verfiel ins Grübeln. »Je mehr ich von der roten Blume höre, umso überzeugter bin ich, dass sie in der Tat magische Kräfte besitzt. Und wenn sie Krankheiten heilen und unfruchtbare Frauen fruchtbar machen kann, dann kann sie bestimmt auch einen beinahe gut aussehenden Mann in einen wirklich gut aussehenden Mann verwandeln.«
»Großer Lokono, meint Ihr wirklich?«, erwiderte Einauge und musterte das so merkwürdig alte wie kindliche Gesicht.
»Wenn schon ganz normale Pflanzen Wunder vollbringen können, welche Heilkräfte mögen dann erst einer wundersamen Blume innewohnen?«
Er blinzelte. Das hatte er noch nicht überlegt. Wenn rote Blütenblätter einen widerspenstigen Leib fruchtbar machen oder Blindheit heilen konnten, warum dann nicht auch seine Probleme?

Seine Laune besserte sich. Und selbst wenn die Blume nicht einen Traum von einem Mann, einen Mann wie Chac etwa, aus ihm machen konnte, dann konnte sie vielleicht die Augen der Frauen zumindest so verändern, dass sie in Einauge einen gut aussehenden Burschen sahen.

Mit einem Mal fühlte er sich beschwingt. »Herrin«, sagte er zu H'meen, »meint Ihr, die Blume könnte mich auch größer machen?«

Die Begeisterung in seiner Stimme, die plötzliche Hoffnung in seinem Blick, die Bestätigung, dass sie *gebraucht* wurde, rührten H'meens Herz. »Ist das dein Wunsch?«

»Schaut mich doch an! Meine Füße reichen ja kaum bis zum Boden!«

Sie fing an zu lachen. Auch Einauge lachte, und da er sich um so vieles besser fühlte als in den letzten Tagen, fasste er sich an den Bauch und wippte vor und zurück – als sich unvermittelt ein Schatten vor die Sonne schob.

Das Lachen blieb den beiden im Halse stecken, als sie aufschauten und sahen, dass sich ein Fremder von ungewöhnlichem Äußeren über sie beugte.

35

An diesem Abend schlugen sie das Lager am See auf, und zum ersten Mal setzte sich Chac nicht von der Gruppe ab, sondern machte Feuer und lud Tonina, Einauge, H'meen und ihre Bediensteten sowie Haarlos mit seiner Frau ein, sich zu ihm zu setzen. Und auch den Fremden.

Von einem Bauern aus der Gegend hatte Chac einen Truthahn erstanden. Die Frau von Haarlos hatte den Vogel gerupft und vorbereitet, und jetzt drehte sie über den Flammen den Spieß, an dem er hing. Als das Festmahl aufgetragen wurde und die ersten Fleischbrocken für die Götter ins Feuer geworfen worden waren, bekam der Fremde den Hals des Truthahns serviert, eine für gewöhnlich dem Gast vorbehaltene Delikatesse. Genüsslich an den Knochen herumnagend, berichtete der herumziehende Maya seinen Gastgebern Näheres über sich.

»Ich überbringe Botschaften«, sagte er voller Stolz über sein ehrenvolles Amt. »Ich ziehe über die Weiße Straße und übermittle Nachrichten. Bestimmt habt ihr meinen großen Kopf bemerkt. Er kann sich weit mehr merken als ein normaler Kopf: Nachrichten, Ankündigungen, Aussagen, Meldungen, sogar Liebeserklärungen.« Er klopfte sich an die Schläfe. »Im Augenblick sind hier zweimal dreizehn Nachrichten gespeichert, die ich Menschen zukommen lasse, die bis hinauf zur Meerenge im Norden über die gesamte Halbinsel verstreut sind. Sobald ich die Botschaft überbracht habe, verschwindet sie aus meinem Kopf und macht Platz für eine neue.«

Das hatte er mit Einauge gemein, nur dass Einauge seine Informationen geheim hielt und nicht ohne Gegenleistung herausrückte. »Familien werden getrennt und auseinandergerissen. Ihr würdet staunen. Töchter verlassen ihr Zuhause, um sich weit weg zu verheiraten. Söhne schauen sich anderswo nach Arbeit um. Ein Mann tritt in die königliche Armee ein. Ein Kaufmann wird in einer Stadt aufgehalten. Familien können aus vielen Gründen voneinander getrennt sein. Um eine Geburt zu verkünden, eine Eheschließung oder einen Todesfall, oder wenn es Neuigkeiten gibt, die Familien austauschen wollen, ist es zu teuer und zu unsicher, einen geschriebenen Brief zu schicken. Also werde ich mit der Übermittlung beauftragt!«

»Das scheint eine Tätigkeit zu sein, bei der man ziemlich allein ist«, befand H'meen. Und wie eigenartig dieser Mann aussah – hochgewachsen und knochendürr, ein riesiger Schädel und weit auseinanderstehende Augen. Sein Umhang war mit Symbolen geschmückt, die ihn als Boten auswiesen.

»Keineswegs, ehrenwerte Pflanzenkundlerin! Ich habe Frauen an allen vier Ecken der Erde, mit gesunden Kindern, schönen Wohnungen und Nahrung in Überfluss. Ich besuche sie regelmäßig reihum, und dazwischen bin ich ein freier Mann. Dass sich mir ein Räuber in den Weg stellt, kommt so gut wie nie vor; ich habe ja nichts, was für sie von Wert ist, außerdem müssen sich selbst Banditen irgendwie untereinander verständigen, nicht wahr? Ist ein schönes Leben.«

Er nagte das letzte Fleisch vom Halsknochen ab und warf ihn anschließend ins Feuer. »Darf ich fragen, was euch hierher führt?« Er warf einen Blick über das Lager. »Ihr scheint nicht ständig hier zu leben, seid auch ganz verschieden. Alte, Kinder, nicht alle von euch sind Maya …« Nachdenklich sah er Tonina an.

»Wir sind auf der Suche nach einer Blume«, sagte sie.

Er stocherte mit einem Zweig in seinen Zähnen herum. »Nach was für einer Blume?«

»Nach einer, die Heilung bewirkt.«

Er zuckte mit den Schultern. »Im Regenwald gibt's viele Blumen mit heilsamer Wirkung. Wie soll deine denn aussehen?«

Tonina wollte antworten, aber Chac hob die Hand. Seit Uxmal waren sie manch einem begegnet, der behauptet hatte, er wüsste, wo die rote Blume zu finden sei, und dann diese Information nur gegen Entgelt herausrücken wollte. Vielen falschen Spuren waren sie aufgesessen. »Was für Blumen kennst du denn?«, stellte er die Gegenfrage.
Der Mann hob an, verschiedene Blüten mit ihrem jeweiligen Standort zu beschreiben. H'meen hörte aufmerksam zu und nickte zustimmend. Jede einzelne war ihr vertraut.
Jetzt schwieg der Mann, blinzelte ins Feuer und sagte, nachdem er eine Weile nachgedacht hatte: »Da gibt es, glaube ich, noch eine. Ich habe sie erst einmal gesehen. Scharlachrot ist sie, wie die Federn eines Aras. Aber die Blüte reckt sich nicht der Sonne entgegen, sondern neigt sich dem Boden zu, so …« Er legte seine Handgelenke aneinander, die Finger nach unten gerichtet. »Sie wächst an einem hohen Busch, der nur sehr wenige Blüten aufweist.«
»Und man findet sie in Quatemalán?«, fragte Tonina aufgeregt.
»In Quatemalán? Nein.« Er schüttelte seinen dicken Kopf. »Diese Blume wächst nahe bei den Göttern, deshalb verfügt sie ja über magische Kräfte. Hoch in den Bergen, im Gebiet von Copán.«
»Wo ist das?«
»Weit unten im Süden«, mischte Einauge sich ein. »Wo die Berge den Himmel berühren.« Er war nie dort gewesen, hatte aber gehört, dass diese Region tückisch war.
»Und diese Blume heilt alle Krankheiten?«
»Wer weiß das schon?« Der Mann zuckte mit den Schultern. »Ich habe sie, wie gesagt, erst einmal gesehen. Schön sieht sie aus, gewiss doch. Aber ihre heilenden Eigenschaften habe ich nicht ausprobiert. Ich kenne auch niemanden, der das getan hätte.«
»Wie weit nach Süden?«, fragte Tonina und schaute Chac an.
Der Reisende zog die Nase hoch. »Ihr sagt, ihr kommt aus Uxmal? Die Entfernung von Uxmal bis hierher nach Tikal entspricht der Entfernung von hier nach Copán.«

»Also nochmals zwanzig Tage«, murmelte Chac.
»Leider nein, mein Freund, denn die Gegend ist sehr gebirgig und das Vorankommen entsprechend mühsam. Steile Hänge, unzugängliche Pässe, Flüsse, Wasserfälle, seltsame Tiere und wilde Stämme. Zwei Mondmonate braucht ihr mindestens, unter Umständen sogar mehr.«
»Und die Blume wächst ausschließlich dort?«, fragte Tonina.
»Die ehrenwerte königliche Pflanzenkundlerin wird bestätigen, dass gewisse Pflanzen nur in bestimmten Klimazonen gedeihen.«
Als H'meen nickte, breitete sich eine merkwürdige Stimmung aus. Die Nachricht barg Gutes und Schlechtes. Sie wussten jetzt, wo die Blume wuchs, aber das weiter weg als erwartet und nur durch gefährliches Gebiet hindurch zu erreichen. Tonina ahnte, woran Chac dachte: dass er so schnell wie möglich erst zurück nach Mayapán und dann weiter nach Teotihuacán musste, um rechtzeitig bei der Schwesternschaft das Totenritual abzuhalten. Er konnte also unmöglich weiter nach Süden ziehen, nach Copán.
Sie wollte ja, dass er Teotihuacán beizeiten erreichte und die Riten für Palumas Seele vollzog.
Derweil die Gefährten versuchten, sich mit den neu aufgetauchten Schwierigkeiten abzufinden – warum gefiel es den Göttern, gute Nachrichten immer mit schlechten zu paaren? –, starrte Chac, sich das Kinn reibend, ins Lagerfeuer. Ein heiliges Gesetz erlegte ihm auf, Tonina zu helfen, ihr Ziel zu erreichen, aber er war es Paluma schuldig, an den Männern, die sie umgebracht hatten, Vergeltung zu üben. Beiden Verpflichtungen nachzukommen war unmöglich geworden.
Dann aber sagte er sich: Rache kennt keinen Kalender. Er konnte also die Mitglieder der Vereinigung zur Verantwortung ziehen, nachdem er in Teotihuacán war.
Als er den anderen seine Entscheidung mitteilte, stieg die allgemeine Stimmung. Gemeinsam beugte man sich über Chacs Karte, besprach sich mit H'meen, die ihr Buch der Tage konsultierte, man bat Einauge um Rat und den Überbringer von Botschaften um

weitere Einzelheiten, um auszurechnen, wie lange sie unterwegs sein würden. Zu guter Letzt stellte Chac zufrieden fest, dass ihm, wenn er auf den Umweg über Mayapán verzichtete, ausreichend Zeit blieb, nach Copán zu ziehen und von dort aus weiter nach Teotihuacán.

Jetzt galt es, die anderen mit einer weiteren, weitaus schwerwiegenderen Entscheidung zu konfrontieren. Um ihr Vorhaben erfolgreich zu Ende zu bringen, war Chac zu dem Schluss gekommen, dass er und Tonina einmal mehr allein weiterziehen mussten.

»Tonina und ich sollten mit leichtem Gepäck reisen, um schnell vorwärtszukommen«, verkündete er den Gefährten. »Und das geht nur, wenn alle anderen in Tikal zurückbleiben.«

Als sie Einspruch erheben wollten, hob er die Hand. »Eine gefährliche Strecke liegt vor uns«, sagte er, »und ich lehne es ab, die Verantwortung für die Sicherheit all dieser Leute zu übernehmen. Ein einziger unangenehmer Zwischenfall genügt, um uns aufzuhalten, und das bedeutet, dass ich nicht rechtzeitig die Schwesternschaft erreichen werde.«

Er sah H'meen an, die, obgleich erst fünfzehn, mit ihren brüchigen Knochen auf alle Fälle zu schwach war, den Weg fortzusetzen. »Einauge«, sagte er zu dem Zwerg, »du bleibst hier in Tikal und kümmerst dich um die *h'meen*, bis wir zurück sind.«

Einauge übernahm diese Aufgabe gern. H'meen war nett zu ihm gewesen und hatte ihm wieder Hoffnungen gemacht.

Die Gruppe stimmte, wenn auch schweren Herzens, Chacs Plan zu. Es fiel allen schwer, von ihm und Tonina Abschied zu nehmen. Einzig Tonina blieb merkwürdig still. Es behagte ihr ganz und gar nicht, allein mit Chac weitergehen zu müssen.

Wenn sie ihn doch nur nicht in den See gelockt hätte! Was war bloß in sie gefahren, derart unbekümmert zu handeln, zumal ihr Herz drauf und dran war, sie zu verraten? Ihre Gedanken drehten sich jetzt weniger um Guama und Huracan, die Perleninsel und Tapferen Adler – nicht einmal um die rote Blume –, sondern zunehmend um Chac. Dabei hatte sie ihm lediglich vorführen wol-

len, welche Freude es war, im Wasser herumzutollen, um ihm zu zeigen, dass er keine Angst zu haben brauchte. Er indes war auf sie zugewatet, und als er seine Hände vertrauensvoll in ihre gelegt hatte, war ihr gewesen, als würde sie von einem Pfeil durchbohrt. Fast hätte sie laut aufgeschrien.
Und jetzt sollte sie die nächsten Tage, vielleicht gar Monate, nur mit ihm zusammen sein? Eine schreckliche Vorstellung. Möglich, dass ihr empfindsames Herz und dieser geheimnisvolle Mann sie schwach werden und vergessen ließen, weshalb sie in dieses fremde Land gekommen war.
Aber auch ihr blieb nichts anderes übrig, als Chacs Plan zuzustimmen. Der Perleninsel zuliebe und eingedenk des Versprechens, das sie ihren Großeltern gegeben hatte, musste sie nach Copán, und zwar so schnell wie möglich.
Bevor die kleine Schar ihr jeweiliges Nachtlager aufsuchte, bat Chac die Freunde, den anderen nichts von dem neuen Plan zu erzählen. »Ich möchte nicht, dass sie uns folgen. Wenn Tonina mit der Blume zurückkommt, werden nicht alle davon profitieren können. Wir brechen morgen auf, sobald wir Vorräte besorgt und einen Führer gefunden haben. Keiner soll wissen, wohin wir gehen und warum.«
Sich selbst redete er ein, dass er damit die Götter friedfertig stimmen, ihre Gesetze beachten und sich an ihr Gebot halten wollte, Tonina das Leben zu retten. Mochte ihm sein Herz auch zuraunen, dass er es eigentlich ihretwegen tat – er ließ diesen Gedanken einfach nicht zu.

36

»Geh nicht, Bruder«, beschwor Balám ihn. »Das mit Copán ist ein Märchen. Du weißt doch, dass die Blume an der Küste von Quatemalán wächst. Wie kannst du nur dem Wort eines Wildfremden Glauben schenken?«

Chac und Tonina waren zum Marktplatz gegangen, um feste Sandalen und dicke Umhänge für die Reise zu erstehen. Balám war dem Freund gefolgt, um ihm klarzumachen, dass es falsch wäre, nach Copán zu gehen.

Aber Chac ließ sich nicht umstimmen.

Balám war bemüht, sich die Verachtung nicht anmerken zu lassen, als er jetzt sagte: »Du willst diesem Mädchen helfen, und die, die deine Frau ermordet haben, ungestraft davonkommen lassen?«

»Für Rache ist immer noch Zeit.«

Balám rubbelte an dem imaginären Fleck auf seiner Wange herum, musterte Tonina von Kopf bis Fuß und fügte dann hinzu: »Dann pass gut auf sie auf. Du weißt ja, die Götter haben ein Auge auf dich.«

Chac wollte antworten, wurde aber von lautem Geschrei in der Nähe abgelenkt. Ein Streit um den Verkauf von reifen Ananas erzürnte die Menge.

Die Obsthändler boten ihre Ware auf Matten feil, die sie zwischen einem Verkäufer von Ozelotfellen und einem Seiler ausgelegt hatten. Maya waren sie keine. Genauer identifizieren konnte Chac sie nicht, aber das, was sie zu dem Mann sagten, der vor ihnen stand und sie anbrüllte, brachten sie eindeutig auf Nahuatl vor, der Sprache der weit im Norden lebenden zahlreichen Stämme – und auch der Sprache aus seinen Kindertagen. Seine Mutter bediente sich ihrer noch immer. Die Obsthändler waren offenbar eine Familie mit einem alten Mann, zwei jüngeren Männern, drei Frauen und einem Kind. Armselig wirkten sie, und viel zu verkaufen hatten sie auch nicht.

Chac blickte zum grauen Himmel empor. »Wir haben alles, was wir brauchen«, sagte er zu Tonina. »Es wird Zeit, aufzubrechen. Die anderen warten schon.« Neben den angeworbenen Führern aus Tikal hatte Chac Haarlos und zwei der Neun Brüder, beides kräftige, stramme Burschen, gebeten, sie zu begleiten.

Tonina starrte gebannt auf die Szene, die sich vor ihren Augen abspielte. Der Mann, der da herumbrüllte, war ein Maya. Er trug einen roten Lendenschurz aus Baumwolle und darüber einen blauen Baumwollumhang und schien sehr empört über die Ananasverkäufer zu sein, die sich unter seiner für sie nur bruchstückhaft verständlichen Schimpfkanonade duckten.

Chac fasste sie am Arm. »Wir müssen gehen.«

»Warum ist er so wütend?«, fragte sie und bemerkte, dass sich drei weitere Männer, ebenfalls in feine Baumwolle gekleidet und kostbare Federn im Haar, zu dem Erzürnten gesellt hatten.

»Das geht uns nichts an«, kam es ungeduldig von Chac. »Wir haben ohnehin schon viel zu viel Zeit hier vergeudet.« Der graue Himmel behagte ihm nicht. Regen drohte sie aufzuhalten. »Wir müssen sofort los.«

Tonina lud sich ihren schweren Reisesack auf, warf einen letzten Blick auf die Gruppe, die sie bis hierher begleitet hatte und die jetzt bekümmert in einer Ecke des Marktplatzes lagerte, im Schatten der hoch aufragenden Tempel. Sie würden ihr fehlen, diese Menschen, auf deren Gesichter sich Hoffnung, Besorgnis oder Furcht spiegelte.

Ich werde zurückkommen, mit der wundersamen Blume ...

»Geht wieder dorthin, wo ihr hergekommen seid! Wir wollen keine Hunde in Tikal!«

Diesmal verstand sie, was der Maya den Ananasverkäufern an den Kopf warf. Auch Chac blieb stehen und schaute sich um.

»Was soll das?«, fragte Tonina.

»Der Maya behauptet, diese Leute da hätten kein Recht, auf dieser Plaza Obst zu verkaufen. Er will, dass sie verschwinden.«

Nicht anders als auf anderen Marktplätzen, die Tonina erlebt hatte, tummelten sich auch auf dem in Tikal Menschen verschiedener Herkunft, ein buntes Gemisch von Händlern und Käufern. Dazu ein Warenangebot, das von Maisfladen bis Bienenwachs reichte.

Chac wollte schon weiter, schaute sich dann aber nochmals um, blieb unentschlossen stehen. Er und Tonina mussten aufbrechen, die Zeit lief ihnen davon.

Als der große Maya plötzlich mit dem Fuß gegen das Obst stieß und Ananasfrüchte aufstoben und beim Aufprallen auf dem Boden zerplatzten, stellte Chac jedoch seinen Reisesack ab, ging auf den wütenden Maya zu und sagte leise: »Gibt es ein Problem?«

Der Maya musterte ihn von oben bis unten, blinzelte verunsichert den Mann an, der wie ein Maya gekleidet war, die Sprache der Maya beherrschte, vornehm auftrat und wie jemand von Rang und Ansehen tätowiert war. Und dennoch … »Diese Hunde kommen in unser Land und nehmen uns alles weg.«

Chac blickte auf die Familie, die sich aneinanderdrängte, musterte das zerplatzte Obst. »Inwiefern nehmen sie euch alles weg?«

»Ich handle ebenfalls mit Ananas. Wenn die Leute bei diesen Hunden kaufen, bedeutet das meinen Ruin!«

Angesichts des feisten Wanstes des Verkäufers und seiner kostbaren Jadestecker in den Ohren meinte Chac: »Unbedingt arm siehst du mir aber nicht aus.«

»Wer bist du eigentlich?«, knurrte der Mann und kam auf Tuchfühlung an Chac heran.

»Das ist nicht von Belang«, erwiderte Chac ruhig und von der aggressiven Geste keineswegs eingeschüchtert. »Von Belang ist, dass diese Leute nichts Unrechtes getan haben. Sie wollen sich lediglich ihren Unterhalt verdienen. Es dürfte genug Kundschaft für alle geben.«

»Bist du etwa einer von *denen da*?« Der stämmige Mann deutete

mit dem Daumen auf die verängstigte Familie. »Du siehst irgendwie aus wie sie.«
Unversehens musste Chac daran denken, was Paluma gesagt hatte, als sie Mitglied des Kults des Wiederkehrenden Gottes geworden war. Genau dies brachte er jetzt in aller Ruhe vor: »Wenn Kukulcán wiederkehrt und das Goldene Zeitalter anbricht, werden wir alle Brüder sein.«
Der Mann lachte schallend auf und seine Kumpane ebenfalls. »Was ich von Kukulcán halte? So viel!« Damit spuckte er Chac vor die Füße.
Mit Blick auf die Spucke auf dem Boden dachte Chac an den verrinnenden Tag, an den drohenden Regen, an die Führer, die am Stadtrand auf sie warteten, und an den Weg nach Copán. »Das hättest du nicht tun sollen, mein Freund«, sagte er und sah den Maya durchdringend an.
»Ich bin nicht dein Freund!«, gab der andere zurück, richtete sich kerzengerade auf und ballte die Fäuste. Seine Freunde traten neben ihn, sahen Chac herausfordernd an.
Sofort waren Haarlos und die Neun Brüder zur Stelle, bauten sich kampfbereit neben Chac auf. Aber Chac bedeutete ihnen, zurückzutreten. Zögernd überließen sie es ihrem Herrn, es allein mit dem wütenden Maya und seinen Kumpanen aufzunehmen.
Mittlerweile hatte sich um sie herum eine Menschenmenge gebildet. Wetten wurden bereits abgeschlossen. Keiner setzte darauf, dass der Fremdling gewinnen würde, es ging ausschließlich um Leben oder Tod. Einauge eilte mit H'meen herbei; beide befürchteten, Chac könnte sich zu etwas Unüberlegtem hinreißen lassen. Einer gegen vier!
Chac indes wirkte keineswegs eingeschüchtert, als er seine Forderung wiederholte: »Lass diese Leute in Ruhe.«
Mit dem erneuten Ausspucken vor Chac fiel die Entscheidung. Obwohl er wusste, dass er, wenn er jetzt einen Rückzieher machte, mit Tonina bis zum Einbruch der Nacht und bis es zu regnen anfing, von Tikal aus ein gutes Stück Wegs hinter sich bringen konnte, legte Chac seinen Umhang ab und reichte ihn Haarlos.

Lachend tat der Maya es ihm nach und wies seine Kumpane an, sich zurückzuhalten. Mit diesem Hund würde er schon allein fertig werden. Obwohl es kühl war und der Himmel grau, nahmen die beiden Männer in Lendenschurzen Aufstellung. Und dann ließ der Maya zum ersten Mal seine Faust sprechen.

Chac hatte seit vielen Tagen nicht mehr auf dem Ballspielfeld gestanden, war aber gut in Form. Er wich der Faust aus, sodass sie an seinem Kopf vorbei ins Leere ging, während seine eigene Hand vorschoss und am Hals des stämmigen Mannes landete.

Aufächzend taumelte der Maya rückwärts, um sich dann erneut auf Chac zu stürzen, der jedoch mit einem Schritt zur Seite dem Angreifer einen Treffer in den Nacken verpasste. Die Menge johlte. Immer mehr Zuschauer platzierten Wetten. Immer häufiger jetzt auf Sieg für Chac.

Aber der Maya, der bislang seinen Gegner unterschätzt hatte, gab nicht auf. Mit wieder erstarkten Kräften ging er auf Chac los, kalkulierte diesmal dessen Ausfallschritt ein, sodass beide Männer aneinanderprallten und zu Boden gingen.

Die Menge drängelte und schubste, um das Geschehen besser verfolgen zu können. Schützend umringten Haarlos und sechs der Neun Brüder Tonina, Einauge und H'meen.

Chac und der Maya verstrickten sich auf den Pflastersteinen in einen Ringkampf, um dann gleichzeitig auf die Füße zu springen und aufeinander einzuboxen. Auch wenn der Maya ein mäßiger Kämpfer war, war er etwas größer und um einiges schwerer, was ihm einen Vorteil verschaffte. Chac versuchte sich den Kampf als Einsatz auf dem Ballspielfeld vorzustellen. Ich kämpfe nicht, sagte er sich, ich spiele ein Turnier.

Behalte den Reifen im Auge. Da muss der Ball durch …

Der Maya holte aus zu einem Schlag, der die Entscheidung bringen musste, wenn er denn voll Chacs Schläfe traf. Zur allgemeinen Verblüffung jedoch duckte sich Chac und streckte ein Bein aus – eine klassische Bewegung auf dem Spielfeld, bei einem Faustkampf hingegen ungewöhnlich. So als wollte er einen Mannschaftskameraden den Ball zuflanken, trat Chac seinem Gegner so heftig gegen den Knöchel, dass der Maya stolperte und mit den Armen in der Luft herumruderte, aber da stieg Chac bereits hoch, fuhr urplötzlich sein Bein abermals aus und traf mit der Ferse voll den Kiefer des Mannes. Der Mann verlor den Boden unter den Füßen und landete bewusstlos inmitten von Töpferwaren.

Sofort stürzten sich seine Freunde in den Kampf. Ohne ihre Umhänge abzuwerfen, drängten sie wütend auf Chac zu.

»Hilf ihm!«, beschwor Tonina Haarlos. Aber Haarlos war wie gelähmt. Das war der Chac, den er schon so lange verehrte. Der Mann, dem er sein Leben gewidmet hatte. Von Stadt zu Stadt war Haarlos der Mannschaft von Mayapán gefolgt, hatte für seinen Helden gebetet, sein Spiel verfolgt, geprahlt, Chac sei der größte Ballspieler überhaupt. Er hatte ihn seit Monaten nicht mehr spielen sehen, aber jetzt war er hier, zwar nicht auf einem Spielfeld, sondern auf den Pflastersteinen einer alten Plaza, bewies sich auch nicht im Ballspiel gegen eine andere Mannschaft, sondern gegen diese Großmäuler, was auf das Gleiche herauskam, wich ihren Fäusten aus, umtänzelte sie, täuschte an und duckte sich, kickte mit den Füßen, irritierte sie, ein Mann gegen vier, bis der letzte der Gegner niedergekämpft war und nur noch Chac sich auf den Beinen hielt, schwitzend und keuchend. Blut rann ihm über den Körper.

Die Menge erstarrte in Schweigen. Und dann kam der erste Maya wieder zu sich, schüttelte den Kopf, rappelte sich hoch und wankte, sich das Blut vom Kinn wischend, davon. Seine Kumpel humpelten ihm hinterher.

Hochrufe erschallten, man umringte den Sieger. Chac nahm seinen Umhang entgegen, knotete ihn sich um den Hals und ging dann auf die Ananasverkäufer zu, die ehrfürchtig zu ihm aufschauten. Mit Blick auf die völlig unbrauchbar gewordene Ware sagte er leise zu dem Ältesten der Familie: »Ich möchte eure Früchte kaufen«, und bot ihm fünf Kakaobohnen dafür. Als der Alte Chac auf Nahuatl segnete und Götter anrief, deren Namen Chac aus seiner Kindheit vertraut waren, hob ihn die begeisterte Menge auf die Schultern und trug ihn unter ohrenbetäubendem

Jubel um die Plaza herum. Und Chac wurde sich bewusst, was seine Entscheidung ihm eingebracht hatte: Er war jetzt ein größerer Held als je zuvor, und er und Tonina würden weder allein noch zügig Copán erreichen.

Balám sah mit an, wie sein einstmaliger Freund auf den Schultern begeisterter Bewunderer um die Plaza getragen wurde.
Jetzt umstrahlte Chac also noch mehr Ruhm. Chac, der die Götter gelästert und ihre Statuen entehrt hatte, Chac, der den schmachvollen Tod seiner geliebten Yaxche verschuldet hatte.
Balám umfasste den hölzernen Schaft seines Speers, sah sich bereits auf die Plaza stürmen, einen Weg durch die Menge bahnen, seinen Speer schleudern, so schnell, dass keiner mitbekam, was da vor sich ging, und vor den Augen seiner einfältigen Bewunderer den großen Chac durchbohren. Noch ehe man ihn festhalten konnte, würde Balám abtauchen und den Speer, an dem noch Chacs Blut klebte, durch den Körper der Wahrsagerin jagen, die das Leben von Yaxche hätte retten können.
Doch während er schon den Speer hob, glaubte er seine Mutter zu hören, die ihm etwas zuraunte, was er vergessen oder damals nicht mitbekommen hatte. Als er sich in Uxmal, vom Vater des Hauses verwiesen, im elterlichen Garten versteckt hatte, war Choimha, seine vornehme Mutter, gekommen und hatte zu ihm gesagt: »Mein Sohn, was du getan hast, kannst du wiedergutmachen. Ohne dich deshalb nach Teotihuacán begeben zu müssen.«
»Wie ist das möglich?«, hatte Balám ausgerufen, aber seine Verzweiflung, sein Zorn auf Chac, sein Kummer über den Verlust von Yaxche und Ziyal waren so groß, dass die Antwort seiner Mutter irgendwie an ihm vorbeigerauscht war. Jetzt hörte er sie wieder, so klar und deutlich, als stünde sie neben ihm.
Eine Ruhe, für die er keine Erklärung fand, kam über ihn. Auf der Plaza wurde es still. Der Lärm, die Leute, die Tempel und der Dschungel – alles verschwand, bis Prinz Balám aus Uxmal nur noch ein weißes Licht um sich herum wahrnahm. Er schloss die Augen und sog das Licht wie frische Luft in seine Lungen ein.

Noch nie hatte er sich derart ruhig und gelassen gefühlt. Eine Empfindung, die gleichsam wie ein belebender Wasserfall auf ihn niederging.
Das wundersame Licht erfüllte ihn mit neuer Kraft und mit einer *Erkenntnis*, die so eindeutig war, dass er die Luft anhalten musste, um sie zu verinnerlichen.
Mit geschlossenen Augen sah er sich irgendwann in der Zukunft und begriff, dass die Götter ihm zeigten, was ihm bestimmt war. Während die verrückte Menge weiterhin auf der allmählich dunkel werdenden Plaza feierte, Fackeln entzündet wurden und *pulque* die Runde machte, stand Prinz Balám wie eine Statue am Rande des Marktplatzes und wusste jetzt ganz genau, was er zu tun hatte.

37

Der Vollmond schien auf das einsam daliegende Ballspielfeld. Tonina wusste, dass Chac heute Nacht nicht hierherkommen würde. Er musste die Gruppe zusammenstellen, die sie nun doch nach Copán begleiten würde.
Um der sterbenden Stadt zu entfliehen oder in der Hoffnung auf eine bessere Zukunft hatten viele in Tikal Ansässige gebeten, mitkommen zu dürfen. Chac hatte abermals die Führung übernommen, diesmal aber die Menge in Untergruppen aufgeteilt und jeder Verpflichtungen auferlegt. Unter der Leitung der Neun Brüder wurden junge Männer als Sicherheitsposten oder Jäger eingeteilt, die weiblichen Teilnehmer waren, unter der Aufsicht der Ehefrau von Haarlos, für die Beschaffung und den Transport von Nahrungsmitteln zuständig.
Tonina war mit ihren Gedanken noch immer bei dem Zweikampf auf der Plaza. Der Konflikt hatte sie aufgewühlt. Auf der Perleninsel wurden Streitigkeiten unter Männern mit Knüppeln ausgetragen oder in einem Ringkampf. Dass jemand wie Chac in die Höhe sprang und dem Gegner einen derart massiven Fußtritt verpasste, hatte sie noch nie erlebt. Die Auseinandersetzung auf dem Markt hatte ihr aber noch etwas über den Mann verraten, an den sie auf Geheiß der Götter gekettet war: Er verfügte über ein ausgeprägtes Gerechtigkeitsbewusstsein, an dem er rigoros festhielt. Den ganzen Vormittag über hatte er betont, dass er schleunigst von Tikal aufbrechen müsse. Aber als er mitbekommen hatte, wie die Ananasverkäufer belästigt wurden, hatte er sein eigenes Vorhaben hintangestellt und war ihnen zu Hilfe geeilt.

Es hieß, sie hätten ihm mit einem besonderen Geschenk gedankt. Was das wohl für ein Geschenk war?
Tonina hatte ebenfalls ein Geschenk für ihn. Was sie bewogen hatte, sich von ihren letzten Perlen zu trennen, konnte sie sich nicht erklären. Einem Impuls nachgebend, hatte sie einen Verkaufsstand aufgesucht, dessen Inhaber auf einen einzigen Artikel spezialisiert war. Als sie ihm gesagt hatte, für wen das Geschenk bestimmt sei, hatte der Händler ihr ein Exemplar vorgelegt, das seinen Worten nach nicht für einen x-beliebigen Käufer bestimmt war, sondern auf einen würdigen Interessenten wartete. Und jetzt wusste sie nicht, wie sie ihm ihr Geschenk übergeben sollte.

»Edler Chac«, sagte Einauge vorwurfsvoll, »von dem Kerl, der Wassersäcke verkauft, war zu erfahren, dass Ihr von ihm dreißig Säcke für fünfzig Kakaobohnen erworben habt. Das ist Wucher! Lasst mich mit ihm verhandeln, ich drücke …«
Chac hörte gar nicht zu. Er hatte Tonina zwischen den beiden im Dunkeln liegenden Tempeln Richtung Spielfeld verschwinden sehen.
Geh ihr nicht nach, raunte sein Gewissen.
»Mach, was du willst«, beschied er Einauge. »Sag dem Mann, ich hätte dich beauftragt, mit ihm zu verhandeln.«
»Wo geht Ihr denn hin, Meister?« Mit einem derart ehrerbietigen Titel hatte Einauge noch niemanden bedacht. Aber er fand, dass er bei einem Mann, der sich gegen vier zur Wehr setzte und sie niederrang, angebracht war. »Es gibt noch so viel zu tun.«
Chac indes zog angesichts der kühlen Nacht wortlos seinen Umhang fester um sich und schritt auf die beiden Tempel zu.

Sie war auf dem Spielfeld. Was sie dort tat, ließ sich auf den ersten Blick nicht erkennen. Aber dann –
Chac stieß einen leisen Fluch aus, glaubte seinen Augen nicht zu trauen. »Hast du schon einmal gespielt?«, fragte er, als er näher kam.
Erschrocken fuhr sie herum, hob dann den Ball auf, den sie ein

paarmal hochgeworfen hatte, und reichte ihm ihr Geschenk. »Den habe ich für dich erstanden. Der Verkäufer sagte, er sei sein allerbester. Ich dachte …« Sie wusste nicht weiter.

Chac schaute auf die Gummikugel in seiner Hand, spürte, wie kompakt und schwer sie war. Noch nie hatte er ein schöneres Geschenk erhalten. »Die Göttin des Mondes möge dich dafür segnen«, sagte er leise.

»Ich konnte einfach nicht widerstehen, ihn einmal auszuprobieren. Um zu sehen, wie das ist. Beteiligen sich auch Frauen an diesem Spiel?«

»Mädchen ja. Frauen normalerweise nicht. Die eine oder andere aber doch«, erwiderte Chac und grinste.

Im silbernen Mondlicht sah Tonina die Stellen, an denen er nachmittags verwundet worden war, kleine Verletzungen, die jetzt mit einer von H'meens Salben bestrichen waren. »Warum hast du es allein mit den Maya aufgenommen?«, fragte sie. »Warum hast du deinen Freunden nicht erlaubt, dir zur Seite zu stehen?«

Chac dachte an die Jungen, die sich vor langer Zeit einmal gegen ihn verschworen hatten. Er war ihnen, schon weil er jünger als sie war, hilflos ausgeliefert gewesen – bis Balám dazwischengegangen war und ihn beschützt hatte. Aber heute lagen die Dinge anders, obwohl er nicht genau wusste, warum, hatte Chac entschieden, dass er sich diesem Kampf allein stellen musste.

»Ich habe noch ein Geschenk bekommen«, sagte er, ohne ihre Frage zu beantworten. »Von den Ananasverkäufern. Etwas Wertvolleres hätten sie nicht, sagten sie. Ich wollte es nicht annehmen, aber sie bestanden darauf. Um ihren Stolz nicht zu verletzen, habe ich es schließlich akzeptiert.« Er legte den Ball auf den Boden, griff sich in den Bund und zog etwas mit Stoff Umwickeltes heraus.

»Der alte Mann erzählte mir die Legende von einer Gottheit, die er die erdengefangene Göttin nannte. Vor langer Zeit kam sie auf die Erde, um herauszufinden, was wir Menschen so an unserem Land liebten. Ein König nahm die Göttin gefangen und verlangte von ihr, sie solle ihn reich und mächtig machen. Als sie sich weigerte, sperrte er sie in eine unterirdische Kammer und drohte ihr, sie so lange dort zu belassen, bis sie ihm seine Wünsche erfüllt hätte.«

Chac schlug den Stoff auseinander. Ein kleiner Gesteinsbrocken kam zum Vorschein.

»Der alte Ananasverkäufer berichtete, dass er als junger Mann nach Palenque – das liegt im Westen – gepilgert sei, um in den berühmten Zeittempeln dort Kukulcán seine Ehrerbietung zu erweisen. Auf dem Rückweg sei er auf einen Wanderer gestoßen, der sterbend am Straßenrand lag. Der Ananashändler sei bei dem Mann geblieben und habe ihm bis zum Ende beigestanden. Für seine Freundlichkeit habe ihm der todkranke Mann dies hier geschenkt.«

Geisterhaftes Mondlicht ließ den Gegenstand silbern schimmern. Was er darstellte, konnte Tonina nicht erkennen. Für sie sah er aus wie ein normaler Gesteinsbrocken.

»Der Sterbende erzählte dem alten Ananasverkäufer, dass er sich nach Palenque aufgemacht habe, um die erdengefangene Göttin zu suchen und zu befreien. Noch immer sei sie dort unter der Erde eingesperrt. Sie verfüge zwar über uneingeschränkte Macht, nur nicht über die, sich selbst zu befreien, weshalb sie dem, der sie da herausholt, jeden Wunsch erfüllen werde.«

»Was ist das?« Tonina nahm den Stein in die Hand und betrachtete ihn von allen Seiten.

»Ich weiß es selbst nicht. Aber dem Ananasverkäufer zufolge liegt darin der Schlüssel dafür, die erdengefangene Gottheit zu finden. Schon viele hätten sich auf die Suche nach ihr gemacht, aber immer erfolglos. Dieser Stein, sagte er, sei ein Wegweiser.«

Tonina gab den Gesteinsbrocken zurück. Während Chac ihn wieder in das Tuch einschlug und einsteckte, sann sie über die Geschichte nach. Wie wäre es wohl, eine Göttin zu befreien? Und was würde sie sich dann wünschen?

Der Wind änderte die Richtung. Der Geruch von Feuerstellen und bratendem Fleisch wehte zu ihnen herüber. »Kommst du gut voran, diese große Gruppe zu organisieren?«, fragte Tonina und wandte sich zur Stadt um.

»Es geht langsam. Ich habe mich um diese Aufgabe nicht gerissen.«
»Aber es fällt dir so leicht, Befehle zu erteilen, und die Leute hören auf dich. Warum sträubst du dich, die Führung zu übernehmen, wenn du dafür geboren zu sein scheinst?«
Chac ließ sich mit der Antwort Zeit. Tonina stand dicht bei ihm, er konnte ihren Kokosnussduft einatmen, der ihm nicht mehr lästig vorkam. Er spürte die Wärme, die ihre Haut ausstrahlte, und überlegte, wie es wohl wäre, mit seinen Fingern darüberzustreichen.
»Ich muss immer daran denken, was mir meine Mutter eingeschärft hat, als ich ein kleiner Junge war«, sagte er nach einer Weile. ›Sei niemals ein Versager‹, lauteten ihre Worte. Das war ihre größte Angst, und bald wurde es zu *meiner* größten Angst. Ich habe die Erfahrung gemacht, dass ich, wenn ich nicht überheblich bin und nicht nach den Sternen greifen will, nicht versagen kann.«
»Beim Ballspiel beweist du doch vollen Einsatz«, entgegnete Tonina. »Und meist gewinnst du auch.«
»Mit einer Mannschaft ist das etwas anderes. Wir alle geben unser Bestes, wir gewinnen gemeinsam. Aber allein …« Er schüttelte den Kopf. »So lange ich denken kann, habe ich Situationen gemieden, in denen ich versagen könnte.«
»›Sei niemals ein Versager‹«, murmelte sie. »Bist du sicher, dass sie das damit gemeint hat?«
Er stellte fest, dass das Mondlicht die weiße Bemalung noch deutlicher hervorhob. Auch dies empfand er nicht länger störend, sondern in gewisser Weise sogar als schön. »Was sonst sollte es bedeuten?«, fragte er leise.
Tonina schwieg.
Chac musterte die Linien und Kreise und Punkte auf ihrem Gesicht. Wenn er früher gedacht hatte, sie wären willkürlich aufgetragen, so merkte er jetzt, dass sie sorgfältig im Einklang mit ihren Zügen gemalt worden waren und betonten, was sich darunter an natürlicher Schönheit verbarg.

»Ich werde von einem Albtraum verfolgt.« Niemals hätte er gedacht, über sein innerstes Geheimnis zu sprechen, nicht einmal Paluma hatte er es anvertraut. »Ein Albtraum, in dem ich den Siegestreffer erziele. Aber die Menge jubelt mir nicht zu, sondern verspottet mich, lacht mich aus. Und unversehens wird mir bewusst, dass ich, obwohl man mich den Großen Chac nennt, von den Leuten verachtet werde, weil ich ein unbedeutender Chichimeke bin – ein unzivilisierter Wilder. Sie machen sich über mich lustig, und auch meine Mannschaftskameraden und Freunde kehren mir einer nach dem anderen den Rücken zu. Zu guter Letzt wendet sich auch Paluma von mir ab, und ich bin ganz allein und wache schweißgebadet auf.«

»Du weißt genau, dass es nie dazu kommen wird«, sagte Tonina beschwichtigend.

»Ja, weiß ich, aber mein Herz ist erfüllt von Angst, eines Tages als Betrüger hingestellt zu werden. Dass jemand sagt, Chac ist in Wahrheit gar kein Held. Und deshalb habe ich mich immer geweigert, irgendwie die Führung zu übernehmen. Was wäre denn, wenn ich die Leute dann ins Verderben stürzen würde?«

Darauf wusste Tonina nichts zu antworten. Dass er ihr seine innersten Ängste enthüllte, stürzte sie in Verwirrung. Ebenso verunsichernd war es, mit ihm auf diesem riesigen Spielfeld allein zu sein. Um sie herum erhoben sich dunkle Monumente und der schwarze Dschungel, über ihnen glänzte der sternenübersäte Himmel.

Um irgendetwas zu sagen, schaute sie auf den Ball zu ihren Füßen und versetzte ihm einen kleinen Stoß. »Wie läuft so ein Spiel ab?«

Seine Augen flackerten. Er hatte zu viel von sich preisgegeben. Dieses Mädchen gab nichts auf seine Albträume und inneren Ängste. Was hatte ihm die Zunge gelöst? Er räusperte sich, gab sich so fachmännisch wie beim ersten Antreten neuer Schüler in der Akademie. »Zunächst einmal darf der Ball nicht mit den Händen oder den Füßen berührt werden. Er wird ausschließlich mit den Schenkeln, Hüften und Ellenbogen im Spiel gehalten.«

»Ich habe ja inzwischen ein paar Spiele miterlebt, weiß aber immer noch nicht, wie …«

»So«, sagte Chac, stellte sich hinter sie und legte ihr die Hände auf die Hüften. »Nimm an, jemand hat den Ball zu dir abgegeben. Jetzt bewege die Hüfte so, als wolltest du ihn einem anderen zuspielen.«

Tonina holte mit der Hüfte aus, und Chac war verblüfft, als er die Muskeln unter ihrem Rock spürte. Da war nichts Weiches und Fleischiges wie bei anderen Frauen. Er spürte, wie stark Tonina war. Beim Ballspiel wäre sie durchaus ein ernstzunehmender Gegner.

Er erschrak. Worüber dachte er da nach? Was hatte Tonina mit dem zu tun, was ihm immer am wichtigsten gewesen war, dem Ballspiel? Und schlimmer noch, je länger er von Mayapán weg war, desto mehr verblasste die Erinnerung an Paluma. Stattdessen kreisten seine Gedanken und Träume mehr und mehr um das Mädchen mit den Perlen im Haar.

Er war erstaunt, als er den Ruck spürte, der durch ihren Körper ging. Warum reagierte sie so?

Abrupt entwand Tonina sich ihm, hob den Ball auf und warf ihn ihm zu, ging auf Abstand zu ihm und forderte ihn heraus. Sie war selbst erstaunt, als sie sich auflachen hörte.

Er warf den Ball zurück, und Tonina versuchte ihn mit der Hüfte abzufangen, was allerdings nicht gelang, da ihr langer Rock sie zu sehr behinderte. Leise in ihrer Muttersprache fluchend, blieb sie stehen, raffte den Rock hoch und stopfte ihn sich in den Bund.

Völlig überrascht starrte Chac auf ihre nackten Beine. Unvorstellbar! Alle Frauen trugen ausnahmslos lange Röcke oder Kleider, ob es sich nun um eine einfache Bäuerin handelte oder um eine Königin. Jetzt aber sah er im Mondlicht Schenkel und Waden – kräftige Beine, wie er feststellte. Offenbar konnten es die Beine einer trainierten Schwimmerin mit denen eines Ballspielers aufnehmen.

Ein heller Schenkel blitzte im Mondlicht auf, und der Ball flog wieder auf ihn zu. Er fing ihn mit der Hüfte ab und spielte ihn zurück. Lachend rannte Tonina ihm entgegen, parierte den Ball mit einer Schulter, jauchzte auf, als sie sah, wie weit er flog. Chac spurtete ihm nach, stieg hoch in die Luft, traf ihn mit der Hüfte und dirigierte den Ball in eine andere Richtung, sodass Tonina ihm nachhetzen musste. Chac beobachtete sie, und während er auf den Rückpass wartete, überkam ihn ein fast unwirkliches Gefühl. So unbeschwert war er lange nicht mehr gewesen. Nicht einmal während des schicksalhaften Dreizehnten Spiels hatte er sich ähnlich lebendig und glücklich gefühlt.

Er fing den Rückpass mit der Hüfte ab, vollführte dann eine unerwartete Drehung mit dem Körper, um dem Ball eine Richtung zu geben, auf die Tonina nicht gefasst war. Sie flitzte auf ihn zu, verschätzte sich aber. Der harte Gummiball prallte ihr an die Schläfe. Sie stürzte zu Boden.

Regungslos blieb sie auf dem Rücken liegen.

Chac hielt vor Schreck die Luft an. »Tonina?«, flüsterte er.

Sie rührte sich nicht.

Er rannte zu ihr, sank neben ihr nieder, schloss sie in die Arme. »Tonina! Sag doch was!«

Sie stöhnte. Bewegte den Kopf. Schlug die Augen auf. »*Guay!*«, stieß sie aus. »Ich habe Sterne gesehen.«

»Kannst du mich erkennen?«, fragte er und sah sich ihre Augen genau an, weil er wusste, dass eine ungleiche Stellung der Pupillen nichts Gutes verhieß. Ihre waren jedoch auf sein Gesicht geheftet. »Eigentlich sollst du mir das Leben *retten*«, sagte sie und schmunzelte.

»Den Göttern sei Dank«, atmete er erleichtert auf und drückte impulsiv seine Lippen auf die Stelle, wo der Ball sie getroffen hatte, hob sie dann auf und trug sie vom Spielfeld. Noch benommen schlang Tonina die Arme um seinen Hals. Den Kopf an seine Schulter gelehnt, driftete sie ab in eine süße Traumwelt. Chacs Wärme drang durch ihre Kleider und sie spürte seinen Atem an ihrem Hals. Seine kräftigen Arme hielten sie fest und sie wünschte sich, für immer in ihnen ruhen zu können. Sie waren mitten

auf freiem Feld, unter einem unendlichen Himmel, und doch war dieser Augenblick ungemein intim.
Chac legte Tonina auf einer mit Gras bewachsenen Stelle nieder und musterte abermals eindringlich ihr Gesicht. »Wie fühlst du dich?«
»Benommen.«
»Ich werde dich zu H'meen bringen.«
»Nein. Es geht schon wieder. Nur einen Moment noch ...« Mühsam richtete sie sich auf, blinzelte, um wieder klar sehen zu können.
Chac strich ihr mit dem Daumen über die Stirn, um die Stelle herum, an der sie getroffen worden war, und verschmierte dabei ein weißes Symbol. »Warum zeigst du dich nie ohne Bemalung?«, rutschte es ihm heraus.
»Damit man nicht sieht, wie hässlich ich bin«, sagte sie und war verblüfft, wie leicht ihr dieses Geheimnis über die Lippen gekommen war.
»Dass du hässlich bist, wage ich zu bezweifeln.« Um ein Haar hätte Chac gesagt: Ich finde dich im Gegenteil sehr hübsch. Aber obwohl es der Wahrheit entsprach und obwohl er sich dessen eben erst bewusst geworden war, hielt er sich zurück. Er hatte eigentlich nie so recht darüber nachgedacht, was bei den Maya als schön galt – die schräg nach hinten verlaufende Stirn, die verlängerte Augenform, das fliehende Kinn und die vorstehenden Zähne. Nun war er sich nicht mehr sicher, ob ihm diese Gesichtszüge noch schön vorkamen.
»Auf den Perleninseln findet man mich hässlich«, sagte Tonina leise. »Für die bin ich nicht attraktiv.«
»›Für die?‹ Für dein Volk?«
»Ich stamme nicht von den Inseln.« Sie berichtete, wie Huracan den Korb aus dem Wasser gefischt hatte und er und Guama das Kind wie ihr eigenes großgezogen hatten. »Da die beiden herumerzählten, dass Meeresgötter mich auf die Insel gebracht hätten, wurde ich zur Außenseiterin. Man kreidete mir an, etwas Besonderes zu sein, weil man nämlich auf den Inseln Wert darauf

legt, dass alle gleich sind. Und da Inselbewohner sich ihr Gesicht bemalen, griff auch ich zur Farbe, um die Unterschiede zu überdecken. Ich wollte wie sie auszusehen.«

Chac schwieg erst einmal überrascht. »Du kennst dein eigenes Volk nicht?«, fragte er nach einer Weile.

Sie schüttelte den Kopf und wünschte sich, seine Arme würden sie noch umfassen.

»Hast du je daran gedacht, deine Leute zu suchen?«

»Als Kind träumte ich, ich würde eines Tages meiner Mutter begegnen. Aber der Traum ist längst gestorben. Bis …«

Chac wartete ab. Noch immer stützte er sie mit einem Arm ab, damit sie, wie er sich einredete, nicht wieder zusammenbrach.

»Ich habe gesehen, wie du dich von deiner Mutter in der Palastküche verabschiedet hast. Du warst zärtlich und sie so voller Liebe. Das würde ich auch gern erleben.«

»Du hast keine Ahnung, wer deine Eltern sind? Keinen Anhaltspunkt?«

»Nur das hier.« Sie holte eine ihrer Halsketten unter ihrem Oberteil heraus – das noch immer in einem Futteral verborgene Medaillon. »Meine Großmutter hat es eingenäht, weil sie seine Macht fürchtete und auch Angst hatte, man könnte es stehlen.«

»Du hast nie nachgesehen, was darin ist?«

»Guama sagte, ich wüsste schon, wann es dafür an der Zeit sei. Aber diesen Zeitpunkt habe ich noch nicht gespürt.« Damit steckte sie den Anhänger wieder unter ihre Tunika. Dass sie Angst davor hatte, was beim Anblick des Inhalts des kleinen Beutels zutage treten könnte, verschwieg sie. *Dann wäre ich nicht länger Tonina von der Perleninsel.*

»Ich habe auch die kleine Decke, in die ich gehüllt war«, sagte sie. »Guama meinte, die Stickerei könnte Aufschluss geben.«

»Tonina, du musst deine Mutter suchen«, drängte Chac. Er selbst hatte immer seine Mutter um sich gehabt, sowohl als Kind als auch später, wenngleich ein paar Straßen von ihr entfernt. Sie nicht zu kennen, geschweige denn ihren Namen, war für ihn unvorstellbar.

»Nein. Ich muss zur Perleninsel zurück«, erwiderte Tonina. »Das habe ich versprochen. Dabei wüsste ich zu gern, wer meine Mutter ist«, fügte sie sehnsüchtig hinzu. »Und woher ich komme. Meine Ursprünge. Meine Kultur. Wenn man mich nicht in einem Korb auf dem Meer ausgesetzt hätte – wer wäre ich wohl heute, wie würde ich heißen, welche Sprache sprechen, zu welchen Göttern beten? Wie verliefe dann mein Leben? Wie schön wäre es doch, unter meinesgleichen zu sein und nicht länger eine Außenseiterin!«

Welch Ironie des Schicksals, überlegte Chac. Da war einerseits dieses Mädchen Tonina, die nichts über ihre Herkunft wusste, sich aber danach sehnte, es herauszufinden, und andererseits er, der sehr wohl um seine Abstammung wusste, dies aber lieber vergessen hätte.

»Wie steht es mit dir?«, fragte sie. »Du hast die Sprache der Ananashändler verstanden.«

Chac war die Frage unangenehm. Es war, als hätte sie ihn durchschaut. Obwohl er auf dieses heikle Thema nicht eingehen wollte, ahnte er, dass Tonina die Einzige war, die Verständnis für seine Situation aufbringen würde. »Ihre Sprache ist die meiner Kindheit. Meine Mutter sprach Nahuatl.«

»Warum verachtest du dein Volk so?«

»Ich verachte es nicht. Ich schäme mich für sie. Sie haben nichts geschaffen. Sie können weder lesen noch schreiben, wissen nichts von Astronomie oder Mathematik. Sie haben keine großen Städte erbaut und auch keine Durchgangsstraßen. Sie sind kaum besser entwickelt als die Tiere des Waldes.« Er hob den Blick und sah sie fest an.

»Tonina, mein Leben lang habe ich meine Herkunft verleugnet. Und jetzt lerne ich dich, ein Mädchen von den Inseln, kennen, nur dass du gar nicht aussiehst wie die Menschen auf den Inseln. Ich vermute vielmehr, dass du, auch wenn du dich mit dieser weißen Farbe bemalst, meinem eigenen Volk angehörst, und das erschreckt mich. Am meisten aber erschreckt mich, dass ich *Angst* davor habe, mein Ziel zu erreichen.«

Jetzt war es raus, ein spontanes Eingeständnis. Irgendwie fühlte er sich erleichtert, und vielleicht wurde er mit dieser Angst jetzt genauso fertig wie mit den vier Maya auf dem Marktplatz.
»Teotihuacán«, sagte er um einiges ruhiger, »liegt mitten im Gebiet der Chichimeken, das heißt, dass dort mein Volk lebt, das ich verachte. Aber Paluma zuliebe muss ich mich dort hinbegeben. Ich bin entschlossen, weiter ein Maya zu bleiben und diesen Status nicht aufzugeben. Gleichzeitig fürchte ich mich davor, dass ich trotzdem dazu verleitet werde und dann meine Identität verliere.«
Tonina verstand ihn nur zu gut. Sie selbst sah sich zunehmend mit einem Konflikt konfrontiert: Sollte es sich ergeben, dass sie ihr eigenes Volk wiederfand, würde sie dann stark genug sein, den Menschen auf der Perleninsel treu zu bleiben?
»Früher, vor vielen Jahren, trug ich einen Nahua-Namen«, murmelte er jetzt und zog die dicken schwarzen Brauen zusammen, so als blickte er durch einen langen Korridor in die Vergangenheit, auf der Suche nach dem kleinen Jungen, der noch nicht zum Maya geworden war. »Wie er lautete, weiß ich nicht mehr. Als ich zu trainieren anfing, war ich einfach ›der Junge‹. Meinen Namen Chac Kaan bekam ich erst, nachdem ich ein paar Spiele gewonnen hatte.«
Er schob seinen Umhang beiseite und deutete auf ein Mal an der linken Seite seiner Brust, oberhalb des Herzens. Tonina hatte es für eine Narbe gehalten. »Diese Tätowierung erhielt ich als kleiner Junge, inzwischen ist sie verwachsen und nicht mehr zu erkennen. Ich glaube, sie steht für den Stamm meiner Mutter.«
Tonina berührte die Tätowierung ganz leicht, nur mit den Fingerspitzen.
»Wie lautet der Name dieses Stammes?«
»Das weiß ich nicht mehr«, flüsterte Chac mit stockendem Atem. Ein sinnliches Verlangen überfiel ihn so unerwartet und überwältigend, dass er sich von Tonina abwandte und zum Vollmond hochblickte, der gerade hinter den Zedern verschwand. »Wir sollten zum Lager zurückgehen.«

Als er ihr beim Aufstehen half, sagte Tonina: »Chac, du solltest dich deiner Herkunft nicht schämen.« Sie reckte ihm ihr Gesicht entgegen. »Du bist einer der Glücklichen. Du gehörst einem Volk an, auf das du stolz sein kannst. Ich dagegen habe niemanden. Du drängst mich, meine Mutter zu suchen. Aber davor habe ich Angst. Es muss einen Grund gegeben haben, mich auf dem Meer auszusetzen. Sollte ich geopfert werden? Und wenn ich mein Volk wiederfinden sollte – werden sie mich dann abermals opfern?«
Chac packte sie an den Armen und sagte unerwartet leidenschaftlich: »Und was wäre, wenn du ihnen weggenommen wurdest? Von brutalen Männern deiner Mutter entrissen und unerreichbar für sie auf dem Meer ausgesetzt wurdest? Wenn sie hilflos mit ansehen musste, wie du von der Strömung weggetragen wurdest? Wenn sie seither um dich trauert? Tonina, ganz gleich, wie ich zu meinem wahren Volk stehe, auch wenn ich mich dafür schäme – meine Mutter halte ich hoch in Ehren.«
»Warum dann …«, hob sie an, biss sich aber gleich auf die Lippen. Das ging sie nichts an.
»Warum ich zulasse, dass sie in der königlichen Küche schuftet, während ich ein luxuriöses Leben führe? Tonina, das wollte ich gar nicht! Ich habe sie gebeten, unser Leben zu teilen, ich wollte ihr eine eigene Villa einrichten, Diener beschaffen. Aber meine Mutter ist stolz darauf, Festmahle für den König vorzubereiten. Tonina, eine Mutter soll man verehren. Sie ist ein Teil von dir. Du hast die ersten Monate deines Lebens in ihrem Leib verbracht. Ihr Blut, ihr Atem haben dich genährt. Du hast zum Rhythmus ihres Herzschlags geschlummert. Und als du geboren wurdest, hat sie dich mit ihrer Liebe umgeben. Deshalb musst du unbedingt nach ihr suchen, ganz gleich wo sie ist oder was sie getan hat.«
Von seinen Worten mitgerissen, überkam Tonina plötzlich eine Vision: Sie sah sich einen Pfad entlang auf eine Hütte zulaufen, eine Frau stand vor der Tür, mit ausgestreckten Armen und Tränen in den Augen. Einzelheiten waren nicht klar zu erkennen. Was für Kleider? Schmuck? Wie trug die Frau ihr Haar? In welcher Sprache redete sie?

Angesichts der Perspektiven, die Chac ihr so unerwartet eröffnete, wurde Tonina regelrecht schwindlig. Es schien ihr, als wären all ihre Hoffnungen und Träume in einem Tontopf versiegelt gewesen und Chac hätte jetzt das Siegel gebrochen und den Inhalt des Topfes ausgebreitet. Gleich Schmetterlingen flatterte alles um sie herum; Tonina wollte danach greifen, alles einfangen und an sich drücken.

Ja, sagte sie sich freudig erregt, ja, ich *werde* meine Mutter ausfindig machen.

Sie sah Chac mit glitzernden Augen an, aber sie wagte es nicht, ihn zu umarmen.

38

»Die Blume! Ich habe sie gefunden!«

Chac blieb stehen, schaute Tonina an. War das Haarlos, den sie da vorne hatten rufen hören?

»Kommt her! Schnell! Hier ist sie!«

Chac und Tonina ließen ihre schweren Säcke fallen und rannten den Bergpfad entlang. Einauge, der ein paar Schritte hinter ihnen ging, stellte ebenfalls seinen Sack ab. Sie waren die Einzigen, die diesmal auf den Ruf von Haarlos reagierten. Alle anderen waren es leid, schon wieder wegen einer angeblichen Entdeckung der vermaledeiten roten Blüte aus dem Häuschen zu geraten; lieber nutzten sie die Gelegenheit, eine kleine Pause einzulegen, sich im Dschungel ein Plätzchen für ihre Notdurft zu suchen, Babys zu stillen oder sich über ihr schweres Los zu beklagen. Das Übliche eben.

Auch Einauge blieb zurück, half H'meen, die nicht größer war als er selbst und deren Transportkorb allmählich ihre Schenkel aufscheuerte, vom Rücken ihres Trägers herunter und passte auf, dass Poki sich nicht zu weit entfernte. Dreimal schon war das zutrauliche Hündchen mit Giftschlangen in Berührung gekommen und hatte nur knapp überlebt.

Als Chac und Tonina bei Haarlos anlangten, der nicht allzu weit entfernt auf dem Pfad innegehalten hatte, deutete dieser auf einen hohen Strauch. »Hier!«, rief er. »Bei den Göttern! Das ist sie!«

Toninas Schultern sackten nach unten. »Das ist eine Fuchsie«, sagte sie. »Sie wächst auch auf der Perleninsel.«

»Aber sie deckt sich mit deiner Beschreibung.«
»Die Blütenblätter sind anders geformt und außerdem zu lang. Jedenfalls ist das nicht die Blume, die ich suche.« Sie dankte Haarlos, bedachte ihn mit einem Lächeln und kehrte zur Gruppe zurück.
Dass sie enttäuscht war, ließ sie sich nicht anmerken. Zweiundvierzig Tage hatten sie benötigt, um die Region Copán zu erreichen. Es war eine beschwerliche Wanderung über Hügel und Täler gewesen, durch mannshohe Farnstauden, vorbei an Schlingpflanzen und über Baumwurzeln, die wie Schlangen aus dem Erdreich drängten. Nur selten fiel ein Sonnenstrahl durch das Laubwerk über ihnen. Und dieses nie endende *Grün* – noch nie hatte Tonina so viel Grün gesehen. Moos, Flechten, Gras, Laub. Selbst grüne Orchideen und grüne Baumstämme gab es. Papageien in allen Grünschattierungen. Dazu ständig Lärm. Affen mit unglaublich langen Armen schwangen sich von Ast zu Ast und kreischten auf die Eindringlinge hinunter. Baumfrösche und Zikaden wetteiferten darum, die Lautesten zu sein, Schlangen zischelten aus ihren Verstecken. Kakerlaken, die größer als Mäuse waren, huschten ihnen über den Weg, Schmetterlinge so groß wie Fledermäuse stoben von den Bäumen auf – Tonina kam es vor, als präsentierte sich die Natur in ihrer ausuferndsten Form.
So lange schon in dieser wild wuchernden Vegetation unterwegs – und noch immer hatten sie die rote Blume nicht gefunden.
Einen Hoffnungsschimmer hatte es gegeben, einige Tage zuvor, als sie den südöstlichen Rand der Region Quatemalán erreichten, wo die Hügel in eine Küstenebene übergingen und sie auf einen Fluss stießen, der in eine Bucht mündete. Beim Anblick von Kokospalmen, von Sandstränden, von Hütten, die wie die auf der Perleninsel mit Stroh gedeckt waren, sowie der vielen Kanus, die den Fluss hinauf und hinunter zogen, hatte Tonina den Atem angehalten. Und als sich herausstellte, dass viele Bewohner entlang des Flussufers in der Tat von Inseln stammten, hatten sie und Einauge sich endlich einmal wieder nach Herzenslust in ihrer eigenen Sprache unterhalten können und Neuigkeiten von

den weiter entfernten Inseln erfahren. Über die Perleninsel war nichts bekannt geworden, schon gar nicht, dass ein Sturmleser im Sterben liege und sein Volk hilflos zurücklasse. Ein Grund für Tonina, wieder Hoffnung zu schöpfen. Und nachdem sie ausgiebig geschwommen war und die Luft geatmet hatte, die vom nahen Meer herüberwehte, war sie wieder zu der Gruppe zurückgekehrt, die unter Chacs Führung zu einem See zog. Dort wurden sie per Boot übergesetzt und landeten in dem Gebiet, das offiziell als die Region Copán bezeichnet wurde – die südöstliche Einflussgrenze der Maya – und eines fernen Tages Honduras genannt werden sollte.

Von dort aus waren sie durch dichten Flachlanddschungel gezogen, der, je höher sie stiegen, allmählich in Kiefernwald überging, durchsetzt mit dicht an dicht wachsenden Mimosenbüschen, deren intensiver Duft einem zu Kopf stieg. Sie hatten einen weiteren Fluss überquert und waren auf kleine Siedlungen, bestehend aus Pfahl- oder Strohhütten, getroffen, wo man sie mit Tortillas, schwarzen Bohnen und mit Knoblauch gewürztem Leguanfleisch bewirtete. Daneben ging die Gruppe selbst auf die Jagd, mit Schlingen und Fallen sowie mit Blasrohren, für die harte kleine Tonkugeln verwendet wurden. Auf diese Weise gab es abends genügend Fleisch für ein sättigendes Mahl. Morgens verfolgten sie Tukanschwärme, die sich bei Tagesanbruch, auf der Suche nach Früchten, aus den Bäumen erhoben.

Die große Wandergruppe hatte sich immer wieder verändert. Vier Babys waren geboren worden, sechs Personen mittlerweile gestorben, darunter auch die Frau von Haarlos. Einige, die von Anfang an dabei gewesen waren, hatten sich in beschaulichen Dörfern niedergelassen, andere deren Platz eingenommen. Viele der Maya waren umgekehrt, Inselbewohner und Angehörige anderer Stämme hinzugekommen. Hochzeiten waren gefeiert, Scheidungen ausgesprochen worden. Familien waren zerbrochen, neue Familien hatten sich gebildet. Chac hatte über sechs Diebe zu Gericht gesessen, über einen Vergewaltiger, drei Ehebrecher, über fünf, die ihre Frauen geschlagen, über vier, die beim Glücksspiel

betrogen hatten, über einen, der des Mordes und zwei, die der Gotteslästerung bezichtigt wurden. Er hatte Strafen ausgesprochen, und H'meen hatte alles fein säuberlich notiert, auch neue Gesetze der immer länger werdenden Liste hinzugefügt.
Haarlos, der behaarte Riese, war inzwischen Witwer.
Nach dem Tod seiner Frau wurde Haarlos einer von Toninas eifrigsten Blumensuchern, eine Beschäftigung, die offenbar Balsam für seinen Kummer war. Jetzt entschuldigte er sich vielmals, einmal mehr falsche Hoffnungen geweckt zu haben. Und Tonina tätschelte einmal mehr seinen behaarten Arm und lobte ihn für seinen Einsatz.
Chac schulterte erneut seinen Reisesack und gab das Zeichen zum Aufbruch. Nun ging es endlich bergab, durch Laub und Ranken und vorbei an blühenden Orchideen und geschwätzigen Affen, in Erwartung der ersten Hinweise auf die große Stadt, von der der Nachrichtenübermittler in Tikal gesprochen hatte. Chac war ebenso erschöpft wie die, die ihm folgten – mehr als hundert Männer, Frauen und Kinder, die Mühsalen erdulden mussten, die sie weder vorausgesehen noch sich hatten vorstellen können. Aber er gab nicht auf. Der Bote hatte versichert, dass die rote Blume in diesen Wäldern wuchs. Und Chac wollte sie unbedingt finden.
Für Tonina, die unbeirrt neben ihm ausschritt. Ihre Willenskraft und Entschlossenheit waren beispielhaft. Was er einstmals für Halsstarrigkeit gehalten hatte, sah er jetzt als Hingabe an, und was ihn einstmals gestört hatte, bewunderte er jetzt im Stillen. Wie erfüllt ihr ganz privates Leben wohl war? Einauge hatte ihn über die Bedeutung des Gürtels aus den Gehäusen von Kaurischnecken, den sie trug, aufgeklärt. Demnach war Tonina noch nie mit einem Mann zusammengewesen. Wartete etwa auf der Perleninsel jemand auf sie? War sie jemandem versprochen oder war sie frei ...?
Tonina, die an Chacs Seite mit ihrem Messer auf Ranken und wucherndes Grün einschlug, um sich einen Weg zu bahnen, versuchte, ihre Enttäuschung über die Fuchsie hinunterzuschlucken. Warum schöpfte sie immer wieder neue Hoffnung, wenn

jemand meldete, er habe die rote Blume entdeckt? Ganz einfach – es entsprach ihrem Naturell. Eigenartigerweise aber mischte sich in diese Enttäuschungen eine ganz andere Hoffnung, die sie seit der Nacht beflügelte, da sie mit Chac im Mondlicht auf dem Ballspielfeld in Tikal gestanden hatte. Seine Worte hatten sie in dem Wunsch bestärkt, unbedingt ihre Mutter ausfindig zu machen. Mit dieser neuen Zielsetzung ging ein nie gekanntes Gefühl einher, eine Vorahnung, dass sie, wenn sie mit der roten Blume auf die Perleninsel zurückkehrte, nicht mehr zu den Menschen dort gehören würde. Deshalb war es wohl besser, wenn sie Guama die heilbringende Blume überbrachte und dann in einem Kanu die Insel für immer verließ. Nur: Wohin sollte sie dann fahren? Sie hatte doch keine Ahnung, wo sie in dieser großen Welt hingehörte.

Seit sie ernsthaft darüber nachdachte, ihre Mutter und womöglich ihr eigenes Volk zu suchen, richtete Tonina verstärkt den Blick auf Menschen, die keine Mayas waren. Jeden, dem sie begegnete, musterte sie ganz genau und fragte sich dann: Sehe ich auch so aus? Sie fragte sich, ob ihre Mutter überhaupt noch am Leben war. Hatten sich vielleicht ihre Wege bereits auf einem belebten Marktplatz gekreuzt? Hatte Tonina der Frau, die sie geboren hatte, Chilis abgekauft?

Und all dies nur, weil Chac gesagt hatte: »Du musst deine Mutter suchen.« Fünf schlichte Worte und dennoch ein Geschenk, das kostbarer war als Halsketten und Armbänder aus Jade und Gold.

Wie sehr hatte Chac sich in diesen Wochen der Reise geändert. Ihm, der bisher ein behütetes Leben geführt hatte, waren die Sorgen anderer einfach nicht bewusst gewesen. Mittlerweile aber war es so, dass Chac sich um die Nöte anderer kümmerte, wann immer er sie bemerkte.

Aus dem Dunst, der den Pfad einhüllte, tauchte unvermittelt der Schatten eines Mannes auf. Chac hieß seine Leute stehen zu bleiben. Als er den schweigsamen Wächter einer Musterung unterzog, stellte er fest, dass dessen Augen aus Stein waren und mit leerem Blick über die Köpfe der Eindringlinge hinwegstarrten. Das Gesicht der Statue war teilweise abgebröckelt, eine Hand fehlte. Hunderte von Jahren musste sie alt sein, und jetzt fiel sie dem Dschungel anheim.

Er ließ H'meen holen, damit sie prüfte, ob die Markierungen Hinweise ergaben. Schon oft waren sie diesen senkrechten Steinmonumenten – Stelen genannt – begegnet, in Tikal und anderswo, errichtet von Königen, um ein Gebiet abzustecken oder als Zeichen herausragender Ereignisse. H'meen hatte die meisten entziffern können, bei dieser verwitterten Stele jedoch wusste sie lediglich wenige Zeichen zu interpretieren. »Da steht, dass sein Name König Kaninchen war, aber was er, wie hier aufgeführt, vollbracht hat, ist nicht mehr auszumachen. Wer immer er war – die Erinnerung an ihn ist verlorengegangen.«

Eine Vorahnung erfüllte H'meen. Der vergessene König gemahnte sie daran, dass das Leben kurz war und ihres noch kürzer. Die Zeit lief davon. Wenn doch Tonina nur die rote Blume fände, betete H'meen, und deren magische Kräfte ihr zu ein paar zusätzlichen Lebensjahren verhelfen würden.

»Markiert diese Stele eine Stadtgrenze?«, fragte Chac und spähte angestrengt durch den Dunst. »Sind wir vielleicht gleich in Copán?«

»Ich glaube, so ist es.«

Chac wandte sich an Haarlos: »Lass Prinz Balám wissen, dass wir die äußere Gemarkung der Stadt erreicht haben.« Im Verlauf der Wanderung hatte er Balám und seine Männer wiederholt aufgefordert, sich seiner großen Gruppe anzuschließen, was Balám aber stets abgelehnt hatte. Er sei noch nicht so weit, Freund oder Bruder genannt zu werden, nicht ehe er in Teotihuacán Frieden mit den Göttern geschlossen hätte. Deshalb hatte sich Chac zur Gewohnheit gemacht, Balám, der ihm in einigem Abstand folgte, mit Informationen zu versorgen.

Endlich gelangten sie zum Ende des Dschungelpfads. Vor ihnen tat sich ein weites Flusstal mit verstreuten Bauernhäusern und Hütten auf.

Aber keine Stadt.
Chac bedeutete seinen Leuten, ihr Gepäck abzulegen, eine Anordnung, der sie nur allzu gern nachkamen. Bei den Hütten, die auf Pfählen errichtet und mit Maishülsen gedeckt waren, liefen Leute zusammen, um die Neuankömmlinge misstrauisch zu beäugen.
Aus der größten Hütte trat jetzt ein glatzköpfiger Mann, flankiert von zwei jungen Burschen und einer grauhaarigen Frau. Der Glatzköpfige war in schäbige, vor Dreck, Fett und Blut starrende Ozelotfelle gehüllt; seine Nase und die Ohrläppchen waren von Knochen durchbohrt und seine Wangen mit den langen und steifen Schnurrhaaren einer großen Katze gespickt.
Zum Zeichen, dass er in friedlicher Absicht kam, ging Chac mit ausgestreckten Armen auf ihn zu. »Die Götter mögen Euch segnen!«, rief er ihm in Maya-Sprache entgegen. »Wir sind erschöpfte Wanderer, die sich nur ausruhen möchten. Für etwas zu essen und einen Lagerplatz werden wir uns bestimmt handelseinig. Wir werden Euren Göttern wie auch Euren Ahnen Ehre erweisen.«
Der Kahlköpfige, der sich als Häuptling Ozelot vorstellte, rümpfte angesichts der bunt gemischten Schar von Kindern, Alten und Kranken die Nase. »Woher kommt ihr?«, fragte er skeptisch.
»Aus Quatemalán, Edler Häuptling«, gab Chac Auskunft. »Auf unserem Weg hierher haben wir viele Berge überwunden.«
Ozelot lachte. »Aus Quatemalán kommt Ihr? Dann waren das keine Berge, über die Ihr gekommen seid, mein Freund, sondern Anhöhen.« Er wandte sich um und deutete in Richtung Norden. »Das da sind Berge!«
Ehrfürchtig blickten Tonina und Chac hinüber zu himmelhohen grünen Bergen, deren Gipfel im Nebel verschwanden.
»Das ist der große Wolkenwald«, sagte der Häuptling voller Stolz, so als hätte er ihn persönlich erschaffen. »Wer immer sich in diese Höhen wagt, kehrt nicht wieder.«
»Wo ist die Stadt?«, fragte Chac.
»Die Stadt? Meint Ihr Copán?« Ozelot bedeutete ihnen, ihm zu folgen, und führte seine Besucher zur anderen Seite der Siedlung,

ans Flussufer. Er wies zum gegenüberliegenden Ufer hinüber: »Das ist Copán.«
Durch Kletterpflanzen und Rankengewirr war die Steinmauer, die von grünem Laub und verschlungenem Wurzelwerk umgeben wurde, kaum zu erkennen. Als sich ihre Augen an den Bewuchs gewöhnt hatten, machten Chac und Tonina zusammengebrochene Fensterstürze aus, eingefallene Gewölbe, baufällige Wände und Gebäude, die völlig zugewuchert waren. Hellgrünes Moos überzog Schutthaufen und die Reste von Statuen.
»Tausend Jahre lang lebten dort bedeutende Könige«, sagte Häuptling Ozelot. »Und angeblich zweimal dreizehntausend Menschen. Nachdem der letzte König aus Gründen, die nur den Ahnen bekannt sind, die letzte Steinstele errichten ließ, stellte dieses großartige Volk selbst keine weitere mehr auf.«
Chac schaute nachdenklich auf die Ruinen, die vom gierigen Dschungel verschlungen worden waren. Hunderte von Jahren musste es her sein, dass der letzte Bewohner von Copán der Stadt den Rücken gekehrt hatte. Ohne den Grund dafür aufzuzeichnen.
Tonina blickte auf den breiten Fluss, der sie von Copán trennte. »Gibt es keinen Zugang zur Stadt?«, fragte sie, schon weil sich ihrer Meinung nach eine seltene Blume durchaus in diesen Ruinen ungestört entfalten konnte.
»Flussaufwärts befindet sich noch eine alte Hängebrücke. Aber die Stadt ist mit einem Tabu belegt. Die Götter erlauben uns nicht, sie zu betreten. Doch jetzt kommt und genießt unsere Gastfreundschaft! Wir wissen schließlich, was sich geziemt.«
Als Chac und Tonina die geräumige Hütte von Ozelot betraten, erschraken sie. Sie schritten über ein menschliches Gesicht!
Der Häuptling warf sich in die Brust. »Dreißig Männer waren nötig, um diesen Stein aus den Ruinen herzuschleppen. Wer immer darauf abgebildet ist, ob Gott oder König« – er deutete auf den behauenen Stein mit dem starren Blick –, »sein Geist wacht über mein Haus.«
Die grauhaarige Frau war, wie sich herausstellte, Ozelots Frau.

Ihren kräftigen Körper kaschierte ein langes Baumwollgewand, und um den Hals trug sie mehrere Perlenketten. Obwohl sie eine Maya war und ihr zurückgekämmtes Haar den traditionellen langen Schwanz aufwies, war ihre Stirn nicht fliehend. Sie hatte Glubschaugen, und ihr Kopf saß auf einem Kropf von der Größe einer Melone. Derweil ihr Ehemann sich entfernte, um Vorbereitungen für ein Festmahl zu treffen, wies sie auf eine breite Matte auf dem Fußboden und sagte lächelnd: »Hier schlafen unsere Gäste. Ihr werdet es bequem haben.«

»Wir schlafen zusammen?«, fragte Tonina argwöhnisch.

Die Frau des Häuptlings sah sie verständnislos an.

»Wir sind nicht verheiratet«, beeilte sich Chac zur Erklärung hinzuzufügen.

Die Frau musterte die beiden eingehend, und ihre Mimik verriet, was Chac und Tonina bereits oft bei denen gesehen hatten, die ihnen auf ihrer Wanderung begegnet waren: das Hin- und Herüberlegen, welchem Stamm diese beiden wohl angehörten, die ungeachtet ihres Körperschmucks und der Kleidung eindeutig weder Maya noch Inselbewohner waren. Zudem waren beide ungewöhnlich groß. *Er* sah aus wie einer aus dem Norden, konnte ein Mixteke sein. Das Mädchen war wegen ihrer Gesichtsbemalung schon schwieriger einzuordnen. Immerhin sahen sie sich so ähnlich, dass sie zusammengehören mussten.

Es hatte eine Zeit gegeben, da Chac mit Freuden die Einladung angenommen hätte, in einem Haus und noch dazu auf einer bequemen Schlafmatte zu übernachten. Jetzt aber sagte er: »Ich danke Euch für Eure Gastfreundschaft, Ehrwürdige Mutter, aber ich bin gewohnt, mein Lager im Freien aufzuschlagen.«

Tonina dachte an die erste Nacht auf ihrer Reise zurück. Damals hatte Chac nicht einmal gewusst, wie man ein Feuer entfacht. Inzwischen war er mit dem Leben in freier Wildbahn vertraut und nicht länger ein auf Diener angewiesener verweichlichter Städter.

Jetzt ging er daran, an der Südwand der geräumigen Hütte des Häuptlings ein kleines Lager für sich einzurichten, während seine

Leute sich zwischen Hütten und Feldern niederließen, Feuerstellen bauten und Schlafmatten ausbreiteten. Im Verlauf ihrer Wanderschaft hatte diese bunt gemischte Menschenmenge zu einer geordneten Einheit gefunden, hatten Handwerker und andere Berufszweige sich instinktiv zusammengeschlossen. Sobald ein Lager errichtet war, griffen die Arbeiter zu ihren Webstühlen, ihren Schnitzwerkzeugen, zu Tonerde und Farben, Federn und Schnüren und machten sich daran, Waren zu fertigen, die sie dann gegen das eintauschten, was andere auf der Jagd erlegt oder an Nahrung gesammelt hatten.

Obwohl Chac bereits seit so vielen Tagen schon mit ihnen zusammen war und obwohl sie ihm, ihrem Anführer, ihre Meinungsverschiedenheiten vortrugen, ihre Klagen und Nöte, fühlte er sich nicht als Teil von ihnen. Er fühlte sich niemandem und nirgendwo zugehörig. Jetzt, da er bereits so lange Mayapán verlassen hatte, spürte er eine zunehmende Entfremdung. Das Einzige, was ihn noch mit jener Stadt verband, war seine Mutter. Aber auch die hatte ihm zu verstehen gegeben, dass sie seine Rückkehr wohl nicht mehr erleben würde. Er war nicht in Mayapán geboren, hatte weder dort Verwandte noch irgendwo sonst auf der Welt. Wo das Volk seiner Mutter lebte, wusste er nicht. Den Stammesnamen hatte er längst vergessen. Und deshalb schritt Chac, der Held des Ballspiels, der weder ein Maya war noch ein Mixteke und auch kein Zapoteke, vorbei an Bauernhöfen, durch Dörfer und Städte, ohne irgendwo stehen bleiben und sagen zu können: Hier gehöre ich hin.

»Sei gesegnet!« Mit diesem Ruf gesellte sich Häuptling Ozelot zu ihm und bot ihm eine frisch gerollte und bereits glimmende Zigarre an. »Wie ich sehe, habt Ihr unter Euren Leuten einen Zwerg. Den würde ich Euch gern abkaufen. Wir haben zwar einen Zwerg, gewiss doch, aber der besitzt zwei Augen! Ich bin bereit, viele Häute für Euren zu bezahlen.«

Chac nahm die Zigarre entgegen, rauchte sie aber nicht. »Er steht nicht zum Verkauf.«

Ozelot grunzte. »Ihr seid der Anführer dieser Leute?«

»Nein. Ich bin allein unterwegs. Sie folgen mir, weil sie meinen, das Glück sei mit mir.«
»Wer ist dann ihr Anführer?«
»Sie haben keinen.«
Ozelot ließ seinen Blick über das große Lager schweifen, das Leben in seine verschlafene Siedlung gebracht hatte. Seine eigenen Leute trieben bereits Handel mit den Neuankömmlingen oder hielten ein freundliches Schwätzchen mit ihnen. »Aber wo wollen sie denn hin, all diese Leute?«
»Das weiß ich nicht.«
Ozelot kräuselte die vom Tabak fleckigen Lippen, sodass die starren Katzenschnurrhaare auf seinen Wangen zitterten. Er hatte durchaus nichts dagegen, Häuptling einer so großen Gruppe zu werden, die noch dazu geschickte Handwerker aufwies, kundige Jäger und dem Vernehmen nach sogar eine königliche *h'meen*! Sie hatten viele Götter mitgebracht, was ebenfalls gut war. Für Ozelot zeichnete sich bereits eine glückliche Fügung ab und die Aussicht auf eine neue Blütezeit. Wenn es ihm gelänge, diese Leute zum Bleiben zu überreden, könnte er sie möglicherweise mit dem Bau einer neuen Siedlung beauftragen. Wenn eine Hütte einen steinernen Fußboden haben konnte, warum dann nicht auch Mauern aus Stein? Warum nicht Steine von den Ruinen heranschaffen und hier eine neue Stadt erstehen lassen? Ozelot selbst könnte ein schmuckes Haus aus Stein bekommen – wenn nicht gar einen Palast!
Bilder über Bilder standen ihm vor Augen. Ein Thron, eine Krone, Menschen, die sich vor ihm verneigten, zum Einsatz bereite Krieger, Abgesandte anderer Königreiche, die ihm Tribut zollten. Es war eine so atemberaubende umfassende Vision, dass Ozelot sein Glück schier nicht fassen konnte. Er brauchte nur diese Leute zu überreden, sich hier niederzulassen, und sich dann zu ihrem Häuptling zu machen. Mit gierigem Blick schielte er zu dem hochgewachsenen Mann an seiner Seite. Offiziell gewählter Anführer oder nicht – Chac war eindeutig der, den die Leute als ihr Oberhaupt ansahen.

Ozelot grinste. Ein zu bewältigendes Hindernis. Gift sollte genügen.
»Ich erwarte Euch zu unserem Festmahl heute Abend, mein Freund«, sagte er und machte sich zum Schamanen des Dorfes auf.

Abgesehen von der Größe und dem steinernen Fußboden unterschied sich das Innere von Ozelots Hütte nicht von denen, die Tonina bereits kannte: auf dem Fußboden Webmatten, Knoblauch- und Paprikastränge, die von den Dachsparren herabhingen; ein Altar für die Götter und einer für die Ahnen; Kleider, die über Holzdübel geworfen waren; an die Wand gelehnte Speere, Bogen und Pfeile; Sandalen, Essnäpfe und Wassersäcke auf hölzernen Borden.
Tonina packte ihren Reisesack aus, und nachdem sie die vielen Fragen der Häuptlingsfrau über das Land im Westen beantwortet hatte, zeigte sie der Gastgeberin ihre mit Stickereien verzierte Babydecke. Seit Chac sie darin bestärkt hatte, sich auf die Suche nach ihrer Mutter zu machen, tat sie dies, wo immer sie hinkam, in Bauernhöfen oder Ansiedlungen, immer verbunden mit der Frage, ob jemandem die Stickerei bekannt vorkam. Aber auch die Frau des Häuptlings schüttelte den Kopf über dem melonendicken Kropf. Nein, so etwas hätte sie noch nie gesehen.
»Das Symbol eines Clans«, sagte sie, »bleibt innerhalb des Clans. Gewebtes und besticktes Tuch, das man kaufen kann, würde niemals das einem Clan eigene Merkmal tragen. Deshalb dürften nur wenige Außenstehende das Muster erkennen.«
Tonina fiel auf, dass die Frau mit Akzent sprach. »Du bist nicht von hier?«, fragte sie auf gut Glück.
»Ich war blutjung, als ich Ozelot heiratete. Geboren bin ich weit weg im Norden, an der Küste von Quatemalán. Ich habe Inselblut in mir«, sagte sie stolz. »Du dagegen wohl eher nicht, trotz der Inselsymbole, die du dir aufmalst.«
»Ich komme von der Perleninsel«, sagte Tonina nur. »Hast du schon mal davon gehört?«

»Dem Namen nach. In meiner Kindheit kamen viele Inselhändler in unser Dorf. Ich erinnere mich an Perlen und Austernmuscheln.«

Tonina hakte nach. »Weißt du, wie weit die Perleninsel von der Bucht entfernt ist, in der der Fluss sich ins Meer ergießt?«

Die Frau rümpfte die Nase und rieb daran, wie um Erinnerungen aus der Kindheit wachzukitzeln. Sie kannte die Stelle, wo der Fluss ins Meer mündete, war aber seit Jahren nicht mehr dort gewesen. »Viele Tage im Kanu, geradewegs nach Nordosten. Aber durchaus zu schaffen. Nur die stürmische Jahreszeit muss man meiden, aber das dürftest du ja wissen.«

Die stürmische Jahreszeit setzte, wie Tonina beklommen überlegte, bereits in vier Monaten ein. »Und wie sieht die Küste aus?«, fragte sie. »Gibt es dort Buchten oder sichere Häfen?«

»Hä? Die Küste? Von Quatemalán, meinst du? Du brauchst keine Häfen, alles ist flach und sumpfig, von einem Ende zum anderen, zwischendrin immer wieder Lagunen.«

Tonina runzelte die Stirn. Großvater hatte von schroffen Klippen und gefährlichen Felsküsten gesprochen. Gab es etwa noch eine Küste? Hatte sie etwas falsch verstanden?

»Ich bin auf der Suche nach einer seltenen Blume.« Sie beschrieb sie unter Zuhilfenahme ihrer Hände, aber die Frau schüttelte abermals den Kopf. »Weder habe ich eine solche Blume je gesehen noch davon gehört. Nicht in dieser Gegend.«

Tonina dachte an die himmelhohen Berge im Osten und an die Küste von Quatemalán im Norden. Monate – *Jahre* – konnten vergehen, um endlich die Blume zu finden, überlegte sie niedergeschlagen.

Sie dankte der Häuptlingsfrau und begab sich auf die Suche nach Chac. Sie entdeckte ihn im Gespräch mit H'meen.

Wie jeden Tag besprach er sich mit der königlichen Botanikerin, zu deren Aufgaben auch gehörte, den zeitlichen Überblick zu bewahren, zum einen nach dem Kalender der Maya – demzufolge ein Monat zwanzig Tage umfasste –, zum anderen nach dem Inselkalender, der sich nach dem Mond richtete. Darüber hinaus gab es

in nördlicheren Gegenden und auf den Inseln im Nordosten, also außerhalb des Einflussbereichs der Maya, weitere Kalender, die H'meen allesamt in ihre Berechnungen mit einbezog. Erst gestern Abend hatte sie Chac abermals versichern können, dass es bis zum Stichtag – wenn er nicht mehr umkehren und Teotihuacán rechtzeitig erreichen konnte – noch eine Weile hin war.
Da hockte er also vor der Fünfzehnjährigen und tätschelte nebenbei Pokis Köpfchen. H'meen gegenüber zeigte sich Chac stets liebevoll und geduldig, so als wäre sie wirklich eine alte Frau. Zehn Tage nach dem Aufbruch aus Tikal war Poki plötzlich verschwunden, und obwohl Chac unter Zeitdruck stand, hatte er eine Pause ausgerufen und sich mit seinen Männern auf die Suche nach dem Hündchen gemacht. Über das allgemeine Murren, wie viel Zeit da wegen eines Tiers vergeudet wurde, das man besser längst hätte essen sollen, war er hinweggegangen.
Jetzt beobachtete Tonina, wie er H'meen höflich dankte und sich dann erhob. Unvermittelt sah er zu ihr hinüber. Als sich ihre Blicke über das rauchdurchzogene Lager hinweg begegneten, machte Toninas Herz einen Satz. Gegen ihren Willen und obwohl sie sich einredete, dass sie niemals zusammenkommen konnten, weil ein unüberwindliches Hindernis zwischen ihnen stand, gelang es ihr nicht, ihr immer stärker werdendes Verlangen nach ihm zu unterdrücken.
Das Hindernis hieß Paluma.
Chacs Pilgerreise nach Teotihuacán diente ausschließlich dazu, für die Seele seiner Frau zu beten. Tonina schloss daraus, dass seine Liebe zu Paluma keinen Raum für irgendeinen anderen ließ.
Und er war aufgrund der Weisung der Götter für sie verantwortlich. Sicher dachte er ständig an das Gesetz, das sie aneinanderkettete, auch wenn sie daneben seinen aufrichtigen Wunsch erkannte, ihr bei der Suche nach der Blume beizustehen.
Sie hatte heimlich beobachtet, wie er Nacht für Nacht für Paluma betete. Die Statue des Kukulcán und die Haarlocke halfen ihm offenbar dabei; wenn er dann aber die blaue Feder betrachtete, die Paluma Tapferem Adler geschenkt hatte, zog sich ihr Herz vor

Trauer zusammen. Wie hätte sie ahnen können, dass Chac in diesen Momenten nur daran dachte, wie Tonina ihm die blaue Feder in Tikal geschenkt hatte.

Als er nun zu Tonina trat, spürte sie, wie sich sein Blick unwillkürlich auf die Stelle an ihrem Haaransatz heftete, wo der Ball sie getroffen und auf die er seine Lippen gepresst hatte. Verlegen sah sie ihn an.

»Ich habe einen Plan«, sagte er. »H'meen hat mir eine Zeiteinteilung gegeben, um ihn durchzuführen. Wir werden deine Blume finden, das verspreche ich dir.«

Leise Enttäuschung machte sich in Tonina breit. Dabei hätte sie sich doch freuen sollen! Aber sie musste unwillkürlich daran denken, dass, sobald die Blume entdeckt war, sie und Chac getrennte Wege ziehen würden.

»Anschließend«, fuhr er fort, »werde ich dafür sorgen, dass Haarlos und seine Brüder dich zur Küste begleiten und ein Kanu und Ruderer für dich auftreiben, damit du wohlbehalten nach Hause zurückkehrst.«

Er verbarg sorgfältig, wie schwer es ihm fiel, dies zu sagen. Die Vorstellung, von ihr Abschied zu nehmen, war ihm entsetzlich. Die Dunkelheit brach herein, Küchendüfte erfüllten die Luft, dazu Gelächter, Musik, Geschrei, Zänkereien, weinende Kinder. Inmitten dieser Menschenmenge versuchte Chac, sich auf einen Gedanken zu konzentrieren, wie ihm die Pilgerreise nach Teotihuacán auferlegt worden war, war ihr auferlegt, die rote Blume zu finden.

Je länger er mit ihr zusammen war, desto deutlicher wurde ihm, wie viele Gemeinsamkeiten sie hatten. Was käme als Nächstes?, überlegte er und ahnte bereits, was das war – dass er unter der weißen Gesichtsbemalung und den Inselsymbolen Gesichtszüge entdecken würde, die seinen eigenen entsprachen.

Sollten wir tatsächlich demselben Volk angehören, könnten wir dann im anderen einen sicheren Hafen finden, einen Platz, an den wir hingehören?

»Ich werde Suchtrupps zusammenstellen«, sagte er sachlich. »Mit jeweils einem der Neun Brüder an der Spitze werden sie nach allen Richtungen ausschwärmen. H'meen hat eine Karte von dieser Gegend. Wir werden jedes Fleckchen Boden absuchen, jeden Baum und Busch in Augenschein nehmen. Keine Bange, Tonina, wir finden sie, deine Blume.«

Es war ein guter Plan. Dennoch fühlte sich Tonina innerlich zerrissen. Wie war es so weit gekommen? Guama hatte sie nach einer Medizin für Großvaters Krankheit ausgeschickt, und irgendwo unterwegs hatte dann die rote Blume einen legendären Ruf bekommen und immer mehr Menschen angezogen: Unweit des Flusses lagerte eine Mutter, deren apathisches Baby nicht essen wollte; unter einem Mahagonibaum saß ein Mann, der seine Beine nicht gebrauchen konnte und seit dem Aufbruch in Uxmal von seiner Familie getragen wurde; da war die junge Frau, die unversehens taub geworden war, ihren Hof verlassen und sich Tonina angeschlossen hatte. So viele verzweifelt Hoffende, die alle die Zauberkraft der Blume für sich herbeisehnten.

Aber in dem Moment, da Tonina die Blume in den Händen halten würde, bedeutete dies auch den Abschied und die Trennung von Chac. Bei diesem Gedanken spürte sie dumpfe Verzweiflung in sich aufsteigen.

Tonina wusste, dass sie drauf und dran war, sich in Chac zu verlieben. Aber durch die Enttäuschungen in der Vergangenheit vorsichtig geworden, wollte sie sich nie wieder binden, vor allem nicht an einen Mann, der seine tote Frau liebte und dessen Weg ein anderer war als ihrer. Sie wollte diese Liebe geheimhalten und für immer in ihrem Herzen bewahren.

39

Die junge Frau wand sich ungeduldig unter Prinz Baláms Stößen.
Er war nicht der begnadete Liebhaber, den sie erwartet hatte. Sie musste sich zwingen stillzuhalten, während er seine Befriedigung suchte. Darauf eingelassen hatte sie sich nur, weil er von königlichem Blut war und sein Glück auf sie abstrahlen würde. Und wenn diese hastige Paarung eine Schwangerschaft nach sich ziehen würde, umso besser. Dann wäre ihr Kind der Sprössling eines Prinzen von Uxmal.
Endlich knurrte Balám leise auf, ein Schauer überlief ihn, dann sackte er zusammen. Die junge Frau war höflich genug, noch kurz zu warten, ehe sie ihm einen Stüber versetzte und er auf den Rücken rollte. Sie stand auf, streifte sich den Rock glatt – er hatte es nicht einmal für nötig gehalten, sie auszuziehen – und eilte zurück ins Lager der Frauen, um ihren Freundinnen eine aufregendere und schmeichelhaftere Version ihres Abenteuers aufzutischen.
Als Balám sich wieder den Lendenschurz anlegte, hatte er die junge Frau bereits vergessen. An solche wie sie verschwendete er keine Gedanken. Bei seinem Heißhunger auf Sex, den er entwickelt hatte, nahm er sich fast jeden Abend eine Frau und immer eine andere. Der Beischlaf erfolgte in aller Eile, die Befriedigung war nur von kurzer Dauer. Seine Gier war unersättlich, und der Grund dafür war Yaxche. Keine andere konnte es mit dem ausladenden Busen und den prachtvollen Schenkeln einer der fettesten und sinnenfreudigsten Frauen in Mayapán aufnehmen.
Und diese Frau war tot.

Sein einziger Trost war, eines Tages seine Tochter zu finden.
Seit sich ihm auf der Plaza von Tikal, von gleißendem Licht umgeben, klar und deutlich seine Zukunft offenbart hatte, wusste Balám, dass er mit Ziyal wieder vereint sein würde. Dieses Wissen spornte ihn an, hielt ihn auf dem Weg, den Chac und seine erbärmliche Gefolgschaft sich bahnten. Wenn Balám seine Männer durch den Dschungel führte, gab es nur einen Gedanken, der wie eine Fackel in ihm loderte: wieder seine Tochter in den Armen zu halten.
Entscheidend für Baláms Geheimplan war das Schicksal von Chac und dem Inselmädchen. Ohne es zu ahnen, sollten diese beiden dazu beitragen, Ziyal ausfindig zu machen.

Einauge war von Natur aus neugierig. Und jetzt, da Chac einen längeren Aufenthalt angeordnet hatte, vernahm er wieder den Lockruf seiner Bestimmung, Informationen zu sammeln und sie gewinnbringend zu veräußern.
Das Leben war schön. Er schlief wieder mit Frauen. Er wusste zwar, dass sie es nur taten, um etwas von seinem Glück zu erhaschen. Aber sollte er deshalb ganz auf das Vergnügen verzichten, sich die *hamac* mit einem weiblichen Wesen zu teilen? Vor dem Aufbruch aus Tikal hatte er sich die Haare stutzen lassen – zu einem Rundschnitt nach Inselart – und sich eine neue Augenklappe aus Leder mit einem blauen Baumwollband zugelegt, das um den Kopf geschlungen wurde. Angetan mit seinem leuchtend orangeroten Umhang und dem adretten roten Lendenschurz, kam sich Einauge, der Zwerg, wieder vor wie der charmante Bursche von früher.
Nachdem er zwei Tage darauf verwendet hatte, in der Siedlung am Fluss Bekanntschaften zu knüpfen und sich als sympathischen Kerl einzuführen – wer würde schon einen so farbenfroh gekleideten Mann für einen Spion halten? –, wollte er jetzt in Erfahrung bringen, was es mit Prinz Balám und seinen Vettern auf sich hatte. Chacs Leute hatten die kleine Gruppe von Kriegern, die ihnen im Abstand von einem halben Tag folgten, kaum zu

Gesicht bekommen. »Ich bleibe euch fern, um euch nicht durch meine Anwesenheit zu beschmutzen«, hatte Balám eines Abends auf Chacs erneute Einladung hin, zu ihnen ins Lager zu kommen, laut und deutlich erklärt.
Einauge traute der Sache nicht.
Und weil er ahnte, dass der Prinz aus Uxmal etwas im Schilde führte, beschloss der gewiefte Zwerg an diesem kühlen Winterabend, in Erfahrung zu bringen, was Chacs einstmaliger »Bruder« so trieb.

Baláms Truppe war derart groß geworden, dass sich sein Lager inzwischen über eine recht ansehnliche Fläche erstreckte und Frauen mit einschloss, von denen viele ausschließlich damit beschäftigt waren, Tortillas zu backen – eine nie endende Tätigkeit in Anbetracht der zahlreichen Mäuler, die es zu füttern galt. Balám stellte denen, die sich ihm anschließen wollten, keinerlei Fragen. In seiner Gruppe gab es keine Schwächlinge, dafür eine Menge an Wut und Verbitterung, und dies, sagte sich Balám, würde ihm eines Tages zugute kommen. Alles, was er von seinen Gefolgsleuten verlangte, war Gehorsam.
Und Geduld.
Am Lagerfeuer sitzend, sann er über sein weiteres Vorgehen nach. Balám nahm seine Mahlzeiten nie allein ein, brauchte ständig Gesellschaft. Wahrscheinlich, so sagte er sich, weil er sich, nachdem er seine Familie verloren hatte, einsam fühlte.
Den wahren Grund wollte er sich nicht eingestehen: der Anblick der Ruinen von Copán hatte ihn mit Angst und Schrecken erfüllt. Er konnte nicht an die eingestürzten Häuser und die verwaisten Wege denken, ohne dass sich kaltes Entsetzen seiner bemächtigte. Anders als das teilweise noch bewohnte Tikal war Copán restlos ausgestorben. Dabei hieß es, dass dort einmal unzählige Menschen gelebt hatten – Krieger, Priester, Gelehrte, Astronomen, Schreiber, Adlige. Wo waren sie geblieben? Warum hatten sie die Stadt verlassen?
Deshalb umgab er sich mit jungen Männern, die voller Leben

waren und obendrein ehrgeizig, die gern ihre Späße trieben und lachten und Balám zeitweise Ruinen und Dämonen vergessen ließen.
»Vetter!«, rief einer der jungen Männer über das Feuer hinweg, »du hast gesagt, du würdest uns, sobald wir diesen Platz erreichen, ein Geheimnis verraten. Hat das etwas mit deiner Überraschung für Chac zu tun?«
Mittags hatten Jäger einen Tapir erlegt und ihn dann den Frauen übergeben, damit sie ihn ausweideten und auf die einzelnen Grüppchen verteilten. Für Baláms Feuerstelle war eine Keule abgefallen, die jetzt langsam über der Glut briet und auf die der Prinz und seine Vettern mit Heißhunger warteten. Um zu prüfen, wie lange es noch dauern würde, stach Balám, während er über eine Antwort nachdachte, mit seinem Messer in das saftige Fleisch.
Er wusste, dass die Vettern, die ihn seit Uxmal begleiteten, zutiefst loyal waren und er ihnen durchaus Geheimnisse anvertrauen konnte.
Aber noch war Balám nicht so weit, es galt, den richtigen Augenblick abzupassen. Sollten diese jungen Männer gespannt abwarten, das schärfte ihre Sinne. Also erzählte er ihnen stattdessen, weshalb sie hier waren, am südlichen Rand des Maya-Reiches. Lautes Gelächter erschallte, als er geendet hatte.
»Was hat es dich gekostet, um diesen Nachrichtenboten dazu zu bewegen, das Märchen von einer roten Blume zu verbreiten?«
»Drei Klümpchen Jade. Der Mann brachte vor, dass er, da es sich um eine Lüge handle, ein zusätzliches Entgelt für die Götter verlangen müsse. Ich fand den Preis angemessen. Er hat seine Geschichte gut vorgetragen. Chac hat ihm abgenommen, dass er tatsächlich die Blume in dieser Gegend hier gesehen hat.«
»Wozu das Ganze, Vetter?«
»Ich habe meine Gründe.« Balám war sehr zufrieden, wie er Chac so weit nach Süden gelockt hatte. Dadurch konnte er Teotihuacán auf keinen Fall mehr rechtzeitig erreichen.
»Demnach gibt es hier gar keine rote Blume, Vetter?«

»Keine rote Blume weit und breit – und gewiss nicht die, hinter der das Inselmädchen so verbissen her ist.«
Er stach mit dem Messer in die Keule, die über dem Feuer briet. Als roter Saft herauslief, erklärte er das Fleisch für gar. Er löste zunächst einen kleinen Brocken heraus, der für Buluc Chabtan, seinen Gott, bestimmt war und den er, ein Gebet sprechend, ins Feuer warf. Dann schnitt er sich selbst eine Scheibe ab, lehnte sich zurück und fing an zu essen, derweil sich seine Kameraden über das restliche Fleisch hermachten.
»Ich gehe jede Wette ein«, erklärte einer der Vettern nach einer Weile allgemeinen andächtigen Kauens und ließ sofort Balám aufhorchen, »ich wette, dass diese Eule dort oben« – er deutete mit einem fettigen Finger auf einen Ast über sich –, »wenn ich mit diesem Stein nach ihr werfe, nach Osten wegfliegt. Wer meint was anderes?«
»Ich«, grinste Balám. Nichts vermochte sein Blut so anzuregen wie eine Wette. »Ich sage, der Vogel fliegt Richtung Westen davon. Was setzt du ein?«
»Dieses Ozelotfell«, sagte der Vetter und klopfte auf die gefleckte Haut um seine Schultern. »Und alles, was ich an Jade besitze.«
»Verlockend ist das nicht gerade«, spöttelte Balám. »Wo bleibt denn da der Kitzel?«
»Was schlägst du dann vor, Vetter?«
»Eine Hand.« Grinsend spuckte Balám einen Knorpel aus und wischte sich die Finger an seinem Umhang ab. »Wer verliert, opfert eine Hand. Ob die linke oder die rechte darf er selbst bestimmen.«
Schweigen breitete sich aus. Keiner dachte mehr ans Essen. Wenn der, der die Wette vorgeschlagen hatte, jetzt einen Rückzieher machte, stünde er als Feigling da. Aber unter Umständen eine Hand zu verlieren, behagte ihm auch nicht.
Gesegneter Lokono!, durchfuhr es Einauge, der von seinem Versteck aus die Szene verfolgte. Würde Balám das Risiko eingehen, wegen einer so lächerlichen Wette eine Hand zu verlieren? Man konnte doch unmöglich wissen, wohin die Eule fliegen würde!

Eigentlich war es unbegreiflich, dass Balám nach allem, was ihm in Mayapán widerfahren war, weiterhin dem Glücksspiel frönte. Jeder normale Mensch wäre längst zur Besinnung gekommen. Aber Einauge wusste, dass Balám nicht anders konnte und zweifelsohne seine eigene Seele verwetten würde, wenn sich der Einsatz lohnte.

»Abgemacht«, sagte der Vetter, wenn auch längst nicht so freimütig wie beim Riskieren eines Fells.

Aller Augen waren auf den Baum gerichtet, als der Vetter den Stein warf und die Eule davonflog – nach Osten!

Balám hatte verloren.

Statt aufzujubeln, schwieg der Herausforderer. Würde sein prinzlicher Vetter die Abmachung einhalten? Aber da griff Balám bereits nach einer Keule, die mit scharfen Klingen aus Obsidian bestückt war, streckte seinen linken Arm aus – seine Kumpane rissen ungläubig die Augen auf, und Einauges Kehle war plötzlich wie ausgedörrt –, und griff so schnell, dass keiner darauf gefasst war, nach der rechten Hand des neben ihm sitzenden Vetters. Er hackte sie ihm mit einem Hieb ab.

Der Mann schrie auf, sah Balám ungläubig an und sank ohnmächtig zu Boden. Während die anderen ihm zu Hilfe eilten, hielt Balám die blutige Hand empor. »Ich habe nicht gesagt, dass ich meine Hand opfere!«, verkündete er fröhlich und warf das abgetrennte Körperteil ins Feuer.

Seine Kumpel johlten vor Begeisterung. Euphorisches Geschrei erfüllte die Nacht. Als Krieger und Jäger mit geschärften Sinnen und katzengleichen Reflexen entging ihnen aber auch nicht, dass da jemand ganz in der Nähe auf einen Zweig getreten war.

Balám war augenblicklich auf den Beinen. Zusammen mit seinen Vettern suchte er den sie umgebenden Wald ab. »Da!«, schrie einer, und sie rannten zu den Bäumen und erwischten den Spion, noch ehe er sich auf seinen kurzen Beinen davonmachen konnte.

Einauge quiekte auf, als er am Hals gepackt wurde und den Boden unter den Füßen verlor.

Baláms Gesicht kam bedrohlich nahe. »Habe ich dir nicht gesagt, du sollst mir nicht nachspionieren, du Wicht?«
»Vergebt mir, Ehrwürdiger Prinz«, keuchte Einauge, weil ihn sein Umhang zusehends am Hals beengte. »Ich schwöre bei den Knochen meines Urgroßvaters …«
Balám stemmte den Zwerg hoch und schleuderte ihn mit aller Kraft an den mächtigen Stamm eines Mahagonibaums. Einauge schrie vor Schmerzen auf.
»Ich bitte Euch, Edler Prinz …«
Aber Balám ließ nicht von ihm ab. Er packte ihn an den Fersen, wirbelte ihn in der Luft herum und ließ ihn an einen Baum prallen.
Schluchzend wimmerte Einauge um Gnade, wurde aber erneut an den Fersen gepackt, herumgewirbelt und schließlich mit solcher Wucht gegen den Baum geschleudert, dass seine Zähne klapperten.
Endlich ließ Balám ihn zu Boden fallen und setzte einen Fuß auf Einauges Brustkasten. »Ich werde dir bei lebendigem Leib die Haut abziehen«, knurrte er, »und dich dann wie einen Hund braten.«
Einer der Vettern trat hinzu und fasste Balám am Arm. »Es bringt großes Unglück, einen Zwerg zu töten«, warnte er.
Balám sah auf das Häuflein Mensch, das sich da unter seinem Fuß krümmte. Einauges linker Arm stand in einem unnatürlichen Winkel ab, eines seiner Beine war gebrochen.
Balám kniete sich neben ihn. »Jetzt hör mir gut zu. Solltest du auch nur ein Wort von dem, was hier geredet wurde, ausplaudern oder irgendjemandem verraten, dass ich dir zugesetzt habe, wird das Mädchen die Folgen zu spüren bekommen. Ich werde sie foltern, bis sie tot ist, und du wirst dabei zusehen. Hast du mich verstanden?«
Einauge nickte. Alles tat ihm weh, wie durch einen Nebel nahm er seine Umgebung wahr. Würde er es schaffen, sich in Chacs Lager zurückzuschleppen? Aber da zog Balám bereits das Messer mit der Klinge aus Obsidian aus der Scheide und machte sich

daran, Einauges Gesicht vier Schnitte beizubringen. Die Schmerzensschreie erstickte er, indem er dem Zwerg einen Zipfel seines Umhangs in den Mund stopfte. Dann brachte er Einauge auf der Brust zwei weitere großflächige Wunden bei, von der jede aus vier Einkerbungen bestand. Er würde daran nicht verbluten, aber sie reichten aus, um jeden Verdacht von ihm, Balám, abzulenken.

Als er fertig war und Einauge nicht länger wimmerte, wischte er sein Messer ab, steckte es wieder in die Scheide, lud sich den bewusstlosen Zwerg auf die Schultern und trabte mit dem leblos auf seinem Rücken baumelnden Körper zu Chacs Lager, das sich flussaufwärts befand, nördlich der alten Hängebrücke.

Ungeniert schritt er durch das riesige Lager, das sich in Ozelots friedlichem Dorf breitgemacht hatte. Alles verstummte, an jedem Feuer starrte man den Prinzen mit dem blutüberströmten Zwerg auf den Schultern an. Bei Chac angelangt, ließ Balám Einauge zu Boden gleiten. »Ich habe ihn außerhalb meines Lagers gefunden. Scheint von einer Raubkatze angegriffen worden zu sein, den Spuren nach zu schließen«, sagte er.

Sofort eilte H'meen mit ihrer Medizinausrüstung an Einauges Seite. »O ja«, sagte sie zu Chac. »Das sind Spuren von Jaguarpranken.«

»Könnt Ihr ihn retten?«, fragte Chac.

Mit Tränen in den Augen schaute sie zu ihm auf. »Der Wille der Götter …«, hauchte sie.

Der Himmel gab sich rätselhaft.

Eigenartig, dass er sich in der trockenen Jahreszeit so bewölkt und trüb zeigte, dass die Luft knackig frisch war und der Wind von Nordosten kam und Regen verhieß. Die Grashütte, in der sich die kleine Gruppe, ihre Umhänge fest um sich gezogen, um das Feuer drängte und darauf wartete, dass H'meen zum Ende ihrer astronomischen Berechnungen kam, bot nur unzureichenden Schutz gegen die Witterung.

Zwei Mondzyklen waren vergangen, und noch immer war im

Umkreis der alten Stadt Copán die rote Blume nicht gesichtet worden. Deshalb hatte Tonina beschlossen, so schnell wie möglich nach Norden zu ziehen und dort die Suche fortzusetzen. In zwei Monaten brach auf den Inseln die stürmische Jahreszeit an.
Sie hatte Chac erklärt, dass er ihr gegenüber zu nichts mehr verpflichtet und somit frei wäre. Wenngleich zögernd, hatte er ihr zugestimmt. Für ihn war es unausweichlich an der Zeit, umzukehren und sich nach Teotihuacán zu begeben.
Aller Augen waren auf die über ihre Bücher gebeugte H'meen gerichtet. Einauge hielt seinen Umhang am Hals fest zusammen, musste dabei unwillkürlich daran denken, dass dieser Umhang ihn vor nicht allzu langer Zeit fast erwürgt hätte – als Balám ihn am Hals gepackt und gegen einen Baum geschleudert hatte. H'meen hatte den Zwerg gesund gepflegt. Sie hatte seine Knochen eingerenkt und geschient und seine Wunden genäht, war Tag und Nacht bei ihm geblieben, hatte heilbringende Symbole auf seinen zerschundenen Körper gemalt, ihm zauberkräftige Amulette aufgelegt; über ihn gebeugt hatte sie gesungen, ihm geheiligte Zaubersprüche ins Ohr geraunt und so nach und nach die Geister der Schmerzen und Infektion dazu bewogen, von diesem gepeinigten Körper abzulassen.
Sie hatte bei ihm geschlafen, ihn gewärmt, beweint und seinen Geist gebeten, zu ihm zurückzukehren. Niemand wusste, dass die Wunden auf seinem Gesicht und seiner Brust nicht von den Pranken einer Raubkatze herrührten. Niemand wusste um das furchtbare Geheimnis, das ihn marterte – dass diese Reise in das entlegene Copán umsonst gewesen war. Einauge, einstmals so gewitzt und friedfertig, war jetzt ebenso düster gestimmt wie die unheilverkündenden Wolken am Himmel. Weil er nicht verraten durfte, dass die rote Blume mitnichten in dieser Gegend wuchs. Weil er jeden Tag stillschweigend mit ansehen musste, wie die Suchtrupps ausschwärmten und mit leeren Händen zurückkamen. Weil Balám Tonina zu Tode foltern würde, wenn er, Einauge, mit seinem Wissen herausrückte.
Er hatte darüber nachgegrübelt, welche Gründe Balám haben

mochte, Chac so weit wie möglich von Teotihuacán wegzulocken, und warum er den Nachrichtenboten bestochen hatte, damit der Lügen über die rote Blume erzählte. Aber ihm war keine Antwort eingefallen, während er mit den Schmerzen kämpfte.
Er wünschte sich, Balám hätte ihn damals, vor genau zwei Monaten, getötet. Jetzt schalt er sich einen Feigling, der es nicht über sich brachte, seinem Leben ein Ende zu bereiten. Völlig am Boden zerstört hockte er da. Der Traum war ausgeträumt. Die Lahmen, die Kranken, alle, die einst eine Hoffnung genährt hatten, warteten gespannt auf den Urteilsspruch der *h'meen:* auf den günstigsten Tag, um den Heimweg anzutreten.
Tonina bewunderte die Fünfzehnjährige, die ihre komplizierten Berechnungen zu Ende brachte. Inselbewohner richteten sich nach einem einzigen Kalender, demzufolge ein Jahr 365 Tage umfasste – von einer stürmischen Jahreszeit bis zur nächsten. Die Maya hielten sich ebenfalls an das Sonnenjahr, aber auch an weitere Kalender. Für Tonina war es unverständlich, dass ein Jahr lediglich 260 Tage umfassen sollte – Einauge hatte ihr einmal erklärt, dass dies mit dem Zyklus des Morgensterns zu tun habe –, aber nach diesem Kalender schienen sie sich hauptsächlich zu richten. Mit zwei zusätzlichen Jahreszyklen sowie Monaten von jeweils zwanzig Tagen, die nichts mit dem Mondzyklus zu tun hatten, war die bei den Maya übliche Berechnung der Zeit wahrlich verwirrend.
H'meen indes schien keine Schwierigkeiten damit zu haben. Sie orientierte sich anhand ihrer Bücher und Tabellen, notierte den augenblicklichen Stand des Mondes, der Sonne und der Planeten und kam schließlich zu dem Ergebnis, wann der beste Zeitpunkt für Chac war, nach Teotihuacán aufzubrechen. »Euch bleiben noch hundertdreizehn Tage, um die Stadt der Götter zu erreichen.«
»Kennt Ihr den besten Weg?«, fragte Chac. »Soll ich erst zurück nach Tikal und von dort nach Westen abbiegen?«
»Darf ich einen Blick auf Eure Karte werfen?« Die Fünfzehnjährige streckte eine Hand aus, die eher der einer Großmutter entsprach, mit verdickten Knöcheln und hervortretenden Venen.

Chac holte aus seinem Reisesack das Papier, das er in Mayapán erstanden und auf dem ihm, dem des Lesens Unkundigen, der Verkäufer die darauf abgebildeten Zeichen erklärt hatte. Sicherheitshalber hatte Chac Einauge die Karte gezeigt, und der vielgereiste Zwerg hatte die Aussage des Verkäufers bestätigt. Mayapán im Norden, Tikal genau im Süden, Palenque im Westen und Teotihuacán nordwestlich davon.

Im flackernden Licht des Lagerfeuers studierte H'meen die Karte, nickte zustimmend, als sie die Beschriftung entlang der Linien las, die die Weißen Straßen darstellten. Ihr Blick glitt über die Strecke Copán–Tikal–Palenque, und gleichzeitig überschlug sie, wie viele Tage man von Punkt zu Punkt und dann insgesamt benötigte. Und erstarrte. Lange sagte sie nichts, ihr Schweigen zog sich hin, nach und nach wich alle Farbe aus ihrem Gesicht.

»Was ist denn?«, fragte Chac besorgt.

»Ist dies die Karte, der Ihr von Mayapán aus gefolgt seid?« Ihr Blick, der Tonfall ihrer Stimme ließen den anderen das Blut gerinnen.

»Ja«, entgegnete Chac. »Warum? Ich werde doch rechtzeitig in Teotihuacán sein – oder etwa nicht?«

Sie hielt ihm die Karte unter die Nase. »Nach den Angaben neben den Weißen Straßen dauert es sechzig Tage bis zu diesem Punkt«, sagte sie und deutete mit dem Finger auf das Zeichen für Teotihuacán. »Allerdings, Edler Chac, ist das nicht das Zeichen für die *Stadt* Teotihuacán. Hier beginnt vielmehr die Einhundert-Tage-Straße *nach* Teotihuacán.«

Seine buschigen schwarzen Brauen schoben sich zusammen. »Seid Ihr sicher?«

»Absolut. Ihr habt die Karte falsch gedeutet. Dieses Symbol steht nicht für die Stadt der Götter, sondern für den Beginn der Straße. Von dort aus sind es noch hundert Tage bis Teotihuacán.«

Sie sah ihn bekümmert an. »Ihr könnt es nicht mehr rechtzeitig schaffen.«

Häuptling Ozelot stand an der offenen Tür seiner geräumigen Hütte und ließ die Gruppe, die da über Bücher und Landkarten gebeugt beieinandersaß, nicht aus den Augen. Leuten, die lesen konnten, begegnete er mit Misstrauen. Sie hatten Geheimnisse. Und jetzt beratschlagten sie über Chacs Aufbruch. Ozelot war keineswegs begeistert.

Vor zwei Monaten hatte ihm seine Frau ausgeredet, Chac zu vergiften. Sie hatte von der heilbringenden Blume erfahren und gehofft, durch sie ihren Kropf loszuwerden. Aber niemand hatte die Blume gefunden, und Ozelot war mit seiner Geduld am Ende. Er wollte nicht, dass all diese Leute abzogen. Er wollte ihr Häuptling sein, und sie sollten ihm ein angenehmes Leben sichern.

Er sah zum bewölkten Himmel empor. Eigenartig. Trotz der trockenen Jahreszeit lag Regen in der Luft. Ein böses Omen. Es war Zeit zu handeln. Er rührte giftigen Zinnober in einen Becher *pulque.* »Bring das hier Chac«, wies er seine Frau an.

Chac war über das, was H'meen ihm soeben eröffnet hatte, derart vor den Kopf geschlagen, dass er ohne zu überlegen den Becher entgegennahm. »Trinkt aus, Edler Chac. Das wird Euch warmhalten«, sagte die Häuptlingsfrau. Als sie zurück zu ihrem Mann eilte, spürte sie auf ihren nackten Armen die ersten Regentropfen.

Mit gerunzelter Stirn sah Chac auf die Karte, dann zu H'meen. Er musste sich verhört haben. »Seid Ihr sicher?«, wiederholte er und setzte den Becher an die Lippen. »Hundertdreizehn Tage, das dürfte doch Zeit genug sein.«

»Genug Zeit bis zu dem Punkt, wo die Straße beginnt«, sagte H'meen. »Selbst wenn Ihr schnell vorankommt, braucht Ihr sechzig Tage. Und von dort aus, Chac, weitere hundert bis Teotihuacán.«

Der Becher verharrte an seinem Mund, der berauschende Duft stieg ihm in die Nase. Doch H'meens Nachricht hatte ihn völlig durcheinandergebracht. Ungeduldig wollte er den Becher absetzen, aber er entglitt ihm, und sein Inhalt versickerte im Sandboden der Hütte. »Ihr meint also, ich kann keinesfalls rechtzeitig in Teotihuacán sein?«

»So ist es, leider.« H'meen war tief betroffen. Warum hatte sie nicht längst einen Blick auf seine Karte geworfen? Aber sie war sicher gewesen, dass Chac die Länge der Strecke kannte.

Den anderen in der schweigenden Gruppe ging Ähnliches durch den Kopf. Keiner von ihnen war jemals in der Stadt der Götter gewesen, nicht einmal Einauge. Sie hatten angenommen, Chac wüsste über die Länge der Strecke Bescheid. Aber jetzt, da der Wind durch die notdürftige Unterkunft pfiff, an Umhängen zerrte und nackte Haut auskühlte, wurde ihnen die schreckliche Wahrheit nach und nach bewusst.

Mit einem gurgelnden Aufschrei sprang Chac auf und rannte hinaus.

Sie blickten ihm hinterher, sahen, wie er sich der einsetzenden Dämmerung auslieferte, dem Wind und dem stärker werdenden Regen. Ein unheimliches Gefühl machte sich bei ihnen breit. Sie liebten und respektierten Chac; jeder fühlte sich auf seine Weise verantwortlich für die Situation, in der sie sich jetzt befanden: Einauge, weil er damals die Karte falsch gedeutet hatte; H'meen, weil sie nicht schon früher einen Blick auf die Karte geworfen hatte; Tonina, weil sie der Grund war, weshalb er von seinem Weg nach Teotihuacán abgewichen war.

Tonina verließ die Unterkunft und trat zu Chac. Sie erschrak, als sie sah, dass ihm Tränen übers Gesicht rannen. War denn das Totenritual derart wichtig? »Kannst du die Gebete für Paluma nicht hier sprechen?«, fragte sie.

Die Antwort erfolgte unter Schluchzen. »Dazu ist eine bestimmte Schwesternschaft von Priesterinnen erforderlich. Nur sie können sie erlösen.«

»In einem der Tempel in Tikal gibt es bestimmt auch solche Priesterinnen. Und Tikal könnten wir rechtzeitig erreichen ...«

»Was verstehst *du* denn davon!«, brauste er auf. »Durch meine Schuld wird Palumas unsterbliche Seele für immer ausgelöscht!«

Er ließ sie stehen und ging zum Rande des Lagers, sank dort auf die Knie und reckte die Arme zum dunklen Himmel empor.
H'meen ging auf Tonina zu. Sie musste gegen den immer stärker werdenden Wind ankämpfen und sagte schließlich: »Es hat damit zu tun, auf welche Weise Paluma gestorben ist. Chac hat sich nach einem sehr alten, ganz besonderen Ritual zu richten, das nur von den Priesterinnen in Teotihuacán und nur an einem bestimmten geheiligten Tag abgehalten werden kann. Jetzt ist es zu spät dafür – und ihre Seele bleibt auf ewig verloren.«
»Das tut mir sehr leid«, flüsterte Tonina. Sie suchte nach Worten. »Wenn ich doch nur …« Ihre Stimme erstarb angesichts Chacs unfassbarem Verlust. Traf es wirklich zu, dass es, wie die Maya glaubten, für einen Ermordeten kein Leben nach dem Tod gab, wenn nicht in Teotihuacán bestimmte Gebete gesprochen wurden? »Und nichts kann daran etwas ändern?«
H'meen schüttelte den Kopf, zog ihren Umhang fest um sich und ging zurück in die Hütte.
Chac lag noch immer auf den Knien, rief stumm den Himmel an. Tonina hätte ihm gern geholfen, ihn in seinem Kummer beschwichtigt, aber sie wusste nicht, wie. Er hatte so viel für andere getan, und jetzt, da er selbst Hilfe benötigte …
Die Ananasverkäufer in Tikal fielen ihr ein. Chac hatte für sie gekämpft, und zum Dank hatten sie ihm ein Geschenk gemacht und etwas von einer erdengefangenen Göttin erzählt, die dem, der sie befreite, jeden Wunsch erfüllen würde. Tonina hatte Weiteres über die erdengefangene Göttin in Erfahrung gebracht. Sie lebte unter Wasser, und schon viele hatten versucht, sie zu befreien, aber sie waren samt und sonders gescheitert. Jetzt überlegte sie, ob es sich bei denen, die sich vergeblich bemüht hatten, vielleicht um Maya und damit um ungeübte Schwimmer gehandelt haben könnte. Hatte es jemals ein Inselbewohner versucht? Ein Perlentaucher?
Aber niemand wusste genau, wo die Göttin gefangen gehalten wurde. »Irgendwo in der Nähe von Palenque«, hieß es allgemein, also in einer Gegend, die mit vielen unterirdischen Flüssen und

Wasserläufen durchzogen war. Aber da gab es ja noch dieses merkwürdige Geschenk der Ananasverkäufer – einen Gesteinsbrocken, der weder wertvoll noch für etwas gut zu sein schien, der aber, wie sie gesagt hatten, »den Weg weisen« würde.
Da Chac, wie sich Tonina erinnerte, den Stein H'meen für eine nähere Begutachtung gegeben hatte, bat sie die Pflanzenkundlerin, ihn ihr auszuhändigen. Leicht verwundert kam H'meen dieser Bitte nach, und noch verwunderter war sie, als Tonina fragte: »Wie weit ist es bis Palenque?«
»Fünfzig Tage«, sagte H'meen nach einem Blick auf die Karte.
Ohne auf den Regen zu achten, der jetzt gleichmäßig niederging, lief Tonina zu Chac zurück, kniete sich neben ihn und streckte die Hand aus.
»Hier ist die Antwort! Chac, wir könnten doch nach Palenque ziehen! Dafür brauchen wir von hier aus nicht mehr als fünfzig Tage. Wir befreien die Göttin, und sie erfüllt uns jeden Wunsch, um den wir sie bitten.«
Das war mehr als Chac in seiner Verzweiflung ertragen konnte. Er sprang auf. »Warum glaubst du ständig, es gäbe eine Lösung?«, brüllte er sie an. »Warum gibst du niemals auf? Begreifst du denn nicht, dass wir unsere Hoffnungen begraben müssen? Die Götter haben uns verspottet! Tonina, du bist zwar das verbohrteste und uneinsichtigste Geschöpf, das mir je begegnet ist; aber selbst du solltest einsehen, dass irgendwann der Punkt erreicht ist, an dem es keine Hoffnung mehr gibt!«
Sie erhob sich. »Chac, Hoffnung gibt es immer.«
Er packte sie bei den Schultern. »Ich lasse sie im Stich, Tonina!«, brach es aus ihm heraus. »Zum zweiten Mal schon! In der Nacht, in der Paluma starb, hatte sie mich vorher gebeten, bei ihr zu bleiben. Aber ich musste mich ja unbedingt auf die Suche nach Balám machen! Wäre ich bei ihr geblieben, wäre sie nicht ermordet worden. Und jetzt versage ich zum zweiten Mal. Nichts weiter als nach Teotihuacán zu ziehen – selbst das habe ich nicht geschafft!«
Sie hielt ihm den Stein hin. »Die Göttin …«

»Es gibt keine Göttin!«, schrie er und schleuderte den Stein in Richtung der Bäume.
»Nein!« Sie wollte dem Stein nachlaufen, aber eine heftige Windbö ließ sie straucheln, und dann brach mit aller Macht das Gewitter los.

40

Unversehens öffnete der Himmel seine Schleusen. Innerhalb weniger Augenblicke stand das Erdreich unter Wasser. Dächer wurden abgedeckt, Bäume bogen sich.
Eilends versuchte man, sich in Sicherheit zu bringen, aber das Unwetter nahm an Stärke noch zu, und die baufälligen Hütten boten keinerlei Schutz. Eiskalter Regen peitschte auf nackte Haut, durchdrang Kleidung, ließ Finger und Zehen taub werden. Alles rannte durcheinander, schrie, lud sich Kinder auf, rief nach Angehörigen. Haarlos klemmte sich Einauge und H'meen unter die Arme und hetzte mit ihnen davon. Hütten wurden umgeblasen und weggefegt, Bäume stürzten um, krachend bogen sich Wurzeln hoch. Als der Wolkenbruch noch heftiger wurde und der Sturm abermals an Stärke zulegte, stand fest, dass ein Ausharren auf dieser Seite des Flusses nicht länger möglich war. Alle rannten auf die Brücke zu, die in die verbotene Stadt führte.
Als Chac und Tonina dort ankamen, blieben sie stehen, damit die, die sich bereits auf der Brücke befanden, sicher zur anderen Seite gelangten. Sie wurden jedoch von Nachdrängenden vorwärtsgeschubst. »Wartet!«, brüllte Chac ihnen durch den prasselnden Regen zu. »Die Brücke trägt nicht so viele auf einmal! Nur jeweils einige! Wir kommen schon noch alle sicher hinüber …«
Aber er wurde zur Seite gedrängt, und die aufgescheuchte Menge stürmte auf die Brücke.
Die Seile waren durchnässt und die Planken glitschig. Tonina verlor den Halt, rutschte ab. Chac kniete sich hin, hielt sich mit einer Hand an dem schwankenden Seil fest und zog sie wieder hinauf.

Und dann geschah es. Infolge der Überlastung geriet die Brücke ins Schwanken und bäumte sich auf. Männer, Frauen und Kinder stürzten in den reißenden Fluss.
Chac griff nach Toninas Hand. »Komm schnell!« Gemeinsam rannten sie los, hangelten sich, derweil der Sturm sie hinwegzufegen drohte, unter Todesgefahr an den Seilen vorwärts.
Auf der anderen Seite angelangt, bahnte sich Chac durch ein Gewirr von Laub und Farnen einen Weg zu einem gemauerten Unterstand. Er hackte die Kletterpflanzen, die wie überall auch dort wucherten, ab und zwängte sich mit Tonina ins Innere. Völlig durchnässt und zitternd sahen sie mit an, wie andere Schutzsuchende versuchten, sich über die Brücke zu retten, die abermals wegen der Überlastung nachgab und weitere ins nasse Grab schickte.
Der Sturm heulte und tobte unvermindert weiter. Zerstörte Hütten rumpelten vorbei, umgestürzte Bäume wurden davongetragen. Durch die sich entladenden Wassermassen schwoll der Fluss an.
Das Häuschen, in dem sich die beiden befanden, lag so nahe am Flussufer, dass nach Chacs Einschätzung auch sie von Überschwemmung bedroht waren. Wieder nahm er Tonina bei der Hand und stürzte mit ihr hinaus ins Freie, vorbei an umstürzenden Bäumen und niederprasselnden Ästen. Als eine Orkanbö sie umzureißen drohte, klammerten sie sich an einen riesigen Mahagonibaum.
»Dorthin!«, rief Chac und deutete auf eine Öffnung in einer Mauer.
Tonina ließ den Baum los, schrie aber gleich danach auf, da der Sturm sie fortzutreiben drohte.
Chac hielt sie zurück. Mit einer Hand umschloss er ihr Handgelenk, mit dem anderen Arm packte er sie um die Taille, kämpfte sich mit ihr durch diesen Sturm, der sich, wie Tonina entsetzt feststellte, zu einem veritablen Hurrikan steigerte und aus Nordosten kam. Aus der Richtung der Perleninsel.
Unweit des ausgespähten Unterschlupfs sahen sie einen Mann

liegen, dessen Schädel von einem dicken Ast zerschmettert worden war. Der Sturm trug ihnen die Schreie von Menschen in Not zu, die fortgerissen wurden. Chac tastete sich die Steinmauer entlang, zum Zugang der Hütte. Um Atem ringend taumelten beide ins Innere.

»Alles in Ordnung mit dir?«, fragte er als Erstes. Dann betrachtete er die Unterkunft. In dem diffusen Licht erblickte er eine übergroße Frau, deren steinerne Augen über ihre Köpfe hinweg ins Leere starrten. Hoffentlich war sie eine Gottheit und verfügte weiterhin über eine gewisse Macht.

»Du bist verletzt!«, rief Tonina aus.

Aus einer klaffenden Wunde an seinem Schenkel rann Blut. »Ist nicht weiter schlimm«, meinte er, aber dann spürte er doch Schmerzen und stellte fest, dass die Blutung unverhältnismäßig stark war.

Er presste eine Hand auf die Wunde und sah sich suchend nach etwas zum Abbinden um. Tonina war plötzlich wie vom Erdboden verschluckt.

»Tonina!«, rief er. »Komm zurück!«

Aber alles, was er hörte, war das unheilvolle Heulen und Ächzen der entfesselten Naturgewalten.

Und da war Tonina wieder, in den Händen Blätter und Ranken.

Als Ballspieler kannte sich Chac damit aus, wie man ernstzunehmende Verletzungen behandeln musste. Er schlang oberhalb der Wunde eine Ranke um den Schenkel und zog sie fest, bis die Blutung zum Stillstand kam; die Wunde selbst deckte er mit großen wachsartigen Blättern ab, die er, damit sie nicht verrutschten, mit Schlingpflanzen umwickelte.

Die Nacht brach herein, das Unwetter tobte weiter. Es war so dunkel, dass sie sich auf ihr Gefühl verlassen mussten, um sich in ihrem Bedürfnis nach gegenseitiger Berührung und Wärme zu finden. Ihre Kleider waren kalt und nass, zitternd schmiegten sie sich aneinander. Chac zog Tonina in die Arme, und sie sank an seine Brust, verschloss die Augen vor den schrecklichen Visionen, die sie verfolgten – Menschen, die in den Fluss stürzten, ihre

Schreie, als sie vom Strom mitgerissen wurden. »Glaubst du, sie sind in Sicherheit?«, fragte sie und meinte damit die Freunde.
»Ich bete zur Göttin des Mondes, dass dem so ist«, flüsterte er. Seine Hand lag auf ihrem feuchten Haar. Irgendwie fand er es beruhigend, diese winzigen Muscheln und Perlen zu spüren, mit denen ihre langen Flechten durchzogen waren. Seltsam, dass er früher diesen Schmuck als ärgerlich und geschmacklos empfunden hatte.
»Verzeih mir«, wisperte sie an seiner Brust. »Es war mir nicht klar, warum du so dringend nach Teotihuacán musstest. Ich dachte, es handelte sich um ein ganz normales Totenritual. Dass es um die Seele von Paluma ging, ahnte ich nicht.«
Er vergrub das Gesicht in ihrem Haar und drückte sie an sich. Beide schwiegen. Während der Sturm heulte und um sie herum toste und der Steinbau erbebte, sodass zu befürchten stand, er würde über ihnen einstürzen, dachten Chac, der Ballspielheld, und Tonina, die Perlentaucherin, an nichts weiter, als dass der warme Körper des anderen, diese festen Muskeln, dieser zärtliche Atem sie über das orkanartige Gewitter hinwegtrösteten.
Chac überließ sich der Erinnerung daran, wie sich Toninas Mund auf seinem angefühlt hatte, als sie ihm im Wasserschacht wieder Leben eingehaucht hatte. Jetzt drückte er die Lippen auf das feuchte Haar dieses so besonderen Mädchens. Bei dem draußen tosenden Wind hörte er nicht, wie Tonina einmal aufseufzte. Tonina! Völlig unerwartet war sie in sein Leben getreten, von den Göttern durch ein ehernes Gesetz an ihn gekettet worden – und jetzt wünschte er sich, nie wieder von ihr getrennt zu werden. Aber er war nicht frei, konnte sein Herz nicht einer anderen schenken. Es war seine Schuld, dass Paluma und sein Sohn hatten sterben müssen. Es war seine Schuld, dass ihre Seelen für immer vergehen und niemals ewige Glückseligkeit erfahren würden. Deshalb musste er sein Leben lang Buße tun – und dieses hinreißende Geschöpf ihren eigenen Weg gehen lassen.

41

Bis zum Morgengrauen war das Unwetter abgeflaut, Tageslicht drang in die Unterkunft. Chac und Tonina krochen hinaus in den vom Sturm verwüsteten Dschungel. Es tropfte von Schlingpflanzen und Ästen, Wasserlachen bedeckten den Boden. Der Gesang von Vögeln war zu vernehmen, das Gezeter der Affen, aber keine menschlichen Stimmen.

Im fahlen Licht sah Chac, dass der Regen viel von Toninas weißer Gesichtsbemalung abgewaschen hatte. Zum ersten Mal nahm er die natürliche Rundung ihrer Kinnpartie wahr, die Form ihrer Wangen und ihrer Brauen. Nicht alle Einzelheiten ihres Gesichts ließen sich erkennen, aber jetzt wünschte er sich, auch noch den Rest zu entdecken.

»Göttin des Mondes«, entrang es sich ihm. »Tonina, wir haben überlebt! Den Göttern sei Dank.«

Eine Welle der Gefühle überwältigte ihn – Erleichterung, Angst, Zorn und Begehren. Ganz langsam umschlossen seine Hände ihr Gesicht und er küsste ihren Mund. Sie schlang die Arme um seinen Nacken und erwiderte den Kuss, inbrünstig und lange.

Und dann hörten sie menschliche Stimmen.

Tonina und Chac rissen sich voneinander los. Einen Moment hingen ihre Blicke aneinander, dann rannten die beiden den Stimmen entgegen.

Wie durch ein Wunder hatte die Hängebrücke standgehalten, nur ein paar Planken waren in die Tiefe gestürzt. Nach und nach krochen jetzt Menschen aus ihren Verstecken, benommen und erschöpft. Schweigend zogen sie zurück zum Fluss, wo Chac und

Haarlos dafür sorgten, dass einer nach dem anderen die Brücke zur anderen Seite passierte – ein mühevolles und gefährliches Unterfangen, da das Wasser bis kurz unterhalb der Brücke angeschwollen war.

Am gegenüberliegenden Ufer angelangt, bot sich ihnen ein Bild der Verwüstung.

Unter einem wolkenverhangenen Morgenhimmel irrten verstörte Menschen herum, mussten feststellen, dass ihre Wohnstätten nicht mehr existierten, die Ernte hinweggefegt worden war, Feuerstellen unter Wasser standen. Von der Ansiedlung war nichts mehr zu erkennen. Männer riefen nach ihren Frauen, Mütter nach ihren Kindern. Es gab rührende Wiedersehensszenen, aber auch entsetzte Aufschreie, wenn jemand Tote entdeckte, die im Schlamm begraben waren.

Chac und Tonina eilten zu der Stelle, an der ihre Hütte gestanden hatte. Ob von ihrem Gepäck, das sie dort deponiert hatten, wohl noch etwas vorhanden war? Dem war tatsächlich so – Einauge hatte es, um einem Diebstahl vorzubeugen, abends zuvor mit Stricken und Pflöcken gesichert; nichts war weggefegt worden, aber alles mit einer Schlammschicht bedeckt. Auch Toninas durchsichtiger Becher der Prophezeiung war unversehrt geblieben.

»Habt ihr Poki gesehen?«, fragte H'meen, ihre geretteten Bücher unter dem Arm. »Als das Unwetter losbrach, ist er weggelaufen.«

Tonina schüttelte den Kopf.

Jetzt bemerkte H'meen die Wunde an Chacs Bein und griff zu ihrer Ausrüstung. Aber Chac winkte ab. »Kümmert Euch zuerst um mein Volk.«

Tonina warf ihm einen Blick zu. *Mein Volk*. Hier veränderte sich etwas Entscheidendes in ihm.

Auch sie stand vor einem Einschnitt in ihrem Leben. Wenn der Hurrikan derart heftig auf dem Festland getobt hatte, stand zu befürchten, dass er noch unbarmherziger auf dem Meer gewütet und kleine Inseln zerstört hatte. Hatte Großvater sein Volk noch rechtzeitig warnen können? Oder war er längst tot, und die In-

selbewohner hatten sich nicht beizeiten gegen das aufziehende Unwetter wappnen können?
Sie verließ die Gruppe, die in der verwüsteten Siedlung nach Angehörigen und Habseligkeiten suchte, und ging zum Fluss, blickte hinüber zu den verlassenen alten Gebäuden.
Ich habe sie im Stich gelassen, sagte sie sich. Ich habe nicht intensiv genug nach der roten Blume gesucht. Ich habe mich vereinnahmen lassen von den Leuten, die mir gefolgt sind. Und meine Gefühle für Chac haben mich abgelenkt. Ach Guama! Musstest du meinetwegen sterben?
Sie spürte, dass jemand zu ihr trat. Ohne aufzublicken, wusste sie, dass es Chac war.
»Du hattest recht«, sagte er leise, »als du sagtest, wir sollten unsere Hoffnung auf die erdengefangene Göttin setzen.« Er spähte hinüber zu den Bäumen. Dorthin hatte er den Gesteinsbrocken geschleudert. Wo sollte er in dem sturmzerfetzten Grün suchen? Warum hatte er so töricht seinem Zorn nachgegeben und den Stein weggeworfen? »Ich werde nach Palenque gehen«, sagte er. »Aufgeben kann ich nicht. Solange noch die Möglichkeit besteht, die Seelen Palumas und meines ungeborenen Kindes zu retten, muss ich tun, was ich kann.« Er lächelte traurig. »Wer weiß? Wenn ich den Kalksandsteinschacht von Chichén Itzá überlebt habe, was angeblich unmöglich ist, kann ich vielleicht auch die Suche unter Wasser nach einer Göttin überleben.«
Ihre Blicke trafen sich. Chac dachte an die Nacht, die er in enger Umarmung mit ihr verbracht hatte und die so voller Sinnlichkeit und unerfüllter Sehnsucht gewesen war. »Wohin wirst du jetzt ziehen?«, fragte er und hätte sie am liebsten wieder in die Arme geschlossen.
»Ich weiß noch nicht. Soll ich weiter nach der roten Blume suchen? Oder so schnell wie möglich auf die Perleninsel zurückkehren? Ich fühle mich für mein Volk verantwortlich. Vielleicht sollte ich erst die rote Blume aufspüren und mich dann zur Perleninsel aufmachen und nach Überlebenden suchen. Wenn niemand mehr da ist, muss ich von Insel zu Insel ziehen, so lange,

bis ich für meine Vergehen gebüßt habe. Aber wofür soll ich mich entscheiden?«

»Möglicherweise ist die Entscheidung bereits für dich getroffen worden.«

»Wie das?«

Chac deutete auf das mit Seegras umwobene Medaillon auf ihrer Brust.

»Ich habe mich stets davor gescheut, diese Umhüllung zu entfernen«, sagte sie leise. »Sobald ich das tue und sehe, was sich darin befindet, werde ich nicht länger Tonina von der Perleninsel sein und nicht mehr dorthin zurückkehren können. Dann muss ich die sein, zu der mich dieses Medaillon macht. Und davor habe ich Angst.«

Sie sah Chac mit großen Augen an. »Woher weiß ich, dass ich diese andere sein kann? Was ist, wenn mein richtiger Platz so weit im Landesinneren liegt, dass ich nie wieder die Brandung des Ozeans oder den Ruf der Delphine vernehmen kann?«

»Du kannst das tun, Tonina.«

In seinem Blick lag eine Aufforderung. Nein, eine Herausforderung.

Sie fühlte sich hin- und hergerissen. Einerseits wollte sie nach Hause. Sie sehnte sich nach ihrer vertrauten Umgebung, nach ihrer Familie, nach dem Meer. Auch wenn sie auf der Perleninsel eine Außenseiterin war, kannte sie das Leben dort und wollte zurück. Vielleicht war die Insel ja vom Unwetter verschont geblieben. Vielleicht hatte Großvater die Menschen rechtzeitig gewarnt, und alles war wie immer.

Aber andererseits trieb sie ein Gedanke um: sie musste herausfinden, wer sie war und wer ihre Eltern waren.

Sie schaute in Chacs dunkle Augen. Und ich möchte mit diesem Mann zusammenbleiben, wünschte sie sich.

Um sich Mut zu machen, holte sie tief Luft, um dann das Medaillon abzunehmen und an dem trockenen, im Laufe der Jahre von Salzwasser und Sonne verwitterten Gras herumzukratzen. Als der flache runde Stein endlich freigelegt war, sah sie …

Tonina schnappte nach Luft. Chacs Brauen schoben sich zusammen. »Göttin des Mondes!«, stieß er aus.
Der Stein war rosafarben und lichtdurchlässig. In der Mitte war ein Bild aus leuchtend roter und grüner Keramik eingearbeitet.
»Es gibt sie also doch, die rote Blume«, murmelte Chac staunend.
»Was hat das zu bedeuten? Nun weiß ich immer noch nicht, was ich tun soll. Die Blume weiterhin hier suchen oder entlang der Küste von Quatemalán?«
»Was du da in der Hand hältst, ist eine Botschaft«, sagte Chac. »Sie weist dir den Weg zurück zu deinen Ursprüngen. Zu deinem Volk. Wenn du diese Blume findest, Tonina, wirst du wissen, wer du in Wahrheit bist.«
Sie musterte die eingravierte Blume – den grünen Stängel und die roten Blütenblätter –, und plötzlich wurde ihr alles klar: Als Guama das Baby aus dem Körbchen hob, hatte sie diese in Stein eingebettete rote Blume bemerkt und gewusst, dass dies ein Hinweis auf Toninas Volk war. Für Großmutter schien festgestanden zu haben, dass Tonina eines Tages dorthin zurückkehren musste. Großvater war gar nicht krank gewesen. Die Geschichte mit der heilbringenden Blume hatte sich Guama nur ausgedacht, um Tonina dazu zu bringen, aus freien Stücken die Perleninsel zu verlassen. Deshalb wich auch Großvaters Beschreibung der Küste von Quatemalán von der von Ozelots Frau ab.
»Ich weiß doch aber nicht, wo ich mit der Suche anfangen soll.«
»Vielleicht kann dir das die erdengefangene Göttin verraten. Wenn du sie befreist …« Chacs Gesicht verdüsterte sich, als er an den Stein dachte.
Auf einmal hörten sie lautes Weinen. Sie wandten sich um und sahen H'meen auf einem Felsblock sitzen, die Hände vors Gesicht geschlagen. »Ich hätte ihm nachlaufen sollen!«, schluchzte sie, während Einauge sie unbeholfen zu trösten versuchte. »Poki ist weggerannt, und jetzt ist er bestimmt tot! O Poki, Poki!«

Als hätte er seinen Namen gehört, hechelte unvermittelt von den entfernteren Bäumen ein kleines Kerlchen auf sie zu: Poki, durchnässt, schlammverkrustet und reichlich ausgepumpt. H'meen stieß einen Freudenschrei aus, aber das Hündchen rannte an ihr vorbei zu Chac, fiepte und machte sich um seine Füße herum zu schaffen.

»Poki!«, rief H'meen und klatschte in die Hände.

Aber der kleine Hund benahm sich weiterhin so auffällig, bis alle merkten, dass er etwas in der Schnauze hielt. Als H'meen den Gegenstand aus Pokis Gebiss herausgefingert hatte, löste sich gleichsam wie die Schale einer modrigen Frucht durchweichte Erde ab, und zum Vorschein kam der Gesteinsbrocken der Ananasverkäufer. Weil er viele Stunden lang im strömenden Regen gelegen hatte, war alles abgewaschen, was sich über Jahre hinweg an ihm festgesetzt hatte.

»Dass Poki ihn gefunden hat«, staunte Tonina.

»Ja, es ist wie ein Wunder«, meinte Chac.

»Er hat Euren Geruch gewittert«, stellte H'meen nüchtern fest und schwenkte den Stein in einer Pfütze. »Und sich daran erinnert, wie freundlich Ihr zu ihm wart.«

Sie präsentierte den gereinigten Gesteinsbrocken, und jetzt erkannte man darauf auch Bildzeichen.

»Was bedeuten die wohl?«, fragte Tonina aufgeregt.

H'meen konnte sie zwar nicht entziffern, sah sie aber als ein Zeichen der Götter an. »Wenn wir dahinterkommen, was sie bedeuten, werden wir den Aufenthaltsort der erdengefangenen Gottheit wissen.«

Sie sah Tonina an. »Dieser Stein gelangte nicht zufällig in *unseren* Besitz«, sagte sie ernst. »Die Götter haben es so eingerichtet, dass dieser Hinweis auf die Göttin weitergereicht wurde an Menschen, unter denen sich jemand befindet, der gut schwimmen kann, denn nur mit dessen Hilfe kann sie gerettet werden.«

Toninas skeptischen Blick bemerkend, fügte sie hinzu: »Nichts geschieht zufällig. Sagte der alte Ananasverkäufer nicht, dass ihm und seiner Familie noch nie jemand Beistand gewährt habe, bis

Chac gekommen sei? Dass sich dieser Stein seit Jahren in ihrem Besitz befände? Und deshalb steht fest, dass die Götter eure Schritte auf den Marktplatz von Tikal gelenkt haben, damit dieser Stein bei euch landet. Um die Göttin zu befreien.«

Ehrfürchtig betrachtete Tonina den kleinen Stein mit den geheimnisvollen Symbolen. Die Ränder waren unregelmäßig gezackt, wie irgendwo herausgebrochen. Die Bildzeichen waren glattgeschliffen, als hätte man sie jahrelang Wind und Wetter ausgesetzt, aber dennoch gut erkennbar.

»Die Göttin«, sagte H'meen leise, »wird dem, der sie befreit, jeden Wunsch erfüllen.«

Tonina sah das so alt wirkende Mädchen an, sah die trüben Linsen unterhalb der schmalen, zarten Altfrauenbrauen, und dachte: Wir alle haben einen Wunsch, um dessen Erfüllung wir die Göttin bitten möchten.

An Chac gewandt sagte sie: »Warum bedarf es Priesterinnen zur Fürsprache für Paluma, wenn du dich an eine Göttin höchstpersönlich wenden kannst?«

Schweigend ließ die kleine Gruppe das ganze Ausmaß dieses Geschenks, das mit einem Mal wieder Hoffnung in verzweifelten Herzen weckte, auf sich wirken.

»Bewahrt ihn gut auf, Ehrwürdige H'meen«, sagte Tonina und drückte ihr den Stein in die Hände. »Ihr genießt die besondere Gunst der Götter.«

Einmal mehr konnte sie nur staunen, welche Wendungen das Schicksal nahm. Da hatte sie geglaubt, das Ende ihres Weges erreicht zu haben, so weit gegangen zu sein wie sie konnte, und nun hatten ihr die Götter einen neuen Pfad gewiesen. Es war ihr bestimmt gewesen, hier, in dieser vom Unwetter heimgesuchten Gegend, das Medaillon, das sie ihr Leben lang getragen hatte, aus seiner Schutzhülle zu lösen und festzustellen, dass sie die seltene Blume, die sie gesucht hatte, die ganze Zeit über bei sich gehabt hatte.

Und was Chac betraf: Da hatte sie bis jetzt geglaubt, durch ein Gebot der Götter an ihn gekettet zu sein. Dabei hatte Chac ihr

das Leben gerettet, als sie auf der Hängebrücke ausgerutscht war. Die Schuld war demnach beglichen, die Welt wieder im Gleichgewicht. Es stand ihnen frei, getrennte Wege zu gehen.
Tonina lächelte. Alle Entscheidungen waren getroffen, alle Fragen beantwortet. Sie würden nach Westen ziehen, nach Palenque, Chac in der Hoffnung, Palumas Seele zu retten, Tonina auf der Suche nach ihrem Volk. Wohlige Wärme durchströmte sie und pochte in ihrem Bauch, als sie sich fragte, wohin sie ihr Weg führen mochte. Das Gefühl, einen neuen Lebensabschnitt zu beginnen, erfüllte sie mit Zuversicht.
»Den Göttern sei Dank, Bruder! Du lebst!«
Balám tauchte aus dem Wald auf. Chac eilte ihm entgegen und umarmte ihn herzlich.
»Wir haben uns in eine Höhle geflüchtet«, sagte Balám. »Leider gingen dennoch vier Männer verloren. Was für ein Unwetter!« Er rieb sich die Hände und schaute sich um. »Was nun, Bruder? Kehren wir um und ziehen dann nach Teotihuacán?«
Als Chac ihm erklärte, dass er, da er die Karte falsch gedeutet habe, jetzt nicht mehr rechtzeitig Teotihuacán erreichen würde, musste Balám sich ein schadenfrohes Grinsen verkneifen. Und während er Betroffenheit heuchelte, jubelte er im Stillen, Chac mit List und Tücke so weit wie möglich von der Stadt der Götter weggelockt zu haben. Der nächste Teil seines Planes war etwas ganz Neues, das er bis ins Einzelne durchdacht hatte. Auch dieses Vorhaben würde von Erfolg gekrönt sein.
Als Chac erwähnte, dass er jetzt die erdengefangene Göttin suchen wolle, schlug sich Balám auf die Brust. »Lass mich mit dir gehen!«, rief er. »Ich helfe dir bei der Suche, und wenn die Göttin großmütig ist, wird sie vielleicht auch mich Elenden erhören und mir sagen, wo meine geliebte Tochter ist.«
An diesem Abend gesellten sich Balám und seine Männer zu Chacs Gruppe. Mühsam wurden Feuer entzündet, ein kaltes Mahl in bedrückter Stimmung eingenommen. Wegen der Schlangen und Eidechsen, die sich jetzt im Schlamm tummelten, nächtigte man in *hamacs* hoch über dem Erdboden, um am folgenden Mor-

gen von strahlendem Sonnenschein und blauem, wolkenlosem Himmel geweckt zu werden.

Und einem halb leeren Lager.

Verdutzt kletterte Tonina aus ihrer *hamac*, um dann festzustellen, dass Balám und seine Männer sich davongemacht hatten.

Chac kam auf sie zu, dicht gefolgt von Einauge und Haarlos. »Hast du etwas von dem Aufbruch mitbekommen?«, fragte er.

Sie schüttelte den Kopf. »Warum …«, wollte sie anheben, als man einen markerschütternden Schrei hörte.

H'meen kniete vor ihrer medizinischen Ausrüstung, die sie in höchster Erregung durchwühlte. Mit Tränen in den Augen blickte sie auf.

Der Stein mit den eingeritzten Zeichen war verschwunden.

»Verrat«, raunte Chacs innere Stimme, aber er weigerte sich, hinzuhören. Zu schmerzhaft war der Gedanke, dass Balám seinen Bruder, sie alle hintergangen hatte. Er ist verzweifelt, redete Chac sich ein. Er hat alles verloren, seine Frau ist tot und seine Tochter als Sklavin verkauft worden. Chac verbot sich, über das, was Balám getan hatte, erzürnt zu sein. Aber er war beunruhigt.

»Er ist zu allem fähig«, erklärte Chac seinen Freunden, als sie um ein kleines Feuer herumsaßen und auf einem flachen Stein Mais rösteten. »Balám will unbedingt seine Tochter ausfindig machen und scheut vor nichts zurück. Selbst wenn es ihn und seine Männer das Leben kosten sollte. Kann gut sein, dass sie für immer den Hinweis verschwinden lassen, der den Weg zur Göttin aufzeigt.«

Es galt keine Zeit zu verlieren. Sie mussten entweder vor Balám in Palenque sein oder ihn zumindest einholen. Was ihnen Sorgen bereitete, wurde nicht laut geäußert: Dass Balám bereits einen ansehnlichen Vorsprung gewonnen hatte und seine Männer kräftig und gesund waren, also schneller vorankamen als sie selbst.

Hastig wurde zusammengepackt. Haarlos und die sechs Neun Brüder übernahmen es, Familien zur Hand zu gehen und sie zur Eile anzutreiben.

Häuptling Ozelot suchte Chac auf. »Ich bin schuld an dem, was hier geschehen ist. Weil ich aus der verbotenen Stadt Steine gestohlen, Statuen und Relikte an Durchziehende verkauft habe. An Verstorbenen habe ich mich bereichert. Jetzt ist meine Frau tot und die eingefahrene Ernte vernichtet. Die Götter haben mich für mein schändliches Tun bestraft.« Insgeheim gestand er sich auch ein, dass sich das Unwetter wohl nicht zufällig entladen hatte, als er den Versuch unternahm, diesen Helden zu vergiften.

»Ihr könnt gern mit uns kommen«, beschied Chac den Häuptling, der ohne seinen Backenbart aus Katzenschnurrhaaren weitaus weniger furchterregend wirkte.

Ozelot schüttelte den Kopf. »Ich will hier bleiben und mein Dorf wieder aufzubauen. In aller Bescheidenheit und ohne jemals wieder die Götter zu erzürnen.« Der Häuptling nickte zur Bekräftigung seiner guten Vorsätze; als er sich jedoch der einzelnen Steinmauer zuwandte, dem Einzigen, was von seiner Hütte noch stand, fielen ihm kleinere Steinquader in der verbotenen Stadt ein, aus denen man Wände hochziehen konnte, die Wind und Wetter trotzten …

Während der Vorbereitungen zum Aufbruch in Richtung Westen schlug Chacs Herz höher – immerhin bestand Hoffnung, dass mit Hilfe der Göttin Palumas Seele wieder auferstehen würde. Wenn nur Balám ihm nicht zuvorkam!

Tonina war damit beschäftigt, ihr Gesicht zu bemalen. Sorgfältig trug sie die Symbole der Inselvölker auf Wangen, Kinn, Stirn und Arme auf. Erst wenn sie wusste, wer sie wirklich war, würde sie für immer darauf verzichten.

Ich bin über die verlassenen Straßen alter Städte gegangen, überlegte sie, ich habe auf Farmen und in den Hütten von Menschen geschlafen, die nicht meinem Volk angehören. Ich denke an die Insel, auf der ich gelebt habe, von der ich aber nicht stamme. Seit dem Tag, da ich in einem Korb auf dem Meer ausgesetzt wurde, bin ich allein. Ich weiß nicht, wer ich bin und wohin ich gehöre. Möglich, dass ich das nie erfahren werde, nie erfahren soll. Dennoch werde ich mich auf die Suche begeben, auch wenn diese Suche ein Leben lang dauert.

Sie griff nach ihrem Reisesack und ihrem Speer und nahm ihren Platz neben Chac ein, wandte sich ein letztes Mal in Richtung Meer und nahm wortlos Abschied von Guama und Huracan und der Perleninsel.
Dann richtete sie den Blick nach Westen und schritt ihrem neuen und unbekannten Schicksal entgegen.

DRITTES BUCH

42

»Kümmert Euch nicht um mich, Herr!«, schrie Haarlos. »Bringt Euch in Sicherheit! Und findet die Göttin.«

Er steckte bis zur Mitte im Schlamm. Vom Ufer aus bemühte man sich nach Kräften, ihm Stricke zuzuwerfen.

Ohne auf das Flehen des Freundes zu achten, erteilte Chac weiterhin hastige Befehle zu dessen Rettung. Auch wenn die Zeit drängte und Balám aufgespürt werden musste, dachte er nicht daran, den Mann zurückzulassen.

Sie hatten endlich das Gebiet um die sagenumwobene Stadt Palenque erreicht und suchten seit Tagen nach der erdengefangenen Göttin, die sich nach Auskünften von Einheimischen irgendwo hier befinden sollte, deren genauen Aufenthaltsort aber niemand kannte. Ohne den Stein, den Balám gestohlen hatte, war sie unmöglich ausfindig zu machen.

»Da! Fang!«, brüllte Chac und schleuderte ein mit einem Stein beschwertes Seil in Richtung Haarlos. Es landete auf der Oberfläche des Morasts, nahe genug, dass Haarlos es packen und festhalten konnte. Jetzt schlang sich Chac das andere Ende des Seils um die Mitte und fing, die Fersen in den feuchten Untergrund gestemmt, an zu ziehen. Im Stillen dankte er den Göttern, dass es noch früh am Morgen war; zu einem späteren Zeitpunkt wäre eine Rettung ausgeschlossen.

Sie waren durch das alte Yaxchilán gezogen, als die trockene Jahreszeit geendet und die Regenzeit eingesetzt hatte. Morgens war es zwar trocken und sonnig, aber nachmittags gingen heftige Regenschauer nieder. Wäre der Unfall nicht morgens passiert, wäre

Haarlos zweifellos von den ungeheuren Schlammmassen mitgerissen worden.

Seit Yaxchilán, wo sie neben wasserdichten Umhängen – die aus mit Gummi beschichteter Baumwolle gefertigt und entsprechend schwer und sperrig waren, aber trocken hielten – auch Strohhüte erstanden hatten, deren breite Krempe die Schultern zusätzlich vor Nässe schützten, waren Chacs Leute immer wieder unbarmherzigen Regengüssen ausgesetzt gewesen; sie waren durch wadentiefen Morast gewatet und hatten die unbarmherzige schwülfeuchte Hitze ertragen, die Moskitoschwärme und riesigen Beißfliegen. Und dann waren sie in diesen Sumpf geraten.

Vom Rande des Moores aus, in sicherer Entfernung des tödlichen Sumpfs, beobachtete Einauge die Rettungsaktion und vor allem Tonina, die, ebenfalls die Füße in den Boden gestemmt, zusammen mit Chac an dem Seil zog. An Kräften konnte sie es mit jedem Mann aufnehmen.

Wie stark sie war, dachte Einauge voller Bewunderung für ihre Kraft und ihren drahtigen Körper. Er war mehr denn je in sie verliebt, auch wenn seine Gefühle für sie vergeblicher denn je waren. Ob sie merkte, wie sehr sie sich inzwischen verändert hatte? Als Einauge sie kennengelernt hatte, hatte Tonina sich als Außenseiterin bezeichnet, die gern für sich blieb. Auch Chac hatte betont, er müsse allein sein. Zu Beginn der Wanderung hatte sich jeder der beiden ein eigenes Lager eingerichtet und sich von allen anderen ferngehalten. Inzwischen, auf der mühsamen Strecke von Copán nach Palenque, gingen Chac und Tonina jeweils abends durch das große Lager, sprachen mit den Leuten und hörten sich ihre Nöte und Sorgen an. Waren sie sich bewusst, überlegte der scharf beobachtende Zwerg, dass die beiden, die stets behauptet hatten, allein zu sein, jetzt Teil eines großen Ganzen waren?

Er wurde abgelenkt, als eine Frau versuchte, in den Sumpf hinauszulaufen. Es handelte sich um die Mutter des Kindes, das das Unglück verursacht hatte. Der kleine Junge hatte sich selbständig gemacht, und Haarlos hatte ihn entdeckt, hilflos im Morast steckend, hatte versucht, ihn zu retten, aber vergeblich; das Kind war in die Tiefe gezogen worden. Und jetzt saß Haarlos seinerseits fest.

»Zieht!«, rief Chac, und ächzend und keuchend mühten sich Männer mit Seilen ab. Nicht weil Haarlos so schwer gewesen wäre, sondern weil der Schlamm ihn nach unten zog. Trotz unmenschlicher Anstrengungen steckte der unglückliche Anführer der Neun Brüder bereits bis zu der Brust im Morast.

»Lasst es gut sein, Herr«, rief er mit letzter Kraft. »Ich bin nicht wichtig. Spürt Prinz Balám auf. Findet die Göttin!«

»Auf keinen Fall das Seil loslassen!«, schrie Chac, als Haarlos sich aufzugeben drohte. »Wenn du das tust, verfluche ich dich in alle Ewigkeit! Ich will mir nicht deinen Tod aufs Gewissen lasten. Mehr Seil! Wir brauchen mehr Seil!«

Tränen rannen Haarlos über das breite Gesicht, und man hörte ihn das Schuldbekenntnis murmeln.

»Chac.« Tonina ließ ihr Seil fallen und holte tief Luft. »So schaffen wir es nicht. Aber sieh mal dorthin!« Sie deutete auf die Kronen der Bäume um sie herum, von denen viele dicht belaubte Äste aufwiesen, andere, höhere dagegen glatte Stämme mit dünner Rinde. »Wenn wir einen von denen fällen und Seile daran befestigen …«

»Bleib hier!«, bellte er. »Sorge dafür, dass die Männer an den Seilen bleiben. Ihr da! Ihr mit den Äxten, kommt mit!«

Bald darauf hallte der Regenwald vom Geräusch von Steinklingen an Holz wider. Sechs Männer gingen einem mächtigen Stamm zuleibe, bis er quer über den braunen Sumpf fiel. Die Arme seitlich ausgebreitet, balancierte Chac darauf entlang. Bei Haarlos angekommen, ging er in die Hocke und rief ihm zu: »Halte dich am Baum fest!«

Haarlos, inzwischen bis zu den Achseln im Morast, rang um Luft. Immerhin war er darauf bedacht gewesen, die Arme hochzuhalten, sodass er jetzt nach dem Baum greifen und ihn mit Chacs Hilfe umfassen konnte. Jetzt schlang Chac die Seile, die man Haarlos zugeworfen hatte, um den Stamm und schrie denen am Ufer zu, mit dem Einholen zu beginnen.

In atemloser Spannung verfolgten alle, wie der gefällte Baum sich langsam drehte und mit Haarlos, bis zu den Schultern mit Schlamm bedeckt und vor Angst, doch noch vom Morast verschluckt zu werden, laut schluchzend, zurück ans Ufer gezogen wurde. Zur Sicherheit packte Chac den Freund am Haarschopf, hielt seinen Kopf aus der braunen Brühe heraus. Haarlos wimmerte zwar heftig, protestierte aber nicht.

»Zieht!«, befahl Chac denen am Ufer.

Sie waren schon dem Rand nahegekommen, als Haarlos verzweifelt aufschrie. Der Schlamm erreichte sein Kinn. Unwillkürlich gelangte dadurch etwas von der braunen Brühe in seinen Mund. Chac sprang vom Baumstamm. Obwohl er bis zu den Schenkeln im Schlamm stand, spürte er festen Boden unter den Füßen. Die Hände unter die Arme des Freundes geschoben, kämpfte er sich unter Aufbietung all seiner Kräfte einen Schritt rückwärts, dann einen weiteren und noch einen, bis beide sich langsam aus dem Sumpf befreiten. Männer rannten hinzu und zogen sie auf sicheren Grund.

Haarlos verlor die Besinnung. Sofort war H'meen mit ihrer medizinischen Ausrüstung zur Stelle.

Chac tauschte mit Tonina einen Blick, der mehr als Worte ausdrückte: wieder ein Leben gerettet, aber ein weiterer Tag verloren. Sie hatten Palenque nicht wie veranschlagt in fünfzig Tagen erreicht, sondern deren sechzig benötigt. Morgen war Sommersonnenwende.

Die Landschaft war durchzogen von Marschen und Sümpfen. Aber es gab auch Tümpel mit klarem Wasser und Flüsse, sodass Chac und Haarlos und alle Helfershelfer sich säubern konnten. Haarlos saß erschöpft am Wasser, während die Mutter, die ihr Kind verloren hatte, mit ihrer Familie trauerte.

Auf dem Weg von Copán hatte sich die Gruppe erneut verändert, nur noch wenige Maya waren dabei. Viele gehörten den unzähligen Stämmen am südwestlichsten Rand unter Maya-Einfluss an. Über all diese Veränderungen führte H'meen genauestens Buch.

Sie vermerkte auch neue Pflanzen, die Tonina auf der unablässigen Suche nach der roten Blume entdeckte. Jetzt, da Tonina sich damit abgefunden hatte, nie wieder auf die Perleninsel zurückzukehren, schritt sie mit neuer Energie und Entschlossenheit aus. Wann immer sie an einem Bauernhof vorbei oder in ein Dorf kamen, unterhielt sie sich mit den Bewohnern, besah sich prüfend deren Textilien und Stickereien, fragte, ob jemand das Muster auf ihrer Decke erkenne.

Dies alles konnten die mit ihr Ziehenden beobachten. Was ihnen entging und was Tonina sorgfältig für sich behielt, war ihre Liebe zu Chac, die zusehends stärker wurde. Sie sehnte sich danach, ihm nahe zu sein. Es war eine Liebe, die sie niemals gestehen oder ausleben konnte, weil der Geist von Paluma zwischen ihnen stand.

Chac, der sich, von der Rettungsaktion noch erschöpft, nach einem reinigenden Bad von der Sonne trocknen ließ, strich sich gedankenlos über die Narbe auf seinem Schenkel. In jenen ersten Tagen, als sie Copán verließen, waren die Schmerzen so heftig gewesen, dass er nur humpelnd vorangekommen war und sie hatten anhalten müssen, damit H'meen die Wunde behandeln konnte. Zu einer Infektion war es zum Glück nicht gekommen. Inzwischen war der Schmerz verflogen, Chac humpelte auch nicht mehr, nur die Narbe zeugte noch von der Nacht, in der er die Ananasverkäufer verteidigt und Tonina in den Armen gehalten hatte.

Chac verbot sich jeden Gedanken an sie. Was wäre, wenn die erdengefangene Göttin ihm Rechenschaft über sein Leben abverlangte? Was wäre, wenn sie ihm wie die Schwesternschaft der Seelen Fragen vorlegte, um zu beurteilen, wie es um sein Herz bestellt war und inwieweit er sich Verdienste erworben hatte? Was wäre, wenn sie fragte: Bist du dem Andenken deiner Ehefrau treu geblieben?

»Herr! Herr!«

Einer der Neun Brüder, der dem Trupp vorausging und das Gebiet auskundschaftete, lief auf ihn zu. »Herr«, raunte er, als er Chac

erreichte. »Drei tote Männer! Da vorne!« Er wies in die Richtung, aus der er gekommen war.
Chac bedeutete den anderen, sich ruhig zu verhalten, griff sich seinen Speer und den Knüppel und folgte dem Vorauseilenden. Tonina schloss sich wie selbstverständlich den beiden an.
Auf der anderen Seite des dichten Waldes machten sie an einem Hügel mit üppiger Vegetation eine Höhle aus, vor der drei Männer lagen. Chac hielt inne, schaute sich um, lauschte auf etwaige Geräusche, auf einen Hinterhalt. Schließlich schlich er sich, den Speer gehoben, näher.
Verwunderung machte sich breit, als sie bei den drei Toten anlangten. Die Männer lagen auf dem Rücken, wirkten eher, als ob sie schliefen. Keinerlei Wunden ließen sich erkennen, kein Blut, nichts, was auf einen Kampf hindeutete. Lediglich ihre Kleidung war durchweicht. Erst als Tonina den Schaum auf ihren Lippen bemerkte, begriff sie, dass sie ertrunken waren.
Jetzt drangen Stimmen aus der Höhle, hallten von den Wänden wider. Zwei Männer tauchten auf, schleppten einen weiteren Leichnam ins Freie.
Chac stieß einen Schrei aus. Sie hatten Balám gefunden.

43

»Bruder!«, rief Balám. »Dank sei den Göttern, dass du uns gefunden hast!«
In Chac tobten Erleichterung, Zorn, Freude. »Warum hast du dich wie ein Dieb nachts aus dem Staub gemacht? Warum hast du den Stein mit den Bildzeichen gestohlen?«
»Einen Dieb nennst du mich, Bruder?« Balám gab sich beleidigt. »Hat Häuptling Ozelot dir etwa nicht die Botschaft übermittelt, die ich ihm auftrug?«
»Ich habe keine Botschaft erhalten«, erwiderte Chac missmutig.
»Und ich habe diesem Dummkopf vertraut!« Balám, selbst erstaunt, wie leicht ihm neuerdings Lügen über die Lippen kamen, weidete sich daran, wie Chacs Gesichtsausdruck von Wut in Verblüffung umschlug. Andere zu manipulieren war eine Art von Macht, die Balám neuerdings großes Vergnügen bereitete. »Für dich habe ich das getan! Du warst es, der uns von Mayapán nach Copán geführt und neue Pfade beschritten hat – meine Kameraden und ich brauchten nur zu folgen. Es war für mich an der Zeit, eine Gegenleistung zu erbringen. Dementsprechend habe ich Häuptling Ozelot eine Nachricht für dich hinterlassen und angenommen, ihr würdet nachkommen. Den Göttern sei Dank, dass ihr hier seid!«
Da Chac augenscheinlich noch nicht restlos überzeugt war, fügte Balám rasch hinzu: »Bruder, ich weiß, wo sich die erdengefangene Göttin aufhält!«
Chacs Gesicht hellte sich augenblicklich auf. »Diese Männer«,

sagte Balám und wies auf die vier Toten, »haben bei dem Versuch, sie zu retten, ihr Leben hingegeben. Die Göttin lebt in einem unterirdischen Fluss. Um sie herum ist nichts als Wasser, Bruder!«

»Woher wisst Ihr das?«, fragte Tonina und trat vor.

Balám blitzte sie an. Am liebsten wäre er ihr an die Gurgel gesprungen und hätte sie erwürgt. Aber er hatte ja etwas Besonderes mit ihr und Chac vor: Sie sollten ihm als ahnungslose Werkzeuge dienen, um seiner neuen Bestimmung gerecht zu werden.

»Ich habe Erkundigungen eingeholt«, sagte Balám. »Die Maisbauern hier sind ungemein freundlich«, fügte er noch hinzu und dachte an den Mann, den er in Angst und Schrecken versetzt hatte, um den Hinweis auf eine steinerne Stele zu erhalten, uralt und vom Dschungel überwuchert. »Da drüben«, sagte er und wies auf die umgekippte mannsgroße Steinplatte im Buschwerk. »Dem Bauern zufolge heißt es, eine Stele bezeichne das Versteck der Göttin. Also haben wir uns sämtliche Stelen in der Gegend näher angesehen – und das waren nicht wenige, Bruder –, bis wir auf diese da stießen.«

Chac und Tonina sahen, dass ein Stück aus der Stele herausgebrochen worden war. »Siehst du?« Balám fügte den Gesteinsbrocken in die Stele ein. Zu erkennen war jetzt das Bildnis einer Frau auf einem Thron.

Chac sah hinüber zum Eingang der Höhle. »Sie ist irgendwo da drin?«

»Mit Sicherheit, Bruder, aber zu ihr zu gelangen ist nicht einfach.«

Sie betraten die kleine Höhle, durch die sich ein Fluss zog. »Er fließt dort unter dem Hügel hindurch.« Baláms Stimme hallte im Dunkel wider. Kaum dass sie die unter Wasser liegende Öffnung in der Felswand ausmachen konnten. »Meine Männer wollten durch diese Öffnung schwimmen, aber alle vier wurden eingeklemmt. Als wir sie herauszogen, war es leider zu spät.«

Tonina sah, dass sich von der Stelle aus, an der sie standen, Breite und Länge der Öffnung schwer schätzen ließ. Und aus jahrelan-

ger Erfahrung wusste sie, dass Wasser die Wahrnehmung trügen konnte. »Ich werde durchkommen«, sagte sie dennoch.
Über Baláms Gesicht huschte ein verächtlicher Ausdruck, den keiner bemerkte, da aller Augen auf Tonina gerichtet waren. Balám hasste sie mehr denn je. Dieses Mädchen wagte zu behaupten, sie könne etwas tun, wozu seine stärksten und tapfersten Krieger nicht fähig waren!
Chac zögerte einen Moment, dann umfasste er ihre Schultern. »Wenn du in absehbarer Zeit nicht zurück bist, komme ich nach.«
»Du kannst doch nicht schwimmen«, flüsterte sie und sah ihn an.
Der Druck seiner Finger auf ihren Schultern verstärkte sich. »Ich kann, wenn ich muss.«
Er neigte sich zu ihr, und sie glaubte, hoffte, er würde sie küssen, auf der Stelle und ungeachtet der anderen. Gleichzeitig fürchtete sie sich davor. Aber da wich Chac, der nun die Blicke Baláms und der anderen spürte, bereits zurück.
Tonina kniete sich vor dem Fluss nieder.
»Geister der Höhle«, betete sie leise, »ich komme in friedlicher Absicht und habe nichts Böses im Sinn. Ich möchte mit der erdengefangenen Göttin sprechen.« Dann stieg sie in das kühle Nass, ließ sich von der Strömung zu der unter Wasser liegenden Öffnung im Felsen treiben. Dort angekommen, atmete sie mehrfach tief ein, pumpte sich die Lungen mit Luft voll, tauchte unter, tastete sich zu der Öffnung und schwamm hindurch.
Während Chac vom Rande des Flusses aus besorgt auf das dunkle Gewässer starrte, verließ Balám mit seinen Männern die Höhle und schärfte ihnen ein, sich die Göttin zu schnappen, sobald Tonina mit ihr zurückkam. »Tötet, wenn nötig, Chac und das Mädchen, aber die Göttin muss unser sein.«

Durch den unterirdischen Kanal zu schwimmen war etwas ganz anderes als sich in der Lagune der Perleninsel zu tummeln. Noch nie war Tonina unter Wasser von einer derartigen Dunkelheit umgeben gewesen. Sie versuchte, nicht an die Felsen um sie herum zu denken oder dass über ihrem Kopf kein Raum war, um Luft zu holen, und schob sich mit kräftigen, gleichmäßigen Armbewegungen vorwärts, was wegen der immer wieder vorspringenden Felsen und Durchlässe schwierig genug war. Der Tunnel schien kein Ende zu nehmen. Ihre Lungen begannen zu stechen, aber zum Umdrehen war es zu eng und die Strömung zu stark. Würde sie ertrinken?

Wenn du nicht in absehbarer Zeit zurück bist, komme ich nach …

Und unvermittelt war sie durch den Tunnel hindurch, stürzte einen Wasserfall hinunter und landete in einer schwarzen Lagune. Sie schnellte an die Oberfläche, schnappte nach Luft und schwamm zum Rand, holte tief Atem und wartete, bis sich ihre Augen an das diffuse Licht in dieser geräumigen Höhle gewöhnten, die nach obenhin eine Kuppel bildete.

Als sie sich beruhigt hatte und wieder gleichmäßig atmete, stemmte sie sich aus dem Wasser. Leicht schwankend stand sie auf und nahm weitere Einzelheiten wahr: Felswände, ein kalter Lehmboden, kegelförmige Stalagmiten, die sich herabhängenden Stalaktiten entgegenreckten. Das trübe Sonnenlicht schien von oben durch eine Öffnung in der Kuppel einzufallen und erhellte die kalte Lagune, den Wasserfall und …

Tonina riss die Augen auf. Auf dem Boden, genau unter dem Loch in der Decke befand sich, in Vierecke unterteilt, ein satt grünender und blühender Garten. Da gab es Tomaten, Beerensträucher, Geißblatt. Um Gitter und Spaliere rankten blühende Kletterpflanzen. An der hinteren Wand schien ein Schlafbereich eingerichtet zu sein, mit Matten und Decken und einem kleinen Altar. Eine Ecke, in der sich eine rußgeschwärzte Feuerstelle und Reihen von Kalebassen und Tonschüsseln befanden, deutete darauf hin, dass hier gekocht wurde.

Als sie ein unterdrücktes Keuchen hörte und sich umdrehte, meinte Tonina, eine Erscheinung zu sehen. Spontan machte sie ein Schutzzeichen, um dann zu erkennen, dass ihr Gegenüber eine Frau war, die sie mit vor Schreck weit aufgerissenen Augen ansah.

Eine Weile starrten sich die beiden durch die von Staubpartikeln flirrenden Lichtstrahlen an. Über das Rauschen des Wasserfalls hinweg meinte Tonina den Ruf eines Vogels zu vernehmen, konnte aber nicht den Blick von der ganz in Weiß gekleideten Frau reißen. Um die achtzig Jahre alt schien sie zu sein. Ihr langes weißes Gewand war zwar zerschlissen und ausgefranst, aber fleckenlos, und die beiden Zöpfe, zu denen ihr schlohweißes Haar geflochten war, reichten ihr weit über die Taille hinunter. Auf Tonina wirkte sie, als hätte sie nicht unendliche Jahre in einer Höhle verbracht, sondern wäre die Hausherrin einer eleganten Villa in einer Maya-Stadt.

»Bist du ein Geist?«, durchbrach die alte Frau schließlich das Schweigen. Sie bediente sich der Sprache der Maya, und ihre Stimme war sanft und warm.

Tonina fiel es schwer zu antworten. Wie sprach man mit einer Göttin? »Nein.«

»Aber … dein Gesicht …«

Tonina verstand. Ihre Bemalung musste verlaufen sein, und ihr Gesicht war offenbar weiß verschmiert. »Ich bin gekommen, um Euch zu befreien.«

Wieder ein leises Ringen nach Luft. »Wirklich?«

Tonina nickte. Aus ihrem Haar und ihren Kleidern tropfte es auf den Boden der Höhle. »Meine Freunde stehen bereit, Euch zu retten.«

Weinend sank die Frau auf die Knie. »Ich warte schon so lange«, schluchzte sie in die vors Gesicht geschlagenen Hände.

Tonina ging spontan auf sie zu. Durfte sie das tun? Dann legte sie ihr unbeholfen einen Arm um die schmalen Schultern. Wie knochig und zart die Göttin war!

Als die Frau ihr zerfurchtes, vom Alter gezeichnetes Gesicht hob, musste Tonina unwillkürlich an H'meen denken. »Ist Cheveyo mitgekommen?«, fragte die Greisin.

»Cheveyo?«

»Hat dich etwa der König geschickt?«

»Welcher König?«

»Pac Kinnich, der Throninhaber.«

Tonina und ihre Leute hatten in Erfahrung gebracht, dass das nahe gelegene Palenque seit langem unbewohnt war. »Es gibt keinen König«, sagte sie leise und überlegte bereits, wie sie aus dieser Höhle herauskommen sollten.

Die alte Frau betrachtete ihre fleckigen Hände, strich sich über das lange weiße Haar. »Ich bin so lange Jahre schon hier unten. Wahrscheinlich ist mein geliebter Cheveyo inzwischen gestorben. Alle sind sie tot. Selbst der grausame Mann, der mich hier eingesperrt hat, dürfte längst zu Staub geworden sein. Wie heißt du, mein Kind?«

»Tonina.«

»Ich bin Ixchel. Die Götter mögen dich segnen, Tonina, meine Retterin. Was immer ich tun kann, um dir dies zu entgelten, werde ich tun.«

Tonina sah sich prüfend in der Höhle um. Wie hier rauskommen? »Über den Weg, den ich gekommen bin, können wir nicht zurück«, sagte sie und deutete zum Wasserfall. »Wir müssen uns beeilen«, drängte sie, schon um zu verhindern, dass Chac wie angekündigt nachkam, wenn sie zu lange wegblieb. Er würde in dem unterirdischen Fluss niemals überleben. Als sie abermals den Lockruf eines Vogels vernahm, entdeckte sie das Tier auf einer Querstange, mit einem Strick um die Füße.

Erstaunt schaute sie den Vogel an. Von dem prächtigen Quetzal hatte sie schon gehört, einem kleinen grün und rot gefiederten Papagei mit langen grün schillernden Schwanzfedern, die wertvoller waren als Gold oder Jade. Da der Quetzal zu Kukulcán gehörte, einem der höchsten Gottheiten der Maya, wurde jeder, der diesem geheiligten Vogel nachstellte, mit dem Tode bestraft. Aber obwohl Tonina durch so manchen Dschungel gezogen war – ein Blick auf den sagenhaften Vogel war ihr nie vergönnt gewesen.

Er hockte ruhig auf seiner Stange, das stramme rote Brüstchen gewölbt. Die langen, wunderschönen Schwanzfedern hingen bis zum Boden der Höhle herab. Ixchel strich ihm über das Köpfchen. »Er wurde mit mir zu diesem lebenslangen Tod verurteilt und war mir über all die Jahre hinweg ein treuer Freund.«

Der Strick um seine Krallen war lang genug, dass er bis zur Kuppel der Höhle fliegen und dort herumflattern, nicht jedoch durch die Öffnung entkommen konnte. Tonina dachte nach. Wenn sie den Vogel freiließ, würden dann Chac und die anderen ihn beim Herausfliegen sehen und wissen, dass sie auf der Hügelkuppe nach ihnen suchen mussten?

Als sie Ixchel diesen Vorschlag machte, meinte die Göttin: »Ja, genau das sollten wir tun. Aber gib ihm ein Zeichen mit, damit deine Freunde sehen, dass er von mir kommt und kein frei herumfliegender Vogel ist.«

Bereitwillig ließ sich der Quetzal von Ixchel ein Band um eines seiner Beine befestigen. Nachdem Tonina ihn mit ihrem Messer von seiner Fessel befreit hatte, klatschten beide Frauen in die Hände, worauf der Vogel nach oben flog.

Sie beobachteten, wie er durch die Öffnung ins Freie gelangte – und die falsche Richtung einschlug! Zu spät fiel Tonina ein, dass die Paarungszeit des Quetzal vom Frühjahr bis zum Sommer dauerte. Begab er sich instinktiv auf die Suche nach einem Weibchen?

Wie gebannt schauten sie zur Öffnung der Kuppel, zu dem Fleckchen zusehends dunkler werdenden Himmel.

Nichts.

Die Zeit schleppte sich dahin.

Plötzlich – kehrte der Vogel zurück! »Nein!«, rief Tonina, als er sich auf seiner Stange niederließ. Ixchel sprach auf ihn ein, streichelte seinen Kamm. Dann klatschte sie abermals in die Hände, und wieder flog er auf. Und als hätte er diesmal verstanden, worum es ging, schlug er nach dem Passieren der Öffnung die richtige Richtung ein.

Chac, der vor dem Eingang der Höhle wartete, wurde unruhig. Tonina war schon viel zu lange da drin. In welcher Tiefe des

Hügels befand sich das Gefängnis der Göttin? Wenn Tonina in einen unterirdischen Fluss geraten war, der sich bis in die Bucht von Campeche erstreckte – was dann? Sie würde ins Meer geschwemmt werden! Er haderte mit sich, weil er sie hatte gehen lassen. Es musste doch noch andere Möglichkeiten geben, die Göttin zu befreien! Dann warf er seinen Umhang ab und wollte zurück in die Höhle.

»Nein, Herr!« Haarlos versuchte ihn aufzuhalten. »Das überlebt Ihr nicht!«

Aber Chacs Entschluss stand fest.

Bis plötzlich Einauge rief: »Da! Was ist das?«

Mit den Händen schirmten sie die Augen vor dem schrägen Sonnenlicht ab, schauten in die Höhe und erblickten den wunderschönen Quetzal, dessen grün schimmernder langer Schwanz wie eine Fahne entfaltet war. Der Vogel beschrieb einen großen Kreis über ihnen.

»An seinem Bein ist etwas befestigt«, sagte Chac. »Ein frei lebender Vogel ist das nicht.«

Als jetzt der Quetzal im Sturzflug auf die Hügelkuppe zuhielt, lief Chac los. Die anderen folgten ihm.

Sie erklommen den Hügel, ohne den Vogel aus den Augen zu lassen, der nach unten stieß und dann wieder aufstieg und kreiste und sich wieder nach unten sacken ließ. Dementsprechend durchsuchte die kleine Gruppe, oben angekommen, hastig das dichte Gestrüpp und entdeckte schließlich die Öffnung im Boden.

Chac ließ sich auf die Knie nieder und rief nach unten. Gleich darauf vernahm er Toninas Antwort: »Ich bin hier! Und ich habe sie gefunden! Lasst Seile herunter und zieht uns hoch!«

Eine rasch geknüpfte Schlinge und eine *hamac* wurden hinuntergelassen. Tonina half Ixchel, sich in die *hamac* zu setzen. Als auch sie neben ihr Platz nahm und sie festhielt, wusste sie, um was sie, oben angekommen, die Göttin bitten wollte: Dass sie Chac einen Wunsch erfüllen möge. Ich kann meine Familie immer noch suchen, überlegte sie, als sie langsam nach oben gehoben wurden. Aber Paluma bleiben nur noch fünfzig Tage …

Während Tonina und Ixchel von denselben Männern hochgehievt wurden, die Haarlos aus dem Sumpf gezogen hatten, hatten sich auch Baláms Krieger auf dem Hügel eingefunden. Sie hielten sich in Bereitschaft, um sich der Göttin zu bemächtigen, sobald sie auftauchte. Mit heftigem Widerstand der anderen rechnete Balám nicht; sie wären gar nicht darauf gefasst. Er würde sich die Göttin schnappen und mit ihr verschwunden sein, noch ehe Chac sein Messer zücken konnte.

Als dann aber die weißhaarige Frau erschien, fielen gleich allen anderen auch Baláms Männer auf die Knie und berührten mit der Stirn den Boden. Selbst Balám war wie gebannt. Eine leibhaftige Göttin weilte unter ihnen.

Chac half Tonina aus dem Tragegurt. »Den Göttern sei Dank, dass dir nichts passiert ist«, sagte er. »Und nun sprich, Tonina. Wenn jemand hier einen Wunsch vortragen darf, dann du. Du hast dein Leben aufs Spiel gesetzt, um die Göttin zu retten, während ich hier draußen in Sicherheit war.«

Tonina lächelte nur und legte ihm die Hand auf den Arm. »Chac, das ist Ixchel, und sie will uns so gut sie kann dafür entlohnen, dass wir sie befreit haben. Du musst Palumas Seele retten.«

»Erhabene Herrin«, sagte Chac und kniete vor Ixchel nieder. »Wir verehren Euch …« Seine Stimme versagte.

Mit Tränen in den Augen sah Ixchel ihre Retter an und dann hinauf zum Himmel, zu den Wolken und zu den Bäumen, die sich wie ein grünes Meer bis zum Horizont zogen. »Bin ich wirklich und wahrhaftig frei?«, flüsterte sie, vor Freude zitternd.

»Wir sind Eure Diener!« Balám hatte seine Erstarrung abgeschüttelt und sofort erkannt, dass es nicht leicht sein würde, der Göttin habhaft zu werden. »Wie können wir Euch behilflich sein?«

»Ich möchte die Zeittempel aufsuchen. Aber ich fürchte, dass ich nicht so weit laufen kann.«

Balám schlug sich an die Brust. »Gestattet mir, Euch zu tragen.«

Sie musterte ihn eingehend, gewahrte seine spitz zulaufende

Stirn, die schräg stehenden Augen, das fliehende Kinn und die große, künstlich verbreiterte Nase.
Dann sah sie auf den vor ihr knienden Chac hinunter. Seine Gesichtszüge gefielen ihr – gerade Nase, eckiges Kinn. Obwohl das zu einem Jaguarschweif hochgebundene lange Haar, die Ohrstecker aus Jade und die Tätowierungen typisch für einen Maya waren … war er kein Maya. »Ich möchte, dass dieser Mann hier mich trägt«, sagte sie.
Balám verzog sich missmutig, während Chac behutsam die federleichte Frau hochhob und sich zusammen mit Tonina und dem Quetzal, der über ihnen seine Kreise zog, auf den Weg machte. Es war eine eindrucksvolle Prozession, die den Hügel hinunter und durch den Wald auf das sagenumwobene Palenque zustrebte.

44

Die alte Stadt lag in einer Region namens Ost-Chiapás, einem felsigen Hochland, das sich über einer dicht bewaldeten Küstenebene erhob. Hier befand sich die westliche Grenze des Einflussgebiets der Maya. Jenseits davon, in den Bergen mit den schneebedeckten Gipfeln von Chiapás, bediente man sich nicht der Maya-Sprache, richtete sich nach anderen Kalendern und betete zu fremden Göttern.

Die Stadt selbst, die unendlich viele Gebäude, Bauwerke und Wohnhäuser umfasste, erstreckte sich am Fuße mehrerer Hügel. Der morgendliche Dunst, der die massiv gemauerten Gebäude und die dahinter liegenden Bäume umwaberte, trug zu einer geheimnisvollen, unirdischen Atmosphäre bei. Alles deutete darauf hin, dass die Stadt nicht anders als Copán und größtenteils auch Tikal seit Jahrhunderten verwaist war. Und wenn der blutrote Putz und die leuchtend blauen Ornamente zwar noch hier und da erhalten waren, zeigte sich Ixchel überrascht, die Plaza und die Tempel in einem derart verwahrlosten Zustand vorzufinden. War sie denn schon *so* alt?

»Vor langer Zeit wurde die Stadt aufgegeben, warum, weiß man nicht. Dennoch waren zu meiner Zeit noch einige Viertel bewohnt«, erklärte Ixchel, während ihre Begleiter mit großen Augen die Pyramiden mit den vielen Stufen anstarrten, die in den Dunst emporwuchsen. Brüllaffen und Papageien hoben ein ohrenbetäubendes Geschrei an, als die Gruppe von mehreren Hundert Menschen die Stadt betrat. Chac und Balám staunten über einen tiefen, von Menschenhand angelegten Kanal, dessen reißendes

Wasser durch die Straßen floss, unversehens an einem Ende unter dem Kopfsteinpflaster der mit Unkraut überwucherten Plaza verschwand und am anderen Ende wieder zum Vorschein kam.
»Vor Hunderten von Jahren«, sagte Ixchel unter Tränen angesichts der Stadt, die wiederzusehen sie kaum noch gehofft hatte, »ließ König Pacal die Wasserkanäle abdecken, und dann fanden seine Ingenieure heraus, wie man Wasser *nach oben* leitet, sodass die Paläste und Tempel mit fließendem Wasser aus diesen unterirdischen Wasserläufen versorgt werden konnten. Sogar Springbrunnen gab es! Herrliche Springbrunnen!«
Sie lehnte ihren Kopf an Chacs Schulter und weinte leise.
Schweigend und beklommen schritt die Gruppe über die Hauptstraße, an zahllosen Häusern vorbei, allesamt stumme Wächter einer längst vergangenen Zeit. Selbst Kinder und Babys wurden angehalten, leise zu sein, während Hunderte von Augenpaaren die verfallenen Gebäude musterten, derer sich die Natur bemächtigt hatte. Das Schlurfen Hunderter von Füßen und Sandalen über das feuchte Pflaster hörte sich an wie das Raunen von Geistern.
Baláms Magen verkrampfte sich. Sie hatten jetzt schon so viele Ruinenstädte gesehen. Der Anblick beunruhigte seine Maya-Seele zutiefst. Was war aus den bedeutenden Männern geworden, die diese Stadt erbaut hatten? Wo waren ihre Nachkommen?
Stand diese Zukunft auch Uxmal und Mayapán bevor? *Allen* Maya?
»Da«, sagte Ixchel und hob eine magere Hand, »diese drei Pyramiden dort sind die Zeittempel. Bring mich zu dem mittleren, dem größten.«
Am Fuße der Pyramide angelangt, wies Chac die Menge an, auf der Plaza zu warten. Sofort warfen alle ihr Gepäck ab. Zu seiner Rechten Balám, zu seiner Linken Tonina und dicht dahinter Einauge, stieg Chac sodann, die zarte Göttin auf den Armen, die vielen steilen, nassen und entsprechend glitschigen Stufen hinauf.
Die Zurückbleibenden machten sich nicht wie gewöhnlich daran, ein Lager zu errichten, sondern verharrten ungemein still und gespannt. Was würde jetzt geschehen? Welche Wunder würde

die Göttin bewirken? Jeden bewegte die gleiche Frage: Werde ich heute geheilt? Werde ich mein Glück finden? Bin ich bald aller Sorgen enthoben?
Als sie das aus Stein errichtete Heiligtum oben auf der Pyramide erreichten, bat Ixchel, ins Innere gebracht zu werden. Chac spürte, wie ihr magerer Körper vor Erregung zitterte. Auch er war aufs äußerste angespannt, sein Herz raste. Welches Wunder war zu erwarten? Tonina, die neben ihm stand, stockte der Atem, als sie überlegte, welche Wünsche die Göttin erfüllen würde. Und der missmutige und verärgerte Balám grübelte darüber nach, wie er es anstellen sollte, damit die Göttin *seinen* Wunsch wahr machte.
Aber kaum dass sie das düstere und unangenehm feuchte Innere betreten hatten, rief Ixchel aus: »Wo sind die Priester? Wo sind die Opfergaben und der Weihrauch?« Ihre Befreier erschraken. Würde sie zornig werden, weil sich niemand um ihren Schrein gekümmert hatte? Würde sie, anstatt Wünsche zu erfüllen, Fluch auf ihre Häupter laden?
Sie schritten den schmalen Gang entlang, dessen Mauern ebenso wie der Fußboden feucht waren, und gelangten in ein Heiligtum, das aus einem niedrigen steinernen Altar und einer massiven Steinstele bestand, in die ein großes Kreuz und jeweils neben dem Kreuz ein Gott und ein König gemeißelt waren. Da es derartige Schreine auch in Mayapán und Uxmal gab, erkannten Chac und Balám in dieser Stele den Weltenbaum, wussten, dass das Kreuz die heilige Pappel darstellte – den Baum des Lebens –, auf die sich der Glaube der Maya begründete: Der Hauptstamm des Kreuzes erwuchs aus der Unterwelt, der waagrechte Querbalken stützte den Himmel. Die verzerrte Fratze eines Monsters am Fuße des Kreuzes symbolisierte die Unterdrückung des Bösen in der Welt.
Behutsam setzte Chac Ixchel auf dem feuchten Steinboden ab, stützte sie, bis sie allein stehen konnte. Während sich die alte Frau wortlos umsah, bemühten sich ihre Begleiter, nicht ungeduldig zu erscheinen. Einauge war alles andere als erbaut, quasi auf Tuch-

fühlung den Mann neben sich zu wissen, der ihn um ein Haar umgebracht hatte und das immer noch tun konnte; Balám indes dachte an nichts anderes als daran, die Göttin zu bitten, ihm Ziyal wiederzubringen.
Jetzt wandte sich Ixchel einer morschen Holztruhe zu, deren Deckel zersplittert auf dem Boden lag. Nachdem sie in die Truhe geschaut hatte, flüsterte sie: »Den Göttern sei Dank, es ist noch da.«
»Die Truhe ist leer, Heilige Herrin«, stellte Chac nach einem Blick hinein fest.
»Heb den Boden der Truhe hoch.«
Er kam der Aufforderung nach. Ein merkwürdiges Bündel kam zum Vorschein. »Dürfte ich es an mich nehmen?«, bat sie, als Chac eine mit Federn besetzte Decke herausholte, in die mehrere harte Gegenstände eingewickelt waren. Die Decke schien uralt zu sein; die Farben waren ausgeblichen, einige Federn fehlten.
Lächelnd drückte Ixchel das Bündel an die Brust. »Mein Schatz.« Als sie in die Gesichter um sich herum schaute, fügte sie rasch hinzu: »Nein, nicht was ihr unter einem Schatz versteht. Keine Jade oder Kakaobohnen, kein Gold oder Bernstein. Nur Papier«, sagte sie leise. »Sehr altes Papier …«
Sie wandte sich an Chac: »Wärst du so nett, mich wieder die Stufen hinunterzutragen? Danach kann ich allein gehen.«
Chac und Tonina tauschten einen Blick. »Gehen?«, fragte er. »Wohin?«
»Zu mir nach Hause.«
»Zu Euch nach Hause!«, entfuhr es Balám. »Ist denn Euer Zuhause nicht dieser Schrein?«
»Dieser Schrein? Wie kommst du …« Ihre Augen weiteten sich. »Ah, verstehe. Ihr haltet mich für die erdengefangene Göttin. Deshalb also hast du mich gerettet«, sagte sie, zu Tonina gewandt. »Ich bin zwar alt, aber mein Alter ist nicht nach Äonen zu bemessen. Ich bin keine Göttin. Ich bin eine Frau und ebenso sterblich wie ihr.«
Chac runzelte die Stirn. »Dann seid Ihr eine Priesterin?«

»Nein, nichts Besonderes, mein Sohn, lediglich eine demütige Dienerin der Götter.«
Balám war so angewidert, dass er am liebsten ausgespuckt hätte. Ein altes, gebrechliches Weib! Welch sinnlose Vergeudung von Zeit und Mühe!
Chac dagegen klammerte sich an einen letzten Strohhalm, als er fragte: »Wie weit ist es nach Teotihuacán?«
»In die Stadt der Götter?« Jetzt war es an Ixchel, die Stirn zu runzeln. »Lass mich überlegen. Wenn ich mich recht erinnere, liegt Teotihuacán hundert Tage im Norden. Die Straße beginnt nach sieben Tagen von hier in westlicher Richtung.«
Die letzte Hoffnung erlosch. Chac war die Zeit davongelaufen.
»Wenn du keine Göttin bist«, mischte Tonina sich ein, »wie kam dann dieser schöne unterirdische Garten zustande?«
»Der Mann, der mich in diese Höhle sperrte, hatte mir ein langsames Sterben zugedacht und deshalb einen Vorrat für mich dort angelegt – Samen und Stecklinge, damit ich mich ernähren und somit viele Jahre der Einsamkeit durchleben könnte.«
Einauge konnte sich nicht länger beherrschen. »Was ist dann aber aus der Göttin geworden?«
»Lange bevor ich in diese Höhle gesperrt wurde, ging bereits die Legende von der erdengefangenen Gottheit hier um«, erklärte Ixchel. »Wie es zu dieser Legende kam, weiß ich nicht. Möglich, dass vor vielen, vielen Jahren eine Frau wie ich dort unten lebendig begraben, aber nicht gerettet wurde und starb. Um sie mag sich eine Legende gebildet haben.«
Als sie die enttäuschten Gesichter bemerkte, fügte sie hinzu: »Aber ich werde für euch beten und die Götter bitten, euch eure Herzenswünsche zu erfüllen. Könnten wir uns jetzt auf den Weg zu mir nach Hause machen?«
Gemeinsam verließen sie das Heiligtum, Chac erneut mit Ixchel in den Armen. In sich gekehrt stiegen sie die steilen und glitschigen Treppen hinunter. Kaum unten angelangt, verbreitete sich in Windeseile die Nachricht, dass die alte Frau nicht die erdengefangene Gottheit war und keine Wünsche erfüllen konnte.

Wie betäubt folgte die Menge Chac über die verlassenen, von Unkraut überwucherten Straßen von Palenque. Für nichts und wieder nichts hatten sie den weiten Weg auf sich genommen, ihr Zuhause und ihre Familien verlassen. Was sollte jetzt aus ihnen werden? Und plötzlich keimte eine Vorstellung auf, vielleicht ein Gedankenblitz, der sich daraufhin wie ein Lauffeuer verbreitete: die plötzliche Erkenntnis, dass die alte Frau sehr viel Glück ausstrahlen musste.

Sie war jedenfalls die Älteste, die man je gesehen hatte. Und sie hatte, wie sie sagte, viele Jahre unter der Erde verbracht. Wie hatte sie überlebt? Das Leben war so beschwerlich, dass Menschen im Allgemeinen nicht sehr alt wurden. Wenn aber doch, dann wurden sie verehrt, weil das Glück mit ihnen war. Wie viel mehr Glück musste mit dieser gebrechlichen Frau einhergehen, um so lange unter der Erde zu überleben?

Einer aus der Gruppe machte auf den Quetzal aufmerksam, der ständig über ihnen kreiste. Den Mythen und Legenden nach war dieser Vogel, den man nur selten zu Gesicht bekam, ein Götterbote. Durch sein Zutun musste es die Frau in die Freiheit geschafft haben, raunten sie sich jetzt zu und schöpften, mittlerweile am Rande der Stadt angelangt, neue Hoffnung. Bestimmt strahlte die Alte ein Glück aus, das seinesgleichen suchte! Vielleicht eines, dass ihnen eher zugute kam als die Segnungen der erdengefangenen Göttin, versicherten sie sich gegenseitig, denn die vermochte angeblich nur einen einzigen Wunsch zu erfüllen, während das Glück dieser Frau von allen geteilt werden konnte.

Balám dagegen interessierte an der Alten etwas ganz anderes. Auf dem Weg vorbei an traurigen, in Dunst gehüllten Tempeln, deren Eingänge von tropfnassen Klettergewächsen und Bodenkriechern überwuchert worden waren, dachte er an das, was sie aus dem Zeittempel geholt hatte. »Papier«, hatte sie gesagt. Ein Buch?

Die Maya liebten Bücher über alles. Kein vornehmes Haus, das nicht über eine Bibliothek verfügte, auf die der Besitzer stolz war. Vor allem alte und seltene Bücher wurden geschätzt, enthielten sie doch Geschichten, die in Vergessenheit geraten waren. Auf

Ixchels Buch als solches oder auf seinen Inhalt war Balám nicht erpicht, eher darauf, wie viel es einbrachte. Einen so seltenen Band würde sich ein Sammler eine Menge kosten lassen.
Seit er auf dem Marktplatz in Tikal seine Zukunft in aller Deutlichkeit geschaut hatte, sammelte der Prinz von Uxmal nach und nach Preziosen, die er in den Taschen seines breiten Gürtels aus Jaguarfell bei sich trug: Jade, Gold, Kakaobohnen, Bernstein – alles gehortet für den Tag, an dem er seinen brillanten Plan in die Tat umzusetzen gedachte.
Zu diesem Zweck musste er auch das Buch der alten Frau an sich bringen. Das wäre ein Leichtes, sobald Chac und die anderen Ixchel in ihrem Haus abgesetzt hätten. Ixchel führte sie in ein zwischen mächtigen Bäumen und dichtem Farn eingebettetes und von einer Mauer umgebenes einstöckiges Haus aus Stein und Zement, versehen mit Türen und Fenstern und einem soliden Dach. Wuchernde Ranken deuteten darauf hin, dass es seit langem nicht mehr bewohnt war.
Am Himmel ballten sich dunkle Wolken, ein nasskalter Wind fuhr durch die leeren Räume, als Ixchel ein Zuhause betrat, das in ihrer Erinnerung mit Wandvorhängen, Statuen, Blumen geschmückt und mit Lachen erfüllt gewesen war. »Was ist denn hier geschehen?«, stammelte sie fassungslos.
Von der Menge, die draußen wartete, wurde ein baumwollner Umhang durchgereicht. Auch eine Schlafmatte. Kalebassen und Töpfe. Eier, getrockneter und gesalzener Fisch, getrocknete Beeren. Alles Geschenke für die Frau, die mit dem höchsten Glück gesegnet war, auf dass sie etwas von diesem Glück mit denen teilte, die dessen bedurften. Während Tonina und Chac die Gaben im Haus abstellten, herumliegendes Laub zusammenkehrten, Kletterpflanzen und Unkraut ausrissen und ein Feuer gegen die Feuchtigkeit entfachten und selbst der einäugige Zwerg von Zimmer zu Zimmer ging und sein eigenes einzigartiges Glück verbreitete, fand Ixchel ihre Erinnerung wieder. »Der König war grausam«, hob sie an, worauf die anderen ihre Arbeit unterbrachen, um ihr zu lauschen. »Sein abscheuliches Tun dürften selbst die Götter nicht

länger geduldet haben. Deshalb müssen die Menschen geflohen sein. Sie wussten, dass ein Fluch auf der Stadt lag.«

Das mit Federn besetzte Bündel an die Brust gedrückt, blickte Ixchel auf die vielen Fremden, die so unerwartet nach Palenque gekommen waren – alles Pilger, die sich von der Gottheit Wunder erhofften. Zitternd holte sie Luft, seufzte tief auf, wandte sich dann mit einem verschämten Lächeln an ihre Befreier. »Ich bin zwar nicht die Göttin, die ihr sucht, und ich bin auch nicht reich, aber zum Dank, dass ihr mich aus meinem Gefängnis befreit habt, möchte ich euch an jedwedem Glück teilhaben lassen, das die Götter mir geschenkt haben.«

Tonina kniete nieder, um Ixchels Segen zu empfangen, dann Chac und dann Einauge, Haarlos und alle, die im Hof Platz gefunden hatten. Und jeder sagte sich, dass es letztendlich nichts ausmachte, dass Ixchel keine richtige Göttin war.

45

Während man in und um die verlassenen Häuser herum, auf den gepflasterten Wegen und kleinen Plätzen Lager aufschlug und geduldig Schlange stand, um vor die Frau zu treten, mit der das Glück einherging – H'meen und Einauge hatten sich zur Verfügung gestellt, Ixchel beim Spenden ihres Segens zur Hand zu gehen –, machte sich Tonina auf die Suche nach Chac.

Er war, nachdem er Ixchels Segen empfangen hatte, in der Menge verschwunden. Inzwischen war es spät abends und die Luft schwül und feucht. Obwohl der Regen Erleichterung gebracht hatte, war es weiterhin so drückend, dass man kaum atmen konnte.

Tonina entdeckte ihn auf einer Wiese außerhalb der Stadt, an einem Weiher, in den sich ein kleiner Wasserfall ergoss und Wellen auf das dunkle Gewässer zauberte. Der Mond spielte Versteck, goss abwechselnd sein silbernes Licht aus und verbarg es wieder hinter den dahintreibenden Wolken.

Aus einigem Abstand betrachtete Tonina Chacs Nacken, seine hängenden Schultern. Wie einer, der seine Hoffnungen begraben hatte, wirkte er. Sie hätte ihn gern getröstet und wünschte sich, die richtigen Worte zu finden, um ihn wieder aufzurichten. Gemeinsam hatten sie so vieles durchgemacht, Erwartungen genährt, und jetzt war es vorbei.

Er starrte auf etwas in seiner Hand. Auf etwas, das Paluma gehört hatte, wie Tonina vermutete – die Haarlocke, die kleine Statue des Kukulcán, die blaue Feder. Sprach er ein letztes Mal mit ihr, bevor sie entschwand? Bat er sie um Verzeihung? Tonina hätte gern gewusst, wie man zu den toten Maya betete – dann hätte

sie Paluma gesagt, dass Chac sein Bestes gegeben hatte, dass er von Herzen gut war, dass er, wenn man den Lauf der Zeit zurückstellen könnte, alles tun würde, um sie vor einem Mord zu beschützen.
Als der Mond verschwand, um urplötzlich wieder durch einen Wolkenspalt hervorzubrechen und silbernes Licht über Ranken und Schlingpflanzen, breitblättrige Pflanzen und kleine Tiere mit glühenden Augen auszugießen, kam Tonina eine Idee – ein schwacher Hoffnungsschimmer und eine noch schwächere Aussicht auf Erfolg. Aber für einen Ertrinkenden kann schon ein Strohhalm ein rettendes Floß sein.

Trotz der warmen Nacht fröstelte Chac. Es war nicht die Luft, sondern die Verzweiflung, die er empfand. Verwirrt schaute er auf die kleine blaue Feder in seiner Hand. Liebte er diese kleine Feder, weil sie einst Paluma gehört hatte oder weil es Tonina war, die sie ihm gegeben hatte? Bestraften ihn die Götter dafür, dass er sein Herz einer anderen geöffnet hatte, ohne dass ihm dies zustand?
Die Antworten darauf kannte er nicht. Er wusste nur, dass er Tonina niemals sagen durfte, wie sehr er sie begehrte, wie gerne er die Farbe von ihrem Gesicht gewaschen hätte, um zum ersten Mal zu erleben, wie sie wirklich aussah, wie sehr er sich wünschte, diese Lippen zu küssen, die ihm wieder Leben eingehaucht hatten, als er ertrunken war. Das sollte wohl seine Buße sein: Begehren ohne Erfüllung zu erfahren. Lieben, ohne dass diese Liebe erwidert wurde. Er wusste nicht, was Tonina für ihn empfand – da war dieser eine verzweifelte Kuss nach dem Hurrikan in Copán gewesen, aber seither kein weiterer –, obwohl sein Herz manchmal, wenn er sie dabei ertappte, dass sie ihn anschaute, einen Satz machte und ihm dann zuraunte: *Sie empfindet ebenso.* Aber erfahren würde er es nie. Auch dies war Teil seiner Buße.
Er vernahm das Klimpern unendlich vieler winziger Muscheln und Perlen in langem Haar, und wieder machte sein Herz einen Satz. So sehr er sich über Toninas Gesellschaft freute, bereitete sie

ihm gleichzeitig Unbehagen. Wenn sich ihre Wege doch nie gekreuzt hätten! Er wünschte sich, auf ewig mit ihr zusammenzusein. Als sie näher kam, musste er sich zwingen, sie anzuschauen, weil er wusste, dass er Gefahr lief, in ihren Augen zu ertrinken. Und als er jetzt sah, dass sie ihre Bemalung erneuert hatte und die Inselsymbole ihr Gesicht abermals unkenntlich machten, verfluchte er diesen Brauch und war gleichzeitig dankbar dafür.

»Chac, ich habe nachgedacht.« Sie trat aus dem dunklen Schatten ins silberne Mondlicht. »Woher weißt du, dass Paluma ermordet wurde?«

Er schob die kleine Feder in den Bund seines Lendenschurzes. Wegen der schwülen Luft trug er keinen Umhang, auf seinem nackten Oberkörper glänzte Schweiß. »Von Balám. Er sagte, die Mitglieder der Vereinigung wollten mich bestrafen, weil ich das Spiel nicht verloren habe.«

»Worauf ich hinauswill, ist Folgendes: Auch wenn die Vereinigung Paluma umbringen *wollte*, könnte es doch sein, dass sie durch einen Unfall starb, noch ehe ein Mörder in Erscheinung trat.«

Er legte die Stirn in Falten. »Wie meinst du das?«

»Chac, ich war doch vor ihrer Tür, habe aber niemanden im Schlafzimmer gehört. Meiner Meinung nach ist Paluma gestrauchelt und mit dem Kopf an etwas geprallt. Wenn es sich nun tatsächlich so verhielt?«

»Was macht das schon aus?«, entgegnete er nach kurzer Überlegung.

»Dann wäre ihre Seele gerettet.«

Überrascht sah er sie an. »Warum glaubst du das?«

»Wolltest du nicht die Schwesternschaft der Seelen aufsuchen, weil du davon überzeugt bist, dass deine Frau ermordet wurde?«

»Ermordet?« Er blinzelte. »Ermordet«, wiederholte er. Und dann begriff er. »Tonina, nicht deshalb brauchte ich die Schwesternschaft. Es hängt nicht davon ab, wie jemand stirbt – ob durch Unfall, Krankheit oder an Altersschwäche. Worauf es ankommt ist, vor dem Tod das Bekenntnisgebet zu sprechen. Ob Paluma ermordet wurde oder ob es wirklich ein Unfall war – du hast gesagt, sie ist schnell gestorben. Es blieb ihr somit keine Zeit, das Gebet zu sprechen.«

Sein markantes Gesicht war abwechselnd vom Mondlicht erhellt und dann wieder von Dunkelheit überschattet. Das Geräusch des kleinen Wasserfalls, der über moosbedeckte Felsen sprudelte, schien anzuschwellen, als Tonina Chacs Worte in sich nachwirken ließ. Sie schaute auf die Oberfläche des Tümpels, auf dem Laub schwamm und in dem sich Mond und Wolken wie aus einer anderen Welt spiegelten. Mit einem Mal ernüchtert, schaute sie zu Chac auf. *Was hatte sie angerichtet?* »Chac, es tut mir unendlich leid!«

»Du kannst doch nichts dafür«, erwiderte er und lächelte traurig. »Vielleicht wollten die Götter nicht, dass ich mein Ziel erreiche. Sie verknüpften von Anfang an meinen Weg mit deinem, dann tricksten sie mich durch falsches Kartenlesen aus …«

»Nicht doch«, unterbrach sie ihn und trat näher an ihn heran. »Das ist es nicht, was mir leid tut. Ich wusste nicht, dass man ein Gebet sprechen muss. Ich nahm an, dass nicht anders als den Inselbewohnern auch den Maya daran gelegen ist, dass, wenn jemand im Sterben liegt, der Tod rasch eintritt. Auf der Perleninsel fürchtet man ein langsames Sterben, weil Sterbende manchmal böse Geister anrufen, und die können sich dann einer Seele bemächtigen. Ich habe dich angelogen, Chac. Weil ich dich trösten wollte. Jetzt erkenne ich, dass ich dir nur Seelenqualen bereitet habe.«

Seine Brauen schoben sich zusammen. »Angelogen?«

»Paluma war nicht sofort tot. Das sagte ich nur, um dich zu beruhigen. Chac«, fügte sie rasch hinzu, »sie hat noch etwas gesagt. Damals verstand ich noch wenig von deiner Sprache, aber ich erinnere mich an die Worte.«

»Was hat sie gesagt?«, flüsterte er mit angehaltenem Atem.

»Sie sprach mehrere Worte, aber was ich ganz deutlich verstand, war ›Todesangst‹. Und deshalb wollte ich dir verschweigen, dass sie in ihren letzten Augenblicken von Todesangst erfüllt war.«

Die Furchen auf seiner Stirn vertieften sich. Tonina sprach von *k'iinaam*, aber es war fraglich, ob sie Paluma richtig verstanden hatte. »Bist du sicher, dass sie das gesagt hat? Könnte es nicht *k'inn* gewesen sein – ›Sonne‹?«

Tonina dachte nach. »Doch«, sagte sie. ›Sonne‹ – *k'inn* – und ›Todesangst‹ – *k'iinaam* – ließen sich tatsächlich miteinander verwechseln, schon weil Paluma Schwierigkeiten beim Sprechen gehabt hatte.

»Könnte sie *kiichpan* gesagt haben, ›schöne‹?«

Tonina riss die Augen auf. Wenn sie jetzt, da sie recht gut die Sprache der Maya verstand, an jene schicksalhafte Nacht zurückdachte, musste sie sich eingestehen, dass sie in der Tat Palumas Worte falsch gedeutet haben konnte und die Sterbende statt *k'iinaam* – Todesangst – *k'inn kiichpan* gesagt hatte – schöne Sonne.

»Ja, ich glaube, das hat sie gesagt. Ist das so wichtig?«

»Tonina, die Worte ›schöne Sonne‹ sind in dem Gebet für das Schuldbekenntnis enthalten!«

»*Guay*«, flüsterte sie und schlug sich die Hand vor den Mund.

»Wie lange« – zunehmend erregt fuhr er sich mit der Zunge über die Lippen – »wie lange hat sie gesprochen? Einen Moment lang? Nur ganz kurz?«

»Nein. Sie sprach bereits, als ich auf sie zueilte. Und sprach weiter, als ich niederkniete und ihren Kopf in meinen Schoß bettete. Verstehen konnte ich sie nicht, nur versuchen, sie zu beruhigen. Ich rief um Hilfe, und die ganze Zeit über sprach sie …«

»Palumas Seele wurde in jener Nacht gerettet!«, rief, nein schrie Chac förmlich heraus. »Und die meines Sohnes auch!«

»Es tut mir unendlich leid«, sagte Tonina abermals.

»Leidtun! Nein! Da ist nichts, was dir leidtun sollte, Tonina.«

»Ich hätte dir die Wahrheit sagen sollen.«

»Es war meine Schuld. Du wolltest von Paluma sprechen, aber ich ließ es nicht zu.« Er umfasste ihr Gesicht, musterte ihre Wangen, Brauen, Lippen, sehnte sich danach, ihre Haut zu schmecken. »Es ist, als seien tausend Lasten von mir abgefallen.«

Verzaubert von seiner Berührung, von der Glut seiner Leidenschaft, stand sie unbeweglich da.
»Ich möchte …«, hob er an, vermochte jedoch nicht weiterzusprechen. Nie gekannte Emotionen überschwemmten ihn, eine Freude, wie er sie noch nie verspürt hatte, eine Hochstimmung, die ihm Flügel zu verleihen schien, und der spontane Wunsch, Tonina seine Dankbarkeit zu bezeugen.
Er löste sich von ihr, sah sich nach allen Seiten auf der vom Mondlicht erhellten sattgrünen Lichtung um. Wo waren die Schätze, die er ihr zu Füßen legen konnte? Er dachte an die Reichtümer in seiner Villa in Mayapán – Halsketten aus Jade, Armbänder aus Bernstein, Ohrringe aus Gold – und wie gern er das alles hier und jetzt auftürmen würde.
Sein Blick fiel auf den Tümpel mit dem Wasserfall. Ich möchte ihr das Meer schenken. Sämtliche Ozeane möchte ich ihr schenken.
Als er das hochgewachsene Mädchen anschaute, das er einstmals als Strafe der Götter erachtet hatte, das ovale Gesicht, die schmale Nase und das mit einer Unmenge winziger Muscheln und Perlen durchwobene Haar, machten seine Erleichterung, sein Überschwang und seine unendliche Dankbarkeit weiteren Gefühlen Platz.
Er begriff, was sich ihm eröffnete, jetzt, da Paluma gerettet und er frei war.
Paluma würde für immer einen besonderen Platz in seinem Herzen innehaben. Er würde sie und die Erinnerung an sie auf ewig in Ehren halten. Aber sie war jetzt bei den Göttern.
Tonina dagegen war *hier.*
Die feuchte Luft war gesättigt mit duftenden Aromen. Exotische Blumen prangten an erdwärts geneigten Stängeln, Blütenblätter reckten sich weit geöffnet dem Mondlicht entgegen. Heftiges Begehren durchfuhr Chacs Körper. So lange schon unterdrückte er seine wachsende Zuneigung für das Mädchen, dass ihn jetzt, da er sich keine Zurückhaltung mehr aufzuerlegen brauchte, das sexuelle Verlangen wie ein wuchtiger Schlag traf.

Er wollte Tonina besitzen.
Tonina spürte, wie sich die Atmosphäre veränderte. Chacs dunkle Augen, die auf ihr ruhten, waren wie eine warme, salzige Strömung. Es kam ihr vor, als würde sie mit ihm in einer sonnenwarmen Lagune schwimmen, zwischen friedlichen Fischen und Korallen. Ihr Herz raste. Nie gekannte Gefühle wurden in ihr wach – körperliche Gefühle, ein süßer Schmerz, der qualvoll und köstlich zugleich war.
Sie wusste, dass er Paluma nie vergessen würde, aber sie stand nicht mehr zwischen ihnen. Sie war ein Geist und bei den Göttern, während sie, Tonina, mit beiden Beinen in der Welt stand, die so reich an Gefühlen und irdischen Freuden war.
Als er auf sie zukam, stockte ihr der Atem, und sie meinte, ihr Herz würde stillstehen.
»Ich bin überwältigt von dem Wunder«, murmelte er, umfasste ihre Wangen, schaute ihr ins Gesicht.
»Wunder?«, hauchte sie atemlos, verlor sich in seinen Blicken, in der Wärme seiner Hände auf ihrem Gesicht.
»Damals, als ich nach Hause kam und Paluma tot vorfand … Wenn du, Tonina, die du so erschüttert von meinem Kummer warst, mich nicht belogen, mir nicht gesagt hättest, dass sie sofort tot war – wenn du in jener Nacht die Wahrheit gesagt hättest, Tonina –, hätte ich nicht die Götter verflucht. Ich wäre nicht verhaftet und dazu verurteilt worden, im Kalksandsteintrichter geopfert zu werden. Ich hätte über dem Leichnam meiner Frau getrauert, hätte an ihrer Beisetzung teilgenommen, und du hättest Mayapán ein für alle Mal verlassen. Einzig und allein weil du damals Mitleid mit mir hattest, sind wir heute Nacht hier, an diesem fremden Ort, in einer anderen Welt als der, die wir bislang kannten, zwei Menschen, die sich von denen unterscheiden, die sie einmal waren.«
Er neigte den Kopf und küsste sie sanft auf die Stirn, die Wangen, den Mund. Als Tonina die Lippen öffnete, wurde aus dem sanften Kuss ein stürmischer. Chac schloss das Mädchen fest in die Arme, Tonina presste die Finger in seinen Nacken, klammerte sich an

ihn, während die feuchte Nacht sie beide einhüllte. Chac konnte Tonina nicht fest genug an sich pressen. Sie stöhnte auf. Der Geruch von Erde und üppigem Grün stieg zu ihnen hoch. Der plätschernde Wasserfall hörte sich wie süße Musik an.
Seine Hand fuhr durch ihr mit Muscheln durchwobenes Haar. Tonina vergrub die Finger in seinen harten Rücken, spürte vernarbte Wunden und Muskelknoten. Chac tastete sich unter die baumwollene Tunika, zu einem weichen Busen mit harter Brustwarze. Tonina spürte, wie sich seine Männlichkeit gegen seinen Lendenschurz drängte. Am liebsten wäre sie zu den Wolken geflogen und hätte ihre Freude in das Weltall geschrien. Das Ziehen in ihrem Körper wurde immer stärker.
Als sie den Hanfstrick löste, der seinen Jaguarschwanz zusammenhielt, und ihm sein langes schwarzes Haar über die Schulter und den Rücken hinunterrieselte, schnappte Tonina nach Luft. Wie wild und ungebändigt er jetzt aussah!
Wie zwei Rasende zerrten sie gegenseitig an ihrer Kleidung. Ohne die Lippen vom anderen zu lösen, machten sich ihre Hände an Knoten und Gurtbändern zu schaffen, danach gierend, Haut an Haut zu spüren. Tonina winkelte ein Knie an und glitt mit dem Bein auf Chacs kräftigen Schenkel. Seine Hand strich zwischen ihre Beine, ertastete Hitze und Feuchtigkeit.
Tonina sank ins Gras, zog ihn mit sich hinunter, wollte sein Gewicht, den Druck und die Erregung seines muskelgestählten Körpers auf ihrem spüren.
Chac begrub sie unter sich, küsste sie gierig, schob ihren Rock nach oben. Tonina schloss voller Lust die Augen. Ja, jubelte sie innerlich. Ja …
Er stützte sich auf den Ellbogen, betrachtete im Mondlicht ihr Gesicht. Morgen, sagte er sich, ab morgen ist Schluss mit der Bemalung.
Sie schlug die Augen auf, lächelte. »Nicht aufhören«, wisperte sie ihm zu.
Seine Hand glitt zu ihrer Taille, um ihr den Rock abzustreifen. Als er die dünne Hanfschnur oberhalb ihrer Hüften spürte – den

Gürtel aus den Gehäusen der Kaurischnecke, um dessen Bedeutung Chac wusste – hielt er inne.

»Tonina«, flüsterte er heiser, »du warst noch nie mit einem Mann zusammen?«

»Nein …«

Er stöhnte auf. Seine Finger fuhren den Keuschheitsgürtel entlang, er wollte ihn zerreißen und in sie eindringen, sich ganz in diesem hinreißenden Wesen verlieren. Als Tonina die Schenkel spreizte, war ihm, als müsse er seinen Protest zum Himmel hinaufschreien. Abermals stöhnte er auf, um sich dann mühsam aufzurichten.

Er durfte Tonina nicht entehren.

Ihr fragender Blick erfüllte ihn mit Schmerz und Frustration. Aber das Gesetz war stärker als sein Begehren.

Nicht mehr lange, sagte er sich und strich ihr übers Haar, fuhr mit einer Fingerspitze die Linie ihres Kinns nach, nahm den Pulsschlag an ihrer Kehle wahr. Von hier bis Mayapán verläuft durchgehend eine Weiße Straße, überwacht von Soldaten der örtlichen Häuptlinge und ohne dass wir es mit irgendeinem Gebirge zu tun bekommen. In zwanzig Tagen können wir in Mayapán sein, und dort kann ich im Tempel von Kukulcán mein Opfer darbringen und meine Trauerzeit beenden. Bis ich mich wieder den Freuden des Lebens hingebe, muss ich sowohl Paluma wie auch Tonina meinen Respekt erweisen.

Er küsste sie zart und innig auf die Lippen, die Brauen, dann unterhalb ihrer Ohrläppchen. »Wir müssen uns noch ein wenig gedulden«, sagte er, auch wenn er am liebsten den strengen Ehrenkodex missachtet hätte, an den er sich stets gehalten hatte. Aber Tonina war noch Jungfrau, und nach Gesetz und Gepflogenheiten der Maya durfte er sie nur besitzen, wenn sie verheiratet waren.

»Wir brechen gleich morgen früh auf, und sobald wir in Mayapán sind, begebe ich mich in den Tempel des …«

»Mayapán?«

»Meine Reise ist zu Ende, Tonina. Ich kann jetzt den Rückweg antreten.«

Sie starrte ihn an, und was er einst gesagt hatte, hallte in ihr wider: »Ich gehe nach Teotihuacán, und du musst mich begleiten.« Er war eben nur auf sich selbst und seine Bedürfnisse bedacht.
»*Meine* Reise ist nicht zu Ende«, sagte sie unendlich enttäuscht. Sie strich ihre Kleidung glatt und kam irgendwie wieder auf die Beine. »Warum musst du nach Mayapán?«, fragte sie, obwohl sie die Antwort bereits kannte – und fürchtete.
Chac stand auf und sah sie an. »Tonina, seit Balám mir von der Vereinigung erzählte, weißt du, dass ich zurück muss. Mord muss geahndet werden. Das ist ein Gebot der Ehre.«
»Ich dachte, du hättest …«
»Mich anders besonnen?« Er schüttelte den Kopf. »Ich habe mich darauf konzentriert, Palumas Seele wieder auferstehen zu lassen. Nachdem dies erledigt ist, muss ich die andere Hälfte meiner Verpflichtung angehen. Ich darf nicht eher ruhen, als bis die Mörder meiner Frau für ihr Verbrechen zur Rechenschaft gezogen worden sind.« Und er schloss: »Aber, Tonina, du und ich werden in Mayapán heiraten. Bis dahin dauert es nur noch kurze Zeit.«
Lange schwieg sie, während die Wolken weiterhin mit dem Mondlicht ihr Spielchen trieben und die Geräusche des Dschungels anschwollen. Nachtvögel, Affen und Zikaden versuchten, sich einander an Lautstärke zu überbieten, sodass man schließlich auch das Rauschen des Wasserfalls nicht mehr vernahm.
Widersprüchliche Gefühle kämpften in ihr und schließlich sagte sie: »Chac, ich kann nicht mit dir nach Mayapán gehen. Ich bin verpflichtet, mein Volk zu suchen. Als mir dieses Medaillon umgehängt wurde, wusste jemand, dass ich es eines Tages dazu verwenden würde, meinen Weg zurückzufinden. Vielleicht lebt mein Stamm ja hinter dem nächsten Hügel, im nächsten Tal. Ich kann jetzt nicht aufgeben.«
Er umfasste ihre Schultern. »Gut möglich, dass du jahrelang vergeblich nach ihnen suchst«, sagte er heftig. »Tonina, in Mayapán wird man dir helfen können – da gibt es Archivare, Historiker, Kaufleute, die überall im Land herumreisen. *Geh mit mir zurück.*«

Sie sah ihn flehentlich an. »Ach Chac, kannst du nicht mit *mir* kommen? Was bringt es denn ein, Rache zu üben?«
»Meine Frau wurde umgebracht, und ihre Mörder laufen frei herum! Ich muss dafür sorgen, dass der Gerechtigkeit Genüge getan wird.« Aber gleichzeitig vernahm Chac eine tiefere Wahrheit in seinem Herzen, eine, die er nicht hören wollte. Palenque lag an der westlichsten Grenze des Maya-Reiches. Jenseits davon erstreckte sich ein von Bergen und Seen, Küsten und Tälern durchzogenes Gebiet, dem Vernehmen nach ein endloses Land. Und überall lebten Stämme, die keine Ahnung vom Leben der Maya hatten. Chacs Mutter hatte ihm erklärt, dass er einem dieser Stämme angehöre. Dorthin mit Tonina zu ziehen würde bedeuten, dass er seine Identität als Maya verlor, die einzige Identität, die ihm vertraut war. Er würde feststellen müssen, dass er in Wahrheit einem Volk angehörte, das er zu verachten gelernt hatte.
Was ihn noch mehr zurückschrecken ließ, war der Gedanke, möglicherweise von einem Volk gottloser Barbaren abzustammen.
Geh, gab ihm sein Instinkt ein. Verlasse schleunigst diesen Ort und entziehe dich dem Einfluss dieses Mädchens, dann bleibst du weiterhin Chac der Maya-Ballspieler.
Er hielt es aus moralischen Gründen für unerlässlich, dass der Gerechtigkeit Genüge getan wurde. Das wusste Tonina. Das zeichnete ihn aus. In Tikal war sie Zeuge geworden, wie er den Ananasverkäufern zu Hilfe gekommen war. Aber jetzt war sein Trachten nach Gerechtigkeit zugleich sein Schwachpunkt. Es war ein Fluch, der ihn zerstören konnte.
»Ich möchte dir doch nur helfen, Chac«, versuchte sie ihn von seinem Vorhaben abzubringen, schon aus Angst, ihn zu verlieren. »Wie willst du denn die Mörder aufspüren? Und wenn du sie findest, wie willst du ihnen das Verbrechen an Paluma nachweisen? Und selbst wenn dir das gelingen sollte, welche Strafe wirst du ihnen auferlegen? Und wie sie ausführen? Willst *du* dann zum Mörder werden?«
»Ich habe keine Wahl.« Seine Finger gruben sich in ihre Arme.

»Das ist meine Pflicht, Tonina. Das blühende Leben meiner Frau wurde ausgelöscht. Mein Sohn …« Die Adern an seinem Hals traten hervor, als er ein Schluchzen unterdrückte. »Mein kleiner Junge wird niemals auf dem Spielfeld stehen, es ist ihm versagt, aufzuwachsen und sich zu verlieben und zu heiraten und eigene Söhne zu haben … während die, die ihn umgebracht haben, frei herumlaufen.«

Er sah Toninas halb geöffnete feuchte Lippen und wusste, dass er sie ohne Weiteres nehmen und sein brennendes Verlangen stillen konnte. Aber er wollte mit ihr in jeder Beziehung zusammensein, geistig wie körperlich. Außerdem würde das Feuer in ihm, wenn er sich jetzt mit ihr einließ, nicht gelöscht werden. Tonina zu besitzen würde nur die Flammen schüren und ihn lichterloh brennen lassen.

Tonina schaute ihm in die flackernden dunklen Augen. Wenn Chac sie jetzt küsste, nur ihre Lippen leicht berührte, würde sie sich ihm vollends hingeben. Ihr Hunger nach ihm war größer als alles, was sie bisher erlebt hatte, und sobald sie sich ihm hingab, würde sie ihm bis zum Ende der Welt folgen, auch wenn sie dafür ihre eigenen Ziele opfern müsste.

Chac dachte an das, was Tonina ihm mitgeteilt hatte – dass Paluma und ihr gemeinsamer Sohn gerettet waren. Doch die Freude darüber hatte sich abrupt verdunkelt. Lange sah er das Mädchen an. »Es ist mir klar geworden«, sagte er gepresst und umspannte, sein Gesicht dicht an ihrem, ihre Arme, »dass es mir nicht zusteht, dich zu lieben. Freude ist mir nicht vergönnt. Das ist der Wille der Götter. In jener Nacht hatte Paluma mich gebeten, bei ihr zu bleiben, stattdessen begab ich mich auf die Suche nach Balám. Die Schuld an dem Unglück trage ich. Auch wenn sie durch die Hand eines anderen starb, bin ich allein verantwortlich dafür und muss dafür büßen.«

»Chac«, sagte Tonina unter Tränen, »ich kann nicht wieder nach Osten gehen. Dort war ich bereits, und nirgendwo in Uxmal oder Mayapán habe ich die auffällige Stickerei wie die auf meiner Babydecke gesehen. Man hat mir geraten, im Westen danach zu suchen, jenseits von Palenque und vielleicht noch weiter weg. Chac, ich fühle mich meinem Volk verpflichtet.«

Die Wolken zerrissen, Mondlicht breitete sich über der Lichtung aus. Chacs und Toninas Blicke trafen sich, vergruben sich tief ineinander. Dann glitt Chacs Hand von Toninas Schultern. »Morgen früh breche ich nach Mayapán auf«, sagte er. »Ich werde jedes Mitglied der Vereinigung aufspüren und für das, was sie getan haben, zur Rechenschaft ziehen. Selbst wenn ich dafür den Rest meines Lebens brauche.«

46

»Schärft eure Speere«, hatte Balám seinen Männern bei Sonnenuntergang befohlen. »Bald kommt es zum Kampf.«
Inzwischen war es nicht mehr weit bis zum Anbruch des neuen Tages. Noch lagen alle im Schlaf, nur der verstörte Prinz von Uxmal nicht. Am Abend zuvor hatte Chac ihn aufgesucht, mit der überraschenden Mitteilung, dass Palumas Seele doch nicht verloren wäre und deshalb Chacs Pilgerreise zu Ende sei. »Morgen früh breche ich nach Mayapán auf«, hatte er gesagt. Da Balám wusste, dass der Freund auf Rache aus war, hatte er ihm beigestimmt, dass die Mitglieder der Vereinigung für den Tod von Paluma bestraft werden müssten. So lange lebte er bereits mit der Lüge, dass er sich kaum noch erinnerte, selbst diese Tat begangen zu haben; gelegentlich bildete er sich sogar ein, dass es tatsächlich die Vereinigung war, die Chacs Frau ermordet hatte.
»Dann trennen sich hier unsere Wege, Bruder.« Wie leicht ihm auch diese Unwahrheit über die Lippen gekommen war! »Denn ich mache mich auf nach Teotihuacán, um Vergebung zu erflehen und die Götter zu bitten, mich wieder mit meiner geliebten Tochter zu vereinen.« Sein Vorhaben, das in Federn eingeschlagene Buch an sich zu bringen, hatte er aufgegeben. Die alte Frau war ständig von Leuten umgeben.
Chac hatte nicht durchblicken lassen, was das Inselmädchen vorhatte oder was aus den Hunderten werden würde, die ihnen gefolgt waren. Überhaupt war er nicht sonderlich gesprächig gewesen, und das stimmte Balám nachdenklich. Nicht, dass es ihn sonderlich interessiert hätte. Für ihn war einzig und allein wich-

tig, wo Chac morgen Mittag sein würde. Denn dann sollte sein neuester Plan zum Tragen kommen.
Als der in Ungnade gefallene Prinz von Uxmal jetzt durch das Lager ging, leise seine Männer weckte und sie hieß, sich zum Aufbruch bereitzumachen, musste er wieder an die blendende Vision auf dem Marktplatz von Tikal denken. Was hatte ihm die Stimme seiner Mutter zugeflüstert? »Sohn, was du getan hast, kannst du wiedergutmachen. Wenn du einen Feind besiegst und an der Spitze von Gefangenen und Sklaven in Uxmal einmarschierst, wirst du in den Augen der Götter und der Menschen rehabilitiert sein, und dann steht es dir zu, deine Tochter zurückzufordern.«
Die machtvollen Worte seiner Mutter, an die er sich an jenem verhängnisvollen Nachmittag auf dem Marktplatz erinnerte, hatten ihn verändert. Ganz ruhig war er geworden, ein weißes Licht hatte ihn umfangen. Mit geschlossenen Augen hatte er sich dem Licht überlassen und eine verblüffende Vision gehabt: Er sah sich als Anführer einer Armee durch die Straßen von Uxmal ziehen, hinter ihm, als Geschenk für den König, Gefangene in Ketten. Damals hatte er seine Bestimmung erkannt, der kriegerische große Gott Buluc Chabtan hatte sie ihm zu verstehen gegeben. Seit jenem Tag, auf dem langen Marsch von Tikal nach Copán und von Copán nach Palenque, hatte Balám unauffällig kräftige Männer um sich geschart und Reichtum angehäuft. Und wer seine Gefangenen sein würden, wusste er auch.
Chac, der Held des Ballspiels, und die Hunderte, die ihm so blindlings gefolgt waren.
Seit es zwischen den Königreichen der Maya kaum noch zu kriegerischen Auseinandersetzungen kam, fehlte es an geeigneten Opfern für die Götter. Und da Baláms Onkel die Gefangenen höher schätzen würde als Jade und Gold, würde er seinen Neffen wieder in Ehren aufnehmen und ihm das Recht zugestehen, seine Tochter von dem zurückzuverlangen, der sie gekauft hatte. Balám war sich seines Erfolges gewiss – sein Plan sah vor, Palenque noch vor Sonnenaufgang zu verlassen und sich an der Weißen Straße auf die Lauer zu legen. Chac und seine Männer waren bestimmt

nicht auf den Überfall vorbereitet. Zu einem schweren Gefecht würde es nicht kommen, aber doch wohl zum Kampf. Und Balám wusste, dass seine Truppe wie alle Soldaten, wenn sie später von dem Geschehen berichteten, maßlos übertreiben und ein erbittertes Ringen daraus machen würden.
Bald wäre Ziyal wieder bei ihm.

Inmitten der Vorbereitungen zum Aufbruch musterte Haarlos, die buschigen Brauen nachdenklich gewölbt, seinen Herrn. Chacs Verhalten an diesem Morgen war distanziert und so kühl wie der tief hängende Dunst über der alten Stadt. Wie abwesend wirkte er, dabei hätte er doch allen Grund zum Jubeln. Es war bekannt geworden, dass Tonina die letzten Worte von Paluma falsch gedeutet hatte, dass Chacs Frau das Bekenntnisgebet doch gesprochen hatte und somit ihre Seele gerettet war. Alle freuten sich für Chac. Er hätte glücklich sein sollen. Aber er war es nicht.
Vielleicht weil er sich aufmacht, um Vergeltung zu üben, redete sich Haarlos ein und rollte die letzte *hamac* zusammen, um sie sich dann auf den Rücken zu schnallen. Seiner Natur nach ist Chac nicht der Gewalt zugeneigt. Keiner, der einen Menschen umbringt. Und doch muss er genau dies tun, um den Tod seiner Frau zu rächen.
Oder aber, überlegte Haarlos, als er durch das rauchverhangene Lager Tonina erspähte, die in sich gekehrt ihre Sachen zusammenpackte, Chacs düstere Stimmung hat damit zu tun, dass er sich von dem Inselmädchen trennen muss.
Obwohl sie sich ein Lager teilten, hatten die beiden heute Morgen noch kein Wort miteinander gesprochen, und beide sahen aus, als hätten sie nicht geschlafen. Aus Palenque führte nur ein Weg heraus, den mussten sie gemeinsam zurücklegen, bis zu der letzten Stele, dann begann die Weiße Straße. Und dort bog Tonina dann mit ihrer kleinen Gruppe nach Westen ab, Chac mit seinen Leuten nach Osten. Haarlos vermutete, dass ihnen die Trennung schwerfiel, aber beide hatten Verpflichtungen, die ihnen keine andere Wahl ließen.

Nach einem Stoßseufzer bedeutete Haarlos seiner jungen Frau, dass er bereit zum Aufbruch war. Nein, er wollte seinen Herrn nicht fragen, was ihn bedrückte. Mit seinen Dämonen musste ein Mann allein fertig werden.

Der Großteil derer, die in Copán dazugestoßen waren – es gab sogar welche, die von Anfang an, seit Mayapán dabei waren –, hatte sich entschlossen, in Palenque zu bleiben, weil sie zu schwach waren oder zu müde oder zu krank, um weiterhin umherzuziehen oder weil sie nichts davon hielten, nach Mayapán zurückzukehren oder mit Tonina nach Westen zu gehen; hier gab es zumindest eine alte Frau, die mit unglaublichem Glück gesegnet war. In Ixchels Nähe zu leben ließ zumindest Heilung von Krankheiten und Wunden erhoffen, die Rückkehr treuloser Ehemänner, neue Fruchtbarkeit – Abhilfe für die Beschwerden, die den Menschen überall zu schaffen machten.

Auch H'meen wollte bleiben. »Ixchel ist von dem langen Aufenthalt in der Höhle geschwächt«, sagte sie zu Tonina. »Sie braucht jemanden, der sich um sie kümmert und wieder gesund pflegt.« H'meens medizinisches Wissen hatte sich erweitert, inzwischen verfügte sie über eine umfangreiche Auswahl an Heilkräutern: Chinarinde, um das Fieber zu senken; die Blätter des purpurnen Fingerhuts gegen Herzbeschwerden, Yamswurzeln zur Behandlung von Arthritis. Man suchte H'meen auf, wenn man Kopf- oder Ohrenschmerzen hatte, Beschwerden in der Brust oder im Darm, Unregelmäßigkeiten bei der Menstruation oder wenn man an Impotenz litt, und all dies behandelte sie mit Pflanzenextrakten, Amuletts, Zaubersprüchen und Gebeten. Und jetzt wollte sie der armen Frau, die den größten Teil ihres Lebens unter der Erde verbracht hatte, zu Kräften und vielen weiteren Jahren verhelfen.

»Von einer Dame in so vorgerücktem Alter kann ich eine Menge lernen«, erklärte sie Tonina. »Ixchel mit ihrem umfassenden Wissen und ihrer Weisheit hat möglicherweise ein Rezept gegen meine vorzeitige Alterung. Jedenfalls danke ich dir, Tonina, dass du mich aus Mayapán herausgeholt und mir die Welt gezeigt hast. Sollte ich morgen sterben, war es das wert.«

Die Fünfzehnjährige, die so alt wie Ixchel aussah, würde Tonina fehlen. Sie umarmten sich und wünschten sich gegenseitig Glück.
Als Tonina Einauge bat, bei Ixchel und H'meen zu bleiben, zumindest eine Weile, sagte er zu. Er war das ständige Herumziehen leid, und es war abzusehen, dass Einauge auch hier weibliche Aufmerksamkeit wecken würde, verhieß doch ein einäugiger Zwerg, der den Angriff eines Jaguars überlebt hatte, fürwahr doppeltes Glück.
So kam es, dass der Zwerg, auf einer niedrigen Steinmauer stehend, Tonina unter Tränen Lebewohl sagte, das Gefühl ihrer Arme um sich genoss und sich schwor, sie ewig zu lieben.

»Ihr wisst, was zu tun ist«, sagte Balám zu seinen Vettern. Sie warteten am Ende des Pfads, dort, wo er auf die von Ost nach West verlaufende Weiße Straße traf, und nahmen wie besprochen ihre Plätze in Bäumen und Büschen und hinter Felsbrocken ein – die Falle für Chac und seine Gefolgsleute war bereit. »Um die Mittagszeit dürften sie hier sein. Mir ist daran gelegen, dass es so wenig Tote wie möglich gibt.« Balám blinzelte in die Sonne, die jetzt den Dunstschleier durchbrach. »Wir müssen Gefangene machen. Vor allem Chac und Tonina sind unbedingt am Leben zu lassen. Als besonderes Geschenk für meinen Onkel.«
Seine Vettern, junge Männer, die darauf brannten, endlich zu kämpfen, fügten sich bereitwillig den Anweisungen. Bald würden ihre Speere Feindesblut trinken, und in ein paar Tagen würden sie den triumphalen Einmarsch eines Helden in Uxmal feiern.

Zwei Gruppen verließen Palenque – eine große und eine erbärmlich kleine.
Keiner hatte sich bereit erklärt, Tonina zu begleiten. Warum sollten sie?, hatten sie gesagt. Sie wollte geradewegs nach Westen, hinauf in die schneebedeckte Bergregion von Chiapás. Dort hatten sie nichts verloren. Viele wollten mit Chac ziehen, sei es, weil sie Heimweh nach Mayapán hatten oder weil sie eine große

Stadt kennenlernen wollten oder darauf hofften, dort ihr Glück zu machen.
Dennoch musste Tonina nicht allein aufbrechen. Chac hatte Männer aus der Gegend aufgetrieben, die bereit waren, sie ins Chiapás-Gebirge zu bringen, zuverlässige Führer, die sich auskannten und den örtlichen Dialekt beherrschten. Da Chac dies als Begleitung für Tonina noch immer zu wenig schien, befahl er Haarlos und seinen Freunden, bei Tonina zu bleiben, bis sie ihres Schutzes nicht länger bedurfte, ganz gleich, wie lange dies dauern mochte. Von den Neun Brüdern, die inzwischen nur noch fünf zählten, waren drei verheiratet, und alle drei Ehefrauen weigerten sich, nach Westen, in feindliches Gebiet zu gehen; sie schlossen sich Chacs Gruppe an und ließen ihre Ehemänner mit Haarlos ziehen.
Endlich brach man auf. Stumm schritten Chac und Tonina an der Spitze der noch nicht aufgeteilten Menge durch das Waldgebiet entlang der Küste. Tonina hütete sich, dem Mann an ihrer Seite einen Blick zuzuwerfen. Sie wusste, dass ihre Willenskraft an einem zarten Faden hing. *Bitte mich, mit dir zu gehen, und ich sage ja.* Chac musste daran denken, wie Tonina ihn unweit von Tikal ins Wasser gelockt hatte. Wenn du jetzt die Hände ausstreckst, ging es ihm durch den Kopf, werde ich das Gleiche tun wie damals: meine Hände in deine legen und mich von dir führen lassen, wohin du willst.

»Sie kommen, Herr!«, vermeldete Baláms Späher aufgeregt.
Der Prinz von Uxmal, ergebener Gefolgsmann des blutrünstigen Gottes Buluc Chabtan, griff nach seinem Speer und grinste. Die Stunde der süßen Rache brach an.

Es war etwas Merkwürdiges um Ixchel.
H'meen wusste nicht, was es war. Aufgefallen war ihr das, als sie die weißhaarige Frau zum ersten Mal gesehen hatte, oben auf dem Hügel, als sie unter Tränen allen für ihre Befreiung gedankt hatte. Selbst jetzt, da Ixchel von ihrem unterirdischen Garten

sprach, wurde H'meen das Gefühl nicht los, dass irgendetwas nicht stimmte.

Der allmorgendliche Dunst hatte sich aufgelöst, die Sonne strahlte. H'meen dachte wehmütig an ihre Freunde Tonina und Chac, die sich wohl inzwischen der Weißen Straße näherten. Nach deren Aufbruch war H'meen mit in Ixchels Haus gezogen, wo sie gegenwärtig gemeinsam das Mittagessen einnahmen – eine nahrhafte Brühe, angereichert mit besonderen Kräutern zur Kräftigung von Ixchels Blut. Der Quetzal war, anstatt in die Freiheit zu fliegen, geblieben und hockte auf seiner Stange, wo er unbeschwert an einer Frucht herumpickte, derweil Poki, dick und zufrieden wie immer, auf einer modrig riechenden alten Decke ein Schläfchen hielt. Chac hatte von Haarlos und seinen Männern Ixchels Habe aus der Höhle bergen lassen, selbst die Tomaten- und Beerensträucher, die sie dort gezogen hatte.

»Ehrwürdige«, sagte H'meen und reichte Ixchel eine Kalebasse mit heißer Suppe, in der klein geschnittenes Gemüse schwamm, »wie war es möglich, in der Höhle Eurer Gefangenschaft einen so herrlichen Garten anzulegen?«

Ixchel führte die Schale an die Lippen und trank genüsslich. »Durch die Öffnung an der Decke der Höhle drangen ausreichend Sonnenstrahlen, um Pflanzen zu ziehen, die wenig oder gar kein Licht brauchen. Und natürlich hatte ich genug Wasser. Die kleinen Fische in der Lagune dienten mir als Dünger.«

H'meen sah zu, wie Ixchel jetzt ein kleines Stück Zwiebel zerkaute und mit geschlossenen Augen einen Geschmack genoss, auf den sie jahrelang hatte verzichten müssen. »Ehrenwerte Ixchel«, hob sie an, »verzeiht mir die Frage, aber warum hat Euch der König in die Höhle eingeschlossen?«

Ixchel sah das seltsame Mädchen an, das so vorzeitig gealtert war. »Pac Kinnich hatte es auf etwas abgesehen, was meiner Familie gehörte.« Ihre Augen streiften das in Federn eingehüllte Bündel neben sich. »Er drohte, uns alle umzubringen, auch meinen geliebten Ehemann Cheveyo, wenn ich ihm nicht das heilige Buch gab, das sich seit Generationen in meinem Haus befand.«

Schatten legte sich über das kleine Steinhaus, verdeckte kurz die Sonne. Ein Gewitter kündigte sich an. Im angrenzenden Hof vergnügte sich Einauge damit, drei junge Frauen mit Berichten über seine Reisen zu unterhalten, nicht ohne hervorzuheben, welche Könige und hochrangige Persönlichkeiten er kennengelernt hatte, und gleichzeitig darauf zu achten, dass sein Umhang weit genug auseinanderklaffte, um die »Jaguarpranken« auf seiner Brust erkennen zu lassen.

»Es war das Jahr der Fünf Hurrikane«, sagte Ixchel und vergaß über der schmerzvollen Erinnerung ihre Suppe. »Pac Kinnich war ein bösartiger Mensch. Als meine Familie sich vor ihm versteckte, hob er im westlichen Bergland Fallen aus, wie Jäger sie zum Fangen von Tapiren und Rotwild verwenden, mit Pfählen, die oben zugespitzt waren. Er hoffte, wir würden in diese Fallen stürzen ...«

Während sie Ixchels Bericht lauschte, gab H'meen Kräuter und Gewürze in den Topf und erfuhr jetzt, dass die Familie, nachdem man sie vor den Fallen gewarnt hatte, in verschiedene Richtungen geflohen und Ixchel von ihrem geliebten Cheveyo getrennt worden war.

Plötzlich erstarrte H'meens Hand über der Suppe. Sie blinzelte die alte Frau an und stieß gleich darauf einen Schrei aus, wodurch Poki hochschreckte und in das ihm eigene Kläffen ausbrach.

»Was ist denn?«, fragte Ixchel.

»Wir müssen sie aufhalten!« H'meen sprang auf. »Einauge!«

Der Zwerg eilte herbei. »Was ist los?«

»Wir müssen Tonina benachrichtigen! Sie muss umkehren!«

»Umkehren! Das ist unmöglich! Sie dürften die Weiße Straße bereits erreicht haben.«

»Läufer!« H'meen schob Einauge in Richtung Tür. »Such Männer und schick sie hinter ihnen her.«

Ixchel setzte ihre Suppenschüssel ab, schlug die Hände vor den Mund. »Ihr meint, die Fallen dort gibt es noch immer?«

»Läufer werden Tonina unmöglich rechtzeitig erreichen«, sagte Einauge. Fallen? Was für Fallen denn? »Der Himmel bezieht sich.

Bald wird es regnen, und dann gleicht der Pfad einem Fluss. Bis wir jemanden finden, der Tonina nacheilt, wird sie viel zu weit weg sein …«

»Einauge!«, beschwor H'meen den Zwerg. »Wir müssen etwas unternehmen, damit sie umkehren. Rasch!«

»Ich wüsste nicht, wie …«

»Der Turm«, kam es unversehens von Ixchel.

Sie starrten sie an.

»Wenn er noch steht«, sagte die alte Frau und erhob sich, »kannst du hinaufklettern und denen, die auf dem Pfad unterwegs sind, ein Signal geben.«

»Wo ist denn dieser Turm?«, fragte Einauge.

»Ich zeige ihn dir.«

Der Holzturm erhob sich am Rande der Stadt und überragte selbst den höchsten Baum des Regenwaldes. »Ganz oben ist ein Spiegel aus Obsidian angebracht«, sagte Ixchel und deutete dorthin, wo der Turm zwischen den Bäumen verschwand. »Er wurde vor vielen Jahren errichtet, für Späher, die dann Ausschau nach Angreifern hielten. Wenn der Spiegel so ausgerichtet ist, dass die Sonne darauffällt, schickt er ein grelles Warnlicht hinunter in die Ebene, damit die, die sich dort aufhalten, umgehend Schutz in der Stadt suchen.«

Sie schwieg. Alle schauten zum immer dunkler werdenden Himmel empor. Wie immer in dieser Jahreszeit brach, sobald sich der morgendliche Dunst aufgelöst hatte, die Sonne durch. Um die Mittagszeit jedoch ballten sich Wolken zusammen und der unvermeidliche Regenguss folgte. Jemand musste, so lange noch die Sonne schien, den Spiegel entsprechend ausrichten.

Am Fuße des wackligen Wachturms hatte sich eine kleine Schar Neugieriger eingefunden. Ein paar Ältere, die sich an die Funktion des Spiegels erinnerten, sagten, dass es eines starken Mannes mit scharfen Augen bedürfe, da die Oberfläche aus Obsidian ganz genau ausgerichtet werden müsse, damit der Lichtstrahl die treffe, die auf dem Pfad unterwegs waren.

Ein bulliger Mann erbot sich, den Turm zu erklimmen. Wer wovor gewarnt werden sollte, wusste er zwar nicht, aber es war für ihn eine Abwechslung, und der allgemeinen Aufmerksamkeit durfte er sich auch sicher sein. Als er jedoch die erste Sprosse erklomm, ächzte der Turm bedrohlich.

»Halt«, gebot H'meen. »Er hält dein Gewicht nicht aus. Ich werde hinaufsteigen.«

»Ihr werdet den Spiegel nicht bewegen können, Frau. Er ist sehr schwer.«

H'meen biss sich auf die Unterlippe. Wenn Ixchels Bericht den Tatsachen entsprach, musste Tonina unbedingt zur Umkehr angehalten werden. Was nicht mehr möglich sein würde, sobald der Regen einsetzte. Und danach wäre nicht mehr auszumachen, welchen Pfad ins Bergland von Chiapás sie eingeschlagen hatte. Jetzt oder nie war die Devise.

Als Einauge H'meens sorgenvolles Gesicht sah, traf er in Sekundenschnelle eine Entscheidung. »Ich klettere hinauf«, sagte er mit gespielter Tapferkeit. »Mein Gewicht wird der Turm aushalten, und meine Arme sind kräftig genug, um den Spiegel zu bewegen.«

»Aber es bedarf eines scharfen Blicks«, gab der Bauer zu bedenken. »*Zwei* scharfer Augen«, fügte er anzüglich hinzu. »Wenn du den Spiegel falsch ausrichtest, werden sie das Signal nicht bemerken.«

Einauge sah hinüber zu den drei jungen Frauen, die ihn vorhin angehimmelt hatten, und dachte an das angenehme Leben, das er sich in diesem Paradies erträumt hatte, in dem ein einäugiger Zwerg sich wie ein König fühlen konnte. Sein persönliches Glück gegen das Wohlergehen anderer abzuwägen, war etwas ganz Neues für ihn. Außerdem müsste er, um auf den Turm zu steigen und Tonina zur Umkehr zu bewegen, ein Geheimnis preisgeben, und sobald dieses Geheimnis bekannt wurde, wäre es mit dem schönen Leben in Palenque aus und vorbei. Verachten würde man ihn.

Sei's drum, befand er. Man ist nur einmal jung und niemals zweimal alt. Und mehr als ein Leben hat man nicht. Er löste das Band

an seinem Kopf, nahm die Augenklappe ab und sagte: »An meinen Augen gibt es nichts auszusetzen.«
Alle schnappten nach Luft, als sie sein zweites gesundes Auge mit der braunen Iris sahen.
Auf den Trick mit der Augenklappe war er vor langer Zeit verfallen, in einer Stadt, in der es derart viele Zwerge gab, dass sie eine eigene Zunft bildeten. Und weil sie so zahlreich waren, hatte man ihnen kaum noch Beachtung geschenkt. Deshalb hatte sich der gerissene Inselhändler gesagt, dass ein Zwerg, der ein Auge eingebüßt und überlebt hatte, fürwahr als Glückspilz gelten müsste!
H'meen, die durchaus verstand, wie schwer ihm diese Offenbarung gefallen war, berührte seinen Arm. »Die Götter mögen dich segnen«, sagte sie.
Als er mit dem Aufstieg begann, betete Einauge, dass es nicht zu spät sein möge, denn dann wäre sein Opfer umsonst gewesen.

Sie näherten sich der Weißen Straße, von der aus es in östlicher Richtung zurück nach Mayapán ging. Tonina dagegen wollte sich nach Westen wenden und einen Pfad einschlagen, der sie in die Kiefernwälder von Chiapás führte.
Als Chac und Tonina schweren Herzens Abschied voneinander nahmen, hob Balám in seinem Versteck den Arm und gab das Zeichen, sich zum Angriff bereitzuhalten.

Einauge verwünschte seine Kleinwüchsigkeit.
Er war oben auf dem Turm angelangt. Sobald er sein Gleichgewicht wiedergefunden hatte – noch nie war er so hoch über dem Boden gewesen, noch nie hatte er so viel Wald gesehen –, tastete er sich vor zum Rande der massiven Platte aus Obsidian, die als Blinkspiegel diente. In dieser Höhe ging ein scharfer Wind, boten die Bäume keinen Schutz. Der Turm schwankte, fast hätte Einauge den Halt verloren.
Er stellte sich auf die Zehenspitzen und reckte die Arme, nicht ohne die Maya wegen ihrer Marotte für Spiegel und überhaupt zu verwünschen, genau wie seine großherzige Seele, sich aus

eigenen Stücken auf diese selbstmörderische Gefälligkeit eingelassen zu haben.
Schließlich – ein zaghafter Ruck an der schweren, wackeligen Scheibe und kurz darauf ein »*Guay!*« Die Sonne hatte sich hinter einer dunklen Wolke verkrochen. Jetzt musste es schnell gehen.

Chac klopfte das Herz bis zum Halse, als er nach Toninas Händen griff und ihr lange in die Augen sah. Was ihre Begleiter bewog, diskret in die entgegengesetzte Richtung zu schauen.
»Ich bete darum, dass die Götter dich beschützen mögen«, sagte Chac heiser, um Haltung bemüht. »Und dass du deine Familie findest.«
Tonina öffnete den Mund, aber kein Ton kam heraus.
Zwischen den Bäumen war Balám drauf und dran, zum Zeichen des Angriffs den Arm zu senken, als Haarlos plötzlich sagte: »Was ist das denn?«
Sie wandten sich in die Richtung, in die er deutete, und sahen oberhalb der Bäume in der Nähe der Stadt ein helles Licht aufblitzen.
»Was das wohl zu bedeuten hat?« Chac runzelte die Stirn.
Einer von Toninas Führern, der aus Palenque stammte, sagte: »Das ist ein Alarm, Herr! Irgendetwas ist in der Stadt los. Wir müssen zurück.«
»Zurück!«, rief Tonina aus. »Warum denn?«
Zwei der angeworbenen Führer machten bereits kehrt, während ein dritter sagte: »Es ist etwas passiert! Wir müssen nach Hause!«
Hastig wies Chac Haarlos an, mit den Leuten langsam zu folgen, packte Tonina am Handgelenk und eilte mit ihr zurück nach Palenque.

Nachdem er so gut es ging bis zum Einsetzen des Platzregens Signale gegeben hatte, kletterte Einauge wieder vom Turm. Er machte sich auf Vorwürfe gefasst. Man würde ihn wegen des

Tricks mit der Augenklappe beschimpfen und dafür, sich als besonderer Glücksbringer ausgegeben zu haben. Stattdessen wurde er am Fuße der Leiter von einer begeisterten Menge in Empfang genommen, Frauen drängten sich um ihn, nannten ihn einen Helden, Männer klopften ihm auf den Rücken, als Anerkennung für seine Tapferkeit.

Unter einem warmen Platzregen kehrte die ausgelassene Prozession zurück in die Stadt, zu Ixchels Haus, um dort das Eintreffen von Chac und Tonina abzuwarten. H'meen verteilte Kalebassen mit Suppe, irgendjemand steuerte *pulque* und Zigarren bei, und Einauge genoss seine plötzliche Berühmtheit. »Was für ein schlauer Bursche du doch bist«, sagte H'meen liebevoll und stolz. Und scherzhaft fügte sie hinzu: »Demnächst wirst du uns weismachen, dass du gar kein Zwerg bist!«

Chac betrat als Erster den großen Innenhof. »Was ist los? Was ist vorgefallen?«, fragte er atemlos. Tonina, die kurz nach ihm eintraf und wie er vom Regen völlig durchnässt war, rang erst einmal nach Luft. Als sie dann Einauge sah, hob sie die Brauen. »Wo ist deine Augenklappe?«

Ixchel kam seiner Antwort zuvor. »In den Bergen gibt es gefährliche Fallen, die ein grausamer König vor langer Zeit ausgehoben hat. Deswegen haben wir dich zurückgerufen. Kommt ans Feuer und trocknet euch erst einmal.«

Aber da zog H'meen Tonina bereits beiseite. »Nicht wegen der Fallen wollte ich, dass du zurückkommst«, sagte sie, »sondern wegen etwas anderem, was Ixchel erwähnte …«

Sie warf einen Blick über die Schulter, um sich zu vergewissern, dass niemand zuhörte. »Ich möchte das nicht vor den anderen sagen, solange ich mir nicht sicher bin. Tonina, ich glaube, Ixchel ist deine Mutter.«

47

»Meine Mutter!«

»Schscht, lass sie das nicht hören.« H'meen schielte hinüber zu Ixchel, die Chac eben ein Baumwolltuch zum Abtrocknen reichte.

»Aber H'meen.« Verblüfft sah auch Tonina zu Ixchel hinüber. »Das ist unmöglich. Ixchel ist viel zu alt.«

»Das dachte ich anfangs auch. Aber du solltest ihre Geschichte hören. Meine Vermutung habe ich erst mal für mich behalten, für den Fall, dass ich mich täusche. Ich wollte ihr keine falschen Hoffnungen machen. Sollte ich mich aber irren, dann verzeih mir, jetzt dich damit überrascht zu haben.«

Es gab nichts zu verzeihen; Tonina hatte sich keinerlei Hoffnungen hingegeben. Was H'meen da behauptete, war im Gegenteil derart absurd, dass Tonina sich eher Sorgen um den Geisteszustand der königlichen Botanikerin machte als darum, wer Ixchel in Wirklichkeit war.

Während draußen der Regen niederrauschte, saßen sie um das kleine Feuer herum. Die, die sich im Hof aufhielten, verkrochen sich lieber in ihre wasserfesten Umhänge anstatt nach Hause zu gehen, weil sie unbedingt erfahren wollten, warum Chac und Tonina zurückgerufen worden waren.

»Als Pac Kinnich mich gefangen nahm«, hob Ixchel mit leiser Stimme an. Wie sie diesen beiden jungen Menschen helfen konnte, wusste sie selbst nicht so recht. Sie hatte keine Ahnung, wo Pac Kinnich seine Fallen ausgehoben hatte. »Als er mich gefangen nahm, steckte er mich in die Höhle, aus der es kein Entkommen gab. Und tagtäglich kam er zu der Öffnung in der Kuppel und fragte mich, wo ich das heilige Buch versteckt hätte. Er ließ Essen für mich hinunter und Kleidung. Er wollte, dass ich in diesem Grab und so lange wie möglich am Leben bleibe. Bis er dann irgendwann nicht mehr kam und ich nichts mehr von ihm hörte. Das war vor vielen, vielen Jahren.«

»Ehrwürdige Ixchel«, sagte H'meen behutsam. »Erzählt Tonina und Chac den ersten Teil Eurer Geschichte. Ehe Pac Kinnich Euch gefangen nahm.«

»Da sich meine Familie weigerte, König Pac Kinnich unser heiliges Buch auszuhändigen, erschlug er meine Eltern und meine Schwestern. Cheveyo und ich versteckten das heilige Buch im Zeittempel, anschließend flohen wir. Aber wir wurden voneinander getrennt. Ich weiß nicht, wohin Cheveyo verschwunden ist. Pac Kinnich nahm die Verfolgung nach mir auf. Ich floh zusammen mit ein paar getreuen Freunden, erst nach Osten, dann in nördlicher Richtung, immer weiter, bis ich zu einem großen Meer gelangte.«

Tonina tauschte mit H'meen einen Blick und fragte sich unversehens, wohin diese Geschichte führen würde.

»Ich hatte ein kleines Baby«, fuhr Ixchel fort und wiederholte, was sie bereits H'meen erzählt hatte. »Ich wusste, dass Pac Kinnich, wenn er uns erwischte, mein Kind als Druckmittel verwenden würde, um von mir zu erfahren, wo sich das Buch befand. Ich floh nach Nordosten, zu dem legendären Ort, von dem aus, wie es heißt, der große Gott Quetzalcoatl auf seinem Schlangenfloß über das östliche Meer aufbrach. Aus Schilf flocht ich einen kleinen Behälter – ich stamme nämlich aus einer Familie von Korbflechtern –, und darin setzte ich meine Tochter auf dem Meer aus und betete, dass die Gezeiten, die Winde und die Strömungen sie zu dem Land tragen mögen, in dem Quetzalcoatl sich aufhielt, in der Hoffnung, er würde sie in seine Obhut nehmen und eines Tages zu mir zurückbringen.«

Tonina keuchte auf, griff sich mit der Hand an die Brust.

Als Ixchel sie ansah, wurde H'meen blitzartig klar, was sie an der alten Frau verstört hatte. Wenn Ixchel sprach oder lächelte, ent-

blößte sie zwei lückenlose Reihen gesunder Zähne. Wie war das möglich? Und dann ging H'meen ein Licht auf: Ixchel war nicht so alt wie alle angenommen hatten.
»Ehrwürdige Ixchel«, sagte H'meen, »wie viele Jahre zähltet Ihr, als Pac Kinnich Euch unter die Erde verbannte?«
»Ich stand in meinem neunzehnten Sommer.«
»Und in welchem Jahr wurdet Ihr von Pac Kinnich eingesperrt?«
»Das war im Jahr der Fünf Hurrikane.«
»Ehrwürdige Ixchel, Ihr seid nicht so alt wie Ihr denkt. Das Jahr der Fünf Hurrikane liegt einundzwanzig Jahre zurück, und das bedeutet, dass Ihr erst vierzig seid.«
»*Großer Lokono!*«, wisperte Tonina.
»Unmöglich«, sagte Ixchel.
»Ich erinnere mich an jenes Jahr«, meinte Chac, der ahnte, dass eine große Enthüllung in der Luft lag, »und an diese fünf Hurrikane, fünf nacheinander. Alle glaubten, die Welt ginge unter. Ich war damals sieben, also war das vor einundzwanzig Jahren.«
Ungläubig schüttelte Ixchel den Kopf. »Wie kann das sein? Habe ich in der Höhle jegliches Zeitgefühl verloren? Für mich schienen so viele Jahre zu vergehen, aber es waren wohl weniger als ich glaubte.« Auf einmal durchfuhr sie ein Gedanke. Wenn sie wirklich um einiges jünger war als angenommen, konnte es dann nicht sein, dass ihr geliebter Cheveyo auch noch am Leben war?
»Ich glaube«, mutmaßte H'meen und wartete eigentlich darauf, dass Tonina etwas sagte, »dass der lange Aufenthalt in der Dunkelheit und die Nahrung, die fast ohne Sonne gewachsen war, Euren Alterungsprozess genauso wie damals bei mir beschleunigt hat.«
Ixchels Gedanken kreisten jetzt nur um einen Punkt. »Als Pac Kinnich mich in die Höhle einsperrte, sagte ich ihm, dass Cheveyo mich bestimmt finden würde. Daraufhin erwiderte er, er habe Cheveyo ein blutgetränktes Kleid von mir gezeigt und ihm gesagt, ich sei tot. Cheveyo muss ihm das geglaubt und Palenque verlassen haben. Denn hätte mich Cheveyo noch am Leben

gewähnt, wäre er auf die Suche nach mir gegangen, bis er mich gefunden hätte.«

Als sie merkte, wie ihre Freunde, allen voran das junge Inselmädchen, sie anstarrten, meinte sie noch: »Ich verstehe nicht, warum das so wichtig ist. H'meen hat euch wegen der Fallen zurückgerufen, aber wo die sind, kann ich euch nicht sagen.«

Endlich fand Tonina die Sprache wieder. »Wisst Ihr«, fing sie an, hielt dann aber inne und räusperte sich. »Ehrenwerte Ixchel«, hob sie erneut an, »wisst Ihr, was aus Eurer kleinen Tochter geworden ist?«

»Sie entschwand hinaus aufs Meer«, sagte Ixchel traurig.

Tonina beugte sich vor. »Habt Ihr das gesehen?«

»Pac Kinnich schickte Kanus aus. Sie sollten mein Baby bergen, aber sie kamen zurück und behaupteten, das Meer habe die Kleine verschlungen. Das hat meinen Kampfgeist gebrochen. Das Buch war gut versteckt und würde niemals gefunden werden, und Cheveyo hatte es wohl geschafft, sich in Sicherheit zu bringen. Ohne meinen geliebten Ehemann und mein geliebtes Kind war ich am Ende meiner Kraft. Pac Kinnich schleppte mich zurück in die Stadt und durch die Straßen und warf mich dann in die Höhle, in der ich blieb, bis ihr kamt.«

Aller Augen waren auf Tonina gerichtet, die jetzt nach der Schnur um ihren Hals griff und sie sich über den Kopf hob. Das Medaillon wurde sichtbar. Tropischer Regen prasselte auf das Dach, die Flammen der Kochstelle warfen tanzende Schatten an die Wände.

»Kommt Euch das bekannt vor?«, fragte Tonina und reichte Ixchel den Anhänger.

Ixchel hielt das runde Amulett ins Licht, stieß nach einem kurzen Blick heftig den Atem aus. »Das habe ich meiner Kleinen umgehängt, als ich sie auf dem Meer aussetzte! Wo hast du es gefunden?«

»Vor einundzwanzig Jahren« – Tonina war bemüht, die Hoffnung, dass diese Frau ihre Mutter sein könnte, im Zaum zu halten – »fand ein älteres Ehepaar auf einer Insel weit im Osten einen Korb, der sich in einem Mangrovengestrüpp verfangen hatte. Er sei von Delphinen an Land getrieben worden, sagten sie. In dem Korb lag ein kleines Mädchen. Mit dieser Kette um den Hals.«

Ixchel starrte Tonina an.

»Dieses Baby war ich«, kam es leise von Tonina.

Ixchel war wie zu Stein erstarrt. Sie blinzelte nicht, schien nicht einmal zu atmen.

»Ich war in eine kleine Decke gewickelt«, fuhr Tonina fort und griff nach ihrem Reisesack. »Man sagte mir, die Stickerei würde mich zu meinem Volk führen.« Sie kramte die Decke heraus und reichte sie Ixchel.

Mit großen Augen besah sich die weißhaarige Frau die kleine Baumwolldecke, deren Stickerei am Rand ihr sehr wohl vertraut war, hatte sie sie doch eigenhändig angebracht. »Diese Decke habe ich bestickt, als ich schwanger war. Aber … Pac Kinnich sagte doch, mein Baby sei auf dem Meer verschwunden …«

»Und Ihr habt diesem Unhold geglaubt?«, murrte Einauge.

Ixchel musterte die weißen Symbole auf Toninas Gesicht, das nach Inselart geschmückte Haar. »Ist das möglich?«, flüsterte sie schließlich. »Du bist meine kleine Malinal?«

»Ich heiße Tonina. Ich habe einundzwanzig Jahre lang auf der Perleninsel gelebt und wurde dann aufs Festland entsandt, um die rote Blume auf diesem Medaillon zu suchen. Aber ich glaube …« Ihre Stimme versagte, sie rang um Fassung. »Ich glaube, dass ich vielmehr weggeschickt wurde, damit ich meine Familie suche. Habe ich sie gefunden? Habe ich meine Mutter gefunden?«

»Die Götter mögen uns segnen«, flüsterte Chac.

Ixchel brach in Schluchzen aus, schlug die Hände vors Gesicht. Sofort war Tonina bei ihr, legte ihr den Arm um die zarten Schultern.

Leise weinten sie zusammen, Mutter und Tochter, zu überwältigt, etwas zu sagen, bis Ixchel sich die Augen wischte und Tonina über das Haar strich. »Zeichen und Wunder!«, entrang es sich ihr gedämpft, ehe sie sich eingedenk der anderen, die gebannt diese Szene verfolgten, von Tonina löste und versuchte, sich wieder zu fangen.

Eine geraume Zeit lang sah sie voller Bewunderung diese hochgewachsene und starke junge Frau neben sich an. Welch eine Wendung! Es würde bestimmt eine Weile dauern, bis sie vollends fassen konnte, dass dieses Wunder Wirklichkeit geworden war. »Als Pac Kinnich mich oben auf den Hügel brachte«, sagte sie dann, »um mich in die Höhle hinunterzulassen, sagte er, weil ich mein Kind auf dem Wasser ausgesetzt und seinem Zugriff entzogen hätte, werde er mich *unter* Wasser aussetzen, unerreichbar. Aber gerade weil ich unter Wasser war, konntest du mich retten. Ich habe dich auf dem Meer ausgesetzt, und die Götter haben dich zu einer guten Schwimmerin heranwachsen lassen.«

Mit zitternder Hand berührte sie Toninas bemalte Wange. »Der unterirdische Fluss in der Höhle mündet in die Bucht von Campeche. Also betete ich zu den Göttern des Meeres, dass sie dich finden und zu mir zurückbringen. Während ich betete, weinte ich, und meine Tränen wurden hinaus zum Meer geschwemmt. Die Götter haben von meinen Tränen gekostet und meine Gebete erhört.«

»Mutter«, sagte Tonina, »ich habe überall nach dieser Blume gesucht. Aber nirgendwo hingen rote Blumen von Bäumen. Keine, die so aussah.« Sie deutete auf den Stein, der noch immer in Ixchels Handfläche lag.

»Von Bäumen?« Ixchel schüttelte den Kopf. »Die Blume ist aufwärts gerichtet und hat die Form eines Bechers. Siehst du?« Sie hielt das Medaillon so, dass die kelchförmigen Blütenblätter aufwärts gerichtet waren.

Wie Schuppen fiel es Tonina von den Augen. Guama hatte das Medaillon verkehrt herum angeschaut! Bestürzt dachte sie an die vielen aufwärts gerichteten roten Blüten, die sie unterwegs gesehen hatten: Zinnien, Maßliebchen, Orchideen.

Aber da sagte Ixchel bereits: »Diese Blume findet man nicht in unseren Wäldern. Sie ist etwas ganz Besonderes.«

»Wo wächst sie dann?«

Ixchels Blick streifte die um das Feuer Sitzenden. Für deren Ohren war das Geheimnis der roten Blume nicht bestimmt. »Dar-

über kann ich jetzt nicht sprechen«, sagte sie. »Außerdem bin ich erschöpft …«
Tonina hätte gern mehr erfahren, aber da gebot H'meen: »Ihr müsst jetzt alle gehen. Die Ehrenwerte Ixchel braucht Ruhe.«
Als Tonina ihrer Mutter einen Gutenachtkuss gab, sagte Ixchel: »Wir unterhalten uns morgen weiter, liebes Kind. Ich habe dir viel zu erzählen. Aber eins sollst du noch wissen: In deinen Adern fließt altes und edles Blut. Und dies«, fügte sie noch hinzu, griff nach ihrem mit Federn verzierten Bündel und drückte es sich an die Brust, »wird eines Tages dein sein.«

48

»In deinen Adern fließt altes und edles Blut.«
Ixchels Worte hallten wie ein nicht endendes Echo in Chacs Kopf wider. Vor fünf Tagen hatte sie das gesagt, sich aber in Schweigen gehüllt und nur noch angemerkt, dass Tonina einem Stamm im nördlichen Hochland, im Tal von Anahuac angehöre. Ständig kreiste dies in Chacs Gedanken.
Edles Blut …
Er freute sich für Tonina, war aber gleichzeitig auch verstört. Unaufhörlich dachte er an sie und an diese verblüffende Schicksalswende, während er durch das Lager auf der Plaza schritt und seinen Männern Anweisungen für die Vorbereitungen zum erneuten Aufbruch seiner großen Menschenschar erteilte, die jetzt alle nach Mayapán wollten.
Sie zusammen mit ihrer Mutter zu sehen, ihre rührende Freude zu erleben, seine eigenen Tränen hinunterzuschlucken, als Tonina und Ixchel sich weinend in den Armen lagen, all dies hatte in Chac die Erinnerung an den traurigen Abschied von seiner eigenen Mutter aufsteigen lassen. Jetzt wünschte er sich, ihr mehr Platz in seinem Leben eingeräumt zu haben.
Als er sich umwandte, sah er Tonina auf sich zukommen. Zu dem bereits vertrauten Schmerz, der ihn durchzuckte, gesellte sich nun ein weiterer: Die Kluft, die sich seit dem Tag, da sie sich zum ersten Mal gesehen hatten, zwischen ihnen aufgetan zu haben schien, war jetzt breiter denn je.
»Stimmt es, dass du morgen aufbrichst?«, fragte sie beim Näherkommen. Da sie die vergangenen Tage in Gesellschaft ihrer Mut-

ter verbracht hatte und ihn die immer größer werdende Menschenmenge in Anspruch nahm, waren sie sich kaum über den Weg gelaufen.
Chac konnte den Blick nicht von ihr wenden. Obwohl sie jetzt wusste, dass sie Nahuablut in sich hatte – und damit einem der vielen Stämme angehörte, die Nahuatl sprachen –, war ihr Gesicht noch immer nach Inselart bemalt. Warum das?, fragte er sich. Sie merkte, dass er ihr Gesicht musterte, hörte seine stumme Frage.
»Ich bin noch nicht so weit, von Tonina Abschied zu nehmen«, erklärte sie. »Meine Mutter sagt, mein richtiger Name lautet Malinal. Aber diese Malinal kenne ich nicht. Ich bin noch immer Tonina die Perlentaucherin. Und ich finde ... wenn ich auf die Bemalung verzichte, die mich als zur Perleninsel zugehörig ausweist, käme das einer Missachtung der beiden Alten gleich, die mich großgezogen haben und die ich weiterhin als meine Großeltern liebe.«
Chac nickte wortlos. Was sollte er dieser selbstbewussten jungen Frau auch antworten?
»Du brichst morgen auf?«, wiederholte sie.
»So ist es.«
»Wir scheinen ständig Abschied voneinander zu nehmen.« Sie verlagerte den Reisesack an ihrer Schulter. Eigentlich hatte sie vorgehabt, auf den Markt zu gehen. Aber nun war ihr Chac über den Weg gelaufen.
»Sieht so aus. Was hast du jetzt vor?«
»Meine Mutter« – Tonina hing dem Klang dieser Worte genussvoll nach – »meine Mutter möchte sich auf die Suche nach meinem Vater Cheveyo begeben. Und nach unserem Volk. Sobald sie wieder bei Kräften ist, ziehen wir nach Westen und dann nach Norden ins Hochland, ins Tal von Anahuac. Sie war noch nie dort, sie ist hier in Palenque geboren. Unser Stamm hingegen lebt hoch im Norden.«
Sie verstummte, beide verloren sich im Blick des anderen, vergaßen die geschäftigen und lärmenden Menschen um sich herum.

Seit sie an der Weißen Straße umgekehrt waren, lagerten noch mehr auf den alten Plazas von Palenque: ein buntes Gemisch aus Baláms kleiner Armee und denen, die Chac gefolgt waren, dazu neuerdings all jene, die von Bauernhöfen aus der Umgebung stammten und sich Abwechslung oder ein besseres Leben erhofften. Die meisten brachen morgen mit Chac auf; ein paar neu hinzugekommene junge Männer wollten mit Balám nach Westen ziehen.

Chacs Blick streifte die Ruinen, die verlassenen Häuser, die vom Dschungel überwuchert wurden, brüchige Mauern, Schlingpflanzen, die sich um Fenster und Türöffnungen rankten. Übermorgen war Palenque wieder eine Geisterstadt. »Tonina, wenn ich in Mayapán alles erledigt habe, komme ich zurück und mache mich auf die Suche nach dir.«

Beide wussten, dass es nicht in seiner Macht lag, ein solches Versprechen einzuhalten. Die Männer von der Vereinigung würden das zu verhindern suchen. Selbst wenn es Chac gelingen sollte, sie vor das Tribunal des Königs zu bringen, konnte er ihnen nicht beweisen, dass sie in den Tod von Paluma verwickelt waren. Was ihn in Mayapán erwartete, würde ihn bis an sein Lebensende beschäftigen.

»Ich wünschte, ich könnte mit dir gehen«, flüsterte Tonina.

»Ich wünschte, ich könnte bleiben«, sagte Chac.

Und die Kluft wurde noch breiter.

Vom Verkaufsstand eines Korbflechters aus, an dem lebhaft gefeilscht wurde, beobachtete Ixchel voller Stolz ihre bildschöne Tochter. Groß und schlank war sie, wie alle Frauen in der Familie. Toninas ungewöhnliche Hautfarbe, die wie die von Ixchel honigfarben war, ging auf eine entfernte Großmutter zurück.

Sie sind verliebt, befand sie mit Blick auf ihre Tochter und den gut aussehenden jungen Ballspieler. Aber sie wehren sich dagegen. Chac folgt einem Pfad der Vergeltung, und das hält ihn davon ab, sein Herz zu verschenken. Und Malinal – Tonina – ist in einem Zwiespalt gefangen. Eigentlich möchte sie mit ihm gehen.

Aber Tonina war etwas anderes bestimmt. Und jetzt war die Zeit

gekommen, dass ihre Tochter die wahre Bedeutung der roten Blume erfuhr.
»Die Götter mögen euch segnen!«, rief sie.
Tonina und Chac fuhren herum. Wie sehr Ixchel sich verändert hatte! Ihr Gang war aufrechter geworden, sie schritt beherzter aus, ihr Gewand war nicht mehr zerknittert, ihr weißes Haar hübsch zurechtgemacht und mit farbenfrohen Bändern geschmückt. Die Wangen und ihr Körper waren voller geworden, so als hätte Ixchel die Entbehrungen der vergangenen Jahre wettgemacht.
Beim Näherkommen musterte sie Chac. Dem Aussehen nach könnte er einer von uns sein, stellte sie fest, obwohl er es vorzieht, sich wie ein Maya zu kleiden und zu geben. Immerhin hatte er sie gerettet, und ihrer Überzeugung nach geschah nichts ohne Grund. Die Götter hatten ihn geschickt. Warum?
»Junger Mann, welchem Stamm gehörst du eigentlich an?«
»Das weiß ich nicht. Meine Mutter hat es mir vor langer Zeit einmal gesagt, aber ich habe es vergessen. Vermutlich bin ich ein Chichimeke.«
Zwischen Ixchels Brauen bildete sich eine schmale Furche. »Nenne dich nie so, mein Sohn, denn diese Bezeichnung ist abwertend. Was ich vor mir sehe, ist keineswegs ein wilder Barbar.« Ihre scharfen Augen musterten seine Gesichtszüge, und Chac merkte, wie sie angestrengt überlegte. Als sie mit kühlen Fingerspitzen seine Stirn berührte und dann sagte: »Du hast eine edle Stirn«, war er verwundert.
Auf der lärmenden Plaza fiel Ixchels Blick auf einen anderen jungen Mann, dem sie instinktiv misstraute: Balám, der von sich behauptete, ein Prinz zu sein. Er und seine Krieger hatten Palenque fünf Tage zuvor bei Tagesanbruch verlassen, waren aber umgekehrt, als auch sie das vom Wachturm aus gegebene Signal bemerkt hatten. Seither lagerten sie außerhalb der Stadt, obwohl es hieß, Balám müsse so schnell wie möglich nach Norden. Ixchel mochte ihn nicht. Mit seiner spitz zulaufenden Stirn, den schräg stehenden Augen, der verbreiterten Nase und dem fliehenden Kinn erinnerte er sie an Pac Kinnich. Alles an diesem Kopf war

künstlich. Als wären die von den Göttern verliehenen Gesichtszüge nicht gut genug.

»Ich möchte ungestört mit euch beiden sprechen«, sagte sie zu Tonina und Chac. »Die Maya dürfen nicht erfahren, was ich euch anzuvertrauen habe: Ein Geheimnis, um dessentwillen meine Eltern bedroht wurden und aus dem Tal von Anahuac fliehen mussten. Meine Familie hier in Palenque gab ihr Leben hin, um Pac Kinnich dieses Geheimnis nicht zu offenbaren, und ich war aus demselben Grund zwanzig Jahre lang lebendig begraben. Jetzt sollt ihr beide schwören, dass ihr dieses Geheimnis auf ewig bewahrt.«

Als sie ihre hellen, scharfen Augen auf Chac richtete, verstand er, dass sie ihm die Chance einräumte, von dieser Herausforderung zurückzutreten und wie geplant nach Mayapán aufzubrechen. Er aber sah Tonina an, dachte dann an seine eigene Mutter, die ebenfalls vor Jahren das Tal von Anahuac verlassen hatte, und sagte: »Ich schwöre bei der Göttin des Mondes, Ehrenwerte Ixchel, dass Eurer Geheimnis bei mir gut aufgehoben ist.«

»Dann lasst uns gehen«, sagte sie und führte sie, das in Federn eingewickelte mysteriöse Bündel an sich pressend, über die Plaza.

Auf seinen Speer gestützt, beobachtete Balám, wie die drei die Stufen zur Zeittempel-Pyramide hochstiegen und in dem Schrein oben verschwanden.

Tage zuvor, als er an der Weißen Straße auf der Lauer lag und plötzlich das Lichtsignal bemerkte, war er Tonina und Chac zurück nach Palenque gefolgt und hatte von der wundersamen Wiedervereinigung von Mutter und Tochter erfahren. Dann war durchgesickert, dass Tonina einer edlen Blutlinie entstamme und Ixchel die Hüterin eines seltenen und unbezahlbaren Schatzes sei.

»Geburtsrecht« war der Begriff, der die Runde machte. Tonina wurde nun ein überraschendes Erbe zuteil.

Balám spuckte auf die bemoosten Pflastersteine der Plaza und fuhr sich mit dem Handrücken über den Mund. Und was ist mit

dem Geburtsrecht meiner Tochter? Wann bekommt Ziyal, was ihr rechtmäßig zusteht? Sie ist eine Tochter aus der königlichen Linie von Uxmal! Eine Prinzessin sollte sie sein!
Ja, dachte er, und spann den Faden noch weiter. Er sah sich in Uxmal einziehen, an der Spitze vieler Gefangener, unter denen sich sogar eine adlige Chichimekin sowie deren Tochter befanden. Bestimmt belohnte sein königlicher Onkel den siegreichen Neffen mit einer Krone nebst Thron für Ziyal sowie mit einem Schrein, in dem man sie verehren würde.
Balám überrieselte es wohlig. Derartige Visionen, wie er sie erstmals auf dem Marktplatz von Tikal geschaut hatte, überkamen ihn immer häufiger und immer nachdrücklicher, zeigten ihm die glänzende Zukunft auf, die ihm die Götter bestimmt hatten. Und alles war so einfach umzusetzen! Auf der alten Plaza drängten sich Familien, die auf ihren Bauernhöfen kein Auskommen mehr fanden und sich ein besseres Leben erhofften. Seine mittlerweile über dreihundert schwer bewaffneten Krieger, allesamt körperlich gestählt und darauf brennend, in den Kampf zu ziehen, konnten diese Meute widerstandslos unterwerfen. Die Gefangenen würden dann aneinandergefesselt auf der Weißen Straße nach Uxmal ziehen – Männer, Frauen und Kinder, vorneweg Chac, Tonina und die alte Frau, und an der Spitze Balám, der im Triumphzug in seine Geburtsstadt zurückkehrte.

Als Ixchel mit ihren beiden Begleitern in die Schatten des Zeittempels trat, eilte ein alter Mann auf sie zu und warf sich ihr zu Füßen. »Es ist vielmehr an mir, dir Ehre zu erweisen, lieber Ahau.« Mit diesen Worten half Ixchel dem Alten auf.
»Das ist Ahau«, sagte sie zu Chac und Tonina. »Als Pac Kinnich regierte, war er der Verwalter des Zeittempels. Ich habe ihn kürzlich bei Leuten ausfindig gemacht, die ihn aufnahmen, als sich die Stadt entvölkerte. Sie berichteten mir, Pac Kinnich habe ihn gefoltert, um das Versteck des heiligen Buches zu erfahren. Als er beharrlich schwieg, hat Pac Kinnich ihm die Zunge herausgerissen.«

Auf ihr warmherziges Lächeln hin strahlte das Gesicht des gebeugten alten Mannes vor Freude und Dankbarkeit. »Obwohl Ahau ein Maya ist, waren wir gut befreundet, nicht zuletzt weil er über das Wohl von Kukulcán wachte. Hier heißt er Quetzalcoatl, und er ist der Gott, dem ich diene. Ehrwürdiger Ahau, ich möchte mit diesen beiden jungen Menschen über das Buch sprechen. Dürfte ich dich bitten, heiligen Weihrauch zu entzünden?«
Eifrig nickend verzog sich der alte Verwalter in die Dunkelheit. Ixchel bedeutete Chac und Tonina, Platz zu nehmen.
Als sie sich auf den kalten Steinboden am Fuße des Altars setzten, drang ein Murmeln an ihr Ohr. »Weil er keine Zunge hat, kann der arme Ahau die Gebete nicht mehr singen«, erklärte Ixchel und lächelte. »Die Götter verstehen ihn dennoch.«
Kurz darauf wehte der Duft von Weihrauch zu ihnen herüber. »Ihr habt den Baum des Lebens gesehen«, sagte Ixchel leise, »der sich hinter dem Altar dort erhebt. Er stellt den Gott Quetzalcoatl dar, und das Ungeheuer unten am Baum symbolisiert Quetzalcoatls Macht über das Böse.«
Sie sah Chac an. »Die Maya kennen ihn als Kukulcán.«
Chac nickte. Der Kult des Wiederkehrenden Gottes, dem Paluma gehuldigt hatte.
Die Augen auf die Abbildungen an der Wand geheftet, meinte Tonina: »Als Tapferer Adler und ich uns vor den Adlerjägern in Chichén Itzá verstecken mussten, fanden wir Zuflucht in einer kleinen Kammer, deren Wände bemalt waren. Ich glaube, es war die Geschichte von einem hochgewachsenen, hellhäutigen Mann, dem Haar aus dem Kinn wuchs.«
»Das ist die Geschichte von Gott Quetzalcoatl«, erwiderte Ixchel, »eine Geschichte, die überall bekannt ist, ob er nun Quetzalcoatl genannt wird oder Kukulcán. In der Kultur deines Vaters, Tonina, heißt er Pahana, und weit unten im Süden lebt ein Volk, die Inka, die einen Gott namens Viracocha verehren, der einst als Mensch auf Erden wandelte. Auch er war groß und hellhäutig und hatte einen Bart. Er versprach, eines Tages zurückzukommen und dem Land Frieden zu bringen.«

Aus dem Nebenraum hörten sie Ahaus schlurfende Schritte und sein Murmeln, mit dem er zu den Göttern betete.
»In der Zeit, da Gott Quetzalcoatl als Mensch auf der Erde weilte«, fuhr Ixchel fort und legte sich das in Federn gehüllte Bündel auf die Knie, »ersann er Bücher und den Kalender und gab der Menschheit die Maispflanze. Er wurde geboren als das Kind einer Jungfrau, der Göttin Coatlicue. Wie die Legende berichtet, stieg Quetzalcoatl bei seinem Tod hinab in die Unterwelt und erwirkte dadurch, dass er sein Blut auf den Knochen der Toten vergoss, die Wiederauferstehung der menschlichen Seelen.
In der Unterwelt verharrte Gott Quetzalcoatl jedoch nicht. Nach drei Tagen kehrte er auf die Erde zurück und verließ dann unser Volk auf einem Floß, das aus Schlangen zusammengefügt war, gen Osten, der aufgehenden Sonne entgegen, mit dem Versprechen, eines Tages zurückzukommen und ewigen Frieden zu bringen. Viele von uns harrten seiner Rückkehr, aber im Laufe der Jahre, dann der Jahrhunderte – es heißt, dass Gott Quetzalcoatl vor über tausend Jahren als Mensch in diesem Land lebte – schwand die Hoffnung und die Menschen verloren den Glauben an ihn. Vor dreihundert Jahren dann ereignete sich ein Wunder. Gott Quetzalcoatl schickte einen Beweis dafür, dass er tatsächlich eines Tages wiederkehren würde.«
Sinnend auf das in Federn gehüllte Bündel auf ihrem Schoß schauend, schwieg Ixchel eine Weile. Während draußen die Sonne strahlte, drang kaum Licht in das Innere des von Weihrauchschwaden durchzogenen Heiligtums. Außer dem eintönigen Murmeln des alten Ahau war kein Laut zu hören.
»Vor dreihundert Jahren«, nahm Ixchel ihren Bericht wieder auf, »kamen Fremde von Osten über das Meer und sagten uns, Quetzalcoatl habe sein Versprechen keineswegs vergessen. Die Großmutter meiner Großmutter verbrachte eine Weile bei jenen Fremdlingen und hat eine Chronik über diese Zeit verfasst. Tonina, als Nachkomme dieser entfernten Großmutter, steht dieses Buch dir ebenfalls zu.«
Tonina lauschte aufmerksam, auch wenn sie hin und wieder über-

legte, was der neben ihr sitzende Chac wohl von all dem halten mochte. Immerhin wirkte er entspannt und hörte höflich zu.
Ehrfürchtig entfernte Ixchel jetzt die mit Federn bestückte Umhüllung. Zum Vorschein kam ein vergilbtes dickes Buch, dem die Jahre zugesetzt hatten und das Ixchel »Das Buch der tausend Geheimnisse« nannte.
»Wie ich bereits erwähnte, Tonina, lebt unser Stamm – die Mexica – im nördlichen Hochland, im Tal von Anahuac, unweit der Stadt Teotihuacán, am Ufer des Texcoco-Sees. Und neben Pac Kinnich begehrte gleichzeitig ein anderer Stamm dieses Buch, die Tenapeken. Als deren Häuptling Krieger ausschickte, um das Buch an sich zu bringen, mussten meine Eltern fliehen. Sie fanden Asyl in Palenque und ließen sich im Viertel der Korbflechter nieder. Hier wurde ich geboren und auch du, Tonina, kamst hier zur Welt. Da meine Mutter die Hüterin dieses außergewöhnlichen Buches war, ging nach ihrem Tod dieses Amt an mich über. Und eines Tages wird es an dich übergehen. Es ist kein Buch wie andere«, sagte sie und ließ Tonina ein Blick auf den Inhalt werfen.
Erhellt vom Sonnenstrahl, der ins Innere des Heiligtums drang, sowie von den flackernden Flammen der Öllampen, sah Tonina, dass Ixchels bebildertes Manuskript aus aneinandergeklebten Borkenblättern bestand, sodass sich ein langes Papierband ergab, das durch Vor- und Zurückknicken in einheitlich große Seiten unterteilt war. Auf den Blättern waren Symbole verzeichnet, gemalte Embleme, Schriftzeichen und geheimnisvolle, schwarz umrandete und in verschiedenen Farben ausgemalte Bilder – Menschen- und Tiergestalten in steifen Posen, prächtig gekleidet und jeweils im Profil dargestellt.
Eine derartige Schrift hatte Tonina noch nie gesehen. Die Bücher der Maya enthielten merkwürdige Zeichen, die nur von denen entziffert werden konnten, die sich darauf verstanden. Ixchels Buch dagegen basierte auf Nahuatl, der Sprache der Nahua, die in Form von aussagekräftigen Bildern Geschichten erzählten und Ereignisse aufzeichneten.
»Dieses Buch enthält die Geschichte unseres Volkes. Jede Genera-

tion hat sie fortgeschrieben, bis ich das Buch vor zwanzig Jahren hier in Sicherheit brachte.« Beim Umblättern der reich verzierten Seiten erklärte sie das eine oder andere der darstellenden Symbole: »Dieser Mann hier, mit zerfurchter Stirn und nur mit einem Lendenschurz bekleidet, steht für ein Jahr der Hungersnot. Diese gelbe Blume mit den vielen Blättern für ein Jahr mit gutem Ernteertrag.« Sie ging zu früheren Seiten zurück.
»Diese Symbole hier halten fest, wo unser Volk sich zu Beginn seiner Wanderschaft zeitweise aufgehalten hat. Am Ort der vielen Fische. Auf dem Hügel des einhändigen Mannes.« Tonina sah, dass winzige Fußspuren die Bildzeichen verbanden, was ihr veranschaulichte, dass der Stamm von Ort zu Ort gezogen, eine Weile geblieben und dann wieder aufgebrochen war.
Genauso wie sie und Chac dies seit Mayapán getan hatten, stellte sie erstaunt fest. Lag es ihnen im Blut, ständig auf Wanderschaft zu sein?
Ixchel schlug Seite um Seite auf und erzählte Tonina die Geschichte ihres Volkes, deutete auf Symbole und benannte Jahreszahlen. Während Chac gespannt lauschte, erwachte in ihm allmählich der Wunsch, ebenfalls in Erfahrung zu bringen, wo sein eigenes Volk sein mochte und welche geschichtlichen Ereignisse es geprägt hatten.
Keiner der drei konnte wissen, dass am anderen Ende der Welt, in einem Land fernab ihrer Vorstellung, Jahre ganz anders bemessen wurden. Für Ixchel, Chac und Tonina war dies das Jahr 11 des Schilfrohrs, der Tag und Monat der dritte Chicchan, während man am anderen Ende der Welt den siebenundzwanzigsten Juni im Jahre des Herrn 1324 schrieb.
Noch immer hörte man Ahaus Murmeln im dunklen Teil des Heiligtums. Er schlurfte über den feuchten Steinboden, während er geheimnisvolle Rituale durchführte. Wie einer der Schatten, die an den Wänden tanzten, bewegte er sich, ohne das Trio zu stören, das sich zu Füßen des Altars niedergelassen hatte.
»Das Buch enthält viele Geheimnisse, Tochter: wie die Welt entstand, woher die Götter kamen, wie sie die Menschen erschufen,

weshalb sich Sterne und Planeten am Himmel bewegen. Diese Seiten enthalten geheimnisvolle Zaubersprüche, Beschwörungsformeln, Gebete zur Heilung sowie Prophezeiungen. Hier ist die Geschichte von Quetzalcoatl verzeichnet und die Mythen anderer Götter. Legenden, die sich um unser Volk ranken, Schlachten, die wir gewonnen und verloren haben, der Tod von bedeutenden Menschen, Krönungszeremonien, die verschiedenen Orte, wo wir auf unserer Wanderschaft Halt gemacht haben.«

Alles in allem war das Buch eine endlose Chronik, angefangen bei den ersten und ältesten Seiten bis hin zu den angeklebten neueren.

»Diese Geheimnisse sind bislang unserer Familie vorbehalten«, sagte Ixchel. »Eines Tages wirst du sie alle erfahren, Tochter, und ebenso wird der Tag kommen, an dem wir sie unserem Stamm enthüllen. Das größte Geheimnis verrate ich dir jetzt, deshalb habe ich euch ja gebeten, in den Zeittempel mitzukommen, wo wir vor Lauschern sicher sind.« Ihr Blick streifte Chac. Obwohl er nicht zur Familie gehörte, hatte Ixchel beschlossen, ihn ihrer Tochter zuliebe ebenfalls einzuweihen. Vielleicht würde er sich dann eines Besseren besinnen und nicht nach Mayapán zurückkehren.

Sie blätterte eine Seite in der Mitte des Buches um. »Hier ist eines unserer kostbarsten Geheimnisse verzeichnet«, sagte sie, »nämlich der Bericht von dem Wunder vor dreihundert Jahren, als Gott Quetzalcoatl unserem Volk eindeutig zu verstehen gab, dass er wirklich und wahrhaftig wiederkehren wird.«

Im flackernden Licht der Öllampen erkannten Tonina und Chac Abbildungen von Männern und Frauen, Hütten, Bergen und Bäumen und einer Schlange auf einem Gewässer.

»Vor vielen Generationen landeten an der Ostküste unseres Landes Fremdlinge, bleichhäutige, bärtige Männer. Die Farbe ihres Haars war die eines rotgoldenen Sonnenuntergangs, ihre Augen glichen dem Meer. Ihre Beine und ebenso ihre Arme waren mit seltsamen Häuten bedeckt, ihre Füße mit Leder umhüllt. Ihre Kopfbedeckungen bestanden aus einem seltsamen grauen, harten

Material. Sie kamen in einem großen Kanu, das wie eine Schlange aussah, genau wie das von Gott Quetzalcoatl.«

Auf der linken Seite des Buchs sah man braunhäutige Männer in Lendenschurzen und geschmückt mit Federn und Jade, auf der rechten Seite Männer mit hellerer Haut und eigenartiger Kleidung. Das Nahuatl-Schriftzeichen an ihren Mündern zeigte an, dass sie miteinander sprachen.

»Sie nannten sich Nordmänner«, erläuterte Ixchel, »und erzählten, sie seien während einer Entdeckungsfahrt vom Kurs abgekommen und hätten an unserer Küste Schiffbruch erlitten. Wie ihr seht, wurden sie im Gegensatz zu anderen Eindringlingen von unseren Leuten nicht umgebracht. Und warum nicht? Weil sie Ähnlichkeit mit Gott Quetzalcoatl aufwiesen und in einem Kanu landeten, das wie eine Schlange aussah. Unsere Vorfahren, Tonina, glaubten, arglos wie sie waren, Gott Quetzalcoatl sei zurückgekehrt, weshalb sie die Schiffbrüchigen mit allen Ehren bei sich aufnahmen. Bis sich herausstellte, dass es sich um normale Sterbliche handelte, die sich verirrt hatten, waren bereits Freundschaften – sogar Ehen – geschlossen worden. Man stand sich keinesfalls feindselig gegenüber.«

Ein leises Rauschen war jetzt zu hören. Draußen hatte es zu regnen begonnen. Da es innerhalb des Schreins zusehends dunkler wurde, brachte Ahau weitere Öllampen, um die nachmittägliche Finsternis zu vertreiben.

»Die Nordmänner«, fuhr Ixchel fort, »waren aufs höchste verwundert, als sie vernahmen, dass unser Volk einen hellhäutigen Mann mit Bart verehrte, der vor langer Zeit unter uns gelebt, gelehrt und geheilt hatte, dann gestorben war und drei Tage bei den Toten verbracht hatte, um aufzuerstehen und auf einem Schlangenfloß nach Osten übers Meer aufzubrechen. Die Fremdlinge berichteten, dass auch sie einen solchen Mann anbeteten. Er heiße bei ihnen zwar anders, aber auch sie erwarteten seine Wiederkehr. Es kam dann zu Meinungsverschiedenheiten zwischen unserem Volk und den Fremdlingen, weil die Nordmänner behaupteten, Quetzalcoatl stamme aus einer Gegend fernöstlich von ihrem eigenen Land, dass sie ihn bereits vor uns gekannt hätten und er erst später in unser sehr viel westlicher gelegenes Land gekommen sei. *Wir* dagegen, Tonina, glauben, dass Quetzalcoatl unter uns gelebt hat und sich erst danach in den Osten aufgemacht hat.«

Tonina warf Chac einen Blick zu, dessen Profil im flackernden Licht der Öllampen wie gemeißelt erschien. Gleichzeitig verriet sein Gesicht höchste Aufmerksamkeit. Chac sah aus wie jemand, der danach gierte, etwas über seine eigene Vergangenheit zu erfahren.

»Unsere Ahnin – die Großmutter meiner Großmutter, Malinal, nach der du benannt bist – lebte in dem Dorf, in dem die Fremden unterkamen, bis sie ihr Boot instand gesetzt hatten. Sie sprach mit ihnen und schrieb ausführlich darüber. Diese Zeichnungen hat sie eigenhändig angefertigt.«

Von Weihrauchschwaden umgeben, betrachtete Tonina die Bilder von den Männern und Frauen, Tieren und Häusern, während sie das unbestimmte Gefühl überkam, als hielte sich neben Ahau, der still seinen Aufgaben nachging, noch jemand im Schrein auf, etwas, das aus dem Jenseits stammte.

Warum nennt man dies hier einen Zeittempel?, fragte sie sich. Sie schaute zum Eingang, der weit entfernt ein bleiches Rechteck am Ende eines unglaublich langen Tunnels zu sein schien. Ist die Stadt überhaupt noch da? Wird sich, wenn ich einen Blick ins Freie werfe, nur Dschungel vor mir ausbreiten?

Ixchel nahm den Faden wieder auf. »Malinal glaubte, Gott Quetzalcoatl habe die Nordmänner geschickt, um uns an seine Zusage, zu uns zurückzukehren, zu erinnern und darauf hinzuweisen, dass wir Vorbereitungen für diese Rückkehr treffen sollten. Nach einem Jahr und zweiundzwanzig Tagen« – Ixchel deutete auf die mit Ziffern versehenen Bildzeichen auf der Seiten – hatten die Fremdlinge die Reparatur an ihrem Boot beendet und setzten wie Gott Quetzalcoatl viele Generationen zuvor Segel zurück nach Osten, und unser Volk sah sie nie wieder. Aber wir gedachten des Versprechens und bereiteten uns auf seine Wiederkehr vor. Wie uns die Nordmänner gesagt hatten, sollten wir Gott Quetzalcoatl an diesem Zeichen erkennen …«

Sie griff in die Falten der Federdecke und förderte einen seltsamen Gegenstand zutage. »Dies haben sie stets bei sich getragen. Sie bezeichneten es als Symbol des wiederkehrenden Gottes.«

Besagter Gegenstand, der so lang wie der Unterarm eines Kindes war und schwer wog, schien einen Baum mit Querbalken darzustellen; dort, wo sich der aufrechte Stamm und der horizontale Balken trafen, war ein Kreis angebracht. »Was für ein Metall ist das?«, fragte Chac, weil es sich eindeutig weder um Kupfer noch um Gold handelte, sondern dunkelgrau war.

»Das weiß ich nicht. Auch die eingeritzten Symbole kann ich nicht deuten. Die Nordmänner nannten dies hier ein *Kreuz* und führten es als zusätzlichen Beweis an, dass ihr Gott und Gott Quetzalcoatl ein und derselbe seien, schon wegen des gleichen Symbols.« Sie deutete auf den Lebensbaum an der Wand des steinernen Altars.

»Tonina«, sagte sie dann und verstaute das Kreuz wieder, »bei meiner Rettung, als wir uns umarmten, sah ich aus deinem Reisesack ein Gefäß aus durchsichtigem Stein herausschauen. Darf ich es ansehen?«

Tonina holte den Becher aus ihrem Reisesack und berichtete, wie Macu beinahe bei dem Meeresungeheuer in der Lagune ertrunken wäre und dass er, als sie ihn an Land brachte, diesen durchsichtigen Becher in der Hand gehabt hätte.

»Die Großmutter meiner Großmutter«, sagte Ixchel, »spricht im Buch davon, dass solche Trinkgefäße von den Nordmännern benutzt wurden. Sie behaupteten, derartige Objekte aus Sand herstellen zu können.«

Sie drehte den durchsichtigen, aber kompakten Becher mit der blauen und grünen Maserung in ihren Händen. Als sie mit Tränen in den Augen aufschaute, lasen Chac und Tonina darin die stumme Frage: Könnte es sich bei dem Meeresungeheuer in der Lagune der Perleninsel um eines der Schlangenboote handeln, die vor langer Zeit am Riff zerschellt waren? »Obwohl dies nicht in der Chronik der Großmutter meiner Großmutter verzeichnet ist«, sagte sie mit bebender Stimme, »ist mir hin und wieder der Gedanke gekommen, dass sich meine Urahnin in einen dieser Fremdlinge vom Nordmeer verliebt hat. Wie traurig wäre es, sich vorzustellen, dass er nicht mehr nach Hause zurückgekehrt, sondern samt seinem Boot in der Lagune der Perleninsel untergegangen ist.«

»Vielleicht waren es ja andere Boote«, wiegelte Chac ab. »In Mayapán sprechen die Geschichtsgelehrten von vielen Besuchern aus fremden Ländern – von Männern, deren Haut so schwarz wie Tinte war und die vor langer Zeit in der Bucht von Campeche landeten und nicht mehr nach Hause zurückkonnten. Und von höchst seltsamen Männern, die an einer sagenumwobenen Küste im Westen vor Anker gingen. Ihre Haut sei gelb gewesen, und durch Zauberkraft hätten sie schwarzes Pulver explodieren lassen können. Das sind natürlich Legenden, Ehrwürdige Ixchel, aber irgendetwas Wahres könnte daran sein. Es wäre also möglich, dass das, was auf dem Grunde der Lagune ruht, kein Meeresungeheuer ist, sondern die Überbleibsel eines anderen Bootes, auf dem andere Männer segelten.«

Ixchel dachte darüber nach, nickte dann dankbar und atmete tief durch. Als Chac bemerkte, wie sie zitterte, nahm er ihr den Becher ab, erhob sich und ging zum Eingang, wo er den Becher so lange in den weiterhin prasselnden Regen hielt, bis er randvoll war.

Langsam ging Chac zu Ixchel zurück, die dankbar einen großen Schluck aus dem Becher nahm und ihn dann an ihre Tochter weiterreichte.

Bevor Tonina das Gefäß an die Lippen setzte, schaute sie in das Wasser – und meinte darin ein Bild zu erkennen: einen rauchgeschwärzten Himmel, ein mit herumliegenden Leichen übersätes Feld und mittendrin einen Mann, der um Hilfe rief.

»*Guay!*« Der Becher entglitt ihrer Hand, aber Chac griff reflexartig zu und fing ihn auf.

»Was ist denn?«, fragte Ixchel.

Als Tonina beschrieb, was sie gesehen hatte – den um Hilfe rufenden Mann –, schlug Ixchel die Hände vor den Mund. »Du hast deinen Vater gesehen! Das geflochtene lange Haar, die Tunika und die mit Fransen besetzten Beinkleider aus Rehleder – das ist mein geliebter Cheveyo!«
Tonina erschrak. War das Trinkgefäß letzten Endes doch ein Becher der Prophezeiungen?
Da der Weihrauch verbrannt war, sah sich Ixchel suchend nach Ahau um, rief nach ihm. Als ihr ein Murmeln aus dem Vorraum antwortete, griff sie zu dem Buch der tausend Geheimnisse. »Es ist an der Zeit, euch das größte aller Geheimnisse zu enthüllen«, hob sie an. »Tonina, du weißt ja jetzt, warum dieses Buch so kostbar ist – weil es den Beweis enthält, dass Gott Quetzalcoatl zu seinem Volk zurückkehren wird. Aber da ist noch mehr«, sagte sie bedächtig, schon in Erinnerung daran, wie weit der Schurke Pac Kinnich gegangen war, um diese Chronik an sich zu bringen. »Als Nächstes möchte ich euch berichten, warum ich lebendig begraben, warum meine Familie abgeschlachtet, warum dem armen Ahau die Zunge herausgerissen wurde – und warum« – ihre Stimme versagte – »warum mein geliebter Cheveyo damals Palenque verließ.«
Tonina und Chac spürten, dass sie nicht länger nur zu dritt waren, sondern dass sie im Heiligtum jetzt übernatürliche Kräfte umgaben. Die Götter waren zu ihnen gekommen.
»Wir glauben«, sagte Ixchel, »dass Gott Quetzalcoatl bei seiner Wiederkehr nicht hier in Palenque in Erscheinung treten wird, auch nicht in Chichén Itzá oder Copán oder Uxmal oder in irgendeiner anderen Maya-Stadt. Sondern im nördlichen Hochland, dort, wo die Ursprünge unseres Stammes liegen. Die Zukunft unseres Volkes, Tonina, ist mit unseren Ursprüngen verbunden.«
Sie ging zur ersten Seite des Buchs zurück und deutete auf etwas, das zweifelsfrei eine rote Blume war, mit Blütenblättern, die in Kelchform nach oben gerichtet waren. »Diese Blume steht für unseren Ursprungsort. Und diese Chronik endet, wenn wir die rote Blume finden, Tonina, denn *dort* ist unser Zuhause.«

Mit gefurchter Stirn besah sich Chac das Bildzeichen, von dem aus winzige Fußspuren zu anderen Symbolen führten, die auf Gegenden hinwiesen, in denen sich der Stamm während der jahrhundertelangen Wanderschaft aufgehalten hatte. »Wie heißt der Ort?«, fragte er, obwohl er die Antwort zu kennen meinte. Aztlán. Seine Mutter hatte ihm davon erzählt.

»Unser Volk wurde in Aztlán erschaffen«, sagte Ixchel. »Das bedeutet ›Weißer Ort‹. In Aztlán gibt es sieben Höhlen. Als das Volk entstand, bildete es sieben Stämme, die sich nach und nach über das Land verteilten. Einer dieser sieben war unser Stamm. Unsere Feinde bezeichnen uns als Chichimeken – Barbaren –, wir dagegen nennen uns Mexica. Unseren wahren Namen dürfen wir nicht verwenden, das hat uns der große Gott, der uns erschaffen hat, Huitzilopochtli, verboten, weil das unseren Feinden Macht über uns geben könnte. Aber dir kann ich den Namen verraten, Tonina, an diesem heiligen Ort sind wir sicher. Unser Name leitet sich von unserem Ursprungsort ab. Da wir aus Aztlán stammen, sind wir *aztecatl.* Azteken.«

»Göttin des Mondes«, stieß Chac aus. »Jetzt fällt mir wieder ein, dass auch meine Mutter mir von Aztlán erzählt hat.« Er versuchte, sich auf die Geschichten und Legenden zu besinnen und was es mit Huitzilopochtlis Verbot auf sich hatte.

Lächelnd nickte Ixchel. Sie hatte richtig vermutet. Chac mochte zwar nicht ihrem eigenen Clan angehören, aber er war ein Nachkomme aus einem der sieben Stämme aus Aztlán, möglicherweise sogar ein Mexica.

Tonina kam es vor, als ob Ixchels Worte zusammen mit dem Weihrauch ein Band zwischen ihr und Chac gewoben hätten. Als sie seinen Arm berührte, sah er sie mit leuchtenden Augen an.

»Wie ihr seht, sitzt da ein Adler neben der roten Blume«, sagte Ixchel. »Man hat mir immer wieder eingeschärft, dass uns ein Adler zurück nach Aztlán führen würde. Inzwischen weiß ich, dass diese Prophezeiung falsch gedeutet wurde, denn der Adler steht für den Jungen, der dich, Tonina, nach Mayapán gebracht hat.«

»Tapferer Adler«, flüsterte Tonina. Ihn aus dem Käfig zu befreien,

von den Jägern verfolgt – all dies hatte zum Plan der Götter gehört, Tonina wieder mit ihrer Mutter zu vereinen.
»Der Grund dafür, dass Pac Kinnich – und vor ihm die Tenapeken – dieses Buch an sich bringen wollte«, sagte Ixchel, »waren nicht nur die vielen darin enthaltenen Geheimnisse, sondern dass es uns neben dem Versprechen von Quetzalcoatls Wiederkehr sagt, *wo* dies geschehen wird. In Aztlán. Und von jenem glorreichen Tag an dürfen wir uns endlich Azteken nennen und werden über große Macht verfügen. Im Tal von Anahuac leben allerdings Stämme, die dies nicht zulassen wollen und alles tun werden, um uns daran zu hindern, unser Ziel zu erreichen.«
Alle drei schwiegen, überwältigt vom geheimnisvollen Wirken der Götter. Draußen rauschte weiterhin der Regen nieder, und irgendwo murmelte Ahau seine Gebete.
»Wo liegt Aztlán?«, fragte Chac.
»Niemand weiß es. Unser Stamm verließ es lange vor Anbeginn der Zeitrechnung. Uns bleiben lediglich Hinweise und Vermutungen. Schau«, sagte sie und schlug wieder zur ersten Seite zurück, wo sie auf ein Bildzeichen neben der roten Blume wies. »Noch nie hat jemand dieses Zeichen deuten können. Wenn es uns aber gelingt, werden wir wissen, dass Aztlán nahe ist.«
Chac sah sich das merkwürdige kleine Bild eingehend an, wurde aber nicht klug daraus.
»Es steht für das Nahuatl-Wort *iztaccihuatl* – ›weiße Frau‹.«
»Wer ist diese weiße Frau?«
»Das wissen wir nicht. Uns bleibt nur, sie zu suchen. Und zwar bald. Tonina, dein Vater hat sich vor langer Zeit auf die Suche nach Aztlán gemacht. Wenn er es nicht gefunden hat, steht zu befürchten, dass er zu seinem eigenen Volk hoch im Norden zurückgekehrt ist, in ein Land mit Canyons und Tafelbergen, in dem vor Jahrhunderten die Tolteken regierten.«
»Mein Vater«, flüsterte Tonina.
»Sein Name ist Cheveyo, was in seiner Muttersprache ›Geisteskrieger‹ bedeutet. Er gehört dem Volk der Sonne an, den Hopi, wie sie sich nennen und was ›Frieden‹ heißt. Cheveyo ist ein

Schamane, ein ungemein kluger und einfühlsamer Mann. Sein Volk wartet ebenfalls auf die Wiederkehr eines bärtigen weißen Mannes, den sie Pahana nennen, ›verirrter weißer Bruder‹. Sein Amt als Schamane, ein besonderes Privileg, das über Generationen hinweg vom Vater auf den Sohn überging, machte es erforderlich, dass er seinen Clan verließ und sich auf die Suche nach Pahana begab. Im Verlauf dieser Suche hörte er auch vom Buch der tausend Geheimnisse. So haben wir uns kennengelernt. Wir verliebten uns und heirateten. Ich erzählte ihm von Aztlán, und weil er meinte, dass der von ihm gesuchte Pahana dort erscheinen würde, beschlossen wir, gemeinsam Aztlán zu suchen. Aber dann kreuzte Pac Kinnich unseren Weg und veränderte für immer unser Leben.«

Ixchel griff nach Toninas Hand. »Tochter«, drängte sie plötzlich, »die Zeit in der Höhle kam mir so unendlich lang vor, dass ich annahm, mein geliebter Cheveyo sei inzwischen tot. Jetzt aber weiß ich, dass er durchaus noch am Leben sein kann, und deshalb muss ich ihn suchen. Was du vorhin in dem durchsichtigen Becher gesehen hast, ist ein Zeichen, mit dem die Götter uns sagen wollen, dass Eile geboten ist. Und es bedeutet noch etwas anderes.«

Während sie Toninas Hand fester fasste, sagte Ixchel voller Inbrunst: »Aztlán zu finden kommt dir zu, meine Tochter.«

»Mir! Aber Mutter, du bist doch die Hüterin des Buchs der tausend Geheimnisse. Du bist diejenige, der dies zukommt.«

Ixchel schüttelte den Kopf. »Die Vision von deinem Vater in Gefahr hattest *du*. Unser Volk hat keine Heimat, Tochter. Erst wenn es Aztlán gefunden hat, wird Quetzalcoatl-Pahana zu uns zurückkehren.«

»Aber warum ich? Ich bin nur eine kleine Perlentaucherin.«

»Besonderes Blut fließt in deinen Adern. Das Blut meines Volkes und das des Volkes deines Vaters. Du bist eine Mexica, die Quetzalcoatl erwartet, und als eine vom Volk der Sonne erwartest du die Wiederkehr Pahanas.«

Eine Weile dachte Tonina darüber nach. Mit Blick auf die Hände, die ihre umschlossen, sagte sie dann: »Mutter, wenn es in meinem

Leben eine Bestimmung geben sollte, dann diese: dass ich meinen Vater finde und wiedergutmache, was euch beiden vor einundzwanzig Jahren angetan wurde. Ich weiß nichts von Aztlán oder von Göttern, aber eins verspreche ich dir, ganz gleich was ich tue oder wohin ich auch gehe: Wir werden Cheveyo finden.«

Als sie den Schrein verließen und die glitschigen Stufen hinunterstiegen, stieß Balám in seinem Versteck im Heiligtum einen erstickten Schrei aus.

Seit er Ahaus Platz eingenommen und den Weihrauch entzündet hatte, war ihm nichts entgangen, angefangen beim ersten Wort über Quetzalcoatl bis hin zum letzten, als es um einen Mann namens Cheveyo ging. Murmelnd und schlurfend hatte er die Unterhaltung belauscht, und jetzt war er vor Schreck wie gelähmt. Gleichsam wie Pfeile hatten ihn die Worte aus Ixchels Mund getroffen: »Von jenem glorreichen Tag an dürfen wir uns endlich Azteken nennen und werden über große Macht verfügen.«

Nein!, schrie es in ihm, und er floh durch den Korridor des Priesters aus dem Tempel.

Unten auf der Plaza eilte die Dreiergruppe auf Ixchels Haus zu, ohne zu ahnen, dass sie belauscht worden waren, ohne zu wissen, dass Ahaus zerschmetterter Körper am Fuße der südlichen Treppe der Pyramide lag.

49

Dämonen verhöhnten ihn.

Hinter seinen geschlossenen Lidern loderten Flammen. In seiner Brust wühlte ein Hornissenschwarm. Während alle in Palenque unter einem von Sternen übersäten Himmel schliefen, stolperte Balám in den Dschungel, vorwärtsgepeitscht von dem, was er im Zeittempel mit angehört hatte – dass die Barbaren sich anschickten, die Weltherrschaft zu übernehmen.

Nein!, schrie seine gequälte Seele auf. Die Vormachtstellung der Maya ist Ziyals Geburtsrecht. *Meine Tochter wurde nicht geboren, um den Untergang unserer Welt zu erleben!*

Was sollte er tun? Sein Weg war so klar vorgezeichnet gewesen: Gefangene machen und sie nach Uxmal zurückbringen. Jetzt aber schickten sich Chac und Tonina an, den Azteken an die Macht zu helfen. Wenn er die beiden nach Uxmal brachte, als Geschenk für seinen Onkel, hieße das, der drohenden Gefahr im Norden den Rücken zu kehren. Sollte er mit seinen Kriegern nach Norden ziehen und der Bedrohung durch die Barbaren ein Ende bereiten? Was würde dann aus Chac und Tonina?

Es war eine Entscheidung, die kein Sterblicher zu treffen imstande war.

Balám hatte einen Mann ausfindig gemacht, der *k'aizalah okox* verkaufte, den »Pilz zum Verlust der Urteilskraft«, so genannt, weil nach erfolgter Einnahme der dem Pilz innewohnende Geist den Geist dessen, der ihn aß, überwältigte und ihm sein eigenes Urteil und seinen Willen aufzwang und somit Entscheidungen traf, zu denen man selbst nicht imstande war.

Zwischen hohen Bäumen und taubedeckten Farnsträuchern entledigte sich Balám seines Lendenschurzes und trat nackt vor die Götter. Während er ein Gebet sprach, schob er sich den kleinen Pilzkuchen ins Rektum und wartete die Wirkung ab. Schon bald tauchten Visionen auf. Als Erstes erschien ihm Ziyal, heil und gesund. Kein Zeichen von Missbrauch oder Kummer war erkennbar, als sie ihn mit strahlenden Augen anlächelte. Balám deutete dies als Signal, dass die Götter ihm wieder wohlgesonnen waren.
Jetzt aber verlangte es ihn nach einer Botschaft. Welches Vorgehen entsprach dem Willen der Götter?
Buluc Chabtan, der grimmige Kriegsgott, tauchte als Nächster vor ihm auf, eine furchterregende Gestalt, gehüllt in Federn und Jaguarfelle und mit Jade geschmückt. Er verlangte von Balám ein Opfer, zum Beweis dafür, dass es ihm ernst war. Balám wusste, was gefordert war. Mit Zeigefinger und Daumen der linken Hand hielt er seine Vorhaut fest und durchbohrte sie mit seinem Obsidianmesser. Mit zusammengebissenen Zähnen, um nicht laut aufzubrüllen, führte er nun einen mit Knoten versehenen Hanfstrick in die blutende Wunde ein, um ihn dann, vor Schmerzen fast ohnmächtig, langsam am anderen Ende wieder herauszuziehen. Während das Blut auf den feuchten Erdboden rann, betete Balám zu seinem neuen Gott, versprach ihm treue Gefolgschaft, bis der Schmerz so unerträglich wurde, dass er sich übergeben musste. Und dann verlor er das Bewusstsein.
Als er, nackt und blutverschmiert, wieder zu sich kam, brach bereits der neue Tag an. Mühsam kam Balám auf die Beine, legte seinen Lendenschurz um. Die Wunde blutete nicht mehr und war verschorft, aber der pochende Schmerz gemahnte ihn an sein Opfer. Nur schemenhaft erinnerte er sich an Träume und Visionen, Stimmen und Halluzinationen. Buluc Chabtan hatte seinen getreuen Diener vom lehmigen Waldboden zu den Sternen emporgetragen; Balám hatte gesehen, wo nachts die Sonne schlief und woher der Mond seinen hellen Schein erhielt. Und dort, inmitten der Himmelskörper des Kosmos, hatte Balám die Botschaft vernommen.

Es war ihm bestimmt, das Hochplateau im Nordwesten aufzusuchen, das Tal von Anahuac, wo er den Willen der Götter ausführen sollte. Zum Dank für die Abwendung der Bedrohung durch die Azteken würden ihm die Maya-Götter an Ort und Stelle, auf dem Feld der siegreichen und ehrenvollen Schlacht, seine Tochter wieder zuführen. Und Balám zu einem der ihren machen.

Kein Prinz mehr, sondern ein Gott.

50

Die Morgendämmerung erhellte dunstumkränzte uralte Pyramiden und bemooste Tempel. Die feuchte Luft war erfüllt von Affengeschnatter und Vogelrufen, auf dem Marktplatz hob geschäftiges Treiben an. Hunderte von Menschen rüsteten zum Aufbruch.

Ixchel und Tonina hatten die in Palenque ansässigen Nahua aufgesucht und ihnen von Quetzalcoatl und Aztlán erzählt. So aufmerksam und respektvoll man ihnen auch zugehört hatte und so gern man sich mit einer vom Glück gesegneten Frau zusammengetan hätte, das Unternehmen indes erschien zu riskant. Die einen zogen es vor, in der Stadt zu bleiben, wo sie ihrer Meinung nach in Sicherheit waren, die meisten wollten sich Chac anschließen und sich somit unter seinen Schutz stellen. Sich in ein Gebiet zu wagen, das von kriegerischen und feindseligen Stämmen bewohnt wurde, dazu konnten Ixchel und Tonina keinen Einzigen überreden.

Es sollte also eine kleine Gruppe werden – Ixchel, Tonina, Einauge und H'meen, außerdem angeworbene Führer und Träger sowie Haarlos und seine Männer –, die da gen Westen zog, ins Tal von Anahuac, wo dem Vernehmen nach ein Ring von Vulkanen schwarzen Rauch in den Himmel spie. Geplant war, Ixchels Geburtsort aufzusuchen, ihren Ahnen Ehrerbietung zu erweisen und dann in nördlicher Richtung das Tal zu verlassen, um die rote Blume zu suchen, die sie der Legende zufolge in die Heimat führen würde, nach Aztlán. Chac begleitete sie nicht. Ixchel hatte ihn in die Geheimnisse ihres heiligen Buches eingeweiht, weil sie hoffte, er würde zusammen mit Tonina nach Aztlán suchen. Aber er hatte auf die Pflichten verwiesen, die ihn nach Mayapán riefen.

Auch Ixchel drängte es aufzubrechen. Seit Toninas Vision im Zeittempel ahnte sie, dass Cheveyo in Gefahr war und ihrer bedurfte. Entsprechend ernst und konzentriert überwachte sie an diesem verhangenen Morgen das Einpacken von Lebensmitteln, Arzneien und Wasser.

Während Tonina gesalzene Nüsse und Sonnenblumenkerne in ihrem Reisesack verstaute, sann sie über die wundersamen Dinge nach, die Ixchel ihr über Aztlán erzählt hatte – dass es ein Paradies sei, der Ort, an dem die Götter die ersten beiden Menschen erschaffen hatten. Und dass in Aztlán niemand alterte oder krank wurde, dass Nahrung in Hülle und Fülle wuchs, dass es keine Kriege gab. Und dass die rote Blume in der Tat eine Heilpflanze war, die Wunder bewirkte. Wie hatte Guama das wissen können?

Bei dem Gedanken, dass sie möglicherweise auch ihren Vater kennenlernen würde, überlief sie ein Zittern. Cheveyo war seit einundzwanzig Jahren verschwunden. Er mochte wer weiß wo sein. Oder er war tot.

Als sie den durchsichtigen Becher einpackte, musste sie an ihre Vision im Zeittempel denken. War das nur Einbildung gewesen oder wahrhaftig eine Prophezeiung? Letzteres schien zuzutreffen, denn wie sonst hätte sie Cheveyo derart genau beschreiben können – kupferfarbene Haut, ein breites Gesicht mit Tätowierungen auf Stirn und Wangen, das Haar zu zwei langen Zöpfen geflochten, die mit Lederbändern zusammengehalten wurden? Und erst seine Kleidung! Der Mann in ihrer Vision hatte ein Hemd und mit Fransen besetzte Beinkleider aus Rehleder getragen. Kleidungsstücke wie diese hatte Tonina noch nie gesehen, Ixchel zufolge entsprachen sie jedoch Cheveyos äußerem Erscheinungsbild.

Jetzt ließ sie den Blick über die kleine Gruppe schweifen – Einauge ging H'meen zur Hand, Ixchel erteilte Haarlos Anweisungen – und fragte sich, wie sie zu zwölft in einer feindlichen Wildnis überleben sollten.

Durch die Öffnung in der Mauer, die den Hof umgab, sah sie, wie Chac auf der geschäftigen Plaza seinen Männern Befehle zurief. Wie gern würde sie mit ihm ziehen! Der stechende Schmerz in ihrer Brust beim Gedanken an ihn würde wohl nie vergehen, ihre Sehnsucht nach Chac sie ihr Leben lang begleiten. Andererseits wollte sie ihren Vater finden und ihre Eltern wieder glücklich vereint sehen.

Tonina fühlte sich dieser Handvoll Menschen verpflichtet – H'meen, den kleinen dicken Poki auf dem Schoß, in ihrem Tragekorb auf dem Rücken eines Begleiters; Einauge, der die ältliche Kindfrau umsorgte und sie »meine Gnädigste« nannte; Ixchel, die zwar nicht mehr so zerbrechlich und alt wirkte wie beim Verlassen der Höhle, aber noch keineswegs robust; schließlich Haarlos, dieser kräftige Mann, der über Geistesgaben verfügte, die nicht schärfer waren als das Messer, das er bei sich trug. Wie sollten sie sich gegen barbarische Stämme zur Wehr setzen, die jeden abschlachteten, der sich in ihr Gebiet wagte?

Noch nie hatte Tonina um Hilfe gebeten, und eigentlich wollte sie das auch jetzt nicht. Aber mit Rücksicht auf die anderen musste es sein.

Chac um Hilfe zu bitten, wie sie das notgedrungen vorhatte, war ihr entsetzlich, weil dies einem Eingeständnis ihrer Schwäche und Verletzbarkeit gleichkam. Er hatte ihr schon einmal geholfen, in Copán, als sie nicht hatte entscheiden können, welchen Weg sie einschlagen sollte. Damals hatte Chac auf ihr Medaillon gedeutet und gesagt: »Das da ist eine Botschaft.«

Diesmal war es anders. Er wollte so schnell wie möglich zurück nach Mayapán und den Mördern von Paluma Gerechtigkeit widerfahren lassen. Wenn ich ihn bitte, mit uns zu kommen, wird er dann nein sagen?

Der ruhige Ton, in dem Balám Anweisungen erteilte, machte seine Männer wachsam. Alle merkten die Veränderung, die mit ihm vorgegangen war. Prinz Balám gab sich zurückhaltend, weniger großspurig – sogar ernst. Seine Vettern vermuteten, dass er von

neuer Kraft beseelt war, und gaben sich schon der Hoffnung hin, dass er sie endlich zu ruhmreichem Tun führen würde.
Dass sich seine Männer neuerdings über ihn wunderten, entging Balám nicht. Er hatte aber nicht vor, ihnen den Grund zu nennen, weshalb er nach Westen zog. Erst wenn er sich Aztlán näherte und seinem Feind auf dem Schlachtfeld gegenüberstand, würde er seinen Kriegern seinen Plan enthüllen: die Barbaren daran zu hindern, die Weltherrschaft zu übernehmen.
Die Götter höchstpersönlich hatten ihn dazu berufen, sich bereitzuhalten und für die Souveränität der Maya zu kämpfen. Auf dass anschließend alle, auch Chac und Tonina, sich vor ihm verneigen mussten. Dann wollte er zu allen verlassenen Maya-Städten ziehen und sie wiederauferstehen lassen, er hatte vor, das Glück, das ihm sein Gott bescherte, über den vereinsamten Pyramiden und überwucherten Tempeln auszugießen und sie zu neuem Leben zu erwecken. In Scharen würden die Menschen in die wiedergeborenen Städte ziehen und Balám als einen Gott auf Erden verehren.
Er lächelte in sich hinein – ein kaltes, verschwiegenes Lächeln. Er hatte Ziyal die Stadt Uxmal schenken wollen. Jetzt würde er ihr die *Welt* zu Füßen legen.

Konzentriert studierte Chac die neue Wegkarte nach Mayapán. Er zwang sich, nur sein Ziel im Auge zu haben und an nichts anderes zu denken, schon gar nicht an den Abschied von Tonina.
Er hob den Kopf und sah den Pfad, der aus Palenque hinaus im dichten Dschungel verschwand, um dann an der Weißen Straße zu enden. Ihm drängte sich die Erinnerung auf, wie es ihn seinerzeit in Mayapán davor gegraut hatte, in Begleitung des Inselmädchens aufbrechen zu müssen. Jetzt graute ihm davor, sich von Tonina zu trennen.
Unwillkürlich schaute er hinüber zum Stadtviertel der Korbflechter. Im Hof vor Ixchels Haus machte er Haarlos aus, dessen großer zotteliger Kopf alle anderen überragte. Haarlos, dieser ehrliche und treue Geselle, der sich ohne zu zögern Chacs Befehl gefügt hatte, die kleine Gruppe zu begleiten, überwachte das Verstauen

des Proviants, erteilte Anweisungen und besprach sich mit den hier ansässigen Führern.
Tonina konnte Chac nicht entdecken, dafür aber Ixchel, die sich sehr viel aufrechter hielt. Mit jedem Tag schien sie jünger zu werden. Sie strahlte übers ganze Gesicht. *Weil sie in heiliger Mission unterwegs ist.*
Aztlán – das legendäre Paradies. Ob sie es wohl fand? Ob es diesen Ort überhaupt gab? Als praktisch denkender Mensch glaubte er an das, was er sehen, anfassen, hören konnte. Geister und Dämonen überließ er den Priestern. Rote Blumen und erdengefangene Göttinnen waren eher etwas für hochfliegende Gemüter. Chac war ausschließlich dazu geboren, zu Ehren der Götter dem Ballspiel zu huldigen. Er hatte nicht den Wunsch, einem weiteren Traumbild nachzujagen. Aztlán war unerreichbar wie die Sterne, die Mitglieder der Vereinigung hingegen bestanden aus Fleisch und Blut und Knochen. Er wusste, wo sie sich aufhielten und wie er sie dingfest machen konnte. Eine Suche, die einem Mann wie Chac zusagte.
Bei Ixchels Suche geht es um mehr, musste sich Chac eingestehen. Sie machte sich auf, um wieder mit dem Mann vereint zu sein, den sie liebte. Und dafür war sie bereit, jedweder Gefahr zu trotzen. Genau wie Tonina, die ohne zu zögern und ohne an ihre eigene Sicherheit zu denken den Aufruf akzeptiert hatte, ihren Vater und ihr Volk ausfindig zu machen.
Er runzelte die Stirn. Wie angreifbar und schutzlos die kleine Gruppe im Grunde doch war! Und einzig Haarlos sollte über ihre Sicherheit wachen?
Sein Gewissen ließ ihm keine Ruhe. Wie konnte er sie nur allein ziehen lassen? Aber ihr Weg führte sie ins Land der Chichimeken, und Chac hatte Angst davor, womit er dort konfrontiert werden könnte. *Du hast eine edle Stirn,* hatte Ixchel gesagt.
Wie seine Mutter ihm vor langer Zeit erzählt hatte, stammte ihr Volk aus einem von Vulkanen umstandenen Tal im nördlichen Hochland. Sie hatte einen Namen genannt, den er aber vergessen hatte, sich auch jetzt nicht erinnern konnte, ob das der Name

eines Ortes, eines Stamms oder vielleicht eines Mannes gewesen war. Wenn er mit Tonina zu dieser nördlichen Hochebene zog, lief er Gefahr, dem Volk seiner Mutter – *seinem* Volk – zu begegnen, und davor fürchtete er sich. Aber das war nicht so wichtig. Entscheidend war, dass er Tonina unmöglich schutzlos ziehen lassen konnte. Er musste sie und ihre Mutter heil zu den Tälern im Hochland bringen, damit sie dort Cheveyo und Aztlán suchen konnten; erst dann würde ihn nichts mehr davon abhalten, nach Mayapán zurückzukehren.

Als Einauge sich H'meens Tragekorb vornahm, um sicherzugehen, dass sie es bequem hatte, wenn sie darin auf dem Rücken eines ihrer Begleiter getragen wurde, rühmte die Kräuterkundige abermals seinen Mut, auf den Wachturm gestiegen zu sein.
»Ja, das war mutig«, pflichtete er bei. Seit jener Heldentat hatte Einauge so viel an Selbstbewusstsein gewonnen, dass er keine Angst davor hatte, Tonina und ihre Mutter ins Hochland zu begleiten, das auch H'meen unbedingt kennenlernen wollte. Preiszugeben, wie es sich in Wahrheit mit seinen Narben verhielt, die angeblich von den Pranken eines Jaguars stammten, vermochte er dagegen noch nicht, ebenso wenig wie er sich zu dem Geständnis durchringen konnte, dass es Balám gewesen war, der Chac nach Copán geschickt und somit ein Treffen mit der Schwesternschaft in Teotihuacán verhindert hatte. Aber das schien nicht mehr wichtig zu sein.
Was Einauge jedoch nicht behagte, war der Gedanke, dass Balám mit seiner kleinen Armee denselben Weg einzuschlagen gedachte. Vor diesem Unhold mussten Ixchel und Tonina beschützt werden. Während er an H'meens Tragekorb hantierte, schwor Einauge der zweiäugige Zwerg bei den Knochen seines Urgroßvaters, keinesfalls zuzulassen, dass Balám seinen Freunden etwas zuleide tat.

Unvermittelt stand Tonina neben Chac. »Die Götter seien mit dir«, sagte sie und sah, dass er eine Karte nach Mayapán studierte.

»Wir sind fast bereit zum Aufbruch.« Und mit Blick auf seine zahlreichen Träger und Führer, die bewaffneten Krieger und die unter der Last ihres Gepäcks gebeugten Familien: »Du offenbar auch.«

»Ja, das stimmt«, gab Chac mit einem schmerzhaften Druck in der Brust zurück. Er konnte es nicht fassen, wie schön Tonina war, wie sie jeden Tag wie neu geboren wirkte, frischer, liebreizender, größer und kräftiger. Chac, der Realist, wusste, dass sie dasselbe Mädchen war wie damals auf dem Marktplatz von Mayapán. Aber der Chac, der sie mit liebendem Auge sah, kam aus dem Staunen über die wundersame Verwandlung nicht heraus.

»Tonina ...«

Sie hob die Hand. Noch ehe ihr Mut sie verließ, musste sie mit ihrem Anliegen herausrücken. Sich zum Wohle der anderen dem stellen, wovor sie sich am meisten fürchtete: zurückgewiesen zu werden. *Wenn er jetzt nein sagt, werde ich nie wieder jemanden um irgendetwas bitten.*

»Chac, ich weiß, wie wichtig es für dich ist, nach Mayapán zu gehen. Ich weiß um die verantwortungsvolle Aufgabe, die dich dort erwartet. Ich weiß, was du den Göttern und Palumas Seele versprochen hast. Aber Ixchel und ich können den Weg ins Tal von Anahuac mit einer Handvoll Begleiter nicht schaffen. Chac«, stieß sie fast atemlos aus, »wir brauchen dich. *Ich* brauche dich.«

Augenblicklich fühlte er sich nach Mayapán zurückversetzt, als er gesagt hatte, sie müsse mit ihm kommen und sie erklärt hatte, sie gedenke, sich allein auf den Weg zu machen, sie komme ohne ihn zurecht. Und dann in Uxmal, als sie nachts weggelaufen war und er sie aufgespürt und ihr deutlich gemacht hatte, wie gefährlich es sei, allein unterwegs zu sein, und sie geantwortet hatte: »Ich bin immer allein gewesen. Ich brauche niemanden.«

Und jetzt dieser offene und ehrliche Blick, mit dem sie ihn anschaute und ihren Stolz hinunterschluckte, ihre Schwäche eingestand, als sie sagte: »Ich brauche dich.«

»Ich habe längst beschlossen, dich zu begleiten«, sagte er und wünschte sich, die Menschen auf der Plaza würden samt und sonders verschwinden und er wäre mit Tonina allein auf der Welt, nur sie beide, frei, ihre Liebe einzugestehen und sich in Liebe zu vereinen.

Sie schloss einen Moment die Augen und seufzte erleichtert auf. Dann lächelte sie. »Ich danke dir«, sagte sie leise. »Ich werde den anderen Bescheid sagen.«

Ohne das, was sich im Zeittempel ereignet und sein Leben auf immer verwandelt hatte, wäre Balám zu Chac stolziert und hätte großspurig verkündet: »Bruder, wie ich höre, hast du beschlossen, nach Westen zu gehen. Deshalb schlage ich vor, dass wir uns zusammentun, dann sind wir eine wehrhafte Gruppe.« Der neue Balám indes war durchtriebener und ließ nicht erkennen, wie sehr er innerlich feixte. Der frühere Balám hätte sich hämisch gefreut. Der Balám der Götter gab seinen Männern lediglich das Zeichen, zu den Leuten von Chac und Tonina aufzuschließen.

Und so vollzog sich der Aufbruch aus der alten, verfallenden Stadt Palenque, um sie erneut und für alle Zeiten sich selbst zu überlassen – Hunderte von Männern, Frauen und Kindern, die sich alle ein besseres Leben erhofften. Jetzt waren sie auf dem Weg zu der wundersamen Stadt Aztlán.

Einauge, der neben H'meen herging, griff nach ihrer Hand, und beide beteten darum, Aztlán und damit das Paradies zu finden, von dem Ixchel gesprochen hatte: ein Land, in dem Alte wieder jung wurden und kleinwüchsige, hässliche Männer groß und schön. Balám schritt zügig aus, in dem Bewusstsein, dass ihn am Ende des Weges Ruhm und die Götter erwarteten. Chac und Tonina führten den Zug an. Zwischen ihnen ging Ixchel, den Blick nach Westen gerichtet.

An der Weißen Straße angelangt, ließ Ixchel den Quetzal frei. Noch zögerte der Vogel mit dem grün schimmernden Gefieder, und schwebte lange über ihnen, ehe er sich endgültig zum Himmel emporschwang und in den dichten Dschungel entschwand.

VIERTES BUCH

51

»Wegen Häuptling Türkisrauch sei unbesorgt, Bruder«, sagte Balám. »Meinen Speer dürstet es nach seinem Blut. Meine Männer und ich werden für den Schutz deiner Leute sorgen.« Balám brannte darauf, seinen neuen Plan umzusetzen und diesen grässlichen Chichimeken den Garaus zu machen. Und anfangen würde er mit dem hier ansässigen Stamm, dessen Häuptling unmissverständlich zu verstehen gegeben hatte, dass die Fremden nicht willkommen waren. »Entscheide dich«, setzte Balám ungeduldig nach und musterte das Objekt ihrer beider Neugier: eine mysteriöse Grashütte, die am Strand errichtet worden war.

Chac war ebenfalls der Meinung, dass sie weiterziehen sollten. Da aber Ixchel auf dem riskanten Aufenthalt in feindlichem Gebiet bestanden hatte, noch dazu, wie sie sagte, aus religiösen Gründen, musste er sich wohl oder übel fügen.

»Häuptling Türkisrauch hat uns nur widerwillig den Durchzug durch sein Gebiet gestattet«, erinnerte Balám. »Und jetzt sieht er uns hier sitzen, so als wollten wir uns für längere Zeit niederlassen, und betrachtet das als Kampfansage. Er schart seine Krieger um sich, Bruder, und die sind uns zahlenmäßig haushoch überlegen. Wir können nicht gewinnen. Wenn wir jedoch bei Nacht zuschlagen und sie im Schlaf überrumpeln, ist uns der Sieg gewiss.«

Noch immer unentschlossen, ließ Chac den Blick über den Schauplatz schweifen. Seine Leute hatten ihr Lager am Ufer der Campeche-Bucht aufgeschlagen; auf einer Seite erstreckte sich das glitzernde grüne Meer, auf der anderen Seite eine sanft gewellte, grüne Hügellandschaft und dazwischen ein Sandstrand, dessen tristes Grau von den umgebenden Vulkanen herrührte. Einige Hundert Lagerfeuer erhellten die Bucht. Chacs Leute gingen ihren alltäglichen Beschäftigungen nach, flochten Körbe, spannen Baumwolle, schnitzten Holz, unterhielten sich, lachten, stritten miteinander; Kinder tollten herum, Hunde bellten. Ein buntes Treiben, das Chac einmal mehr an eine Stadt auf Wanderschaft denken ließ. Unter all diesen Menschen befanden sich die Maya mittlerweile in der Minderheit; immer mehr Nahua waren hinzugekommen.

Die Magie und der Mythos, der mit Ixchel einherging, die nach zwanzig Jahren aus ihrem unterirdischen Gefängnis befreit worden war, hatten die Menschenmenge stetig anwachsen lassen. Man sah sie als die erdengefangene Göttin an, obwohl sie dies immer wieder abstritt. Selbst jene, die sie bereits vor zwanzig Jahren gekannt hatten, glaubten felsenfest daran, dass eine Veränderung mit ihr vorgegangen sei, nicht anders als mit Quetzalcoatl, der, als er starb, drei Tage bei den Toten in der Unterwelt verbracht hatte. So sei es auch bei Ixchel gewesen, erklärten sie; sie habe in niederen Regionen verweilt und sei dann wiedergeboren worden.

Ebenso fest glaubten sie daran, dass ihre Tochter etwas Besonderes war. Mythen, wie man sie nur allzu gern ersann, rankten sich bereits um Tonina, man sprach jetzt von ihrem Leben auf dem Meer, wo sie unter Delphinen aufgewachsen und über das Wasser gewandelt sei, mitnichten ein Menschenkind gewesen wäre, vielmehr ein exotisches Meereswesen, bis die Götter sie zu einer Menschenfrau gemacht hätten. Man verehrte sie und glaubte, dass sie wie ihre Mutter über magische Kräfte verfüge.

Etwas weiter hinten am Strand, auf der anderen Seite einer grasbewachsenen Mole, gingen Baláms Männer *ihren* Beschäftigungen nach, zu denen das ständige Training der Krieger gehörte. »Um deine Leute zu schützen«, wie Balám versicherte, obwohl die, die Chac nahestanden, ihm zuraunten, dass sie vermuteten, Baláms Armee werde aus ganz anderen Gründen gedrillt. Chac jedoch vertraute seinem Freund und war dankbar für den Schutz.

Sie waren bereits tief in Feindesland vorgedrungen, und die Stämme, denen sie begegneten, waren auf ihr Blut aus.
Der Isthmus von Tehuantepec – »Jaguarhügel« auf Nahuatl –, wo sie sich jetzt befanden, war eine seit alters her geheimnisumwitterte Region. Im nahe gelegenen Dschungel ragten Kolossalköpfe aus Basalt aus dem Boden, was so aussah, als steckten die Statuen bis zum Hals in der Erde. Ihre Gesichtszüge waren fremdartig: dicke, fleischige Lippen unter platten Nasen, wulstige Brauen über runden Augen. Der Stein selbst war schwarz; man konnte meinen, dies sei die Hautfarbe der Kolosse. Niemand wusste zu sagen, wer sie geschaffen hatte oder was aus den damaligen Steinmetzen geworden war. Sie hätten vor langer Zeit hier gelebt, sagten die Einheimischen, und wären dann verschwunden.
Um diesen Ort zu erreichen, hatten Chac und seine Leute zweiunddreißig Tage benötigt – länger als geplant. Sommerstürme und feindliche Stämme hatten sie aufgehalten. In jeder Region, durch die sie gekommen waren, hatten langwierige Verhandlungen um einen sicheren Durchzug geführt werden müssen. »Ihr seid kein Händlerzug, also müsst ihr eine Armee sein«, sagten die jeweiligen Häuptlinge.
Häuptling Türkisrauch bildete da keine Ausnahme. Chacs Leute hatten einen Tribut an Kakaobohnen und Jade entrichten müssen, und selbst dann wollte der Häuptling nicht, dass sie ihr Lager in seinem sattgrünen Tal mit den vielen Seen und Flüssen aufschlugen, wo Frauen tagtäglich Tabakblätter rollten – Zigarren waren ihr hauptsächlicher Handelsartikel –, sondern hatte darauf bestanden, dass sie in diese graue Sandbucht auswichen. Und dort hatten sie nun die vergangenen vier Tage zugebracht.
Nur wegen dieser Hütte.
Ixchel und H'meen hatten ihre Köpfe tief über die Bücher der Kräuterkundigen gesenkt, sich in ihre Karten vertieft, die Aufzeichnungen über die Gestirne, Omen und alte Mythen studiert, bis Ixchel schließlich verkündet hatte, dass sie und Tonina eine spezielle Hütte für ein Drei-Tage-Ritual errichten müssten, von dem Männer ausgeschlossen seien.

Jetzt brach bereits der dritte Tag an, und weder Ixchel noch Tonina hatten die aus Gras errichtete Hütte verlassen. Nun drängten aber Frauen und junge Mädchen gespannt und voller Erwartung heran.
Dieses heimliche Ritual war Chac ein Rätsel. Er wusste, dass Ixchel so schnell wie möglich ihren Ehemann wiederfinden wollte; bei jeder Gelegenheit fragte sie nach, ob ein Schamane namens Cheveyo vorbeigekommen sei. Chac wusste, dass ihr Toninas Vision im Zeittempel Angst bereitete – jene Vision von einem mit Toten übersäten Tal, einem von Rauch geschwärzten Himmel und von Cheveyo, der um Hilfe rief. Und dennoch, trotz ihres dringlichen Wunsches, ihren Mann zu finden, hatte Ixchel auf diesem Aufenthalt in der Bucht von Tehuantepec bestanden.
»Wenn du jetzt aufbrichst«, murmelte Balám dicht an Chacs Ohr, »könntest du Mayapán zur Herbstgleiche erreichen.« Chac bedurfte Baláms Überredungsversuche nicht. Tag und Nacht quälte ihn der Gedanke, dass er unbedingt die Männer der Vereinigung aufspüren musste. Und jetzt trieb ihn ein weiterer, noch drängenderer Wunsch, dieses Gebiet zu verlassen: sein wachsendes Unbehagen in einem Land, in dem die Maya nur als Fremde angesehen wurden. Die Gebräuche hier waren anders, die Götter unbekannt. Selbst das Ballspiel folgte hier anderen Regeln. Jeder Tag hier war für Chac ein Kampf, um sich sein Mayatum zu bewahren. Wenn er sich eine Blöße gab, so seine Befürchtung, wenn er auch nur einen Moment der Schwäche zeigte, drohte er seine Identität zu verlieren. Und wenn es dazu käme, wer wäre er dann? *Wenn ich kein Maya mehr bin, werde ich dann einfach verschwinden, vom Wind davongetragen werden*?
Nein, er durfte Ixchel und Tonina nicht verlassen. Ein langer Weg lag noch vor ihnen, sie mussten durch das Tal von Anahuac, dann weiter durch gebirgiges Land und feindliches Gebiet. Er konnte sie nicht im Stich lassen, um seine ureigenen Ziele zu verfolgen.
Derweil liefen Palumas Mörder frei herum.
»Bei den Göttern«, grummelte Balám, der Chacs Zerrissenheit als Schwäche auslegte. »Wenn diese Hundesöhne *meinen* Sohn

ermordet hätten, hätte ich sie schon längst an ihren Eiern aufhängen lassen.«
»Das reicht«, entgegnete Chac und spähte hinüber zu der Hütte, wo aus einem Loch im Dach spiralförmig Rauch aufstieg und aus dem Inneren Gesang zu vernehmen war. Was ging da drinnen vor?
Ein Zittern überfiel ihn. Er war drauf und dran, Tonina zu verlieren, obwohl sie ihm niemals wirklich gehört hatte. Ixchel brachte ihr das Korbflechten bei, unterrichtete sie in Nahuatl, nannte sie »Malinal« und bereitete sie auf den Tag vor, da sie zu ihrem wahren Ich finden würde.
»Sollen wir hier etwa nur herumstehen«, sagte Balám abschätzig, »und darauf warten, dass Türkisrauch uns wegen dieser Frau den Garaus macht?«
Chacs Geduld war erschöpft. Er musste wissen, was in der Hütte vor sich ging. Abrupt ließ er Balám stehen und ging, von der Morgensonne geblendet, auf die Hütte zu.
Frauen und junge Mädchen umringten die aus Gras gefertigte Unterkunft, sangen und klatschten in die Hände. Chac bahnte sich mühsam einen Weg durch die Menge. H'meen stand da, in einer Tunika und einem Rock, beides, wie er sich erinnerte, besonderen Anlässen vorbehalten. »Der Segen der Götter, Edler Chac«, sagte sie. »Du kommst genau richtig. Gleich beginnt unsere Feier.«
»Feier?«
H'meen erklärte ihm, dass mit dem Drei-Tage-Ritual Tonina offiziell als Frau in ihren Stamm aufgenommen wurde, ein Ritual, das gewöhnlich am dreizehnten Geburtstag eines Mädchens durchgeführt wurde. »Wir Maya nennen es das Fest der Erscheinung der Götter auf Erden.«
Chac nickte. Er selbst hatte dieses Fest im Alter von dreizehn Jahren gefeiert.
Weil Tonina mit dreizehn noch auf der Perleninsel lebte, hatte Ixchel Toninas zweiundzwanzigsten Geburtstag als den Tag für diese Zeremonie bestimmt, einem aus zwei Glückszahlen bestehendem Datum: der Neun und der Dreizehn.

H'meen verstummte, als Ixchel aus der Hütte trat. Ein anmutiges Lächeln lag auf ihrem Gesicht, als sie mit erhobener Hand um Ruhe bat.

Seit dem Aufbruch in Palenque musste Chac immer wieder staunen, wie sich Toninas Mutter nach und nach veränderte – wie mit Festigung von Gesundheit und Lebenskraft ihr Körper aufblühte, sie immer jünger zu werden schien, sich ihr Rücken straffte und ihr Gang aufrecht wurde. Jetzt, im hellen Morgenlicht, erschien ihm ihre Haltung geradezu königlich. Und obwohl ihr Haar weiterhin weiß war, glänzte es und war voller geworden. Chac konnte sich sehr wohl vorstellen, dass der eine oder andere Mann in seiner Gruppe Ixchel verführerisch fand.

Sie sagte etwas auf Nahuatl, mit kräftiger, eindringlicher Stimme. Ixchel wiederholte ihre Ansprache, bis sich eine fast unwirkliche Stille über die Bucht senkte, die nur vom Geschrei der Möwen durchbrochen wurde.

Chac verstand nicht, was Ixchel sagte, spürte aber die gespannte Erwartung, mit der alle zur Hütte schauten. Auch er machte sich auf etwas Außergewöhnliches gefasst. Sein Blick wanderte über das Lager, die rauchenden Feuerstellen, die Hunde, die umhertrotteten.

Eine einfache, alltägliche Szene, dachte Chac und spürte gleichzeitig, dass die Welt im Begriff war, sich für immer zu verändern.

Eine weitere Gestalt trat jetzt aus dem Dunkel der Hütte, richtete sich im gleißenden Sonnenlicht zu voller Höhe auf.

Als Erstes fiel Chac ihre Frisur ins Auge. Ihr Haar war hochgekämmt und an beiden Seiten des Kopfes mit farbigen Bändern zu einer Rolle eingedreht, zum Zeichen dafür, dass ihre Mädchenzeit beendet war. Die Muscheln und Perlen waren verschwunden, wie er bekümmert feststellte. Dafür brachte die hochgesteckte Frisur ihren bislang von Haar bedeckten langen, grazilen Hals zur Geltung und betonte, wie Chac befand, noch zusätzlich Toninas eindrucksvolle Größe. Die schlichte, weiße Tunika und der Rock waren farbenprächtigen, gemusterten Gewändern gewichen – in schimmerndem Grün, Blau und Rot, die ihre honigfarbene Haut

aufs schönste zur Wirkung kommen ließen. Halsketten und Armbänder rundeten das Erscheinungsbild ab und verliehen Tonina das Aussehen einer Hochgeborenen.
Noch erstaunlicher jedoch erschien ihr Gesicht. Frei von jeglicher Bemalung und Verzierung, waren ihre Gesichtszüge im klaren Morgenlicht deutlich zu erkennen – die großen, ausdrucksvollen Augen, die schmale Nase, das kräftige Kinn und die hohen Wangenknochen. Chac kam es vor, als erblickte er Tonina zum ersten Mal – als sähe er eine ihm völlig unbekannte Frau.
Eine hinreißend schöne Frau.
Das Herz wurde ihm schwer. Als Ixchel erst auf Nahuatl und dann in der Maya-Sprache verkündete: »Wir feiern heute ein großes Fest zu Ehren meiner Tochter Malinal«, schaute Chac Tonina, nunmehr Malinal, an und sagte sich: *Ich habe sie verloren.*

Und nun kreuzten sich ihre Blicke. Chac sah ihr kleines Lächeln und zwang sich, es zu erwidern. Dann spürte er, dass ihre Verwandlung mehr beinhaltete als nur eine neue Frisur, andere Kleider und ein ungeschminktes Gesicht. Tonina war eine Fremde. Sie war eine Nahua.
Und unversehens …
Chac hielt den Atem an, unterdrückte einen Aufschrei. In diesem Augenblick war Tonina mehr als schön, mehr als eine verwandelte junge Frau, sie war von seinem Fleisch, seinem Blut. Sein urplötzliches erotisches Verlangen nach ihr ging mit einem Schmerz einher, der schier unerträglich war. Noch nie hatte er eine Frau so inbrünstig und leidenschaftlich begehrt wie in diesem überwältigenden Moment Tonina.
Und dann schienen ihm seine Augen einen Streich zu spielen. Anstelle von Tonina sah er das Bild einer Frau aus lang vergangener Zeit. Seine Mutter, jung und schön, gerade nach Mayapán gekommen und noch nicht mit den Gepflogenheiten der Maya vertraut. Sie trug ihr Haar zu zwei Rollen aufgebunden, eine bunte Tunika über einem bunten Rock, und erzählte ihrem kleinen Sohn auf

Nahuatl die Sagen und Geschichten ihres Volkes und ... Chac entrang sich ein gurgelnder Schrei.
Chapultepec.
Das war es! Dieses Wort, dieser Name, an den er sich, seit er Mayapán verlassen hatte, zu erinnern suchte, den ihm seine Mutter eingeschärft und den er vorsätzlich vergessen hatte. Chapultepec! Die Erinnerung kehrte zurück, *alles* kehrte zurück ...
Wie erstarrt stand er da, während die Welt um ihn herum sich so drastisch verwandelte, dass er meinte, die Sonne würde gleich vom Himmel herabfallen. Er drehte sich um, bahnte sich einen Weg durch die Menschenmenge, vorbei an der Grashütte und der davor stehenden fremden Frau, und lief in den Dschungel, der die kiesgraue Bucht säumte. Blindlings stolperte er vorbei an Palmen, durch Farnkraut und Kletterpflanzen, kämpfte sich, mit angehaltenem Atem ein Schluchzen unterdrückend, durch riesige grüne Stauden und vorbei an Lianen, bis er nur noch von Dickicht umgeben war – ein von aller Welt verlassener Mensch, namenlos und ohne Schutz.
Er sank auf die Knie und weinte hemmungslos. Seine Brust bebte, während jahrelang aufgestaute Gefühle sich Luft machten. Die unsichtbaren Mauern in seinem Inneren stürzten ein, Barrieren, die ihn über lange Jahre vor ungewollten Erinnerungen geschützt hatten, lieferten ihn einem Ansturm von Bildern, Visionen und Erinnerungen aus. Begriffe aus seiner Vergangenheit überfielen ihn – *auakatl ... chichiltik ... kali ... kuakuake.* Willkürliche Wörter, ohne Zusammenhang, deren Bedeutung er dennoch kannte: Avocado ... rot ... Haus ... Käfer.
Nahuatl. Die Sprache seiner Kindheit.
Er kauerte auf dem Dschungelboden, während die Vergangenheit ihn wie ein Tropenregen überschwemmte: brütende Hitze in der königlichen Küche, seine Mutter, mit den niedrigsten Arbeiten betraut, beim Schrubben von Töpfen und Zerstampfen von Mais, ehe sie zur Tortilla-Bäckerin aufstieg, dann zur Aufseherin über die Tortilla-Herstellung, dann zur Obersten Köchin. Wie sie mit ihrem Sohn in ihrer Muttersprache geredet hatte, bevor sie die

Sprache der Maya erlernt hatte, wie sie ihn verzaubert hatte mit den Legenden, die sich um sein Volk rankten, ehe er sich mit Balám befreundete und zu Chac wurde.

Chapultepec.

»Vergiss das nie, mein Sohn«, hatte die Mutter ihn ermahnt. Sie hatte ihn dieses Wort wiederholen lassen, jeden Tag danach gefragt, bis er in die Akademie aufgenommen wurde, das Ausbildungszentrum der Ballspieler. Hier lebte er zusammen mit Balám und anderen Maya-Knaben, die im Laufe der Zeit zu jungen Männern heranwuchsen; und Chac, das Chamäleon, passte sich ihnen an, übernahm ihre Sprache und Gebräuche, machte sich ihre Götter zu eigen, ihren Glauben und ihre Mythen, verdrängte die Welt des kleinen Chichimeken-Knaben und seiner Nahuatl sprechenden Mutter so nachdrücklich aus seinem Gedächtnis, bis er das Wort, das er für immer im Gedächtnis bewahren sollte, vergessen hatte.

Aber jetzt war es wieder präsent, war beim Anblick der verwandelten Tonina aus dem Schlummer erwacht.

»Chapultepec«, wisperte er, ein Wanderer zwischen zwei Welten, gefangen wie ein Hase zwischen zwei Hunden, die an dem hilflosen Tier zerrten und es schließlich in zwei Teile zerrissen.

Lange Zeit lag er so da, während die Vergangenheit an ihm vorbeizog und von ihm Besitz ergriff. Als er sich endlich völlig erschöpft aufrichtete und überlegte, wie weit inzwischen die Sonne fortgeschritten sein mochte, als er sich Blätter und Zweige abstreifte, wusste er, dass er an einem Wendepunkt seines Lebens angelangt war.

Er mühte sich wieder auf die Beine zu kommen, schwankte einen Augenblick, fand dann sein Gleichgewicht wieder. Durch seinen Schmerz hindurch erkannte er mit absoluter Klarheit, dass es für ihn nur einen einzigen Weg gab. Es hatte immer nur diesen einen Weg gegeben. Und vielleicht, sagte er sich, während er sich durch den Dschungel zurückkämpfte, vielleicht würde es mit Hilfe der Götter gar nicht so schwer werden wie gedacht, Abschied zu nehmen.

52

Aus Treibholz und Farnwedeln hatte man einen erhöhten Sitz errichtet, auf dem Tonina feierlich Platz nehmen musste, um wie eine Königin über die Festlichkeiten zu herrschen. Feuermulden wurden gegraben, Musikinstrumente hervorgeholt, *pulque* ausgeschenkt.

Tonina hätte eigentlich glücklich sein müssen. Sie war nicht länger die Ausgestoßene wie einst auf der Perleninsel. Jetzt unterschied sie sich nicht von anderen Nahua-Frauen, man erkannte sie als Mitglied eines der Sieben Stämme von Aztlán an. Endlich gehörte sie dazu.

Ihre Freude wurde nur von der Sorge um Chac gedämpft. Wo war er? Niemand hatte ihn mehr gesehen, seit er am Morgen nach einem langen Blick auf sie in den Dschungel gelaufen war. Inzwischen ging die Sonne unter, und noch immer ließ er sich nicht blicken.

Die Luft des frühen Abends war erfüllt vom köstlichen Duft gedämpfter Muscheln, gebratenem Fisch und gegrillten Wachteln. Zu den fröhlichen Klängen von Flöten und Trommeln ließ man sich Tortillas und Bohnen schmecken, Tomaten und Avocados. Zigarren und Pfeifen würzten die Meeresbrise mit Rauch. Die Zeremonie hatte allen gezeigt, dass sie zwar aus verschiedenen Clans und Stämmen kamen, aber alle ein und demselben Volk angehörten, dieselbe Sprache sprachen, dieselben Götter verehrten und auf demselben Weg waren: nach Aztlán, nach Hause.

Aber da gab es auch noch die, denen weniger nach feiern zumute war. In einiger Entfernung der ausgelassenen Menge standen Ba-

lám und seine Krieger in Bereitschaft, wohl wissend, dass Häuptling Türkisrauch seine Männer zum Angriff zusammenzog. Und während Balám ein wachsames Auge auf die Leute behielt, die seiner Meinung nach ein sinnloses Ritual feierten, fragte auch er sich: Wo ist Chac abgeblieben?
Balám hoffte geradezu, dass Häuptling Türkisrauch angreifen würde, damit er und seine Männer diesen Zapotekenhunden zeigen konnten, was für überragende Krieger die Maya waren. Er und seine Krieger würden heldenhaft kämpfen – nicht um diese erbärmliche Menschenmenge zu beschützen, sondern zum Ruhme seines eigenen Volkes. Und nach dem Sieg in dieser Bucht wollte Balám seine Männer zu noch größeren Siegen führen, so lange, bis die Bedrohung durch die Chichimeken für immer beendet war und die Götter ihn mit der Rückkehr seiner geliebten Tochter belohnten.
»Vetter!«, zischte der junge Mann an seiner Seite und packte Baláms Arm. »Sieh doch nur!«
Balám ließ den Blick über die feiernde Menge schweifen und bemerkte, dass weiter hinten am Strand Schweigen eingetreten war. Die Stille breitete sich in den rotgoldenen Abend aus, bis nur noch das Rauschen der Brecher am Strand zu hören war.
Balám griff nach seinem Speer und presste die Lippen zusammen. Er meinte seinen Augen nicht zu trauen.
Tonina starrte ebenfalls ungläubig, als die Menschenmenge sich teilte, um einen Neuankömmling durchzulassen. Fast hätte sie ihn nicht erkannt.
Der lange Jaguarschwanz war verschwunden. Das Haar hing ihm nun offen und glatt bis auf die Schultern und bildete über den Augenbrauen eine waagrechte Linie. Dieser rechteckige Haarschnitt umrahmte sein Gesicht auf ganz besondere Weise, ließ Chac für Tonina besser aussehen denn je. Der Barbier, der für dieses Werk verantwortlich zeichnete, hatte Chac zudem einen kriegerischen Haarknoten verpasst: Oben am Kopf wurde ein Büschel Haare von einem Band zusammengehalten und war so kurz geschnitten, dass es aufrecht stand. Seinen unauffälligen weißen

Lendenschurz hatte Chac durch einen in leuchtend blauen, gelben und roten Farben ersetzt, der seine Hüften, Lenden und Schenkel betonte. Anstelle des schlichten Umhangs trug er nun einen, dessen kräftiges Scharlachrot förmlich zu glühen schien.

Chac blieb vor Tonina stehen, verneigte sich und hob dann den Kopf, um mit stolzer, lauter Stimme zu verkünden: »Ehrenwerte Frauen, ich bin gekommen, um Euch zu begrüßen. Ich bin Tenoch von den Chapultepec.«

53

Bis auf das Rauschen der Brandung war kein Laut zu hören; wie versteinert standen alle da. Und dann hob ein Raunen an, das sich ausbreitete, bis alle vor Begeisterung durcheinanderredeten. »Tritt vor, Tenoch von den Chapultepec«, forderte Ixchel ihn lächelnd auf. Ihre Stimme bebte vor Erregung, war dies doch die Antwort auf ihre Gebete: dass Chac zu sich selbst finden möge. Jetzt konnte es zu einer Eheschließung kommen, ihre Tochter beruhigt einem ehrenvollen, mutigen Mann anvertraut werden. Während der langen Jahre in der Höhle, nur in Gesellschaft eines Vogels, der nicht sprechen konnte, hatte Ixchel immer davon geträumt, eines Tages ein Enkelkind in den Armen zu halten.

Cheveyos Enkel.

Als Chac zu Toninas Sitz hinaufstieg und die Ehrfurcht und Freude auf ihrem Gesicht sah, fragte er sich, warum er so lange und so hartnäckig gegen diese unvermeidliche Verwandlung angekämpft hatte, war doch dieser neue Mann der wirkliche Chac – nicht etwa ein »anderer« Mann, sondern der, als der er geboren worden war. Hatte seine Mutter das gewusst? Hatte sie deshalb darauf bestanden, dass er nach Teotihuacán ging?

So viele Jahre seines Lebens hatte er vorgegeben, ein Maya zu sein. Doch nun wusste er, wer er war, fühlte neue Kraft durch seinen Körper strömen. Wenn ich nach Mayapán zurückkehre, dann als Tenoch von den Chapultepec. Ich werde den Männern der Vereinigung beweisen, dass mein Volk nicht ohne Ehre und Stolz ist. Auf dass sie den Tag verfluchen mögen, an dem sie geboren wurden.

»Chapultepec«, wiederholte Ixchel und krauste die Stirn. »Heuschreckenhügel?«
Chac schlug seinen Umhang beiseite. Auf seiner Brust wurde eine neue Tätowierung sichtbar.
Nachdem er aus dem Dschungel gewankt war, erschöpft, aber auch von neuer Kraft durchdrungen, hatte er einen der vielen Barbiere innerhalb der Gruppe aufgesucht, und dieser Mann war abseits der Menge, unter einem mächtigen Mahagonibaum, zu Werke gegangen. Anschließend hatte Chac unbemerkt eine Familie aufgesucht, die kostbare Textilien für die Noblen des Landes fertigte. Zu guter Letzt hatte er einen Tätowierer gefunden, der sich auf die Stammessymbole der Nahua verstand.
Die Tätowierung war noch blutverkrustet, trotzdem erkannte Ixchel das Symbol, das Chac als Mitglied des Volkes vom Heuschreckenhügel – »chapultepec« auf Nahuatl – auswies.
»An dem Tag, da ich als kleiner Junge dieses Stammeszeichen erhielt, versuchte ich nicht zu weinen«, sagte Chac lächelnd, »und tat es dann doch.«
»Erinnerst du dich an den Namen deines Clans?«
»Den habe ich vergessen, Ehrenwerte Ixchel.«
Als sich seine Aufmerksamkeit Tonina zuwandte, die ihn mit offenem Mund anstarrte, entging beiden der besorgte Ausdruck, der über Ixchels Gesicht huschte.
»Vergib mir, dass ich die dir gebührenden Feierlichkeiten störe, Ehrenwerte Malinal«, sagte Chac. »Aber ich komme in einer dringenden Angelegenheit. Ich habe erfahren, dass Häuptling Türkisrauch vorhat, uns heute Nacht zu überfallen. Ich habe die Absicht, mich für euch zu verwenden.«
»Zu verwenden?« Erschrocken schaute Ixchel zum dichten Dschungel hinter ihnen. Versammelte sich dort bereits eine Heerschar von Kriegern?
Chac wandte sich an Einauge, der ihn mit hängender Unterlippe anstaunte. »Mein Freund, ich möchte, dass du mit H'meen Häuptling Türkisrauch einen Besuch abstattest. Sagt ihm, dass Tenoch von den Chapultepec die Anwesenheit des Häuptlings bei einem

wichtigen Fest erbittet, dass wir seinen Segen für diese Feierlichkeit erbitten und dass wir ihm unsere Ehrerbietung bezeugen möchten.«

Balám, die Augen misstrauisch zusammengekniffen, bahnte sich einen Weg zu Chac. »Was ist denn in dich gefahren, Bruder?«, fauchte er und musterte Chac verächtlich von oben bis unten. »Hast du den Verstand verloren?«

»Mein Verstand war noch nie so klar wie jetzt, Bruder«, gab Chac zurück. »Du hast gesagt, uns bleibt nichts anderes übrig als entweder unverzüglich aufzubrechen oder gegen Türkisrauch zu kämpfen. Aber das stimmt nicht. Es gibt noch eine dritte Möglichkeit.«

»Und die wäre?«

»Nun, Türkisrauch als Freund zu gewinnen. Ich besiege meinen Feind, Bruder, indem ich ihn zu meinem Freund mache.«

»Und wie willst du das anstellen?«

»Indem ich zwei Waffen einsetze, auf die Häuptling Türkisrauch nicht gefasst ist: Demut und Respekt.« Chac lächelte. »Kein großer Anführer wird die Gelegenheit verstreichen lassen, als großherzig oder edelmütig angesehen zu werden.«

»Du beschwörst Unheil herauf«, warnte Balám. »Aber keine Sorge. Meine Krieger stehen bereit, falls deine Versuche, Freundschaft zu schließen, fehlschlagen.« Er machte kehrt und stapfte mit seinen Vettern davon.

Chac wandte sich Tonina zu. »Jetzt weiß ich auch, warum ich die Augen nicht von dir wenden konnte, als ich dich das erste Mal auf dem Marktplatz von Mayapán sah. Ich muss instinktiv die Verbindung zwischen uns gespürt haben. Nicht der Zufall hat uns zusammengeführt, sondern unser beider Schicksal.«

Er beugte sich vor, sodass nur sie ihn hören konnte. »Tonina«, sagte er, »du hast mich einmal gefragt, warum ich mich immer gesträubt habe, die Rolle des Anführers zu übernehmen, und ich sagte dir, das hätte mit dem zu tun, was meine Mutter mir als Kind gesagt hat, nämlich ›Sei niemals ein Versager‹. Das war ihre größte Befürchtung. Und wurde bald zu *meiner* größten Befürchtung. Als ich dich dann heute Morgen aus der Hütte treten sah, Tonina, löste dein Anblick eine Flut verschütteter Erinnerungen in mir aus. Ich versuchte, vor ihnen davonzulaufen, aber sie waren ein Teil von mir, und so kam es, dass ich mich ihnen endlich stellte. Und aus all diesen Erinnerungen schälte sich die Erkenntnis heraus, dass ich meine Mutter missverstanden hatte! Was sie damit meinte, war: Versage dich niemals. In der Bedeutung: Lass nie jemanden im Stich. Also genau das Gegenteil! Die ganzen Jahre hindurch haben mich diese fehlgedeuteten Worte zurückgehalten. Aber das ist jetzt vorbei.«

Es gab noch mehr, was er ihr sagen wollte, aber dies war nicht der richtige Ort, über seine Gefühle, sein neues Wissen zu sprechen. Das hob er sich für später auf, genauso wie er erst einmal verarbeiten musste, dass seine Mutter sich keineswegs ihres Volkes geschämt hatte – in Chac nicht das Gefühl genährt hatte, ihr Volk, das auch seins war, sei als minderwertig anzusehen, wie Balám und andere Maya das taten. Es waren andere gewesen, die dieses Vorurteil in Chacs junges Herz gepflanzt hatten. Jetzt wusste er, dass seine Mutter in Wahrheit stolz auf ihr Volk gewesen war.

Und nun wollte er *ihr* Ehre machen.

Die Sonne senkte sich hinter dem Regenwald und warf lange Schatten auf den Strand. Tonina konnte den Blick nicht von seinem Gesicht wenden – er war noch immer Chac, und andererseits war er es auch nicht. Als hätte er endlich die Tür zu einer inneren Kraft und neuem Selbstbewusstsein aufgestoßen. Sie spürte, dass all seine Zweifel und Ängste von ihm abgefallen waren. Vor ihr stand ein starker und selbstbewusster Mann, der seine Bestimmung kannte.

Tonina wünschte sich, er würde sie in die Arme schließen. Es verlangte sie danach, seine Lippen auf ihren zu spüren. Nun musste es doch eine Chance für ihre Liebe geben.

Heute, so sagte sie sich, ist nicht nur der Tag, an dem ich vor zweiundzwanzig Jahren als Tochter von Ixchel und Cheveyo in der Mayastadt Palenque das Licht der Welt erblickt habe, sondern auch der Tag, an dem Tenoch von den Chapultepeke geboren worden ist. Und für sie stand fest, dass dieser Tag der wichtigste ihres Lebens bleiben würde.

Am Waldesrand brach Tumult aus. Häuptling Türkisrauch war eingetroffen.

Gefolgt von Günstlingen und Ehefrauen, Sklaven und Bediensteten, kam der Zapoteken-Häuptling langsam auf die Menschenmenge am Strand zu. Kurzbeinig und stämmig von Gestalt, war er über und über behängt mit Schmuck aus Muscheln, Knochen und Federn. Sein wacher Blick verriet immerhin einen scharfen Verstand.

Spannung lag in der Luft, als die schweigende Menge eine Gasse für die grimmig dreinblickenden Zapoteken-Krieger freimachte, deren Speere menschliche Schädel krönten. Als Türkisrauch vor Chac stehen blieb, verengten sich seine Augen zu Schlitzen, um gleich darauf vor Freude riesengroß zu werden, erblickte er doch ein vertrautes Gesicht, wenngleich einen völlig anderen Mann als den, der sich vor vier Tagen noch als Chac ausgegeben und wie ein Maya gekleidet hatte. Jetzt nannte sich dieser Mann Tenoch und war nach Art der Nahua gekleidet, weshalb sich Türkisrauch fragte, ob dieser Mann womöglich seinem eigenen Volk angehörte.

Tonina fand den Häuptling mit der tief dunklen, fast schwarz wirkenden Haut, den ungewöhnlich runden, leicht hervorquellenden Augen und der platten wiewohl fleischigen Nase absonderlich. Bis ihr einfiel, dass er den merkwürdigen Olmeken-Köpfen im Dschungel ähnelte. Und als sie feststellte, dass manch einer aus seiner Gefolgschaft ebensolche Züge aufwies, fragte sie sich, ob sein Stamm womöglich von jenem Volk abstammte.

Türkisrauch und seine Begleitung ließen sich auf geflochtenen Matten nieder, die Frauen brachten *pulque* und Platten mit Essen. Die schwer bewaffneten Krieger des Häuptlings nahmen hinter ihm Aufstellung, während die Übrigen einen Kreis um sie herum bildeten, um Zeugen dieser bedeutsamen Begegnung zu werden. Tonina saß weiterhin auf ihrem Thron aus Treibholz an einer Stelle des Kreises, Ixchel ihr genau gegenüber, neben ihr H'meen, auf dem Schoß leeres Papier und in Reichweite Pinsel und Tusche. Auch Einauge als Glücksbringer gehörte zum inneren Kreis.

Seinerzeit im großen Saal in Mayapán hatte Chac so mancher Audienz beigewohnt, wenn Würdenträger mit Gaben und Anliegen vor Seine Großherzige Güte traten. Deshalb wusste er, dass man, wenn es um Verhandlungen ging, niemals sofort zum Geschäftlichen kam, sondern erst einmal endlose Komplimente und Schmeicheleien formulierte, die Namen aller erdenklichen Gottheiten anrief und jedes einzelne Familienmitglied eines jeden Besuchers segnete. Nachdem also auch hier den Göttern Trankopfer dargebracht und Essenskrumen ins Feuer geworfen worden waren, stießen Chac und Türkisrauch mit *pulque* auf die gegenseitigen Clans, Stämme und Götter an, dann warteten alle höflich ab, bis Türkisrauch von den gedämpften Muscheln gekostet hatte, bevor sie selbst zugriffen. Als Türkisrauch befriedigt feststellte, dass er und seine Gefolgschaft mit gebührendem Respekt behandelt wurden, forderte er den »Ehrwürdigen Tenoch« auf, sein Anliegen vorzutragen.

Chac überraschte die Umstehenden damit, dass er dem Häuptling nicht darlegte, was er und sein Volk benötigten. Eingedenk der Versammlungen im Großen Saal kam er stattdessen darauf zu sprechen, was er und seine Leute Türkisrauch anzubieten gedachten. Er wollte Türkisrauch überzeugen, dass Chac ihm einen Gefallen erwies und nicht umgekehrt. Der Häuptling sollte glauben, dass der Vorteil allein auf seiner Seite lag. Laut Chac bekäme er Baumwolle, Körbe, erfahrene Jäger und Fischer, Jungfrauen für seine unverheirateten Männer, den glücksbringenden Zwerg und eine königliche Kräuterkundige, die Gebete und Lobpreisungen und die Loyalität Hunderter neuer Untertanen. Für all diese großzügigen Gaben sollte der edle Häuptling der Zapoteken lediglich den Schutz durch seine Krieger sicherstellen.

»Wie lange werdet Ihr meinen Schutz benötigen?«, fragte der Häuptling.

Chac zog eine auf Baumrinde gezeichnete Karte hervor. Er und seine Leute folgten einem alten Handelsweg, der nördlich des Tals von Anahuac von Teotihuacán bis Chichén Itzá im Osten verlief und tief im Süden bis Copán. »Wir befinden uns hier«, sagte er und deutete auf das Bildzeichen, das die Ansiedlung von Türkisrauch markierte. Die Straße durch Tehuantepec war eine Fortsetzung der Weißen Straße der Maya und wurde seit über tausend Jahren von Händlern und Reisenden genutzt. »Wir ziehen ins Tal von Anahuac und von dort aus nordwärts nach Aztlán.«
Türkisrauch kaute an seiner Zigarre, während er sich mit gerunzelter Stirn über die Karte beugte. Lesen hatte er nicht gelernt. »Wo ist Zempoala?«
»Hier.« Chac wies auf ein anderes Bildzeichen.
»Sehr gut«, brummte Türkisrauch. »Das ist das Gebiet der Totonaken, und mit denen bin ich verbündet. Du, Tenoch von den Chapultepec, und ich, wir sind nun ebenfalls Verbündete, also werden meine Krieger bis an die Grenzen meines Gebietes mit dir ziehen, und dort werden wir dir helfen, mit Häuptling Acayucan, der mit meiner Schwester verheiratet ist, weiteren Schutz auszuhandeln.«
Bevor er jedoch die Vereinbarung mit dem Daumenabdruck in seiner Handfläche besiegelte, hielt Türkisrauch einen fetten, nikotinverfärbten Finger hoch und sagte: »Eine Sache noch. Ich traue diesem Maya und seinen Kriegern nicht.«
»Mach dir um Balám keine Sorgen. Er wird tun, was ich sage.«
»So sei es!«
Die Menge brach in Jubel und Bewunderungsrufe aus. Chac war selbst von seinem Talent als Unterhändler und Diplomat überrascht. Aber er wusste, dass dieses geschickte Taktieren ihm nur möglich geworden war, weil er wusste, wo er selbst stand. Chac als Maya wäre nicht so überzeugend aufgetreten.
»Um unsere Abmachung zu besiegeln«, sagte der Häuptling und rieb sich die feisten Hände, »werden wir Ehen arrangieren.«
Chac zwinkerte ungläubig. »Ehen?«
Auf ein Zeichen von Türkisrauch hin wurde ein schüchternes

junges Mädchen in den Kreis gebracht. »Um unsere beiden Stämme zu vereinen, wirst du meine Tochter heiraten«, sagte der Häuptling zu Chac.
Und auf Tonina deutend, fügte er hinzu: »Und *sie* wird *meine* Frau.«

54

Im flackernden Schein der Fackeln bewunderte Balám die kostbare Krone aus Gold, Jade und Bernstein, die ihm heimlich ins Lager gebracht worden war. »Einer Königin würdig«, hatte der Lieferant gesagt, ohne zu erklären, wie er in den Besitz einer solchen Kostbarkeit gelangt war.

»In der Tat«, murmelte Balám und händigte dem Mann fünf Ozelotfelle aus, zwanzig Kakaobohnen und eine Kalebasse *pulque*. Ein gesalzener Preis. Aber die Krone war für Ziyal bestimmt, für den Tag, da er der Beherrscher der Welt wurde.

Nachdem der heimliche Besucher im Dschungel untergetaucht war, schaute Balám sinnend auf die Bucht von Campeche, in deren Wasser sich das Licht der Sterne spiegelte. Seine Hand fuhr zu dem kleinen Beutel an seinem Hals. Der Milchzahn seiner Tochter. Aus diesem winzigen Objekt würde Balám die göttliche Kraft zuteil werden, um auf dem höchsten Erdenthron Platz zu nehmen. Süße Erinnerungen tauchten in ihm auf: Ziyal, wie sie auf seinen Schultern durchs Haus geritten war, wie sie gequietscht hatte, wenn er sie, auf seinem Knie sitzend, gekitzelt hatte, wie er nachts an ihrem Bettchen gewacht hatte, wenn sie krank war. Das Gefühl ihrer Ärmchen um seinen Hals. Ihr zarter Atem an seiner Wange. Wie sein Herz gejauchzt hatte, wann immer sie ihn »Taati« genannt hatte.

Bald, mein Schatz, schrie es in ihm, als er seine Gedanken über die Wellen und hinauf zu den Sternen sandte. Nicht mehr lange, meine süße Kleine, dann ist Taati wieder bei dir.

Während er den nächtlichen Geräuschen lauschte, verpackte Ba-

lám vorsichtig die Krone in einen mit trockenem Gras ausgepolsterten Korb.
Angewidert von dem lächerlichen Schauspiel am Strand – Chac handelte ein Friedensabkommen mit diesem Zapotekenhund aus –, hatte er seinen Männern befohlen, bis Mitternacht zu warten und sich dann ins Lager der Krieger von Türkisrauch zu schleichen. »Überzeugt euch, dass alle schlafen«, hatte er gesagt, »dann zückt ihr eure Messer und …«
Er grinste hämisch. Wenn er der Armee von Häuptling Türkisrauch Verluste beibrachte, schlug er zwei Fliegen mit einer Klappe: er schwächte den fetten Anführer der Zapoteken und er verminderte die Anzahl der Soldaten, die zum Schutz von Chacs Leuten bestimmt worden waren.
Frauenaustausch! Welch widerwärtiger Gedanke. Nur Schwächlinge ließen sich darauf ein, die Tochter oder Schwester eines Feindes zu heiraten, um auf diese Weise den Frieden zu bewahren. Für Balám, einen Krieger durch und durch, gab es nur einen Weg, um Frieden zu schaffen: den Kampf. So und nicht anders bezwang man einen Feind.
Ihm erschien Chacs Veränderung vom Maya zu einem Chichimeken als ein weiteres Zeichen der Götter dafür, dass er seinen verhassten einstigen Freund und Bruder vernichten musste. Daneben aber wollte er Chacs neuen Stamm ausfindig machen und diese Chichimeken bis zum letzten Mann abschlachten. Doch welchem Stamm gehörte Chac an? »Ich bin Tenoch von …« Wovon? Das hatte Balám nicht mitbekommen.
Als er in der Nähe Geräusche vernahm und gleich darauf seine Männer mit Gefangenen ins Lager zurückkehren sah, nickte er zufrieden. Die etwa hundert Gefesselten wurden gezwungen, vor ihm niederzuknien. Beschämt ließen sie die Köpfe hängen, gab es doch für einen Soldaten nichts Entwürdigenderes, als kampflos, ja sogar ohne eine Waffe zu ziehen, in Gefangenschaft zu geraten. Balám wusste, dass Türkisrauch Männer, die sich im Schlaf überfallen ließen, keinesfalls zurückhaben wollte, und ebenso wusste er, dass sie damit rechneten, hingerichtet zu werden und als Ehr-

lose geradewegs zur Neunten Ebene der Unterwelt hinabfahren würden.
Stattdessen bekamen sie vom Prinzen von Uxmal zu hören: »Schließt euch mir an, dann wird es euch zum Ruhme gereichen, gegen die gierigen Huasteken im Norden zu kämpfen; zudem winken euch Kriegsbeute und Frauen, und wenn ihr auf dem Schlachtfeld fallt, gelangt ihr auf schnellstem Wege in den Dreizehnten Himmel.«
Ohne zu zögern schworen sie ihm Treue.

Unruhig schritt Chac auf der vom Mond erhellten Lichtung hin und her.
Wo blieb Tonina?
Als er das Rascheln von Laub hörte, fuhr er herum. Da war sie ja endlich!
Sie hatte das Buch der tausend Geheimnisse bei sich, das inzwischen einen neuen, ebenfalls mit Federn besetzten Einband erhalten hatte. Als sie Chac auf der Lichtung stehen sah, vergaß sie alle Warnungen und Ratschläge der Mutter, ließ das Buch fallen und stürzte auf ihn zu.
Chac schloss sie in die Arme, drückte seine Lippen auf ihre. Mit einem unterdrückten Seufzen schmiegte sich Tonina an ihn. Am liebsten wäre sie mit seinem Körper verschmolzen und auf ewig so verharrt, nur sie beide auf dieser in Mondlicht gehüllten Lichtung, weit weg von den anderen, fernab von Pflichten und Verantwortung und … Tabus.
»Träume ich?«, murmelte er, als seine Hände über ihren schlanken Körper glitten, dessen Wärme er durch ihre neuen Kleider hindurch spürte – Nahua-Kleider wie seine eigenen. Als ob allein schon die Materialien von einem anderen Volk, anderem Blut zeugten.
Chac legte die Hände um ihr Gesicht und schaute ihr tief in die Augen. »Als ich dich heute Morgen im Sonnenlicht stehen sah«, sagte er, »überkam mich eine derart brennende Sehnsucht nach dir, dass ich wie gebannt war. Ich begehrte dich mit aller Macht,

wollte mit dir eins sein. Dann aber erkannte ich, dass ich zuerst zu dem werden musste, der ich wirklich bin. Geliebte Tonina, es war der leidenschaftliche Wunsch, dich zu besitzen, der mich zu meiner neuen Identität geführt hat.«
Tränen glänzten in ihren Augen. Fälschlicherweise hielt er sie für Freudentränen und küsste jede, die ihr über die Wangen rollte, hinweg. »In dem Wasserschacht von Chichén Itzá meinte ich zu ertrinken. Als du mir Leben einhauchtest, wurde ein neuer Mann geboren, und in den nachfolgenden Monaten musste ich wie ein Kind wieder lernen zu leben, zu fühlen, anderen zuzuhören, sie und mich selbst zu verstehen. Es war, als hätte mir das Leben eine zweite Chance gewährt.«
Sein Mund berührte zärtlich ihre Lippen. Er spürte, wie sie zitterten, schmeckte Tränen.
»Du hast mir mehr geschenkt als mein Leben, Tonina. Wenn ich einstmals nur Verachtung für mein Volk übrig hatte, bin ich jetzt stolz, ihm anzugehören. Das verdanke ich dir. Tonina, ich habe geglaubt, es wäre schier unmöglich, Chac den Maya abzuschütteln – aber dann, allein im Dschungel, als ich nur noch meine Erinnerungen und mein Gewissen hatte, wuchs in mir die Hoffnung, dass es vielleicht doch nicht so schwierig sei, mich von dem, der ich einmal war, zu verabschieden.«
Eine nächtliche Brise fuhr durch die Bäume, ließ Äste und Palmwedel rascheln, spielte mit Chacs schulterlangem Haar. Gebannt schaute Tonina auf seine Lippen, wollte sie küssen, spürte aber, dass er loswerden musste, was sich in ihm aufgestaut hatte. Und schon sprach er weiter, mit tiefer, wohlklingender Stimme, der zu lauschen sie nicht müde wurde:
»Eine Hungersnot war der Grund, aus dem meine Eltern ihr Zuhause verließen, um mir und meiner Schwester ein besseres Leben bieten zu können. Meine Schwester starb, als sie noch klein war, und dann wurde auch noch mein Vater von einem umstürzenden Baum erschlagen. Ich dagegen entwickelte mich zu einem kräftigen Burschen, wuchs zu einem Helden heran. Und meine Mutter arbeitete sich zur Obersten Köchin einer königlichen Küche hoch.

Tonina, ich habe nie gewürdigt, was für eine tapfere Frau sie war und wie viel sie sich selbst erarbeitet hat. Bevor ich mein früheres Verhalten ihr gegenüber nicht wiedergutgemacht habe, finde ich keine Ruhe.«

Tonina schmiegte ihr Gesicht an seinen Hals, grub die Finger in seine muskelharten Schultern. Da gab es so viel, was sie ihm zu sagen hatte, doch der Mut dazu fehlte ihr. Sie wollte nichts weiter als einswerden mit diesem Mann, den sie so innig liebte und so heftig begehrte. Im Stillen flehte sie verzweifelt die Götter an, sie von der Bürde zu befreien, die auf ihr lastete.

Er küsste sie wieder, stürmischer diesmal, begehrlicher. Sie spürte, wie seine Hand zu ihrem Schenkel glitt, ihren Rock hob, die heiße Haut darunter streichelte. »Warte«, raunte sie.

Er schaute sie fragend an. Seine Hand berührte den Gürtel aus den Gehäusen der Kaurischnecke, den sie zum Zeichen ihrer Jungfräulichkeit noch immer um die Taille trug. »Tonina«, sagte er leise und voller Drängen, »wir werden morgen früh heiraten und dann für immer zusammen sein.«

»Heiraten …«

»Du weißt doch, dass ich Häuptling Türkisrauch überzeugen konnte, zur Bekräftigung unseres Bündnisses eine andere Frau zu wählen, nicht dich. Und jetzt habe ich bereits alles für unsere Hochzeit veranlasst.« Es hatte eine Überraschung sein sollen, aber jetzt war es ihm wichtiger, ihre Ängste zu vertreiben und sie zu beruhigen. »Haarlos ist gerade mit anderen auf der Jagd. Unsere Gäste erwartet ein Wildbretschmaus, sobald wir unsere Umhänge miteinander verknüpft haben.«

»Chac«, sagte sie gepresst. »Wir können nicht heiraten. Noch nicht.«

»Warum nicht?«

Das Buch. Sie hatte es fallen gelassen. Widerstrebend löste sie sich aus seiner Umarmung und blickte sich um.

Da lag das Buch im Gras. Das Mondlicht half ihr beim Durchblättern der Seiten.

»Hier«, sagte sie und reichte ihm das Buch.

Auf der Seite, die Tonina aufgeschlagen hatte, entdeckte Chac das Symbol, das er als Tätowierung auf der Brust trug.
»Heuschreckenhügel«, sagte Tonina. »Am Ufer des Texcoco-Sees.«
»Was ist damit?«
»Chac, auch *mein* Stamm lebte auf dem Heuschreckenhügel.«
Er schwieg. Aus der Krone eines mächtigen Baums vernahm man den Ruf eines einsamen Nachtvogels. Frösche quakten, Zikaden sägten und zirpten. Die feuchtwarme Luft verhieß Regen. Toninas Blick jedoch jagte Chac ein Frösteln über den Rücken. »Na und?«, fragte er, und eine unheilvolle Ahnung stieg in ihm hoch. »Was bedeutet es denn, wo unsere Familien gelebt haben?« Er packte sie bei den Schultern. »Tonina, es geht um dich und mich und niemanden sonst.«
»Chac, es kann durchaus sein, dass du und ich demselben Clan oder derselben Familie angehören. Wenn unsere Mütter nun Cousinen ersten Grades waren? Dann würden die Gesetze der Götter und der Ahnen verbieten, dass wir heiraten.«
Am liebsten hätte er seine Empörung über eine derartig verdrehte Ungerechtigkeit laut herausgeschrien. Als er noch ein Maya und sie ein Inselmädchen gewesen war und die Kluft zwischen ihnen schier unüberbrückbar, hätten sie es sehr viel leichter gehabt, sich einander hinzugeben als jetzt, da die Kluft nicht mehr bestand.
Warum schlug er nicht alle Tabus, die das Buch ihm nun auferlegte, in den Wind? Dann könnte er Tonina auf der Stelle nehmen, die Liebe mit ihr teilen, die sie so lange schon verband. Wieder wollte er die Götter verfluchen, ihre Statuen zertrümmern, seinen Zorn auf die unsichtbare Welt hinausschreien. Aber anders als in jener zurückliegenden unheilvollen Nacht, als er sich hatte gehen lassen und die Götter ihm als Sühne das Opfer im Wasserschacht auferlegt hatten, beherrschte er sich diesmal. Nicht zuletzt weil sein Gewissen ihm zuraunte, dass über die Unschuldigen, die am Strand nächtigten, bei Missachtung eines der heiligsten Gesetze der Götter und Ahnen Unheil hereinbrechen könnte.

»Das ist ungerecht!«, rief er aus. Unwillkürlich musste er an Balám denken. An das, was er und Yaxche, die sich ineinander verliebt hatten, durchmachen mussten, als die Priester tagelang ihre Verwandtschaftsverhältnisse auf ein noch so kleines Tabu hin überprüft hatten. Einst hatten die Ahnen bestimmt, welche Bedingungen für Eheschließungen gelten sollten, und so absurd viele Regelungen es auch sein mochten, wurden sie dennoch weiterhin respektiert. Keiner begriff, warum Frauen aus dem Schildkröten-Clan Männer aus dem Roten-Habicht-Clan nicht heiraten durften, Frauen aus dem Roten-Habicht-Clan aber sehr wohl Männer aus dem Schildkröten-Clan! Oder warum einer aus dem Fluss-Clan nie und nimmer eine Verbindung mit einem aus dem Heuschrecken-Clan eingehen durfte. Die Regeln stammten aus uralter Zeit und wurden nicht angetastet.
Chac selbst hatte einen solchen Fall verhandeln müssen, damals, unweit von Tikal, als zwei junge Menschen heiraten wollten. Der Ältestenrat beider Familien hatte jedoch die Verbindung untersagt, da die beiden Verliebten sich verwandtschaftlich zu nahe standen. Chac hatte beide Parteien angehört und musste sich gegen eine Heirat aussprechen, da nach dem Gesetz der Maya zwei Menschen mit dem gleichen Namen väterlicherseits nicht die Ehe eingehen durften.
Grausame Ironie des Schicksals – würde sie sich auch jetzt offenbaren? Erwies sich der Name, der seine Verwandlung und freudige Befreiung bewirkt hatte, als das Hindernis, das ihm den Weg zu der Frau, die er liebte, versperrte?
»Wir müssen den Namen deines Clans in Erfahrung bringen«, sagte Tonina. Ihr verschreckter Blick schnürte ihm regelrecht die Luft ab. Auch wenn er seinen Namen geändert hatte, war sein Gewissen noch immer dasselbe. Mehr denn je fühlte er sich einem strengen Ehrenkodex verpflichtet, und jetzt, als Chapultepeke, musste er unter Beweis stellen, dass sein Volk keine Horde gesetzloser Wilder war.
Die Leidenschaft, mit der er Tonina begehrte, machte ihm fast Angst. Was, wenn seine Lust stärker war als sein Gewissen? Ab-

rupt wich er zurück. »Tonina, als ich heute Morgen meine Erinnerung wiederfand, fiel mir ein Wort ein, das meine Mutter oft benutzte. *Tonali*. Was heißt das?«

»Tonali«, wiederholte sie leise. Ein kraftvolles Wort, das sich fast wie ihr Inselname anhörte. »Es bedeutet Schicksal, Bestimmung, was zu tun oder zu sein du geboren bist.«

»Wann immer meine Mutter die Chapultepec erwähnte, sprach sie von *tonali*. Vollzieht sich etwa das, was mir bestimmt ist, auf dem Heuschreckenhügel im Tal von Anahuac? Erwartet mich dort mein Schicksal?« Er wandte das Gesicht dem warmen Nachtwind zu, blickte nach Westen, in Richtung eines Hochtals, das Monate entfernt vom Dschungel von Tehuantepec lag. Dennoch fühlte er dessen Ruf, als erstreckte es sich unmittelbar jenseits der Bäume.

»Tonina.« Wieder umfasste er ihre Schultern. »Nichts geschieht zufällig. Was immer wir tun, was immer sich ereignet, geschieht, weil die Götter es so gewollt haben. Und wenn ich an den Ort geführt werde, den sie mir bestimmt haben, muss ich dorthin. Alles deutet auf diesen Ort Chapultepec. Schon allein, um zu klären, ob es ein Verwandtschaftstabu zwischen uns gibt, werde ich zu diesem Hügel am Ufer des Texcoco-Sees ziehen. Ich muss diesem Ruf Folge leisten.«

»Ich komme mit«, sagte sie. »Wir gehen gemeinsam zum Chapultepec.«

Er zog sie eng an sich. *Ja!* Das war es, was er ersehnte. »Nein. Du musst bei deiner Mutter bleiben, Tonina. Außerdem komme ich allein schneller voran.«

Er hatte recht. Sie wusste um ihre Aufgabe. Seit Palenque war sie von neuer Kraft beseelt, von dem brennenden Wunsch, das, was ihren Eltern widerfahren war, wettzumachen. Ihre Mutter hatte man gezwungen, ihr Kind auf dem Meer auszusetzen, dann war sie lebendig begraben worden. Dem Vater hatte man weisgemacht, dass seine Frau und seine Tochter tot seien. Tonina wollte unbedingt Cheveyo finden, ihn mit Ixchel zusammenbringen, um sie die Schmerzen und die verlorenen Jahre vergessen zu machen.

Langsam nahm sie das Medaillon ab, das sie ihr Leben lang begleitet hatte, und hängte es Chac um den Hals.
»Suche die rote Blume, Liebster. Und wenn du sie findest, warte dort auf mich.«
»Nein«, sagte er. »Ich komme zurück. Ich weiß dich auf dem Weg ins Tal von Anahuac. Wir folgen derselben Straße. Sobald ich auf dem Chapultepec-Hügel in Erfahrung gebracht habe, welchem Clan ich angehöre und wozu ich berufen bin, trete ich umgehend den Rückweg an und komme dir nach. Halte dich genau an die Karte, Tonina, dann finde ich dich auch. Und halte dich an Türkisrauch, er wird dich beschützen.«
Der Häuptling der Zapoteken hatte sich zum Glück überreden lassen, seine Tochter mit einem anderen Mann aus Chacs Kreis zu verheiraten und auch für sich selbst eine andere Frau zu erwählen. Gemäß uralter Gepflogenheit waren die beiden jetzt also Verbündete.
Während er mit beiden Händen Toninas Gesicht umfasste, sagte Chac: »Früher dachte ich ausschließlich an mich; die Nöte anderer blieben mir verborgen. Ich war deswegen nicht unbedingt ein schlechter Mensch, aber ein Held war ich auch nicht. Du hast mir die Augen geöffnet. Dafür und für vieles andere danke ich dir. Ich liebe dich.« Er küsste sie wieder, sanft und liebevoll, inbrünstig.
Dann trat er rasch zurück, denn er wusste, wie schmal der Grat zwischen Selbstdisziplin und Verlangen war, so schmal wie der dünne Streifen Mondlicht, der durch die Äste fiel. Noch ein Moment länger zusammen mit Tonina, noch ein Wort von ihr, und es wäre um ihn geschehen.
Sehnsüchtig schaute er sie an, sie, die so vieles verkörperte – das unbedarfte Mädchen, dem man befohlen hatte, in der Großen Halle von Mayapán als Wahrsagerin aufzutreten; das aufmüpfige Mädchen, das ihm außerhalb von Uxmal weggelaufen war und dann von ihm gefordert hatte, die Führung der Menschen, die ihnen folgten, zu übernehmen; das verführerische Geschöpf, das ihn in den Petén-See gelockt hatte.

Die Frau, die eben noch in seinen Armen gelegen hatte, bereit, sich ihm hinzugeben.

»Sobald ich zurück bin, heiraten wir«, sagte er. »Und in unserer Hochzeitsnacht, liebste Tonina, werden dir mein Herz und mein Körper beweisen, wie sehr ich dich liebe.«

55

Auch wenn sich am Horizont dunkle Gewitterwolken zusammenbrauten, wurde unter einem strahlenden Sommerhimmel Chacs Abschied gefeiert, ein ebenso fröhlicher wie trauriger Anlass, wusste man doch, dass er zu einer Suche aufbrach, die er nur allein unternehmen konnte.

Haarlos warf sich ihm zu Füßen. »Herr!«, rief er. »Was habe ich verbrochen, um Euer Missfallen zu erregen?«

Chac half dem stämmigen Mann, dem die Tränen übers Gesicht rannen, wieder auf die Beine. »Du hast keineswegs mein Missfallen erregt, mein Freund«, sagte er. »Keine Sorge, ich bin noch immer Chac der Ballspieler. Den, dem du seit Monaten folgst, gibt es weiterhin. Aber ich bin auch ein anderer. Sobald ich zurück bin, werde ich dir alles erklären.«

»Mein Volk ist ein Stamm von Nomaden«, sagte Ixchel. »Weil wir auf der Suche nach Aztlán sind, haben wir keinen festen Wohnsitz. Gut möglich, dass sich meine Leute auf dem Chapultepec-Hügel aufhalten. Das musst du in Erfahrung bringen. Hier sind vier Namen, die du brauchen wirst.« Sie hatte H'meen gebeten, diese Namen in Form von sowohl Maya- wie auch Nahuatl-Bildzeichen zu Papier zu bringen. »Das sind die Verwandten meiner Mutter und die meines Vaters. Finde heraus, wer ihre Nachkommen sind. Wir müssen unbedingt sicherstellen, Edler Tenoch, dass zwischen dir und meiner Tochter kein enges Verwandtschaftsverhältnis besteht.«

»Seid unbesorgt, Ehrwürdige Ixchel«, sagte Chac. »Natürlich werde ich mich unterwegs auch nach Cheveyo erkundigen.«

Einauge trat vor. »Solltet Ihr im Schilfgebiet auf das Morastvolk stoßen«, sagte er warnend, »dann hütet Euch, ihren Frauen Schmeicheleien zu sagen. Die Männer würden Euch steinigen.« Er schenkte Chac ein paar Jadesteine und sprach ihm nützliche Begriffe auf Nahuatl vor – zum Beispiel das entsprechende Wort für »Frieden« und »Freund« –, dann rief er Lokono, den Geist des Alls, an, auf dass er Chac in seine Obhut nehme.
H'meen bedachte Chac mit medizinischen Kräutern und einem kräftigenden Tee sowie einem beschützenden Amulett, das, wie sie beteuerte, einst der erste *h'meen* von Mayapán getragen hatte.
Zu guter Letzt nahm Chac Balám das Versprechen ab, bei der Gruppe zu bleiben und sie bis zu seiner Rückkehr zu beschützen. »Ihr Ziel ist das Tal von Anahuac, Bruder«, sagte er eindringlich. »Und gleich dahinter liegt Teotihuacán, wo du hin willst.«
»Du hast mein Wort, Bruder«, erwiderte Balám, »dass deine Leute beschützt werden. Schon weil ich dieser Kröte von Türkisrauch nicht traue.« Die Augen zu einem Schlitz zusammengekniffen, fragte er dann: »Bist du davon abgekommen, dich an den Männern zu rächen, die deine Frau ermordet haben?«
»Die Verpflichtung, ihren Tod zu rächen, habe ich keineswegs vergessen. Natürlich werde ich nach Mayapán zurückkehren und dafür sorgen, dass der Gerechtigkeit Genüge getan wird. Aber zuerst muss ich mein Volk suchen und herausfinden, wer ich bin. Erst dann kann ich in aller Form Palumas Mörder gegenübertreten.«
»Wo genau gehst du eigentlich jetzt hin, Bruder?« Balám hatte sich vergeblich bemüht, den Namen von Chacs Chichimeken-Clan in Erfahrung zu bringen. Nicht zuletzt weil Ixchel ihre Leute gebeten hatte, Chacs wahre Identität nicht preiszugeben. Zu Chac selbst hatte sie gesagt: »In Namen liegt Macht. Deine Feinde könnten deinen Namen gegen dich verwenden. Deshalb hat unser Schöpfergott Huitzilpochtli verboten, dass wir uns Azteken nennen, bevor wir nicht unsere Heimat gefunden haben. Sag niemandem, wer du bist, bevor du nicht deine Familie ausfindig gemacht hast.«

»Das verrate ich dir, wenn ich zurück bin, Bruder«, meinte Chac verschmitzt.
Als letztes verabschiedete er sich von Tonina. Er überreichte ihr eine Kopie seiner Karte und zeigte ihr, wo entlang des Weges es zu einem Wiedersehen kommen konnte – entweder in Matacapán, in Tlacotalpán, im Schilfflachland oder an der Reiherbucht –, und schärfte ihr nochmals ein, die alte Handelsroute nicht zu verlassen. Dann küsste er sie vor der versammelten Menschenmenge auf den Mund und raunte ihr zu, dass sie sich auf der Straße ins Tal von Anahuac wiedersehen würden.

56

Haarlos machte sich über eine weitere Kalebasse *pulque* her, ohne in seinem berauschten Zustand daran zu denken, vor dem ersten Schluck den Göttern ein Trankopfer darzubringen.

In Selbstmitleid versunken, hockte er auf einem Treibholzblock, fernab des Hauptlagers, mutterseelenallein unter dem Mond und den Sternen. Nur die sich brechenden Wellen leisteten ihm Gesellschaft. Chac war nicht länger der heldenhafte Ballspieler, und ausschließlich dafür hatte Haarlos gelebt. Seit dem Aufbruch in Mayapán hatte Chac kaum gespielt. Dann war auch noch die geliebte Ehefrau von Haarlos gestorben, und jetzt betrog ihn seine neue Frau mit einem Flötenschnitzer.

Nach einem weiteren herzhaften Schluck fuhr sich Haarlos mit seiner großen Hand über den Mund und fing an zu schluchzen. Er sehnte sich zurück nach längst vergangenen Tagen, als das Ballspiel ihm alles bedeutet, er dem Sieg entgegengefiebert, der Wettleidenschaft gefrönt, seinen Helden auf den Schultern getragen hatte. Bis ans Ende der Welt wäre Haarlos Chac gefolgt, sofern sie irgendwann nach Mayapán und zu den Wettkämpfen zurückgekehrt wären.

Bis sich Chac als abscheulicher Chichimeke zu erkennen gegeben hatte!

Haarlos stieß die leere Kalebasse beiseite, stand auf und stolperte blindlings in den Wald, achtete weder auf hinderliche Schlingpflanzen noch auf scharfkantige Farnwedel, die ihm ins Fleisch schnitten. Die Welt war ihm unter den Füßen weggezogen worden.

Torkelnd erreichte er ein Lager, in dem Männer um kleine Feuer herum saßen und Frauen die Nacht mit dem vertrauten Klatschgeräusch erfüllten, das mit der Herstellung von Tortillas einherging. Er blieb stehen, blinzelte.

Sein Blick blieb an Balám hängen, der ihn verwundert anstarrte. Als er sich dann langsam erhob, fiel Haarlos ein, dass Balám ja ein Maya-Prinz war und ein wahrer Held des Ballspiels.

Balám ging auf den noch immer schluchzenden Mann zu. Er wusste, wer er war. Und da er seinen Kummer verstand – manch einer von Chacs Anhängern hatte seine Verwandlung vom Maya zum Barbaren als Verrat empfunden –, legte er die Hand auf die breite Schulter von Haarlos und sagte: »Bist du gekommen, um mir etwas zu sagen, Freund?«

Haarlos sah sich zwei Baláms gegenüber. Dann wurde ihm speiübel. »Euch etwas zu sagen?«, lallte er. Ja!, durchzuckte es ihn. Ja, ich muss Euch etwas sagen! Ich muss die Welt wieder zurechtrücken. Ich bin ein einfacher Mann, der nur für eine Sache lebt! Geht und ruft Chac, bringt ihn wieder zur Vernunft, auf dass wir umkehren können, zurück nach Mayapán und zu den Spielen.

»Mein Herr begibt sich ins Hochland, Erhabener Gebieter«, sagte er schleppend. »An den Texcoco-See. Um einen Stamm namens Chapultepec ausfindig zu machen. Mein Herr behauptet, ein Chapultepeke zu sein, und Ihr müsst ihm sagen, dass er das nicht ist.«

Schluchzend sank Haarlos auf die Knie, kippte dann zur Seite. Bevor er die Besinnung verlor, fiel ihm ein, dass Chac sein eigenes Leben riskiert hatte, um ihn, Haarlos, aus einem tödlichen Morast zu ziehen.

Kurz vor Tagesanbruch waren Balám und seine Männer zum Aufbruch bereit. Nachdem er nochmals einen Blick auf den Lagerplatz geworfen hatte, um sich zu vergewissern, dass nichts darauf hindeutete, wohin sie sich begaben – die noch im Schlaf liegende Menschenmenge am Strand sollte annehmen, er und seine Maya seien nach Teotihuacán weitergezogen – und zufrieden feststellte, dass der Platz (bis auf den blutigen Kopf, den man Chacs Verräter vom haarigen Körper abgetrennt hatte) sauber war, wies Balám seinen Vetter an, sich möglichst lautlos mit den Männern in Marsch zu setzen.

»Ich für meinen Teil habe noch etwas zu erledigen. Ich stoße dann unterwegs zu euch.«

Es war allgemein bekannt, dass Tonina morgens zum Meer ging, um zu baden. Ganz allein. Dort sang sie ihre Gebete, legte ihre Kleider ab und schwamm dann wie ein Fisch in der Brandung.

Durch die dichten Bäume erspähte Balám sie am Strand. Bis auf die schützenden Halsketten und einen Gürtel um die Taille war sie nackt. Konzentriert auf ihre Gebete, hörte sie nicht, wie er sich über den kalten Sand anpirschte, und erschrak dementsprechend, als zwei kräftige Arme sie erst von hinten um ihre Mitte packten, dann ein Arm sie an einen kräftigen Körper presste und die Hand des anderen Arms ihr den Mund verschloss. Sie wehrte sich, versuchte zu schreien und zu beißen, sie stemmte die Fersen in den Sand, aber der Angreifer war stärker und schleppte sie in den Schutz der Bäume.

Der Überfall war brutal und schmerzhaft. Tonina kämpfte gegen eine Macht an, die sie nicht bezwingen konnte. Er hielt ihr die Arme über dem Kopf fest und zwängte ihre Beine auseinander. Ihre Schreie erstickten, es gelang ihr nicht, ihn von sich zu stoßen. All seine Wut, seine Verbitterung und Verzweiflung flossen in Baláms Raserei mit ein – Yaxche, die auf dem Sklavenmarkt den Tod gefunden hatte, Ziyal, die, als man sie wegtrug, »Taati!« gerufen hatte. Meine Frau hättest du auswählen sollen!, schrie es in ihm, als er über die Wahrsagerin herfiel, die sich im Großen Saal für Paluma entschieden und damit Baláms Leben für immer zerstört hatte.

Als er fertig war, hockte er sich auf sie und trennte mit seiner Klinge aus Obsidian ihren Gürtel aus den Gehäusen der Kaurischnecke durch. Sein Blick begegnete ihrem – keine Spur von Angst war in ihren Augen zu erkennen, keine Tränen flossen, keine Beschämung drückte sich in ihren Zügen aus. Nur Trotz und

Zorn. Das gefiel ihm. Er wäre gern geblieben und hätte sie noch mehrmals genommen oder sie mitgeschleppt, damit auch seine Männer sich mit ihr vergnügen konnten. Aber ihre Leute würden sie suchen, der Sache nachgehen, und Balám musste seiner Bestimmung ohne Säumen folgen.
Als er sich zum Gehen wandte, sprang Tonina auf und zerkratzte ihm mit den Fingernägeln das Gesicht, ehe ein einziger Schlag an den Kopf sie durch die Luft wirbelte und bewusstlos im Sand landen ließ.
Balám verstaute den Kaurigürtel in einem kleinen Beutel aus Rehleder, und bevor er zu seinen Leuten aufschloss, schlich er sich noch rasch in das schlafende Lager am Strand. Als er Einauge schlummernd neben der weißhaarigen königlichen *h'meen* entdeckte, versetzte er ihm einen Tritt. Der Zwerg schreckte hoch. Balám schleuderte ihm den Beutel aus Rehleder hin und knurrte: »Gib das deinem Herrn, wenn er zurück ist.«

57

Als Toninas Monatsblutung ausblieb, besprach sie sich mit H'meen, die ihr ein blutkräftigendes Tonikum verabreichte und den Verzehr von mehr Enteneiern empfahl. Als sich auch nach einem weiteren Monat nichts tat, vertraute sie sich abermals H'meen an, die, ohne Fragen zu stellen, fünf kleine Häufchen aus Bohnen und Kürbissamen mit Toninas Urin begoss. Sollten die Samen sprießen, so H'meen, dann stünde fest, dass ein Kind unterwegs sei. Wenn nicht, hätte das Ausbleiben der Monatsblutung andere Ursachen.

Die winzigen grünen Keimlinge, die H'meen ihr fünf Tage später zeigte, bestätigten Toninas schlimmste Befürchtung. Sie trug Baláms Kind.

Die Hure musterte den Fremden am Lagerfeuer. War er reich? Was für eine Stellung hatte er inne? Er war jung und stark und allein unterwegs, und anstatt sich zu den anderen zu gesellen, die hier für ein abendliches Mahl und einen sicheren Schlafplatz haltgemacht hatten, zog er es vor, für sich zu bleiben.

Dieser Rastplatz im Landesinneren hatte keinen Namen und glich den vielen anderen Rastplätzen entlang der Handelsstraßen – alles behelfsmäßig erstellte Siedlungen, die vor langer Zeit in Abständen von Eintagemärschen entstanden waren, um Wanderern und Händlern als Nachtlager zu dienen und sich zum Schutz wie auch zum Austausch von Waren zusammenzutun. Unterstände, aus Stangen zusammengefügt und mit einem Strohdach abgedichtet, wechselten sich ab mit Grashütten, steinernen Schreinen für alle möglichen Götter und Göttinnen, mit aus Weiden geflochtenen Ställen für Tiere und mit Verkaufsständen, die jetzt dunkel und leer waren und erst am nächsten Morgen wieder in Betrieb genommen wurden. Während die meisten Durchziehenden sich beim Anbruch des neuen Tages erneut auf den Weg machten, hatte sich, nicht anders als auf anderen Rastplätzen, auch hier eine kleine Gruppe dauerhaft angesiedelt – Bauern aus der Umgebung, Handwerker, Gaukler und Prostituierte. Einige Geschäftstüchtige hatten für die, die es sich leisten konnten, aus Holz und Gips stabilere Herbergen mit getrennten Zimmern und angrenzendem Dampfbad errichtet.

Dieser Mann hingegen, den das Freudenmädchen in Augenschein nahm, hatte sich nicht in einer Herberge eingemietet, obwohl er so aussah, als könnte er es sich leisten. Stattdessen hatte er sich ein kleines Areal im Freien abgesteckt, um dort seine Schlafmatte auszubreiten. Er hatte ein einfaches Mahl zu sich genommen, Tortillas, gefüllt mit Kaninchenfleisch, das er einem hier ansässigen Händler abgekauft hatte. *Pulque* und Zigarren hatte er abgelehnt, und jetzt starrte er in die Flammen wie jemand, dem etwas im Kopf herumging.

Eine Frau, befand sie und stellte sich auf einen einträglichen Abend ein. Ein Mann, der sich nach einer Frau sehnte, konnte ungemein großzügig sein.

Als sie aber mit einem leisen »Die Götter mögen dich segnen« und einem betörenden Lächeln auf ihn zuging, schaute er sie erst verständnislos an, um dann, als er begriff, worauf sie aus war, den Kopf zu schütteln und keineswegs schroff, sondern höflich abzulehnen.

Sie seufzte und ging weiter. Es gab genug einsame Männer im Lager.

Chac versank wieder ins Brüten. Was hatte Ixchel zum Abschied gesagt? »Zeit und Raum vermögen zwei durch die Liebe verbundene Menschen nicht zu trennen. Ob ihr beide, Tonina und du, einander nahe seid oder einen Kontinent voneinander entfernt, tut nichts zur Sache, denn Liebe überbrückt Zeit und Raum und verbindet euch. Das Volk meines geliebten Cheveyo hängt dem Glauben an das Einssein an, das heißt, es vertraut darauf, dass alles im Universum miteinander verbunden ist.«

Es war wohl kraft dieses Glaubens, dass Ixchel in der unterirdischen Höhle überlebt hatte. Tagtäglich musste sie sich ihre Verbindung mit Cheveyo vor Augen gehalten haben, wo immer er sich auch befinden mochte, sich bewusst gemacht haben, dass das Band ihrer Liebe unzertrennbar war. Ixchels Hoffnung und ihr Optimismus übertrugen sich allmählich auch auf Chac, obwohl ihm die Trennung von Tonina noch schwerer fiel als erwartet und er am liebsten umgekehrt wäre. Aber der Ruf von Chapultepec winkte, auch wenn es noch viele Tage entfernt war.

Die friedliche Stille im Lager wurde durch die späte Ankunft einer Gruppe von Männern durchbrochen, die offensichtlich auch noch nach Sonnenuntergang weitergezogen waren. Wortreich riefen sie nach *pulque* und Tortillas und nahmen ungeniert am größten Lagerfeuer Platz, wo sich noch die Überreste eines Wildbrets am Spieß drehten.

Chac beachtete sie nicht weiter. Erst als er das Wort »Maya« aufschnappte, hob er den Kopf. Da seine Nahuatl-Kenntnisse noch immer dürftig waren, verstand er nur Bruchstücke von dem, worüber sich die Männer unterhielten. Aber es genügte. Eine kleine Armee, so bekam er mit, zog unter Führung eines Maya-Prinzen durch das Land, verwüstete alles, was ihr unterkam. Was nach Meinung der erregten Neuankömmlinge (bei denen es sich um Flüchtlinge aus einer zerstörten Ortschaft handelte) an den Invasoren so ungewöhnlich sei, wäre, dass der Anführer der Maya männliche Dorfbewohner nicht sofort erschlagen ließ oder gefangen nahm, sondern ihnen freistellte, als Soldaten seiner Armee unter seinem Kommando zu dienen. Die Armee, so erzählten sie, sei auf dem Weg nach Teotihuacán.

Chac erstarrte. Balám!

»Du musst deine Mutter einweihen«, sagte H'meen behutsam, in der Annahme, dass es sich um Chacs Baby handelte und Toninas

Entsetzen darauf zurückzuführen sei, dass sie befürchtete, eine zu nahe Verwandtschaft könnte eine Heirat unmöglich machen.

Von Türkisrauch und seiner Armee beschützt, lagerten sie im grünen Hügelland unweit der alten Stadt Matacapán am Golf. Dies war Olmekenland, ein einstmals dicht besiedeltes Gebiet. Jetzt durchzogen nur noch geheimnisvolle Hügel die Maisfelder. Eine von Unkraut überwucherte Pyramide bildete die höchste Erhebung der Siedlung, die den hier Ansässigen zufolge vor Hunderten von Jahren von denselben Göttern gegründet worden war, die auch Teotihuacán erbaut hatten. Nichts Prächtiges war geblieben, nur Ruinen und Schutt, und die, die hier lebten, mühten sich mit dem Anbau von Tabak ab, um mit dem Verkauf von Zigarren ihr Auskommen zu finden.

Seit ihrem Aufbruch vom Isthmus von Tehuantepec vor zwei Monaten war die vielköpfige Gruppe immer wieder von Unwettern und Überflutungen aufgehalten worden. Ixchels Befürchtungen verstärkten sich.

Deshalb nahm sie sich, wann immer dies möglich war, das Buch der tausend Geheimnisse vor und suchte nach Antworten. Aus diesem Grund nächtigte sie nun in einem kleinen Steinhaus, das Maisbauern gehörte.

Als das Licht, das durch die Türöffnung einfiel, unversehens verdrängt wurde, schaute sie auf und erblickte ihre Tochter. Ihr Gesicht konnte Ixchel zwar nicht erkennen, aber sie wusste trotzdem Bescheid, hatte es von Anfang an vermutet. Seit dem Tag nach Chacs Aufbruch hatte sich Tonina in sich zurückgezogen, hatte auch nichts mehr gegessen. Damit stand für Ixchel fest, dass die beiden die verbotene Schwelle übertreten hatten, dass das Buch der tausend Geheimnisse nicht Warnung genug gewesen war, Chac und ihre Tochter von dem unseligen Schritt abzuhalten.

Tonina stürzte auf sie zu, warf sich ihr zu Füßen. Mit ihrem Geständnis, schwanger zu sein, brach sie Ixchel schier das Herz. Mutter und Tochter hielten sich umfangen, so lange, bis Ixchels praktisches Denken die Oberhand gewann. Nach zwanzig Jahren unter der Erde war Zeit für sie etwas Kostbares und durfte nicht vergeudet werden, schon gar nicht mit Schuldzuweisungen und Selbstmitleid.

»Wenn Chac zurückkommt«, sagte Ixchel und hielt ihre Tochter auf Armlänge von sich ab, »werdet ihr heiraten. Das ist die einzige Lösung.«

»Nein!«

»Tochter, auf welches verwandtschaftliche Hindernis er auch immer stoßen mag – wir werden es umgehen. Die Legitimität deines Kindes ist wichtiger. Es ist ja schließlich nicht so, dass du und Chac Bruder und Schwester seid oder Vetter und Cousine ersten Grades.«

»Er darf nichts von dem Kind erfahren.«

»Aber als Vater hat er das Recht ...« Ixchel verstummte. Sie sah die Angst in den Augen ihrer Tochter und noch etwas – eine tiefe Beschämung, die nach einem Liebesakt kaum vorstellbar war. Ixchel überdachte die letzten beiden Monate, rief sich Toninas Verhalten ins Gedächtnis und den strengen Ehrenkodex, an den sich Chac hielt. Als sie sich klarmachte, dass Chac auf keinen Fall eine Tabugrenze überschritten hätte, ging ihre Vermutung mit einem Mal in eine ganz andere Richtung. »Was ist passiert, Tochter?«

Mit gesenktem Kopf berichtete Tonina stockend von Baláms Überfall. Starr vor Entsetzen hörte Ixchel zu. Sie hatte Balám vom ersten Augenblick an nicht getraut. Damals, in Palenque, hatte sie sich eingeredet, der Grund dafür wäre Baláms Ähnlichkeit mit Pac Kinnich. Jetzt aber erkannte sie, dass sie ihn instinktiv gefürchtet hatte.

Ixchels Stimme senkte sich zu einem Flüstern. »Die Götter werden ihn bestrafen«, sagte sie und zog ihre Tochter erneut in die Arme. Wie gern hätte sie sie von ihrem Kummer befreit!

»Mutter, keiner darf die Wahrheit erfahren. Ich möchte nicht, dass mein Kind mit einem so schrecklichen Makel behaftet ist.« Auf der Perleninsel galten Kinder, die als Folge einer Vergewaltigung zur Welt kamen, als minderwertig und wurden verachtet, weil man glaubte, Gewalttätigkeit läge ihnen im Blut. Auf anderen Inseln wurden solche Kinder gleich nach der Geburt umgebracht.

Ixchel pflichtete ihr bei, wenngleich aus anderen Gründen. Den Gepflogenheiten der Maya wie auch der Nahua zufolge galt es als Schande, wenn ein unverheiratetes Mädchen schwanger wurde. Mutter und Kind wurden verfemt und aus der Gemeinschaft ausgestoßen.

»Du musst sofort heiraten«, sagte Ixchel bestimmt.

»Welcher Mann heiratet denn ein Mädchen, das bereits schwanger ist?«

»Ich finde schon jemanden.«

»Mutter ...«, hob Tonina an, und Ixchel sah den flehenden Blick in den Augen ihrer Tochter. »Ich werde einen Mann finden«, sagte sie unbeirrt, »der dich heiratet und nicht auf seinen ehelichen Rechten besteht. Es muss eine Zweckheirat zum Wohle des Kindes sein. Und damit bleibt deine Ehre gewahrt.«

»Aber das Kind wird zwei Monate zu früh geboren werden.«

»Das tut nichts zur Sache. Diejenigen, die sich nicht weismachen lassen, dass das Kind von deinem Ehemann ist, werden glauben, es ist von Chac. In beiden Fällen bewahrst du dir deine Ehre und ihren Respekt. Und dein Kind wird nicht als Schande angesehen werden.«

»Mutter«, sagte Tonina und griff nach Ixchels Händen. »Chac darf niemals erfahren, dass es Balám war.«

Ixchel sah ihrer Tochter in die Augen und verstand. »Keine Angst. Er wird es nicht erfahren. Und jetzt mache ich mich auf, um einen Ehemann für dich zu suchen.«

Nach eingehender Befragung der Männer, die dem Morden in ihrem Dorf entgangen waren, bestätigte sich für Chac, dass es sich nur um Balám handeln konnte. Warum hatte er Ixchel und ihre Leute allein gelassen? Er hatte doch versprochen, sie zu beschützen. Hatte sich irgendetwas ereignet? War es zu einem Kampf mit Türkisrauch gekommen?

Sind Tonina und die anderen jetzt völlig schutzlos?

Chac verlor keine Zeit. Das war der Vorwand, den er brauchte, um unverzüglich den Rückweg anzutreten. Wegen der spätsommerlichen Gewitter und Überschwemmungen hatte er zwei Monate bis hierher gebraucht; da jedoch Toninas Gruppe nach Norden unterwegs war, konnte er hoffen, in relativ kurzer Zeit zu ihnen zu stoßen.

Er schulterte sein Gepäck, seinen Speer sowie Pfeil und Bogen und verließ das Lager. Von düsteren Gedanken angetrieben, eilte er durch die Dunkelheit, auf den Hauptpfad zu. Ich hätte sie sofort heiraten sollen. Wenn Tonina etwas geschehen ist, ist das meine Schuld!

Ixchel musste feststellen, dass es nicht so einfach war, einen Mann zu finden, der sich bereit erklärte, ein schwangeres Mädchen zu heiraten. Schon weil sie mit Umsicht vorgehen musste. Als sie Einauge ins Vertrauen zog, stellte sich der Zwerg bereitwillig zur Verfügung und erklärte, dass seiner Überzeugung nach das Kind von Chac sei und er deshalb seinem Freund liebend gern diesen Gefallen erweise. Dabei wusste er ganz genau, wer der wahre Vater des Kindes war. Als Balám ihn geweckt und ihm den rehledernen Beutel hingeworfen hatte, war Einauge neugierig genug gewesen, einen Blick hineinzuwerfen. Er hatte den Kaurigürtel gesehen und vermutet, was vorgefallen war. Tonina zuliebe behielt er dies aber für sich.

Ixchel dankte Einauge für seine Bereitschaft. Damit die Täuschung jedoch gelang, sollte der zukünftige Ehemann jemand sein, mit dem Tonina glaubhaft das Lager teilen konnte. Bestimmt käme für Chac weder sein Freund Einauge noch irgendein anderer aus der Gruppe dafür infrage, er würde Verdacht schöpfen und vielleicht herausfinden, wie es sich wirklich verhielt.

Vor allem durfte außer ihr und ihrer Tochter niemand erfahren, dass das Baby von Balám stammte.

Eigentlich gab es nur einen einzigen Mann, den Chac als Ehemann Toninas und als Kindsvater durchaus für glaubhaft halten dürfte, hatte er doch bereits verlauten lassen, dass er Tonina gern als Braut heimgeführt hätte.

Häuptling Türkisrauch bewohnte ein prächtiges Zelt, in dem er vor den Elementen sicher war und sich, vor neugierigen Blicken geschützt, entspannen konnte. Und hier gewährte er der Ehrenwerten Ixchel, dieser für ihn so schönen wie faszinierenden Frau, Audienz.

Ixchel nahm auf der kunstvoll geknüpften Matte Platz, auf der auch Essen und Getränke bereitstanden, und erging sich in geschliffenen Förmlichkeiten, indem sie zunächst zum Ausdruck brachte, sie hoffe, der Häuptling und seine Familie seien gesundheitlich wohlauf, ehe sie die Namen ihrer Götter anrief, auf dass sie diese Zusammenkunft segnen und Glück in das Zelt bringen mögen. »Vor zwei Monaten habt Ihr Interesse an meiner Tochter bekundet«, sagte sie dann. »Ist dem weiterhin so?«

Er zuckte mit den Schultern. »Sie ist doch versprochen, nicht wahr? Ich stehle anderen Männern nicht die Frau. Das habe ich nicht nötig.«

Ixchel presste die Lippen zusammen und schlang die Arme um sich. Der Erfolg ihrer Mission erforderte unumwundene Ehrlichkeit. »Meine Tochter wurde überfallen und vergewaltigt.«

Wieder zuckte Türkisrauch mit den Schultern. »Sie hätte eben vorsichtiger sein sollen«, meinte er mit Blick auf eine Schale Avocados, um dann nach einer Frucht zu greifen und daranzugehen, die Schale zu entfernen.

»Und jetzt ist sie schwanger.«

Er quetschte den Stein aus der Avocado, stopfte sich das grüncremige Fruchtfleisch in den Mund und zermalmte es genüsslich, um es dann mit *pulque* hinunterzuspülen, derweil er darauf wartete, dass sein Gast zur Sache kam.

»Sie muss verheiratet werden.«

»Was ist mit Tenoch?«, fragte er und stocherte, bereits eine weitere Avocado ins Auge fassend, in seinen Zähnen herum.

»Er ist weit weg. Wir können ihn nicht benachrichtigen und ihn für eine rechtzeitige Hochzeit zurückholen. Sie benötigt *sofort* einen Ehemann.«

Die Augen von Türkisrauch verengten sich zu schmalen Schlitzen. Schlohweißes Haar bei einer relativ jungen Frau – er schätzte

Ixchel auf Ende dreißig – fand er hinreißend. »Ihr wollt, dass ich mich bei meinen Männern umhöre?«
»Ich möchte, dass *Ihr* über eine solche Heirat nachdenkt, Ehrwürdiger Türkisrauch. Allerdings sind Bedingungen damit verknüpft«, fügte sie rasch hinzu, als sie seinen plötzlich hellwachen Blick bemerkte. »Ihr müsst öffentlich erklären, dass das Kind von Euch ist, und ihr werdet nicht das Lager mit ihr teilen. Die Heirat wird lediglich zum Schein vollzogen; meine Tochter darf nicht berührt werden. Ich bin bereit, Euch dafür jedweden Preis zu zahlen, den Ihr verlangt. Unsere Abmachung muss jedoch geheim bleiben.«
Er dachte darüber nach, wägte das Für und Wider ab. In den Augen seiner Männer würde er seinen Harem um eine attraktive Frau im heiratsfähigen Alter bereichern, und wenn er in sieben Monaten ein Kind vorweisen konnte, hätte er damit seine Zeugungsfähigkeit unter Beweis gestellt. Und selbst wenn die Übereinkunft forderte, dass er Tonina nicht berühren durfte, nun, die Mutter konnte ja nicht ständig um sie herum sein. Die wunderschöne Tonina würde sein werden.
»Was gedenkt Ihr zu bezahlen?«, fragte er, obwohl er sich bereits entschlossen hatte, den Vorschlag anzunehmen. Eigentlich brauchte Ixchel gar nichts zu zahlen, aber nur ein Narr würde eine so lukrative Gelegenheit ungenutzt vorübergehen lassen.
Sie zeigte, was sie mitgebracht hatte – Jade, Bernstein, unbeschriebene Bücher, einen hübschen Nahua-Umhang. Er lehnte alles ab, warf ihr stattdessen einen Blick zu, der eindeutig genug war, und sagte mit belegter Stimme: »Ihr seid eine ausnehmend schöne Frau, Ehrenwerte Ixchel.«
Das Herz drohte ihr stehenzubleiben. Einmal mehr saß sie in der Falle, wenn auch diesmal nicht in einer unterirdischen Höhle. Es gab nur einen Ausweg. Sie dachte an ihre Tochter, an die Schande, den Makel. Dann traf sie ihre Entscheidung. »Nur heute Nacht«, sagte sie, und ihre Stimme zitterte. »Nur dieses eine Mal, und Ihr werdet meine Tochter heiraten und unser Abkommen einhalten, ja?«

Er nickte zufrieden, als er seinen Blick über ihren Körper wandern ließ. »Heute Nacht genügt«, sagte er und verließ das Zelt, um Anweisungen zu erteilen, dass er bis zum Morgen nicht gestört werden wolle.
Ixchel schloss die Augen. Langsam, wie unter einem Bann machte sie sich daran, die Bänder in ihrem Haar zu lösen.

58

An der Ostküste, an einer Stelle, die einmal Veracruz heißen sollte, wandten sich Tonina und ihre Gruppe landeinwärts und folgten einer nach Westen verlaufenden Straße, die sie über steile Gebirgspässe ins Hochland von Anahuac führen sollte. Wieder einmal ließ Tonina das Meer hinter sich, kehrte schweren Herzens ihren Delphingeistern den Rücken.

Vier Monate war es jetzt her, dass Chac Lebewohl gesagt hatte. Der Abschied schmerzte sie noch immer, war wie eine Wunde, die nicht heilen wollte. Ob er inzwischen den Chapultepec-Hügel erreicht hatte? Er wollte es bis zur Wintersonnenwende dorthin schaffen, und die vollzog sich in wenigen Tagen. Wie lange er sich bei seinem Stamm aufhalten und wann er den Rückweg antreten würde, war nicht abzusehen. Dafür hatte er Tonina klargemacht, dass die Entfernung zwischen ihnen kürzer würde, je weiter sie und ihre Leute nach Nordwesten zögen.

Die große, schwerfällige Gruppe war jedoch in den vier Monaten nicht sehr weit gekommen. Schlechte Wege hatten sie aufgehalten, dann ein schrecklicher *huracán* am Ende des Sommers und schließlich ein Fieber, das in der flachen, feuchten Küstenebene ausgebrochen war. Viele waren erkrankt und dann unter H'meens Aufsicht von denen, die sich nicht angesteckt hatten, gesund gepflegt worden.

Jetzt rasteten sie am Fuße von Vorbergen, die allmählich zu steilen, mit Kiefernwald bedeckten Gebirgsketten anstiegen. Hinter ihnen lag das Meer, vor ihnen warteten schlafende Vulkane und Schnee.

Und Chac.
Durch die Bäume schaute Tonina hinunter auf den schmalen Pfad, an dessen Ende sich das Lager ausbreitete. Sie hätte an einer näher gelegenen Quelle Wasser holen können, aber sie wollte allein sein und nachdenken.
Ihre Mutter hatte sich über Einzelheiten ihrer Verhandlung mit dem Häuptling der Zapoteken ausgeschwiegen. Immerhin hatte Türkisrauch ein rauschendes Fest mit köstlichem Schmaus und viel Unterhaltung ausgerichtet und Tonina eingedenk seines Versprechens in der Hochzeitsnacht nicht berührt.
Zwei Monate später hatte sie in aller Form ihre Schwangerschaft verkünden können. Sie ahnte zwar, dass manch einer mutmaßte, sie habe bereits bei ihrer Hochzeit ein Kind unter dem Herzen getragen, und zwar eins von Chac. Da aber Chac als Held angesehen wurde, verzieh man Tonina, allein schon weil sie auf ehrbare Weise dafür gesorgt hatte, dass das Kind dem Gesetz nach einen Vater bekam.
Was aber würde sein, raunte man untereinander, wenn Chac zurückkehrte?
Auch Tonina wurde beim Gedanken an Chacs Rückkehr angst und bange. Unter gar keinen Umständen durfte er das Baby sehen, das keinerlei Ähnlichkeit mit Türkisrauch aufweisen würde – weder die fast schwarze Hautfarbe noch die platte Nase –, dafür aber Baláms rötliche Hautfärbung, seine große Nase und die schräg stehenden Augen. Und dann würde Chac wissen, wer in Wahrheit der Vater war.
Dazu durfte Tonina es nicht kommen lassen. Chacs tief verwurzelter Sinn für Gerechtigkeit war ihr nur allzu vertraut. Wenn er erfuhr, was Balám ihr angetan hatte, würde er seinen einstmaligen Freund bis ans Ende der Welt verfolgen und ihn dann zu einem Kampf auffordern, den er unmöglich gewinnen konnte.
Während sie sich zum kühlen Wasser hinunterbeugte, um ihre Kalebasse zu füllen, überlegte sie, wie sie es am besten anstellte, Chac nie wieder zu begegnen.

»Viele Menschen, große Karawane und Soldaten«, sagte der Maisbauer und deutete zu einem östlich ins Vorgebirge verlaufenden Pfad.
Chac dankte dem Mann und eilte weiter. Endlich hatte er Tonina aufgespürt.
Der Weg, den er jetzt einschlug, führte durch ein smaragdgrünes Tal, das von Wasserfällen und hellblauen Weihern durchzogen wurde. Eigentlich war er froh, dass Balám wortbrüchig geworden war und Tonina mit ihren Leuten in der Obhut von Türkisrauch gelassen hatte. Dadurch war Chac zu einer Entscheidung gezwungen worden, die er schon vier Monate früher hätte treffen sollen, als er sich wider besseren Wissen den alten Taburegeln unterworfen und Tonina verlassen hatte, um zu erforschen, ob und inwieweit sie miteinander verwandt waren.
Mit einem unguten Gefühl war er aufgebrochen, das ungute Gefühl hatte ihn ständig begleitet, vor allem als er zwei Monate später erfuhr, dass Balám sein Versprechen nicht eingehalten hatte. Aber jetzt würde er die Dinge zurechtrücken. Verwandtschaftsverhältnis hin und her – er würde Tonina heiraten.
In dreizehn Tagen war Wintersonnenwende, was bedeutete, dass zwölf Tage zuvor das bei den Maya üblicherweise einzuhaltende Trauerjahr offiziell zu Ende gegangen war. Deshalb hatte er in einem kleinen Tempel unterwegs zu einer Göttin, die hier verehrt wurde, gebetet, hatte Weihrauch verbrannt, eine makellose Taube geopfert und Geschenke für die Priesterinnen zurückgelassen, die sich um den Schrein kümmerten. Er hatte gebetet, dass Paluma im Himmel glücklich sein möge, und seinen Schwur erneuert, ihre Mörder der Gerechtigkeit zu überantworten. Bevor er weiterzog, hatte er die Priesterinnen dafür bezahlt, dass sie in den kommenden dreizehn Tagen Weihrauch verbrannten und im Namen seiner Frau Gebete sprachen.
Und jetzt war er frei.

Als Tonina sich niederbeugte, um mit der Kalebasse Wasser aus dem Flusslauf zu schöpfen, spürte sie, wie sich das Kind in ihrem

Leib bewegte. Zwiespältige Gefühle erfüllten sie – Liebe für das Kind, Hass auf seinen Vater.
Eine Hand stützend ins Kreuz gedrückt, richtete sie sich auf – und sah einen Fremden den schmalen Pfad entlang auf sich zukommen. Sie schaute genauer hin, riss unvermittelt die Augen auf, weil sie meinte, ihr Verstand treibe Schabernack mit ihr. Der Fremde sah aus wie Chac …
»*Guay!*«, entfuhr es ihr.

Chac blieb unversehens stehen, starrte ungläubig die vermeintliche Vision an.
Nein, das war nicht das Inselmädchen Tonina, das in den vergangenen Monaten seine Gedanken und sein Herz erfüllt hatte, sondern die Nahua, in die sie sich verwandelt hatte. Ihr zu zwei Rollen eingedrehtes Haar umrahmte reizvoll ihr Gesicht und gab den langen, anmutigen Nacken frei. Leuchtende Farben standen ihr gut, befand er, das Scharlachrot und Gelb ihrer Kleider unterstrichen den Honigschimmer ihrer Haut. Doch da war noch etwas, was sie veränderte, ohne dass er es benennen konnte. Sie war nicht mehr so schlank wie früher, ihr Gesicht wirkte voller. Sie schien reichlich zu essen, was durchaus ein gutes Zeichen war.
Chac warf Speer, Pfeile und Bogen zu Boden und lief auf Tonina zu, die unbeweglich dastand. Dann aber ließ sie die Kalebasse mit dem Wasser fallen und stürzte sich in seine Arme. Überglücklich stöhnte er auf. Tonina fühlte sich weicher an, rundlicher, so wäre die Verwandlung vom einstmals so schlanken Inselmädchen noch im Gange. Sie weinte an seiner Schulter, klammerte sich wie eine Ertrinkende an ihn.
»Ich kann es nicht glauben …«
»Ich dachte, du …«
»Ich habe gebetet …«
»Ich habe geträumt …«
Sein Mund suchte ihren zu einem ungestümen Kuss. Sie schmeckte seine Lippen. Er sog ihren Duft ein. Tonina lag in seinen Armen. Er hielt sie fest umfangen.

Schließlich ließ er sie los, um sie anzusehen, ihren Anblick zu genießen: das unbemalte Gesicht mit den blattförmigen Augen, der markanten Nase, dem energischen Kinn und dem großen Mund, der alle seine Gedanken beherrscht hatte. »Tonina, geht es dir auch gut? Als ich erfuhr, dass eine kleine Armee unter der Führung eines Maya-Prinzen mordend und plündernd durchs Land zieht, habe ich mich sofort auf den Weg zu euch gemacht. Ich vermute, bei diesem Maya handelt es sich um Balám. Was ist passiert? Warum hat er euch verlassen?«
Beim Gedanken an Baláms schändliches Tun – wie er sie unter die Bäume gezerrt, sich auf sie geworfen hatte – schnürte sich Toninas Hals zusammen. »Wir wissen nicht«, hob sie, um Atem ringend, an. »Wir wissen nicht, warum er weggegangen ist. Als wir am Morgen nach deinem Aufbruch erwachten, waren er und seine Männer verschwunden.«
Chac presste die Lippen zusammen. »Er hatte mir versprochen zu bleiben, dieses Versprechen aber dann nicht eingehalten, weil ich mich verändert hatte, kein Maya mehr war. Wie konnte er euch schutzlos zurücklassen!«
»Haarlos ist auch fort. Wir wissen nicht, wohin.«
Er überlegte kurz, nickte dann. Haarlos, dieser liebenswerte Mensch, hatte mit seinem schlichten Gemüt nur eins im Sinn – das Ballspiel und seine Helden. »Er wird nach Mayapán zurückgekehrt sein.«
Er umfasste ihre Schultern. Als er den Kopf neigte, um sie abermals zu küssen, wehrte Tonina ihn ab. »Chac, seit du weg bist, hat sich vieles verändert.«
Er sah sie fragend an.
»Ich bin verheiratet.«
Er meinte nicht recht zu hören.
»Es musste sein«, sagte sie hastig. »Mit Liebe hat das nichts zu tun.«
Seine Hände glitten von ihren Schultern. »Was soll das heißen, ›verheiratet‹?«
»Chac«, sagte sie so behutsam wie möglich und wünschte sich

weit weg, ans andere Ende der Welt. Wie sollte sie den Schmerz, den sie ihm gleich zufügen würde, selbst ertragen? »Ich musste heiraten.«

»Warum? Und wen?«

»Türkisrauch«, sagte sie und wiederholte nochmals: »Es musste sein. Mir blieb nichts anderes übrig.«

Noch immer starrte er sie an, dann begriff er. Alles hing mit Baláms Aufbruch zusammen. Tonina war ursprünglich ein Verhandlungspunkt von Türkisrauch gewesen, und der unverschämte Häuptling hatte sich Baláms Aufbruch zunutze gemacht, sein Begehren in die Tat umzusetzen. »Türkisrauch hat also gedroht, euch ebenfalls schutzlos dem Schicksal zu überlassen«, folgerte Chac wutentbrannt, »wenn du ihn nicht heiratest.«

Tonina schwieg. Was sie vorgebracht hatte, war nicht unbedingt gelogen. Sie hatte den Zapoteken-Häuptling geheiratet, weil es sein musste – wenn auch aus einem anderen Grund.

»Aber du kannst dich doch scheiden lassen und mich heiraten, Tonina. Das geht ganz einfach. Er kann es nicht verhindern. Und wenn es sein muss, fordere ich ihn zum Kampf heraus.«

»Chac, ich bin schwanger.« Mehr sagte sie nicht.

Wie angewurzelt stand er da, den Blick auf sie gerichtet, zu Stein erstarrt. Ein leises Lüftchen spielte mit seinem Haar, wirbelte eine Strähne über seiner Stirn auf, bauschte seinen scharlachroten Umhang. Tonina vernahm das Summen von Bienen, das Schwirren einer Libelle. Der Schatten eines rotschwänzigen Habichts huschte über den Boden.

Chac stieß den Atem aus, den er angehalten hatte. Jetzt erkannte er den Grund für ihr verändertes Äußeres. Selbst unter der weiten Tunika und dem Rock sah man, dass sie fülliger geworden war. Und er stellte fest, dass sie nicht länger den Gürtel aus Kaurischnecken trug. Diese Trophäe war an Häuptling Türkisrauch gegangen.

»Chac, es tut mir unendlich leid.« Ihre Stimme brach.

»Ich hätte nicht fortgehen sollen«, sagte er schließlich. »Ich habe mich darauf verlassen, dass Balám euch beschützt.« Die Gedanken wirbelten ihm durch den Kopf. Er war verletzt und wütend und wusste, dass er sich nie mehr von diesem Schlag erholen würde – Tonina von einem anderen Mann geschwängert! –, aber er gab sich selbst die Schuld und schwor sich, sie für das, was sie durchgemacht hatte, zu entschädigen. »Ich bin derjenige, dem es leid tut«, sagte er und streichelte ihre Wange, »dass ich dich alleingelassen und in diese Situation gebracht habe. Und dieser Kerl …« Er konnte nicht ertragen sich vorzustellen, wie Türkisrauch mit Tonina …

»Nie wieder werde ich dich verlassen. Was immer geschieht, ich werde bei dir sein. Ich weiß, dass du jetzt an das Kind denken musst. Und Türkisrauch wird nicht wollen, dass du dich von ihm scheiden lässt. Schon gar nicht, um einen anderen zu heiraten, der dann sein Kind großzieht.«

»Chac«, sagte sie leise. »Du musst gehen. Dies hier ist …« Wieder verengte sich ihre Kehle. »Dies hier ist nichts für dich. Du gehörst auf den Chapultepec-Hügel, wo du gewiss die Angehörigen deiner Mutter ausfindig machen wirst.«

»Ich will dich nicht verlassen!«, rief er aus.

Sie stand kurz davor nachzugeben. Sich von Türkisrauch scheiden zu lassen, wäre einfach. Und dann konnten Chac und sie ein Liebespaar werden, konnten heiraten. Aber welches Entsetzen stünde Chac bevor, wenn erst einmal das Kind da war. Ihm zuliebe, um ihm weitere Seelenqualen zu ersparen und ihn vor unheilvollen Rachegedanken zu bewahren, durfte er nicht bei ihr bleiben.

»Unsere Wege trennen sich«, sagte sie, während Tränen über ihr Gesicht strömten. »Im Frühjahr, nach der Geburt des Kindes, ziehen meine Mutter und ich weiter, nach Aztlán. Du hingegen musst dein Volk ausfindig machen. Geh zum Chapultepec-Hügel. Suche dein Volk, Chac. Und dann kehre zurück nach Mayapán. Vergiss mich.«

Ein Zittern überlief ihn, sein Gesicht verzerrte sich schmerzvoll. Wie konnte er weggehen? Andererseits: Wie konnte er bleiben, wenn Tonina nachts mit einem anderen Mann das Bett teilte? Wie zusehen, wie sich ihr Leib mit dem Kind eines anderen immer mehr rundete? Wie sollte er ertragen, was er vier Monate zuvor geahnt hatte, als sie aus der Hütte am Strand trat: dass sie für ihn verloren war?

Der Drang, abermals die Götter zu verfluchen, stieg in ihm auf. Er hob das Gesicht zum Himmel empor, wollte all diese grausamen, wankelmütigen Wesen verdammen, die mit Männern und Frauen spielten.

Seine Schultern sackten ein. Mit brennenden Augen sah er Tonina ein letztes Mal an. »Er wird dich deine Suche fortsetzen lassen?«, fragte er und meinte damit Türkisrauch.

»Ja«, hauchte sie. »Eine heilige Suche wird er nicht behindern. Ich glaube, er ist sogar stolz darauf.«

Chac nahm den Anhänger, den er um den Hals trug, ab und ließ ihn in Toninas Hand fallen. Das Medaillon mit der roten Blume. »Dafür wurdest du geboren«, sagte er mit erstickter Stimme. »Dies war von Anfang an dein *tonali*. Wie dumm von mir zu glauben, die Götter hätten uns in ganz bestimmter Absicht zusammengebracht. Dabei sind wir nur Figuren in ihrem trickreichen Spiel. Und sie treiben Scherz mit uns.«

Da Einauge wusste, dass Tonina hin und wieder allein sein wollte, hatte er sich ohne ihr Wissen zu ihrem ganz persönlichen Beschützer ernannt, indem er ihr heimlich in einigem Abstand folgte und dafür sorgte, dass ihr nichts Unangenehmes zustieß. Auch an diesem Morgen war er ihr gefolgt, und so wurde der Zwerg, hinter einem hohen Felsblock verborgen, Zeuge des unerwarteten Zusammentreffens am Wasserlauf.

Tonina hatte Chac nicht die Wahrheit gesagt. Dabei *musste* Chac unbedingt erfahren, was sich zugetragen hatte, andernfalls entging dieser Hundesohn von Balám seiner gerechten Strafe. Dass das Kind von Balám war, hatte Einauge niemandem erzählt, nicht einmal H'meen. Schließlich stand zu befürchten, dass die Leute, wenn sie erfuhren, dass ihre geliebte Tonina vergewaltigt worden war, derart in Zorn gerieten, dass sie sich in einen wilden Haufen Rachsüchtiger verwandeln würden.

Die Reisegruppe war größer geworden, weitere Menschen hatten sich Göttin Ixchel angeschlossen. Auch ihrer Tochter hatte man mittlerweile einen höheren Status zuerkannt. Seit Tonina von einem symbolischen Aufenthalt »unter der Erde« – der Grashütte am Strand von Tehuantepec – so verändert und wie seinerzeit ihre Mutter wieder vor ihnen aufgetaucht war, umgab die beiden Frauen eine noch geheimnisvollere Aura. Auch Cheveyo, der Ehemann und Vater, war in diese Verehrung mit einbezogen, weil die, die ihn noch aus Palenque kannten, das Gedenken an den freundlichen und weisen Schamanen hochhielten und gern seiner Spur nach Aztlán folgten. Und da Chac verwandelt und als ein ganz anderer zu Toninas Fest der Erscheinung der Götter auf Erden erschienen war, glaubte das Volk an ein Werk der Götter, dass der Strand und alles, was sich dort befand, von Übernatürlichem berührt worden sei.

Vielleicht verhielt es sich ja wirklich so. Einauge dachte an die zärtliche Liebe, die sich mittlerweile zwischen ihm und H'meen entwickelt hatte und die nicht von Sinnenlust geprägt war, sondern von nie gekannter liebevoller Fürsorge. Zum ersten Mal dachte Einauge zuerst an das Wohl eines anderen und erst dann an sich selbst. War das etwa kein Wunder?

Deshalb hütete er sich, die Wahrheit über Toninas Kind zu verbreiten. Dennoch musste Balám für das, was er getan hatte, bestraft werden. Chac würde schon dafür sorgen, dass der Gerechtigkeit Genüge getan wurde.

Als er sich sicher sein konnte, dass Tonina außer Sichtweite war, verließ er sein Versteck und eilte Chac hinterher. »Edler Chac! Oder soll ich sagen: Tenoch?«

Chac wandte sich um. Als er den Zwerg erkannte, lächelte er. Ein trauriges Lächeln, wie Einauge feststellte, als er außer Atem bei ihm anlangte. »Bei den Knochen meines Urgroßvaters, ich freue mich, Euch wiederzusehen, Edler Chac! Ihr gedenkt nicht bei uns zu bleiben?«

»Ich bin nur gekommen, um …« Chacs Stimme erstarb. Die Vision, die er in der grünen Landschaft suchte, war nicht mehr zu erkennen.

»Hier. Das ist für Euch«, sagte Einauge und hielt Chac Baláms Beutel aus Rehleder hin.
»Was ist das?« Ohne sich den kleinen Beutel näher anzuschauen, stopfte Chac ihn in seinen Reisesack.
In diesem Moment ballte sich alles, was Einauge je bedauert hatte, zu einem einzigen Klumpen zusammen, und er wünschte sich nichts sehnlicher, als sein vorschnelles Handeln rückgängig zu machen. In diesem Augenblick, da ihm bewusst wurde, was Chac durchmachte, fand er es geradezu ungeheuerlich, ihn auch noch mit Baláms Überfall auf Tonina zu belasten. Wie aber sollte er den Beutel zurückerbitten, ohne nähere Begründung und ohne dass Chac misstrauisch wurde?
»Ich wollte nur sagen, dass ich Euch alles Gute auf Eurem Weg wünsche«, sagte Einauge kläglich. Gleichzeitig schalt er sich einen Feigling, verwünschte den Tag seiner Geburt und den Tag, da er die Idee gehabt hatte, auf dem Marktplatz von Mayapán einem Mädchen, das wie er von einer Insel stammte, einen Beutel mit Perlen zu stehlen.

59

»Mutter, ich kann nicht ins Tal von Anahuac ziehen.«
Ixchel ahnte, was sich hinter dieser Weigerung verbarg. »Soviel ich weiß, siedeln dort alle möglichen Stämme. Es ist unwahrscheinlich, dass wir dort Chac begegnen.«
Tonina wollte dennoch kein Risiko eingehen. Würde Chac es über sich bringen, ihnen aus dem Weg gehen, wenn ihm zu Ohren kam, dass eine große Menschenmenge unter Führung einer Göttin das Tal betrat, um weiter nach Aztlán zu ziehen? »Ich möchte es nicht darauf ankommen lassen. Wir müssen eine andere Route wählen.«
Wohl oder übel stimmte Ixchel zu.
Da weder Einauge noch sonst jemand eine Alternative zur gemeinhin benutzten östlichen Handelsstraße kannte, beschloss Tonina, Türkisrauch um Rat zu fragen.
»Nun«, sagte er, als Tonina ihren Wunsch darlegte, »ich glaube, ich kann dafür sorgen, dass ihr sicher zur großen Handelsstraße gelangt. Und zwar über einen allerdings schwierig zu überwindenden Gebirgspfad, der weiter westlich am Tal von Anahuac vorbeiführt, durch das ihr ja nicht mehr wollt. Lass mich mit dem Anführer einer Karawane sprechen, die kürzlich in der Nähe lagerte.«
Der Häuptling hatte, kaum dass Tonina mit ihrem Problem herausgerückt war, die Gelegenheit beim Schopf gepackt. Türkisrauch war nicht glücklich. Wie sich die Dinge entwickelten, seit Tonina verkündet hatte, dass sie schwanger sei, schmeckte ihm nicht. Dass das Kind von ihm sei, nahm ihm, wie es schien, keiner

ab. Wahrscheinlich lachten sich seine Männer hinter seinem Rücken ins Fäustchen.
Die ganze Geschichte war von Anfang an ein Fehler gewesen und hatte sich letztendlich nicht bezahlt gemacht. Die Nacht mit Ixchel war enttäuschend verlaufen. Kalt und abweisend hatte sie unter ihm gelegen und ihm keinerlei Lustgewinn verschafft. Und das Mädchen hatte er auch nicht in sein Lager bekommen, obwohl er doch ihr Ehemann war. Kaum hatten sie ihre Umhänge miteinander verknüpft, hatte die Mutter darauf bestanden, dass die Tochter unter Frauen lebte. Er sah Tonina nur an religiösen Tagen, wenn sie bei feierlichen Anlässen und Festschmausen neben ihm saß – ein Schauspiel, das sowieso keiner ernst nahm.
Er hatte überlegt, wie er am besten aus dieser Ehe herauskam, und jetzt wartete Tonina selbst mit der Lösung auf. Die Handelskarawane lagerte ganz in der Nähe und wollte zur Küste, in eine Stadt, die den Nahuatl-Namen Acapulco trug, was so viel wie »Ort mit viel Schilfrohr« hieß. Sie umfasste dreihundert Träger, die Pantherfelle mit sich schleppten, Baumwolle aus der Tiefebene, Bernstein aus Chiapás und, was nur der Anführer wusste, Quetzalfedern, mit denen eigentlich kein Handel getrieben werden durfte. »Aber wir ziehen zur Westküste«, sagte er zum Zapoteken-Häuptling. »Nicht nach Norden.«
»Mir ist egal, wohin du sie führst, Hauptsache, ich werde sie los«, entgegnete Türkisrauch offen. »Ich zahle dir auch ein hübsches Sümmchen, wenn du ihnen weismachst, es ginge nördlich am Tal von Anahuac vorbei. Wann und wo du sie sich selbst überlässt, ist deine Sache.«
Bevor sie über hochaufragende Berge zur westlichen Route aufbrachen, dankte Tonina Türkisrauch, dass er sie geheiratet hatte, und versprach ihm, dass sie sich, sobald das Kind geboren sei und vor den Göttern und Menschen seine Namen erhalten habe, in aller Form von ihm scheiden lassen werde. Was ihm nur recht war, weil sie dann keinen Anspruch mehr auf seine Besitztümer hätte. Derartige Forderungen hatte sie bis jetzt nicht erhoben, aber er wusste, wie Frauen sich änderten, sobald sie ein Kind hatten.

Als die von Ixchel, Einauge und H'meen angeführte Menge, die inzwischen größer war als je zuvor, aufbrach und Tonina Chac, den sie niemals wiedersehen würde, ein stilles Lebewohl zurief, beschloss der Anführer der Karawane nach einem Blick auf die Karte, diesen bunt gemischten Haufen an einem Ort abzusetzen, der sich Olinalá nannte. Dort ragten die schneebedeckten Berggipfel bis zum Himmel empor.

FÜNFTES BUCH

60

Als die Geburtshelferin, eine Tlahuica, die Hände auf Toninas Unterleib legte und weiterhin beharrlich schwieg, stellte sich Ixchel darauf ein, dass es Schwierigkeiten geben würde.
Sie hatten ihr Lager unweit einer Gebirgsstadt aufgeschlagen, die sich auf Nahuatl Cuauhnáhuac nannte, was soviel wie »Ort am Waldrand« bedeutete (und später einmal zu Cuernavaca abgewandelt werden sollte, weil das leichter über die Lippen ging). Da das Tal von Anahuac lediglich drei Tagemärsche weiter nördlich lag, schweiften Toninas Gedanken zu Chac ab, der besagtes Tal inzwischen erreicht haben durfte. Vor fünf Monaten hatten sie sich voneinander verabschiedet. Ob er sein Volk ausfindig gemacht hatte? Sie betete, dass dem so sei und er endlich sein Glück gefunden habe.
Sie konzentrierte sich wieder auf die Geburtshelferin, die man aus der Stadt geholt hatte. Dass sich Toninas Verfassung zusehends verschlechterte, lag Ixchels Meinung nach daran, dass die jüngste Etappe ihrer Wanderung sehr anstrengend gewesen war.
Der Kaufmann, der nach Acapulco unterwegs war und die Gruppe bis zum westlichen Rand des Tals von Anahuac hätte führen sollen, hatte sie in der Hochgebirgsregion von Oaxaca verlassen, kurz vor dem Dorf Olinalá. In Unkenntnis der Strecke und ohne den Schutz der Karawane hatte sich die verunsicherte Gruppe von Olinalá aus nach Norden gewandt und durch bergiges Land und Hochtäler gekämpft, hatte schneebedeckte Gipfel gesehen und des Nachts Bekanntschaft mit klirrender Kälte gemacht.
Ixchel hatte versucht, die Gruppe zu verkleinern, indem sie Fa-

milien gut zusprach, sich in den Städten und Dörfern, durch die sie kamen, niederzulassen. Mädchen und Männern im heiratsfähigen Alter hatte sie geraten, sich dort einen Ehepartner zu suchen. Aber der Ruf, der von Aztlán ausging, war in den Monaten, da sie die östliche Handelsstraße verlassen und die Durchquerung der Gebirgsregion in Angriff genommen hatten, übermächtig geworden.

Ganz ohne Schutz waren sie indes nicht. Als Türkisrauch die Aztlán-Sucher bei der Handelskarawane unterbrachte, hatten sich zu seiner Überraschung zahlreiche seiner eigenen Krieger entschlossen, mit ihnen zu ziehen. Die Aussicht, fortan im Paradies von Aztlán zu leben, war für so manchen ein Anreiz gewesen. Also hatte Türkisrauch sie von ihrem Treueschwur entbunden und damit gleichzeitig sein schlechtes Gewissen beschwichtigt, wusste er doch, dass irgendwann die Gruppe auf sich gestellt sein würde.

Sie waren bis kurz vor Cuauhnáhuac gekommen, als bei Tonina die Wehen einsetzten. Bis sie ihr Lager eingerichtet hatten, war die Wehentätigkeit bereits wieder abgeebbt. Aber die Fruchtblase war geplatzt und zudem tropfte jetzt ständig Blut. Das Baby bewegte sich zwar, konnte aber nicht – oder wollte nicht – herauskommen.

Schließlich hockte sich die Geburtshelferin auf die Fersen zurück und schnalzte mit der Zunge. »Baby wird sterben, Mutter wird sterben«, sagte sie, griff nach ihrem Bündel mit Arzneien und verließ unter Andeutung eines beschützenden Zeichens die Unterkunft.

»Mutter«, keuchte Tonina, »lass mich hier liegen. Geh ohne mich weiter … such meinen Vater.«

Vor der Grashütte, die Ixchel in Beschlag genommen hatte, lief Einauge nervös auf und ab. Beim Aufbruch der Geburtshelferin erhob sich in der Gruppe allgemeines Wehklagen. Und dann erschien Ixchel und wies Einauge an, umgehend H'meen herbeizuholen.

Auch die Verfassung der königlichen Kräuterkundigen ließ zu

wünschen übrig. Obwohl die Frühjahrsmitte bereits erreicht war, herrschte nachts noch immer eisige Kälte. Und diese Höhenlage mit entsprechend dünner Luft machte selbst den Abgehärtetsten zu schaffen. Während Ixchel immer jünger geworden war, war H'meen zusehends gealtert. Sie litt an Höhenkrankheit, die einherging mit Übelkeit, Kopfschmerzen, Müdigkeit und Atembeschwerden, die sie mit Ginkgo und Sarsaparille behandelte. Die Kälte in den Bergen hatte ihre Arthritis und ihr Rheuma verstärkt, außerdem hatte sie einen weiteren Zahn eingebüßt. Um den Kopf schlang sie sich inzwischen ein Baumwolltuch, weil ihr Haar so schütter geworden war.

Sie hatte nur einen Wunsch: noch ihren siebzehnten Geburtstag zu erleben.

Als Einauge bei ihr erschien, weigerte sie sich zunächst, den warmen Herd und ihre Schlafmatte zu verlassen. Aber Tonina war in Not und der Blick des Zwergs entsprechend inständig flehend.

Bei Tonina angelangt, kniete sich H'meen neben sie und tastete wie die Geburtshelferin den geschwollenen Unterleib ab. Das Baby bewegte sich nicht, dennoch war schwach ein beschleunigter Herzschlag festzustellen. Was für H'meen bedeutete, dass das Baby nicht geboren werden wollte. »Ein Tee aus Frauenminze wird die Wehentätigkeit anregen«, sagte sie zu Ixchel. »Allzu viel darf man sich allerdings nicht davon erwarten. Das Baby muss vielmehr dazu überredet werden, auf die Welt zu kommen. Wenn es nicht will, werden die Wehen das Kleine umbringen und Tonina ebenfalls.«

»Wie kann ein Baby überredet werden, geboren zu werden?«

H'meen schloss ihre Medikamententasche und stand auf. »Jemand muss mit Tonina eine spirituelle Reise unternehmen und dem Kind gut zureden, ihm versichern, dass es liebevoll willkommen geheißen wird und nichts zu befürchten hat.«

»Wie unternimmt man eine solch spirituelle Reise?«

»Es gibt einen Kaktus, den die Nahua *peyotl* nennen. Er besitzt ungeahnte Kräfte. Wer den aus ihm zubereiteten Tee trinkt, gelangt in das spirituelle Reich.«

»Besitzt Ihr diesen Kaktus?«

»Ich habe mich in Oaxaca mit einem entsprechenden Vorrat eingedeckt.«

»Ihr wisst, wie diese spirituelle Reise vor sich geht?«

»Ja. Aber das traue ich mir nicht zu. Schon für einen Gesunden ist der Vorgang anstrengend genug. Für mich ist er äußerst gefährlich. Es tut mir leid.«

Ixchel sah sie entgeistert an. »Ihr weigert Euch?«

Das ältliche Mädchen schüttelte resigniert den Kopf und verließ die Hütte.

H'meen musste mit ihren Kräften haushalten. Sie wollte Aztlán lebend erreichen. Sie war zwar keine Nahua und ihr Volk stammte auch nicht aus einer der Sieben Höhlen, aber es hieß, dass das Wasser des Paradieses alle Krankheiten heile. Deshalb betete sie darum, lange genug am Leben zu bleiben, um dieses Wasser trinken zu können und wieder jung und gesund zu werden.

Einauge kam ihr nachgelaufen. »H'meen, Ihr seid die Einzige, die Tonina retten kann!«

»Wenn ich das tue, muss ich sterben!«, gab sie zurück.

»*Ich bitte Euch inständig.* Rettet Tonina.«

»Es würde mich umbringen«, wiederholte sie, um dann um einiges sanfter hinzuzufügen: »Einauge, so ist es uns nun mal bestimmt. Eine von uns wird sterben.«

Sein missgebildeter Körper wurde von bitterem Schluchzen gebeutelt. Einauge der Zyniker, für den Frauen einstmals flüchtiges Vergnügen bedeutet hatten, liebte sowohl Tonina als auch H'meen und konnte den Gedanken nicht ertragen, eine von ihnen zu verlieren. »Bitte, lasst sie nicht sterben!«

»Demnach ziehst du Tonina mir vor?«, meinte sie gekränkt.

»Nein!«

Sie entfernte sich in Richtung ihres kleinen Lagers inmitten der Kiefern.

Einauge wischte sich über die Augen und ging zurück zur Hütte. Dort kniete er sich neben Tonina, nahm den kleinen Beutel ab, in dem er Knochenreste seines Urgroßvaters aufbewahrte, und legte ihn ihr auf den Leib. Dann hob er an, so inbrünstig wie nie zuvor zu Lokono zu beten, wenngleich fraglich war, ob der Geist des Alls einem ausgemachten Schlawiner wie ihm überhaupt Gehör schenken würde.

»Einauge.« Ixchel fasste ihn an der Schulter. »Du musst jemanden finden, der uns hilft! Wir können meine Tochter doch nicht einfach sterben lassen!«

Und dann stand H'meen samt ihrer Medizinausrüstung erneut an der Tür.

»Was ich zu dir gesagt habe, tut mir leid«, sagte sie zu Einauge. »Ich weiß doch, dass du Tonina nicht mir vorziehst.«

Sie trat an Toninas Lager, entnahm ihrer Arzneitasche einen kleinen Kürbis, entfernte den Gummipfropfen, mit dem er versiegelt war. Dann schob sie den Arm unter Toninas Kopf und ermunterte sie zum Trinken.

»Was ist das?«, fragte Ixchel.

»Frauenminze. Es regt die Wehentätigkeit an.«

Als Nächstes öffnete sie einen Beutel aus Rehleder. »Ich werde deine Gebete brauchen, Einauge.« Und an Ixchel gewandt: »Und Eure Hilfe auch. Wenn Tonina und ich uns in der spirituellen Welt aufhalten, werden wir auf die Unterstützung Eurer Götter angewiesen sein.« Und wieder zu Einauge: »Bring mir bitte eine Schale Wasser.«

Hastig rannte Einauge aus der Hütte und war ebenso schnell wieder zurück. Als H'meen daranging, ein zu Pulver zerriebenes Kraut in das Wasser rieseln zu lassen, gebot Ixchel ihr Einhalt. »Nehmt dies hier«, sagte sie und reichte H'meen den durchsichtigen Becher, den sie aus Toninas Reisesack geholt hatte. »Das dürfte die Wirkung Eurer Medizin nochmals verstärken.«

Während sie den zerriebenen *peyotl* in das Wasser einrührte, sang H'meen eine uralte Zauberformel der Maya, mit der sie die Geister der Anderen Welt anrief, die Pforten zu öffnen und Besuchern den Zutritt zu gestatten. Ixchel entzündete Weihrauch und murmelte zusammen mit Einauge Gebete, jeder in seiner Muttersprache. Dann stützte H'meen erneut Toninas Kopf und

hielt ihr den Becher an die Lippen. Nach einem Schluck des bitteren Gebräus nahm auch H'meen einen Schluck. Eingehüllt in Weihrauchschwaden und begleitet vom monotonen Murmeln der Gebete, wechselte der Becher zwischen H'meen und Tonina hin und her, bis kein Tropfen *peyotl* mehr darin war.
Als H'meen Einauge einen Blick zuwarf, las sie in seinen Augen, dass seiner Überzeugung nach eine von ihnen von dieser Reise nicht zurückkehren würde.
Die Hütte schien sich zu verändern, die Graswände verschwammen und lösten sich schließlich ganz auf. Erst verschwanden Einauge und Ixchel, dann der Wald und die Berge, bis H'meen sich schließlich allein in einer öden Gegend befand, mit kümmerlichem Grün auf sandigem Boden und links und rechts versteinerten Lavaströmen. Ob sich dahinter ein Gebirge erhob oder das Meer erstreckte, war nicht auszumachen, wohl aber, dass sich am Himmel dunkle Wolken ballten.
H'meen sah einen kleinen Jungen im Sand sitzen. Er weinte. »Warum weinst du denn?«, fragte sie ihn, und als er aufschaute, merkte H'meen, dass sie von sehr viel höher als gewohnt auf ihn hinunterschaute. So als stünde sie auf einem Schemel. Als sie dann die Hand nach dem Jungen ausstreckte, war das nicht ihre mit Altersflecken überzogene und von Arthritis deformierte Hand, sondern eine junge, makellose Hand von honiggoldener Hautfarbe. Daraus schloss sie, dass sie gleichzeitig auch Tonina war. In ihrer gemeinsamen Vision hatten sie sich vereinigt, waren eins geworden. Wie wunderbar, Toninas jugendliche Kraft und Vitalität zu spüren!
»Warum weinst du denn?«, fragten Tonina-H'meen erneut.
»Ich habe Angst«, antwortete der kleine Junge und schob seine Hand in die ihre.
»Du brauchst doch keine Angst zu haben«, kam es beschwichtigend von Tonina-H'meen. Und als der Kleine aufstand, sagten sie: »Du wirst in unserer Welt geliebt und umsorgt werden. Komm mit zu uns. Wir werden dich beschützen.«
Er schaute sie an, aus großen, seelenvollen Augen, die allmäh-

lich eine gelbe Färbung annahmen. Der Junge wurde größer, sein Haar war jetzt schulterlang, seine Gliedmaßen streckten sich, und Tonina-H'meen erkannten, dass er sich in Tapferen Adler verwandelt hatte.
»Du bist zurück«, sagten Tonina-H'meen voller Freude.
Tapferer Adler streckte die Hand aus, und sie sahen die rote Blume darin liegen. »Du hast sie gefunden?«, fragten sie.
»Beeilt euch«, sagte er. »Findet die Höhlen. Sie laufen Gefahr einzustürzen.«
»Wo sind diese Höhlen?«
Tapferer Adler antwortete nicht. Er durchlief eine weitere Verwandlung – dann stand eine dritte Person vor ihnen. H'meen hatte noch nie einen derart gekleideten Mann gesehen: Er trug eine rehlederne Tunika und Beinkleider, die mit Fransen und Perlen besetzt waren. Auch dass ein Mann sein Haar zu zwei langen Zöpfen flocht, war ihr neu. Für H'meen war er ein Fremder, aber Tonina erkannte in ihm Cheveyo, ihren Vater.
»Seid ihr drei verschiedene Menschen?«, fragten Tonina-H'meen. »Oder eine Person?«
»In uns sind alle Seelen zusammengefasst«, sagte Cheveyo.
»Bist du ein Gott?«
»Wir sind alle Götter. Aber jetzt müsst ihr euch beeilen und die Höhlen finden, damit Pahana zu uns zurückkehren kann.«
Tonina-H'meen wollte ihn berühren, aber der Himmel verdunkelte sich, erinnerte Tonina an ihre prophetische Vision. Als H'meen Cheveyo ihre unvermittelt wieder altersfleckigen und arthritisch verkrümmten Hände entgegenstreckte, wusste sie, dass sie nicht länger mit Tonina verbunden war. »Du musst diesen Ort verlassen«, sagte sie zu Cheveyo. »Hier droht dir Gefahr. Schnell, geh fort von hier!«
Als sie ein heftiger Schmerz durchfuhr, merkte Tonina, dass H'meen nicht länger ein Teil von ihr war. »Tonina, geh ohne mich zurück«, hörte sie H'meen flüstern. »Finde Aztlán.«
»Ich verlasse dich nicht!«
»Geh schon …«

Toninas Hände ruhten noch immer in denen von Cheveyo – junge Hände, alte Hände, makellose, deformierte, verkrümmte, sich ständig verändernde Hände.

»Ihr könnt nicht hierbleiben, Ehrwürdige Kräuterkundige«, sagte Toninas Vater. »Eure Zeit ist noch nicht gekommen. Ihr müsst weiterhin im Dienste der Götter wirken. Geht mit Tonina zurück.«

Ein weiterer heftiger Schmerz. Tonina riss die Augen auf. Die Wehen setzten ein. Als sie aufschrie, sank H'meen zu Boden. Einauge eilte auf sie zu.

Ixchel sah, dass das Kind kam.

»Was …«, keuchte Tonina, »was ist mit H'meen?«

Einauge wischte H'meen behutsam ein paar weiße Strähnen aus dem Gesicht und lächelte sie an. »Ihr seid zurück«, stammelte er. »Meine über alles Geehrte, Ihr seid zu mir zurückgekommen.«

»Du musst pressen«, drängte Ixchel. »Bevor es sich dein Kind anders überlegt.«

H'meen blickte Einauge an. »Es geht mir gut«, hauchte sie. »Einauge, ich fühlte mich wieder jung und stark. Ich habe Cheveyo gesehen, die Höhlen und auch die rote Blume.«

»Pressen!«

Noch eine weitere Wehe, und das Baby erblickte das Licht der Welt.

Erleichtert und mit Freudentränen in den Augen trennte Ixchel mit einer Klinge aus Obsidian die Nabelschnur durch und musterte dann das quäkende kleine Wesen. Zehn Finger, zehn Zehen. Sie bettete den Säugling in Toninas Arme und betete leise zu Quetzalcoatl, auf dass er dieses neue Leben behüte und beschütze.

Zärtlich drückte Tonina die Lippen auf das weiche Köpfchen. Ein kleiner Junge. Ihr Sohn. Nicht der Abkömmling eines Feindes, nicht die Frucht einer Vergewaltigung, sondern ihr Kind, mit ihrem Blut und ihrer Liebe genährt. Nichts von Balám war in diesem entzückenden kleinen Wesen, nichts Böses, kein Makel. Sie würde weder seine Stirn plattdrücken noch seine Augen in eine

Schrägstellung zwingen noch seinen Nasensattel mit Lehm unterfüttern. Er würde so aufwachsen, wie ihn die Natur geschaffen hatte, als stolzer und gutaussehender Mexica. Sie hob ihn an ihre Lippen und raunte ihm seinen Namen ins Ohr: »Tenoch.«

61

Frühjahr, durchzuckte es Chac, während er voller Ungeduld darauf wartete, dass die Wachposten ihr Palaver beendeten. Tonina hatte gesagt, ihr Kind würde im Frühjahr zur Welt kommen. War es bereits da?

Seit drei Monaten hielt er sich nun schon im Tal von Anahuac auf, ohne auf sein Volk gestoßen zu sein. Irgendetwas, was mit Frühjahr und Toninas Kind zu tun hatte, zerrte an seinen Gedanken. Als er versuchte, dahinterzukommen, tauchten die beiden Wachposten wieder auf. Ihren Gesichtern war zu entnehmen, dass es für Chac nicht zum Besten stand. Hoffentlich gelang es ihm, sich doch noch mit ihnen zu verständigen.

Zweimal hatte er kurz vor einer Begegnung mit seinem Stamm gestanden, hatte ihn nur um wenige Tage verfehlt. Die Mexica, wie sie sich nannten, wechselten ständig ihren Aufenthaltsort, weil sie so viele Feinde hatten. Und jetzt hieß es, sie würden möglicherweise ein für alle Mal das Tal von Anahuac verlassen und sich auf die Suche nach noch unerschlossenem Land begeben. Dennoch hatte Chac sie zu guter Letzt aufgespürt, und er brannte darauf, vor den Häuptling Martok zu treten und ihn seiner Stammestreue zu versichern.

Das Lager westlich des Chapultepec-Hügels wurde aus Angst vor feindlichen Spähern derart scharf bewacht, dass man Chac gewarnt hatte, seine Chancen, sich durch Bestechung Zugang zu verschaffen oder getötet zu werden, seien gleich groß. Er baute auf erfolgreiche Bestechung, obwohl er nichts Wertvolles anzubieten hatte. In den fünf Monaten, die seit seiner letzten Begegnung mit

Tonina vergangen waren, hatte er sich nach und nach von seinen Besitztümern trennen müssen, auch von seinem farbenprächtigen Umhang und dem Lendenschurz, sodass er sich nun mit dem schlichten weißen Gewand eines Bauern begnügte.
Nachdem er Tonina am Wasserlauf zurückgelassen hatte, war er entlang der östlichen Handelsroute nach Norden gezogen. Zuerst hatte er einen Platz in einer großen Karawane ergattert, die Seetang und Muscheln in die östlich gelegene Stadt Tlaxcala brachte. Dort hatte er sich einer Pilgergruppe angeschlossen, die zum Berg Tlaloc hinaufzog, um dort ein Fest zu Ehren des Regengottes abzuhalten.
Vor drei Monaten dann hatte er den Gebirgspass zwischen den Gipfeln des Popocatépetl und Iztaccíhuatl erreicht und auf das rauchverhangene weitläufige Tal geblickt, das sich vor ihm ausbreitete. Ansiedlungen und Städte schmiegten sich um das Ufer des Sees; im Tal, dessen Grün durchzogen war von Bauernhöfen und Feldern, auf denen Bohnen, Mais und Baumwolle angebaut wurden, wuchsen Akazien, Eichen, Lorbeer und Zypressen.
Als er aus der Küstenebene zu einem so hoch gelegenen Plateau gelangt war, dass er gemeint hatte, den Himmel berühren zu können, hatte er, schon um nach Luft zu schnappen, Halt gemacht. Sobald der Wind drehte, hatte er den beißenden Schwefelgeruch eingeatmet, den die schlanke Rauchspirale aus dem schneebedeckten Krater des nahen Popocatépetl verströmte.
Er war dem Pfad bergab gefolgt und hatte sich geradewegs zum Hügel von Chapultepec begeben. Aber dort musste er erfahren, dass der Häuptling von Culhuacán, der wie ein Geier über die Frischwasserquellen des Hügels wachte, den Stamm, der einst auf dem bewaldeten Berg am westlichen Ufer des Texcoco-Sees lebte, vertrieben hatte. Und da diese Mexica Nomaden waren, wusste man nie genau, wo sie sich wann aufhielten.
Somit war Chac ständig auf den vielen Pfaden und staubigen Straßen, die das Tal wie ein Spinnennetz durchzogen, herumgeirrt, hatte nach Schlafplätzen Ausschau gehalten, Kakaobohnen gegen Tortillas eingetauscht, sich nie lange an einem Ort auf-

gehalten und immer wieder nach dem Volk gefragt, das einst auf dem Chapultepec-Hügel gelebt hatte.
Er stellte fest, dass der Texcoco-See die Form einer Blume mit drei Blütenblättern aufwies: drei durch schmale Rinnen miteinander verbundene große wiewohl seichte Wasserflächen. Der kleinste, am südlichsten gelegene See, Xochimilco, wurde vom Schmelzwasser aus den Bergen gespeist, führte also Süßwasser. Der nördliche See grenzte an Land, das reich an Mineralien war, die auch den See durchsetzten, ihn salzhaltig machten und rötlich färbten. Der mittlere und größte See, der Texcoco-See, war eher ein Sumpfgebiet aus Schlamm und Lachen und Seegras, zum Schwimmen nicht tief genug und so brackig, dass die, die an seinem Ufer wohnten, das Wasser aus den Süßwasserquellen des Chapultepec-Hügels vorzogen.
Um diesen See herum lebte ein lockerer Verbund von Stämmen, die alles andere als friedlich gesonnen waren. Jedes Dorf hatte seine eigenen Richter, erließ seine eigenen Gesetze, urteilte nach eigenem Gutdünken. Bestechung gehörte zum täglichen Leben. Da es keine zentrale Obrigkeit gab, waren Überfälle auf Nachbarn nichts Ungewöhnliches, ebenso wenig die unvermeidliche und niemals endende Vergeltung. Und ein Fremder, der allein unterwegs war und nicht nachweisen konnte, dass er diesem oder jenem Stamm angehörte, erregte Verdacht, wo immer er sich blicken ließ.
Dennoch stellte Chac bereits nach kurzer Zeit fest, dass ihm die Atmosphäre im Tal von Anahuac zusagte. Lag das an der dünnen Luft dieser Hochebene? Obwohl das Tal seit Jahrhunderten besiedelt war, strahlte es im Gegensatz zu den langsam verfallenden Maya-Städten im Osten und Süden eine Energie aus, als wäre hier etwas Neues, Aufblühendes da, das sich ständig weiterentwickelte. Hier pulsierte das Leben, und Chac wollte daran teilhaben.
Zusammen mit Tonina. Er wollte sie noch immer zu seiner Frau machen. Ständig grübelte er darüber nach, wie er das anstellen könnte.
Er nahm an, dass Türkisrauch kaum daran gelegen war, sich sehr

weit von seinem angestammten Gebiet wegzubewegen. Also hoffte Chac darauf, mit dem Zapoteken-Häuptling ein Übereinkommen zu treffen, in dem es um die Scheidung von Tonina ging und um das Einverständnis, dass sie wieder heiratete. Was das Kind anbelangte, würde Türkisrauch, nicht anders als die meisten Stammeshäuptlinge, den Nachkommen von einer Zweitfrau eher als Verhandlungssache ansehen. Chac glaubte, Tonina *und* das Kind zu bekommen, wenn er Türkisrauch eine Regelung vorschlug, die zu verlockend war, um abgelehnt zu werden.

Dennoch machte er sich Sorgen. Die Gruppe hätte längst das Tal erreichen müssen, aber wo immer er sich – insbesondere bei Karawanen und Händlern aus dem Süden – nach einer großen Pilgergruppe auf ihrem Weg nach Aztlán erkundigte, konnte er nichts in Erfahrung bringen.

Die zwei bulligen Wachposten kamen zurück. »Wenn du Zutritt begehrst, musst du dafür bezahlen«, beschieden sie ihn.

Chac ließ sich seine Ungeduld nicht anmerken. Er hatte ihnen bereits die Chapultepec-Tätowierung gezeigt, die sie selbst auf der Brust trugen; sie wussten also, dass ihm das Recht auf eine Audienz mit dem Häuptling der Mexica zustand. Dennoch bestanden sie auf Schmiergeld.

Er war entschlossen, sich Zutritt zu verschaffen. Wenn er diese Gelegenheit verstreichen ließ und der Stamm dann das Tal verließ, würde er ihn womöglich nie mehr aufspüren.

Die Wächter hießen ihn seinen Reisesack öffnen, wollten sehen, was sich darin befand. Der eine deutete auf einen kleinen rehledernen Beutel, der ganz unten lag und den Chac nicht weiter beachtet hatte, weil es sich lediglich um einen Glücksbringer von Einauge handelte. »Was ist da drin?«

Chac zuckte mit den Schultern. »Alte Knochen, soviel ich weiß. Außer für den Eigentümer völlig wertlos.«

»Lass mal sehen.«

Chac zurrte die Schnur, mit der der Beutel verschlossen war, auseinander, zog den Gürtel aus den Gehäusen der Kaurischnecke heraus. Als er ihn wiedererkannte, runzelte er die Stirn. »Hier.

Das ist für Euch«, hatte Einauge gesagt. Aber nicht, dass der Beutel sein eigener war. Demnach musste Türkisrauch Einauge gebeten haben, ihm Toninas Keuschheitsgürtel auszuhändigen. Warum? Um Chac zu beleidigen? Um ihn herauszufordern?
»Hübscher Beutel«, meinte der Wächter und griff danach.
Aber Chac hielt ihn fest, bemerkte jetzt auch zum ersten Mal die Stickerei darauf. Sie stammte von den Maya. Vom Weidenbaum-Clan.
Baláms Clan.
Mit einem Mal wusste er, was ihm Kopfzerbrechen bereitet hatte. »Im Frühjahr, nach der Geburt des Kindes, ziehen meine Mutter und ich weiter, nach Aztlán«, hatte Tonina gesagt. Aber erst jetzt bemerkte Chac, dass diese Rechnung nicht stimmte. Wenn Tonina gleich nach der Hochzeit mit Türkisrauch schwanger geworden war, würde das Baby im *Sommer* zur Welt kommen. Wenn er aber vom kurz zuvor zu Ende gegangenen Frühjahr aus zurückzählte, musste Tonina bei ihrer letzten Begegnung bereits im vierten Monat gewesen sein.
Vier Monate zuvor hatte Balám den Isthmus verlassen …
»Heilige Göttin des Mondes«, entrang es sich Chac. Er stopfte Gürtel und Beutel wieder in den Reisesack, machte kehrt und entfernte sich eiligen Schritts von den beiden Wachposten.
»Nichts für ungut!«, riefen sie ihm hinterher. »Wir lassen dich auch ohne Bezahlung zu Häuptling Martok vor.«
Ihre Worte fanden kein Gehör. In Chacs Kopf pochte es derart heftig, dass er den Zorn, der in ihm aufstieg, förmlich schmecken konnte. Undenkbar, dass sich Tonina dem Prinzen von Uxmal aus freien Stücken hingegeben hatte. Balám war über Tonina hergefallen. Aber warum? Die Frage war schnell beantwortet: Aus Chac war Tenoch geworden. Er hatte seine Maya-Verkleidung abgestreift, und das konnte Balám nicht ertragen.
Wie konnte ich nur so blind sein?
»Wovor hast du denn Angst?«, brüllten ihm die Mexica-Wachposten nach, und dann vernahm er Schmähungen und Gelächter.

Sie hielten ihn für einen Feigling. Es machte ihm nichts aus. Ebenso wenig wie es ihm etwas ausmachte, dass er möglicherweise die einzige Gelegenheit ungenutzt verstreichen ließ, wieder mit seinem Volk vereint zu werden. Ein einziger Gedanke beherrschte ihn: Er musste Tonina finden.

62

Balám wusste, dass Chac – jetzt Tenoch vom Chapultepec-Stamm – das Tal durchstreifte, auf der Suche nach der Pilgergruppe, die in nördlicher Richtung unterwegs nach Aztlán war.
Offenbar hatte er Toninas Spur aber noch nicht gefunden. Balám dagegen hatte, anders als der allein auf sich gestellte Chac, in vielen Lagern Mittelsmänner, die ihn ständig über die Bewegungen und Aktivitäten der Stammeshäuptlinge um den Texcoco-See auf dem Laufenden hielten, auch über Fremdlinge, die im Tal auftauchten. Deshalb wusste er, dass das Inselmädchen und ihr bunt gemischter Haufen einem Pfad nach Norden folgten, der sie in absehbarer Zeit am westlichen Rand des Tals von Anahuac vorbeiführen würde.
Die Ankunft eines Besuchers riss ihn aus seinen Gedanken. Über und über mit prächtigen Federn geschmückt, die ihm das Aussehen eines Truthahns verliehen, erschien Cocoxtli von Culhuacán, ein hier ansässiger Häuptling, um mit Balám über ein Bündnis zu verhandeln. Mit großem Zeremoniell ließen sich die beiden Parteien, jede begleitet von der gleichen Zahl schwer bewaffneter und mit Geschenken beladener Soldaten, in einem Weidendickicht unweit des südlichen Seeufers nieder. Man versicherte sich gegenseitig die Wertschätzung der Götter und Ahnen des anderen, wünschte sich Glück und ein langes Leben, kam sogar auf das schöne Sommerwetter zu sprechen und drückte die Hoffnung aus, dass der Regen noch auf sich warten lassen würde. Da Späher beider Seiten vermeldeten, dass sich Cocoxtlis Armee in ihrem Dauerlager außerhalb von Culhuacán ebenso unauffällig verhielt

wie Baláms viertausend Krieger in der sandigen Ebene im Süden, wussten beide Anführer, dass der andere keinen Überraschungsangriff plante.
Sie setzten sich ans Feuer – zwei mächtige Männer mit langen Federn, schweren Ketten aus Jade, die Gesichter bemalt, die Umhänge schillernd wie Schmetterlingsflügel. Sie brachten den Göttern Trankopfer dar, nahmen beide einen Schluck *pulque* aus derselben Kalebasse zu sich zum Zeichen, dass sie einander vertrauten. Dann kam Cocoxtli zu Baláms Überraschung darauf zu sprechen, dass er in Mayapán gewesen sei, um das Dreizehnte Spiel mitzuerleben.
»Eure Mannschaft war drauf und dran zu verlieren, bis Chac den Ball durch den Reifen beförderte. An jenem Tag wart Ihr nicht gut in Form, oder? Was führt Euch ins Tal von Anahuac?«
Balám wartete mit einer Geschichte auf, die er mit so vielen Einzelheiten ausschmückte, dass er sie inzwischen selbst für wahr hielt: von heimtückischen Machenschaften auf dem Spielfeld war da die Rede, von Feinden, die ihn in den Ruin getrieben hätten, sowie einem Vetter in Uxmal, der den König gegen ihn aufgehetzt hätte – die ganze Welt, so schien es, hatte sich verschworen, den edlen Prinzen Balám aus seiner Heimat zu vertreiben, auf dass er sich anderswo niederlasse.
»Wie Ihr ja selbst seht, steht hier im Tal kein Land zur Verfügung«, sagte Cocoxtli und musterte den Fremden misstrauisch. Alle Häuptlinge hatten von dem Maya gehört und waren auf der Hut. War er als Verhandlungspartner gekommen oder als Eindringling?
»Es liegt mir fern, einen so klugen Mann wie Euch zu täuschen, Erhabener Cocoxtli. Ich komme, um Land *in Besitz* zu nehmen. Der Starke regiert den Schwachen, das ist mein Motto. Wie ich erfahren habe, haltet Ihr es ebenso. Hat nicht Euer Vater die elenden Mexica vom Chapultepec verjagt und Anspruch auf deren Gebiet erhoben? Und seid Ihr es nicht, der die Süßwasserquellen des Chapultepec beherrscht? Auch wenn unsere Stämme aus weit voneinander entfernten Ländern kommen, sehe ich doch einen verwandten Geist in Euch, mein Freund. Ein Soldat ist ein Soldat,

egal, welcher Hautfarbe er ist oder wie seine Götter heißen. Wenn wir uns zusammenschließen, sehe ich eine glänzende Zukunft für uns beide voraus.«

»Warum sollte ich Euch vertrauen?«

»Und warum sollte ich *Euch* vertrauen?«

Cocoxtli entspannte sich. Baláms Gegenfrage schien ihn ebenso zufriedenzustellen wie dessen offenbare Aufrichtigkeit.

Die Verhandlungen zogen sich bis in den Nachmittag und schlossen ein Festmahl mit ein – gebratenes Opossum wurde gereicht, anschließend machten *pulque* und Zigarren die Runde. Hier wurde etwas ergänzt, dort etwas eingeschränkt, beide Anführer verbuchten Punkte für sich, gaben in anderen Punkten nach, alles wurde von Schreibern peinlich genau festgehalten. Schließlich kamen beide überein, den Pakt auf traditionelle Art zu besiegeln: Familienmitglieder sollten zur Bekräftigung des Friedens ausgetauscht werden.

Nachdem Balám dem Culhua-Häuptling den jüngsten seiner Vettern aus Uxmal übergeben hatte, präsentierte Cocoxtli feierlich eine Prinzessin aus seinem eigenen Hause: ein junges Mädchen mit einem aus so vielen Blumen gefertigten Kopfputz, dass sie vollständig in Blüten eingehüllt war.

»Und jetzt erkennt die Stärke der Maya!« Mit diesem Ruf sprang Balám auf, packte das Mädchen an einem Arm, hob sie hoch und stieß ihr sein Messer in die Brust, wobei er rief, er opfere sie Buluc Chabtan, dem Kriegsgott der Maya.

Er ließ das Mädchen fallen, wartete auf Cocoxtlis Reaktion. Der Mord war geplant gewesen, sollte verdeutlichen, dass Balám keine Angst vor Cocoxtlis Göttern und seiner Armee hatte. Und jetzt gedachte er die Kampfkraft seiner Soldaten unter Beweis zu stellen.

Zu seiner Überraschung sah ihn der Culhua-Häuptling lediglich voller Verachtung an. »Damit hatte ich gerechnet«, sagte er. »Immer wieder Verrat und Betrug! Es gab Gerüchte, dass Ihr vorhattet, das Dreizehnte Spiel absichtlich zu verlieren. Ich hätte viel eingebüßt, wenn Ihr es so weit hättet kommen lassen.« Er deutete auf das Mädchen, das sich auf dem Boden wand. »Meint Ihr, ich würde eine meiner eigenen Töchter einem Schurken wie Euch anvertrauen? Nein. Um Euch eine Freude zu machen, habe ich mir stattdessen erlaubt, Euch eine Maya-Prinzessin zu schenken.«

Balám blinzelte. Eine Maya-Prinzessin? Er blickte zu Boden, wischte dann mit der blutigen Klinge seines Messers die Blüten aus dem Gesicht des Mädchens. Angsterfüllte Augen schauten zu ihm auf. »*Taati?*«, entrang es sich gurgelnd ihrer Kehle.

»Ich habe einen hohen Preis für sie bezahlt. Auf der Sklavenauktion in Mayapán«, sagte Cocoxtli, »indem ich mich auf das königliche Recht *tu'ux-a-kah,* zum ›Wohlgefallen der Götter‹ berief, damit mich keiner überbieten konnte.«

Balám erstarrte, jede Ader, jede Sehne, jede Faser seines Körpers wurde zu Stein. »Ziyal?«, hauchte er.

»Man versicherte mir, sie sei eine Tochter des Königshauses von Uxmal. Ich dachte, sie könnte sich hier im Tal von Anahuac als vorteilhaft für mich erweisen, zumal kein anderer Häuptling mit königlichem Blut aufwarten kann. Aber wie man sieht, hat sich der Aufwand nicht gelohnt.« Er spuckte auf die Erde. »Unser Bündnis ist null und nichtig.«

Bereits zum Gehen gewandt, warf er Balám, der bei dem toten Kind kniete, noch einen vernichtenden Blick zu. »Euer Opfer für Euren Gott war vergebens. Das Mädchen war nicht einmal mehr jungfräulich.«

Rasend vor Wut sprang Balám plötzlich auf und rannte mit lautem Gebrüll und Schaum vor dem Mund Cocoxtli hinterher. Seine Vettern stürzten sich auf ihn, bemühten sich nach Kräften, den Wahnsinnigen zurückzuhalten. »Zettle jetzt bloß keinen Krieg an«, warnten sie den Tobenden, dessen Gesicht vor Zorn und Schmerz glühte. »Wir müssen schleunigst weg.« Für sie bestand kein Zweifel, dass der Culhua-Häuptling mit seinen Soldaten zurückkommen würde.

Ohne auf die Männer, die ihn festhielten, zu hören, riss Balám sich los und eilte zurück zu Ziyal, schloss ihren leblosen Körper

in die Arme. Weinend und klagend wiegte er sie hin und her, und seine Schreie, die durch das Tal gellten, trieben selbst dem Abgebrühtesten die Tränen in die Augen.
»Komm zurück zu mir, mein Schatz!«, wimmerte er. »Verlass mich nicht!«
Er legte die Hand auf ihren Leib, dorthin, wo sein Messer sie durchbohrt hatte. Die Stelle war feucht. Er hielt sich die blutbesudelten Finger ans Gesicht, roch daran, leckte sie ab, schmeckte das Salzige und Herbe der Lebenskraft seiner Tochter. Er drückte den Mund auf die Wunde, aus der Blut rann und in Baumwolle sickerte, dunkel und kalt wurde. Als er mit geschlossenen Augen alles aufleckte und spürte, wie Ziyals Kraft in ihn eindrang, wurde ihm bewusst, dass sich die Götter auf diese Weise ernährten, und er spürte, wie es war, wenn ihnen ein Menschenopfer dargebracht wurde.
Je mehr er von dem Blut aufnahm, das durch ihre Baumwolltunika sickerte, desto weniger empfand er Entsetzen und Wut und Kummer. Eine weitere in grelles Licht getauchte Vision überwältigte ihn. So wie die Götter ihn auf dem Marktplatz von Tikal und abermals in Palenque erleuchtet und ihm zu erkennen gegeben hatten, was ihm bestimmt war, wurde Balám auch jetzt von gleißender Helligkeit eingehüllt und mit einer solch ungeheuren Wahrheit konfrontiert, dass er aufschrie.
Ziyal war nicht tot.
Sie lebte weiter. In ihm. Und nachdem er ihr Blut getrunken hatte, dürstete ihn nach mehr, erkannte er doch, dass er dadurch, dass er die Lebenskraft seiner Feinde aussaugte, sich den Status eines Gottes erwarb.
Als erneut Zorn in ihm aufstieg und er sich seiner Situation bewusst wurde, veränderte sich die Vision, wurde dunkler. Der Auslöser dafür war Chac. Ihm war anzulasten, dass ein Unschuldiger seine eigene Tochter ermordet hatte. Ihn deswegen einfach umzubringen, war nicht mehr genug. Chac sollte auf ganz ausgefallene Art sein Leben verlieren.
Balám sah ein Bild vor sich. Chacs Bestrafung und Folter sollten

sein, dass sein eigenes Volk sich mit seinem Feind verbündete. Chac sollte von seinem eigenen Stamm erschlagen werden.
Lange Zeit verharrte Balám über den Leichnam seiner Tochter gebeugt, bis schließlich das Leben in ihn zurückkehrte. Zitternd und schweißgebadet stand er auf, wandte sich dann trotz seines blutverschmierten Mundes mit Ehrfurcht gebietendem Blick an seine Gefolgsmänner. »Wir werden für meine Tochter ein heiliges Begräbnis abhalten«, sagte er ruhig, »denn sie ist jetzt eine Göttin. Anschließend ziehen wir uns in die nördlichen Berge zurück und werden dort über den entscheidenden Angriff auf dieses Tal beratschlagen.«
»Vetter«, gab einer der jungen Männer in Anbetracht der großen Armee von Häuptling Cocoxtli zu bedenken, »dazu sind wir noch nicht schlagkräftig genug.«
Balám nickte. »Ich weiß. Deshalb werden wir uns mit einem mächtigen Stamm verbünden, der ebenso zu Unrecht verachtet ist wie wir.«
»Mit welchem?«
»Mit den Mexica.«
Chacs Stamm.

63

»Was ist denn das?« Einauge hob den Blick von der Glut, in der er herumstocherte. Sie hatten ihr Lager in einem Wald im Hochland von Michoacán aufgeschlagen, in Purépecha-Gebiet, etliche Tagesmärsche westlich vom Tal von Anahuac entfernt. Ganz in der Nähe befand sich das Dorf Pátzcuaro, was so viel wie »Ort der Steine« bedeutete. Alle schauten in Richtung der Bäume, von wo aus ein merkwürdiges Rasseln zu ihnen drang. Toninas Handvoll Soldaten sprangen sofort auf und griffen zu ihren Waffen. Das unheimliche Lärmen verstärkte sich, klang wie Hagel, der auf ein steinernes Dach prasselt oder wie klappernde Knochen. »Geister!«, schrie jemand, schon weil die Sonne untergegangen war und sich Nacht über den Bergwald gesenkt hatte.

Was da aber zwischen den Bäumen auftauchte und in den Fackelschein des Lagers trat, waren Männer – Träger mit Stirnriemen und schweren Lasten auf den gekrümmten Rücken. Ihnen voran ging, auf einen hölzernen Stab gestützt, ein gedrungener Mann, der einen schlichten Lendenschurz und einen Umhang aus Agavenfasern trug – die Kleidung armer Leute.

»Der Segen der Götter sei mit Euch!«, rief er auf Nahuatl.

Einauge atmete erleichtert auf und bedeutete den Freunden am Lagerfeuer, dass keine Gefahr drohte. Die armselige Kleidung des Neuankömmlings verriet dem erfahrenen Einauge, dass hier ein Handeltreibender unterwegs war, der an- und verkaufend durchs Land zog, von den Barbaren im Norden bis zu den Maya im Osten und Süden. Und da derlei Händler als ungemein wohlhabend galten, taten sie alles, um dies zu vertuschen.

»Ich bin Oxmyx von Amecameca«, stellte er sich jetzt großspurig vor, nicht ohne nach den gehäuteten Hasen zu schielen, die sich am Spieß über dem Feuer drehten. »Lieferant von Trommeln!«, fügte er hinzu und bedeutete einem der Träger, seinen Tuchsack zu öffnen und den Lärm erzeugenden Inhalt herauszuholen. Beim Anblick der braunen und rosa Horn- und Knochenplatten mussten alle lachen, befreit von der Angst, die das Klappern hervorgerufen hatte.

Oxmyx war kahl – was ungewöhnlich für einen Nahua war –, außerdem verfügte er nur über ein einziges Nasenloch, weshalb jeder Atemzug mit einem ganz eigenen Pfeifton einherging. Er grinste die um das Feuer Sitzenden an, schaute dann über sie hinweg auf die unzähligen weiteren Lagerfeuer und Grüppchen in diesem Hochgebirgswald zwischen dem Tal von Anahuac und der Westküste. Eine Karawane ist dies hier nicht, stellte er fest, auch keine Armee und in Anbetracht der unterschiedlichen Kleidung, Frisuren und Hautfarben offenbar auch kein eigener Volksstamm. Was ihm noch auffiel, waren die vielen Kranken und Gehbehinderten. Pilger unterwegs zu einer heiligen Stätte? Noch nie hatte er eine derart große Gruppe frommer Menschen erlebt, die ausgezogen waren, um einem Gott Ehre zu erweisen. Hunderte mochten es sein, die zwischen diesen Tannen lagerten. Wenn nicht gar tausend.

Und zu ihrem Schutz lediglich eine Handvoll Krieger.

»Seid willkommen an unserem Feuer, Edler Oxmyx«, sagte Ixchel, und schon warfen die Träger ihre Lasten ab und gingen daran, ein eigenes kleines Lager aufzuschlagen.

»Den Göttern sei Lob und Dank.« Oxmyx rieb sich die kalten Hände. »Diese Hasen da sehen zwar gut aus, aber mir ist nicht nach Fleisch. Hättet Ihr vielleicht ein paar Tortillas?«

Ixchel bedauerte. Die letzten Maisfladen hätten sie vor Tagen gegessen. Oxmyx gab sich mit süßen Kartoffeln zufrieden, die ihm Tonina aus der Glut holte.

»Wohin seid Ihr unterwegs?«, erkundigte sich Ixchel leicht irritiert, weil der Händler es nicht für nötig hielt, ein paar Krumen

für die Götter ins Feuer zu werfen, sondern sofort eine heiße Kartoffel verschlang.
»Ich bringe Baumwolle in den Norden, Edle Dame, und tausche sie gegen Gürteltiere. Meine Träger und ich haben uns zu lange ausschließlich von Fleisch ernährt und lechzen nach Tortillas, nach Mais. Aber dies hier ist meine letzte Reise.« Er griff nach einer weiteren süßen Kartoffel. »Stoff gegen Trommeln zu tauschen war einst ein lukratives Geschäft, aber heutzutage schmälern diese ständigen Schmiergelder den Gewinn. Jeder will bestochen werden. Überall herrscht Gewalt, werte Damen. Von Gesetz und Ordnung keine Spur. An jeder Grenze muss ich dem jeweiligen Häuptling einen Tribut entrichten, damit ich gefahrlos sein Gebiet passieren darf. Bis ich nach Hause komme, werde ich bettelarm sein.«
»Und wo ist zu Hause?«, erkundigte sich Ixchel. Eines der Risiken unterwegs war, dass man denen, die einem begegneten, wohl oder übel seine Gastfreundschaft unter Beweis stellte, und dann konnte es geschehen, dass der Gast mehr aß als den anderen lieb war. Ihre Vorräte gingen rapide dem Ende zu, und die Jagd war wegen des anhaltenden Regens in diesem Spätsommer nicht sehr ergiebig gewesen.
»Amecameca, am Südrand des Tals von Anahuac«, sagte Oxmyx mit vollem Mund.
Bei der Erwähnung von Anahuac durchfuhr Tonina einen stechenden Schmerz. Als sie am Tal von Anahuac vorbeigezogen waren, hatte sie gespürt, wie sich alles in ihr danach sehnte, die Gruppe zu verlassen und mit ihrem Baby zum Texcoco-See zu ziehen.
Dort war Chac.
Sie verzehrte sich nach ihm, dachte Tag und Nacht an ihn. Aber ihm und auch dem Baby zuliebe konnte sie nicht mit ihm zusammensein. Solange er das Kind nicht zu Gesicht bekam, musste er annehmen, es sei das von Türkisrauch. Wenn er erfuhr, dass es von Balám war, würde der Rachedurst sein Leben zerstören. Deshalb hatte sie, als sie am Tal vorbei- und weitergezogen waren, immer wieder das Buch der tausend Geheimnisse zur Hand ge-

nommen, um sich vor Augen zu führen, weshalb sie diesen Weg verfolgte und was ihre Bestimmung war.
Tenoch, ihr Baby, inzwischen drei Monate alt, schlummerte, sicher auf ein kleines Holzbrett gewickelt, auf ihrem Rücken.
»Und wohin seid Ihr und all diese Leute unterwegs?«, erkundigte sich Oxmyx und angelte sich eine weitere süße Kartoffel. Zu Ixchels Entsetzen vergriff er sich damit bereits an dem, was den anderen zustand.
»Wir sind Pilger und auf der Suche nach Aztlán«, sagte sie.
Er grunzte. Seit Generationen suchte man dieses legendäre Aztlán. Wieso bildete diese Frau sich ein, sie würde es finden? Er zuckte mit den Schultern. Für ihn existierte Aztlán nur in der Phantasie. Wie der Jungbrunnen oder die Sieben Goldenen Städte, die seit Urzeiten in den Köpfen der Menschen herumspukten. Wahrscheinlich gab es Menschen, die einfach das Bedürfnis hatten, sich auf die Suche zu begeben, derweil andere lieber zu Hause blieben.
»Ihr kommt aus der Richtung, in die wir uns aufmachen«, sagte Ixchel. »Was könnt Ihr uns über die Gegend berichten?«
Er aß bereits langsamer, kaute nachdenklicher. Ob sie ihm wohl noch Chilis mit Bohnen anboten? »Ihr sucht Höhlen, Ehrenwerte Dame. Die Welt ist voller Höhlen.«
»Vielleicht hilft das hier weiter.« Tonina zeigte ihm ihr Medaillon.
Er musterte es, zuckte dann mit den Schultern. »Für mich ist das eine Blume unter vielen, die ich gesehen habe.«
»Diese hier verfügt über wundersame Heilkräfte.«
»Das haben viele Blumen an sich«, erwiderte er. Wann rückten sie endlich ihren *pulque* heraus? Sein Blick überflog das riesige, schier endlose Lager mit den vielen kleinen Feuerstellen, die Grüppchen, die drum herum beisammensaßen, die behelfsmäßigen Unterkünfte zwischen den Bäumen. Nirgendwo rauchte man Zigarren oder Pfeife. Waren diese Pilger derart arm?
Er wandte sich wieder seiner Gastgeberin und ihren seltsam anmutenden Begleitern zu, aus deren Blicken durchwegs Hoffnung

und Sehnsucht sprachen: ein Zwerg, eine sehr alte Frau, die ihr Haar nach Jungmädchenart trug, eine junge Frau mit einem Baby auf dem Rücken und eben jene, die sich Ixchel nannte.

»Weshalb sucht Ihr nach dieser Blume?«, fragte er.

»Es heißt, sie wächst unweit der heiligen Höhlen von Aztlán.«

Er rümpfte die Nase, was ebenfalls einen Pfeifton hervorrief. Ob er wohl noch eine Kartoffel nehmen durfte? Seine Gastgeber aßen nicht. »Die einzige Blume, von der ich weiß, dass sie Gebrechen heilt, wächst in der Tat unweit von Höhlen. Ich weiß allerdings nicht, ob diese Höhlen unbedingt heilig sind.«

Ixchel versuchte, ihre aufkeimende Hoffnung zu unterdrücken. »Was könnt Ihr uns über diese Blume sagen?«, fragte sie.

Er kratzte sich den kahlen Schädel, an dem sich tagsüber Moskitos gütlich getan hatten. »Den Blütenblättern wohnen heilende Kräfte inne. Den Wurzeln nicht. Die sind bitter und können giftig sein. Aus den Blättern gewinnt man Balsam zur Behandlung von Ausschlägen und Verbrennungen. Und obwohl ich mich nicht dafür verbürgen kann, soll der Pollen die Manneskraft stärken.«

»Und wo wächst sie?« Tonina konnte sich nicht länger beherrschen.

»In der Nähe von Amecameca, meinem Zuhause.«

Ixchel starrte ihn an. »Im Tal von Anahuac?«

»In ebendiesem.«

Sie wechselte mit Tonina einen Blick. War es möglich, dass dort Aztlán lag?

»Wo genau liegt Amecameca?«

»Am Fuße eines schneebedeckten Bergs, dem Iztaccíhuatl«, sagte er, was auf Nahuatl so viel wie »weiße Frau« hieß.

Ixchel stockte der Atem. Wieder schaute sie Tonina an, und beide dachten an das Bildzeichen auf der ersten Seite des Buchs der tausend Geheimnisse, wo neben einer roten Blume das Symbol für *iztaccíhuatl* – weiße Frau – abgebildet war.

»Ich habe noch nie von einem Berg namens Weiße Frau gehört«, wandte Ixchel ein.

»Vielleicht ist er Euch als ›Schlafende Frau‹ bekannt.«

»Aber ja!«
»Dann wisst Ihr vermutlich nicht, dass die Schlafende Frau, als sie als Mensch auf Erden weilte und die Geliebte des Helden Popocatépetl war, Weiße Frau hieß. Als sie und Popocatépetl in Berge verwandelt wurden, nannte man sie die Schlafende Frau, weil sie neben ihrem Geliebten ruht, unserem Helden Popo, der den südöstlichen Zugang zum Tal von Anahuac bewacht.«
Wie Ixchel saß auch Tonina regungslos da. Einauge und H'meen waren nicht minder betroffen. Sollten sie jetzt zum Tal von Anahuac umkehren? Aber es stand bereits fest: Ja, das würden sie tun, gleich morgen, denn im Buch der tausend Geheimnisse befanden sich die rote Blume und Aztlán neben einer »weißen Frau«. Laut Oxmyx war der Itzacchíhuatl mit Schnee bedeckt. Und »Aztlán« bedeutete auf Nahuatl »Ort der Weiße«.
Während Tonina bereits überlegte, wie sie sich verhalten sollte, wenn sie Chac begegneten, der sich mit Sicherheit jetzt am Texcoco-See befand, rülpste Oxmyx und gähnte dann. »Ehrenwerte Gastgeber, meine erschöpften Träger und ich danken Euch. Wir werden uns jetzt zurückziehen und bei Tagesanbruch bereits fort sein. Solltet Ihr Euch entschließen, nach Amecameca zu gehen, fragt nach mir, damit ich mich für Eure großzügige Gastfreundschaft erkenntlich zeigen kann.«
Er stand auf, schlug seinen Umhang fest um sich und gab ihnen zum Schluss noch einen guten Rat: »Wenn Ihr tatsächlich ins Tal von Anahuac wollt, haltet Abstand zu den Bergen. Im Gegensatz zu seiner schlafenden Geliebten ist Popo nämlich äußerst aktiv. Neuerdings überzieht er den Himmel mit seinem schwarzen Rauch.«

64

Chac hatte sowohl das Tal wie auch das umliegende Gebirge abgesucht. In jedem Bauernhof und jedem Dorf hatte er nachgefragt, er hatte alle Reisenden und Händler angehalten, hatte sich in der Zwischenzeit von seiner Hände Arbeit ernährt – Felder umgegraben, Holz gehackt, Fischernetze eingeholt –, besessen von dem einen Gedanken, Tonina zu finden.

Aber einen ganzen Sommer lang hatte er vergeblich nach ihr oder irgendwelchen Hinweisen, wo sie sein könnte, geforscht. Nun wollte er auf die östliche Handelsstraße zurückkehren, zurück zu dem Wasserlauf, an dem er sie zuletzt gesehen hatte, oder aber, wenn nötig, bis ans Ende der Welt nach ihr suchen. Selbst wenn er jeden Baum entwurzeln und jeden Berg niederreißen musste, würde er nicht eher aufgeben, als bis er Tonina gefunden hatte.

Obwohl die Route über den hohen Gebirgspass nur ein schmaler Pfad zwischen steilen Felswänden war, herrschte lebhafter Betrieb. Priester, Pilger und Bußfertige waren hier unterwegs, weil an diesem kalten und windigen Scheitelpunkt, der sich nach dem Maßsystem späterer Generationen mehr als 3000 Meter über dem Meeresspiegel erhob, Götterschreine errichtet worden waren. Auch Händler und andere Reisende benutzten diesen Weg, weshalb geschäftstüchtige Kaufleute in dieser unwirtlichen Gegend, in der weder Baum noch Strauch wuchsen, Unterkünfte aus Holz errichtet hatten und – zu unverschämten Preisen – heiße Mahlzeiten anboten sowie Decken und Pelzumhänge.

Es war ein grauer und regnerischer Spätsommertag. Zusammen

mit anderen schleppte sich Chac den Pfad zwischen den beiden Vulkanen entlang, dem Popocatépetl und der Weißen Frau. Auf seinem Weg zur Ostküste wollte er erst die Gebirgsstadt Cholula erreichen und dann immer weiter ziehen, jedes Dorf und jedes Bauernhaus, jeden Hügel und jedes Tal nach Tonina absuchen, auch bis zum Isthmus von Tehuantepec. Es war immerhin möglich, dass Türkisrauch Tonina in seine angestammte Gegend mitgenommen hatte.

Oder hatte der Häuptling sie nach der Geburt des Kindes, dem man sicherlich ansah, dass es nicht seins war, verstoßen?

Balám. Noch nie hatte Chac jemanden derart abgrundtief gehasst, hatte noch nie derartige Wut empfunden. Am liebsten hätte er seinem einstmaligen Freund für das, was er Tonina angetan hatte, Arme und Beine ausgerissen.

Er wusste von dem Zwischenfall mit Häuptling Cocoxtli: Balám hatte den Culhua beleidigt, indem er eine Prinzessin umbrachte, die ihm als Geste der Verbrüderung zugeführt worden war. Im gesamten Tal sprach man darüber. Niemand konnte genau sagen, wohin Balám sich mit seiner Armee zurückgezogen hatte. In den Norden, so hieß es, ins Gebiet von Tlaxcala, dort hätte er bei einem besonders kriegerischen Stamm Unterschlupf gefunden.

Aber Chac wollte jetzt nicht Balám nachjagen. Erst musste er Tonina finden.

Während er aufstieg und sah, wie die Morgensonne die östliche Flanke des Berges langsam erhellte und sich im Westen ein gewaltiger kegelförmiger Schatten gleich einer Decke über die Tiefebene breitete, warf Chac einen letzten Blick zurück zum Tal von Anahuac und seinem Volk, den Mexica. Nur ein Gedanke trieb ihn vorwärts.

65

»Wie groß ist denn diese Armee?«, fragte Baláms Gast.

»Meine Späher sprechen von tausend Mann.«

Martok rümpfte die Nase. »Und ihr Anführer, sagt Ihr, ist eine Frau?«

»Eine *heilige* Frau. Sie hat sie überzeugt, dass das Tal von Anahuac ihnen gehört.«

Der Mexica-Häuptling nickte. Religiöse Fanatiker. Die konnten sich durchaus als grimmige Krieger erweisen. »Ich werde mich mit meinen Leuten besprechen.« Er erhob sich vom Lagerfeuer und entfernte sich.

Balám spuckte auf den Boden. Mit Barbaren zu verhandeln war ihm zuwider, aber das Bündnis mit dem Mexica-Stamm diente seinen ureigenen Plänen.

In Baláms riesigem Militärlager, das im Norden des Texcoco-Sees versteckt in den Bergen lag, herrschte Hochbetrieb. Krieger übten sich in Kampftechniken, das Aneinanderkrachen ihrer Knüppel erfüllte die Luft, Handwerker fertigten Wurfspieße und Speere, Pfeile und Bogen sowie Schilde aus gleißendem Pyrit, die die Soldaten auf dem Rücken trugen, sodass sie, wenn sie sich umdrehten, den Gegner blendeten; Frauen stichelten Hunderte von wattierten Baumwollwesten zusammen, die zum Schutz vor feindlichen Waffen mit Steinsalz gefüllt werden sollten. Selbst die Kinder im Lager wurden zur Mitarbeit herangezogen, mussten Wasser holen und Unrat entsorgen, Nüsse und Beeren sammeln.

Ziyal war jetzt eine Göttin. Balám hatte fähige Handwerker mit der Fertigung eines tragbaren Schreins beauftragt, der in der Schlacht mitgeführt werden sollte. Auf dem vergoldeten Holzthron sollte ein steinernes Abbild der Göttin sitzen, an dem gegenwärtig drei Steinmetze arbeiteten. Zehntausend Krieger sollten sich vor ihr verneigen und ihr ihre Ehrerbietung erweisen. Für sie würden sie ihr Blut vergießen und ihren Namen andächtig und voller Hochachtung aussprechen.

Als Oxmyx, der Händler in Trommeln aus Gürteltieren, missvergnügt auf Balám zukam, überlegte der Maya, ob es nicht vielleicht besser wäre, ihn ebenfalls zu opfern. Oxmyx wusste zu viel.

Nach Ziyals Tod hatte Balám seine Männer von seinem neuesten Plan unterrichtet. Ein Vetter hatte Bedenken geäußert: »Wie willst du es anstellen, dass Chac auf dem Schlachtfeld erscheint? Willst du ihn herholen lassen? Ihn herausfordern? Wir wissen doch nicht einmal, wo er steckt!«

Balám hatte über den flachen See geschaut, hatte Fischer in ihren Kanus gesehen und die Antwort parat gehabt: Um Chac auf das Schlachtfeld zu locken, musste er einen Köder auswerfen.

Das Inselmädchen und ihre Pilgerschar.

»Das war ein verdammt langer Umweg«, beschwerte sich Oxmyx jetzt, und aus seinem Nasenloch pfiff es nervtötend, »nur um den Anschein zu erwecken, dass wir aus dem Norden kommen. Reichlich anstrengend für mich und meine Männer. Die Sache hat mich länger von zu Hause ferngehalten, als mir lieb ist.«

Balám ging darüber hinweg. Worauf es ihm ankam, war, dass seine Rechnung aufgegangen war. Als seine Späher ihm berichtet hatten, dass die Pilgergruppe nördlich am Tal vorbeizog, hatte er sich etwas ausdenken müssen, damit sie umkehrten und *ins* Tal kamen. Sobald Chac davon erfuhr, würde er angelockt werden wie eine Biene vom Honig.

Um dies einzufädeln, hatte Balám einen Mann angeheuert, der keine Skrupel kannte. Oxmyx störte sich nicht daran, dass durch seine Begegnung mit dieser Ixchel sie und ihre absonderlichen Begleiter in eine verhängnisvolle Falle gelockt wurden. In dieser Welt, so sein Leitspruch, kämpfte jeder für sich. Schlaflose Nächte würde er deswegen nicht verbringen.

Und was immer sich daraus entwickelte – er wäre dann sowieso weit weg. Sein Zuhause war hier in Tlaxcala. Entgegen seiner Behauptung war er noch nie in Amecameca gewesen, hatte auch nicht vor, dorthin zu ziehen. Schließlich lief das Gerücht um, dass sich im Tal von Anahuac Unheil zusammenbraute; selbst die friedlichen Bauern und Dorfbewohner legten bereits Vorräte an – Lebensmittel und Wasser, Verbandszeug und Medizin; außerdem beteten sie Tag und Nacht. Die gespannte Situation wurde dadurch verstärkt, dass überall örtliche Krieger aufmarschierten und Kampfübungen abhielten und in den Werkstätten der Waffenhersteller selbst nachts noch Hochbetrieb herrschte.

Ein Krieg stand bevor. Niemand war davor sicher.

Balám stand langsam auf und griff nach dem Dolch mit der Obsidianklinge. »Noch ein Wort der Beschwerde, Freundchen«, sagte er, »und du hast gar kein Nasenloch mehr zum Atmen.«

Oxmyx fuhr zusammen und suchte eilends das Weite.

Da kam Martok zurück, ein militärisch gewandeter großer Mann. Die grünen Federn zeugten von seinem hohen Rang. »Unseren beiden Stämmen, Edler Balám«, sagte er, »ist gemeinsam, dass wir nirgendwo im Tal von Anahuac willkommen sind. Seit Generationen verwehrt man meinen Leuten, dort zu siedeln. Wir haben eine Zeit lang auf dem Chapultepec-Hügel gelebt, bis wir wie Hunde verjagt wurden. Ihr seid ja ebenfalls vertrieben worden.«

Balám hatte Martok die gleiche Geschichte aufgetischt, die er Cocoxtli erzählt hatte.

»Meine Offiziere«, fuhr Martok fort, »teilen die Ansicht, dass die Kampfstärke unserer beiden Armeen zusammen beachtlich ist. Die Häuptlinge um den Texcoco-See herum wären also gut beraten, wenn sie uns einen Platz zum Siedeln gewährten.«

Im Grunde behagte Martok dieses Bündnis mit dem Außenseiter überhaupt nicht. Der Prinz von Uxmal hatte seine Armee mit zweifelhaften Methoden zusammengestellt, indem er besiegten Männern einen Platz in seinen Reihen anbot. Ihrer Loyalität versicherte er sich dadurch, dass er Deserteure auf Pfählen aufspieß-

te, damit ihr langsames und qualvolles Sterben abschreckend auf die anderen wirkte.
Immerhin würde Martok im Verbund mit dieser zusätzlichen Armee endlich stark genug sein, Land in Besitz zu nehmen, das ihnen rechtmäßig zustand. Eine Heimat zu haben könnte das ewige Umherziehen der Mexica beenden.
»Wir stellen allerdings Bedingungen«, fuhr Martok fort. »Wir wollen möglichst wenige Krieger in der Schlacht töten. Wir brauchen Gefangene für die Friedensverhandlungen. Unser Sieg darf kein ehrenrühriges Abschlachten sein. Wir kämpfen um Land, um eine Heimat. Wir Mexica sind stolz auf unseren Ehrenkodex, und wir erwarten, dass auch Ihr Euch daran haltet.«
»Einverstanden.« Gemäß dem uralten Brauch, Abmachungen zu besiegeln, spuckte sich Balám auf die Handfläche und drückte seinen Daumen darauf. Er war mit allem einverstanden, was Martok verlangte, denn sobald der Sieg über die anderen Stämme errungen war, hatte er vor, seine Armee gegen die von Martok zu richten, sie – Chacs Volk – bis auf den letzten Mann zu vernichten und somit ein für alle Mal von der Erdoberfläche auszulöschen.

66

Ein weiterer Todesfall. Ein weiterer Tag der Hoffnungslosigkeit. »Hier können wir nicht länger bleiben, Mutter«, sagte Tonina, derweil Frauen den Leichnam in Tücher schlugen und ihn für das Begräbnis zurechtmachten. »Wir haben nichts mehr zu essen. Wir werden verhungern.«

Als sie vor sechs Tagen in dieser Wildnis angelangt waren, in einer dicht bewaldeten Region zwischen zwei schlafenden Vulkanen und einer so tiefen Schlucht, dass an eine Stadt oder ein Dorf in der Nähe nicht zu denken war, hatten sie bis auf den letzten Rest abgenagte Tierknochen gefunden, aufgehäufte Obst- und Nussschalen, vereinzelte Körner und menschliche Exkremente – ein Zeichen dafür, dass hier eine größere Gruppe gelagert hatte, bis ihr das Essen ausgegangen war.

»Alles zerstört«, hatte Ixchel gesagt, als sie mit ihrem Volk an einem Spätnachmittag hier anlangte, um eine Ruhepause einzulegen und zu übernachten. Der Anblick der abgeernteten Bäume, der kahlen Sträucher und erkalteten Feuermulden erinnerte sie an eine Invasion von Heuschrecken in ihrer Kindheit; zu Wolken zusammengeballt waren damals diese Insekten über die Bauernhöfe außerhalb von Palenque hergefallen, hatten auf den Feldern nur noch trockene Halme zurückgelassen. Wer immer in den vergangenen Monaten hier durchgezogen war, ob eine große Karawane oder eine kleine Armee, hatte den Göttern oder Geistern dieses Orts keinen Respekt erwiesen. Sie hatten sich auch nicht an die ungeschriebene Regel gehalten, ein Gebiet, durch das man zog, niemals seiner gesamten Erträge zu berauben.

Als sie mit H'meen und anderen über ihr weiteres Vorgehen beratschlagt hatte, stellte sich ein ernstes Problem. Die Leute konnten hier zwar ausruhen, hatten aber in letzter Zeit so wenig zu essen gehabt, dass viele inzwischen zu schwach waren, den Marsch fortzusetzen. Ixchel sah sich einem Dilemma gegenüber: Je länger sie hier verweilten, desto mehr schwanden ihrer aller Kräfte, und je mehr ihre Kräfte abnahmen, desto länger würden sie zwangsläufig hier verweilen müssen.

Dabei hatte sie doch so inständig zu den Göttern und Geistern dieses Waldes gebetet! Aber es war vergeblich gewesen. Manchmal dachte sie schon, dieser Ort müsse fluchbeladen sein. Wie aber erklärten sich dann die vielen Schmetterlinge? Anfangs waren nur wenige dieser schwarzen und goldenen Schönheiten herumgeflattert. Seither schienen es jeden Tag mehr zu werden. Und da jeder wusste, dass Schmetterlinge die Geister von toten Soldaten waren, die in strahlenden Kriegsgewändern auf die Erde zurückkehrten, konnte auf diesem Ort eigentlich kein Fluch lasten.

Sie hatte sich in verschiedenen Methoden des Weissagens versucht, auch auf Toninas durchsichtigen Becher der Prophezeiung zurückgegriffen, aber die Götter hüllten sich in Schweigen.

Ixchel vernahm das Wehklagen um den Toten, der verhungert war. Panik überkam sie. Gab es einen Ausweg?

Schon ernährte sich die Gruppe hauptsächlich von Heuschrecken und Raupen, Termiten und den Larven von Käfern. In den Wasserläufen der Umgebung gab es zwar Fische, aber bei weitem nicht genug für so viele hungrige Mäuler. Also aßen Ixchels Leute notgedrungen auch Frösche, Süßwasserschnecken und Krebse. Wer immer in der Lage war, begab sich auf die Suche nach Wild, während Frauen Vogelnester plünderten und Kinder mit Fallen vor Kaninchenlöchern und den Baumhöhlen von Eichhörnchen auf der Lauer lagen. Es war schon eine Weile her, dass die Männer etwas Größeres als einen Hasen angebracht hatten. Mit Pfeil und Bogen hätte man durchaus Eulen, Raben und Habichte erlegen können, aber diese Vögel waren heilig und durften weder getötet noch verspeist werden.

Infolge der Hungersnot aßen die Menschen zusehends alles, was sie fanden – mit katastrophalen Folgen. Als ihnen Schwalbenwurz untergekommen war, hatten sie sich über den milchigen Saft und die samenreichen fleischigen Schoten hergemacht. Bis der Abend hereinbrach, waren viele Männer, Frauen und Kinder gestorben.

H'meen hatte die Pflanzenreste begutachtet und erklärt, es handle sich nicht um die Art von Schwalbenwurz, der gekocht für Menschen genießbar sei, sondern um eine Abart, dem so genannten »Schmetterlingskraut«, das einzig Schmetterlingen nichts anhaben könne.

Aus Erfahrung klug geworden, erließ Ixchel daraufhin folgende Anweisung: Wenn eine unbekannte Pflanze nicht in H'meens botanischen Büchern verzeichnet war, empfahl es sich, tierische Exkremente auf Körner oder Beeren dieser Pflanze hin zu untersuchen. War die Suche erfolgreich, konnte man diese Pflanze essen, denn wenn das Tier sie gefressen hatte und nicht gestorben war, hieß das, dass sie auch zum menschlichen Verzehr geeignet war.

Dennoch befürchtete Ixchel, dass die Ausgehungerten allmählich verzweifelten und es zu weiteren Vergiftungen kommen würde, schon weil hier überall giftiger Schwalbenwurz wuchs und dessen Saft und die Schoten so verlockend aussahen.

Zumindest brauchte keiner zu frieren, was aber wiederum mit grausamer Ironie einherging: Man hatte genug Holz zum Feuermachen, um die Kälte fernzuhalten, aber der Rauch hielt auch größeres Wild fern. Sie hatten also die Wahl, entweder an Hunger zu sterben oder zu erfrieren.

Immer wieder wurde deutlich, wie sehr ihnen allen Chac fehlte. Ohne die Führung und Leitung ihres Helden brachen die Regeln zusammen. Es kam zu Diebstählen, man zankte sich um Nahrung, um Frauen. Wie Ixchel feststellte, verstärkte die Hungersnot offenbar die Wollust, Männer und Frauen paarten sich, wann immer sich Gelegenheit dazu bot. Vielleicht, um den Hunger auf andere Weise zu stillen?

Und so stieg Ixchels Besorgnis mit jedem Tag in diesem unwirtlichen Wald. Dabei stand zu befürchten, dass der Popocatépetl ausbrach, die Höhlen zerstörte – und Cheveyo töten konnte. Oxmyx, der Händler in Gürteltieren aus Amecameca, hatte gesagt, der Vulkan überziehe den Himmel mit schwarzem Rauch. Wie in Toninas Visionen. Ixchel wusste, dass Eile geboten war. Sie hatte bereits vorgeschlagen, allein nach Amecameca aufzubrechen, aber das hatten Tonina und die anderen nicht zugelassen.
»Mutter«, sagte Tonina jetzt, da das Wehklagen verstummte und von stillen Gebeten für den Toten, einem beliebten Geschichtenerzähler, abgelöst wurde. »Es muss etwas geschehen.«
Ixchel nickte. Sie wusste, was Tonina vorhatte, und es machte ihr Angst. Schon weil sie überzeugt war, ihre Tochter dann niemals wiederzusehen.
Tonina betrat die notdürftige Unterkunft aus Gras und Stöcken, die sie mit Ixchel teilte, und schaute auf ihr fünf Monate altes Baby, das tief und fest und warm gebettet auf einem Fell schlief. Tenoch war gesund und munter, wies bereits zwei untere Schneidezähnchen auf, konnte auch schon das Köpfchen heben, sich vom Bauch auf den Rücken rollen. Wenn er wach war, brabbelte er vergnügt vor sich hin, und immer lächelte er. Ein fröhlicher und entzückender kleiner Kerl.
Tonina ging das Herz auf. Diese Liebe bedeutete für sie etwas ganz Neues, war anders als die innige Zuneigung, die sie für Huracan und Guama empfand, anders auch als ihre schwärmerischen Gefühle für Tapferen Adler, ja sogar anders als die Liebe, die ihre Sehnsucht nach Chac unendlich werden ließ – ihre Liebe zu Tenoch war so tief, so groß, so ganz erfüllend. Es war, als ob diese Liebe schon immer ein Teil von ihr gewesen wäre und mit der Geburt des Kindes Gestalt gewonnen hätte.
Der Gedanke, sich von dem Kleinen zu trennen, war ihr entsetzlich. Aber die Menschen hungerten, starben, mussten aus diesem Albtraum erlöst werden. Tonina hatte vor, ohne ihr Baby aufzubrechen, um es nicht in Gefahr zu bringen. Sie wollte rasch ins Tal von Anahuac und über die Ebene zur Siedlung Amecameca,

wo sich dem Händler in Gürteltieren zufolge am Fuße der Weißen Frau Höhlen befanden. Die wundersamen Höhlen und die rote Blume würden ihr alles Weitere eingeben, sie vielleicht mit Macht ausstatten oder sie sogar zu ihrem Vater führen.
Wenn ich Cheveyo zurückbringen kann …
Und wenn sie Chac begegnete? Eine Möglichkeit, die sie ersehnte und vor der sie gleichzeitig zurückschreckte. Aber darüber durfte sie nicht nachdenken. Es galt, ihr Volk zu retten.
Tonina beschloss, sich bei Tagesanbruch, wenn alles noch schlief, aus dem Lager zu schleichen. Ixchel und H'meen würden sich um ihr Baby kümmern und dafür sorgen, dass sich eine der stillenden Mütter seiner annahm.
Plötzlich vernahm sie draußen Lärm. Geschrei erhob sich, das Trappeln vieler eiliger Füße war zu hören. Tonina trat aus der Hütte. Als sie sah, was den Tumult auslöste, meinte sie ihren Augen nicht zu trauen.
Chac!
Er kam aus dem Wald, hinter drei Männern, die er mit der Spitze seines Speers vor sich hertrieb. Ein erlegter Berglöwe lag quer über seinen Schultern.
Alle erkannten die drei Männer. Sie handelten mit Mais und hatten sich der Gruppe in Cuauhnáhuac angeschlossen. Zwei trugen Chacs Reisesäcke, einer seinen Umhang. Von seiner Speerspitze angetrieben, stolperten sie vorwärts. Ihre Münder waren blutverschmiert.
In der Mitte des Hauptlagers angekommen, legte Chac den Tierkadaver zu Ixchels Füßen ab. Dann ging er wortlos an den überraschten Leuten vorbei geradewegs auf Tonina zu und schloss sie in die Arme. »Ich glaubte schon, ich würde dich nie finden«, murmelte er in ihr Haar.
»Chac«, flüsterte sie.
Er gab sie frei und wandte sich Ixchel zu. »Der Segen der Götter sei mit Euch, Ehrenwerte Ixchel.«
»Ich freue mich, dich wiederzusehen, Edler Tenoch«, sagte sie bewegt.

»Diese Männer haben das Tier da erlegt. Sie schlugen sich bereits die Wänste voll, als ich hinzukam.« Die Wamme der Wildkatze war aufgeschlitzt, Eingeweide quollen heraus. Einauge eilte hinzu und zerrte mit Hilfe zwei weiterer Männer das Tier fort, damit man es häutete und zubereitete.
»Sie haben es roh verschlungen, weil sie vermeiden wollten, ein Feuer anzuzünden. Damit ihr nicht den Rauch bemerkt oder den Bratenduft riecht.«
Er warf den drei Männern einen verächtlichen Blick zu. »Sie hatten die Absicht, sich so lange versteckt zu halten, bis sie das Tier restlos vertilgt hätten.«
Die drei Übeltäter knieten gesenkten Hauptes auf dem Boden, umringt von einer spürbar aufgebrachten Menge. »Den Kindern Nahrung wegzunehmen …«, flüsterte Ixchel voller Abscheu.
»Wie soll ich Eurer Meinung nach mit ihnen verfahren, Ehrenwerte Ixchel?«
Sie musterte ihre Gesichter – ausgemergelte, bleiche Gesichter, verschreckte Augen – und sagte: »Übergib sie den Müttern. Ihnen kommt es zu, das Strafmaß zu bestimmen.«
Chac nickte. Kaum hatte er »So sei es« gesagt, drängten sich Frauen nach vorn – Mütter, deren Kinder vor Hunger schwach und krank geworden und dann gestorben waren – und ergriffen die drei Übeltäter. Die Männer flehten und winselten um Gnade, als sie fortgeschafft wurden. So mancher der Umstehenden schloss sich dem Zug an, um Zeuge der Bestrafung zu werden, die meisten blieben zurück und schauten Chac ehrfurchtsvoll an.
Da er keinen Umhang trug, waren seine breiten Schultern mit dem Blut des Berglöwen verschmiert. Vor Gesundheit und unbändiger Kraft strotzend, wirkte er fast wie ein Gott. Und als er das Wort ergriff, geschah dies mit lauter, keinen Widerspruch duldender Stimme.
»Es gibt genug Wild in diesen Wäldern, Edle Ixchel«, sagte er und deutete in die Richtung, aus der er gekommen war. »Ich werde Jagdgruppen zusammenstellen. Schon bald werden sich Eure Leute nach Herzenslust satt essen können.«

Jubel brandete auf, Frauen brachen vor Erleichterung und Dankbarkeit in Tränen aus. Chac ging wieder zu Tonina und schaute ihr in die Augen. »Ich war so in Sorge«, murmelte er, »als ich hörte, dass eine riesige Pilgergruppe auf dem Weg durch dieses Gebirge war ...« Er umfasste ihre Schultern. »Geht es dir gut?«
»Ja«, erwiderte sie, verloren in seinem Blick, wie in Trance durch seine Nähe. War das wirklich Chac oder träumte sie?
»Und dein Kind?«
Sie nahm ihn an der Hand, führte ihn zu der bescheidenen Unterkunft und hob die rehlederne Klappe, damit er einen Blick ins Innere werfen konnte.
»Ein Junge«, sagte sie und hielt den Atem an. Aus dem dichten Wald hörte man Schreie. Sie erreichten Chac und Tonina nicht.
»Ein hübsches Kind«, murmelte Chac. »Wie seine Mutter.« Er lächelte, wurde dann ernst. »Aber von Türkisrauch ist er nicht.«
Tonina hob das Kinn. »Ein anderer hat ihn gezeugt. Und weil Bastarde überall verachtet werden, ob auf den Inseln oder in Mayapán oder im Tal von Anahuac, wollte ich nicht, dass es meinem Kind ebenso geht. Mir lag daran, dass er ehrenhaft aufwächst.«
»Und deshalb hast du diesen grässlichen Türkisrauch geheiratet.«
»Er hat mich nicht angerührt, Chac. Es war eine Scheinehe. Als Tenoch zur Welt kam und Ixchel die Nabelschnur zerschnitt, sprach ich laut seinen Namen. Dann erfolgte die Scheidung von Türkisrauch, indem ich ihn nach sowohl Maya- wie auch Nahua-Art öffentlich verstieß. Ich bin frei, Chac.«
»Du hast ihn Tenoch genannt?«
Sie lächelte. »Nach einem Helden der Mexica.«
»Du hättest mir die Wahrheit sagen können«, sagte er leise. »Wenn ich gewusst hätte, wie es dazu gekommen ist, hätte ich dich geheiratet.«
Sie blinzelte. »Die Wahrheit?«
»Ich weiß doch, dass der Junge von Balám ist.«
Tonina stockte der Atem. »Wie hast du das herausgefunden?«
Er berichtete ihr von dem Gürtel aus den Gehäusen der Kauri-

schnecke. Um die Erinnerung an diesen grauenhaften Morgen nicht hochkommen zu lassen, schloss sie die Augen. »Es tut mir so schrecklich leid«, flüsterte sie.
»Da ist nichts, was dir leidtun müsste.«
»Balám hat uns so vieles gestohlen.«
»Nichts hat er gestohlen. Wir sind doch hier, oder etwa nicht? Zusammen!«
Chac sah hinüber zu den Bäumen. Er würde veranlassen, dass die Erschlagenen gut sichtbar an Ästen aufgehängt wurden, als Mahnung, dass Diebstahl und Horten von Nahrung nicht geduldet würden.
»Trotzdem hättest du mir die Wahrheit sagen sollen«, begann er erneut. »Es ist furchtbar, wenn ich daran denke, was du alles allein hast durchmachen müssen. Und dadurch, dass wir so lange getrennt waren, haben wir kostbare Zeit verloren.«
»Wenn ich es dir gesagt hätte, hättest du dann Balám ungeschoren gelassen? Selbst jetzt meine ich zu spüren, dass du auf Rache sinnst.«
»Ich werde Balám töten. Notfalls werde ich den Rest meines Lebens darauf verwenden, ihn zur Strecke zu bringen.«
»Genau deswegen habe ich dir nichts gesagt! Ich wusste doch, wie dich dieser Gedanke verzehren würde. Ständig bist du auf Rache aus. Denk nicht mehr an Balám. Hilf mir lieber, die Höhlen von Aztlán zu finden.«
Er nickte. »Das werde ich. Der Texcoco-See ist normalerweise in drei Tagen zu erreichen. Da deine Leute jedoch nicht bei Kräften sind, dürfte es doppelt so lange dauern. Außerdem brauchen sie Schutz. Das Tal ist nicht sicher. Ein Clan bekämpft den anderen, ein Stamm überfällt den anderen. Allgemein gültige Gesetze gibt es nicht.« Er musterte das in Rauch gehüllte Lager, die Menschen, die ihn aus gebührendem Abstand anstarrten. Hoffnung zeichnete sich auf ihren ausgemergelten Gesichtern ab. »Aber wir können es schaffen. Ich werde Männer auswählen und sie zu Wachposten ausbilden. Und dann«, er lächelte auf sie herab, »führe ich dein Volk nach Aztlán.«

»Hast du denn deinen Stamm gefunden?«
»Ich bin ihnen überallhin gefolgt. Ich bin ein Mexica, Tonina, genau wie du«, sagte er stolz, »aber sie sind nirgendwo sesshaft und werden verachtet, denn sie sind hochmütig und arrogant und glauben, ein von den Göttern auserwähltes Volk zu sein. Und da alle dagegen sind, dass sie in dieser Gegend siedeln, befinden sie sich zwangsläufig auf Wanderschaft. Frei verfügbares Land gibt es im Tal nicht mehr; bis auf einen öden Felsen, auf den niemand Anspruch erhebt und der inmitten des morastigen Sees liegt, ist alles aufgeteilt. Ich hatte es fast geschafft, zu dem Anführer der Mexica vorgelassen zu werden, als ich dahinterkam, was Balám dir angetan hatte. Ich habe auf der Stelle kehrtgemacht und mich auf die Suche nach dir begeben. Und dann, Tonina, geschah etwas ganz Unglaubliches!«
Er brach ab, unvermittelt überwältigt von ihrem Anblick, ihrer Nähe, ihren strahlenden Augen – ihrem vor Bewunderung leicht geöffneten Mund. Ungeachtet der Umstehenden, die Chac weiterhin wie eine wundersame Erscheinung anstarrten, neigte er sich zu Tonina und presste seine Lippen auf ihre. Sie schlang die Arme um seinen Hals, schmiegte sich mit einem Aufseufzen an ihn.
Einen unbeschreiblichen Moment hielt er sie so, dann gab er sie wieder frei und berichtete weiter. »Als ich auf dem Weg zur östlichen Küste über den Gebirgspass zog, hörte ich unvermittelt das Krachen und Donnern einer Lawine. Obwohl ich und meine Begleiter nicht in Gefahr waren, hielt ich inne und lauschte. Und da glaubte ich, im Wind eine weibliche Stimme flüstern zu hören. Verstehen konnte ich sie nicht, aber ich spürte, dass sie zu mir sprach. Ich drehte mich zu den Gipfeln der Weißen Frau um, und auf einmal fiel mir das Bildzeichen für *itzaccíhuatl* – ›weiße Frau‹ – aus dem Buch der tausend Geheimnisse ein. Ich kehrte um, Tonina, weil für mich kein Zweifel bestand, dass du ins Tal von Anahuac unterwegs warst. Inzwischen glaube ich, dass es das war, was die Weiße Frau mir mit ihren Rufen im Wind sagen wollte. Sie hieß mich, nicht länger nach Osten zu gehen, sondern dem Pfad nach Westen zu folgen … zu dir.«

Er umfasste ihre Schultern. »Zweimal habe ich mich zu meinem Stamm aufgemacht, und zweimal wurde ich davon abgehalten. Jetzt weiß ich, warum. Meine Bestimmung ist, bei dir zu sein, Tonina, nicht auf irgendeinem fernen Hügel, der mir nichts bedeutet. Du bist mein Universum. Der Atem in meiner Lunge. Du bist es, wohin ich gehöre. Ich gebe nichts auf verwandtschaftliche Tabus, Tonina. Was immer zurückliegenden Generationen verwehrt war, hat für uns keine Bedeutung mehr. Sag, dass du mich heiraten willst!«

Der Berglöwe wurde bis zum allerletzten Rest verspeist, auch das Hirn, die Augäpfel und die Zunge. Chac wachte darüber, dass entsprechend der von ihm aufgestellten Regel jeder etwas bekam, alles miteinander geteilt wurde. Morgen wollte er an die anderen von ihm erlassenen Gesetze erinnern, an die sich alle zu halten hatten. Anschließend würde er sich die körperlich Robustesten vornehmen und eine leistungsstarke Kampftruppe aus ihnen machen.
Er hatte sich das Blut von den Schultern gewaschen und saubere Kleidung angelegt, und obwohl er unentwegt an Tonina dachte, saß er jetzt mit den Freunden zusammen. Es galt nun einmal, die Form zu wahren. Wie Tonina hatte auch er es abgelehnt, Fleisch von dem Berglöwen zu essen. Beide waren ausschließlich hungrig aufeinander und sehnten die kommende Nacht herbei.
»Balám verhandelt insgeheim mit anderen Stämmen«, sagte Chac zu den Leuten um das Lagerfeuer. »Er weiß von den uralten Rivalitäten unter den verschiedenen Stämmen im Tal von Anahuac, die alle gern die Oberhoheit besäßen. Seit Generationen herrscht hier ein recht brüchiger Frieden, so ähnlich wie im Gebiet der Maya, und jetzt versucht Balám, sie alle gegeneinander aufzuhetzen. Mit der Folge, dass die jeweiligen Häuptlinge bei geheimen Zusammenkünften Absprachen gegen den Eindringling vereinbaren. Dennoch sitzt der Groll tief. Zwistigkeiten und Fehden aus längst vergangener Zeit kommen wieder hoch, Tenapeken gehen auf Mexica los und Culhua gegen Mixteken.«

Chac wollte sichergehen, dass alle wussten, welche Gefahren der Weg nach Amecameca noch in sich barg.
Und dann wurde es für Chac und Tonina Zeit, vor ihren Freunden einen Schwur abzulegen. Da beide zum zweiten Mal heirateten, gab es keine feierliche Zeremonie. Gemäß der Tradition der Maya und Nahua erklärte jeder nur, mit dem anderen die Ehe einzugehen. H'meen notierte die Verbindung in der Chronik, die sie mit Aufbruch von Mayapán begonnen hatte und die inzwischen viele Seiten umfasste.
Man wünschte sich gegenseitig gute Nacht. H'meen lud Ixchel für die Nacht in ihre bescheidene Hütte ein. Ixchel ging darauf ein und nahm auch das Baby mit, damit Tonina und Chac allein sein konnten.
Während Ixchels Hunderte von Pilgern zum ersten Mal seit vielen Tagen mit einem Gefühl von Frieden und Sicherheit einschliefen – ihr Anführer war wieder da, alles würde gut werden –, löste Chac langsam die Bänder, mit denen Toninas zu zwei seitlichen Rollen aufgewickeltes langes Haar befestigt war. Tonina öffnete den Knoten, der seinen Umhang am Hals zusammenhielt, und ließ den schlichten weißen Baumwollstoff von seinen Schultern gleiten. Zum ersten Mal strich sie über seinen muskulösen Oberkörper, den sie so oft schon gesehen hatte. Sie neigte sich zu ihm, drückte die Lippen auf die Chapultepec-Tätowierung. Er küsste ihr Gesicht, die Stellen, auf denen einstmals weiße Symbole aufgemalt gewesen waren.
Ihre Lippen näherten sich hungrig und voller Leidenschaft. Hände erkundeten voller Sehnsucht warme Haut. Tonina schien es, als ob noch kein Mann sie berührt hätte. Und eigentlich hatte das ja auch noch keiner, denn Balám war wie ein Tier über sie hergefallen. Das hier war Liebe, war Sehnen und Zärtlichkeit, köstliche und berauschende Sinnlichkeit. Seine Hände strichen über ihr Gesäß, erregten sie durch kreisende Bewegungen. Sie reckte sich ihm entgegen. Chacs Penis in ihrer Hand fühlte sich heiß und glatt an, als sie ihn in sich einführte; sie selbst fühlte sich wie auf eine warme Meeresströmung emporgehoben.

Der gleichmäßige Rhythmus war schiere Ekstase. Sie schloss die Augen und lieferte sich ganz Chac aus. Sie spürte seine Küsse auf ihrem Gesicht, auf ihrem Hals, spürte seine Hände auf ihren Brüsten, als er die Brustwarzen umspielte, spürte ihn daran saugen, und eine Welle der Lust durchlief ihren Körper. Als sie zum Höhepunkt kam, erschrak sie. Sie keuchte und riss die Augen auf.
Chac sah sie an, sah entzückt in ihr verklärtes Gesicht, spürte, wie ihr Körper erschauerte, wieder und wieder. Er genoss ihre Ekstase, bis er schließlich tief aufstöhnte und sich in ihr ergoss.
Sie vernahmen den Ruf einer Eule, atmeten den Duft der Tannen ein. Aber all dies existierte nicht länger. Chac und Tonina waren wieder auf dem Marktplatz von Mayapán, ihre Blicke begegneten sich über die Menge hinweg, durch den aufsteigenden Qualm der Lagerfeuer sahen sie sich zum ersten Mal, und in ihnen erwachte die Ahnung, dass sie füreinander bestimmt waren.

Es war noch dunkel, als Tonina wach wurde und merkte, dass Chac sie anschaute und dabei lächelte.
Sie zog seinen Kopf zu sich herunter, küsste ihn lange und innig. Dann richtete sie sich auf. Ihre Brüste, über die ihr langes Haar fiel, schmerzten. Sie musste Tenoch stillen. Aber dann fiel ihr ein, dass Ixchel ihr versichert hatte, eine der anderen stillenden Mütter würde dies übernehmen.
Ein Vollmond zog über den Nachthimmel, warf Licht in die einfache Unterkunft, die nicht viel mehr war als ein paar Äste, die gegen einen dicken Baum gestemmt waren. Genüsslich überließ sich Tonina der Betrachtung von Chacs athletischem Körper, der im Mondlicht silbern schimmerte. Sie sah die Narbe an seinem Schenkel, dachte an die Wunde, die er sich zugezogen hatte, als er ihr während des Hurrikans in Copán das Leben gerettet hatte. Wie lange schien das her zu sein!
Dann schaute sie ihm in die Augen, gab ihm damit zu verstehen, dass es sie abermals nach ihm verlangte. Erst aber musste sie loswerden, was ihr auf dem Herzen lag. »Chac, es ist mein Auftrag, die Höhlen von Aztlán zu finden.«

»Ich weiß.« Er strich ihr eine Haarsträhne von der Wange.
»Im Buch der tausend Geheimnisse hat meine Mutter die Geschichte meines Vaters festgehalten und um ihre eigene ergänzt. Sie schrieb auf, was er ihr von seinem Volk erzählt hatte: einst war es unterjocht worden, in einem Königreich, das sich Ort der Mitte nannte und weit im Norden lag, in einem von Canyons und Tafelbergen durchzogenen Land. Dann streiften sie die Fesseln der Sklaverei ab und wurden von einer legendären Stammesmutter namens Hoshi'tiwa in die Freiheit geführt. Diese war von den Göttern dazu bestimmt, eine Heimat für ihr Volk zu finden, um es auf die Rückkehr von Pahana vorzubereiten, den bärtigen weißen Bruder, den sie ›verirrt‹ nannten. Und jetzt fällt es meiner Mutter und auch mir zu, Aztlán, unsere Heimat zu finden, damit wir Vorbereitungen für die Rückkehr von Pahana-Quetzalcoatl treffen können.«
»Auch das weiß ich«, sagte er leise. »Und ich werde dich und deine Leute wie versprochen nach Amecameca führen. Ich kenne mich im Tal aus. Während der Monate, in denen ich hier nach dir suchte, habe ich viele Freunde gewonnen. Ich werde alles tun, damit deine Leute ungehindert zu den Höhlen gelangen.«
»Und danach?« Beklommen wartete sie seine Antwort ab.
»Danach mache ich mich auf die Suche nach Balám.«
»Bitte nicht.« Ihre Kehle war wie zugeschnürt, sie konnte nur flüstern. Genau dies hatte sie befürchtet. Sie würde ihn verlieren, weil er nach Rache trachtete.
»Ich *muss* ihn finden, Tonina. Und wenn ich ihn umbringe, wird es kein schneller Tod sein. Er soll sich quälen und schließlich um sein Ende betteln.«
»Chac, lass ab davon. Ich denke nicht einmal mehr an Balám. Wenn *ich* vergessen kann, was er getan hat, warum nicht auch du?«
Er umschlang ihre Schultern. »Liebste, du musst die Höhlen von Aztlán finden, das ist dein *tonali*. Und ich muss Balám finden, das ist mein *tonali*. Es ist der Willen der Götter.«
»Ich möchte aber nicht, dass du meinetwegen Rache übst. Ich möchte nicht, dass du diesen Weg gehst.«

Er küsste sie und strich ihr über das Haar. »Liebes, so einfach ist das nicht. Dies wurde vor langer Zeit bestimmt, seit dem Tag, da eine Horde Jugendlicher mich in einer Seitenstraße in Mayapán quälte.«

»Hast du mir nicht erzählt, Balám hätte dich vor ihnen beschützt?«

»Sie hatten mich hinter dem Tempel des Kukulcán umringt und bewarfen mich mit Steinen. Balám kam mir zur Hilfe, verjagte sie und freundete sich mit mir an, stellte mich dem Leiter der Kaserne vor, in der die Ballspieler untergebracht waren. Was ich dir nicht erzählt habe, Tonina«, sagte er und seine Stirn verzerrte sich angesichts der schmerzlichen Erinnerung, »was ich keiner Menschenseele erzählt habe, nicht einmal Paluma, ist, dass Balám der Anführer dieser Bande war. Er war es, der den Überfall damals anzettelte.«

Er brach ab. Das Bild von dem verängstigten und geschundenen kleinen Chichimeken-Jungen tauchte wieder vor ihm auf. Wie er sich damals an die Wand gedrückt hatte, um sich vor dem Steinhagel zu schützen, der so weh tat und ihn verwundete. »Plötzlich befahl Balám, sie sollten damit aufhören. Er verjagte die anderen und gab mir seinen Umhang, damit ich mir die Tränen abwischen konnte. Und dann wurde er mein Freund.«

»Warum hat er sich so verhalten?«

»Es ging um eine Wette. Schon als Junge lag ihm das Wetten im Blut. Er hatte mit den anderen darum gewettet, dass ich nicht weglaufen, dass ich mich von ihnen mit Steinen traktieren lassen würde. Seine Freunde hingegen meinten, ich würde wegrennen. Aber das tat ich nicht. Also gewann Balám die Wette. Damals nahm ich an, dass er mich deswegen gern hatte. Aber im Nachhinein, Tonina, sieht alles ganz anders aus. Nachdem ich den Isthmus von Tehuantepec verlassen hatte und nicht mehr in Baláms Nähe war, stellte ich fest, dass ich so einiges plötzlich sehr viel klarer sah. Weil ich unbedingt ein Maya sein wollte, hatte ich Balám immer für durch und durch anständig gehalten. Ich wollte wie er sein. Wenn ich ihn anschaute, sah ich nur, was ich sehen wollte, nicht das, was wirklich war. Aber in den letzten Monaten, in denen ich allein unterwegs war, habe ich begriffen, was diese beiden Jungen von damals miteinander verband.«

Er legte eine Pause ein. Von hoch oben auf einem Baum war wieder der Lockruf der Eule zu vernehmen. Aus der Ferne kam die Antwort.

»In gewisser Weise brauchte mich Balám«, fuhr Chac fort. »Um sich selbst zu erhöhen, brauchte er jemanden um sich herum, den er und auch seine Freunde als minderwertig erachteten. Ich war der Sohn von Barbaren. Ich war kein Maya. Mit mir an der Seite stieg sein Selbstwertgefühl. Heute weiß ich, dass er mich, auch wenn er mich ›Bruder‹ nannte, immer verachtet hat.«

Tonina liebkoste seine Wange, küsste sie. »Das tut mir leid für dich«, wisperte sie.

»Ein kluger Koch überdeckt den Geschmack von verdorbenem Fleisch, indem er etwas beigibt, was das Ganze überlagert«, sagte er mit kummervollem Blick. »Genauso habe ich es mit Balám gehalten, ihm gute Eigenschaften angedichtet, die die darunterliegende Fäulnis überdeckten.«

»Das kann ich verstehen«, sagte Tonina. »Aber warum glaubst du, dass dies dein *tonali* ist? Ich habe immer angenommen, die Götter hätten Größeres mit dir vor.«

Er lächelte traurig. »Dir, Tonina, haben die Götter erhabene Ziele vorgegeben. Mir haben sie einen eher erdgebundenen und nüchternen Pfad zugewiesen. Sofern die Götter mich überhaupt leiten.«

»Und wenn du Balám gefunden hast? Wenn du ihn getötet hast? Was dann?«

Aber darauf wusste Chac keine Antwort, und das erfüllte Tonina mit Wehmut. Es schien ein nutzloses Leben zu sein, ein Leben ohne irgendein *tonali.* Dabei war sie überzeugt, dass er geboren worden war, um Großes zu vollbringen, nur was das genau war, wusste sie nicht. Und solange sie ihm nicht sagen konnte, was dieses Große war, würde sie ihn nicht umstimmen können.

»Wie lange wirst du dafür brauchen?«, fragte sie unter Tränen.
»Auch das liegt in der Hand der Götter.«
Sie zog ihn an sich und schloss die Augen, um sich einmal mehr und der Welt draußen zum Trotz diesem Augenblick und Chacs Liebe hinzugeben.

67

Tonina schreckte hoch.

Sie hatte unruhig geschlafen, war von eigenartigen Träumen und bedrückenden Bildern heimgesucht worden. Abermals hatte sie die Vision von Toten gehabt, die verstreut auf einer Ebene lagen, von einem mit schwarzem Rauch überzogenen Himmel, von ihrem Vater, der um Hilfe rief. Diesmal jedoch hatte sie noch mehr erkannt – verstörte Menschen, die in diesem Durcheinander blindlings in alle Himmelsrichtungen stürzten. Man hätte meinen können, das Ende der Welt sei gekommen.

Noch war der neue Tag nicht angebrochen, aber es dämmerte bereits. Sie schaute auf Chac, der seelenruhig neben ihr schlief.

Chac, durch den sie eine Liebe erfahren hatte, die sie sich nicht hatte vorstellen können. Wenn sie bislang gemeint hatte, in ihn verliebt zu sein, war durch die körperliche Vereinigung die Liebe, die sie für ihn empfand, so groß, so allumfassend geworden, dass sie sich fragte, ob das Herz nicht Gefahr lief, davon überzuquellen.

Nie wieder wollte sie von ihm getrennt werden.

Und doch schien genau dies der Wille der Götter zu sein. Tonina vermochte Chac nicht zu überreden, von seinem Vorhaben, Balám aufzuspüren, abzulassen, nicht zu überzeugen, dass er für Größeres bestimmt war.

Sie schloss die Augen, betete inbrünstig: *Quetzalcoatl, bitte gib mir ein Zeichen …*

Sie lauschte in die Stille, sah bleiches Licht durch die Äste ihrer Unterkunft dringen, und dann …

Ein merkwürdiges Geräusch.
Sie hüllte sich in Chacs Umhang und spähte hinaus. Noch lag der Wald im Dunkeln, nur in den Wipfeln zeichnete sich die heraufziehende Dämmerung ab. Sie sog den schwelenden Geruch kalter Lagerfeuer und warmer Asche ein, vernahm die typischen Geräusche des neuen Morgens – das vertraute Kläffen von Poki, der vermutlich einer Eidechse nachjagte, die dem Kochtopf entronnen war, Paarungsgestöhn, ein weinendes Kind.
Aber da war noch etwas.
Tonina kroch aus der Hütte, richtete sich auf, blinzelte, um ihre Augen an das Halbdunkel zu gewöhnen. Sie konzentrierte sich auf das eigentümliche Geräusch – wie ein Flirren hörte es sich an, wie das Vibrieren einer Schnur, an der man gezupft hat, oder wie ein leises Wehklagen. Es schien aus der Nähe und gleichzeitig aus der Ferne zu kommen, so als wäre sie umhüllt von diesem Klang.
Als bleiches Licht in den Wald kroch und dunkle Umrisse erkennbar werden ließ, riss sie die Augen auf. Und als ihr allmählich klar wurde, was sie sah, verwandelte sich ihr Staunen in Bewunderung, dann in überschäumende Freude.
Überall Schmetterlinge! Millionen Schmetterlinge, golden und orangefarbene, die da herumflatterten. Auf allen Ästen ließen sie sich nieder, auf allen Tannenzweigen, die sich infolge des geballten Schmetterlingsgewichts derart vieler durchbogen.
Sie hörte ein Knacken und sah einen mit Schmetterlingen über und über beladenen dünnen Ast brechen und zu Boden fallen.
Mit dem perlfarbenen Licht des jungen Tages erstrahlte das Gold der Schmetterlinge auf den zarten, schwarz gezeichneten Flügeln – dicht an dicht saßen sie auf jedem Baum und Busch, auf jedem Grashalm, jeder Hütte, jedem Dach, jedem Unterschlupf, bedeckten alles wie goldene Schneeflocken. Trotz Chacs Umhang zitterte Tonina und hielt den Atem an, und ganz plötzlich, so als hätte man ihr den Schädel geöffnet, als flößten ihr die Götter ihre Weisheit ein, traf sie eine neue Erkenntnis.
Sie sank an den Baumstamm, der ihre Unterkunft abstützte.

Scharen von Schmetterlingen flatterten auf. Sie vermochte nicht zu atmen, als göttliche Weisheit wie flüssiges Sonnenlicht in sie einströmte, ein leuchtender Wasserfall blendender Ekstase. Und dann sah sie, wie die dicht an dicht auf den Ästen sitzenden Schmetterlinge sich in ganz andere Wesen verwandelten, größer wurden, sich veränderten, Gestalt annahmen. Tonina schnappte nach Luft, merkte, wie Schweiß aus ihren Poren brach.

Die Schmetterlinge hatten sich in die Menschen im Tal von Anahuac verwandelt.

Tonina sah sie so deutlich, als schaute sie vom Gipfel des Popocatépetl hinab auf die Dörfer und Städte, die Bauernhöfe und Siedlungen entlang des Ufers des Texcoco-Sees. Die Schmetterlinge waren zu den verstreuten Stämmen und Clans von Aztlán geworden – *und sie alle lebten vereint unter einem Herrscher.*

Derart beschwörend und eindringlich war die Vision, dass Tonina zu weinen begann. Es waren Tränen der Freude, sah sie doch die Menschen ihre Felder bearbeiten, Waren austauschen, Nachbarn besuchen, die Götter ehren und ihren Anführer preisen – Chac. Sie sah keine Untaten mehr, keine Überfälle und Kriege, die Menschen lebten zusammen wie die Schmetterlinge, in dieser wunderbaren Harmonie, wie es vor langer Zeit Quetzalcoatl-Pahana versprochen hatte, wie es im Buch der tausend Geheimnisse prophezeit und von einer legendären Ahnin namens Hoshi'tiwa, die in einem Land mit Tafelbergen und Canyons gelebt hatte, vorausgesagt worden war.

Die Erleuchtung schwand, das Lager zeichnete sich wieder ab, die Schmetterlinge hockten flügelschlagend auf den Ästen der Bäume. An die raue Borke gelehnt, den Baumwollumhang über und über bedeckt mit flatternden goldenen Wesen, kam Tonina wieder zu sich.

»Chac«, flüsterte sie, als sie sich wieder gefasst hatte. Sie trat in die Unterkunft und schüttelte ihn am Bein. »Chac! Wach auf! Das musst du dir unbedingt anschauen!«

Er setzte sich auf, rieb sich die Augen, lächelte, als er sie erblickte. »Komm her«, lockte er scherzend.

»Nein, du kommst zu mir. Das musst du sehen. Über Nacht ist ein Wunder geschehen.«
Er schlang sich ein Fell um die Hüften und trat aus der Unterkunft, gähnte, blinzelte. Als sein Blick klar wurde, zog er die Brauen hoch, runzelte die Stirn. »Göttin des Mondes!«, rief er aus. »Wo kommen die denn her?«
»Quetzalcoatl hat sie geschickt«, sprudelte Tonina hervor. Sie konnte weder wissen, dass sie Zeugin des alljährlichen Zuges einer Schmetterlingsart wurde, die eines Tages »Monarch« genannt werden sollte, noch dass diese Abermillionen von Schmetterlingen soeben eine Flugstrecke von dreitausend Meilen hinter sich gebracht hatten und aus dem Norden kamen, aus einer Gegend, die man eines Tages als die Großen Seen bezeichnen würde. »Ich habe Quetzalcoatl gebeten, mir ein Zeichen zu schicken. Und dies hier ist es.«
Chac schaute sie fragend an. »Was für ein Zeichen?«
»Ich habe zu ihm gebetet, dass er mir dein *tonali* enthüllt. Und das ist seine Antwort!«
Um seine Mundwinkel zuckte es amüsiert. »Mir ist bestimmt, ein Schmetterlingssammler zu werden?«
Sie drehte ihn so, dass er ihr gegenüberstand und aus ihrem Blick lesen konnte, wie ernst es ihr war, ihm die Tragweite dessen, was sie gerade erlebt hatte, begreiflich zu machen. »Du bist auserwählt, die zersplitterten Stämme und Clans im Tal von Anahuac unter einer Führung zu vereinen.«
Der amüsierte Ausdruck hielt noch ein wenig an, aber dann wurde er ernst. »Tonina«, seufzte er auf, »aus irgendwelchen Gründen, die ich nicht nachvollziehen kann, siehst du einen Anführer in mir. Und dies seit wir Mayapán verlassen haben. Aber ich versichere dir, dass es diesen Anführer nicht gibt. Und all diese Stämme zu vereinen? Selbst für einen dazu wild entschlossenen Mann wäre das eine unlösbare Aufgabe.«
Aber sie ließ sich nicht davon abbringen. Quetzalcoatl hatte ihr den Weg aufgezeigt. »Das ist dein *tonali*«, sagte sie beschwörend. »Die gesamte Hochlandregion ist miteinander verfeindet und

führt ständig Krieg. Wenn sich die zahlreichen Stämme nicht vereinen, wird sich das nie ändern. Denk an Mayapán. Genau das braucht unser Volk. Einen festen Mittelpunkt mit Regeln und Gesetzen. Du bist der Anführer, auf den alle gewartet haben.«

»Das ist unmöglich«, gab er zurück. »Nicht einmal mit einem starken Anführer.«

»Dann erkläre mir doch mal, wie ein Schmetterling, dieses Nichts schlechthin, es fertigbringt, den Zweig einer Tanne so zu belasten, dass er schließlich bricht? Schau mal dorthin! Dieser Ast dort ist vor meinen Augen abgebrochen. So etwas bringt ein Schmetterling mit vereinter Hilfe der anderen zustande! Wenn sich viele Schmetterlinge zusammentun, könnten sie sogar einen Berg versetzen. Chac, genau dies versteht man unter der Harmonie, die dem Volk meines Vaters vorschwebte. Nimm die Schmetterlinge. Wie kommt es, dass sie alle zur selben Zeit hier aufgetaucht sind? Sie sprechen nicht, sie haben keine Bücher, sie verständigen sich nicht untereinander, und doch wissen sie, wohin sie gehören und wohin sie alle müssen. Verbunden, Chac, durch die unsichtbaren Fäden der kosmischen Harmonie.«

Sie ließ den Blick über die orange- und goldfarbenen Wesen schweifen, die sanft mit den Flügeln schlugen und durch ihr Gewicht die Äste der Bäume so belasteten, dass man sie knacken hörte. »Chac, ich weiß, dass die Götter dich hierher geschickt haben, damit du die sieben Stämme von Aztlán vereinst. Es ist kein Zufall, dass es meine Mutter und mich zu den heiligen Höhlen zieht, wo die rote Blume wächst. Du bist Teil dieses göttlichen Plans. Es ist der Willen der Götter, dass du am Texcoco-See für Ordnung sorgst und die Menschen dort unter deiner Führung vereinst.

Als du mir gestern Abend von Balám erzähltest«, fuhr sie beschwörend fort, »ging es doch nicht nur darum, was du mit ihm erlebt hast, nicht wahr? Und es geht auch nicht nur darum, was er mir angetan hat. Du bist hinter Balám her, weil du ihn im Verdacht hast, dass er die Stämme im Tal von Anahuac unterwerfen will, um sie unter Maya-Gesetz zu zwingen und sich selbst zum obersten Herrscher aufzuschwingen. Und das kannst du als stolzer Mexica, der du jetzt bist, nicht zulassen.«

Chac starrte sie an, denn sie hatte die Situation klar erkannt. »Ich werde ihn daran hindern«, knurrte er.

»Was bringt es ein, ihn daran zu hindern, wenn sich für unser Volk nichts ändert? Wenn sie weiterhin umherziehen, immer wieder von anderen Stämmen vertrieben werden? Oder vielleicht der nächste Balám auftaucht? Du musst dich dieser Sache stellen, Chac.«

»Ich *werde* mich stellen«, gab er grimmig zurück. »Verlass dich drauf. Aber ein Anführer bin ich nicht, Tonina.«

»Seit du von Mayapán fort bist, bist du einer. Seither bist du der Anführer all dieser Menschen.«

»Sie sind mir aus freien Stücken gefolgt. Ich habe sie nicht dazu gezwungen.«

»Genau dies macht einen guten Anführer aus! Nicht der Mann, der andere zwingt, ihm zu folgen, sondern der, dem man sich aus freien Stücken anschließt.«

Männer und Frauen waren erwacht und bestaunten das Schmetterlingswunder auf der jetzt sonnenüberfluteten Lichtung. Ohne noch etwas zu sagen, gab Chac Tonina einen Kuss und machte sich auf, Gruppen für die Jagd zusammenzustellen.

Als sich die Luft erwärmte, ließen sich die gold- und orangefarbenen Schmetterlinge auf dem feuchten Waldboden nieder, bedeckten ihn bis zum Nachmittag wie einen glänzenden Teppich. Bemüht, nicht auf sie zu treten, gingen alle ihren täglichen Verrichtungen nach, auch Chac und Tonina, allein schon, weil sie nicht ständig an sie Last, die ihnen aufgebürdet worden war, denken wollten. Am liebsten wären sie zusammen fortgelaufen und hätten sich einen Ort gesucht, wo sie in Sicherheit und Frieden leben konnten. Aber sie hatten Verpflichtungen – Tonina musste die rote Blume und die Höhlen von Aztlán finden und Chac musste verhindern, dass Balám ihr Volk abschlachtete.

Drei Tage später brachen sie auf – mit neuen Kräften, da sie ausreichend zu essen hatten und nun beschützt von starken jungen

Männern, die darum eiferten, Chac, ihrem Helden, Ehre zu machen.
Als sie die Stelle erreichten, an der der Weg nach Westen abzweigte, kam ein Späher angerannt und informierte Chac, dass sich Baláms achttausend Mann starke Armee in Bewegung gesetzt hatte.
»Wohin?«
»Geradewegs nach Amecameca.«

68

Als die über tausendköpfige Pilgerschar besorgt und in sich gekehrt das Tal von Anahuac vom westlichen Ende her betrat, blieb sie angesichts der schneebedeckten Berge auf der gegenüberliegenden Seite wie gebannt stehen.
Alle waren von Hoffnung erfüllt – die Kranken und die Lahmen, die Alten, die kinderlosen Frauen, die ungeliebten Männer. War dieses Heilung von allen Leiden versprechende wundersame Aztlán tatsächlich in Reichweite? Ich werde wieder jung sein, und dann wird Einauge mich als Frau lieben, malte sich H'meen in ihrem Tragekorb, Poki auf dem Schoß, aus.
Als sie zum Fuß der Hügel gelangten und sich vor ihnen das Tal mit Mais- und Baumwollfeldern ausbreitete, vermeldeten Späher, dass Baláms Armee weiterhin auf Amecameca zuhielt.
Die Pilger umrundeten den flachen See, neugierig beäugt von Bauern, die ihre Feldarbeit unterbrachen. Kaufleute kamen aus ihren Häusern und Fischer richteten sich über ihren Netzen auf, um sie verwundert anzusehen. Bauersfrauen eilten mit Kalebassen und Schläuchen frischen Wassers auf die Vorüberziehenden zu – Pilgern gegenüber gastfreundlich zu sein brachte Glück –, und als ein kurzes Erdbeben den Boden erzittern ließ, sodass Hütten und Häuser und Bäume schwankten, berichteten die Einheimischen den Pilgern, dass dies seit Tagen so gehe und alles darauf hindeute, dass der Popocatépetl in absehbarer Zeit ausbrechen werde. War nicht die mächtige Wolke, die vom Gipfel des Vulkans aufstieg und vom Wind zu einem riesigen Pilz aufgebläht wurde, Beweis genug?

Ixchels freudige Erregung schlug um in Angst und Bange. Sollte sich etwa hier ereignen, was Tonina in ihrer prophetischen Vision geschaut hatte? Sie dachte an das Bild von den überall verstreuten Leichen. War sie dabei, diese unschuldigen Menschen in den Tod zu führen? Und wo war Cheveyo?

Bei Sonnenuntergang schlugen sie ihr Lager in Xochimilco auf, einer Siedlung am Südzipfel des Sees, wo es schwimmende Inseln aus Blumen und Feldfrüchten zu bestaunen gab – eine geschickte Nutzung von Schlamm und Wasser in einem Gebiet, dessen Anbaufläche beschränkt war. In den umliegenden Dörfern und Bauernhöfen erstanden sie Nahrungsmittel, und als Chac anschließend die Menge zum Gebet aufrief, rumorte die Erde erneut.

Anderntags, nachdem sie gebetet, Weihrauch verbrannt und den Göttern ein wenig von ihrem Essen geopfert hatten, brachen sie wieder auf. Als der See hinter ihnen lag und sie sich den Bergen näherten, sahen sie in den Boden gerammte Holzpfähle, versehen mit Bildzeichen, die vor Gefahr warnten. Für die des Lesens Unkundigen war auf einigen dieser Pfähle ein kegelförmiger Berg abgebildet und neben ihm ein Mann, dem vom Gipfel Felsbrocken auf den Kopf fielen. Das bedeutete, dass ab hier mit Steinschlag zu rechnen war, wann immer der Berg grollte.

Ixchel erkannte, dass dies die Gegend war, die Tonina als Vision gesehen hatte, zumal der Popocatépetl jetzt schwarzen Rauch in den blauen Himmel ausstieß. Sie betrachtete das von verkrüppelten Bäumen durchzogene hügelige Gelände. Schwarze, versteinerte Lavazungen in der Nähe zeugten von früheren Ausbrüchen. Bestimmt war ihr geliebter Cheveyo ganz in der Nähe! Wo aber war die rote Blume, wie der Gürteltierhändler dies behauptet hatte?

Amecameca war noch immer einen Fußmarsch von einem halben Tag entfernt. Da jedoch die Sonne bereits unterging, entschied Chac, mit den erschöpften und verängstigten Pilgern in Tlamanalco haltzumachen, einer Ansammlung von Hütten an einem Flusslauf mit einem nahe gelegenen Wäldchen, wo Eichen und Lorbeerbäume Schutz boten.

Späher berichteten, dass Baláms Armee am Rande eines versteinerten Lavabetts lagerte und somit den Zugang nach Amecameca blockierte.
Chacs »wandernde Stadt« hatte Übung darin, sich schnell und zweckmäßig für die Nacht einzurichten, sodass zwischen Lorbeer und Eichen alsbald Unterstände und Grashütten errichtet, Umhänge über Äste gehängt und *hamacs* zwischen Bäume gespannt waren. Schon bald loderten Feuer auf, nach kurzer Zeit gefolgt von Essensdüften, und während die Kinder spielten oder die Umgebung erkundeten, wurden Truthähne und Hunde aus ihren Verschlägen gelassen, wurde wie üblich musiziert, gelacht, gezankt.
Für Chac und seine Handvoll Krieger hingegen war der heutige Abend nicht wie jeder andere, denn der morgige Tag würde es auch nicht sein.
In der einfachen Unterkunft hielt er Tonina in den Armen und schickte ein Gebet zur Göttin des Mondes, auf dass sie ihn von der Bürde, die auf ihm lastete, befreie. Gewähre mir noch einen Tag mit meiner geliebten Tonina, noch einen Sonnenaufgang, noch einen Sonnenuntergang mit ihr. Schick Balám und seine Armee fort. Schenke uns Frieden und führe uns zu den heiligen Höhlen von Aztlán.
Er drückte die schlummernde Tonina fester an sich, die, nachdem sie sich stürmisch geliebt hatten, jetzt tief und fest schlief. Wenn er mit ihr doch weit weg sein könnte, oben bei den Sternen, zurück in der Unbeschwertheit ihrer ersten Nächte außerhalb von Mayapán.
Damals hatte er noch nicht gewusst, wie man Feuer macht. Bei der Erinnerung daran lachte er leise auf, um gleich darauf ernst zu werden.
Er küsste Tonina auf die Stirn, schob sie sanft von sich und verließ die Unterkunft. Er musste zu seinen Kriegern. Auf dem Weg dorthin machte er bei Ixchel Halt, die in das Buch der tausend Geheimnisse vertieft war, und bat sie, das Kind wieder zu seiner Mutter zu bringen, es müsse bald gestillt werden. Dann suchte er

sich einen abgeschiedenen Platz zwischen den dichten Bäumen, hinter denen sich eine öde Ebene erstreckte. Dort wartete Baláms Armee.

Er kniete an einem kleinen Felsbrocken nieder, presste die Stirn auf den harten kalten Stein und rief erneut die Göttin des Mondes an.

»Strahlende Göttin, hör meine Vergehen an. Ich bekenne mich des Stolzes und des Zorns schuldig. Zweimal habe ich die Götter verflucht und Frevel begangen ...«

In einer Unterkunft, die von H'meens Begleitern errichtet worden war, ergebenen Männern, die sie seit Mayapán begleiteten, hielt Einauge die leise weinende H'meen in den Armen. »Geh bitte nicht«, flüsterte sie. Aber er wollte Chac, wenn er Balám gegenübertrat, keinesfalls allein lassen – Balám, der gelogen und betrogen, der in Copán Tonina Gewalt angetan hatte, der um ein Haar ihn, Einauge, umgebracht hätte und der ihm auf so schmerzliche Art die blutigen Spuren von »Jaguarpranken« beigebracht hatte. Einauge wurde sich bewusst, dass für jeden einmal die Zeit kam, da selbst der durchtriebenste Kerl sich für eine gerechte Sache einzusetzen hatte.

Außerdem, so sagte er sich, war er als Zwerg im Vorteil. *Ich werde mich unterhalb von Baláms Blickfeld an ihn heranschleichen, indem ich seinen eigenen Schild als Blende nutze, und ihm dann mein Messer von unten in die Eingeweide rammen, es immer wieder herumdrehen ...*

Ixchel schaute zu den Sternen hinauf, dann zu den dichten Bäumen. Ob sich Cheveyo irgendwo in dieser Gegend aufhielt? Unterwegs hatte sie sich bei jeder Gelegenheit nach einem Schamanen namens Cheveyo erkundigt, hatte gefragt, ob man wisse, wo er sich aufhalte. Vielleicht befand er sich auf der anderen Seite des Sees. Oder war inzwischen bei den Höhlen?

Cheveyo, mein Geliebter. Ich bin hier. Warte auf mich ...

Nachdem Chac sein Gebet zu Ende gebracht hatte, erhob er sich und ging auf das Lager seiner Krieger zu. Bestimmt schliefen sie noch nicht, warteten auf ermutigende Worte ihres Anführers.

Was sollte er ihnen sagen? *Wir sind vierhundertsechsundzwanzig gegen achttausend.*
Es überrieselte ihn heiß und kalt vor Zorn und Qual. Diese braven Männer würden sicherlich morgen sterben. Und doch gab es kein Zurück. Er musste sich der entscheidenden Auseinandersetzung stellen. Es würde zu einem Blutbad kommen.
Wie ungerecht, dachte er, dass morgen Unschuldige ihr Leben lassen sollen. Wo der Kampf doch ausschließlich sein eigener war. Es ging nicht um Stammesehre oder Gebietsansprüche. Es war der Kampf zwischen zwei Männern, die eine alte Rechnung zu begleichen hatten.
»Was soll ich tun?«, flüsterte er und schaute zum Himmel empor.
Unvermittelt besann er sich auf den kleinen Beutel, den er um den Hals trug. Er enthielt Palumas Haarlocke, eine blaue Feder sowie die kleine Statue von Kukulcan. Die Statue holte er heraus und umklammerte sie. Er schloss die Augen und betete zum Gott seiner Frau, dem Einen, der wiederkommen sollte. Während er so betete, fiel ihm ein, dass Kukulcan ja der Maya-Name für Quetzalcoatl war, und da sich Chac im Tal von Anahuac befand, unter Menschen, die Nahuatl sprachen, hielt er es für angemessen, den Gott mit Quetzalcoatl anzureden und sich in dessen Sprache an ihn zu wenden.
Und so betete Chac zu einem Gott, den er kaum kannte. Er schickte seine Worte hinauf zu den Gestirnen, wo die Göttin des Mondes in strahlendem Glanz ihre Bahn zog.
Er wartete auf Antwort.
Und Quetzalcoatl sprach.

69

Der Morgen dämmerte herauf. Beißender Schwefelgeruch erfüllte die Luft.

Obwohl Chac kaum geschlafen hatte, fühlte er sich frisch und voller Tatendrang. Er wusste, dass dies *sein* Tag war, dass alles, was vorher geschehen war, zur Vorbereitung auf diesen Tag gedient hatte. Wie er enden würde, lag in der Hand der Götter.

Schweigend sah Tonina mit an, wie er sich in dem bleichen Licht, das durch die Bäume fiel, zum Kampf bereit machte. Er zog sich einen dicken schwarzen Farbstrich quer übers Gesicht, von Ohr zu Ohr, über Nase und Wangen, und während er dies tat, betete er leise. Er schlang um den Knoten oben auf dem Kopf, der ihn als Krieger auswies, ein Band aus Toninas Haar, betete erneut. Und als er seinen Umhang über einer Schulter knotete, rief er den Schutz der Göttin des Mondes und des Gottes Quetzalcoatl an.

Als er fertig war, in einer Hand den Speer, in der anderen den Knüppel, blickte er Tonina an, die, seit sie aufgewacht war, noch nichts gesagt hatte. »Vertraust du mir?«, fragte er.

»Ja.«

»Dann glaube mir, wenn ich sage, dass ich nicht vorhabe, heute zu sterben. Ich kann nicht, denn sterben hieße versagen, und du weißt ja, wie ich dazu stehe.« Er lächelte in leisem Scherz. »Sei gewiss«, sagte er dann wieder ernst, »weder dir noch unserem Volk wird heute Unheil zuteil.«

»Woher willst du das wissen? Baláms Armee ist so übermächtig, seine Männer sind ausgebildet und schwer bewaffnet.«

»Dafür hat Balám eine entscheidende Schwäche. Und die wird *meine* Waffe sein. Mach dir keine Sorgen. Wir werden siegen.«
»Wie kannst du dir so sicher sein?«
»Ich weiß es, geliebte Tonina, weil ich letzte Nacht Gott Quetzalcoatl gebeten habe, mich zu leiten, und er hat zu mir gesprochen. So wie er einst zu dir sprach. Er hat mich an Dinge erinnert, um die ich bereits wusste, die ich aber vergessen hatte.«
Er küsste sie ein letztes Mal und trat mit seinen vierhundertsechsundzwanzig Mann aus dem Schutz des Waldes, um sich Baláms achttausend Kriegern zu stellen.

Voller Liebe und Stolz sah Tonina ihm nach, ehe sie, zu ihrer Mutter gewandt, sagte: »Ich kann ihn nicht allein in den Kampf ziehen lassen. Chac und ich, wir stellen uns gemeinsam diesem Feind.«
»Das verstehe ich«, sagte Ixchel leise. Da sie die Nacht über das Buch der tausend Geheimnisse studiert und den anbrechenden Tag in der Gewissheit begrüßt hatte, dass die Götter heute mit ihrem Volk waren und ein Wunder sie retten würde, verspürte auch sie keine Angst. »Gib mir das Kind«, sagte sie nur noch und streckte die Hände aus.
Aber Tonina hatte vor, Tenoch mitzunehmen, auf seinem kleinen Brett auf ihrem Rücken festgewickelt.
Bevor sie sich auf den Weg zu ihrem Ehemann machte, ging sie durch das Lager, um die vielen hundert Menschen zu bitten, sich ihr anzuschließen und sich mit Chac dem Kampf zu stellen. War er ihnen nicht oft genug zu Hilfe gekommen? Als sie das Zaudern bemerkte, als körperlich kräftige Männer den Kopf schüttelten und sich abwandten, sagte sie: »Der Edle Chac hat alle Entscheidungen für euch getroffen, er hat sich für euch eingesetzt, euch Sicherheit geboten. Dafür, dass er euch beschützt hat, hat er keine Gegenleistung von euch verlangt. Es ist an der Zeit, dass *ihr* eine Gegenleistung erbringt.« Aber sie verweigerten sich dennoch.
Tonina konnte es nicht fassen. Zu einem Bauern, der seit Tikal

der Gruppe angehörte, sagte sie: »Deine Ernte wurde von einem Waldbrand vernichtet, und dann schwemmte der Regen die Krume fort. Du warst verarmt und hast Hunger gelitten, als der Edle Chac dir anbot, dich uns anzuschließen und dir unsere Freigiebigkeit und seinen Schutz zugute kommen zu lassen.«

Der Bauer senkte den Kopf, blieb jedoch bei seinem Nein.

Zu einer Familie, die um das benachbarte Lagerfeuer hockte, sagte sie: »Ihr seid seit unserem Aufbruch in Mayapán dabei. Die ganze Zeit über hat der Edle Chac für euch gesorgt.«

Sie wandten nur schweigend den Blick ab.

Mit Tenoch auf dem Rücken ging sie von einem Lagerfeuer zum nächsten, zusehends enttäuschter, wütender, wenn sie vergeblich Frauen, Männer, junge Burschen und gestandene Mütter daran erinnerte, was der Edle Chac für sie getan hatte. »Als dein Kind krank war, hieß Chac alle so lange lagern, bis dein Sohn wieder gesund war. Und du, als dich jemand des Diebstahls bezichtigte, hat Chac da nicht deine Unschuld bewiesen und deine Ehre wiederhergestellt? Wie könnt ihr alle ihn jetzt im Stich lassen?«

Aber sie zogen sich betreten und gesenkten Blickes zurück.

Dann sollte es eben so sein. Tonina griff nach einem Speer und verließ, ihr Kind auf dem Rücken, das Lager und damit die Menschen, die sie liebgewonnen und als ihre Familie angesehen hatte, und machte sich, begleitet von Ixchel, Einauge und H'meen auf zum Schlachtfeld.

Als sie bei Chac angelangt war, der Baláms gewaltiger Armee gegenüberstand, erkannte Tonina die von Hügeln, verkrüppelten Bäumen und trockenen Lavabetten durchzogene öde Weite: dies war tatsächlich die trostlose Landschaft ihrer *peyotl*-Vision.

Am anderen Ende eines unfruchtbaren Streifen Bodens, etwa tausend Schritt lang und zu neutralem Gebiet bestimmt, standen die schweigenden Reihen der gegnerischen Krieger. Zum ersten Mal seit seinem brutalen Überfall sah Tonina Balám wieder. Wie sehr er sich jetzt von Chac unterschied! In Mayapán waren sie noch ganz ähnlich gekleidet gewesen. Jetzt trug nur noch Balám den für einen Maya so typischen »Jaguarschwanz« unter seinem pompösen Kopfschmuck, Chac dagegen das Haar offen und schulterlang rechtwinklig zugestutzt und statt eines Kopfschmucks lediglich den Haarknoten, der ihn als Krieger auswies. Und während Balám seinen Körper furchterregend rot bemalt hatte, leuchtete Chacs kupferfarbene Haut in der Morgensonne.

Als Tonina neben ihn trat und Ixchel, H'meen und Einauge hinter ihr Aufstellung nahmen, lächelte Chac sie liebevoll und auch bewundernd an.

Stille lag über der Ebene. Tausende von Männern warteten gespannt ab. Lediglich das Knattern von Standarten und Flaggen war zu hören, in der Ferne erklang der Schrei eines rotschwänzigen Habichts. Baláms Krieger präsentierten sich in allen möglichen Aufmachungen, die von einfachen Lendenschurzen bis hin zu gepolsterten Rüstungen reichten. Ihren Körper hatten sie mit leuchtenden Streifen bemalt oder sich mit Tierfellen und bunten Federn ausstaffiert sowie mit kühn bemalten Schilden.

Balám trug prächtige Gewänder in Dunkelblau und Rot, und auf seiner Brust prangten schwere Halsketten mit den Zähnen und Klauen wilder Tiere. Dennoch wirkte Chac, der sich mit einem weißen Lendenschurz und Umhang begnügt hatte, mit seinem schlichten Äußeren nicht weniger eindrucksvoll.

»Hör mich an, Chac!«, rief Balám, als sich die aufgehende Sonne über der Ebene erhob. »Du erscheinst heute an diesem Ort, weil ich es so wollte!« Er konnte nicht umhin, sich damit zu brüsten, wie er dies eingefädelt hatte. *Er* hatte das Schlachtfeld bestimmt, *er* hatte den Gegner bestimmt. »Ich habe den Gürteltierhändler ausgeschickt, damit er dich hierherlockt«, brüllte er über die Entfernung hinweg, die sie trennte, sodass auch die, die sich im Wald versteckt hielten, es hören konnten. »Ich wusste, dass das Mädchen hierher unterwegs war und du ihr folgen würdest. Dabei gibt es hier gar keine heiligen Höhlen. Dafür habe ich dich jetzt genau dort, wo ich dich haben möchte.«

Das Gebrüll ihres Anführers brachte Leben in die Krieger. Wie es bei den Maya und Nahua vor der Schlacht Tradition war, vollführten die in den vorderen Reihen Finten und Scheinangriffe –

Soldaten preschten vor und wichen zurück, richteten Speere auf Schilde und stießen dabei ein schauerliches Geheul aus, das im Tal widerhallte. Die Schreie setzten sich von Reihe zu Reihe fort, bis ganz nach hinten, wo Baláms Vettern standen, um etwaige Deserteure von der Flucht abzuhalten, sodass das Gebrüll so vieler zum Kampf Bereiter sogar das Rumoren übertönte, das aus dem glühend heißen Krater des Popocatépetl drang.

Die Herolde und Standartenträger, die hinter Balám standen, warteten auf ihren Einsatzbefehl. Dann würden die Herolde massive Muschelhörner an die Lippen setzen und zum Kampf blasen, daraufhin die Standartenträger in vorher festgelegte Richtungen losstürmen und die Krieger ihnen folgen.

Vor Beginn einer Schlacht war es jedoch Brauch, dass sich die gegnerischen Anführer auf neutralem Boden zwischen ihren beiden Streitmächten trafen. Balám, der auf Chacs Antwort wartete, behielt Tonina im Auge. Er hatte seinen Männern eingeschärft, dass das Mädchen ihm allein vorzubehalten sei.

Chac stand an der Spitze seiner wenigen Hundert Mann und blickte hinüber zu der gewaltigen gegnerischen Armee, lauschte ihrem gemeinsamen Gebrüll, das das Tal erfüllte und dann verebbte. Erstaunt stellte er fest, wie viele verschiedene Stämme in Baláms Reihen vertreten waren – Zapoteken, Otomi, Maya. Während manch einer verwegene und kämpferische Posen einnahm, gab es auch welche, die schuldbewusst wirkten oder beschämt die Köpfe senkten. Chac wusste, warum. Sie nahmen Befehle von einem Fremdling entgegen und wurden gezwungen, gegen ihre eigenen Brüder zu kämpfen. Denn auch wenn das Tal von Anahuac aufgespalten war in viele Stämme, die einander befehdeten, so gehörten sie doch alle den Nahua an, deren Wurzeln nicht selten bis Aztlán zurückreichten. Und diese Armee wurde jetzt von einem Maya befehligt. Er war keiner von ihnen, nicht ihrer Sprache mächtig, und er betete zu ihnen unbekannten Göttern. Die meisten von Baláms Kriegern hatte man vor die Wahl gestellt, entweder zu sterben oder ihm, dem Maya, Gefolgschaft zu leisten;

sie waren unterjocht, zu Sklaven entehrt und zum Kriegsdienst gezwungen worden.

Dabei sollten Krieger doch stolz sein. Sie sollten für etwas kämpfen, woran sie glaubten, und einem Anführer Gefolgschaft leisten, den sie respektierten und achteten.

Chacs Blick fiel wieder auf Balám. Zum ersten Mal seit er vor fünfzehn Mondmonaten den Isthmus verlassen hatte, sah er seinem einstigen Bruder wieder ins Auge. Sein Körper erbebte vor Zorn.

Dieser Mann hatte Tonina vergewaltigt.

Unvermittelt erinnerte sich Chac an den Tag, an dem er, damals zwölf Jahre alt, seiner Mutter auf dem Marktplatz von Mayapán begegnet war. Sie freute sich, ihn zu sehen, lebte er doch inzwischen in der Kaserne der Ballspieler. Und *er* freute sich, *sie* zu sehen. Aber als sie ihn ansprach und er antworten wollte, hatte er den missbilligenden Ausdruck auf Baláms Gesicht bemerkt, weshalb er sich abgewandt und so getan hatte, als würde er sie nicht kennen. Und wenn er seinerzeit gemeint hatte, Balám habe ihn daraufhin zustimmend angeschaut, wurde ihm jetzt klar, dass dieser Gesichtsausdruck vielmehr ein triumphierender gewesen war. Chac wusste nun, dass er lange Zeit unter der Fuchtel dieses Mannes gestanden hatte, weil er selbst darauf bedacht gewesen war, sich Baláms Anerkennung zu versichern. Nun aber war er Tenoch der Mexica, und vor ihm stand ein Mann, der nichts im Tal von Anahuac verloren hatte.

Dies hier ist unser Land.

All diese Gedanken wirbelten in Chacs Kopf herum. Es war, als ob zeit seines Lebens seine Seele in ein dunkles Tuch eingehüllt gewesen wäre, das jetzt abfiel und er zum ersten Mal sah und verstand. In den Monaten und Tagen, da er sich gesträubt hatte, ein Anführer zu sein, hatte er immer das Gefühl gehabt, ihm werde die Pflicht aufgeladen, Autorität auszuüben, Verantwortung zu übernehmen, Gesetze zu erlassen, Urteile zu sprechen – gegen seinen Willen, weil ihm nichts anderes übrig geblieben war.

Aber jetzt *wollte* er.

Tonina hatte recht. Seine Bestimmung beinhaltete mehr, als nur Rache an Balám zu üben. Es *war* seine Aufgabe, Anführer zu sein und die Stämme in diesem Tal zu vereinen.
Auf ein Signal hin setzten sich Balám und Chac in Bewegung, um zwischen den beiden Armeen auf neutralem Grund zusammenzutreffen. Hier wurden die Götter angerufen, gelegentlich in letzter Minute ein Waffenstillstand vereinbart oder abschließende Schmähungen ausgestoßen.
Chac ließ Balám nicht zu Wort kommen. »Deine Stunde ist angebrochen, Balám, damit du für deine Verbrechen bezahlst. Für das, was du Tonina angetan hast.«
»Wie ich sehe, hast du keine Zeit vergeudest, sie zu schwängern«, kam es spöttisch von Balám.
Chac blinzelte. »Ich möchte dir ein Angebot unterbreiten.«
»Angebote sind etwas für Feiglinge!«
»Eine Wette«, sagte Chac, und prompt wich aller Spott aus Baláms Gesicht.
Auf diese Idee war Chac verfallen, als er zu Quetzalcoatl gebetet hatte. Sein Herz war rein gewesen und sein Wunsch ernsthaft, und deshalb war ein Gedanke in ihm aufgestiegen – *Prinz Balám hat eine Schwäche. Mit dieser Schwäche kannst du ihn besiegen.*
»Ich schlage vor« – Chac sah, wie das Interesse in den Augen des Maya aufblitzte – »dass nur du und ich miteinander kämpfen. Ohne Waffen, nur mit unseren Händen. Wer gewinnt, geht aus dieser Schlacht als Sieger hervor.«
Balám rümpfte die Nase, schaute nach rechts und links. Mit zusammengekniffenen Augen blinzelte er Chac an. Die Versuchung war groß. Das war die Wette schlechthin – der Einsatz des Lebens.
»Heißt das, wenn ich gewinne«, sagte er, »werden deine Leute meine Gefangenen?«
»Und wenn *ich* gewinne, tritt deine Armee ab, und für mein Volk ist der Weg zu den Höhlen frei.«
Balám spitzte den Mund, rieb sich den Schenkel, warf einen Blick über die Schulter, biss sich auf die Lippen. Noch nie war die Ver-

suchung so groß gewesen. Derart viel hatte er noch nie riskiert. Er zitterte fast vor Erregung.
Und dann überlegte er: Eine Schlacht, in der es keine Toten gab, würde die Zahl derer, die die Göttin Ziyal verehrten, beträchtlich vergrößern.
»Einverstanden«, sagte er und winkte seinen Ersten Leutnant heran, während Chac Einauge zu sich beorderte. Gemäß der Tradition der Maya und Nahua nahmen diese beiden die Kleidung und Ausrüstung der beiden Kontrahenten an sich und achteten darauf, dass der Kampf wie vereinbart vor sich ging und der Gewinner den ihm zustehenden Preis erhielt.
Statt aber Baláms schweren Kopfschmuck entgegenzunehmen, rief der in Ozelot gehüllte Leutnant: »Wir sind hier, um zu kämpfen! Vetter, diesen Ruhm darfst du uns nicht vorenthalten! Mit dieser Wette verspottest du die Götter!«
»Wie kannst du es wagen, dich mir zu widersetzen!«, brüllte Balám aufgebracht. »Du hast meine Entscheidung zu respektieren!«
»Das werden wir nicht!«, zischte der Vetter zurück.
»Beim Blute von Buluc Chabtan, dafür lasse ich dir die Eier abschneiden!«
Der Vetter – jünger, muskulöser und stärker als Balám – richtete sich zu voller Größe auf. »Vetter«, sagte er, »für diesen glorreichen Moment sind wir mit dir durch die Neun Ebenen der Unterwelt gegangen. Unsere Speere lagen müßig herum, unsere Dolche haben geschlafen. Nie haben wir uns dagegen aufgelehnt. Aber jetzt muss ich sprechen. Es war deine Wettleidenschaft, die dich hierhergebracht hat. Sie hat dich fast ruiniert. Wir lassen nicht zu, dass sie auch *uns* ins Verderben stürzt.«
Baláms Gesicht wurde röter als die Bemalung, sein Hals schwoll, die Adern traten hervor. Aber der Vetter gab nicht klein bei. Schweigen senkte sich über das Tal, wieder war nur das Knattern der Standarten und Fahnen zu hören. Chac hielt den Atem an, hoffte, dass Balám keinen Rückzieher machen würde.
Aber er tat es. Zu Chacs Überraschung lenkte er mürrisch ein:

»Du hast recht, Vetter.« Dann wandte er sich an Chac. »Deine Krieger gegen meine. Wir kämpfen bis zum Tod.« Er setzte sich seinen reich gefiederten Kopfschmuck wieder auf und stolzierte zurück zu seiner Armee.

Auch Chac kehrte um. Bei Tonina angelangt, berichtete er, dass sein Plan fehlgeschlagen sei und sie sich unbedingt in die Sicherheit des Waldes zurückziehen müssten. »Bring Tenoch von hier weg. Einauge, du führst H'meen und Ixchel wieder ins Lager.«

Aber sie weigerten sich. Wenn sie alle sterben sollten, dann wollten sie gemeinsam in den Tod gehen.

Chac wandte sich an seine Männer. »Die Stunde der Ehre ist angebrochen. Kämpft beherzt, auf dass euch die Götter in ihr strahlendes Reich aufnehmen.«

Einen nach dem anderen blickte er an. Stolze Gesichter waren das. Am Abend zuvor, als sie ihre Speere geschärft und die Gebete gesprochen hatten, war er bei ihnen gewesen und hatte ihnen Mut zugesprochen. Jetzt sagte er: »Seht das, was uns bevorsteht, wie ein Ballspiel an! Wir sind einfach zwei Mannschaften, die sich auf einem Spielfeld gegenüberstehen. Ich nehme mir Balám vor.« Die Männer verstanden. Es war eine auf dem Spielfeld übliche Strategie: den Kapitän ausschalten, dann verlor die Mannschaft den Zusammenhalt. »Ihr macht mir einen Weg frei«, sagte er zu den vier Neun Brüdern, »und stürzt euch auf Baláms Leutnants. Jeder von euch nimmt sich einen vor und konzentriert sich wie bei einem Gegner auf dem Spielfeld ganz auf diesen einen. An dem bleibt ihr dran, bis er ausgeschaltet ist, dann nehmt ihr euch den Nächsten vor. Wichtig dabei ist, zur anderen Seite des Schlachtfelds zu gelangen. Stellt euch das Ganze als einen Lauf auf ein Tor vor.«

Wieder Baláms Armee zugekehrt, wartete Chac auf das Signal, mit dem die Muschelhörner zum Kampf blasen würden.

Völlig unerwartet aber trat Ixchel vor. Sie hielt das Buch der tausend Geheimnisse in den Händen und rief hoch aufgerichtet Balám zu: »Edler Prinz, die Götter rufen uns an einen Ort am Fuße der Berge hinter Euch. Es ist uns bestimmt, diesen Ort aufzusuchen. Wollt Ihr uns gestatten, an Euch vorbeizuziehen?«

Baláms verächtliche Geste sprach für sich. Im selben Augenblick grollte die Erde wie bei einem Erdbeben. Aber dies rührte von Tausenden stampfender Füße her – eine weitere Armee tauchte von den Ausläufern der Berge auf und nahm hinter Baláms Soldaten Aufstellung, während der imposante Anführer zum Prinzen von Uxmal trat.

»Geh!«, befahl Chac Tonina. »Du und unser Kind, ihr könnt nicht hierbleiben. Nimm auch Ixchel und Einauge und H'meen mit. Sei bitte vernünftig.«

Noch ehe sie etwas erwidern konnte, war zu beobachten, wie in Baláms Reihen Unruhe ausbrach und schließlich Gelächter erschallte. Verblüfft schauten sich Chac und Tonina um und sahen ihr eigenes Volk aus dem Schutz des Waldes hervorquellen – Frauen, Kinder und alte Männer, in den Händen Stöcke und Felsbrocken und Messer. Keine Bedrohung für die Maya-Krieger und ihre hinzugekommenen Verbündeten, aber dennoch eine stolze und ehrenhafte Truppe.

Angeführt wurden sie von H'meens Begleitern. »Vergebt uns unser feiges Verhalten, Edler Chac«, sagte einer von ihnen. »Wir hatten Angst. Als wir dann aber diese zweite Armee heranrücken sahen, stand fest, dass wir Euch nicht diesem Gemetzel ausliefern dürfen.«

Hatten Balám und seine Männer beim Anblick dieser in ihren Augen so lächerlichen Schar zunächst lauthals gejohlt, wurden sie jetzt, je mehr Menschen aus dem Wald drängten, zusehends stiller, waren beeindruckt von dieser Menge, beeindruckt von den entschlossenen Gesichtern von jung und alt, Männern und Frauen. Nicht, dass sie gewinnen konnten. Balám wusste, dass sie keine Chance hatten. Was ihn dagegen zutiefst verärgerte, war, dass sie aus freien Stücken für Chac kämpfen wollten, während er selbst seine Soldaten zwingen oder sogar bezahlen musste, um sich ihrer Gefolgschaft zu versichern.

Als Balám den Arm hob, um das Signal für den Angriff zu geben, runzelte der Anführer der zweiten Armee die Stirn. »Was soll das?«, murrte er. »Du sprachst von einem Kampf gegen einen rücksichtslosen Feind, einen Eindringling, der weder Land noch Siedlungen verschonen würde. Aber *alte Weiber*, Balám?«

Ohne auf eine Erklärung zu warten, trat er vor und brüllte: »Wer seid Ihr?«

»Man nennt mich Chak Kaan aus Mayapán! Aber durch Geburt bin ich Tenoch vom Chapultepec!«, schrie Chac zurück. »Und wer seid Ihr?«

»Ich bin Martok, Häuptling der Mexica.« Er bedeutete Chac, dass er ihn in dem neutralen Raum treffen wollte. »Beweist mir, wer Ihr seid!«

Selbst für einen kampferprobten Soldaten war Martok ein ausnehmend hässlicher Mann. Von der Stirn bis zur Mitte seines Schädels zog sich eine Narbe, die von einer brennenden Fackel herrührte, die man ihm entgegengeschleudert hatte. Die Haut von den Augenbrauen bis über die Stirn war deshalb von entstellenden Narben bedeckt. Was er ansonsten an Haar aufwies, war ein ungebändigter, wirrer Wust. Ein Eindruck, der dadurch verstärkt wurde, dass Martok seine widerspenstige grauschwarze Mähne nicht wie andere Soldaten zu Zöpfen flocht, sondern über die Schultern und den Rücken hinunterfallen ließ. Seine Nase war ebenfalls zertrümmert, aber bei welchem Soldaten war das nicht so?

Als der Häuptling der Mexica näher kam, schob Chac seinen Umhang beiseite und zeigte die Chapultepec-Tätowierung.

Martok musterte sie eingehend. Als er feststellte, dass sie echt war, sagte er: »Als wir auf dem Heuschreckenhügel lebten und ihn als unser Zuhause ansahen, machten wir diese Tätowierung zu unserem Stammeszeichen. Aber dann wurden wir vertrieben, und jetzt sind wir erneut auf der Suche nach einer Heimat.«

Sein Blick fiel auf Ixchel. Was war das für ein in Federn gehülltes Bündel, das diese Frau da in den Händen hielt? Er dachte daran, was sie eben gesagt hatte. Von Höhlen, Göttern und Bestimmung war da die Rede gewesen. Wer *waren* diese Leute?

Die Erde erbebte. Die Krieger warfen sich fragende Blicke zu, schienen verunsichert zu sein. Und als der Wind sich drehte und

Schwaden beißenden Schwefels und Gas über die Ebene trieben, nahm ihre Nervosität weiter zu. Häuptling Martok indes schenkte dem Beben und dem Geruch keine Beachtung. Herausfordernd sah er Chac an. »Wie kommt es, dass Ihr einen Maya-Namen tragt?«, fragte er. »Und weshalb sprecht Ihr unsere Sprache mit Maya-Akzent?«

»Seit ich Mayapán verlassen habe, wo meine Mutter und mein Vater vor vielen Jahren Aufnahme fanden, bin ich auf der Suche nach meinem Volk.«

Das Gesicht des Häuptlings hellte sich auf. »Ihr gehört also zu denen, die damals fortgingen! Ich erinnere mich daran! Damals gab es viel Unruhe in diesem Landstrich, eine Hungersnot drohte. Wir zogen in allen Himmelsrichtungen herum, bis einige unserer Leute endgültig ihre Sachen packten und sich mit ihren Familien auf die Suche nach besseren Lebensbedingungen machten. Wie es hieß, haben es viele nicht geschafft.«

»Meine Eltern und ich schafften es nach Mayapán.« Zum ersten Mal war Chac ihnen dankbar für das, was sie auf sich genommen hatten, um ihrem Sohn ein besseres Leben zu ermöglichen. »Ehrenwerter Martok, warum kämpft Ihr eigentlich an der Seite dieser Maya?«

»Wir brauchen Land, mein Sohn. So einfach ist das. Denn wo immer wir hinkommen, weist man uns ab und schickt uns weiter.«

»Was ist mit Aztlán?«

Martok blinzelte. »Was soll damit sein?«

»Hat Euer Gott Huitzilopochtli nicht gesagt, Ihr müsst so lange herumziehen, bis Ihr Aztlán findet?«

»Nicht alle von uns glauben, dass die Heimat, die Huitzilopochtli uns versprochen hat, Aztlán selbst ist. Es kommt darauf an, wie man die alten Legenden und Prophezeiungen auslegt. *Mein* Volk glaubt, dass Huitzilopochtli nicht die Heimat unserer Ahnen meinte, sondern von einem neuen Land sprach, wie man es am Ufer des Texcoco-Sees findet. Und dass er uns dorthin führen wird, indem er uns ein Zeichen gibt.«

»Was für ein Zeichen?«
»Genug geredet!«, brüllte Balám.
In gleicher Lautstärke gab Martok zurück, dass er nicht vorhabe, gegen einen Verwandten zu kämpfen.
»Dann kämpfe ich eben allein!«, rief Balám, hob sein Schwert und stürmte mit mörderischem Geschrei auf Chac zu. Seine Tausende von Soldaten hefteten sich ihm mit blutrünstigem Geheul an die Fersen.
Sie kamen näher. Chacs wenige Hundert hielten ihre Waffen in Bereitschaft. Und dann …
Der Donner, der sich über dem Tal entlud, war ohrenbetäubend. Die Erde bebte, der Himmel überzog sich mit einer so pechschwarzen Wolke, dass die Morgensonne auf der Stelle verdeckt wurde. Jeder in der Ebene, im Tal und darüber hinaus richtete den Blick auf den majestätischen Popocatépetl. Mit Rauch, Feuer und Donner brach der Vulkan aus und verlieh so seinem Ingrimm, seinem Zorn und seiner Empörung Ausdruck. Soldaten und Anführer, Frauen und alte Männer standen wie angewurzelt da und starrten gebannt auf die sich ballende Wolke, die, weiß und grau und schwarz geründert, zusehends größer wurde, bis sich alle instinktiv in Bewegung setzten und nach allen Richtungen das Weite suchten.
Noch nie hatte jemand eine derartige Eruption des Popocatépetl erlebt. Die riesige Giftwolke, gewaltig und wütend wie sie war, wälzte sich mit atemberaubender Geschwindigkeit über die Hänge und auf das Tal zu. Der Vulkan spuckte Gas und Asche, als die Wolke sich wie eine gigantische Welle über das Tal ausbreitete und alles auf ihrem Weg in erstickende Finsternis hüllte.
Gesteinsbrocken und Quarz stürzten vom Himmel, Bimssteinklumpen und Schlacke. Entsetzensschreie ertönten, und Chac lief auf Tonina zu.
»Hilf mir, das abzustreifen!«, rief Tonina, und Chac löste die Verschnürung des Bretts, auf dem das Kind festgebunden war. Er drückte das Kind an Toninas Brust, dann rannten sie los.
Aber wo waren sie vor vom Himmel regnenden Felsbrocken und Steinen geschützt?

Als Chac mit Tonina und Tenoch auf den schützenden Wald zuhielt, bemerkten sie nicht, dass Balám, den Speer erhoben, ihnen nachsetzte. Jetzt blieb er stehen, zielte, aber in genau dem Moment, da er den Speer schleudern wollte, erstarrte er. In seinem Gesicht malte sich unfassbares Entsetzen.
Einauge stand vor ihm. Sein Dolch steckte bis zum Heft in Baláms Eingeweiden.
Man vernahm einen gurgelnden Aufschrei. Chac drehte sich um und sah gerade noch, wie Balám schwankte und dann zu Boden stürzte. Und wie Einauge sich über ihn stellte, den blutigen Dolch hoch erhoben. »Halt ein!«, schrie Chac.
Es wurde immer schwerer, etwas zu erkennen. Die dichte Wolke aus Asche und Gas wälzte sich näher, der Berg war nicht mehr zu sehen, ebenso wenig die Siedlung Amecameca und die versteinerten Lavabetten. Chaos war ausgebrochen; von Panik erfasst, waren Tausende ziellos auf der Flucht, riefen um Hilfe, sanken, von den weiterhin herabregnenden Trümmern getroffen, bewusstlos zu Boden.
Chac wies Tonina an, noch tiefer in den Wald laufen, und rannte dann zurück Balám. Er packte Einauge am Handgelenk.
»Herr!«, schrie der Zwerg, während die Erde bebte und es Asche regnete. »Lasst es mich zu Ende bringen! Er hat Euch weit von Teotihuacán weggelockt! Dieser Nachrichtenbote hat gelogen, als er behauptete, die rote Blume sei in Copán zu finden! Und es war auch kein Jaguar, der mich angefallen hat! Das war dieser Hundesohn hier! Lasst mich ihn umbringen! Das steht mir zu!«
Aber erneut schwankte der Boden. Einauge verlor das Gleichgewicht und stürzte der Länge nach hin.
»Kümmere dich um Tonina!« Chac deutete zum Wald hin. Dann zog er Balám unter eine große Eiche, unter der sich bereits andere verängstigt aneinanderdrängten. Das Grollen verebbte, und der Boden wurde seltsam ruhig. Chac kniete neben Balám nieder.
Während der Krater weiterhin Rauch und Asche und Gase ausstieß und Dunkelheit verbreitete, sodass die Sonne nur noch als schauriger orangefarbener Ball zu erkennen war, rang Balám um

Atem. Blut gurgelte in seiner Kehle. »Wir waren gute Partner …«, krächzte er. »Wir waren Brüder. Helden.«
Chac schob einen Arm unter Baláms Schultern. Obwohl er sein Feind war, empfand er nur noch Mitleid mit ihm.
»Dein Kind … ist es ein Junge oder ein Mädchen?«
»Ich habe einen Sohn.«
»Bruder!« Baláms Augen rollten von einer Seite zur anderen, Blut blubberte in seinem Mund, und aus der Wunde in seinem Bauch rann es dunkelrot. »Hör meine Verfehlungen …«
In der Maya-Sprache begann er sein Gebet mit *k'inn kiichpa* – »schöne Sonne« –, was Tonina einst als »Todesangst« missverstanden hatte. Balám dagegen *war*, wie Chac wusste, erfüllt von Todesangst, als er um Atem rang und verzweifelt versuchte, das Gebet zu sprechen und dann seine Vergehen aufzuzählen, um Aufnahme im Himmel zu finden.
»Chac, mein Bruder. Ich habe Paluma getötet.«
Der grollende Berg, die schreienden Menschen – Chac war sich nicht sicher, richtig gehört zu haben. »Was hast du gesagt?« Er beugte sich näher.
»Ich habe sie getötet. Ich wollte … sie erstechen … Messer … aber sie wehrte sich … kämpfte … ich habe ihr einen Stoß versetzt …«
Chac starrte Balám an, auf das Gesicht, dem er einst so gern sein eigenes angeglichen hätte und das er jetzt verabscheute, und als er die schreckliche Wahrheit vernahm, als über diese wulstigen, blutverschmierten Lippen ein derart furchtbares, nicht zu fassendes Geständnis kam, wusste er, dass es so und nicht anders gewesen war.
Mit einem markerschütternden Schrei sprang er auf. Die Hitze und der Zorn des Popocatépetl brodelte jetzt auch in ihm, in seiner Wut glich auch er einem Vulkan.
Paluma … überfallen von einem *Freund* …
Etwas Glitschiges umfasste seinen Fußknöchel. Baláms blutverschmierte Hand. »Es war für Yaxche und Ziyal …«, keuchte Balám. »Und seither habe ich dich verfolgt, um Rache zu üben.«

Chac vermochte kaum zu sprechen. Tränen des Zorns rannen ihm über die Wangen. »Wenn du mich so gehasst hast«, sagte er durch zusammengepresste Zähne, »warum hast du mich dann nicht in Mayapán getötet?«

»Weil ich dich brauchte«, stieß Balám, begleitet von einem Blutschwall, aus. »Nachdem man mir Yaxche und Ziyal weggenommen hatte, kreisten meine Gedanken nur noch darum, mich an dir zu rächen. Rache zu üben wurde mein Lebensinhalt. Da ist noch mehr ...«, röchelte er. »So viel mehr ...«

Mit geballten Fäusten sah Chac regungslos mit an, wie Balám starb.

Und dann brach Dunkelheit über sie herein.

Es wurde schwarze Nacht, als die gigantische vulkanische Wolke sich zu Boden senkte und alles in Rauch und beißenden Gestank hüllte. Vögel fielen vom Himmel, prallten dumpf auf dem Untergrund auf. Es regnete Schlacke und Bimsstein. Atmen wurde zur Qual. Asche senkte sich auf Köpfe und Schultern. Bäume fingen Feuer, Flammen schlugen hoch.

Chacs Augen tränten, seine Lungen brannten. »Tonina!«, schrie er und taumelte los.

Er fand sie inmitten von anderen. Sie beatmete das Kind von Mund zu Mund, wie sie es bei Chac im Kalksandsteinschacht in Chichén Itzá getan hatte. »Wir müssen hier weg!«, keuchte sie.

Chac schaute sich nach allen Seiten um, konnte aber nichts als schwarzen Rauch erkennen. Wohin fliehen?

Unvermittelt tauchte Häuptling Martok aus den dunklen Schwaden auf, begleitet von einem Schwarm Krieger. »Mir nach!«, dröhnte er. »Ich zeige euch den Weg!«

Wieder grollte der Untergrund, Menschen schrien auf, weitere Felsbrocken und Vögel stürzten vom Himmel.

Chac spähte noch einmal durch den beißenden Rauch. Sie waren völlig davon eingeschlossen, atmeten tödliche Gase ein, ihre Augen und Kehlen brannten. Wusste Martok den richtigen Weg? Der Berg rumorte weiterhin, spie Rauch und Asche und Gas. Würde sich wie in längst vergangenen Zeiten auch diesmal ein

Lavastrom zu Tale wälzen? Wenn ja, dann mussten sie weg vom Popocatépetl.
Chac legte den Arm um Tonina, die den in Chacs Baumwollumhang gehüllten kleinen Tenoch fest an sich drückte. Als sie sich aufmachten, Martok zu folgen, hatte Chac schon bald das Gefühl, dass der eingeschlagene Weg nicht der richtige war.
Er blieb stehen und schaute sich noch einmal um. Er sah, wie ein Mann mit blutüberströmtem Gesicht an ihm vorbeihastete. Da, plötzlich ging ein großer Vogel im Sturzflug knapp neben Tonina nieder.
Es war ein Adler.
Wie war das möglich, dachte Chac. Wie kam es, dass dieser Adler unverletzt blieb, andere Vögel hingegen tot vom Himmel fielen?
Mit einem Mal wusste Tonina, was hier geschah.
Ihr Traum, damals in Mayapán. In dem Tapferer Adler gesagt hatte: »Wenn du in höchster Not bist, werde ich da sein.«
»Wartet!«, rief sie Martok zu. »Nicht diesen Weg! Sondern den hier! Folgt dem Adler!«
Der Vogel flog im Tiefflug voraus, beschrieb Kreise, wenn nicht alle rasch genug vorankamen, vergewisserte sich, dass sie folgten – in der entgegengesetzten Richtung wie die, die Martok ihnen hatte weisen wollen.
Nachdem sie eine kurze Strecke zurückgelegt hatten, hieß Chac Tonina weitergehen. Er selbst musste versuchen, den anderen diesen Weg zu zeigen. Erneut verschwand er in der vulkanischen Wolke.

70

Als sie schließlich aus der dichten Wolke taumelten, schauten sich die verletzten und blutenden Überlebenden um. Was sie sahen, war eine mit leblosen Körpern bedeckte Ebene, einige davon tot, andere nur bewusstlos vom Rauch und den Gasschwaden. Toninas prophetische Vision hatte sich erfüllt.

Wo aber war dann ihr Vater?

Martok hieß die Gruppe einen Halt einlegen, damit sie sich ausruhen konnte und Nachzügler, von denen viele aneinandergeklammert und hustend aus den Rauchschwaden auftauchten, dazustoßen konnten. Über ihnen zog der Adler weiterhin seine Kreise.

Ixchel half zunächst Tonina, das Kind zu versorgen, dann überzeugte sie sich, dass H'meen samt dem keuchenden Poki, den sie im Arm hielt, mit heiler Haut dem Inferno entronnen war. Einauge hatte alles getan, damit der königlichen Kräuterkundigen nichts zustieß. Derweil andere benommen auf dem Boden hockten oder um Atem rangen, ließ Martok, die Arme in die Seiten gestemmt, den Blick über die Menge schweifen, die bereit gewesen war, Baláms Armee die Stirn zu bieten.

Dann ging er auf Ixchel zu, die dabei war, eine Stirnverletzung bei einem von H'meens Begleitern zu untersuchen. »Von welchem Volk seid ihr eigentlich?«, fragte er. »Woher kommt ihr?«

Nachdem sie festgestellt hatte, dass die Wunde nicht gefährlich war, sagte sie zu Martok: »Wir sind ins Tal von Anahuac gezogen, um die Höhlen von Aztlán ausfindig zu machen.«

»Aztlán! Aber jeder weiß doch, dass Aztlán hoch im Norden liegt.«
Ixchel nickte. Balám hatte ja für alle vernehmlich damit geprahlt, dass er sie in diese Falle gelockt hatte. »Außerdem suchen wir einen Mann namens Cheveyo. Wir glauben, dass er sich hier irgendwo aufhält. Ein Schamane. Habt Ihr vielleicht von ihm gehört?«
Martok kratzte sich die Narben auf der Glatze oben am Kopf. Wie bei allen anderen auch, waren sein Haar und die Schultern dick mit vulkanischer Asche bestäubt. »Gewiss doch. Cheveyo, der heilige Mann mit der unglaublichen Geschichte!«
Ixchel stockte der Atem. »Ihr habt von ihm gehört?«
»Ich habe ihn selbst kennengelernt! Und *pulque* mit ihm getrunken. Er sagte, seine Frau sei eine Mexica, deshalb habe er uns aufgesucht. Wie er erzählte, war er in einer unterirdischen Höhle in der Nähe von Palenque gefangen gehalten worden. Ihm sei die Flucht gelungen, seiner Frau jedoch nicht. Das liege lange zurück, sagte er, und seitdem ziehe er umher und suche Aztlán. Er blieb einige Zeit bei uns und brach dann wieder auf. Eigentlich hatte er vor, länger bei uns zu verweilen, und er wäre auch heute noch hier, wenn er nicht geträumt hätte, er müsse schleunigst fort.«
Ixchel wischte sich die Tränen aus den Augen. »Geträumt?«
»Merkwürdige Sache, das! Er hatte eine Vision, in der eine alte Frau ihm sagte, er müsse diesen Ort verlassen, hier sei er nicht sicher. Er sagte, die Frau in seiner Vision habe alt gewirkt, dabei habe er genau gewusst, dass sie noch keine siebzehn war.«
Tonina und H'meen tauschten einen Blick. Beide dachten an die gemeinsame *peyotl*-Vision.
»Wohin ist er gegangen?«, fragte Ixchel, von neuer Hoffnung erfüllt.
»Er erwähnte eine heilige Stätte, die er besuchen wollte. Nicht weit von Tlaxcala entfernt. Ich könnte mir vorstellen, dass er noch dort ist.«
»Ist diese heilige Stätte weit weg?«
Martok schüttelte den Kopf. »Zwei Tagesmärsche.«
»Ich danke Euch«, sagte Ixchel. Wenn sie Cheveyo fand, würden

sie gemeinsam Aztlán suchen. Ob das nun Monate oder Jahre dauerte, wäre ganz unwichtig.
Ohne die furchterregende Rauchwand aus den Augen zu lassen, die sich über das östliche Ende des Tals gesenkt hatte und die Berge unsichtbar machte, summte Tonina ihr weinendes Kind in den Schlaf. Wo blieb Chac?
Während die Sonne höher stieg, tauchten weitere Menschen aus dem Rauch auf, taumelnd, hustend, sich gegenseitig stützend, Soldaten und Krieger, Frauen und Kinder. Vergeblich suchte Tonina nach dem Gesicht des geliebten Mannes. Der Morgen verstrich, sie war allein inmitten von verstörten, aschebedeckten, stöhnenden Menschen.
Endlich, nach quälendem Warten, entdeckte sie Chac, der, ein Kind auf dem Arm, eine Gruppe aus der Finsternis herausführte. Tonina stürzte auf ihn zu. Er schloss sie in die Arme. Sie spürte, wie er vor Erschöpfung zitterte. Aber dann richtete er sich auf und nahm die gewaltige Menschenmenge in Augenschein – Baláms Soldaten, Martoks Leute und Ixchels Pilger, vereint durch die Katastrophe. Noch immer stieg Rauch zum Himmel, bebte in Abständen die Erde, aber sie waren außer Reichweite von herabstürzenden Trümmern und giftigen Gasen.
»Wie soll es jetzt weitergehen?«, fragte Martok. Chac hob den Blick zu dem über ihnen kreisenden Adler. Er hatte sie aus dem Rauch geführt. Würde er sie weiterhin führen?
Tonina beschäftigte die gleiche Frage. Eingedenk der Prophezeiung von Huitzilopochtli im Buch der tausend Geheimnisse, in der es hieß, ein Adler würde die Mexica in ihre Heimat bringen, formte sie die Hände zum Trichter und rief zum Himmel hinauf: »Ehrenwerter Tapferer Adler, denn der bist du doch! Ich, ich bin Tonina! Wir danken dir, dass du uns aus der Gefahr gerettet hast. Sollen wir dir weiterhin folgen?«
Als Antwort stieß der große Vogel so tief nach unten, dass man sich ducken musste, schwang sich dann wieder in die Lüfte und hielt auf den Texcoco-See zu. Alle folgten ihm, an der Spitze Chac, Tonina, Ixchel und Martok.

Den ganzen Vormittag über und noch bis zum späten Nachmittag schleppten sie sich mit schweren Schritten dahin, immer dem Adler nach, bis sie endlich weit genug von dem rauchenden Vulkan entfernt waren, um wieder frei atmen zu können und ihre Augen nicht mehr brannten. Als die Sonne bereits tief am westlichen Himmel stand, sahen sie, wie der Vogel hinaus auf den Texcoco-See flog und sich auf dem nackten Felsen inmitten des weiträumigen Sumpfgebiets niederließ.

Vom Ufer aus verfolgten Tausende – Krieger und Pilger, Bauern aus der Gegend, deren Feldfrüchte unter einer Schicht Asche lagen, Dorfbewohner, deren Hütten eingestürzt waren – das Verhalten des Adlers, und jetzt sahen sie nicht nur, dass er eine Schlange im Schnabel hielt, sondern auf einem stachligen Feigenkaktus saß, der aus dem Felsen wuchs.

Und an dem Kaktus prangte, von der Spätnachmittagssonne in leuchtendes Scharlach getaucht, eine rote Blume, deren Blütenblätter sich in Form eines Kelches nach oben reckten.

»Das ist das Zeichen!«, rief Martok voller Verwunderung. Und zu Chac gewandt, sagte er: »Mein Sohn, dies ist das Zeichen, von dem ich sprach. Das Zeichen, das Huitzilopochtli uns versprochen hat.«

»Ja, so ist es«, sagte Ixchel ehrfürchtig. Ihre Stimme zitterte. »Seit zehn Generationen ziehen wir in diesem Land umher, als Ausgestoßene, Unerwünschte, Heimatlose. Aber vor langer Zeit verhieß uns Gott Huitzilopochtli, dass uns einst ein Adler dorthin führen würde, wo wir zu Hause sind, und dass dieser Adler sich mit einer Schlange im Schnabel auf einem Kaktus niederlassen würde.«

»Wie sollen wir dorthin gelangen?«, fragte Einauge. Der See war zwar flach – zum Schwimmen nicht tief genug –, aber für einen Mann von seiner Statur angesichts des Schlamms, der Wasserlachen und des Seegrases dennoch schwierig zu durchwaten.

Während Chac das weite, mückenerfüllte Sumpfgebiet betrachtete, stellte er sich bereits die befestigten trockenen Pfade und aufgeschütteten Dämme vor, die sie anlegen würden, um ungehindert

ans Ufer zu gelangen. Nach und nach würden Stein und Zement die Lehmpfade ersetzen, und die Insel würde ein Mittelpunkt für Handel und Verkehr werden.
»Wir bilden Gruppen«, sagte er. »Wer kräftig genug ist, trägt die Schwachen und die Alten hinüber. Wir werden sofort ein Lager aufschlagen und diesen Felsen für uns in Anspruch nehmen, wir werden Wasservorräte in Häuten und Kalebassen anlegen. Wir heißen jeden willkommen, der sich uns anschließen möchte, und wir werden nicht zulassen, dass man uns vertreibt.«
Ganz selbstverständlich hatte er die Leitung und Planung übernommen. Nun fühlte er sich als der Anführer, der er so lange nicht hatte sein wollen. Wie von Tonina ersehnt, sollte es im Tal von Anahuac nun allgemein gültige Gesetze geben, die für Sicherheit und Wohlstand sorgten – für alle hier. H'meens Gesetzesbuch, in einem Wald außerhalb der Stadt Uxmal begonnen, sollte als Grundlage dienen.
Chac und Tonina waren die Ersten, die den mächtigen Felsblock erreichten, wo der Adler majestätisch auf dem Kaktus saß und sich durch die Ankunft so vieler Menschen nicht stören ließ, schon weil sich um den Felsblock herum ausreichend trockenes Land für sie ausbreitete. Als Ixchel, Einauge und H'meen eintrafen, die beiden Letzteren auf dem Rücken stämmiger Männer, entdeckte sie an dem Felsen einen kleinen herausragenden Vorsprung.
Wie geschaffen für einen Altar. Hier sollten die ersten Gebete in der neuen Heimat gesprochen werden.
Chac nahm den Felsblock und dessen trockenes Umfeld in Augenschein, das Sumpfgebiet, das sich daran anschloss sowie in der Ferne das Ufer, von dem weiterhin Menschen kamen. Der Popocatépetl hatte sich beruhigt, aber noch immer ballten sich Rauchschwaden am Himmel, sollten dies auch noch monatelang tun.
Nichts mehr verband Chac mit Mayapán. Die Mitglieder der Vereinigung hatten nichts mit dem Tod seiner Frau zu schaffen. Paluma und ihr gemeinsamer Sohn erfreuten sich der Glückseligkeit des Dreizehnten Himmels. Auch seine Mutter war mittlerweile

tot, und bei ihrem beispielhaften Leben war er sicher, dass sie unbesorgt das Gebet der Verfehlungen gesprochen hatte und deshalb ebenfalls zu den Göttern eingegangen war. Sein gesamter Besitz war gewiss längst dem König anheim gefallen. Und das Ballspiel ging ohne ihn weiter.

Es machte ihm nichts aus. Mayapán war nur eine Vorbereitung auf den heutigen Tag gewesen. Er wollte keinen Gedanken mehr an jene Stadt verschwenden, auch nicht an Balám und an sein früheres Leben. Stattdessen überlegte er bereits, wie man den nackten Felsblock zu einer größeren Insel erweitern, Land gewinnen, schwimmende Gärten wie in Xochimilco anlegen und dann Holz und Stein heranschaffen könnte, um nach und nach eine veritable Stadt zu erbauen, mit Einrichtungen, in denen man Schreiben und Lesen lernte und der Wissenschaft, der Kunst und Religion diente.

Tonina, die neben Chac stand, freute sich, wieder in der Nähe von Wasser zu sein. Ein Meer war dies hier zwar nicht, auch kein richtiger See, aber immerhin Wasser. Vielleicht ließe sich ja mit der Zeit, wenn sie mit Gärten das Land befestigten und Dämme zum Ufer hin bauten, das Wasser von den Bergen hier stauen, sodass ein See entstand, der diese Bezeichnung verdiente. Dann könnte sie auch wieder schwimmen.

Als sie daran dachte, was sie hierher geführt hatte, begriff sie, warum Tapferer Adler auf der Terrasse des königlichen Gartens darauf bestanden hatte, dass sie zu Palumas Villa zurückkehrten, anstatt Mayapán unverzüglich den Rücken zu kehren: Er hatte sie davon abhalten wollen, nach Quatemalán zu gehen, und sie stattdessen zu Chac geführt. Um ihre Schicksale miteinander zu verknüpfen.

Noch hatte sie Chac nicht gesagt, dass ein neues Leben in ihr wuchs – ein Kind, in dessen Adern das Blut von Cheveyos Volk floss, dem Volk der Sonne aus dem hohen Norden, aber auch das Blut der Mexica und das einer Ahnin, die vor dreihundert Jahren unter den schiffbrüchigen Nordmännern gelebt hatte, Fremdlingen, die versichert hatten, dass Quetzalcoatl wiederkehren würde.

Tonina blickte auf die Menschen um sie herum und dann auf die rote Blume, die aus dem Kaktus spross. Die Menge fiel nicht wie befürchtet darüber her. Die vielen Hunderte näherten sich der Blüte vielmehr voller Ehrfurcht, in dem Bewusstsein, an einem Wunder teilzuhaben, an einem denkwürdigen Tag, an dem die Götter unsichtbar unter ihnen weilten, um ihre Magie zu entfalten und ihnen Glück zu bringen. Die Menschen spürten, dass die Götter sie für die großen Opfer segneten, die sie auf sich genommen hatten, um dieses neue Zuhause zu finden.
Tonina richtete den Blick auf Tapferen Adler, der jetzt seine mächtigen Schwingen ausbreitete und sich vom Kaktus aus zum Himmel emporschraubte, wo er noch eine Weile kreiste. Tapferer Adler, betete Tonina zu ihm, erfülle mir noch eine letzte Bitte. Berichte meinen Delphinbrüdern, was mir widerfahren ist. Falls es die Perleninsel noch gibt, falls Guama und Huracan dem Unwetter entkommen sind, dann lass sie durch die Delphine erfahren, dass es mir gut geht und ich glücklich bin.
Der Adler stieß einen Schrei aus und entschwand.
Tonina griff langsam nach der Schnur, an der der kleine Beutel hing, den sie seit ihrem Aufbruch von der Perleninsel um den Hals trug.
Ehe sie ins Kanu gestiegen war, das sie zum Festland bringen sollte, hatte sie eine Handvoll Sand in diesen kleinen Beutel rieseln lassen, in dem sich auch eine kleine Strandschnecke und ein Delphinzahn befanden, beides mächtige Talismane, die sie für immer mit den Inseln verbinden sollten. Jetzt öffnete sie den Beutel, dachte an Huracan und schüttete den Inhalt in das Wasser des Texcoco-Sees – Erinnerungen an die Perleninsel und an das die Insel umgebende Meer –, um sich stets an beiden Orten zu Hause zu fühlen.
Einauge, der gerade ein Lagerfeuer anfachte, beobachtete gerührt Toninas Ritual. Dann schweifte sein Blick zu H'meen. Nach allem, was sie in der gerade überstandenen Katastrophe durchgemacht hatte, sah sie bemerkenswert gesund und kräftig aus. Hoffnung, so befand er, wirkt eindeutig wie ein verjüngendes Elixier.

Er wusste um den geheimen Wunsch, den H'meen im Herzen barg. Obwohl sie kein Wort darüber verloren hatte, war ihm nicht entgangen, wie sehnsüchtig sie schaute, wann immer sie den kleinen Tenoch im Arm hielt. Heute Morgen waren Menschen gestorben, demnach musste es zwangsläufig Waisen geben. Wenn nicht, wollte er einem Bauern, der zu viele Mäuler zu stopfen hatte, nach alter Tradition das Jüngste abkaufen und H'meen das Kind übergeben, nach dem sie sich im Stillen sehnte. Sie würden den Knoten knüpfen, er würde sie zu seiner Ehefrau machen und sie sanft und zärtlich in die Geheimnisse der Liebe zwischen Mann und Frau einführen.

Während H'meen daranging, auf einer neuen Seite ihrer Chronik das Adler-Bildzeichen zu umreißen, fasste sie den Entschluss, sich ein fröhliches und gesundes Kind aus Ixchels Gefolgschaft auszusuchen und es zum nächsten *h'meen* auszubilden. Diesem Kind wollte sie all ihre Kenntnisse vermitteln und ihre Bücher sowie die Chronik ihrer Wanderschaft ab Mayapán anvertrauen. Sie musste ihr Wissen weitergeben, solange sie dazu imstande war.

Wie lang das sein würde, wusste H'meen nicht. Aber wenn sie an diejenigen dachte, die durch den Ausbruch des Vulkans heute Morgen getötet worden waren, fühlte sie sich darin bestärkt, dass das Geheimnis des Lebens darin bestand, jeden Augenblick bewusst und dankbar auszukosten.

Ixchel dachte an Cheveyo, während sie Asche und Zweige von dem Felsvorsprung entfernte. Bestimmt erfuhren die Bewohner des Heiligtums in Tlaxcala mit der Zeit von dem Vulkanausbruch und von dem Adler, der so viele Leben gerettet hatte, von dem Kaktus und der Schlange und dem Felsen. Dann machte sich Cheveyo vielleicht auf den Weg, um sich selbst ein Bild davon zu machen.

Auf den steinernen Altar legte Ixchel das Buch der tausend Geheimnisse und daneben den mit einem Querbalken versehenen grauen Lebensbaum, den die Nordmänner zurückgelassen hatten. Tonina stellte den transparenten Becher daneben und Chac die

kleine Statue des Kukulcan. Schließlich nahm Einauge den Beutel mit den Knochen seines Urgroßvaters ab und fügte sie den geheiligten Objekten hinzu.
»Wie sollen wir diesen Ort nennen?«, fragte Martok.
Tonina dachte an die steinernen Stelen, mit denen die Maya ihre Namen verewigen wollten. Aber selbst Stein überdauerte nicht alles. Da kam ihr eine Idee. »Wir werden diesem Ort einen Namen geben, der Generationen hindurch lebendig bleiben wird. Wann immer jemand ihn ausspricht, wird er damit den Namen des Mannes erwähnen, der uns hierher gebracht hat.« Tonina lächelte Chac zu und sagte laut seinen Mexica-Namen: »Tenoch.« Dann fügte sie die Nahuatl-Nachsilbe *titlán* hinzu, was »Ort von« hieß.
»Von heute an«, verkündete sie, »soll unser neues Zuhause Tenochtitlán heißen.«
»Und obwohl wir weiterhin Mexica sind«, fügte Ixchel hinzu, »liegen unsere Ursprünge in Aztlán. Gott Huitzilopochtli hat gesagt, wir dürften nicht eher unseren wahren Namen verwenden, als bis der Adler uns in unsere neue Heimat gebracht hätte. Nun sind wir hier angelangt und können uns deshalb das Volk von Aztlán nennen – *aztecatl.* Wir sind Azteken.«
Und Tonina ergänzte: »Im Buch der tausend Geheimnisse wird vorhergesagt, dass im Jahr Eins des Schilfrohrs Quetzalcoatl auf seinem Schlangenfloß aus dem Osten zu uns zurückkehrt. Wir werden bereit sein, ihn willkommen zu heißen, wenn es so weit ist.«

* * *

Zweihundert Jahre später, im Jahre des Herrn 1519 – nach dem Kalender der Mexica im Jahr Eins des Schilfrohrs – landete ein bärtiger weißer Mann mit seinem Schiff an der Ostküste des Aztekenreichs, an einem Ort, dem er den Namen Veracruz gab. Kaiser Montezuma erfuhr in seiner Stadt Tenochtitlán, die prachtvoll auf einer Insel im Texcoco-See lag, von der Ankunft des weißen

Mannes. Er entsandte eine Abordnung von Edelmännern, die Geschenke für Gott Quetzalcoatl mitführten.
Der Fremde war jedoch nicht Quetzalcoatl. Sein Name lautete Hernán Cortez. Er nahm die einem Gott zugedachten großzügigen Gaben entgegen und zog landeinwärts, um im Namen des Königs von Spanien das Reich der Azteken zu erobern.
Als Montezuma seinen Fehler erkannte, war es zu spät.